James Rollins

Der Judas-Code

Buch

Im Indischen Ozean kommt es zu einem spektakulären Zwischenfall. Eine bis dahin unbekannte Seuche lässt die Fische buchstäblich im Wasser verbrennen. Beinahe zeitgleich bittet die schwer verletzte Gilde-Söldnerin Seichan die Sigma-Force um Hilfe. Offenbar entwickelt die Gilde – eine Organisation, die Hochtechnologie raubt und meistbietend verkauft – einen neuen biologischen Kampfstoff. Dazu verwendet sie einen Virus, der bereits Marco Polos Mannschaft beinahe vollständig weggerafft hat – und ihr Testgebiet ist der Indische Ozean! Gray Pierce von der Sigma-Force nimmt mit Seichan die Spur auf. Auch als die Gilde seine Eltern als Geiseln nimmt, lässt er sich nicht aufhalten. Die Jagd führt von den USA über Venedig und den Indischen Ozean bis nach Kambodscha. Bis es in den Palastruinen von Angkor Thom zum spektakulären Showdown kommt!

Autor

Der New-York-Times-Bestsellerautor James Rollins hat einen Doktorgrad in Tiermedizin. Als begeisterter Höhlenforscher und ebenso eifriger Taucher ist er häufig unter Wasser oder unter der Erde anzutreffen. Er wohnt in den Bergen der Sierra Nevada in Kalifornien, USA

Von James Rollins bei Blanvalet erschienen:

Sigma-Force:
Der Genesis-Plan, Feuermönche, Sandsturm, Der Judas-Code, Das Messias-Gen, Feuerflut, Mission Ewigkeit, Das Auge Gottes, Projekt Chimera, Das Knochenlabyrinth, Die siebte Plage, Die Höllenkrone, Der Flammenwall

Tucker Wayne:
Killercode, Kriegsfalke

Die Bruderschaft der Christuskrieger:
Das Evangelium des Blutes, Das Blut des Verräters, Die Apokalypse des Blutes

Außerdem:
Sub Terra, Im Dreieck des Drachen, Das Flammenzeichen, Operation Amazonas, Das Blut des Teufels,

Indiana Jones und das Königreich des Kristallschädels

James Rollins

Der Judas-Code

Roman

Aus dem Englischen
von Norbert Stöbe

blanvalet

Die englische Originalausgabe erschien unter dem Titel
»The Judas Strain« bei William Morrow, New York.

MIX
Papier aus verantwortungsvollen Quellen
FSC www.fsc.org FSC® C014496

Klimaneutral*
Druckprodukt
ClimatePartner.com/14044-1912-1001

Penguin Random House Verlagsgruppe FSC® N001967

1. Auflage

Redaktion: text in form
Umschlaggestaltung: © Johannes Wiebel | punchdesign,
unter Verwendung von Motiven von Shutterstock.com
HK · Herstellung: dm
Satz: Uhl + Massopust, Aalen
Druck und Bindung: GGP Media GmbH, Pößneck
Printed in Germany
ISBN 978-3-7341-0905-8

www.blanvalet.de

Für Carolyn McCray,
die meine ersten Versuche gelesen hat,
ohne mich auszulachen

Vorbemerkung zum historischen Hintergrund

Das folgende historische Rätsel ist noch immer ungelöst. Im Jahr 1271 brach der siebzehnjährige Venezianer Marco Polo mit seinem Vater und seinem Onkel zu einer Reise auf, die ihn bis nach China und an den Palast des Kublai Khan führen sollte. Die Reise währte vierundzwanzig Jahre, und ausführliche Berichte legen davon Zeugnis ab: wundervolle Geschichten von unermesslichen Wüsten und Flüssen voller Jade, von wimmelnden Städten und gewaltigen Segelflotten, von brennenden schwarzen Steinen und Papiergeld, von unglaublichen Tieren und bizarren Pflanzen, von Kannibalen und Schamanen.

Nachdem er siebzehn Jahre im Dienste Kublai Khans gestanden hatte, kehrte Marco Polo 1295 nach Venedig zurück, wo seine Erlebnisse von dem französischen Romantiker Rustichello zu Papier gebracht wurden. Der Titel seines Buches lautete *Le Divisament du Monde (Die Beschreibung der Welt).* Es fand Leser in ganz Europa. Selbst Christoph Kolumbus hatte es dabei, als er zur Neuen Welt aufbrach.

Ein Reiseerlebnis behielt Marco jedoch für sich und beschränkte sich in dem Buch auf einige wenige vage Andeutungen. Bei seinem Aufbruch von China hatte Kublai Khan dem Venezianer vierzehn große Dschunken geschenkt und ihm sechshundert Männer mitgegeben. Nach zwei Jahren auf See erreichten jedoch nur zwei Schiffe und achtzehn Männer die Heimat.

Das Schicksal der übrigen Schiffe und Männer liegt bis zum heutigen Tag im Dunkeln. Liefen sie auf Grund, oder fielen sie Stürmen oder Piraten zum Opfer? Marco Polo schwieg dazu. Als man ihn auf dem Sterbebett aufforderte, entweder nähere Angaben zu seinen Erlebnissen zu machen oder sie zu widerrufen, erwiderte Marco geheimnisvoll: »Ich habe nicht einmal die Hälfte dessen erzählt, was ich erlebt habe.«

London
Berlin
Paris
EUROPA
Don
Ural
Aral-See
Venedig
ITALIEN
Schwarzes Meer
Kasp. Meer
Madrid
Rom
Istanbul
Trabzon
Taschke
Lissabon
Tunis
TÜRKEI
Algier
Teheran
Mittelmeer
IRAK
Casablanca
Bagdad
IRAN
Tripolis
Kairo
Kuwait
Straße von Hormus
Kar
Nil
Rotes Meer
SAUDI-ARABIEN
AFRIKA
Khartoum
Niger
Golf von Aden
Addis Abbeba
Lagos
Golf von Guinea
Kongo
Nairobi
INDIS
Kinshasa
Dar es Salaam
Luanda
ATLANTISCHER OZEAN
MAURITIU
MADAGASKAR
Johannesburg
Orange
N
W
O
S
Durban
Kapstadt

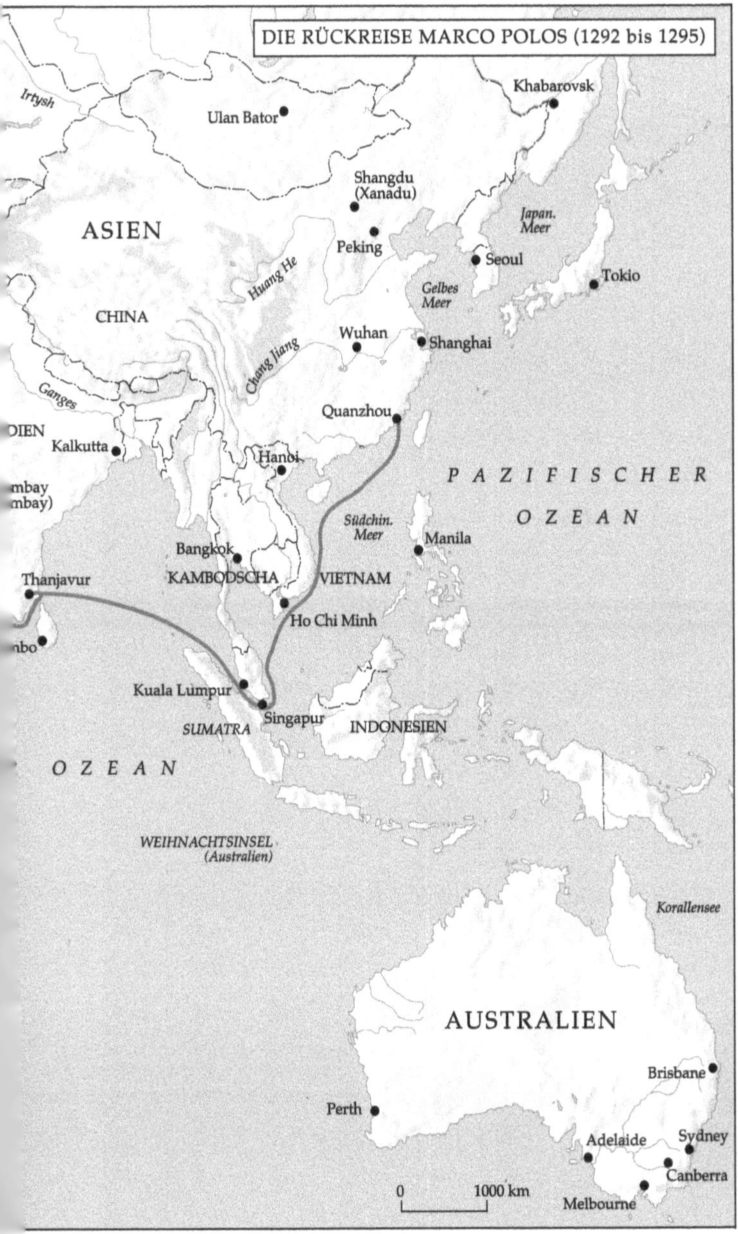
DIE RÜCKREISE MARCO POLOS (1292 bis 1295)
Irtysh
Ulan Bator
Khabarovsk
Shangdu
(Xanadu)
ASIEN
Peking
Japan. Meer
Seoul
Tokio
Huang He
Gelbes Meer
CHINA
Wuhan
Shanghai
Chang Jiang
Ganges
Quanzhou
DIEN
Kalkutta
Hanoi
P A Z I F I S C H E R
O Z E A N
mbay
mbay)
Südchin. Meer
Manila
Bangkok
KAMBODSCHA
VIETNAM
Thanjavur
Ho Chi Minh
nbo
Kuala Lumpur
Singapur
SUMATRA
INDONESIEN
O Z E A N
WEIHNACHTSINSEL
(Australien)
Korallensee
AUSTRALIEN
Brisbane
Perth
Adelaide
Sydney
Canberra
Melbourne
0
1000 km

Die Pestilenz brach zuerst in der am Schwarzen Meer gelegenen Stadt Kaffa aus. Dort belagerten die mächtigen mongolischen Tartaren die Händler und Kaufleute aus Genua. Die Mongolen bekamen schmerzende Pestbeulen und hatten blutigen Auswurf. Von der Krankheit gezeichnet, schleuderten sie die Toten mit Belagerungskatapulten über die Verteidigungsmauern der Genueser und brachten Tod und Verderben über sie. Im Jahre 1347 nach der Menschwerdung des Herrn setzten die Genueser Segel und flohen mit zwölf Schiffen nach Italien, wo sie im Hafen von Messina anlegten und den Schwarzen Tod an unsere Küste brachten.

Herzog M. Giovanni (1356), übers. von Reinhold Sebastien,
Il Apocalypse (Mailand: A. Mondadori, 1924), 34–35

Weshalb im Mittelalter in der Wüste Gobi plötzlich die Beulenpest ausbrach und ein Drittel der gesamten Weltbevölkerung tötete, liegt nach wie vor im Dunkeln. Tatsächlich weiß niemand, weshalb so viele Seuchen und Grippewellen des vorigen Jahrhunderts – darunter auch die Vogelpest SARS – von Asien ihren Ausgang nahmen. Eines aber ist ziemlich sicher: Die nächste größere Pandemie wird wiederum aus Asien kommen.

United States Centers for Disease Control and Prevention,
Compendium of Infectious Diseases, Mai 2006

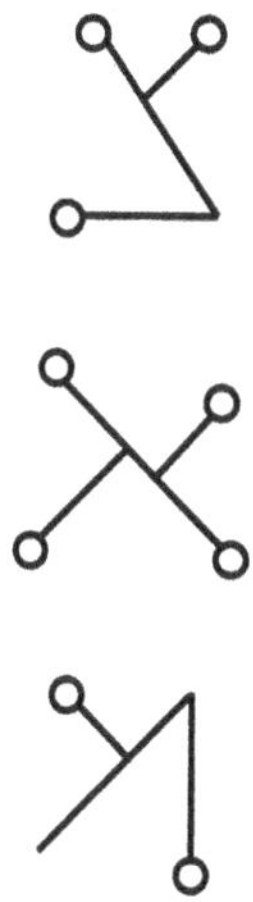

1293

Mitternacht
Insel Sumatra
Südostasien

Die Schreie waren endlich verstummt.

Zwölf Feuer brannten draußen auf dem Wasser.

»*Il dio, li perdona…*«, flüsterte sein Vater, doch Marco wusste, dass Gott ihnen diese Sünde nicht verzeihen würde.

Eine Handvoll Männer wartete neben den beiden am Strand liegenden Langbooten. Sie waren die einzigen Augenzeugen der Scheiterhaufen, welche die dunkle Lagune erhellten. Bei Mondaufgang hatten sie alle zwölf Schiffe, große Holzdschunken, mitsamt den Toten und den wenigen zum Tode verurteilten Lebenden in Brand gesteckt. Wie mahnende Zeigefinger ragten die brennenden Schiffsmasten in den Himmel. Es stank nach verbranntem Fleisch.

»Zwölf Schiffe«, murmelte Masseo, Marcos Onkel, die Faust um ein silbernes Kruzifix gekrampft. »Die gleiche Zahl wie die der Apostel.«

Endlich war das Schmerzgeschrei verstummt. Nur noch das Prasseln und Tosen der Flammen drang an den Strand. Marco hätte sich am liebsten abgewendet, hielt aber stand. Andere waren weniger tapfer als er und knieten mit leichenblassen Gesichtern und dem Rücken zum Wasser im Sand.

Alle waren splitternackt. Sie hatten sich gegenseitig nach Anzeichen der Krankheit abgesucht. Selbst die Prinzessin vom Hofe des Khans, die aus Gründen der Schicklichkeit hinter einem Sichtschutz aus Segeltuch stand, war bis auf ein juwelenbesetztes Diadem unbekleidet. Marco sah ihren schlanken Körper als dunkle Silhouette von den Flammen abgehoben durch das Tuch hindurchschimmern. Ihre ebenfalls nackten Dienerinnen hatten sich zu ihrer Herrin gesellt. Sie hieß Kokejin, die Blaue Prinzessin, und war siebzehn Jahre alt. Marco war ebenso alt gewesen wie sie, als er von Venedig aufgebrochen war. Der Großkhan hatte die Polos beauftragt, sie wohlbehalten ihrem zukünftigen Bräutigam, dem Schah von Persien und Enkel von Kublai Khans Bruder, zu übergeben.

Das war in einem anderen Leben gewesen.

War es wirklich erst vier Monate her, dass die Besatzung des ersten Schiffes erkrankt war und in der Leistengegend und den Achselhöhlen Schwellungen bekommen hatte? Die Krankheit hatte sich ausgebreitet wie brennendes Öl, hatte die Besatzungsmitglieder dahingerafft und dazu geführt, dass sie auf dieser von Kannibalen und fremdartigen Tieren bewohnten Insel hatten ausharren müssen.

Auch jetzt wieder drang das Geräusch von Trommeln aus dem finsteren Dschungel hervor. Allerdings hüteten sich die Wilden davor, sich dem Lager zu nähern, so wie ein Wolf um kranke Schafe einen Bogen macht. Die einzigen Spuren ihrer Anwesenheit waren die Totenschädel, die an durch die Augenhöhlen geführten Schlingpflanzen von Baumästen hingen und die Fremden wohl am weiteren Vordringen hindern sollten.

Die Krankheit hatte die Wilden bislang abgeschreckt.

Damit war nun Schluss.

Jetzt, da mit den brennenden Schiffen auch die letzten Krankheitsträger verschwunden waren, gab es nur noch eine Handvoll Überlebende.

Die Männer und Frauen, die keine geröteten Schwellungen aufwiesen.

Vor einer Woche hatten sie sämtliche Kranken in Ketten gelegt, auf die vor Anker liegenden Schiffe geschleppt und ihnen Wasser und Nahrung dagelassen. Die anderen hatten am Ufer auf neue Anzeichen einer Erkrankung gewartet. Währenddessen hatten die auf die Schiffe Verbannten gejammert, um Hilfe gerufen, geflucht und geschrien. Am schlimmsten aber war das Gelächter der Wahnsinnigen gewesen.

Besser wäre es gewesen, ihnen allen den Gnadenstoß zu versetzen, doch sie hatten nicht mit dem Blut der Erkrankten in Berührung kommen wollen. Deshalb hatten sie sie auf die Schiffe gebracht und zusammen mit den Toten dort zurückgelassen.

Abends bei Sonnenuntergang hatte das Wasser um die Kiele zweier Boote herum zu leuchten begonnen. Das Leuchten hatte sich auf der glatten, schwarzen Wasserfläche ausgebreitet wie verschüttete Milch. Dieses Phänomen kannten sie von den Teichen und Kanälen am Fuße der Türme der verfluchten Stadt, aus der sie geflohen waren.

Die Krankheit hatte versucht, aus dem hölzernen Gefängnis zu entkommen.

Da war ihnen keine andere Wahl geblieben.

Sie hatten sämtliche Dschunken bis auf die eine, mit der sie selber in See stechen wollten, in Brand gesteckt.

Marcos Onkel Masseo ging zwischen den verbliebenen Männern umher. Er befahl ihnen, ihre Blöße wieder zu bedecken, doch ihre Beschämung vermochten Webstoff und Wolle nicht zu verbergen.

»Was haben wir getan…«, flüsterte Marco.

»Wir dürfen nicht davon sprechen«, sagte sein Vater und reichte ihm ein Gewand. »Wenn etwas von der Pest ruchbar wird, werden uns alle Länder ächten. Kein Hafen wird uns aufnehmen. Jetzt aber haben wir die letzten Spuren der Krankheit mit einem reinigenden Feuer aus unserer Flotte und aus dem Wasser getilgt. Wir brauchen nur noch heimzusegeln.«

Als Marco sich das Gewand über den Kopf streifte, bemerkte sein Vater die Zeichnung, die Marco mit einem Stock in den Sand gemalt hatte. Er presste die Lippen zusammen, verwischte die Skizze mit der Ferse und blickte seinen Sohn flehentlich an. »Niemals, Marco, niemals…«

Erinnerungen aber ließen sich nicht so leicht ausmerzen. Er hatte dem Großkhan als Gelehrter, Abgesandter und sogar als Kartograf gedient und von den vielen eroberten Königreichen Karten angefertigt.

Marcos Vater ergriff wieder das Wort. »Niemand darf von unserer Entdeckung erfahren… Sie ist verflucht.«

Marco nickte, ohne eine Bemerkung zu seiner Zeichnung zu machen. Stattdessen flüsterte er: »*Città dei Morti*.«

Sein Vater erbleichte noch mehr. Marco aber wusste, dass ihm nicht nur die Pest Angst machte.

»Schwör mir das, Marco«, sagte er drängend.

Marco blickte in das faltenzerfurchte Gesicht seines Vaters. In den vergangenen vier Monaten war er ebenso stark gealtert wie in den Jahrzehnten, die er am Hofe des Khans in Shangdu verbracht hatte.

»Schwör mir bei deiner seligen Mutter, dass du mit keiner Menschenseele je darüber sprechen wirst, was wir entdeckt und getan haben.«

Marco zögerte.

Sein Vater legte ihm die Hand auf die Schulter und drückte schmerzhaft zu. »Schwör mir das, mein Sohn. Um deinetwillen.«

Der Feuerschein und blanke Angst spiegelten sich in den Augen des Vaters … und inständiges Flehen. Marco konnte ihm diesen Wunsch nicht abschlagen.

»Ich werde schweigen«, versprach er schließlich. »Bis an mein Totenbett und bis ins Grab. Das schwöre ich, Vater.«

Marcos Onkel trat zu ihnen; das Gelöbnis seines Neffen hatte er zufällig mit angehört. »Wir hätten niemals bis dorthin vordringen dürfen, Niccolò«, meinte er tadelnd zu seinem Bruder; eigentlich galt die vorwurfsvolle Bemerkung jedoch Marco.

Das Schweigen war aufgeladen mit unausgesprochenen Geheimnissen.

Sein Onkel hatte recht.

Marco dachte an das Flussdelta, das sie vor vier Monaten entdeckt hatten. Die schwarze Flussmündung war von dichtem Urwald gesäumt gewesen. Sie hatten lediglich Wasser aufnehmen und an zwei Schiffen Reparaturen vornehmen wollen. Eigentlich hatte es keinen Anlass gegeben, weiter ins Landesinnere vorzudringen, doch Marco waren Gerüchte zu Ohren gekommen, wonach jenseits der niedrigen Berge eine große Stadt liege. Da sie für die Instandsetzungsarbeiten zehn Tage angesetzt hatten, war er mit etwa vierzig Mann ins Gebirge aufgebrochen. Von einem Gipfel aus hatte er im Urwald einen hohen steinernen Turm ausgemacht, der von der Abendsonne beleuchtet wurde. Der Turm lockte ihn wie ein Leuchtfeuer und erfüllte ihn mit unwiderstehlicher Neugier.

Als sie sich dem Bauwerk durch den dichten Dschungel näherten, hätte ihn die Stille eigentlich warnen sollen. Es waren keine Trommeln zu hören gewesen wie jetzt. Kein Vogelgezwitscher, kein Affengeschrei. Die Stadt der Toten hatte einfach auf sie gewartet.

Die Unternehmung war ein furchtbarer Fehler gewesen.

Sie hatten dafür nicht nur mit Blut bezahlt.

Seite an Seite beobachteten sie, wie die Schiffe bis zur Wasserlinie herunterbrannten. Ein Mast kippte um wie ein gefällter Baum. Vor zwanzig Jahren hatten Vater, Sohn und Onkel der italienischen Heimat den Rücken gekehrt und waren mit dem Segen Papst Gregors X. in die Mongolei gereist, bis zum Palast des Khans und den Gärten von Shangdu, wo sie sich viel zu lange hatten mästen lassen wie Rebhühner. Als Lieblinge des Hofes waren die Polos auch Gefangene gewesen – gefesselt nicht von Ketten, sondern von der überwältigenden und erstickenden Freundlichkeit des Khans, die es ihnen unmöglich machte abzureisen, ohne ihren Wohltäter zu kränken. Deshalb freuten sie sich, als Kublai Khan sie endlich aus seinen Diensten entließ und ihnen anbot, die Prinzessin Kokejin zu ihrem persischen Verlobten zu eskortieren.

Wäre ihre Flotte doch in Shangdu geblieben …

»Die Sonne wird bald aufgehen«, sagte sein Vater. »Lasst uns aufbrechen. Es wird Zeit, dass wir nach Hause kommen.«

»Und wenn wir die gesegnete Küste Italiens erreichen, was sagen wir dann Teobaldo?«, fragte Masseo, indem er Papst Gregor X., den Freund und Gönner der Familie Polo, bei seinem früheren Namen nannte.

»Wir wissen nicht, ob er überhaupt noch lebt«, erwiderte Marcos Vater. »Wir waren lange fort.«

»Und wenn er doch noch lebt, Niccolò?«, setzte sein Onkel nach.

»Dann sagen wir ihm, wir wüssten alles über die Mongolen und deren Gebräuche und militärische Stärke. Wir hätten alles in Erfahrung gebracht, was er hat wissen wollen. Aber was die Pest betrifft – da gibt es nichts zu erzählen. Das ist aus und vorbei.«

In Masseos Seufzer schwang keine Erleichterung mit. Marco ahnte, was ihm durch den Kopf ging.

Die Pest hatte noch nicht alle geholt, die zum Tode verurteilt waren.

»Es ist vorbei«, wiederholte sein Vater beschwörend.

Marco musterte die beiden Älteren, seinen Vater und seinen Onkel, die sich vor dem Hintergrund von feuriger Asche und Rauch vor dem Nachthimmel abzeichneten. Solange die Erinnerung sie quälte, war gar nichts vorbei.

Marco sah zu Boden. Die Zeichnung, die sein Vater verwischt hatte, stand ihm noch deutlich vor Augen. Er hatte aus der Stadt eine Karte aus geklopfter Rinde mitgenommen. Die Karte war mit Blut gemalt gewesen. Inmitten des Dschungels hatten Tempel und Türme aufgeragt.

Alle menschenleer.

Bis auf die Toten. Der Boden war übersät gewesen mit Vögeln, die vom Himmel auf die gepflasterten Plätze gefallen waren. Niemand war verschont geblieben. Männer, Frauen und Kinder, alle tot. Auch die Ochsen und das Vieh auf den Weiden. Riesenschlangen hingen schlaff von den Ästen, das Fleisch unter den Schuppen voller Geschwüre.

Die einzigen Überlebenden waren die Ameisen.

Ameisen aller Größen und Farben.

Sie wimmelten über das Pflaster und die Leichen, fraßen die Toten langsam auf.

Doch der erste Eindruck hatte getrogen … Da war noch etwas anderes gewesen und hatte nur darauf gewartet, dass die Sonne unterging.

Marco verdrängte die Erinnerungen.

Als sein Vater die Karte sah, die er in einem der Tempel gefunden hatte, verbrannte er sie und streute die Asche ins Meer. Erst später war der erste Seemann erkrankt.

»Wir wollen nicht mehr daran denken«, hatte sein Vater daraufhin erklärt. »Das geht uns nichts an. Geben wir den Vorfall dem Vergessen anheim.«

Marco würde seinen Schwur einhalten. Diese Geschichte würde er niemandem erzählen. Gleichwohl berührte er mit dem

Fuß eines der verwischten Zeichen im Sand. Hatte er, der er es gewohnt war, seine Erlebnisse so akribisch aufzuzeichnen, das Recht, dieses Wissen für sich zu behalten?

Wenn es eine andere Möglichkeit gab, es zu bewahren…

Als hätte er Marcos Gedanken erraten, fasste sein Onkel Masseo ihrer aller Ängste in Worte. »Und wenn das Grauen irgendwann erneut sein Haupt hebt, Niccolò, wenn es eines Tages unsere Küste erreichen sollte?«

»Dann wird dies das Ende des Menschen Tyrannei über die Welt bedeuten«, antwortete Marcos Vater bitter. Er berührte das Kruzifix auf Masseos nackter Brust. »Der Mönch war klüger als wir alle. Sein Selbstopfer…«

Das Kreuz hatte Pater Agreer gehört. In der verfluchten Stadt hatte der Dominikanermönch sich geopfert, um ihr aller Leben zu retten. Ein dunkler Pakt war geschlossen worden. Sie hatten ihn auf seinen eigenen Wunsch hin zurückgelassen.

Den Neffen Papst Gregors X.

Als die letzten Flammen im schwarzen Wasser versanken, flüsterte Marco: »Welcher Gott wird uns beim nächsten Mal retten?«

22. Mai, 18:32
Indischer Ozean
10° 44' 07.87" S | 105° 11' 56.52" O

»Wem soll ich eine Flasche Foster's mitbringen, wenn ich schon mal hier unten bin?«, rief Gregg Tunis aus dem Salon herauf.

Dr. Susan Tunis, die gerade von der Schwimmleiter aufs Achterdeck kletterte, lächelte, als sie die Stimme ihres Mannes vernahm. Sie schälte sich aus der Tarierweste und wuchtete die Luftflaschen in das Regal hinter dem Steuerhaus der Forschungsyacht. Die Flaschen stießen klirrend gegeneinander.

Von dem Gewicht befreit, nahm sie das Handtuch von der Schulter und frottierte sich das von Sonne und Salz gebleichte blonde Haar. Als sie damit fertig war, öffnete sie mit einer einzigen Bewegung den Reißverschluss des Taucheranzugs.

»Bumm-badabumm… badabumm…«, tönte es hinter ihr aus einem Liegestuhl.

Sie sah sich nicht einmal um. Offenbar hatte da jemand zu viel Zeit in den Stripteasebars von Sydney verbracht. »Professor Applegate, müssen Sie das immer tun, wenn ich den Taucheranzug ausziehe?«

Der grauhaarige Geologe balancierte eine Lesebrille auf der Nase, auf seinem Schoß lag ein aufgeschlagenes Buch über Meeresgeschichte. »Es wäre unhöflich, eine gut gebaute junge Frau, die sich überflüssiger Kleidungsstücke entledigt, nicht zu würdigen.«

Susan befreite die Schultern aus dem Taucheranzug und ließ ihn bis zur Hüfte herabfallen. Darunter trug sie einen einteiligen Badeanzug. Aus Erfahrung wusste sie, dass Bikini-Oberteile dazu neigten, am Neopren festzukleben. Obwohl es sie nicht störte, von dem emeritierten Professor, der dreißig Jahre älter war als sie, beäugt zu werden, wollte sie ihm doch auch keine Gratisvorstellung bieten.

Im Niedergang tauchte ihr Mann mit drei beschlagenen Flaschen Lagerbier auf, die er zwischen die Finger der einen Hand geklemmt hatte. Als er Susan sah, grinste er breit. »Ich dachte, du würdest noch da unten rumschwimmen.«

Er kam an Deck und richtete sich auf. Bekleidet war er mit einer weißen Quicksilver-Badehose und offenem Hemd. Er arbeitete als Bootsmechaniker im Hafen von Darwin. Er und Susan hatten sich bei der Reparatur eines Bootes der Universität von Sydney im Trockendock kennengelernt. Das war jetzt acht Jahre her. Vor drei Tagen hatten sie auf der Yacht ihren fünften Hochzeitstag gefeiert, hundert Seemeilen vom Kiritimati-Atoll, besser bekannt unter dem Namen Weihnachtsinsel, entfernt.

Er reichte ihr eine Flasche. »Haben die Schallmessungen schon was ergeben?«

Sie trank einen großen Schluck Bier, denn sie war durstig. Den ganzen Nachmittag lang hatte sie am salzigen Mundstück gesaugt, und jetzt hatte sie Kleistergeschmack im Mund. »Bis jetzt noch nicht. Der Grund für die Strandungen liegt noch im Dunkeln.«

Vor zehn Tagen waren achtzig Delfine der im Indischen Ozean heimischen Art *Tursiops aduncus* an der Küste von Java gestrandet. Susan erforschte die Langzeitfolgen von Störgeräuschen auf das Orientierungsvermögen von Walen. Schon häufiger hatte Unterwasserlärm dazu geführt, dass die Tiere an den Strand geschwommen und dort verendet waren. Meistens hatte sie ein Team wissenschaftlicher Assistenten dabei, zusammengesetzt aus Studenten und Doktoranden, doch diesmal hatte sie mit ihrem alten Mentor einfach nur Urlaub machen wollen. Es war purer Zufall, dass es ausgerechnet in dieser Gegend zu einer Massenstrandung gekommen war – daher der verlängerte Aufenthalt.

»Könnte es vielleicht eine andere Ursache geben als von Menschen gemachten Lärm?«, meinte Applegate nachdenklich, während er mit den Fingerspitzen Kreise auf die beschlagene Bierflasche malte. »Hier kommt es immer wieder zu kleinen Seebeben. Vielleicht hat ja ein Meeresbeben genau den Ton getroffen, der sie in den Selbstmord getrieben hat.«

»Vielleicht war das starke Erdbeben vor ein paar Monaten der Auslöser«, sagte ihr Ehemann. Er ließ sich neben dem Professor auf einer Bank nieder und klopfte auffordernd auf den Platz an seiner Seite. »Oder ein Nachbeben.«

Susan wusste diesen Erklärungsversuchen nichts entgegenzusetzen. Durch die todbringenden Beben und den großen Tsunami, die sich in den vergangenen zwei Jahren in diesem Gebiet ereignet hatten, war der Meeresgrund stark in Mitleidenschaft gezogen worden. Das allein reichte als Erklärung vielleicht schon aus. Überzeugt davon war sie freilich nicht. Sie glaubte, dass es noch andere Ursachen gab. Das Riff war wie ausgestorben. Die wenigen Tiere, die dort unten noch lebten, hatten sich in Felsnischen, Muscheln und Sandlöcher zurückgezogen. Die Meeresbewohner hielten sozusagen den Atem an.

Vielleicht reagierten die empfindlichen Lebewesen ja tatsächlich auf Mikrobeben.

Stirnrunzelnd nahm sie neben ihrem Mann Platz. Sie würde die Weihnachtsinsel anfunken und sich erkundigen, ob ungewöhnliche seismische Aktivitäten festgestellt worden waren. Zunächst aber hatte sie Neuigkeiten zu vermelden, die ihren Mann mit Sicherheit ins Wasser bringen würden.

»Sieht so aus, als hätte ich die Überreste eines alten Schiffswracks entdeckt.«

»Ist ja toll.« Er straffte sich. In Darwin hatte Gregg hin und wieder Tauchgänge zu Kriegsschiffen aus dem Zweiten Weltkrieg angeboten, die vor der Nordküste Australiens gesunken waren. Für solche Entdeckungen konnte er sich begeistern. »Wo?«

Sie zeigte auf die andere Seite der Yacht. »Etwa hundert Meter steuerbord. Da ragen ein paar geschwärzte Balken aus dem Sand. Wurden vermutlich entweder beim letzten Seebeben freigelegt, oder der Tsunami hat den Schlick weggespült. Ich hatte nicht viel Zeit für die Erkundung. Das überlasse ich lieber einem richtigen Experten.« Sie kniff ihn in die Rippen, dann lehnte sie sich mit dem Rücken an seine Brust.

Alle drei beobachteten, wie die Sonne mit einem letzten neckischen Zwinkern im Meer versank. Wenn es nicht gerade stürmte, ließen sie sich auf See niemals einen Sonnenuntergang entgehen. Das Boot schaukelte sanft. In der Ferne funkelten die Lichter eines vorbeifahrenden Tankers. Ansonsten waren sie allein.

Ein scharfes Bellen ließ Susan zusammenschrecken. Sie hatte gar nicht gemerkt, wie angespannt sie war. Offenbar hatte das seltsame Verhalten der Riffbewohner auf sie abgefärbt.

»Ruhig, Oscar!«, rief der Professor.

Erst jetzt fiel Susan auf, dass das vierte Besatzungsmitglied nicht zu sehen war. Der Hund bellte erneut. Der pummelige Queensland-Heeler gehörte dem Professor. Da er allmählich in die Jahre kam und ein wenig arthritisch war, aalte er sich meistens in der Sonne.

»Ich gehe nach ihm sehen«, meinte Applegate. »Dann seid ihr Turteltauben wenigstens ungestört. Außerdem sollte ich mal das Bordklo aufsuchen und Platz für ein weiteres Foster's schaffen, bevor ich mich schlafen lege.«

Der Professor richtete sich ächzend auf und wandte sich zum Bug. Mitten in der Bewegung verharrte er plötzlich und blickte zum dunklen Osthimmel.

Oscar bellte abermals.

Diesmal schalt Applegate ihn nicht, sondern rief Susan und Gregg herbei. »Das solltet ihr euch mal ansehen«, sagte er mit leiser, ernster Stimme.

Susan sprang auf. Gregg folgte ihr. Sie stellten sich neben den Professor.

»Verdammt noch mal ...«, murmelte Gregg.

»Vielleicht habt ihr jetzt gefunden, was die Delfine an den Strand getrieben hat«, sagte Applegate.

Im Osten sandte ein breiter Meeresstreifen ein unheimliches Leuchten aus, das sich im Rhythmus der Dünung hob und senkte. Das silbrige Licht wogte und bildete Strudel. Der alte Hund stand knurrend an der Steuerbordreling.

»Was zum Teufel ist das?«, fragte Gregg.

Susan trat näher an die Reling. »Davon habe ich schon gehört. Das nennt man Milchsee. Das Phänomen wurde auch im Indischen Ozean beobachtet und wird schon bei Jules Verne erwähnt. 1995 wurde mittels Satellit eine Leuchterscheinung entdeckt, die eine Fläche von mehreren hundert Quadratmeilen einnahm. Das hier ist nur ein kleines Phänomen.«

»Klein, du meine Güte«, brummte ihr Ehemann. »Aber was ist das? Eine Art rote Flut?«

Sie schüttelte den Kopf. »Nicht ganz. Die sogenannte rote Flut rührt von starker Algenblüte her. Das Leuchten wird von biolumineszenten Bakterien hervorgerufen, die sich entweder von Algen oder einem anderen Substrat ernähren. Eine Gefahr geht nicht davon aus. Aber ich würde gern ...«

Es rumste, als wäre etwas Großes von unten gegen das Boot gestoßen. Oscars Gebell wurde aufgeregter. Der Hund rannte an der Reling hin und her und streckte den Kopf durch die Abspannung hindurch.

Sie näherten sich dem Hund und blickten aufs Wasser nieder.

Der leuchtende Rand der Milchsee leckte am Kiel der Yacht. Aus der Tiefe stieg etwas Großes auf, mit dem Bauch nach oben, aber noch zappelnd und mit den Zähnen knirschend. Es war ein über sechs Meter langer Tigerhai. Das leuchtende Wasser brodelte und färbte sich rot.

Plötzlich wurde Susan klar, dass es nicht das *Wasser* war, was da brodelte, sondern das *Fleisch* des Tieres, das sich in großen Fetzen löste. Langsam sank der grauenhaft entstellte Hai in die Tiefe. Etwas weiter weg wälzten sich weitere Tiere an der Meeresoberfläche, manche noch im Todeskampf zuckend, andere bereits tot: Schildkröten, Tümmler, hunderte Fische.

Applegate wich einen Schritt von der Reling zurück. »Offenbar ernähren sich die Bakterien nicht nur von Algen.«

Gregg drehte sich um. »Susan …«

Sie vermochte den Blick nicht von dem unheimlichen Schauspiel zu lösen. Obwohl der Anblick sie mit Grauen erfüllte, weckte er auch ihr wissenschaftliches Interesse.

»Susan …«

Schließlich wandte sie sich irritiert zu Gregg um.

»Du bist getaucht«, sagte er und zeigte aufs Meer hinaus. »Stundenlang.«

»Ja, und? Wir waren alle irgendwann im Wasser. Sogar Oscar ist ein Stück umhergepaddelt.«

Ihr Mann wich ihrem Blick aus. Schließlich fasste er die Stelle an ihrem Unterarm ins Auge, an der sie sich gerade kratzte. Manchmal scheuerte der Taucheranzug. Seine besorgte Miene lenkte auch ihren Blick zum Unterarm. Sie hatte dort Blasen, und mit dem Kratzen hatte sie alles nur noch schlimmer gemacht.

Auf einmal bildeten sich rote Striemen auf der Haut.

»Susan …«

Ihr stockte der Atem. »Mein Gott …«

Sie kannte die schreckliche Wahrheit bereits.

»Die Algen … sie sind in mir drin.«

Die Enthüllung

1
Die schwarze Madonna

1. Juli, 10:34
Venedig, Italien

Er wurde gejagt.

Stefano Gallo eilte über den Markusplatz. Die Morgensonne hatte das Pflaster der Piazza bereits aufgeheizt, und die Touristenscharen suchten entweder den Schatten oder drängten sich an der Eisdiele, die von San Marco vor der Sonne abgeschirmt wurde. Dieses stolze Wahrzeichen Venedigs mit seiner hohen byzantinischen Fassade, den Pferden aus massiver Bronze und den Kuppelgewölben aber war nicht sein Ziel.

Nicht einmal die Basilika hätte ihm Schutz geboten.

Er hatte nur eine einzige Hoffnung.

Als er an der Kirche vorbeikam, wurde er schneller. Vor ihm flatterten Tauben auf und brachten sich flügelschlagend in Sicherheit. Er hatte jede Verstellung aufgegeben. Er war bereits entdeckt worden. Den jungen Ägypter mit den schwarzen Augen und dem säuberlich gestutzten Bart hatte er in dem Moment bemerkt, als der Mann von der anderen Seite her den Markusplatz betreten hatte. Ihre Blicke hatten sich getroffen. Der Mann trug jetzt einen dunklen Anzug, der ihm wie Öl von den breiten, knochigen Schultern floss. Bei ihrer ersten Begegnung hatte er sich Stefano gegenüber als Archäologiestudent aus Budapest ausgegeben, der einen alten Freund und Kollegen von der Athener Universität vertrat.

Der Ägypter hatte im Museo Archeologico nach einer bestimmten Antiquität gesucht. Ein kleiner Obelisk, ein eher unbedeutender Fund. Der von der Regierung finanzierte Ägypter wollte ihn in seine Heimat zurückholen. Er hatte eine beträchtliche Geldsumme in gebündelten Scheinen dabeigehabt. Stefano, einer der

Museumskuratoren, war an und für sich nicht abgeneigt gewesen, das Bestechungsgeld anzunehmen; die steigenden Medikamentenrechnungen seiner Frau drohten sie aus ihrer kleinen Wohnung zu vertreiben. Heimlich Geld anzunehmen, war nicht ehrenrührig; schon seit zwanzig Jahren kaufte die ägyptische Regierung Nationalschätze aus Privatsammlungen zurück und setzte Museen unter Druck, ihr zurückzugeben, was Ägypten rechtmäßig gehörte.

Deshalb hatte Stefano zunächst eingewilligt und versprochen, den Obelisken zu übergeben. Was war schon ein kleiner Steinobelisk? Dem Inventarverzeichnis zufolge war er seit fast hundert Jahren in einer Kiste verpackt. Die knappe Beschreibung offenbarte auch den Grund: *Unbeschrifteter Marmorobelisk, gefunden in Tanis, aus der letzten dynastischen Epoche stammend (26. Dynastie, 615 v. Chr.)*. Das Objekt wirkte auf den ersten Blick unscheinbar. Seine Herkunft allerdings war nicht uninteressant. Es stammte aus der Sammlung eines der Musei Vaticani in Rom: aus dem Gregorianischen Ägyptischen Museum.

Wie es den Obelisken nach Venedig verschlagen hatte, war unbekannt.

Dann hatte Stefano gestern Morgen von einem Kurier einen Umschlag mit einem Zeitungsausschnitt erhalten, in dessen Wachssiegel ein Zeichen eingeprägt gewesen war.

Σ

Der griechische Buchstabe Sigma.

Die Bedeutung des Siegels verstand er nicht, doch die Botschaft des Zeitungsauschnitts war unmissverständlich. Der Artikel war drei Tage zuvor erschienen und bezog sich auf einen Leichenfund am Strand. Dem Mann war die Kehle durchgeschnitten worden, sein Körper war aufgedunsen gewesen und hatte von Aalen gewimmelt. Eine besonders starke Welle hatte ihn aus seinem Wassergrab ans Ufer gespült. Die Untersuchung des Gebisses hatte ergeben, dass es sich um den Universitätskollegen handelte, der angeblich den Ägypter hergeschickt hatte.

Der Mann war bereits seit mehreren Wochen tot gewesen.

Die schockierende Neuigkeit veranlasste Stefano, rasch zu handeln. Er drückte sich den schweren, in Sackleinen eingewickelten Obelisken, an dem noch einzelne Halme Packstroh hafteten, an die Brust.

Stefano hatte ihn aus dem Kellergewölbe entwendet, obwohl er wusste, dass er damit sich selbst, seine Frau und seine ganze Familie in Gefahr brachte.

Doch er hatte keine andere Wahl gehabt. Außer dem Zeitungsartikel war in dem Umschlag noch eine eilig hingekritzelte Nachricht in Frauenhandschrift gewesen, eine Warnung. Der Inhalt der Nachricht klang unglaublich, doch er hatte sie auf ihren Wahrheitsgehalt hin überprüft. Es stimmte.

Als er losrannte, schnürte sich ihm die Kehle zusammen.

Er hatte keine andere Wahl.

Der Obelisk durfte nicht dem Ägypter in die Hände fallen. Gleichwohl wollte er die Verantwortung nicht länger als unbedingt nötig tragen. Seine Frau, seine Tochter … Er dachte an den aufgedunsenen Leichnam seines Kollegen. Drohte seiner Familie das gleiche Schicksal?

Ach, Maria, was habe ich getan?

Es gab nur eine Person, die ihm diese Last abnehmen konnte. Die Frau, die ihm den Umschlag geschickt hatte, eine mit einem griechischen Buchstaben versiegelte Warnung. Unter der Nachricht hatten eine Adresse und eine Uhrzeit gestanden.

Er hatte sich bereits verspätet.

Irgendwie hatte der Ägypter von dem Diebstahl erfahren und daraus geschlossen, dass Stefano ihn verraten wollte. Deshalb war er schon frühmorgens ins Museum gekommen, um den Obelisken abzuholen. Stefano war nur mit Mühe aus seinem Büro entwischt und zu Fuß geflüchtet.

Doch er war nicht schnell genug gewesen.

Er blickte sich über die Schulter um. Der Ägypter war im Touristengewimmel verschwunden.

Stefano blickte wieder nach vorn und stolperte durch den Schatten des Glockenturms, des Campanile di San Marco. Früher war dies der Wachturm der Stadt gewesen, der Ausblick auf den nahen Hafen geboten hatte. Vielleicht würde er ja auch ihn beschützen.

Sein Ziel lag jenseits einer Piazzetta. Vor ihm ragte der Palazzo Ducale auf, der Dogenpalast aus dem vierzehnten Jahrhundert. Das zweigeschossige, aus istrischem Stein und rosarotem veronesischem Marmor erbaute Gebäude mit seinen Spitzbögen lockte ihn und versprach Rettung.

Den Obelisken an die Brust gedrückt, stolperte er weiter.

Würde sie auf ihn warten? Würde sie ihn von der Verantwortung erlösen?

Er eilte dem Schatten entgegen, begierig darauf, den grellen Sonnenschein und das Funkeln des Meeres hinter sich zu lassen. Der labyrinthische Palast würde ihm Schutz bieten. Der Palazzo Ducale hatte nicht nur den Dogen als Wohnsitz gedient, sondern auch als Regierungsgebäude, Gerichtshof und sogar Gefängnis. Hinter dem Palast, auf der anderen Seite des Kanals, lag ein neueres Gefängnis, das über die berühmte Seufzerbrücke mit dem Palazzo Ducale verbunden war. Casanova war einst über diese Brücke geflüchtet, der einzige Gefangene, dem es je gelungen war, aus dem Dogengefängnis zu entkommen.

Als Stefano sich unter eine Loggia duckte, flehte er den Geist Casanovas an, ihn zu beschützen. Endlich im Schatten angelangt, stieß er einen Seufzer der Erleichterung aus. Im Palast kannte er sich aus. In den labyrinthischen Gängen, die für heimliche Stelldicheins wie geschaffen waren, konnte man sich leicht verlaufen.

Darauf setzte er seine Hoffnung.

Er betrat den Palast zusammen mit einer Touristengruppe durch den Westflügel. Vor ihm lag der Hof mit den beiden alten Brunnen und der wundervollen Marmortreppe, der Scala dei Giganti, der Treppe der Riesen. Stefano wollte nicht schon wieder in den Sonnenschein geraten, dem er eben erst entkommen war. Er trat durch einen kleinen Privateingang und kam durch mehrere Verwaltungsräume. Schließlich gelangte er zum ehemaligen Arbeitszimmer des Inquisitors, wo man die armen Seelen peinlichen Verhören unterzogen hatte. Ohne stehen zu bleiben ging er zur angrenzenden Folterkammer weiter.

Als irgendwo hinter ihm eine Tür zufiel, schreckte er zusammen.

Er krampfte die Hände um den Obelisken.

Die Anweisungen waren unmissverständlich gewesen.

Über eine schmale Wendeltreppe stieg er in das Palastverlies hinunter, zu den Pozzi, den berüchtigten Brunnen. Hier hatte man die gefährlichsten Verbrecher eingesperrt.

Hier wollte er sich mit der Unbekannten treffen.

Stefano dachte an das Wachsiegel.

Σ

Was sollte das bedeuten?

Er trat in den feuchten Gang, von dem finstere Steinverliese abgingen, die zu niedrig waren, als dass man darin aufrecht hätte stehen können. Hier waren die Gefangenen im Winter erfroren oder im langen venezianischen Sommer gestorben, von allen vergessen außer von den Ratten.

Stefano schaltete eine kleine Stiftlampe ein.

Die unterste Ebene der Pozzi war anscheinend menschenleer. Seine Schritte hallten von den Steinwänden wider, was sich anhörte, als ob ihm jemand folgte. Die Angst verengte ihm die Brust. Er wurde langsamer. War er zu spät gekommen? Unwillkürlich hielt er den Atem an und sehnte sich auf einmal in den Sonnenschein zurück, vor dem er geflüchtet war.

Schaudernd blieb er stehen.

Wie als Reaktion auf sein Zaudern flammte in der hintersten Zelle ein Licht auf.

»Wer da?«, sagte er. »*Chi è là?*«

Das Scharren eines Absatzes, dann sprach ihn jemand mit schwachem Akzent auf Italienisch an.

»Die Nachricht war von mir, Signor Gallo.«

Eine schlanke Gestalt trat auf den Gang, in der Hand eine kleine Taschenlampe. Obwohl sie die Lampe gesenkt hielt, war ihr Gesicht nur undeutlich zu erkennen. Sie trug eine hautenge schwarze Ledermontur, die ihre Hüften und die Brüste betonte, und hatte sich wie ein Beduine ein Tuch um den Kopf geschlungen. Ihre Augen funkelten. Ihre gelassenen, anmutigen Bewegungen trugen dazu bei, dass sein Herzklopfen nachließ.

Wie eine schwarze Madonna trat sie aus der Dunkelheit hervor.

»Haben Sie das Objekt mitgebracht?«, fragte sie.

»Ich… ja, hab ich«, stammelte er und ging einen Schritt auf sie zu. Er streckte ihr den Obelisken entgegen und schlug das Sackleinen zurück. »Ich will nichts mehr damit zu tun haben. Sie haben mir geschrieben, Sie würden ihn an einen sicheren Ort bringen.«

»Das werde ich.« Sie zeigte auf den Boden.

Er bückte sich und setzte die ägyptische Steinsäule ab, froh darüber, sie endlich los zu sein. Der schwarze Marmorobelisk war vierzig Zentimeter lang. Die quadratische Basis hatte eine Kantenlänge von zehn Zentimetern und verjüngte sich zu einer pyramidenförmigen Spitze.

Die Frau ging vor Stefano in die Hocke und balancierte auf den Spitzen ihrer schwarzen Stiefel. Mit der Hand streifte sie über die dunkle Oberfläche des Obelisken. Der Marmor wies zahlreiche Kerben auf; das Artefakt war schlecht erhalten. Ein langer Riss war zu erkennen. Es war kein Wunder, dass ihm niemand Beachtung geschenkt hatte.

Trotzdem war deswegen Blut vergossen worden.

Und er kannte den Grund.

Die Frau drückte Stefanos Stiftlampe nach unten. Mit dem Daumen verstellte sie die Taschenlampe. Das weiße Licht nahm einen tiefen Purpurton an. Auf seiner Hose war auf einmal das kleinste Stäubchen zu erkennen. Die weißen Streifen seines Hemds leuchteten.

Ultraviolett.

Der Lichtstrahl umfloss den Obelisken.

Um die Behauptungen der Frau zu überprüfen, hatte Stefano ihn bereits auf die gleiche Weise untersucht und das Wunder mit eigenen Augen gesehen. Er beugte sich weiter vor und betrachtete alle vier Seiten des Obelisken.

Die Oberfläche war nicht mehr schwarz. An allen vier Seiten waren bläulich weiße Schriftzeichen zu erkennen.

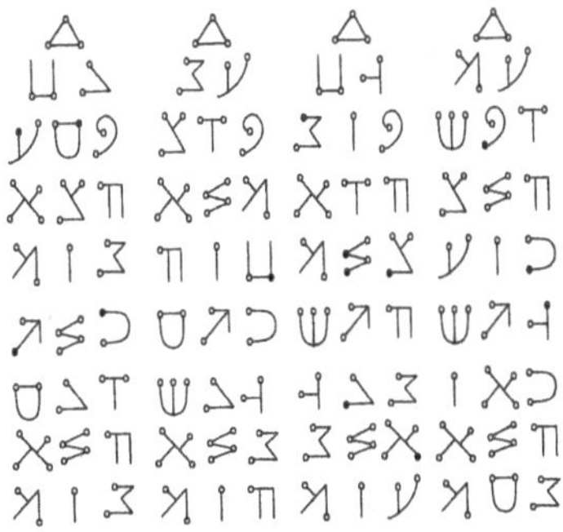

Es waren keine Hieroglyphen. Diese Sprache war noch älter.

Stefano senkte ehrfürchtig die Stimme. »Ist das vielleicht die Schrift, die …«

Von der Treppe war ein Flüstern zu vernehmen. Ein paar Steinchen kullerten die Stufen hinunter.

Voller Angst drehte er sich um. Das Blut gefror ihm in den Adern.

Den ruhigen, energischen Tonfall des Sprechers kannte er.

Der Ägypter.

Er hatte sie gefunden.

Die Frau schaltete die Taschenlampe aus. Das ultraviolette Licht erlosch. Auf einmal war es stockdunkel.

Stefano hob die Stiftlampe, denn er wollte das Gesicht der schwarzen Madonna sehen. Stattdessen erblickte er in ihrer Linken eine schwarze Pistole mit Schalldämpfer, die auf sein Gesicht zielte. Auf einmal wurde ihm alles klar. Er war hereingelegt worden.

»*Grazie, Stefano.*«

Die tödliche Stille zwischen dem scharfen Husten und dem Aufleuchten des Mündungsfeuers füllte ein einziger Gedanke aus.

Maria, verzeih mir.

3. Juli, 13:16
Vatikanstadt

Monsignor Vigor Verona stieg voller Widerwillen die Treppe hoch. Erinnerungen an Flammen und Rauch setzten ihm zu. Für diesen langen Aufstieg war ihm das Herz zu schwer. Er fühlte sich mindestens zehn Jahre älter als sechzig. Auf dem Absatz blieb er stehen, blickte nach oben und fasste sich ins Kreuz.

Der kreisförmige Treppenschacht wurde ausgefüllt von einem Durcheinander von Gerüsten, an denen Laufgänge entlangführten. Obwohl er wusste, dass es Pech brachte, duckte er sich unter einer Malerleiter hindurch und stieg weiter die dunkle Treppe hoch, die zum Torre dei Venti hinaufführte, dem Turm der Winde.

Von den Farbdämpfen tränten ihm die Augen. Doch er nahm auch noch andere Gerüche wahr, Phantome aus der Vergangenheit, an die er nicht erinnert werden wollte.

Verkohltes Fleisch, beißender Qualm, glühende Asche.

Vor zwei Jahren hatte eine Explosion den mitten im Vatikan gelegenen Turm in eine lodernde Fackel verwandelt. Nach gründlichen Instandsetzungsarbeiten aber gewann er nun allmählich seine alte Schönheit zurück. Vigor freute sich auf den kommenden Monat, denn dann sollte der Turm wiedereröffnet werden, und seine Heiligkeit der Papst würde persönlich das Seidenband durchschneiden.

Vor allem aber sehnte er sich danach, endlich mit der Vergangenheit abzuschließen.

Selbst der berühmte Meridian-Saal in der Turmspitze, wo Galileo nachgewiesen hatte, dass sich die Erde um die Sonne drehte, war nahezu wiederhergestellt. Achtzehn Monate hatten die zahlreichen Künstler und Kunsthistoriker gebraucht, um die beim Feuer zerstörten Fresken sorgfältig zu restaurieren.

Wenn sich doch auch alles andere mit Pinsel und Farbe wiederherstellen ließe.

Als frisch ernannter Präfekt des Archivio Segreto Vaticano wusste Vigor, welche Schätze des vatikanischen Geheimarchivs den Flammen, dem Rauch und dem Löschwasser zum Opfer gefallen waren. Tausende alte Bücher, illustrierte Texte und *regestra* – ledergebundene Dokumente aus Pergament und Papier. In den letzten hundert Jahren hatten die Räumlichkeiten des Turms all das aufgenommen, was im *carbonile,* dem Hauptspeicher des Archivs, keinen Platz mehr fand.

Jetzt gab es betrüblicherweise neuen Lagerraum.

»Prefetto Verona!«

Vigor kehrte in die Gegenwart zurück und wäre beinahe zusammengeschreckt. Doch es war nur sein Assistent, ein junger Seminarstudent namens Claudio, der ihn von oben gerufen hatte. Er erwartete Vigor im Meridian-Saal, denn er war lange vor seinem um viele Jahre älteren Professor hier angekommen. Der junge Mann hielt ihm die durchsichtige Abdeckplane auf, die den Eingang verschloss.

Vor einer Stunde war Vigor vom Leiter des Restaurationsteams in den Turm gerufen worden. Der Anruf des Mannes war ebenso dringlich wie geheimnisvoll gewesen. *Kommen Sie schnell. Wir haben eine grauenhafte und zugleich wundervolle Entdeckung gemacht.*

Vigor hatte daraufhin sein Büro verlassen und den langen Aufstieg in die Spitze des frisch renovierten Turms in Angriff genommen. Er hatte nicht einmal die schwarze Soutane abgelegt, die er extra wegen eines geplanten Treffens mit dem vatikanischen Staatssekretär angezogen hatte. Bald darauf hatte er seine Kleiderwahl bedauert, denn für den beschwerlichen Aufstieg war die Soutane zu schwer und zu warm. Jetzt endlich aber stand er vor seinem Assistenten und wischte sich mit einem Taschentuch den Schweiß von der Stirn.

»Treten Sie ein, *prefetto.*« Claudio hielt die Plastikplane hoch.

»*Grazie,* Claudio.«

In dem Raum herrschte eine Backofenhitze, als hätten die Steine die Feuerwärme seit zwei Jahren aufgespeichert. Dabei war es nur die Mittagssonne, die den höchsten Turm des Vatikans aufheizte. Rom litt unter einer besonders schweren Hitzewelle. Vigor betete darum, dass der Torre dei Venti seinem Namen mit einer Windbö Ehre machen möge.

Dabei war ihm bewusst, dass der Schweiß auf seiner Stirn weder von der Hitze noch vom Treppensteigen mit Soutane herrührte. Seit dem Brand hatte er es vermieden, hier hinaufzusteigen. Den abgehenden Räumen wandte er selbst jetzt noch den Rücken zu.

Hier hatte er sich mit seinem damaligen Assistenten treffen wollen.

Mit Jakob.

Den Flammen waren nicht nur Bücher zum Opfer gefallen.

»Da sind Sie ja endlich!«, dröhnte eine Stimme.

Dr. Balthazar Pinosso, der die Restaurierung des Meridian-Saals beaufsichtigte, näherte sich ihm durch den kreisförmigen Raum. Der Mann war ein Riese, über zwei Meter zehn groß und wie ein Arzt ganz in Weiß gekleidet. Seine Füße steckten in Papierschuhen. Er hatte sich eine Gasmaske in die Stirn geschoben. Vigor kannte ihn gut. Balthazar war der Dekan der kunsthistorischen Abteilung der Gregorianischen Universität, deren Pontifikalinstitut für christliche Archäologie Vigor einmal geleitet hatte.

»Präfekt Verona, danke, dass Sie gleich hergekommen sind.« Der Hüne sah auf die Armbanduhr und verdrehte die Augen, eine Anspielung auf Vigors langwierigen Aufstieg.

Vigor wusste seine Spöttelei zu schätzen. Nachdem er die höchste Archivarswürde erlangt hatte, wagten es nur noch wenige, in einem solch lockeren Ton mit ihm zu sprechen. »Hätte ich so lange Beine wie Sie, Balthazar, hätte ich zwei Stufen auf einmal nehmen können und wäre noch vor Claudio eingetroffen.«

»Dann sollten wir das hier rasch hinter uns bringen, damit Sie Ihr Mittagsschläfchen fortsetzen können. Solch emsige Arbeiter störe ich nur ungern.«

Trotz seiner Jovialität wirkte er angespannt. Vigor fiel erst jetzt auf, dass Balthazar alle Männer und Frauen, die mit Restaurierungsarbeiten beschäftigt waren, fortgeschickt hatte. Daraufhin bat er Claudio, im Treppenhaus zu warten.

»Würden Sie uns einen Moment allein lassen, Claudio?«

»Selbstverständlich, *prefetto.*«

Als sein Assistent hinter dem Plastikvorhang verschwunden war, wandte Vigor seine Aufmerksamkeit wieder seinem ehemaligen Kollegen zu. »Balthazar, was gibt es so Dringendes?«

»Kommen Sie, ich zeig's Ihnen.«

Als er Balthazar zur anderen Seite des Turmzimmers folgte, bemerkte er, dass die Restaurierungsarbeiten beinahe abgeschlossen waren. Nicolò Circignanis berühmte Wand- und Deckenfresken stellten biblische Szenen dar. An der Decke waren Engel und Wolken abgebildet. Einige Stellen, an denen noch gearbeitet wurde, waren mit Seidenpapier abgedeckt. Die meisten Bilder aber waren bereits wiederhergestellt. Auch der in den Marmorboden eingelassene Tierkreis war gesäubert worden und auf Hochglanz poliert. Durch ein Wandloch von der Größe eines Vierteldollars fiel ein Lichtstrahl auf die weiße Meridianlinie, die sich über den dunklen Boden zog, und verwandelte den Saal in ein Sonnenobservatorium des sechzehnten Jahrhunderts.

Balthazar teilte einen Wandbehang, hinter dem sich eine kleine Kammer befand. Die Originaltür war verkohlt, aber anscheinend noch intakt.

Der hünenhafte Historiker tippte auf einen der Bronzezapfen in der dicken Holztür. »Wir haben festgestellt, dass die Tür einen Bronzekern besitzt. Zum Glück. Deshalb wurde der Inhalt des Raums vom Feuer verschont.«

Vigor fühlte sich beklommen, doch seine Neugier war geweckt. »Was befand sich darin?«

Balthazar zog die Tür auf. Dahinter war ein vollgestopfter, fensterloser Raum mit Steinwänden, der kaum Platz für zwei Personen bot. An den Seiten standen zwei wandhohe Regale voller ledergebundener Bücher. Trotz des Geruchs nach frischer Farbe roch es muffig, ein Beleg für die Hartnäckigkeit, mit der das Alter menschlichem Bemühen trotzt.

»Der Bestand wurde inventarisiert, als wir hier die Leitung übernommen und aufgeräumt haben«, erklärte Balthazar. »Allerdings wurde nichts Bedeutsames entdeckt. Die meisten dieser zerfallenden Schriften behandeln astronomische und nautische Themen.« Mit einem vernehmlichen Seufzer trat er in die Kammer. »Ich glaube, ich hätte vorsichtiger sein sollen, denn schließlich halten sich hier den ganzen Tag über Arbeiter auf. Aber ich habe mich auf den Meridian-Saal konzentriert. Nachts hatten wir hier zur Bewachung einen Schweizergardisten postiert. Ich dachte, das würde ausreichen.«

Vigor folgte dem großen Mann in die Kammer.

»Außerdem wurden hier drinnen einige Werkzeuge aufbewahrt.« Balthazar deutete auf das unterste Fach des einen Regals. »Damit niemand drüberstolpert.«

Vigor schüttelte den Kopf. Von der Hitze und seinem schweren Herzen wurde ihm allmählich schwummerig. »Ich verstehe nicht. Weshalb haben Sie mich hergerufen?«

Eine Art Grollen kam aus der Brust des Mannes. »Vor einer Woche«, sagte er, »hat einer der Aufpasser jemanden verscheucht, der herumschnüffeln wollte.« Er schwenkte die Hand. »Hier drinnen.«

»Warum wurde ich nicht informiert?«, fragte Vigor. »Wurde etwas entwendet?«

»Nein, das war schon alles. Sie waren gerade in Mailand, und der Wachposten hat den Fremden verscheucht. Ich nahm an, es habe sich um einen ganz gewöhnlichen Dieb gehandelt, der sich das Durcheinander zunutze machen wollte. Hier herrscht ein ständiges Kommen und Gehen. Nach dem Vorfall habe ich für alle Fälle einen zweiten Wachposten hierherbeordert.«

Vigor bedeutete ihm, er solle fortfahren.

»Heute Morgen wollte einer der Restauratoren eine Lampe in der Kammer ablegen. Bei seinem Eintreten war sie noch eingeschaltet.«

Balthazar langte hinter Vigor und zog die Tür zu, sodass von außen kein Licht mehr hereinfiel. Dann schaltete er eine kleine Handlampe ein. Der Raum wurde von purpurfarbenem Licht überflutet, sein weißer Overall leuchtete auf. »Bei den Restaurierungsarbeiten werden auch UV-Lampen eingesetzt. Damit kann man so manche Details sichtbar machen, die dem bloßen Auge entgehen.«

Balthazar zeigte auf den Marmorboden.

Vigor hatte den Blick bereits gesenkt. In der Mitte des Raums war eine primitive Zeichnung zu erkennen.

Ein zusammengerollter Drache, der beinahe auf dem Schwanz stand.

Vigor stockte der Atem. Vor ungläubigem Entsetzen stolperte er einen Schritt zurück. Schreie gellten ihm in den Ohren.

Balthazar legte ihm beruhigend die Hand auf die Schulter. »Alles in Ordnung? Vielleicht hätte ich Sie darauf vorbereiten sollen.«

Vigor schüttelte seine Hand ab. »Es … es geht schon.«

Er ging in die Hocke und betrachtete das leuchtende Zeichen, das er nur allzu gut kannte. Das Symbol des Ordinis Draconis. Des Kaiserlichen Drachenordens.

Balthazar erwiderte seinen Blick. Seine Augäpfel leuchteten weiß im UV-Licht. Der Drachenorden hatte vor zwei Jahren mit Unterstützung Prefetto Albertos, des verräterischen ehemaligen Präfekten des Geheimarchivs, den Turm niedergebrannt. Vigor hatte geglaubt, mit dessen Tod wäre diese Angelegenheit ein für alle Mal erledigt, zumal der Turm inzwischen phönixgleich aus Rauch und Asche wiedererstanden war.

Was hatte das Zeichen zu bedeuten?

Vigor kniete nieder. Sein linkes Knie war steif und schmerzte. Die Zeichnung war flüchtig hingeschmiert, nur eine grobe Annäherung.

Balthazar blickte ihm über die Schulter. »Ich habe die Zeichnung mit einer Lupe untersucht. Unter der fluoreszierenden Farbe befindet sich etwas Gips. Das deutet darauf hin, dass sie erst vor Kurzem angebracht wurde. Erst in dieser Woche, würde ich sagen.«

»Der Dieb...«, brummte Vigor.

»Vielleicht war das gar kein gewöhnlicher Dieb.«

Vigor massierte sich das Knie. Das Zeichen ließ Böses ahnen. *Eine Drohung oder eine Warnung, vielleicht auch eine Botschaft für einen anderen Maulwurf des Drachenordens.* Er musste an Balthazars Formulierung denken: *Wir haben eine grauenhafte und zugleich wundervolle Entdeckung gemacht.* Den Drachen vor Augen, verstand Vigor immerhin, was er mit *grauenhaft* gemeint hatte.

Er blickte sich über die Schulter um. »Sie haben am Telefon auch den Ausdruck ›wundervoll‹ gebraucht.«

Balthazar nickte. Er langte hinter sich und öffnete wieder die Tür. Tageslicht strömte herein. Der fluoreszierende Drachen verschwand, als scheute er das Licht.

Vigor stieß einen Seufzer der Erleichterung aus.

»Sehen Sie sich das mal an.« Balthazar kniete neben Vigor nieder. »Wenn uns nicht die Drachenzeichnung aufgefallen wäre, hätten wir das übersehen.«

Er stützte sich mit der Linken ab und streckte den rechten Arm vor. Mit den Fingerspitzen streifte er über den Marmorboden.

»Ich habe es entdeckt, als ich mit der Lupe die fluoreszierende Farbe untersucht habe. Während ich auf Sie wartete, habe ich den Schmutz von Jahrhunderten von dem Relief entfernt.«

Vigor musterte den Boden. »Von welchem Relief?«

»Gehen Sie näher ran. Hier.«

Vigor konzentrierte sich. Wie ein Blinder, der Brailleschrift las, ertastete er schließlich eine leicht erhabene Inschrift.

Vigor war sogleich klar, dass das Relief sehr alt war. Die Zeichen waren so abstrakt wie eine wissenschaftliche Notiz, doch dies war nicht das Gekritzel eines Physikers. Als ehemaliger Leiter des Pontifikalinstituts für christliche Archäologie wusste er, was er da vor sich hatte.

Balthazar hatte seine Gedanken anscheinend erraten. Er senkte die Stimme zu einem verschwörerischen Flüstern. »Ist es wirklich das, was ich darin vermute?«

Vigor ließ sich zurücksinken und wischte sich den Staub von den Fingern. »Eine Schrift, die noch älter ist als das Hebräische«, murmelte er. »Angeblich die erste Sprache überhaupt.«

»Wie kommen die Zeichen hierher? Was bedeuten sie?«

Kopfschüttelnd betrachtete Vigor den Boden. Ihn beschäftigte bereits eine andere Frage. Im Geiste erblickte er wieder das Drachenzeichen, diesmal nicht von einer UV-Lichtquelle, sondern von seiner Angst sichtbar gemacht. Der Drache auf dem Stein war um die Inschrift zusammengerollt, als wollte er sie beschützen.

Balthazars Bemerkung ging ihm durch den Kopf. *Wenn uns nicht die Drachenzeichnung aufgefallen wäre, hätten wir das übersehen*. Vielleicht sollte der Drache die Inschrift ja nicht beschützen, sondern vielmehr erhellen oder hervorheben.

Doch für wessen Augen war dies gedacht?

Als Vigor sich den gekrümmten Drachen vorstellte, meinte er, wieder das Gewicht des qualmenden, verkohlten Jakob auf den Armen zu spüren.

Plötzlich ging Vigor ein Licht auf. Die Botschaft war nicht an einen Agenten des Drachenordens gerichtet, an einen Verräter wie Präfekt Alberto. Sie richtete sich an eine Person, die eine enge Verbindung zur Geschichte des Drachenordens hatte und in der Lage war, ihre Bedeutung zu erkennen.

Die Botschaft war für ihn gedacht.

Aber was bezweckte sie? Was bedeutete sie?

Vigor richtete sich schwerfällig auf. Er kannte jemanden, der ihm würde helfen können, jemanden, den er seit Jahren nicht mehr angerufen hatte. Bis jetzt hatte es keinen Grund gegeben, mit ihm in Verbindung zu treten, zumal der Mann sich inzwischen von seiner Nichte getrennt hatte. Die gebrochenen Herzen waren jedoch nicht der einzige Grund für Vigors Zurückhaltung gewesen. Der Mann erinnerte ihn ebenso wie dieser Turm an eine blutige Vergangenheit, die er vergessen wollte.

Jetzt aber hatte sich die Lage geändert.

Das Drachenzeichen leuchtete vor seinem geistigen Auge, eine schreckliche Warnung.

Er brauchte Hilfe.

4. Juli, 23:44
Takoma Park, Maryland

»Gray, wärst du so nett, mal den Müll rauszubringen?«

»Wird gemacht, Mom.«

Im Wohnzimmer nahm Commander Gray Pierce eine leere Flasche Sam Adams vom Tisch, die von der 4.-Juli-Feier seiner Eltern übrig geblieben war, und klemmte sich den Mülleimer unter den Arm. Zumindest ging die Party allmählich ihrem Ende entgegen.

Er sah auf die Uhr. Fast schon Mitternacht.

Gray sammelte zwei weitere Bierflaschen vom Dielentisch auf, blieb vor der offenen Tür stehen und genoss einen Moment die frische Luft, die durchs Fliegengitter hereinströmte. Es roch nach Jasmin und ein wenig nach dem Schwarzpulver der Feuerwerkskörper, die auf der Straße hochgegangen waren. In der Ferne waren noch ein paar Heuler und Kracher zu hören. Im Nachbarhof bellte ein verstörter Hund.

Nur noch wenige Gäste hielten sich auf der Vorderveranda des

Bungalows seiner Eltern auf, fläzten sich in Sesseln oder beugten sich über das Geländer und genossen nach dem heißen Sommertag in Maryland die Kühle. Zuvor hatten sie sich das Feuerwerk angeschaut. Anschließend hatten sich die Partygäste allmählich zerstreut. Nur die Ausdauerndsten waren geblieben.

Unter anderem auch Grays Chef.

Direktor Painter Crowe lehnte an einem Stützpfosten und hatte sich einem Lehrassistenten entgegengeneigt, der für Grays Mutter arbeitete. Der Lehrassistent war ein ernster junger Mann aus dem Kongo, der ein Stipendium an der George Washington University hatte. Painter Crowe hatte sich bei ihm nach dem Stand der Feindseligkeiten in seinem Heimatland erkundigt. Offenbar hielt der Leiter von Sigma selbst bei einer Party den Finger am Puls der Welt.

Deshalb war er auch ein solch guter Direktor.

Die Sigma Force war der verdeckte Arm der DARPA, der Forschungs- und Entwicklungsabteilung des Verteidigungsministeriums. Sie hatte die Aufgabe, für die nationale Sicherheit relevante Technologien zu schützen oder gegebenenfalls unschädlich zu machen. Dem Team gehörten handverlesene ehemalige Angehörige der Spezialeinsatzkräfte an, die spezielle Studiengänge mit Doktorabschluss absolviert hatten und eine schlagkräftige Truppe mit wissenschaftlichem Sachverstand bildeten. Sie waren, wie Monk, Grays Freund und Teamkollege, zu scherzen pflegte, Killerwissenschaftler.

Direktor Crowe trug somit große Verantwortung, und seine einzige Entspannung am heutigen Abend war anscheinend das Glas Single-Malt-Scotch auf dem Verandageländer. Daran nippte er schon die ganze Zeit. Als spürte er Grays prüfenden Blick, nickte er ihm durch die Tür hindurch zu.

Im trüben Schein der Windlichter wirkte der Direktor in seiner dunklen Freizeithose und dem gebügelten Leinenhemd wie aus Stein gemeißelt. Sein kantiges Gesicht verriet seine Abstammung von den Ureinwohnern Amerikas.

Gray suchte in seinem faltenlosen Gesicht nach Rissen, denn er wusste, unter welchem Druck der Direktor stand. Die Organisationsstruktur von Sigma war von der NSA und der DARPA erst kürzlich einer umfassenden Prüfung unterzogen worden, und nun braute sich in Südostasien eine neue Krise zusammen. Deshalb tat es ihm gut, einmal aus den unterirdischen Büros von Sigma herauszukommen.

Und sei es auch nur für einen Abend.

Allerdings verlor er seine Pflichten auch heute nicht aus dem Blick.

Wie zum Beweis streckte sich Painter, stieß sich vom Geländer ab und wandte sich zur Tür. »Ich muss allmählich los!«, rief er Gray zu und sah auf seine Armbanduhr. »Ich glaube, ich schaue noch mal im Büro vorbei und vergewissere mich, ob Lisa und Monk wohlbehalten an ihrem Bestimmungsort angekommen sind.«

Die beiden Wissenschaftler Dr. Lisa Cummings und Monk Kokkalis sollten ein Krankheitsphänomen untersuchen, das auf den indonesischen Inseln aufgetaucht war. Die beiden Sigma-Agenten, die offiziell als Helfer der Weltgesundheitsorganisation WHO auftraten, waren heute Morgen abgereist.

Gray drückte die Fliegentür auf, trat auf die Veranda hinaus und schüttelte seinem Chef die Hand. Painters Interesse an den beiden hatte nicht allein dienstliche Gründe. Sein Gesicht spiegelte die Sorge eines Verliebten wider.

»Ich bin sicher, Lisa geht es gut«, sagte Gray, der wusste, dass Lisa und Painter in letzter Zeit kaum getrennt gewesen waren. »Das heißt, falls sie sich Watte in die Ohren gestopft hat. Mit seinem Geschnarche wäre Monk imstande, das Triebwerk vom Flugzeugflügel zu lösen. Und wo wir gerade von dem Ein-Mann-Blasorchester sprechen; falls Sie was Neues erfahren sollten, geben Sie bitte Kat Bescheid …«

Painter hob die Hand. »Sie hat heute Abend schon zweimal mein Blackberry angemailt und sich erkundigt, ob es Neuigkeiten gibt.« Er stürzte den Rest Scotch hinunter. »Ich rufe Sie an, sobald ich mehr weiß.«

»Ich schätze, Monk wird Ihnen mit dem Anruf zuvorkommen, jetzt, wo er *zwei* Frauen Bericht erstatten muss.«

Painters Lächeln wirkte ein wenig erschöpft.

Vor drei Monaten hatten Kat und Monk ein über drei Kilogramm schweres Mädchen aus dem Krankenhaus nach Hause gebracht, das sie auf den Namen Penelope Anne getauft hatten. Als er zu dem Einsatz eingeteilt wurde, hatte Monk gewitzelt, es sei ihm nur recht, den Windeln und den mitternächtlichen Fütterungen zu entkommen, doch Gray war nicht entgangen, dass es seinem Freund arg zusetzte, seine Frau und seine kleine Tochter allein zu lassen.

»Danke, dass Sie gekommen sind, Direktor. Bis morgen dann.«

»Bitte grüßen Sie Ihre Eltern von mir.«

Gray blickte zu dem Licht hinüber, das aus der an die linke Hausseite angebauten Garage strömte. Dorthin zog sein Vater sich seit einiger Zeit zurück. Das heutige Feuerwerk hatte nicht ausschließlich auf der Straße stattgefunden. In dem Maße, wie seine Alzheimererkrankung voranschritt, fiel es seinem Vater immer schwerer, sich unter Menschen zu bewegen und sich ihre Namen zu merken. Ständig wiederholte er seine Fragen. Sein Frust hatte zu einem Streit zwischen Vater und Sohn geführt. Anschließend war Grays Vater in seine Werkstatt gestapft.

Immer häufiger verkroch er sich dort. Gray vermutete, dass er sich weniger vor der Welt versteckte, als sich vielmehr sammelte, um in der Abgeschiedenheit einen Rest seiner Fähigkeiten zu bewahren und Trost zu finden in den abgehobelten Spänen und dem fachkundigen Gebrauch eines Schraubenziehers. Allerdings war die wachsende Angst im Blick seines Vaters trotz seiner meditativen Weltabgewandtheit nicht zu übersehen.

»Ich werd's ihnen ausrichten«, brummte Gray.

Bald darauf verabschiedeten sich auch die übrigen Nachtschwärmer. Jemand ging ins Haus, um seiner Mutter auf Wiedersehen zu sagen, während Gray die restlichen Gäste verabschiedete. Nun hatte er die Veranda für sich allein.

»Gray!«, rief seine Mutter von drinnen. »Der Müll!«

Seufzend bückte er sich und sammelte die leeren Flaschen, Büchsen und Plastikbecher ein. Er würde seiner Mutter noch beim Aufräumen helfen und dann mit dem Fahrrad das kurze Stück zu seiner Wohnung fahren. Als die Fliegentür hinter ihm zufiel, knipste er das Verandalicht aus und ging in die Küche. Der Geschirrspüler summte, in der Spüle klapperten Pfannen.

»Mom, lass mich das machen«, sagte er. »Ruh dich aus.«

Seine Mutter wandte sich von der Spüle ab. Sie war mit Baumwollhose und weißer Seidenbluse bekleidet und hatte sich eine karierte Schürze umgebunden. Die Erschöpfung nach dem anstrengenden Abend war ihr anzusehen, und auf einmal wurde ihm das fortschreitende Alter seiner Mutter bewusst. Wer war die grauhaarige alte Frau in der Küche seiner Mutter?

Sie warf mit einem feuchten Geschirrtuch nach ihm und unterbrach damit seinen Gedankengang.

»Räum einfach den Müll weg. Ich bin schon so gut wie fertig. Und sag deinem Vater, er soll reinkommen. Die Edelmanns mögen es nicht, wenn er nachts arbeitet. Übrigens hab ich den Rest vom gegrillten Hühnerfleisch eingepackt. Wärst du so nett, das in den Kühlschrank in der Werkstatt zu tun?«

»Da muss ich zweimal gehen.« In der einen Hand hielt er zwei Mülltüten, die leeren Flaschen hatte er sich unter den anderen Arm geklemmt. »Bin gleich wieder da.«

Mit der Hüfte stieß er die Hintertür auf und trat auf den dunklen Hof hinaus. Vorsichtig stieg er die zwei Treppenstufen hinunter und ging zur Werkstatt hinüber, an deren Wand die Mülleimer aufgereiht waren. Er ertappte sich dabei, dass er leise auftrat und sich bemühte, das Klirren der Flaschen zu unterbinden. Ein Rasensprenger verriet ihn.

Als er stolperte und sich an der Glastonne abfing, schepperte es vernehmlich. Der Scotchterrier der Nachbarn bellte erbost.

Mist…

In der Werkstatt fluchte sein Vater. »Gray? Bist du das? Hilf mir mal eben, verdammt noch mal!«

Gray zögerte. Nachdem er sich mit seinem Vater heute schon ein Wortgefecht geliefert hatte, wollte er eine mitternächtliche Neuauflage vermeiden. In den vergangenen Jahren waren sie eigentlich recht gut miteinander ausgekommen und hatten nach lebenslanger Entfremdung wieder eine gemeinsame Basis gefunden. Als sich im vergangenen Monat jedoch das Ergebnis des Kognitionstests verschlechterte, war der schweigsame Mann auch wieder reizbar geworden.

»Gray!«

»Einen Moment!« Er warf den Abfall in eine der offenen Tonnen und rückte die Glastonne zurecht. Dann wappnete er sich und trat in den Lichtschein, der aus der offenen Werkstatt strömte.

Der Geruch von Sägemehl und Öl erinnerte ihn an schlimmere Zeiten. *Hol den verdammten Riemen, du Miststück... In Zukunft wirst du's dir zweimal überlegen, bevor du mein Werkzeug benutzt... Zieh deinen Kopf aus deinem Arsch, sonst mach ich dir Beine...*

Sein Vater kniete neben einem umgekippten Plastikbecher inmitten von verstreuten Nägeln auf dem Boden und versuchte sie einzusammeln. Von seiner linken Hand tropfte Blut.

Bei Grays Eintreten schaute sein Vater hoch. Im Licht der Neonröhren war ihrer beider Ähnlichkeit nicht zu übersehen. Ihre Augen hatten die gleiche stahlblaue Farbe. Die scharfen Kanten und Furchen ihres Gesichts verrieten die walisische Abstammung. Der entkam man nicht so leicht.

Gray näherte sich seinem Vater und zeigte zur Spüle. »Wasch das mal ab.«

»Sag mir nicht, was ich zu tun und lassen habe.«

Gray setzte zu einer Entgegnung an, besann sich aber, bückte sich und half seinem Vater beim Aufsammeln der Nägel. »Was ist passiert?«

»Hab nach Holzschrauben gesucht.« Sein Vater zeigte mit der verletzten Hand zur Werkbank.

»Aber das sind Nägel.«

Sein Vater sah ihn an. »Was du nicht sagst, Sherlock Holmes.« Mühsam bezähmter Zorn funkelte in seinem Blick, doch Gray wusste, dass sein Groll sich diesmal nicht gegen seinen Sohn richtete.

Deshalb hielt er den Mund, klaubte die Nägel auf und legte sie in den Becher. Sein Vater musterte verdutzt seine Hände: die eine blutete, die andere nicht.

»Dad?«

Der groß gewachsene Mann schüttelte den Kopf und sagte leise: »Verdammt noch mal...«

Gray schwieg.

Sein Vater hatte auf den Ölfeldern von Texas gearbeitet, bis ihm nach einem Unfall das eine Bein unterhalb des Knies amputiert worden war. Der Ölmann wurde zum Hausmann. Gray hatte darunter besonders zu leiden gehabt, denn es war ihm nie gelungen, es seinem Vater recht zu machen.

Er beobachtete, wie sein Vater seine Hände anstarrte und sich einer bitteren Wahrheit bewusst wurde. Vielleicht war sein Altmännerzorn immer schon gegen ihn selbst gerichtet gewesen. So wie jetzt. Vielleicht war weniger die Enttäuschung über seinen Sohn die Ursache, als vielmehr die Erkenntnis, dass er selbst nicht so sein konnte, wie er sein wollte. Und selbst dieses Wissen würde die Krankheit ihm schon bald wieder rauben.

Gray suchte nach Worten.

Das Knattern eines Motorrads lenkte ihn ab. Reifen quietschten, auf dem Asphalt blieb Gummiabrieb zurück.

Gray richtete sich auf und stellte den Becher auf die Werkbank. Sein Vater schimpfte über den Fahrer, in dem er einen betrunkenen Partygast vermutete. Gray löschte das Licht.

»Was soll das?«

»Duck dich«, sagte Gray.

Irgendwas stimmte da nicht ...

Das Motorrad tauchte auf, eine schwarze, schwere Yamaha V-max. Mit brüllendem Motor kam sie rutschend zum Stehen. Der Schweinwerfer war ausgeschaltet. Dieser Umstand hatte Gray in Alarmbereitschaft versetzt. Auf der Straße war dem Motorenlärm kein Scheinwerferkegel vorausgeeilt. Das Motorrad fuhr ohne Licht.

Ohne langsamer zu werden, rutschte es mit qualmendem Hinterreifen näher. Der Fahrer versuchte, in die Einfahrt einzubiegen. Das Motorrad schwenkte herum, bremste ab, ruckte wieder vor.

»Was zum Teufel ...?«, rief Grays Vater.

Der Fahrer fand das Gleichgewicht wieder, doch dann prallte das Vorderrad gegen die Bordsteinkante. Das Motorrad legte sich auf die Seite. Der Fahrer versuchte, die Maschine abzufangen, rammte mit dem hinteren Kotflügel aber die Verandatreppe.

Das Motorrad ging inmitten eines Funkenschauers zu Boden, eine Fortsetzung des Feuerwerks zum Unabhängigkeitstag. Der Fahrer rollte sich ab, überschlug sich und landete nicht weit von der offenen Garage.

In der Einfahrt begann der Motor zu stottern und ging aus.

Die Funken erloschen.

Dunkelheit senkte sich herab.

»Herrgott noch mal!«, rief Grays Vater.

Gray drückte ihn mit der flachen Hand zurück, um ihm zu bedeuten, er solle in der Werkstatt bleiben. Mit der anderen Hand zog er eine Glock Kaliber 9mm aus dem Schulterhalfter. Er näherte sich der am Boden liegenden Gestalt, die mit einer Ledermontur bekleidet war: Motorradanzug, Halstuch und Helm, alles war schwarz.

Ein leises Stöhnen verriet ihm zwei Dinge: Der Fahrer lebte, und es handelte sich um eine Frau. Sie lag zusammengekrümmt auf der Seite, der Lederanzug war zerrissen.

In der hell erleuchteten Hintertür tauchte die dunkle Silhouette seiner Mutter auf. Der Lärm hatte sie herbeieilen lassen.

»Bleib, wo du bist!«, rief Gray ihr zu.

Als er sich der gestürzten Fahrerin näherte, bemerkte er einen dunklen Gegenstand, der neben dem Motorrad auf dem hellen Betonboden lag. Anscheinend war es eine gedrungene Steinsäule, die beim Aufprall geborsten war. Das Innere der Säule funkelte metallisch im Mondschein.

Als er neben die Fahrerin trat, fiel ihm ein weiteres Funkeln ins Auge.

Ein kleiner Anhänger am Hals der Frau.

In Drachenform.

Gray erkannte ihn auf den ersten Blick wieder. Er trug den gleichen Anhänger um den Hals, das Geschenk einer alten Gegnerin, eine Warnung und zugleich ein Versprechen, das sie bei ihrer nächsten Begegnung einzulösen gedachte.

Er packte die Pistole fester.

Die Frau stöhnte auf und wälzte sich auf den Rücken. Blut floss auf den weißen Beton, ein dunkles Rinnsal, das sich zum frisch gemähten Rasen schlängelte. Das Blut kam aus einer Austrittswunde.

Von hinten angeschossen.

Die Frau fasste sich an den Kopf und nahm den Helm ab. Ein bekanntes Gesicht, schmerzverzerrt, umrahmt von schwarzem

Haar. Sonnengebräunte Haut und mandelförmige Augen verrieten ihre eurasische Abstammung und ihre Identität.

»Seichan …«, sagte er.

Sie streckte die Hand aus, kratzte an seinem Hemd. »Commander Pierce … helfen Sie mir …«

Schmerz sprach aus ihren Worten – und eine Regung, die er von seiner kaltblütigen Feindin bislang nicht kannte.

Angst.

2
Blutige Weihnacht

5. Juli, 11:02
Weihnachtsinsel

Ein erholsamer Tag am Strand...

Monk Kokkalis folgte dem Wissenschaftler über den schmalen Sandstreifen. Beide Männer trugen identische Schutzanzüge vom Typ Bio-3. Nicht unbedingt die beste Wahl für einen Spaziergang an einem Strand in den Tropen. Unter dem Schutzanzug trug Monk nichts weiter als ein Paar Boxershorts. Trotzdem fühlte er sich overdressed, denn in der luftdichten Plastikhülle wurde er allmählich gebraten. Er schützte die Augen mit der Hand vor der sengenden Mittagssonne und musterte die grauenhafte Szenerie.

Die westliche Bucht der Weihnachtsinsel war übersät mit Kadavern. Es war, als hätte die Hölle ihre Pforten aufgetan. Die nächtliche Flut hatte haufenweise tote Fische zurückgelassen. Auch Haie, Delfine, Schildkröten und sogar ein Kleinwal waren darunter – wenngleich nur schwer zu erkennen war, wo der eine Kadaver aufhörte und der andere anfing. Fleisch und Schuppen waren in Auflösung begriffen, Knochen und faulendes Gewebe bildeten einen stinkenden Brei. Auch viele tote Seevögel lagen mit verkrümmten Hälsen am Strand und im Wasser; vielleicht hatten die Kadaver sie angelockt, und sie waren demselben Gift zum Opfer gefallen wie die Meeresbewohner.

Ganz in der Nähe schoss aus einem Loch im Boden mit einem dumpfen Dröhnen eine schmutzige Wasserfontäne empor, was sich anhörte, als täte das Meer seinen letzten Atemzug.

Die beiden Männer duckten sich unter der Fontäne hinweg und drangen auf dem schmalen Pfad zwischen dem Unrat der Gezeitenzone und den dschungelüberwucherten Klippen weiter Richtung Norden vor.

»Erinnern Sie mich daran, dass ich das Meeresfrüchtebüfett an Bord auslasse«, murmelte Monk durch die zischende Atemmaske hindurch. Er war froh, dass er aus der Sauerstoffflasche atmete. Den Gestank dieses Meeresfriedhofs konnte er nur erahnen.

Außerdem war er froh, dass seine Kollegin Dr. Lisa Cummings an Bord des Kreuzfahrtschiffs geblieben war, das auf der anderen Seite der Insel vor Anker lag. Die *Mistress of the Seas* war in der Flying Fish Cove wegen des auflandigen Winds vor dem widerlichen Gestank, der von der toxischen Brühe an der Westseite der Insel ausging, geschützt.

Andere hatten weniger Glück gehabt.

Als sie am Morgen angekommen waren, hatte Monk beobachtet, wie hunderte Männer, Frauen und Kinder von der Insel evakuiert wurden. Alle waren mehr oder weniger krank gewesen: Einige waren erblindet, andere hatten lediglich Ausschlag, bei den am schlimmsten Betroffenen löste sich die von Pusteln übersäte Haut in Fetzen ab. Obwohl die Giftkonzentration rasch sank, war die ganze Insel vorsichtshalber zur Sperrzone erklärt worden.

Die *Mistress of the Seas*, ein großes Luxuskreuzfahrtschiff auf Jungfernfahrt, war ebenfalls evakuiert worden und diente nun als Notlazarett. Außerdem befand sich an Bord das Einsatzzentrum der Weltgesundheitsorganisation, welche die Ursache für die plötzliche Vergiftung dieser Meeresregion untersuchen wollte.

Dies war auch der Grund, weshalb Monk an diesem Morgen am Strand nach Erklärungen für die Tragödie suchte. Lisa war an Bord als Ärztin gefordert, während Monk aufgrund seiner Ausbildung dazu prädestiniert war, diese Schweinerei zu begutachten. Seine Kenntnisse in forensischer Medizin – er hatte Biologie und Medizin studiert – waren der Grund, weshalb er für diese Sigma-Operation ausgewählt worden war. Der als risikoarm eingestufte Einsatz – von ihnen wurde lediglich eine Lagebeurteilung erwartet – sollte ihm nach dreimonatigem Babyurlaub den Wiedereintritt ins Arbeitsleben erleichtern.

Vor diesem Gedanken scheute er zurück. Während er in diesem Dreck herumstapfte, wollte er nicht an seine kleine Tochter denken. Doch er konnte nicht anders. Er sah Penelopes blaue Augen vor sich, ihre rosigen Wangen, ihren unglaublich blonden Haarschopf. Sie sah ganz anders aus als ihr Vater mit seinem kahlgeschorenen Schädel und dem zerfurchten Gesicht. Wie war es nur möglich, dass aus seinen Genen etwas so Schönes entstanden war? Aber vielleicht hatte ja seine Frau in dieser Beziehung die Karten ausgeteilt. Sogar jetzt verspürte er eine schmerzhafte Sehnsucht nach den beiden, als wären sie durch eine Art Nabelschnur verbunden, über die ihr beider Blut ausgetauscht wurde. Sein Glück vermochte er kaum zu fassen.

Sein Führer, Dr. Richard Graff, ein erfahrener Meeresforscher von der Queensland University, hatte sich auf ein Knie niedergelassen. Über Monks wahre Identität wusste er nicht Bescheid. Man hatte ihm gesagt, Monk sei aufgrund seiner Sachkenntnis von der WHO eingestellt worden. Graff legte den Probenkoffer auf einen flachen Stein. Sein bärtiges Gesicht wirkte hinter dem Helmvisier vor Sorge und Konzentration ganz verkniffen.

Es wurde allmählich Zeit, mit der Arbeit zu beginnen.

Sie waren mit einem Schlauchboot vom Typ Zodiac hergekommen. Der Steuermann, ein Seemann der australischen Marine, wartete außerhalb der Todeszone. In der Nähe überwachte ein Kutter der australischen Küstenwache die Evakuierung.

Obwohl die Insel fünfzehnhundert Meilen nordwestlich von Perth lag, gehörte sie zu Australien. Entdeckt worden war sie im Jahr 1643 zu Weihnachten und anschließend von den Briten in Besitz genommen worden, welche die Phosphatvorkommen abbauen wollten. Sie hatten ein großes Bergwerk angelegt und von den indonesischen Inseln Arbeiter herübergebracht. Obwohl das Bergwerk noch immer in Betrieb war, stellte inzwischen der Tourismus die Haupteinnahmequelle der tropischen Insel dar. Drei Viertel des mit Regenwald bestandenen Hochlands waren unter Naturschutz gestellt.

So bald würden keine Touristen mehr hierherströmen.

Monk gesellte sich zu Dr. Richard Graff.

Als der Meeresforscher ihn bemerkte, deutete er mit seiner behandschuhten Hand auf den Todesstrand. »Wenn man den Berichten der einheimischen Fischer Glauben schenken kann, hat es vor gut vier Wochen angefangen«, erklärte Graff. »Die Hummerfallen waren voller leerer Schalen, das Fleisch hatte sich aufgelöst. Wenn die Fischer ihre Schleppnetze aus dem Wasser zogen, bekamen sie Blasen an den Händen. Und es wurde immer schlimmer.«

»Was, glauben Sie, ist hier passiert? Könnte vielleicht Gift ins Wasser gelangt sein?«

»Gift ist zweifellos im Spiel, aber es handelt sich um keinen *Unfall.*«

Der Wissenschaftler entfaltete einen schwarzen Beutel mit aufgedrucktem Gefahrensymbol, dann zeigte er auf die nahe Brandung. Auf dem Wasser schwamm gelblicher Schaum, ein giftige Mischung aus aufgelöstem Fleisch und Knochen.

Er schwenkte den Arm. »Das alles ist das Werk von Mutter Natur.«

»Wie meinen Sie das?«

»Was Sie da sehen, ist organischer Schleim. Bestehend aus Cyanobakterien, einem Vorläufer der neuzeitlichen Bakterien und Algen. Vor drei Milliarden Jahren gab es diesen Schleim in allen Weltmeeren. Und jetzt ist er wieder auf dem Vormarsch. Deshalb hat man mich gerufen. Mit diesen Organismen kenne ich mich aus. Ein ähnliches Phänomen, das als Fireweed bezeichnet wird, habe ich am Great Barrier Reef studiert. Dabei handelt es sich um eine Mischung aus Algen und Cyanobakterien. In der Zeit, die Sie für ein Mittagessen brauchen, breiten sie sich auf einer Fläche von der Größe eines Fußballfeldes aus. Das Fireweed setzt zehn verschiedene Biotoxine frei, die bei Hautkontakt zur Blasenbildung führen. In getrocknetem Zustand verteilt es sich in der Luft und wirkt ähnlich wie Pfefferspray.«

Monk stellte sich die Verwüstungen in The Settlement vor, der größten Siedlung der Insel. Sie lag nicht weit von hier im Einzugsbereich der Passatwinde. »Wollen Sie damit sagen, hier wäre das Gleiche passiert?«

»Oder etwas Ähnliches. Fireweed und andere Cyanobakterien blühen überall in unseren Meeren. Von den norwegischen Fjorden bis zum Great Barrier Reef. Fische, Korallen und Meeressäugetiere sterben, während der Schleim und die giftigen Quallen gedeihen. Man könnte fast meinen, die Evolution laufe rückwärts ab und das Meer gleiche sich wieder seinem ursprünglichen Zustand an. Dabei sind wir selber daran schuld. Ins Meer geschwemmte

Düngemittel, Industriechemikalien und Abwässer haben Flussdeltas und Meeresbuchten vergiftet. Durch Überfischung hat der Bestand an großen Fischen in den vergangenen fünfzig Jahren um neunzig Prozent abgenommen. Und aufgrund des Klimawandels erwärmen sich die Gewässer, übersäuern und nehmen immer weniger Sauerstoff auf, was zur Folge hat, dass das Meeresleben erstickt. Wenn wir so weitermachen, werden die Meere irgendwann irreparabel geschädigt sein.«

Kopfschüttelnd musterte er den mit Kadavern übersäten Strand. »Das führt dazu, dass das Meer wieder so wird wie vor hundert Millionen Jahren, als es darin von Bakterien, toxischen Algen und giftigen Quallen nur so wimmelte. Solche Todeszonen findet man auf der ganzen Welt.«

»Aber was hat das Massensterben verursacht?«

Diese Frage hatte sie alle hierhergeführt.

Graff schüttelte den Kopf. »Ein bislang unbekannter Schleim. Der wurde bisher noch nie beobachtet, und das macht mir Angst. Bio- und Neurotoxine marinen Ursprungs gehören zu den stärksten bekannten Giften. Bislang ist es noch nicht einmal gelungen, sie künstlich herzustellen. Wussten Sie, dass das Saxitoxin, das in den Bakterien bestimmter Krustentiere vorkommt, von den Vereinten Nationen als Massenvernichtungsmittel eingestuft wurde?«

Monk blickte grimmig aufs Meer hinaus. »Mutter Natur kann bisweilen ganz schön tückisch sein.«

»Mann, die ist der größte Terrorist überhaupt. Mit der sollte man sich besser nicht anlegen.«

Monk erhob keine Einwände.

Jetzt, da die Nachhilfestunde in Biologie beendet war, bückte er sich und half, die Probengerätschaften zu ordnen. Mit den Plastikhandschuhen des Schutzanzugs bereitete ihm das einige Mühe. Zusätzlich behindert wurde er durch den Umstand, dass er in der linken Hand kein Gefühl hatte. Nachdem er beim letzten Einsatz verwundet worden war, trug er eine fünffingrige Prothese allerneuester Bauart, die mit modernster DARPA-Bioelektronik vollgestopft war. Dennoch war sie kein vollkommener Ersatz. Als ihm eine Spritze in den Sand fiel, fluchte er.

»Nehmen Sie sich in Acht«, meinte Graff. »Es wäre nicht gut, wenn Sie den Schutzanzug beschädigen würden. Die Giftwerte gehen zwar zurück, aber wir sollten trotzdem vorsichtig sein.«

Monk seufzte. Er freute sich schon darauf, wieder aus diesem Affenkostüm rauszukommen und sich in sein Labor zurückziehen zu können. Während des Herflugs hatte er seine Beziehungen spielen lassen und veranlasst, dass mit dem Hubschrauber ein komplettes Forensiklabor auf das Kreuzfahrtschiff gebracht wurde. Dort wäre er jetzt lieber gewesen.

Zunächst aber mussten sie sich Laborproben beschaffen. Und zwar viele. Blut, Gewebe und Knochen. Von Fischen, Haien, Tintenfischen, Delfinen.

»Eigenartig«, brummte Graff. Er richtete sich auf und blickte sich suchend um.

»Was gibt's?«, fragte Monk.

»Eines der häufigsten Tiere der Insel ist *Geocarcoidea natalis*.«

»Könnten Sie mir das übersetzen?«

»Ich meine die Rote Landkrabbe der Weihnachtsinsel.«

Monk musterte den Strand. Er hatte sich bereits über die Flora und Fauna der Insel schlaugemacht. Die terrestrische Landkrabbe war der Star der Insel und wurde so groß wie ein Essteller. Ihre jährliche Wanderung stellte eines der großen Naturwunder dar. Im November stürmten, gesteuert vom Mondzyklus, zahllose Krabben aus dem Dschungel zum Meer und versuchten, den hungrigen Seevögeln zu entkommen und sich das Recht auf Paarung zu sichern.

»Die Krabben sind typische Aasfresser«, fuhr Graff fort. »Man sollte eigentlich meinen, die vielen Kadaver hätten sie scharenweise herbeiströmen lassen, genau wie die Seevögel. Dabei ist hier keine einzige Krabbe zu sehen, weder tot noch lebendig.«

»Vielleicht haben sie das Gift gespürt und bleiben deshalb im Dschungel.«

»Wenn ja, könnte das einen Hinweis auf das Gift oder die Bakterien liefern, die es produzieren. Vielleicht ist es in der Vergangenheit schon einmal zu einer solchen Bakterienblüte gekommen. Vielleicht sind die Krabben resistent. Je schneller wir die Ursache gefunden haben, desto besser.«

»Dann können wir den Inselbewohnern eher helfen.«

Graff zuckte mit den Schultern. »Das auch. Das Wichtigste aber ist, die Verbreitung des Organismus zu verhindern.« Er betrachtete den gelblichen Schleim und senkte besorgt die Stimme. »Ich fürchte, das könnte der Vorbote der Katastrophe sein, welche die Meeresbiologen fürchten.«

Monk blickte ihn fragend an.

»Ein Bakterium, das so giftig ist, dass das Meeresgleichgewicht umkippt und alles Leben vernichtet wird.«

»Und das könnte tatsächlich passieren?«

Graff kniete nieder und machte sich an die Arbeit. »Vielleicht hat es ja schon angefangen.«

Nach diesem bedrohlichen Ausblick verbrachte Monk die nächste Stunde damit, Proben in Reagenzgläser, Tüten und Plastikgefäße zu füllen. Die Sonne stieg währenddessen weiter über die Klippen auf, wurde vom Wasser funkelnd reflektiert und heizte seinen Schutzanzug auf. Monk begann, von einer kalten Dusche und einem Cocktail mit einem Schirmchen drin zu fantasieren.

Langsam arbeiteten sie sich am Strand entlang. In der Nähe der Klippen steckten ein paar abgebrannte Räucherstäbchen im Sand. Sie bildeten eine Art Palisade vor einem kleinen Buddha-Schrein. Salzwasser und Sand hatten das Gesicht der sitzenden Gestalt bis zur Unkenntlichkeit ausgeschwemmt und abgeschmirgelt. Die Figur saß unter einem mit Vogelkot beschmutzten Schutzdach. Möglicherweise waren die Räucherstäbchen entzündet worden, um die himmlischen Mächte zum Eingreifen zu bewegen.

Trotz der Hitze lief Monk ein Schauer über den Rücken, und er fragte sich, ob ihre Bemühungen wohl Früchte tragen würden.

Das Geräusch eines sich nähernden Motorboots lenkte ihn ab. Er blickte aufs Meer hinaus und dann den Strand entlang. Beim Probensammeln hatten sie eine beachtliche Strecke zurückgelegt. Das Zodiac lag hinter der Felsspitze am Strand und war von hier aus nicht zu sehen.

Monk schirmte die Augen mit der Hand ab. Kam ihnen der australische Steuermann mit dem Boot nachgefahren?

Graff trat neben ihn. »Es ist zu früh, um jetzt schon zurückzufahren.«

Schüsse hallten übers Wasser, und ein blaues, zerschrammtes Speedboot schoss um die Felsspitze herum. Monk machte am Heck sieben Männer aus, die sich Tücher um den Kopf gewickelt hatten. Sturmgewehre funkelten in der Sonne.

Graff taumelte gegen ihn. »Piraten…«

Monk schüttelte den Kopf. *Das hat uns gerade noch gefehlt…*

Das Boot wandte den Bug in ihre Richtung und raste in Gleitfahrt auf sie zu.

Monk packte Graff beim Kragen und zerrte ihn vom sonnenüberströmten Strand weg.

Piraterie war weltweit auf dem Vormarsch, doch in den indonesischen Gewässern wimmelte es von solchen Halunken. Die vielen Inseln und kleinen Atolle, die zahllosen versteckten Häfen und der dichte Dschungel waren die perfekte Brutstätte für Meereskriminalität. Nach dem Tsunami, der diese Region vor Kurzem heimgesucht hatte, war die Zahl der Piraten, die sich das Chaos und die Überforderung der Polizeikräfte zunutze machten, sprunghaft angestiegen.

Die gegenwärtige Tragödie war offenbar keine Ausnahme von der Regel.

Harte Zeiten brachten verzweifelte Menschen hervor.

Aber wer war so verzweifelt, dass er in diesem Gewässer sein Leben riskierte? Monk bemerkte, dass die Schützen von Kopf bis Fuß verhüllt waren. Hatten sie erfahren, dass die Giftwerte hier zurückgingen, und sich deshalb zu dem Überfall entschlossen?

Während Monk vom Strand weglief, blickte er sich zu ihrem Boot um. Das Zodiac würde auf dem Schwarzmarkt eine hübsche Summe einbringen, von den teuren Untersuchungsgeräten ganz zu schweigen. Ihm war aufgefallen, dass der Steuermann des Schlauchboots das Feuer nicht erwidert hatte. Der Australier war offenbar überrascht worden. Außerdem befand sich ihr einziges Funkgerät an Bord. Jetzt waren sie auf sich allein gestellt.

Monk dachte an Lisa, die an Bord des Kreuzfahrtschiffs zurückgeblieben war. Der Kutter der australischen Küstenwache patrouillierte vor dem kleinen Hafen. Lisa war somit nicht in Gefahr.

Von ihm und Graff konnte man das nicht behaupten.

Die Klippen boten keinen Schutz. Zu beiden Seiten erstreckte sich der leere Strand.

Monk zerrte Graff hinter einen herabgestürzten Felsen, die einzige Deckung weit und breit.

Das Speedboot hielt auf sie zu. Es knallte. Die Einschüsse im Sand näherten sich pfeilförmig ihrem Versteck.

Monk zog seinen Begleiter auf den Boden nieder.

Mit dem erholsamen Tag am Strand war es endgültig Essig.

11:42

Dr. Lisa Cummings verteilte die schmerzstillende Salbe auf dem Rücken des weinenden Mädchens. Seine Mutter hielt ihr die Hand. Die Frau war Malaiin und redete flüsternd auf ihre Tochter ein, die mandelförmigen Augen zu schmalen Schlitzen verengt. Die Kombination von Lidocain und Prilocain linderte die durch die Verbrennungen hervorgerufenen Schmerzen und milderte die Schreie des Mädchens zu einem Schluchzen.

»Sie wird wieder gesund«, sagte Lisa, die wusste, dass die Mutter als Serviererin in einem Hotel arbeitete und Englisch sprach. »Achten Sie darauf, dass sie die Antibiotika dreimal täglich einnimmt.«

Die Frau neigte den Kopf. »*Terima kasih.* Danke.«

Lisa übergab sie an eine Gruppe von Männern und Frauen in blau-weißen Uniformen, Besatzungsmitglieder der *Mistress of the Seas*.

»Man wird Ihnen und Ihrer Tochter eine Kabine zuweisen.«

Die Frau nickte, doch Lisa hatte sich bereits wieder abgewandt. Ruckartig zog sie die Handschuhe ab. Der Speisesaal auf dem Lido-Deck der *Mistress of the Seas* war zum Dreh- und Angelpunkt geworden. Hier wurden die Evakuierten der Insel untersucht und in zwei Gruppen eingeteilt: die mit kritischen und die mit unkritischen Verletzungen. Lisa, die über die geringste Erfahrung in Katastrophenmedizin verfügte, war zur Ersten Hilfe eingeteilt worden. Ihr assistierte ein Krankenpflegerschüler aus Sydney, ein hagerer junger Mann indischer Abstammung mit Namen Jesspal, ein Freiwilliger der WHO-Einsatzgruppe.

Sie waren ein eigenartiges Paar: Lisa blond und hellhäutig, Jesspal dunkelhaarig und mit kaffeebrauner Haut. Die Zusammenarbeit aber klappte hervorragend.

»Jessie, wie viel Cephalexin haben wir noch?«

»Es sollte reichen, Dr. Lisa.« Mit der einen Hand schüttelte er eine große Flasche mit Antibiotikum, mit der anderen füllte er Formulare aus. Der junge Mann war eben vielseitig.

Lisa zog den Bund der grünen Hose etwas höher und blickte sich um. Im Moment wartete niemand auf seine Erstversorgung. Im Speisesaal herrschte geordnetes Chaos. Hin und wieder weinte jemand oder schrie, doch im Moment war die Krankenstation eine Insel der Ruhe.

»Ich glaube, die meisten Inselbewohner wurden inzwischen evakuiert«, sagte Jessie. »Ich habe gehört, die letzten beiden Tender wären nur zur Hälfte besetzt gewesen. Jetzt kommen nur noch ein paar Nachzügler aus den abgelegenen Dörfern herein.«

»Gott sei Dank.«

Im Laufe des schier endlosen Vormittags hatten sie mehr als einhundertfünfzig Patienten versorgt und Verbrennungen, Ausschläge, Durchfall, Bewusstlosigkeit und den verstauchten Knöchel einer Person behandelt, die im Hafen gestürzt war. Das aber war nur ein Bruchteil der Betroffenen gewesen. Das Kreuzfahrtschiff war in der Nacht vor der Insel eingetroffen, und als man Lisa bei Tagesanbruch mit dem Hubschrauber eingeflogen hatte, war die Evakuierung bereits im Gange gewesen. Auf der kleinen, abgelegenen Insel lebten etwa zweitausend Personen. Trotz der räumlichen Enge sollte das Schiff die ganze Bevölkerung aufnehmen können, zumal die Zahl der Toten inzwischen tragischerweise auf über vierhundert gestiegen war – und sie stieg noch immer.

Lisa schlang die Arme um den Oberkörper; lieber wäre es ihr gewesen, Painter hätte sie von hinten umarmt und seine stoppelige Wange an ihrem Hals gerieben. Erschöpft schloss sie die Augen. Obwohl er nicht hier war, borgte sie sich von ihm Kraft.

Heute Morgen, als sie Fall um Fall abgearbeitet hatte, war es ihr leicht gefallen, professionelle Distanz zu wahren.

Jetzt aber, da sie einen Moment Ruhe hatte, wurde ihr das wahre

Ausmaß der Katastrophe bewusst. Vor zwei Wochen waren die ersten Symptome aufgetreten, Verbrennungen nach unmittelbarem Hautkontakt. Innerhalb von zwei Tagen hatte das Meer eine ätzende Giftgaswolke ausgespien, der ein Fünftel der Inselbevölkerung zum Opfer gefallen war. Der Rest hatte Verletzungen davongetragen.

Das giftige Gas hatte sich rasch wieder verflüchtigt, doch bei den Betroffenen waren Folgeerkrankungen und Infektionen aufgetreten: Grippe, hohes Fieber, Meningitis, Erblindung. Der schnelle Krankheitsverlauf war erschreckend. Das ganze dritte Deck war in eine Quarantänestation umgewandelt worden.

Was ging hier vor?

Bei Ausbruch der Krise hatte Lisa Painter gebeten, sie zu diesem Einsatz einzuteilen. Sie besaß nicht nur einen Doktortitel in Medizin, sondern hatte zusätzlich in Humanphysiologie promoviert. Vor allem aber verfügte sie über Einsatzerfahrung, und zwar speziell auf dem Gebiet der Meereswissenschaften. Auf dem Bergungsschiff *Deep Fathom* hatte sie fünf Jahre lang physiologische Forschungen durchgeführt.

Das war ein starkes Argument, das für ihre Beteiligung am Einsatz gesprochen hatte.

Doch es war nicht ihr einziges gewesen.

Das vergangene Jahr über hatte Lisa in Washington gesessen und dabei festgestellt, dass sie immer mehr von Painters Leben vereinnahmt wurde. Einerseits genoss sie die intime Zweisamkeit, andererseits wollte sie um ihrer selbst und um ihrer Beziehung willen mal wieder auf Abstand gehen, aus Painters Schatten heraustreten und ihre Beziehung aus der Ferne begutachten.

Aber vielleicht war die Entfernung doch ein bisschen groß…

Ein durchdringender Schrei lenkte ihre Aufmerksamkeit auf die Schwingtür des Speisesaals. Zwei Seeleute schleppten einen Mann auf einer Trage herein. Er wand sich und schrie, seine krebsrote Haut nässte. Er sah aus, als sei er bei lebendigem Leib gekocht worden. Die Krankenträger brachten ihn zur Notversorgung.

Wieder ganz bei der Sache, ging sie im Kopf die erforderlichen Behandlungsschritte durch. *Diazepam und eine Morphiuminfusion.* Dabei kannte sie die Wahrheit bereits. Alle kannten sie. In diesem Fall kam nur eine reine Schmerzbehandlung in Frage. Der Mann auf der Trage war bereits so gut wie tot.

»Jetzt gibt's Ärger«, murmelte hinter ihr Jessie.

Lisa drehte sich um und erblickte Dr. Gene Lindholm, ein wahrer Strauß von Mann, mit langen Beinen, langem Hals und schneeweißem Haarschopf. Der Leiter des WHO-Teams gab mit einem Kopfnicken zu erkennen, dass er mit ihr sprechen wollte.

Was nun?

Sie mochte den an der Harvard-Universität ausgebildeten Arzt nicht besonders, denn er verfügte über ein entsprechendes Ego. Nach seiner Ankunft hatte er nicht etwa bei der Erstversorgung ausgeholfen, sondern sich erst einmal mit dem australischen Milliardär Ryder Blunt, dem Eigner des Kreuzfahrtschiffs, zusammengesetzt. Der für seine hemdsärmlige Art berüchtigte Milliardär hatte sich an Bord aufgehalten, um an der Jungfernfahrt teilzunehmen. Als das Schiff beschlagnahmt wurde, hätte er von Bord gehen können, war aber geblieben, weil er den Rettungseinsatz zu Marketingzwecken nutzen wollte.

Und Lindholm war darauf eingegangen.

Die Kooperation schloss Monk und Lisa allerdings nicht ein. Der WHO-Leiter war mit ihrer Beteiligung an dem Einsatz nicht einverstanden gewesen. Doch ihm blieb keine andere Wahl, als sich zu fügen – das bedeutete allerdings nicht, dass er sie mit offenen Armen empfangen hätte.

»Dr. Cummings, es freut mich zu sehen, dass Sie hier der Muße frönen.«

Lisa verkniff sich eine Entgegnung.

Jessie schnaubte.

Lindholm blickte den Krankenpflegerschüler an, als sehe er ihn zum ersten Mal, dann wandte er sich wieder Lisa zu.

»Ich habe Anweisung, Sie und Ihren Kollegen über alle epidemiologischen Erkenntnisse auf dem Laufenden zu halten. Und da Dr. Kokkalis draußen im Einsatz ist, wende ich mich an Sie.«

Er reichte ihr einen dicken Aktenordner. Auf den Deckel war das Logo des kleinen Krankenhauses aufgedruckt, das die Weihnachtsinsel versorgte. Lediglich zwei Krankenschwestern arbeiteten dort Vollzeit, die Ärzte standen in Bereitschaft. Folglich war das Krankenhaus alsbald überfordert gewesen, und man hatte die schwereren Fälle per Hubschrauber nach Perth gebracht. Je weiter sich die Krise ausweitete, desto spürbarer machten sich die Engpässe bemerkbar. Als das Kreuzfahrtschiff auftauchte, war das Krankenhaus als Erstes evakuiert worden.

Lisa klappte den Ordner auf. Der Name des Patienten lautete John Doe. Sie überflog die knappe Krankengeschichte. Der Patient war Ende sechzig und fünf Wochen zuvor aufgegriffen worden, als er nackt im Regenwald herumirrte. Er war dement gewesen und von den Folgen der Nacktheit gezeichnet. Er konnte nicht sprechen und war stark dehydriert. Kurz darauf trat er in einen infantilen Zustand ein, vermochte sich nicht mehr selbst zu helfen und musste gefüttert werden. Man hatte sich bemüht, ihn mittels Fingerabdruck zu identifizieren, und die Liste der vermissten Personen durchgearbeitet, jedoch ohne Erfolg. Somit blieb es bei John Doe.

Lisa schaute hoch. »Ich verstehe nicht… Was hat das mit der gegenwärtigen Katastrophe zu tun?«

Lindholm trat seufzend neben sie und tippte auf die Krankenakte. »Schauen Sie sich mal die Liste der Symptome und Untersuchungsergebnisse an. Ganz unten.«

»Mäßige bis schwere Anzeichen von Sonnenbrand«, las sie halblaut vor. In der letzten Zeile hieß es: Sonnenbrand zweiten Grades an den Waden mit resultierenden Ödemen und starker Blasenbildung.

Lisa hob den Kopf. Ähnliche Symptome hatte sie den ganzen Morgen über behandelt. »Das war kein normaler Sonnenbrand.«

»Die Inselärzte haben sich auf die erstbeste Erklärung gestürzt«, meinte Lindholm mit unverhohlener Geringschätzung.

Lisa vermochte ihnen und den Krankenschwestern keinen Vorwurf zu machen. Damals hatte noch niemand geahnt, dass sich eine Katastrophe anbahnte. Sie sah noch einmal aufs Datum.

Vor fünf Wochen.

»Ich glaube, wir haben Patient Nummer null entdeckt«, erklärte Lindholm wichtigtuerisch. »Oder zumindest einen der ersten Krankheitsfälle.«

Lisa klappte den Aktenordner zu. »Kann ich ihn mal sehen?«

Lindholm nickte. »Das ist der zweite Grund, weshalb ich zu Ihnen heruntergekommen bin.« In seinem Tonfall lag ein grimmiges Schwanken, das Lisa aufhorchen ließ. Sie wartete auf eine Erklärung, doch stattdessen machte er auf dem Absatz kehrt und marschierte los. »Folgen Sie mir.«

Der WHO-Einsatzleiter näherte sich einem der Aufzüge. Er drückte den Knopf zum Promenadendeck, der dritten Schiffsebene.

»Zur Isolierstation?«, fragte Lisa.

Lindholm zuckte mit den Schultern.

Kurz darauf öffnete sich die Tür. Dahinter lag ein Reinraum. Lindholm forderte sie auf, einen ähnlichen Schutzanzug anzulegen, wie Monk ihn beim Probensammeln benutzte.

Lisa stieg in den schwach müffelnden Anzug, zog die Kapuze über den Kopf und dichtete ihn ab. Dann führte Lindholm sie über einen Gang zu einer Kabine. Die Tür stand offen, mehrere Ärzte drängten sich im Eingang.

Lindholm befahl ihnen barsch, den Weg freizumachen. Die Ärzte, die es gewohnt waren, ihrem Vorgesetzten aufs Wort zu gehorchen, zerstreuten sich. Lindholm betrat vor Lisa die fensterlose Innenkabine. Das Bett stand an der gegenüberliegenden Wand.

Unter einer dünnen Decke lag eine Gestalt. Der Mann wirkte mehr tot als lebendig, allerdings hob und senkte sich die Decke, und man hörte seinen keuchenden Atem. Infusionsschläuche führten zu seinem Arm, der unter der Decke hervorschaute. Die Haut war so blass, dass sie nahezu durchscheinend wirkte.

Lisa sah dem Mann ins Gesicht. Jemand hatte ihn rasiert, allerdings zu hastig. Einige Schnitte nässten noch. Sein Haar war grau und dünn, wie bei einem Chemopatienten, doch er hatte die Augen geöffnet und sah sie an.

Sie meinte, einen Schimmer von Wiedererkennen wahrzunehmen. Er schob ihr sogar ein Stück weit die Hand entgegen.

Lindholm aber trat dazwischen. Ohne den Patienten zu beachten, schlug er die untere Hälfte der Decke zurück und entblößte die Beine des Mannes. Lisa hatte erwartet, die für eine in Heilung begriffene Verbrennung zweiten Grades, wie sie sie den ganzen

Tag über behandelt hatte, typische schorfige Haut zu sehen, doch stattdessen erblickte sie eine mit schwarzen Blasen gesprenkelte purpurfarbene Quetschung, die von der Leistengegend bis zu den Zehen reichte.

»Hätten Sie den Bericht bis zu Ende gelesen«, sagte Lindholm, »wüssten Sie bereits, dass die neuen Symptome vor vier Tagen aufgetaucht sind. Das Krankenhauspersonal hat tropischen Wundbrand vermutet, wie er manchmal nach schweren Verbrennungen auftritt. Aber es handelt sich um …«

»Nekrotisierende Fasciitis«, beendete Lisa den Satz.

Lindholm schnaubte und deckte die Beine des Patienten wieder zu. »Genau. Das haben wir vermutet.«

Nekrotisierende Fasciitis, besser bekannt unter dem Namen Fleischessenkrankheit, wurde von Bakterien hervorgerufen, im Allgemeinen von betahämolytischen Streptokokken.

»Wie lautet Ihre Einschätzung?«, fragte Lisa. »Handelt es sich um eine Sekundärinfektion?«

»Ich habe unseren Bakteriologen hinzugezogen. Eine gestern Abend angefertigte Gramfärbung hat eine starke Vermehrung des Propionibakteriums ergeben.«

Lisa runzelte die Stirn. »Das ergibt keinen Sinn. Das ist ein ganz gewöhnliches nichtpathogenes Hautbakterium. Sind Sie sicher, dass es sich um keine Verunreinigung handelt?«

»Dafür sind die Konzentrationen in den Blasen zu hoch. Wir haben die Untersuchung mit anderen Gewebeproben wiederholt. Mit dem gleichen Ergebnis. Bei der zweiten Untersuchung wurde im umliegenden Gewebe eine eigenartige Nekrose bemerkt. Ein Zersetzungsmuster, wie es bisweilen lokal auftritt. Die Symptome gleichen denen der nekrotisierenden Fasciitis.«

»Und was ist die Ursache?«

»Der Stich des Steinfischs. Der ist sehr giftig. Der Fisch gleicht einem Stein und verfügt über steife Rückenstacheln mit Giftdrüsen. Die produzieren eines der gefährlichsten Gifte überhaupt. Ich habe das Gewebe von Dr. Barnhardt untersuchen lassen.«

»Von dem Toxikologen?«

Lindholm nickte.

Dr. Barnhardt, ein Experte für Umweltgifte und organische Toxine, war aus Amsterdam eingeflogen worden. Unter der Schirmherrschaft von Sigma hatte Painter persönlich darum ersucht, ihn in das WHO-Team aufzunehmen.

»Die Ergebnisse liegen seit einer Stunde vor. Er hat im Gewebe des Patienten aktives Gift entdeckt.«

»Das verstehe ich nicht. Dann wurde der Mann also von einem Steinfisch vergiftet, als er im Delirium herumgeirrt ist?«

»Nein«, sagte jemand hinter ihrem Rücken.

Lisa wandte sich um. In der Tür stand ein Bär von einem Mann, der sich in einen zu kleinen Schutzanzug gezwängt hatte. Sein graumelierter Vollbart passte zu seiner Körpergröße, aber nicht zu seinem zartfühlenden Wesen. Dr. Henrick Barnhardt schob sich in die Kabine.

»Ich glaube nicht, dass der Mann von einem Steinfisch gestochen wurde. Dennoch trägt er dessen Gift im Körper.«

»Wie ist das möglich?«

Barnhardt ignorierte ihre Frage zunächst und wandte sich stattdessen an den WHO-Einsatzleiter. »Ich habe das von Anfang an vermutet, Dr. Lindholm. Ich habe mir Dr. Millers Kulturen des Propionibakteriums geborgt und sie analysiert. Jeder Zweifel ist ausgeschlossen.«

Lindholm erbleichte.

»Was bedeutet das?«, sagte Lisa.

Der Toxikologe strich behutsam John Does Decke glatt, was sich bei einem so großen Mann seltsam ausnahm. »Das Bakterium«, sagte er, »das *Propionibakterium* produziert das Gift des Steinfischs in so großen Mengen, dass sich das Körpergewebe dieses Mannes auflöst.«

Lindholm schnaubte. »Genau das habe ich gesagt.«

Lisa achtete nicht auf ihn. »Aber das Propionibakterium produziert keinerlei Giftstoffe. Es ist harmlos.«

»Ich kann mir das auch nicht erklären«, sagte Barnhardt. »Bevor ich mehr sagen kann, brauche ich erst einmal ein Elektronenmikroskop. Aber schon jetzt kann ich Ihnen versichern, Dr. Cummings, dass sich dieses harmlose Bakterium in einen der übelsten Plagegeister dieses Planeten transformiert.«

»Was meinen Sie mit ›transformiert‹?«

»Ich glaube nicht, dass der Patient sich damit infiziert hat. Ich glaube, das Bakterium stammt aus seiner Darmflora. Irgendetwas aber hat die Biochemie des Bakteriums verändert, seine genetische Struktur modifiziert und es virulent werden lassen. Jetzt ist es ein Fleischfresser.«

Lisa vermochte es immer noch nicht zu glauben. Sie wollte weitere Beweise sehen. »Mein Kollege Dr. Kokkalis hat in unserer Suite ein transportables Forensiklabor aufgebaut. Wenn Sie …«

Etwas streifte an ihrer behandschuhten Hand. Sie schreckte zusammen. Doch es war nur der alte Mann im Bett. Er suchte ihren Blick. In seinen Augen lag Verzweiflung. Seine rissigen Lippen zitterten.

»Sue … Susan …«

Sie wandte sich um und nahm seine Hand. Offenbar fantasierte er und hielt sie für jemand anderen. Aufmunternd drückte sie ihm die Hand.

»Susan … wo ist Oscar? Er bellt im Wald …« Der Mann verdrehte die Augen. »… er bellt … hilf ihm … aber geh nicht ins Wasser …« Seine Finger erschlafften. Die Lider schlossen sich. Der klarsichtige Moment war vorüber.

Eine Krankenschwester kam herein und überprüfte seine Körperfunktionen. Er hatte wieder das Bewusstsein verloren.

Lisa schob seine Hand unter die Decke.

Lindholm drängte sich in den Vordergrund. »Wir müssen schnellstmöglich Dr. Kokkalis' Labor nutzen, um Dr. Barnhardts wilde Vermutung entweder zu bestätigen oder zu widerlegen.«

»Mir wäre es lieber, wenn wir bis zu Monks Rückkehr warten würden«, erwiderte Lisa und wich einen Schritt zurück. »Bei den Geräten handelt es sich um Spezialanfertigungen. Wir sind auf seinen Sachverstand angewiesen, wenn wir sie nutzen wollen.«

Lindholm zog finster die Brauen zusammen – sein Missmut galt allerdings weniger Lisa, als vielmehr dem Leben im Allgemeinen. »Na schön.« Er wandte sich ab. »Ihr Kollege müsste im Laufe der nächsten Stunde zurückkehren. Dr. Barnhardt, in der Zwischenzeit sollten Sie die Proben nehmen, die Sie für die Untersuchung benötigen werden.«

Der niederländische Toxikologe nickte, doch Lisa bemerkte,

dass er die Augen verdrehte, als der WHO-Einsatzleiter hinausging. Lisa folgte Lindholm.

»Lassen Sie mich ausrufen, sobald Dr. Kokkalis wieder da ist!«, rief Barnhardt ihr hinterher.

»Selbstverständlich.« Ihr war ebenso sehr an einer Erklärung gelegen wie allen anderen auch. Allerdings hegte sie die Befürchtung, dass sie bislang lediglich an der Oberfläche kratzten. Hier braute sich etwas Furchtbares zusammen.

Aber was?

Hoffentlich kam Monk bald zurück.

Die letzten Worte des Patienten kamen ihr wieder in den Sinn.

Geh nicht ins Wasser…

11:53

»Wir müssen schwimmen«, sagte Monk.

»Sind… sind Sie verrückt?«, entgegnete Graff, der mit Monk zusammen hinter dem Felsen kauerte.

Kurz zuvor war das Speedboot der Piraten auf eines der vielen Riffe aufgelaufen, denen dieser Teil der Insel seinen Namen verdankte: Smithsons Blight – Smithsons Verderben. Das Gewehrfeuer war verstummt. Stattdessen war das Motorengebrüll des Boots zu hören, das von der Untiefe loszukommen versuchte.

Als Monk den Kopf hervorgestreckt hatte, um sich ein Bild von der Lage zu machen, war ihm die Kugel eines Scharfschützen am Ohr vorbeigepfiffen. Sie saßen immer noch in der Falle und hatten keine Chance zu flüchten – es sei denn, sie stellten sich dem Gegner.

Monk öffnete in Höhe des Schienbeins den Reißverschluss seines Schutzanzugs. Er langte durch die Öffnung und zog die 9mm-Glock aus dem Halfter.

Graffs Augen weiteten sich. »Glauben Sie etwa, damit könnten Sie die Piraten erledigen? Wollen Sie den Treibstofftank zur Explosion bringen oder was?«

Monk schüttelte den Kopf und zog den Reißverschluss wieder zu. »Sie haben zu viele Bruckheimer-Filme gesehen. Wenn ich mit dieser Spielzeugpistole feuere, ziehen die nur die Köpfe ein. Vielleicht gerade so lange, bis wir die Brandung dort drüben erreicht haben.«

Er zeigte zu einer Reihe von Felsen, die knapp aus dem Wasser ragten. Wenn sie es bis dorthin schafften, würde es ihnen vielleicht gelingen, um die nächste Landspitze herumzukommen. Und wenn sie dann den dortigen Strand erreichten, bevor die Piraten ihr Boot wieder flottgemacht hatten … und wenn ein Weg ins Inselinnere führte …

Verdammt, das waren eine Menge »Wenn« …

Sicher war im Moment nur eines.

Wenn sie wie zwei verängstigte Kaninchen hier hocken blieben, würden sie bald tot sein.

»Wir müssen möglichst lange unter Wasser bleiben«, sagte Monk. »Wenn wir die Schutzanzüge mit Luft aufblasen, müssen wir vielleicht nur ein-, zweimal Atem holen.«

Graff verzog das Gesicht. Obwohl das Schlimmste überstanden war, bestand immer noch Vergiftungsgefahr. Die Angreifer wagten es nicht, ihr Boot zu verlassen. Anstatt auszusteigen und auf diese Weise den Tiefgang zu verringern, versuchten die Maskierten, sich mit Rudern von den Felsen abzustoßen.

Wenn selbst Piraten davor zurückschreckten, ins Wasser zu gehen …

Monk kamen auf einmal Zweifel. Außerdem tauchte er nicht gerne. Schließlich hatte er bei den Green Berets gedient und nicht bei den verdammten Navy SEALs.

»Was ist?«, fragte Graff, wobei er Monk forschend musterte. »Sie glauben selbst nicht, dass Ihr Plan funktionieren könnte, stimmt's?«

»Lassen Sie mich einen Moment in Ruhe nachdenken!«

Monk ließ sich auf den Boden plumpsen und blickte zu der verwitterten Buddha-Statue unter dem Schutzdach hinüber, die von abgebrannten Räucherstäbchen beschützt wurde. Er war zwar kein Buddhist, wäre sich aber nicht zu schade gewesen, zu Buddha oder sonst einem Gott zu beten, wenn der ihn aus dieser Klemme hätte befreien können.

Er fasste die abgebrannten Räucherstäbchen in den Blick. Ohne Graff anzusehen, sagte er: »Wie sind die Gläubigen hierhergelangt?

Das nächste Dorf ist meilenweit entfernt, der Strand ist durch Korallenriffs abgeschirmt, und die Klippen sind zu steil, um daran hochzuklettern.«

Graff schüttelte den Kopf. »Was geht uns das an?«

»Jemand hat die Räucherstäbchen angezündet. Und das muss heute oder gestern gewesen sein.« Monk reckte vorsichtig den Kopf. »Schauen Sie sich den Strand an. Da sind nur unsere eigenen Fußspuren zu sehen. Man sieht, wo jemand niedergekniet ist, um die Räucherstäbchen anzuzünden, doch es führen keine Spuren zum Wasser oder am Strand entlang. Das heißt, der Betreffende ist von oben gekommen. Es muss einen Weg geben.«

»Oder dieser Jemand hat sich abgeseilt.«

Monk seufzte. Im Moment wäre ihm ein gutgläubigerer Gefährte, der nicht gleich die Schwachstellen in seinen Überlegungen offenlegte, lieber gewesen.

»Das Meer oder Buddha?«, fragte Monk.

Graff schluckte, während der Motor des Speedboots aufheulte. Die Piraten hatten ihr Boot fast wieder flottgemacht.

Graff sah Monk an. »Bringt es nicht angeblich Glück, wenn man den Bauch eines Buddhas streichelt?«

Monk nickte. »Ich glaube, das stand mal auf dem Zettel, den ich in einem Glückskeks gefunden habe. Hoffentlich weiß das auch der Buddha.«

Monk drehte sich um und hob die Pistole. »Ich zähle bis drei, dann nehmen Sie die Beine in die Hand. Ich folge Ihnen und schieße aufs Boot. Sie konzentrieren sich darauf, den Buddha zu erreichen und den Zugang zu finden.«

»Da können wir nur hoffen und beten, dass die Gläubigen kein Seil benutzt haben, um …«

»Sie werden's noch vermasseln!«

Graff hielt den Mund.

»Los geht's.« Monk wappnete sich und hüpfte ein bisschen auf der Stelle, um die Durchblutung in den Beinen anzuregen. »Drei … zwei … eins …!«

Graff rannte los wie von der Tarantel gestochen. In Fersennähe prallte eine Kugel vom Felsen ab.

Monk richtete sich fluchend auf. »Du solltest doch warten, bis ich ›los‹ gesagt habe«, murmelte er vor sich hin, zielte auf das aufgelaufene Boot und drückte ab. »Zivilisten …«

Er beharkte das Speedboot und zwang die Angreifer, sich auf den Bauch zu legen. Einer riss die Arme hoch und kippte ins Wasser. Ein Glückstreffer. Das wütende gegnerische Erwiderungsfeuer war schlecht gezielt.

Graff hatte den Buddha erreicht und schlitterte an den Räucherstäbchen vorbei durch den Sand. Er warf sich herum, fand das Gleichgewicht wieder und sprang hinter die kleine Schutzhütte.

Monk wählte einen direkteren Weg und brach durch einen Dornbusch. Er landete neben Graff.

»Wir haben es geschafft!«, keuchte Graff, als könnte er es selbst kaum glauben.

»Und wir haben ihnen ordentlich einen verpasst.«

Monk dachte an den Mann, der in die giftige Brühe gefallen war.

Die Gewehrschüsse, welche die Schutzhütte durchsiebten und die an der Felswand herabhängenden Ranken zerfetzten, waren wohl als Vergeltung gemeint. Monk und Graff drängten sich aneinander, geschützt vom dicken Steinbauch des Buddhas. Das hatte etwas Symbolisches.

Doch das war anscheinend schon alles, was der Buddha zu bieten hatte.

Monk musterte die Felswand hinter dem Holzverschlag.

Senkrecht abfallend und unüberwindbar.

Kein Weg.

»Vielleicht hätte ihm doch einer von uns den Bauch streicheln sollen«, meinte Monk verdrossen.

»Wie viel Munition haben Sie noch?«, fragte Graff.

Monk hob die Waffe. »Nur noch eine Patrone. Anschließend kann ich das Ding noch als Wurfgeschoss einsetzen. Das funktioniert immer.«

Das Boot kam mit brüllendem Motor von der Untiefe los. Schlimmer noch, es befand sich jetzt auf der *Landseite* des Riffs und näherte sich zwischen den umhertreibenden Kadavern hindurch dem Strand.

Nicht mehr lange, und auch sie würden tot in der Brühe treiben.

Eine Kugelsalve traf den Buddha und durchsiebte die Schutzhütte. Ein Querschläger pfiff an Monks Nase vorbei – doch der zuckte nicht einmal mit der Wimper. Fasziniert beobachtete er, wie ein Stück des Rankenvorhangs abfiel. Dahinter lag der Eingang einer Höhle.

Während er darauf achtete, dass die Statue ihm Deckung gab, kroch Monk darauf zu. Er schob die Ranken beiseite und erblickte eine Treppenstufe. Und dann noch eine …

»Ein Gang! So viel zu Ihrer Hängeleiter-Theorie, Graff!«

Monk wandte den Kopf. Der Arzt war zusammengesackt und hielt sich die Schulter. Zwischen seinen Fingern quoll Blut hervor.

Verdammter Mist …

Monk eilte zu ihm. »Kommen Sie. Wir haben keine Zeit, die Wunde zu verbinden. Können Sie gehen?«

»Solange sie mir nicht auch noch ins Bein schießen …«, erwiderte Graff mit zusammengebissenen Zähnen.

Sie krochen durch den Rankenvorhang in den Gang hinein. Monk ließ Graffs Ellbogen los. Der Mann zitterte, eilte aber folgsam hinter Monk die finstere Treppe hoch.

Sie hörten, wie sich der Bug des Boots knirschend auf den Sand schob. Die Piraten stimmten ein Triumphgeheul an, da sie glaubten, ihre Opfer säßen in der Falle. Monk stapfte weiter die Wendeltreppe hoch und tastete sich mit den Händen voran.

Die Piraten würden den Gang bald entdeckt haben. Würden sie ihnen folgen oder einfach wieder verschwinden? Die Antwort ließ nicht lange auf sich warten.

Taschenlampen flammten auf … gedämpfte Befehle waren zu vernehmen.

Monk eilte weiter.

Die Stimmen klangen zornig.

Er hatte sie richtig wütend gemacht.

Allmählich machte die Finsternis einer Art grauen Düsternis Platz. Die Wände wurden erkennbar. Sie wurden schneller. Graff murmelte unverständlich vor sich hin. Vielleicht betete er oder fluchte … Monk war es gleich, solange es nur funktionierte.

Endlich tauchte vor ihnen das Ende der Treppe auf. Sie sprangen in den Regenwald hinaus, der bis an die Klippen heranreichte. Monk schritt energisch aus, froh darüber, dass die dichte Vegetation ihnen Deckung gab. Allerdings musste er feststellen, dass die Todeszone sich nicht auf den Strand beschränkte. Der Waldboden war übersät mit toten Vögeln. Unmittelbar vor ihm lag ein kleiner pelziger Flughund, zerknittert wie ein abgestürzter Kampfjet.

Doch nicht alle Urwaldbewohner waren tot.

Monk blickte nach vorn. Auf dem Waldboden wogte eine rote Flut. Doch es war kein Bakterienschaum. Zahllose Krabben bedeckten jeden einzelnen Quadratzentimeter. Einige klammerten sich an Baumstämmen und Ranken fest.

Hier also steckten die Roten Krabben der Weihnachtsinsel.

Monk erinnerte sich an seine vorbereitenden Studien. Solange sie nicht gereizt wurden, waren die Krabben das ganze Jahr über harmlos. Bei der jährlichen Wanderung aber kam es vor, dass sie mit ihren messerscharfen Zangen sogar die Reifen vorbeifahrender Wagen zerschnitten.

Monk wich einen Schritt zurück.

Der Ausdruck *gereizt* beschrieb den Zustand der Krabben zutreffend. Sie krabbelten aufgeregt übereinander und schnappten mit ihren Zangen. Sie waren im Fressrausch.

Jetzt war Monk klar, weshalb am Strand keine Krabben zu finden gewesen waren. Weshalb sollten sie die Klippen hinunterklettern, wenn es hier oben genug zu fressen gab?

Die Krabben machten sich nicht nur über die toten Vögel und Flughunde her, sondern auch über ihre eigenen Artgenossen. Es war eine kannibalische Fressorgie. Als sie die beiden Männer entdeckten, reckten sie drohend die Zangen und klapperten damit.

Willkommen auf der Party!

Aus dem Felsengang drangen aufgeregte Rufe.

Die Piraten hatten das Ende der Treppe fast erreicht.

Graff, die Hand an der Schulter, trat einen Schritt vor. Eine große Krabbe, die sich unter einem Farnwedel versteckt hatte, versuchte seinen Zeh zu packen und durchtrennte dabei mühelos das Plastik des Schutzanzugs.

Der Arzt wich zurück und murmelte etwas. Es war das Mantra, das er auch auf der Treppe ständig wiederholt hatte. Jetzt verstand ihn Monk … und pflichtete ihm im Stillen bei.

»Wir hätten dem Buddha den Bauch streicheln sollen.«

3

Hinterhalt

5. Juli, 00:25
Takoma Park, Maryland

»Was zum Teufel geht hier vor?«

»Ich weiß auch nicht, Dad.« Gray beeilte sich, zusammen mit seinem Vater die Garagentür zu schließen. »Aber ich werd's schon noch herausfinden.«

Zuvor hatten sie das Motorrad der Agentin in die Garage gezogen. Gray hatte es nicht im Freien liegen lassen wollen. Er wollte, dass nichts auf Seichans Anwesenheit hindeutete. Bislang hatte sich der Schütze noch nicht blicken lassen, doch das bedeutete nicht, dass ihnen keine Gefahr drohte.

Gray eilte zu seiner Mutter. Als Biologieprofessorin an der George Washington University hatte sie Aufbaukurse für Medizinstudenten gehalten. Ihre Kenntnisse reichten aus, um Seichans Bauchschuss zu verbinden und die Blutung zu stillen.

Seichan verlor immer wieder das Bewusstsein.

»Anscheinend hat sie einen glatten Durchschuss«, sagte Grays Mutter. »Aber sie hat eine Menge Blut verloren. Ist die Ambulanz schon unterwegs?«

Kurz zuvor hatte Gray mit seinem Handy Hilfe herbeigerufen – doch er hatte nicht die übliche Notrufnummer gewählt. Seichan konnte man nicht in ein normales Krankenhaus bringen. Eine Schussverletzung hätte zu Nachforschungen geführt. Trotzdem musste er dafür sorgen, dass sie medizinisch versorgt wurde.

Irgendwo auf der Straße fiel eine Tür ins Schloss. Gray lauschte angestrengt; seine Nerven waren so straff gespannt wie Klavierdrähte. Jemand rief etwas, dann wurde gelacht.

»Gray, ist die Ambulanz schon unterwegs?«, wiederholte seine Mutter hartnäckig.

Gray nickte wortlos, denn er scheute davor zurück, seine Mutter offen anzulügen. Er wandte sich seinem Vater zu, der sich die Hände an der Latzhose abwischte. Seine Eltern glaubten, seit man ihn wegen Handgreiflichkeiten gegen einen Vorgesetzten von den Army Rangers ausgeschlossen hatte, wirke er als Labortechniker bei einer Washingtoner Forschungsfirma.

Auch das entsprach nicht der Wahrheit.

Es war eine Notlüge gewesen.

Seine Eltern wussten nicht, dass er für Sigma arbeitete, und dabei wollte Gray es auch belassen. Was bedeutete, dass er so schnell wie möglich von hier verschwinden musste.

»Dad, kann ich mir den T-Bird borgen? Heute am Unabhängigkeitstag sind die Notdienste überlastet. Sie wird schneller versorgt, wenn ich sie ins Krankenhaus fahre.«

Sein Vater kniff misstrauisch die Augen zusammen, dann zeigte er zur Hoftür der Küche. »Der Schlüssel hängt am Haken.«

Gray sprang die Stufen der rückwärtigen Veranda hinauf. Er drückte die Tür auf, langte durch den Spalt und nahm den Autoschlüssel vom Haken. Sein Vater besaß ein restauriertes Thunderbird-Cabrio Baujahr 1960, rabenschwarz mit roten Ledersitzen, ausgestattet mit einem nagelneuen Holly-Vergaser, einer Flamethrower-Zündspule und elektrischem Choke. Weil sein Vater für die Party hatte Platz schaffen wollen, stand der Wagen auf der Straße.

Gray rannte zum offenen Wagen, sprang über die Fahrertür und glitt hinters Steuer. Im nächsten Moment setzte er mit aufheulendem Motor in die Einfahrt zurück. Die Federung ging in die Knie, als er über den Bordstein fuhr. Sein Vater hatte die restaurierte Radaufhängung noch immer nicht ganz im Griff.

Er schob den Automatikhebel in Parkstellung und rannte zu seinen Eltern, die neben Seichan knieten. Sein Vater machte bereits Anstalten, sie hochzuheben.

»Lass mich das machen«, sagte Gray.

»Vielleicht wäre es besser, sie nicht zu bewegen«, meinte seine Mutter. »Sie hat sich mit großer Wucht überschlagen.«

Grays Vater ignorierte beide Einwände. Er nahm Seichan auf die Arme und richtete sich auf. Trotz der Beinprothese und seines geistigen Handicaps war er noch immer so stark wie ein Arbeitsgaul.

»Geh zur Tür«, befahl sein Vater. »Wir legen sie auf den Rücksitz.«

Gray öffnete die Wagentür und klappte den Fahrersitz vor. Sein Vater kletterte nach hinten und legte Seichan behutsam ab, dann setzte er sich auf den Rücksitz und hielt ihr den Kopf.

»Dad …«

Seine Mutter nahm auf dem Beifahrersitz Platz. »Ich habe das Haus abgeschlossen. Fahr los.«

»Ich … ich komme schon allein zurecht«, sagte Gray und wartete darauf, dass seine Eltern wieder ausstiegen.

Er wollte nicht zum Krankenhaus. Er hatte bei der Einsatzzentrale angerufen, die ihn unverzüglich zu Direktor Crowe durchgestellt hatte. *Gott sei Dank war er noch im Büro gewesen.*

Crowe hatte ihm die Adresse einer konspirativen Wohnung genannt, wo ein Notarztteam Seichan untersuchen und behandeln würde. Painter ging kein Risiko ein. Da es sich auch um eine Falle handeln konnte, durfte sie nicht ins Sigma-Hauptquartier gebracht werden. Als bekannte Mörderin und Terroristin stand Seichan ganz oben auf der Fahndungsliste von Interpol und zahlreichen Geheimdiensten in aller Welt. Der israelische Mossad hatte angeblich Befehl, sie umgehend zu erschießen, sollte er ihrer habhaft werden.

Seine Eltern hatten hier nichts verloren.

Gray blickte in das entschlossene Gesicht seines Vaters. Seine Mutter hatte bereits die Arme vor der Brust verschränkt. Sie würden sich nicht so leicht umstimmen lassen.

»Ihr könnt nicht mitkommen«, sagte er. »Es ist … gefährlich.«

»Als ob es hier ungefährlich wäre«, erwiderte sein Vater und zeigte auf die Garage. »Wer weiß schon, ob die Vergewaltiger oder Drogendealer, die sie angeschossen haben, nicht bald hier sind?«

Gray hatte keine Zeit für Erklärungen. Der Direktor hatte bereits einen Einsatztrupp losgeschickt, der seine Eltern schützen sollte. Er würde in wenigen Minuten hier eintreffen.

»Mein Auto … meine Regeln«, brummte sein Vater abschließend. »Und jetzt fahr endlich los, bevor der Verband durchgeblutet ist und mir die Frau die neuen Ledersitze ruiniert.«

Seichan stöhnte und bewegte sich unruhig. Sie nestelte am Verband. Sein Vater schob ihre Hand weg. Er hielt sie fest, um sie zu beruhigen und daran zu hindern, dass sie sich wehtat.

»Fahr schon«, sagte sein Vater.

Die raue Zärtlichkeit, die aus seinen Worten sprach, veranlasste Gray nachzugeben.

Er setzte sich hinters Lenkrad. »Schnallt euch an«, sagte er, denn je eher sie Seichan in Sicherheit brachten, desto besser für sie alle. Mit den Folgen würde er sich später befassen.

Als er den Motor anließ, bemerkte er, dass seine Mutter ihn forschend musterte. »Wir sind nicht blöd, Gray«, meinte sie kryptisch, dann sah sie weg.

Er runzelte irritiert die Stirn, schob den Automatikhebel in Fahrstellung und schoss die Einfahrt hinunter. Auf der Straße wendete er scharf.

»Vorsicht!«, rief sein Vater. »Das sind neue Kelsey-Radnaben! Wenn die eine Schramme abbekommen …«

Gray raste los. Er bog mehrfach scharf ab, wobei er darauf achtete, dass die Naben nicht am Bordstein schrammten. Der V8-Motor brummte wie ein Tier. Unwillkürlich empfand er Respekt vor den handwerklichen Fertigkeiten seines Vaters.

Als er nicht zum Krankenhaus fuhr, sondern die entgegengesetzte Richtung einschlug, schwieg seine Mutter und rutschte etwas tiefer in den Sitz. In der konspirativen Wohnung würde ihm schon eine Erklärung für seine Eltern einfallen.

Während Gray durch die mitternächtliche Stadt raste, explodierten immer noch vereinzelte Feuerwerkskörper. Der Feiertag war vorbei, doch Gray fürchtete, dass das eigentliche Feuerwerk erst noch bevorstand.

00:55
Washington, D. C.

Das war's dann wohl mit dem Feiertag …

Direktor Painter Crowe näherte sich seinem Büro. Die Nachtschicht der Einsatzzentrale wurde derzeit verstärkt. Er hatte Alarm ausgelöst und bereits zwei Telefongespräche mit dem Heimatschutzministerium geführt. Es kam schließlich nicht alle Tage vor, dass einem ein international gesuchter Terrorist in den Schoß fiel. Oder gar ein Mitglied des geheimen Netzwerks, das als die Gilde bekannt war.

Die Gilde spürte neue Technologien des militärischen, biologischen, chemischen und nuklearen Bereichs auf und stahl sie, wobei sie häufig mit Sigma aneinandergeriet. In der gegenwärtigen Weltlage war Wissen wahre Macht – mächtiger als Öl oder irgendwelche Waffen. Die Gilde aber verkaufte ihre Entdeckungen an den Meistbietenden; zu ihren Kunden gehörten unter anderem Al Qaida und die Hisbollah, die japanische Aum-Sekte und der peruanische Leuchtende Pfad. Die Gilde war in über die ganze Welt verstreuten voneinander unabhängigen Zellen organisiert und hatte Maulwürfe in Regierungen, Geheimdienste, bedeutende Think Tanks und sogar internationale Forschungseinrichtungen eingeschleust.

Einmal war ihr das sogar bei der DARPA gelungen.

Der Stachel des Verrats saß bei Painter immer noch tief.

Jetzt aber befand sich ein bedeutendes Gildenmitglied in ihrer Gewalt.

Als Painter das Vorzimmer seines Büros betrat, drückte Brant Millford, sein Sekretär und Assistent, sich vom Schreibtisch ab. Er saß im Rollstuhl, seit er bei einem Autobombenattentat auf einen bosnischen Militärposten von einem Splitter am Rückgrat verletzt worden war.

»Sir, Dr. Cummings ist am Satellitentelefon.«

Painter blieb überrascht stehen. Von Lisa hatte er so bald keine Meldung erwartet. Seine Besorgnis wuchs.

»Ich nehme das Gespräch in meinem Büro entgegen. Danke, Brant.«

Painter trat durch die Tür. Neben und hinter dem Schreibtisch hingen drei Plasmabildschirme an den Wänden. Im Moment waren sie noch dunkel, doch schon bald würden sie von einlaufenden Meldungen überquellen. Painter langte über den Schreibtisch und drückte die blinkende Taste des Telefons.

Lisa hätte eigentlich erst dann, wenn es auf den indonesischen Inseln dunkel wurde, Bericht erstatten sollen. Dann hätte Painter auch Gelegenheit gehabt, ihr eine gute Nacht zu wünschen.

»Lisa?«

»Ach, ist das schön, deine Stimme zu hören, Painter. Ich weiß, du bist beschäftigt. Brant hat eine Krise erwähnt – das war aber auch schon alles.«

»Mach dir keine Sorgen. Das ist weniger eine Krise, als vielmehr eine gute Gelegenheit.« Er lehnte sich mit der Hüfte gegen den Schreibtisch. »Warum meldest du dich so früh?«

»Hier stimmt was nicht. Ich habe bereits eine große Menge labortechnischer Daten zur Auswertung übermittelt. Ich möchte, dass ihr die Ergebnisse unseres Toxikologen Dr. Barnhardt überprüft.«

»Ich werde mich drum kümmern. Aber weshalb ist das so dringend?« Er spürte ihre Anspannung durchs Telefon hindurch.

»Die Lage stellt sich hier anders dar, als die ersten Informationen vermuten ließen.«

»Ich weiß. Von den Folgen der Giftwolke, die über die Insel gewandert ist, habe ich schon gehört.«

»Nein – ja, das war gewiss schrecklich, aber hier braut sich noch etwas Schlimmeres zusammen. Bei den Folgeinfektionen sind eigenartige genetische Anomalien aufgetreten. Verstörende Untersuchungsergebnisse. Ich hab mir gedacht, es wäre am besten, wenn wir uns so früh wie möglich mit den Sigma-Forschern abstimmen und die Kugel ins Rollen bringen, auch wenn Dr. Barnhardt noch mit den Voruntersuchungen beschäftigt ist.«

»Unterstützt Monk den Toxikologen?«

»Er ist noch vor Ort und sammelt Proben. Wir warten schon sehnsüchtig darauf.«

»Ich werde Jennings von der Forschungsabteilung sagen, dass er sein Team auf Trab bringen soll. Ich lasse ihn gleich anrufen und bitten, dass er die Arbeiten koordiniert.«

»Prima. Danke.«

All seine Entschlossenheit vermochte Painters Besorgnis nicht zu beschwichtigen. Seit Einsatzbeginn bemühte er sich nach Kräften, seiner Verantwortung gerecht zu werden und die notwendige professionelle Distanz zu wahren, doch bei Lisa war das unmöglich. Er räusperte sich. »Wie geht es eigentlich *dir*?«

Ein belustigtes Schnauben kam aus dem Hörer; es klang vertraut, aber auch müde. »Mir geht's gut. Aber wenn das hier vorbei ist, möchte ich vielleicht eine richtige Kreuzfahrt machen.«

»Ich hab dich gewarnt. Es zahlt sich nicht aus, wenn man sich freiwillig meldet. *Ich möchte einen Beitrag leisten, mich nützlich machen*«, äffte er sie mit dem Anflug eines Lächelns nach. »Jetzt siehst du, was du dir damit eingebrockt hast. Einen Fahrschein vom Vergnügungsdampfer zur Hölle.«

Lisa lachte halbherzig, dann wurde sie wieder ernst und fuhr stockend fort: »Painter, vielleicht war es ein Fehler... hierherzukommen. Ich weiß, ich bin kein offizielles Mitglied von Sigma. Es könnte sein, dass mir das alles über den Kopf wächst.«

»Wenn ich der Ansicht gewesen wäre, dass es ein Fehler ist, hätte ich dir die Aufgabe nicht anvertraut. Mir wäre sogar jede Ausrede recht gewesen, um dich davon abzuhalten. Aber als Direktor war es meine Pflicht, im Auftrag von Sigma die zur Beilegung dieser medizinischen Krise am besten geeigneten Leute zu schicken. Du mit deiner Medizinerausbildung, deinem Doktor in Physiologie und deiner praktischen Erfahrung... du warst genau richtig.«

Es entstand ein längeres Schweigen. Painter glaubte schon, die Leitung sei unterbrochen.

»Danke«, flüsterte Lisa schließlich.

»Also lass mich nicht hängen. Ich habe einen Ruf zu verlieren.«

Sie schnaubte erneut; diesmal klang ihre Belustigung schon aufrichtiger. »An deiner Art, einen aufzumuntern, solltest du noch arbeiten.«

»Wie wär's dann damit: Sei vorsichtig, pass auf dich auf, und komm so schnell wie möglich zurück.«

»Schon besser.«

»Dann bleibt mir nichts anderes übrig, als aufs Ganze zu gehen.« Mit fester Stimme sagte er: »Du fehlst mir. Ich liebe dich. Ich möchte dich in den Armen halten.«

Sie fehlte ihm so sehr, dass es ihm körperlich wehtat.

»Geht doch«, sagte sie. »Mit ein wenig Übung wird noch ein richtig guter Motivator aus dir.«

»Ich weiß«, sagte er. »Bei Monk hat das Sprüchlein auch funktioniert.«

Ihr Lachen kam von Herzen. Es half ihr, ihre Sorgen für einen Moment zu vergessen. Sie würde es schaffen. Er vertraute ihr. Monk würde schon dafür sorgen, dass ihr nichts passierte. Das hieß, wenn Monk sich wieder blicken ließ…

Ehe Painter noch etwas sagen konnte, erschien sein Sekretär in der Tür und klopfte leise an. Painter nickte ihm zu.

»Entschuldigen Sie die Störung, Direktor. Aber es gibt noch einen anderen Anrufer. Auf Ihrer Privatleitung. Aus Rom. Monsignor Verona. Es scheint dringend zu sein.«

Painter runzelte die Stirn. »Lisa…«, sagte er ins Telefon.

»Ich hab's gehört. Du hast zu tun. Sobald Monk zurück ist, reden wir mit Jennings. Kümmere dich ruhig um deine Arbeit.«

»Pass auf dich auf.«

»Mach ich«, sagte sie. »Und ich liebe dich auch.«

Es knackte in der Leitung.

Painter atmete tief durch, dann drehte er sich um, drückte die nächste Taste und nahm den Anruf auf der Privatleitung entgegen. *Weshalb rief Monsignor Verona an?* Painter wusste, dass Commander Pierce mit der Nichte des Monsignors liiert gewesen war, doch die Beziehung war vor zwei Jahren in die Brüche gegangen.

»Monsignor Verona, hier ist Painter Crowe.«

»Direktor Crowe, danke, dass Sie den Anruf entgegennehmen. Ich bemühe mich schon seit zwei Stunden, Gray zu erreichen, doch er meldet sich nicht.«

»Tut mir leid, das zu hören. Soll ich ihm etwas ausrichten?«

Painter verzichtete darauf, den Monsignor über die Lage ins Bild zu setzen. Zwar hatte er Sigma in der Vergangenheit geholfen, doch diese Angelegenheit unterlag der Geheimhaltung.

»Hier im Vatikan hat es einen Vorfall gegeben… genauer gesagt, im Geheimarchiv. Über seine Bedeutung bin ich mir nicht im Klaren, aber ich vermute, dass es sich um eine Botschaft oder eine Warnung handelt. Gerichtet an mich oder Commander Pierce.«

Painter ging um den Schreibtisch herum zu seinem Stuhl. »Worum genau handelt es sich?«

»Vergangene Woche ist jemand in ein Gewölbe eingedrungen und hat das Zeichen des Drachenordens auf den Boden gemalt.«

Painter ließ sich auf den Stuhl niedersinken. Dieses Zusammentreffen war beunruhigend. Vor zwei Jahren waren Gray und Monsignor Verona gemeinsam gegen eine brutale Sekte des Drachenordens vorgegangen. Sie hatten gesiegt – waren aber auf die Unterstützung einer Gildenagentin angewiesen gewesen.

Auf Seichan.

Und jetzt war die Agentin hier.

Painter nahm Koinzidenzen nicht auf die leichte Schulter. So hatte er es immer schon gehalten. Und seine Arbeit an der Spitze der Organisation hatte seine Paranoia allenfalls noch gesteigert.

»Hat jemand den Eindringling zu Gesicht bekommen?«, fragte er.

»Nur flüchtig. Wer immer das war, er hat sich an sämtlichen Sicherheitsvorkehrungen vorbeigeschlichen. Eine Überwachungskamera hat ein verschwommenes Bild aufgezeichnet. Das war kein Gelegenheitsdieb. Ich kenne nur eine Person, der ich zutrauen würde, ins innerste Heiligtum vorzudringen und wieder hinauszugelangen, ohne mehr als ein Schattenbild zu hinterlassen. Dieselbe Person, die in der Vergangenheit die Verbindung zum Drachenorden hergestellt hat.«

Also war der Monsignor nicht weniger misstrauisch als Painter.

»Das Drachensymbol am Boden«, fuhr Vigor fort. »Das war eindeutig eine Botschaft, vielleicht sogar eine Erinnerung an eine Dankesschuld.«

»Sie glauben, dass die Gildenagentin Seichan dahintersteckt?«, fragte Painter. »Die Frau, die Ihnen geholfen hat, den Drachenorden zu besiegen?«

»Genau. Wenn wir sie finden und mit ihr reden könnten …«

Painter war sich bewusst, dass weitere Geheimnistuerei die Aufdeckung der wahren Bedrohung lediglich erschweren würde. Es sah ganz danach aus, als habe sich der Kreis der Geheimnisträger soeben bis nach Rom ausgedehnt.

»Seichan ist hier«, fiel er dem Monsignor ins Wort. »Wir haben sie in Gewahrsam genommen.«

»Was?«

Er berichtete knapp vom unerwarteten Auftauchen der verletzten Agentin.

Vigor schwieg einen Moment verdutzt. Dann sagte er: »Sie muss unbedingt verhört werden. Sie müssen in Erfahrung bringen, weshalb sie das Zeichen auf den Boden gemalt hat.«

»Das werden wir tun. Sobald sie medizinisch versorgt ist, werden wir sie einem harten Verhör unterziehen. Hinter dicken Gitterstäben.«

»Sie haben mich nicht verstanden. Da geht etwas Bedeutsames vor. Etwas, das vielleicht sogar für die Gilde eine Nummer zu groß ist.«

»Wie meinen Sie das?«

»Das Drachensymbol hat eine in den Boden des Archivgewölbes gemeißelte Inschrift überdeckt. Die Inschrift stammt vermutlich aus Galileos Zeiten – aus der Zeit, als der Vatikan erbaut wurde. Die Schriftzeichen gehören wahrscheinlich der ältesten bekannten Schriftsprache an, die noch älter als das Hebräische ist. Es könnte sogar sein, dass sie noch älter ist als die Menschheit.«

Painter hörte die Besorgnis aus der Stimme des Monsignors heraus. »Älter als die *Menschheit*? Wie soll ich das verstehen?«

Vigor sagte es ihm.

Painter ließ sich seine Bestürzung und Skepsis nicht anmerken. Er beendete das Gespräch mit einem Gefühl tiefer Verunsicherung. Die Behauptung des Monsignors klang einfach unglaublich, doch auf einmal verstand er dessen Besorgnis. Sie mussten Seichan sobald wie möglich verhören – bevor ihr erneut etwas zustieß.

Painter informierte sich über die voraussichtliche Ankunftszeit des Erste-Hilfe-Teams, dann ließ er sich von seinem Sekretär zur konspirativen Wohnung durchstellen.

Wer tat dort gerade Dienst?

Er bat Brant, die Sicherheitsabteilung anzuweisen, das Bild der Videokameras auf seine Büromonitore durchzustellen.

Während Painter wartete, gingen ihm Vigors Worte durch den Kopf.

Die in den Steinboden gemeißelten Zeichen …

Painter schüttelte den Kopf.

Blödsinn.

… gehören der Sprache der Engel an.

01:04

Gray raste über den Greenwich Parkway in die exklusive Wohngegend von Foxhall Village. Am Ende der Straße bog er nach links in eine Allee ab. Er nahm das Gas weg und ließ den Wagen ausrollen. Vor ihm tauchte die konspirative Wohnung auf, ein zweistöckiges Backsteinhaus im Tudor-Stil mit waldgrünen Fensterläden, das sich harmonisch dem Glover-Archibold-Park anfügte.

Wegen des offenen Verdecks konnte er den feuchten Wald riechen.

Die Verandabeleuchtung war eingeschaltet, außerdem brannte noch eine Lampe im oberen Eckfenster.

Das bedeutete, die Luft war rein.

Er riss das Steuer herum und lenkte den über den Bordstein holpernden Wagen in die Einfahrt, was die verletzte Seichan mit einem Stöhnen quittierte.

»Wo sind wir hier?«, fragte seine Mutter.

Gray bremste unter dem Vordach an der linken Hausseite. Der Seiteneingang war nur wenige Schritte entfernt. Unterwegs hatte er wiederholt versucht, seine Eltern zum Aussteigen zu bewegen, doch mit jedem Krankenhaus und jeder Sanitätsstation, die er links liegen ließ, waren sie sturer geworden. Jedenfalls galt das für seine Mutter. Sein Vater behielt seine gewohnte Sturheit einfach bei.

»Das ist eine konspirative Wohnung«, sagte er, denn es hatte wenig Sinn, noch länger an der Lüge festzuhalten. »Hilfe ist bereits unterwegs. Bleibt erst mal im Wagen.«

Die Tür an der Hausseite öffnete sich. Eine große Gestalt füllte den Eingang aus. Eine Hand hatte sie auf die Waffe im Gürtelhalfter gelegt. »Sind Sie das, Pierce?«, fragte der Mann in barschem Ton, während er die Wageninsassen misstrauisch beäugte.

»Ja.«

Der Mann trat ins Licht. Er war ein Affe von Mann, mit dicken Armen und Beinen und braunem, kurz geschorenem Haar. Er trug Uniform. Besonders unauffällig war das nicht.

»Ich heiße Kowalski. Crowe möchte Sie sprechen.« In der Hand hielt er ein Handy.

Gray ging ums Wagenheck herum. Der Unterhaltung mit dem Direktor, dem er erklären musste, dass die Tarnung aufgeflogen war, sah er mit gemischten Gefühlen entgegen. Wenn man seine Eltern mitbrachte, konnte von Geheimhaltung keine Rede mehr sein.

Das ältere Pärchen im Cabrio gab dem Mann offenbar zu denken. Er musterte die Neuankömmlinge mit zusammengezogenen Brauen und kratzte sich am Kinn.

»Ist das ein 352er?«, fragte er, als Gray sich ihm näherte.

Gray wurde aus seiner Bemerkung nicht schlau.

»Nein, das ist ein 390er Motorblock. Ein restaurierter V8 von einem Ford Galaxie.«

»Hübscher Wagen.«

Der Mann hatte offenbar nicht seine Eltern gemustert, sondern das Auto.

Seichan, der vielleicht das Fehlen des Fahrtwinds und das Ende der Schaukelei aufgefallen war, regte sich auf dem Rücksitz. Sie bemühte sich kraftlos, sich aufzusetzen.

»Helfen Sie mir, sie ins Haus zu bringen?«, sagte Gray. Als er das Handy entgegennahm, bemerkte er auf dem rechten Bizeps des Mannes die untere Hälfte des Ankers der U.S. Navy. Hätte man den Eintrag »Marineinfanterist« im Wörterbuch illustrieren wollen, wäre das Foto dieses Mannes ideal gewesen.

Seine Mutter öffnete die Beifahrertür. »Wo sind die Sanitäter?« Der Hüne vermochte sie offenbar nicht zu beruhigen; die Handtasche hatte sie ängstlich an die Hüfte gedrückt.

Gray hob beschwichtigend die Hand.

»Ma'am«, sagte Kowalski und zeigte zur Küche. »Auf dem Küchentisch steht ein Verbandkasten. Mit Morphiumspritzen und Riechsalz. Ich habe auch Nähzeug dazugelegt.«

Seine Mutter nickte anerkennend. »Ich danke Ihnen, junger Mann.«

Mit einem vorwurfsvollen Blick auf Gray trat sie ins Haus.

Gray hielt sich das Handy ans Ohr. »Direktor Gray, hier ist Commander Pierce.«

»War die Frau, die eben ausgestiegen ist, etwa Ihre Mutter?«

Wie zum Teufel …?

Gray bemerkte die unter dem Schutzdach verborgene Überwachungskamera. Offenbar wurden die Bilder ans Hauptquartier übermittelt. Ihm wurde ganz heiß.

»Sir ...«

»Darüber unterhalten wir uns später. Gray, aus Rom wurden Neuigkeiten gemeldet, die mit unserem Gast in Beziehung stehen. Wie geht es der Gefangenen?«

Gray blickte zum Cabrio. Der Wachposten und sein Vater unterhielten sich darüber, wie man die bewusstlose Seichan am besten transportieren solle. Der Bauchverband war mit Blut durchtränkt.

»Sie muss dringend medizinisch versorgt werden.«

»Die Leute müssten jeden Moment eintreffen.«

Das Motorengeräusch eines schweren Wagens war zu hören. Gray drehte sich um. Ein großer schwarzer Van näherte sich dem Haus.

»Ich glaube, sie sind da«, sagte er mit einem Seufzer der Erleichterung.

Der Van fuhr an den Bordstein und kam unmittelbar vor der Einfahrt zum Stehen. Gray gefiel es nicht, dass ihr Wagen blockiert wurde, doch er kannte den Van. Das war das Unfallteam von Sigma. Die getarnte Ambulanz war dem Begleitwagen des Präsidenten ganz ähnlich und mit allen möglichen Apparaten vollgestopft.

»Melden Sie sich, sobald Sie mehr wissen«, sagte Painter, der den Van anscheinend ebenfalls gesehen hatte.

Die Wagentüren öffneten sich. Drei Männer und eine Frau, alle mit OP-Kitteln und weiten schwarzen Bomberjacken bekleidet, stiegen gleichzeitig aus. Zwei der Männer luden eine Trage aus, deren Fahrgestell von selbst nach unten klappte. Sie folgten dem dritten Mann und der Frau, die Gray entgegengingen. Der Mann reichte ihm die Hand.

»Dr. Amen Nasser«, sagte er.

Gray schüttelte ihm die Hand, die sich kühl und trocken anfühlte. Der Arzt wirkte gelassen und beherrscht. Obwohl er höchstens dreißig war, strahlte er Autorität aus. Sein Gesicht glich poliertem Mahagoni, während die Frau honigfarbene Haut hatte.

Gray musterte sie eingehend.

Offenbar bemühte sie sich, ihre asiatische Herkunft herunterzuspielen. Ihr Haar war kurz geschoren und wasserstoffblond getönt. An den Handgelenken hatte sie verschlungene Tätowierungen, die irgendwie keltisch wirkten. Obwohl Gray für solchen Körperschmuck eigentlich nichts übrig hatte, vermochte er sich der verführerischen Ausstrahlung der Asiatin nicht ganz zu entziehen. Vielleicht lag es an ihren smaragdgrünen Augen, die keines zusätzlichen Schmucks bedurften. Oder aber an ihren katzenhaften, kraftvollen, geschmeidigen Bewegungen. Wie die meisten Beschäftigten von Sigma hatte sie offenbar eine militärische Ausbildung genossen.

Die Frau nickte Gray zu, ohne sich vorzustellen.

»Ich bin bereits im Bilde«, sagte der Einsatzleiter. Seine Aussprache war präzise, der leichte Akzent aber nicht zu überhören. »Ich bitte Sie, uns jetzt in Ruhe arbeiten zu lassen. Wir werden die Patientin im Van chirurgisch versorgen. Anni wird Ihnen in Kürze Bericht erstatten.«

Die anderen beiden Männer eilten mit der Trage vorbei. Der Arzt schloss sich ihnen an, während Anni, das eine Bein vorgestellt, bei Gray blieb.

Als Gray Platz machte, begann das Handy in seiner Tasche zu vibrieren. Der Einsatzleiter sagte etwas Unverständliches. Auf einmal wurde Gray sich über die Herkunft des Akzents klar.

Dr. Amen Nasser.

Er war Ägypter.

01:08

Painter stand vor dem Wandmonitor hinter dem Schreibtisch. Die Plasmabildschirme an den beiden Raumseiten gaben die Livebilder der Überwachungskameras im ersten und zweiten Stock der konspirativen Wohnung wieder. Der Monitor hinter dem Schreibtisch war auf die Außenkamera geschaltet.

»Geh endlich ran!«, schrie er den Bildschirm an.

Die Kameras wurden eine Etage tiefer gesteuert. Painter hatte keine Möglichkeit, den Blickwinkel zu verändern. Am Bildschirmrand hatte er beobachtet, wie der Van gehalten hatte, doch die Gesichter der beiden Männer waren eben erst ins Bild gekommen.

Beide arbeiteten nicht für Sigma.

Painter kannte alle Beschäftigten.

Der Van mochte zu Sigma gehören, nicht aber das Einsatzteam.

Eine Falle.

Auf dem Monitor klappte Gray das Handy auf und hob es ans Ohr. »Direktor Crowe...?«

Bevor Painter sich melden konnte, schoss ein schmaler Fuß durchs Bild und schmetterte Gray das Handy gegen den Kopf. Während es in der Leitung knackte, ging Gray zu Boden.

»Gray...«

Das Bild ruckelte – dann wurde der Monitor schwarz.

01:09

Der erste Schuss traf die Kamera.

Mit dröhnendem Schädel vernahm Gray den gedämpften Knall und das Splittern von Glas und Plastik.

»He, was soll das?«, rief sein Vater, als die Kameratrümmer auf ihn herabregneten. Er saß noch immer neben Seichan auf dem Rücksitz.

Kowalski, der Wachposten, stand auf der anderen Seite des Wagens. Er erstarrte wie ein Hirsch im Scheinwerferlicht, ein graubärtiger Zweihundertpfundhirsch. Die Pistole, die man ihm an den Hals hielt, war ein zu starkes Argument.

Die Sanitäter hatten die Trage in die Einfahrt geschoben. Der eine bedrohte Kowalski mit einer Pistole, der andere bedeutete Grays Vater, er solle aussteigen.

»Keine Bewegung«, sagte hinter Gray eine barsche Stimme. Anni zielte mit einer schwarzen SIG Sauer auf sein Gesicht, einen Schritt zu weit entfernt, um ihr die Waffe aus der Hand zu treten, doch so nah, dass sie ihn nicht verfehlen konnte.

Gray wandte sich dem Thunderbird zu.

Dr. Nasser hatte ebenfalls eine Pistole gezogen.

Gray ahnte, dass dies die Waffe war, mit der Seichan angeschossen worden war.

Nasser trat neben seinen Vater. Er bückte sich zu Seichan hinunter, schüttelte betrübt den Kopf, dann gab er dem Mann an seiner Seite ein Zeichen. »Schaffen Sie den alten Mann aus dem Wagen. Sehen Sie nach, ob das Miststück den Obelisken hat, dann bringen Sie sie in den Van.«

Welcher Obelisk?

Gray schaute zu, wie sein Vater vom Rücksitz gezerrt wurde. Er konnte nur hoffen, dass sein Vater sich zurückhalten würde. Seine Sorge erwies sich jedoch als unbegründet. Sein Vater war zu benommen, um Widerstand zu leisten.

»Da ist nichts«, sagte der Mann auf dem Rücksitz und richtete sich auf.

Nasser warf selbst einen Blick in den Wagen, vermochte das Gesuchte aber ebenfalls nicht zu entdecken. Seine Bestürzung ließ er sich nicht anmerken; zwischen seinen Augen bildete sich lediglich eine steile Falte.

Er wandte sich Gray zu.

»Wo ist er?«

Gray sah dem Mann direkt in die Augen. »Wo ist was?«

Nasser seufzte. »Sie hat es Ihnen bestimmt gesagt, sonst hätten Sie sich nicht solche Mühe gegeben, ihr Leben zu retten.« Ohne den Kopf zu wenden, gab er dem Mann, der Seichan durchsucht hatte, ein Zeichen. Der Mann drückte Grays Vater die Pistole an die Stirn.

»Ich wiederhole mich nur ungern. Das können Sie nicht wissen, deshalb gebe ich Ihnen Bedenkzeit.«

Gray schluckte. Todesangst lag im Blick seines Vaters.

»Der Obelisk«, sagte Gray. »Sie haben von einem Obelisken gesprochen. Seichan hatte einen dabei, aber der ist zerbrochen, als sie mit dem Motorrad gestürzt ist. Sie hat das Bewusstsein verloren, ehe sie etwas sagen konnte. Der Obelisk müsste noch dort sein.«

Das entsprach vermutlich der Wahrheit.

Bei der ganzen Hektik hatte er nicht mehr daran gedacht.

Aber wo genau war der Obelisk abgeblieben?

Der Mann musterte Gray unverwandt.

»Ich glaube, Sie sagen tatsächlich die Wahrheit, Commander Pierce.«

Dann gab der Ägypter dem Bewaffneten ein Zeichen.

Der Schuss war ohrenbetäubend laut.

01:10

Painter nahm auf dem linken Plasmabildschirm eine Bewegung wahr. Die Innenkamera der konspirativen Wohnung funktionierte noch. Hinter dem Küchentisch hockte Mrs. Harriet Pierce.

Die Angreifer wussten anscheinend nicht, dass sie sich im Haus versteckte.

Außer Gray hatte niemand gewusst, dass zwei weitere Personen im Wagen saßen. Der Van war eingetroffen, nachdem Grays Mutter ins Haus gegangen war. Da der einzige Wachposten ausgeschaltet war, glaubten die Angreifer, sie hätten die Lage im Griff.

Das war ihr einziger Vorteil.

Painter befahl, im Haus lautlosen Alarm auszulösen und eine Telefonverbindung herzustellen. Am Telefon begann ein bernsteinfarbenes Lämpchen zu blinken.

Guck schon hin, dachte er.

Ob sie nun das Lämpchen gesehen hatte oder von sich aus Hilfe herbeirufen wollte, jedenfalls kroch Harriet zum Küchentelefon, langte nach oben und nahm den Hörer ab.

»Nicht sprechen«, sagte er rasch. »Hier ist Painter Crowe. Die Angreifer dürfen nicht merken, dass Sie im Haus sind. Ich kann Sie sehen. Nicken Sie, wenn Sie mich verstanden haben.«

Harriet nickte.

»Gut. Hilfe ist bereits unterwegs. Ich weiß aber nicht, ob sie rechtzeitig eintreffen wird. Die Angreifer sind sich dessen vermutlich bewusst. Sie werden deshalb mit äußerster Brutalität vorgehen. Sie müssen noch brutaler sein. Trauen Sie sich das zu?«

Ein Kopfnicken.

»Ausgezeichnet. In der Schublade unter dem Telefon sollte eine Pistole liegen.«

01:11

Der Schuss war ohrenbetäubend laut.

Ohrenbetäubend.

Diesmal war kein Schalldämpfer zum Einsatz gekommen.

Einen Sekundenbruchteil bevor der Mann, der seinem Vater die Waffe an den Kopf hielt, zusammenbrach und die Hälfte seines Schädels gegen den vorderen Kotflügel des Thunderbird klatschte, war Gray bereits im Bilde.

Er wusste, wer der Schütze war.

Seine Mutter.

Sie war Texanerin, ihr Vater hatte auf den gleichen Ölfeldern gearbeitet wie Grays Vater. Obwohl seine Mutter strengere Waffenvorschriften befürwortete, konnte sie schießen.

Gray hatte ihr Eingreifen gefürchtet und gleichzeitig herbeigesehnt. Er hatte sich für den Moment gewappnet. Noch ehe der Tote auf dem Boden aufprallte, machte Gray einen Satz nach hinten. Er hatte die Asiatin in der verchromten Heckstoßstange beobachtet.

Der laute Schuss und sein Sprung nach hinten kamen für sie völlig überraschend. Gray hob die Rechte und verhakte seinen Arm mit dem ihren. Mit dem Stiefelabsatz trat er ihr auf den Spann und ruckte gleichzeitig mit dem Kopf zurück.

Hinter seinem Rücken *knackte* etwas.

Der vor ihm befindliche Kowalski hatte dem Bewaffneten den Ellbogen in die Rippen gerammt, ihn am Genick gepackt und sein Gesicht gegen die Tür des Cabrios geschmettert.

»Friss Stahl, Scheißkerl.«

Der Mann fiel in sich zusammen wie ein leerer Sack.

Gray riss Annis Faust mit der SIG Sauer herum und schwenkte ihren Arm in Dr. Nassers Richtung. Er drückte den Zeigefinger der Frau gegen den Abzug. Sie wehrte sich. Die Kugel prallte Funken sprühend von der Hauswand ab.

Wirkung erzielte sie trotzdem. Dr. Nasser duckte sich nach rechts und verschwand mit einem Hechtsprung im Gebüsch vor dem Haus.

Gray entriss der Frau die Pistole und schleuderte sie nach hinten weg. Anni taumelte, hielt sich aber auf den Beinen. Mit blutiger Nase wirbelte sie herum und sprang leichtfüßig wie eine Gazelle zum Van, ohne sich von ihrem verletzten Fuß behindern zu lassen.

Sie wollte sich eine neue Waffe holen.

Gray wartete die Wiederauflage von *Annie Get Your Gun* nicht ab.

Er zielte auf sie, doch ehe er abdrücken konnte, pfiff eine Kugel an seiner Nasenspitze vorbei. Der Schuss war aus dem Gebüsch gekommen.

Nasser.

Gray taumelte zurück und suchte Deckung unter dem Vordach. Blindlings feuerte er ins Gebüsch, denn er hatte keine Ahnung, wo der Mistkerl sich versteckt hatte. Er wich so lange zurück, bis er mit den Waden gegen die hintere Stoßstange des T-Bird stieß, dann feuerte er zwei Schüsse auf den Van ab.

Anni aber war gar nicht darin verschwunden.

Die Kugeln prallten vom Wagen ab. Wie der Sanitätsvan des Präsidenten war auch er gepanzert.

»Alle in den Wagen!«, rief Gray. »Beeilung!«

Seine Mutter tauchte in der Küchentür auf, in der Hand eine qualmende Pistole. Die Handtasche baumelte an ihrem linken Arm, als wollte sie shoppen gehen.

»Komm schon, Harriet«, sagte sein Vater und schob sie zur Beifahrertür.

Kowalski sprang auf den Rücksitz. Gray fürchtete, mit seinem Gewicht könnte er Seichans Leben noch eher ein Ende machen, als Nasser es geplant hatte.

Gray hechtete auf den Vordersitz und prallte hart auf. Er drehte den steckenden Zündschlüssel. Der Motor sprang grollend an.

Die Beifahrertür fiel zu. Seine Eltern zwängten sich auf dem Vordersitz zusammen.

Gray blickte in den Rückspiegel.

Anni stand breitbeinig in der offenen Seitentür des Vans. Sie hatte einen Raketenwerfer geschultert.

Hier wird Annie Get Your Gun *gespielt und nicht* Raketenschleuder, *du Miststück!*

Gray legte den Automatikhebel um und gab Gas. Dreihundert Pferdestärken brachten die durchdrehenden Hinterreifen zum Qualmen.

Sein Vater stöhnte auf – wahrscheinlich machte er sich mehr Sorgen um die glänzenden neuen Reifen als um seine eigene Sicherheit.

Die Reifen bekamen endlich Grip, der Thunderbird machte einen Satz nach vorn, durchbrach das Holztor und schoss auf den Hinterhof. Gray riss das Steuer herum und wich einer mächtigen hundertjährigen Eiche aus. Die Reifen pflügten durch den Rasen, dann raste er weiter in den Hof hinein.

Ein durchdringendes Zischen ertönte, kurz darauf eine Explosion.

Die Rakete traf die Eiche. Brennende Äste und Rindenstücke flogen umher. Holzsplitter schossen in die Luft. Qualm stieg auf.

Ohne sich umzusehen, trat Gray das Gaspedal bis zum Anschlag durch.

Der Thunderbird brach durch den rückwärtigen Zaun und raste in den Wald des Glover-Archibold-Parks hinein.

Eines war jedenfalls sicher.

Die Jagd hatte eben erst begonnen.

4
Hochseepiraten

5. Juli, 12:11
Weihnachtsinsel

Boxershorts und Stiefel.

Das war alles, was zwischen Monk und einem Meer fleischfressender Krabben stand. Die gewalttätige Fressorgie und das Klappern und Zerreißen hatten den ganzen Dschungel erfasst. Es hörte sich an wie ein knisternder Waldbrand.

Den Schutzanzug in der Hand, ging Monk zu Dr. Richard Graff zurück. Der Meeresforscher hockte am Rand des Dschungels. Auf Monks Rat hin zog er ebenfalls den Schutzanzug aus und zuckte zusammen, als sich das Plastik von der verletzten Schulter löste. Zumindest war er mit Shorts und Hawaiihemd vollständiger bekleidet als Monk.

Monk rümpfte die Nase. Unter dem dichten Laubdach kochte die Luft, und der Gestank der Kadaver am Strand hatte etwa die gleiche Wirkung, als hätte einem jemand mit einem halb verwesten Lachs einen Schlag ins Gesicht versetzt.

»Wir müssen allmählich weiter«, sagte Monk mit finsterem Blick.

Aus dem Felsentunnel, der zum vergifteten Strand hinunterführte, kam ein lauter Ruf. Die Piraten gingen jetzt vorsichtiger, umsichtiger vor. Graff hatte Kalksteinbrocken in die Gangmündung geworfen. Außerdem wussten die Verfolger nicht, dass Monk nur noch eine Patrone im Magazin hatte. Die Angst vor herabstürzenden Felsbrocken würde die Piraten aber nicht lange aufhalten.

Nicht zum ersten Mal wunderte Monk sich über die Hartnäckigkeit ihrer Verfolger. Hunger und Verzweiflung brachten die Menschen dazu, Dummheiten zu begehen. Aber wenn die Piraten es auf das Schlauchboot abgesehen hatten und ihre Ausrüstung auf dem indonesischen Schwarzmarkt verkaufen wollten, dann hinderte sie niemand daran. Die meisten Piraten dieser Gegend waren trotz ihrer brutalen Vorgehensweise nur auf schnelle Erfolge aus.

Weshalb dann diese Hartnäckigkeit? Um Augenzeugen zum Schweigen zu bringen und Spuren zu verwischen? Oder ging es um ganz etwas anderes? Monk dachte an den Maskierten, den er zufällig getroffen hatte und der ins Wasser gestürzt war. Ging es vielleicht um Rache?

Was immer der Grund war, die Angreifer gaben sich nicht mit der Beute zufrieden – sie wollten Blut sehen.

Als Graff sich aufrichtete, bekam er in der Gluthitze kaum mehr Luft. »Wohin gehen wir?«

»Zurück zu unseren Freunden.«

Monk führte Graff in den Dschungel hinein. Nur wenige Schritte entfernt klapperten die Krabben mit ihren Zangen. Das Geräusch ihrer Stimmen und Graffs blutende Schulterverletzung hatten sie in Scharen angelockt.

Am Rand der Lichtung zögerte der Meeresforscher. »Durch die Krabben kommen wir nicht durch. Die Zangen durchschneiden sogar Leder. Ich habe schon mit eigenen Augen gesehen, wie sie Finger abgeschnitten haben.«

Außerdem waren die Krabben schnell.

Monk tänzelte zurück, als zwei ineinander verbissene Krabben mit nur schemenhaft erkennbaren Beinen an ihnen vorbeihuschten.

»Ich schätze, wir haben keine andere Wahl«, sagte er.

»Außerdem stimmt etwas nicht mit ihnen«, fuhr der Forscher fort. »Eine solche Aggressivität habe ich bei ihren Wanderungen noch nie beobachtet.«

»Über ihre psychische Verfassung können Sie sich später Gedanken machen.« Monk deutete auf einen großen Baum, eine Tahitikastanie. Das immergrüne Gewächs hatte zahlreiche tief hängende Äste. »Kommen Sie da rauf?«

Graff drückte den verletzten Arm an seinen Bauch, denn jede Bewegung tat ihm weh. »Sie müssen mir helfen. Aber warum sollen wir da hochklettern? Vor den Piraten können wir uns so nicht verstecken. Im Baum wären wir wie auf dem Präsentierteller.«

»Klettern Sie einfach.« Monk geleitete ihn zum Stamm und half ihm auf den ersten paar Metern. Die dicken Äste boten guten Halt. Graff schaffte es aus eigener Kraft, weiter in die Höhe zu klettern.

Monk ließ sich wieder auf den Boden herabfallen und landete neben einer Krabbe. *Die Party ist noch nicht vorbei, Kumpel.* Er beförderte das Tier mit einem Fußtritt in die Horde zurück, dann rief er zu Graff hoch: »Sehen Sie die Tunnelmündung?«

»Ich glaube … ja, ich seh sie.« Graff brachte sich besser in Position. »Sie wollen mich doch nicht etwa hier zurücklassen?«

»Pfeifen Sie, sobald Sie die Piraten sehen.«

»Was haben Sie vor?«

»Verdammt noch mal, tun Sie's einfach!« Sogleich bedauerte Monk seinen scharfen Ton. Er durfte nicht vergessen, dass der Mann nicht beim Militär war. Aber Monk hatte genug eigene Sorgen. Er dachte an seine Frau und seine kleine Tochter. Er durfte nicht zulassen, dass er in einem Wald voll wandelnder Vorspeisen oder von einer Bande Halsabschneider getötet wurde.

Monk ging zur Lichtung zurück und blieb am Rande der wimmelnden, klappernden Horde stehen. Er hob die Pistole und stützte den Arm mit der Prothese. Er legte den Kopf schief und atmete durch die Nase.

Kommt schon und zeigt, was ihr zu bieten habt …

Von der Kastanie kam ein Geräusch, das sich anhörte wie das Zischen eines halb vollen Luftballons.

»Sie kommen!«, flüsterte Graff, dem die Angst offenbar den Atem nahm.

Monk zielte auf die Lichtung. Er hatte noch einen einzigen Schuss.

An der anderen Seite der Lichtung lehnten zwei Luftflaschen an einem Stein. Als sie die Schutzanzüge ablegten, hatte Monk Graffs Luftflasche an sich genommen. Die leichten Druckluftbehälter waren aus Aluminiumlegierung. Mit dem Fußhalfter hatte Monk die beiden Luftflaschen zusammengebunden und zur anderen Seite der Lichtung geworfen. Die Luftflaschen waren mitten zwischen den Krabben gelandet, hatten einige zerquetscht und die anderen Tiere auseinanderspritzen lassen.

Jetzt zielte Monk auf die beiden Druckluftbehälter, wobei er den gesunden Arm und die Prothese einsetzte.

»Sie kommen!«, ächzte Graff.

Monk drückte ab.

Aufgrund des lauten Knalls blieb das Bild in seiner Vorstellung für einen Sekundenbruchteil wie eingefroren – dann spuckte eine der Luftflaschen eine Flamme aus. Die zusammengebundenen Behälter tanzten zischend und scheppernd umher. Dann brach die Tülle der zweiten Flasche, und der Tanz wurde hektischer. Krabben wurden umhergeschleudert.

Das reichte.

Monk hatte schon große Ansammlungen von Strandkrabben gesehen. Dabei war ihm aufgefallen, dass sie im Handumdrehen in ihren Sandlöchern verschwanden, wenn ein Meeresvogel oder ein Mensch auftauchte. Hier war es das Gleiche. Die verschreckten Krabben kletterten über ihre Nachbarn hinweg und versetzten sie in Panik. Die ganze Horde wurde davon erfasst. Die bereits erregten Krabben wandten sich zur Flucht.

Das Meer der Krabben wechselte die Richtung und verwandelte sich buchstäblich in eine Woge wimmelnder Zangen.

Monk flüchtete auf die Kastanie und entkam den zuschnappenden Greiforganen nur um Haaresbreite.

Verdammt.

Das Krabbenheer huschte am Baum vorbei und wandte sich, einem uralten Instinkt gehorchend, zum Meer.

Monk kletterte zu Graff hinauf. Der Forscher hatte den unverletzten Arm um den Stamm geschlungen. Er beäugte Monk, dann blickte er wieder zu dem Felseinschnitt hinüber, in dem die Tunnelmündung lag.

Die Piraten, sechs Mann insgesamt, hatten sich ein Stück weit verteilt und waren nach Monks Schuss in Deckung gegangen. Jetzt richteten sie sich zögernd wieder auf.

Dann wogten die Krabben aus dem Dschungel hervor.

Als Erstes erwischte es den Mann, der dem Waldrand am nächsten war. Ehe er auch nur begriff, wie ihm geschah, kletterten die

Krabben an seinen Beinen bis zum Oberschenkel hoch. Schreiend taumelte er zurück. Dann knickte er mit einem Bein ein.

Bei den Green Berets war einem Kameraden von Monk einmal die Achillessehne durchschossen worden. Er war ebenso plötzlich zusammengebrochen wie der Pirat.

Der brüllende Pirat fing den Sturz mit dem Arm ab.

Im nächsten Moment wurde er von den Krabben überrannt. Er wehrte sich verzweifelt, wurde aber unter der schieren Masse der Tiere begraben. Einen Moment lang tauchte er aus dem Gewimmel auf. Die Gesichtsmaske war ebenso verschwunden wie Nase, Lippen und Ohren. Seine Augen waren blutige Höhlen. Er schrie noch einmal auf, dann versank er wieder im Meer der Krabben.

Die anderen Piraten flüchteten in heller Panik in den Tunnel und verschwanden. Einem Mann wurde der Rückweg abgeschnitten. Er fand sich auf einem Felsvorsprung wieder, der über den Strand hinausragte. Die Krabben wogten ihm entgegen.

Mit einem Aufschrei drehte er sich um und sprang in die Tiefe.

Auch aus dem Felsentunnel tönte lautes Geschrei.

Eine rote Flut messerscharfer Zangen ergoss sich in die Tunnelmündung wie Wasser in einen Abfluss.

Graff atmete schwer, ohne den Blick von dem grausigen Schauspiel abwenden zu können.

Monk berührte ihn am Arm. Graff schreckte zusammen.

»Wir müssen weiter, bevor die Krabben wieder in den Wald zurückkehren.«

Graff ließ sich von Monk auf den Boden hinabhelfen. Hunderte Krabben waren zurückgeblieben; die beiden Männer bahnten sich vorsichtig einen Weg zwischen ihnen hindurch.

Monk brach einen Zweig vom Kastanienbaum ab und fegte damit die Krabben beiseite, die ihnen zu nahe kamen.

Graff fasste sich allmählich wieder. »Ich… ich möchte eine Krabbe mitnehmen.«

»Wenn wir wieder an Bord sind, können wir so viele Krabben essen, wie wir wollen.«

»Nein. Ich möchte sie untersuchen. Sie haben die Giftwolke überlebt. Das könnte wichtig sein.« Jetzt, da er wieder in seinem Element war, wurde er zusehends ruhiger.

»Okay«, sagte Monk. »In Anbetracht der Tatsache, dass wir alle Proben zurückgelassen haben, sollten wir nicht mit leeren Händen zurückkehren.«

Er bückte sich und hob mit der Handprothese eine der kleineren Krabben am Rückenpanzer hoch. Der muntere Bursche versuchte, ihn mit den Zangen zu zwicken.

»He, Widerstand ist zwecklos, Kumpel. Neue Finger bezahlt mein Arbeitgeber.«

Monk machte Anstalten, das Tier gegen einen Baum zu schmettern, doch Graff fiel ihm in den Arm. »Nicht! Wir brauchen sie lebend. Wie ich schon sagte, ihr Verhalten ist irgendwie seltsam. Das muss ebenfalls untersucht werden.«

Monk verzog irritiert den Mund. »Meinetwegen, aber wenn dieses Sushi-Stück mir einen Fleischfetzen ausreißt, tragen Sie die Verantwortung.«

Sie marschierten weiter durch den Plateauwald.

Vierzig Minuten später lichtete sich der Dschungel, und auf einmal hatten sie von den Klippen aus freie Sicht auf die am Strand ausgebreitete Inselhauptstadt und den Hafen. Jenseits der Flying Fish Cove erblickten sie die weiße Burg der *Mistress of the Seas*, eine Wolke an einem mitternachtsblauen Himmel.

Home, sweet home.

Monk fiel eine Gruppe etwa eines Dutzends kleinerer Boote ins Auge, die gerade um den Rocky Point bogen und ein weißes Kielwasser hinter sich her zogen. Sie fuhren in V-Formation, wie Kampfjets beim Angriff.

An der anderen Hafenseite tauchte eine zweite Gruppe Boote auf.

Trotz der Entfernung erkannte Monk die Form und die Farbe wieder.

Blaue, lang gestreckte Speedboote mit geringem Tiefgang.

»Noch mehr Piraten …«, stöhnte Graff.

Die beiden aufeinander zustrebenden Gruppen bildeten zwei Zangen, die tödlicher waren als die einer Roten Krabbe. Mit offenem Mund blickte Graff zu ihrem Ziel hinüber.

Zur *Mistress of the Seas*.

13:05

Lisa starrte entgeistert die Röntgenaufnahme an.

Der tragbare Leuchtkasten stand auf dem Schreibtisch der Kabine. Der Patient auf dem Bett war mit einem Laken zugedeckt.

Tot.

»Das sieht aus wie Tuberkulose«, sagte sie. Auf der Röntgenaufnahme der Lunge waren weiße Wucherungen, sogenannte Tuberkel, zu erkennen. »Oder wie Lungenkrebs.«

Neben ihr stand Dr. Henrick Barnhardt, der niederländische Toxikologe, und stützte sich mit der Faust auf den Tisch. Er hatte sie herbeigerufen.

»Ja, aber die Frau des Patienten hat gemeint, er hätte bis vor achtzehn Stunden keine Atemprobleme gehabt. Kein Husten, kein Auswurf, und geraucht hat er auch nicht. Er war gerade mal vierundzwanzig.«

Lisa richtete sich auf. Sie waren in der Kabine unter sich. »Und Sie haben vom Lungengewebe eine Bakterienkultur angelegt?«

»Ich habe etwas Lungenflüssigkeit abgesaugt. Sie war eitrig. Voller Bakterien. Eindeutig ein Lungenabszess, kein Krebs.«

Sie musterte Barnhardts bärtiges Gesicht. Er stand leicht gebeugt, als versetzte seine hünenhafte Gestalt ihn in Verlegenheit, was andererseits aber auch irgendwie verschwörerisch wirkte. Dr. Lindholm hatte er zu der Besprechung nicht hinzugezogen.

»Dieser Befund spricht für Tuberkulose«, sagte sie.

TB wurde vom *Mycobacterium tuberculosis* hervorgerufen, einem hoch ansteckenden Bakterium. Die Krankengeschichte aber war ungewöhnlich. TB ruhte bisweilen jahrelang und entwickelte sich nur langsam. Vielleicht hatte sich der Mann ja schon vor Jahren angesteckt, eine lebende Zeitbombe – und dann hatte die Wirkung des Giftgases seine Lunge geschwächt, und die Krankheit hatte sich ausgebreitet. Zuletzt war von dem Patienten sicherlich eine hohe Ansteckungsgefahr ausgegangen.

Trotzdem trugen beide keine Schutzanzüge.

Weshalb hatte er sie nicht vorgewarnt?

»Es war keine Tuberkulose«, sagte er. »Dr. Miller, unsere Expertin für ansteckende Krankheiten, hat den Organismus *Serratia marcescens* isoliert, einen Stamm nichtpathogener Bakterien.«

Lisa dachte an die vorangegangenen Gespräche über den Patienten, der mit gewöhnlichen Hautbakterien infiziert war, die Gewebe zersetzende Gifte freisetzten.

Der Toxikologe bestätigte ihre unausgesprochene Vermutung. »Auch in diesem Fall haben wir es mit einem harmlosen, nicht opportunistischen Bakterium zu tun, das virulent geworden ist.«

»Aber, Dr. Barnhardt, was Sie da andeuten…«

»Nennen Sie mich Henri. Und ich deute es nicht nur an. Ich habe in den vergangenen Stunden nach ähnlichen Fällen gesucht und bin gleich zweimal fündig geworden. Der erste Fall betrifft eine Frau mit heftigem Durchfall, die buchstäblich ihre Eingeweide ausgeschieden hat. Verursacht wurde die Diarrhö durch *Lactobacillus acidophilus,* ein Joghurt-Bakterium, das sich normalerweise günstig auf die Darmflora auswirkt. Der zweite Fall betrifft ein junges Mädchen mit starken Krämpfen, dessen Rückenmarksflüssigkeit mit *Acetobacter aceti* angereichert war, einem harmlosen Organismus, der im Essig vorkommt. Das Bakterium verätzt ihr buchstäblich das Gehirn.«

Lisas Gesichtsfeld verengte sich, als sie über die Folgerungen nachdachte.

»Und das sind vermutlich nicht die einzigen Fälle«, sagte Henri.

Sie schüttelte den Kopf – nicht weil sie ihm widersprechen wollte, sondern weil die immer wahrscheinlicher scheinende Möglichkeit, dass er recht haben könnte, einfach zu grauenhaft war. »Irgendetwas veranlasst also diese harmlosen Bakterien, sich gegen uns zu wenden.«

»Freund wird zu Feind. Sollte daraus ein offener Krieg entstehen, sind wir hoffnungslos in der Unterzahl.«

Lisa schaute hoch.

»Der menschliche Körper besteht aus hundert Billionen Zellen, von denen aber nur zehn Billionen von uns selbst gebildet wurden. Die übrigen neunzig Prozent sind Bakterien und andere opportunistische Organismen. Wir leben mit diesen Fremdzellen in einer Art Symbiose. Aber wenn nun das Gleichgewicht kippt und sich diese Zellen gegen uns wenden…?«

»Das muss aufhören.«

»Deshalb habe ich Sie herkommen lassen. Ich wollte Sie überzeugen. Wenn wir weiterkommen wollen, brauchen Dr. Miller und ich Zugang zum Forensiklabor Ihres Kollegen. Wir brauchen Antworten auf die wesentlichen Fragen. Wurden die Bakterien auf toxischem oder chemischem Weg verändert? Wenn ja, was sollen wir dagegen unternehmen? Und was ist, wenn das ansteckend ist? Wie können wir die Betroffenen isolieren oder unter Quarantäne stellen?« Er verzog das bärtige Gesicht. »Wir brauchen Antworten. Und zwar schnell.«

Lisa sah auf die Uhr. Monk war seit einer Stunde überfällig. Entweder er hatte bei der Arbeit das Zeitgefühl verloren, oder er wollte noch ein wenig die Schönheit der Insel und der Strände genießen. Doch die Zeit drängte.

Sie nickte. »Ich werde Dr. Kokkalis anfunken lassen. Er soll schnellstmöglich an Bord kommen. Aber Sie haben völlig recht. Lassen Sie uns mit der Arbeit beginnen.«

Sie ging voran. Monks Labor lag fünf Decks höher. Sigma hatte für ihn eine der größten Suiten reserviert. Betten und Möbel waren entfernt worden, um Platz für die Laborausrüstung zu schaffen. Außerdem gab es einen breiten Balkon. Auf einmal wünschte Lisa, sie wäre schon dort und könnte sich den frischen Meereswind ins Gesicht wehen und ihre Ängste verscheuchen lassen.

Als sie sich dem Aufzug näherten, ging ihr durch den Sinn, dass sie noch einmal mit Painter sprechen musste. Diese Verantwortung konnte sie nicht allein tragen. Sie war auf die volle Unterstützung des Forschungsteams von Sigma angewiesen.

Außerdem wollte sie noch einmal seine Stimme hören.

Sie drückte die Aufzugtaste.

Als wäre die Taste mit einem Zünder verbunden, ertönte ein lauter Knall. Er kam von der Laderampe, wo die Boote festmachten, die zwischen dem Schiff und der Insel pendelten.

Hatte es einen Unfall gegeben?

»Was war das?«, fragte Henri.

Eine zweite Explosion dröhnte durchs Schiff. Diesmal kam das

Geräusch vom Bug. Gedämpfte Schreie waren zu hören. Dann setzte Gewehrfeuer ein.

»Wir werden angegriffen«, sagte Lisa.

13:45

Monk holperte mit einem verrosteten Land Rover den steilen Hang hinunter. Er hatte den Wagen auf einem Parkplatz der Phosphatmine entdeckt, die bei der Evakuierung geschlossen worden war, und ohne zu zögern die Zündung kurzgeschlossen. Jetzt rasten sie einen unbefestigten Weg entlang, der an der Mine vorbei zur Küstensiedlung führte.

Dr. Richard Graff hatte sich auf dem Beifahrersitz festgeschnallt und hielt sich mit einer Hand am Dachholm fest. »Nicht so schnell.«

Monk hörte nicht auf ihn. Er musste die Küste erreichen.

Sie waren auf dem Minengelände in eine Werkstatt eingebrochen und hatten versucht zu telefonieren. Die Leitung war tot gewesen. Die Insel war zu dem Zeitpunkt bereits nahezu menschenleer gewesen. Immerhin hatten sie in dem Schuppen einen Verbandskasten gefunden. Monk hatte Graffs Schulter mit antibiotischer Salbe behandelt und ihm einen Verband angelegt.

Während Monk den Wagen aufbrach und die Zündung kurzschloss, hatte sich der Forscher mit Medikamenten versorgt. Jetzt drückte er sich mit dem verletzten Arm den Verbandskasten an den Bauch. In dem leeren Behälter hatte er die Krabbe verstaut.

Als der Dschungelpfad eine Kurve beschrieb, musste Monk herunterschalten. Auf zwei Rädern schleuderte der Wagen um die Kurve. Mit ächzenden Stoßdämpfern setzten die Räder wieder auf.

»Wenn Sie einen Unfall bauen, hat niemand was davon«, japste Graff.

Monk wurde langsamer – nicht wegen Graffs Warnung, sondern weil der Weg auf eine geteerte Straße mündete. Sie hatten den asphaltierten Küstenhighway erreicht, eine schmale zweispurige Straße. Nach Süden senkte sie sich zur Flying Fish Cove ab. Im Norden lag die Stadt, eine Mischung aus Strandhotels, chinesischen Restaurants, baufälligen Bars und Touristenfallen.

Monk aber blickte aufs Meer hinaus. Die *Mistress of the Seas* war umringt von brennenden Booten, zerstörten Yachten und dem Wrack des Kutters der australischen Küstenwache. Rauch stieg in den Mittagshimmel. Blaue Speedboote umkreisten mit brüllenden Motoren das Schiff wie Haie.

Ein gelb-roter Helikopter, ein Eurocopter Astar, kreiste über der Bucht, eine zornige Hornisse, die der Qualm aufgescheucht hatte. Das Mündungsfeuer in der offenen Luke ließ erkennen, dass der Helikopter dem Gegner gehörte.

Während Monk über den Serpentinenweg vom Hochland zur Küste hinuntergeprescht war, hatte er hin und wieder einen Blick aufs Meer erhascht: Explosionen, blitzendes Mündungsfeuer, umhergeschleuderte brennende Trümmer. Es hatte sich angehört wie ein fernes Feuerwerk.

Womm … womm … womm …

Im Norden der Stadt ertönte eine laute Explosion. Rauch stieg auf, Flammen loderten empor. Die Druckwelle war so stark, dass die Scheiben des Land Rovers klirrten.

»Die Telstra-Relaisstation«, sagte Graff. »Sie wollen uns von der Außenwelt abschneiden.«

Andere Teile von The Settlement standen bereits in Flammen.

Das waren keine gewöhnlichen Piraten. Das war ein ausgewachsener militärischer Angriff.

Wer zum Teufel steckte dahinter?

Monk legte den Gang ein und fuhr in die Richtung, die von der Stadt wegführte.

Hinter einer Biegung tauchte ein kleines Strandhotel auf, das inmitten einiger Hektar gezähmten Regenwalds gelegen war. Bei einem Schild mit der Aufschrift THE MANGO LODGE AND GRILLE bog er in die Einfahrt ab. Neben dem zweistöckigen Hotel lagen mehrere freistehende Dschungelbungalows. Ein Pool funkelte in der Sonne.

Die Anlage wirkte verlassen.

»Hier sind Sie in Sicherheit«, sagte Monk, als er neben dem Hotel unter dessen Namensgeber bremste, einem Mangobaum.

Er sprang aus dem Wagen.

»Warten Sie!« Graff hatte Mühe, die Tür zu öffnen, doch endlich ging sie auf. Er wäre beinahe aus dem Land Rover gefallen. Als er sich gefangen hatte, rannte er Monk hinterher.

Monk wurde nicht langsamer. Er trabte dem Strand entgegen. Die Mango Lodge bot alle Sportmöglichkeiten, die ein Strandurlauber sich wünschte: Schnorcheln, Kajakfahren, Segeln. Die Ausgabe der Strandutensilien und der Sportausrüstung befand sich an der Rückseite des Hotels, ein Häuschen aus Schlackenstein mit Strohdach. Wegen der Evakuierung war es mit Brettern vernagelt.

Im Laufen schnappte Monk sich die Stange, mit der der Pool gesäubert wurde. Damit hebelte er die Bretter ab und zerschmetterte die Türverglasung.

Graff schloss zu ihm auf.

Monk zerrte den Forscher in das dämmrige Innere der Hütte. Der Helikopter raste im Tiefflug vorüber, der Schwall der Rotoren peitschte die Palmen. Dann war er vorbei und setzte seinen Patrouillenflug fort.

»Sie dürfen uns nicht sehen!«, sagte Monk.

Graff nickte heftig.

Die Regale waren vollgestopft mit Handtüchern, Sonnenöl und Souvenirs. Es roch nach Kokosnuss und feuchten Füßen. Monk ging um die Theke herum und teilte einen klimpernden Perlenvorhang.

Er hatte das Gesuchte gefunden.

An der Wand hingen Tauchanzüge.

Monk streifte die Stiefel ab.

Vor der Rolltür an der Strandseite des Raums standen verschiedene Sportgerätschaften. Monk ging an den Paddelbooten und Kajaks vorbei und blieb vor dem Jetski stehen. Er stand auf einem kleinen Trailer, mit dem man ihn mühelos ins Wasser schaffen konnte.

Zumindest war das Meer an dieser Seite der Insel frei von Giftstoffen.

»Ich brauche Ihre Hilfe«, sagte er zu Graff.

Achtzehn Minuten später rieb Monk mit dem Ellbogen über

das verschmierte Fenster in der Rolltür. Das Neopren quietschte am Glas. Er wartete darauf, dass der Helikopter vorbeiflog und Kurs auf die nördlich gelegene Flying Fish Cove nahm. Die Sicht auf die Bucht wurde durch die Landspitze Smith Point verdeckt. Von der Kampfzone konnte Monk lediglich die über die Küstenlinie aufsteigende Rauchwolke erkennen.

Endlich machte der Helikopter kehrt und flog zum Kreuzfahrtschiff zurück.

»Okay, los geht's!«

Monk bückte sich, zog die Tür hoch und ließ den Verschluss einrasten. Graff hob die Trailergabel an, während Monk von hinten schob. Mit vereinten Kräften bugsierten sie den Trailer ans Wasser. Dank der Gummireifen bereitete ihnen das keine große Mühe.

Graff löste die Befestigung des Jetskis, während Monk zur Geräteausgabe zurückrannte und Tarierweste und Lufttanks anlegte. Fertig ausgerüstet, streifte er sich noch eine Windjacke mit dem Logo der Mango Lodge über.

Schwer beladen stapfte Monk wieder zum Strand und half Graff, den Jetski vom Trailer ins Wasser zu schieben. »Halten Sie sich versteckt«, wies er Graff an. »Aber wenn Sie ein Funkgerät oder so was Ähnliches finden, versuchen Sie, Kontakt mit den Behörden aufzunehmen.«

Graff nickte. »Seien Sie vorsichtig.«

Monk brachte den Motor auf Touren und startete Richtung Smith Point. Graff schob den leeren Trailer zurück zur Geräteausgabe.

Monk beugte sich auf dem Sitz weit vor und gab Vollgas. Die Windjacke knatterte im Fahrtwind. Eine Gischtwolke wurde aufgewirbelt. Smith Point rückte immer näher. Endlich hatte er den Felsvorsprung erreicht und raste ohne langsamer zu werden daran vorbei.

An der anderen Seite der Bucht ragte die *Mistress of the Seas* auf wie eine weiße Burg. In der Nähe waren brennende Öllachen und rauchende Bootswracks auf dem Wasser verteilt. Selbst die Mole war völlig zerstört. Und inmitten der Kriegszone rasten mit brüllenden Motoren die Speedboote der Piraten umher.

Sie machten Jagd auf Überlebende.

Auf in den Kampf.

Wie ein Torpedo in Gleitfahrt schoss Monks Jetski ins Getümmel.

14:08

»Wir können doch nicht einfach nur tatenlos abwarten«, sagte Lisa.

»Einstweilen rühren wir uns nicht vom Fleck«, meinte Henri Barnhardt warnend.

Sie hatten sich in eine leer stehende Außenkabine zurückgezogen. Lisa stand vor einem der beiden Bullaugen. Henri hatte an der Tür Posten bezogen.

Als sie vor einer Stunde durchs ganze Schiff geflüchtet waren, hatten sie festgestellt, dass an Bord Chaos herrschte. Uniformierte Besatzungsmitglieder und verwirrte Passagiere, kranke wie gesunde, drängten sich auf den Gängen. Das durchdringende Geheul der Schiffssirene hatte die Detonationen und das Gewehrfeuer nahezu übertönt. Jemand hatte die Brandschutztüren geschlossen und die einzelnen Schiffsbereiche voneinander isoliert.

Währenddessen räumten maskierte Bewaffnete die Gänge und schossen jeden nieder, der Widerstand leistete oder sich zu langsam bewegte. Lisa und Henri hörten die Schreie, die Schüsse, das Stiefelgepolter über ihren Köpfen. Um ein Haar wären sie selbst erschossen worden. Gerettet hatte sie ein Sprint durch den vergoldeten Showroom und einen angrenzenden Gang.

Sie hatten keine Ahnung, wie lange sie noch durchhalten würden.

Die Übernahme der *Mistress of the Seas* war so schnell vonstattengegangen, dass man annehmen musste, dass auch Besatzungsmitglieder daran beteiligt waren.

Lisa blickte aus dem Bullauge. Das Meer stand in Flammen. Eine Handvoll verzweifelte Passagiere sprangen in der Hoffnung, sie könnten schwimmend ans Ufer gelangen, von den oberen Balkonen ins Wasser.

Die Männer auf den Kanonenbooten aber waren wachsam und verschossen eine Salve nach der anderen.

Inmitten der brennenden Trümmer schwammen Leichen.

Es gab kein Entkommen.

Was sollte das? Was ging da vor?

Schließlich verstummte die Alarmsirene mit einem letzten Winseln. Die plötzliche Stille war nahezu greifbar. Selbst die Luft schien sich verdickt zu haben.

Auf dem Deck über ihnen schluchzte jemand.

Henri suchte Lisas Blick.

Aus dem Kabinenlautsprecher kam eine Durchsage auf Malaiisch. Lisa verstand kein Wort. Auch Henri, der Toxikologe, schüttelte bedauernd den Kopf. Er verstand ebenfalls nichts. Dann wurde die Durchsage auf Chinesisch wiederholt. Das waren die beiden meistgesprochenen Sprachen auf der Insel.

Schließlich ging der Sprecher zum Englischen über. Er hatte einen starken Akzent.

»Das Schiff ist jetzt in unserer Hand. Auf den Decks patrouillieren unsere Leute. Wer auf dem Gang herumläuft, wird ohne Vorwarnung erschossen. Wer unseren Anordnungen Folge leistet, hat nichts zu befürchten. Ende der Durchsage.«

Im Lautsprecher knackte es.

Henri vergewisserte sich, dass die Kabinentür abgeschlossen war, dann trat er neben Lisa. »Das Schiff wurde übernommen. Das muss von langer Hand vorbereitet worden sein.«

Lisa musste an die *Achille Lauro* denken, das italienische Kreuzfahrtschiff, das 1985 von palästinensischen Terroristen aufgebracht worden war. Und erst 2005 hatten somalische Piraten vor der südafrikanischen Küste ein anderes Kreuzfahrtschiff angegriffen.

Sie musterte die Patrouillenboote, die mit maskierten Schützen bemannt waren. Sie sahen aus wie Piraten, doch Lisa hatte einen anderen Verdacht.

Vielleicht hatte Painters Paranoia auf sie abgefärbt.

Doch der Angriff war einfach zu gut koordiniert, als dass es sich um einen Piratenüberfall handeln konnte.

»Sie werden das Schiff plündern, alles mitgehen lassen, was

nicht niet- und nagelfest ist, und dann auf einer der vielen Inseln untertauchen. Wenn wir es schaffen, einer Konfrontation aus dem Weg zu gehen …«

Der Lautsprecher schaltete sich pfeifend ein, dann ertönte die Stimme eines anderen Sprechers. Er sprach Englisch. Die Durchsage wurde nicht auf Malaiisch oder Chinesisch wiederholt.

»Die folgenden Passagiere haben sich auf der Brücke zu melden. Sie müssen innerhalb von fünf Minuten erscheinen. Sollten Sie nicht kooperieren, werden im Minutenabstand jeweils zwei Passagiere getötet. Die Kinder werden zuerst erschossen.«

Dann wurden die Namen durchgesagt.

Dr. Gene Lindholm.

Dr. Benjamin Miller.

Dr. Henri Barnhardt.

Und ganz zuletzt: *Dr. Lisa Cummings.*

»Sie haben fünf Minuten Zeit.«

Der Lautsprecher verstummte.

Lisa blickte immer noch aus dem Fenster. »Das ist keine Geiselnahme.«

Und das waren auch keine gewöhnlichen Piraten.

Sie wollte sich bereits vom Bullauge abwenden, da bemerkte sie einen Jetski, der auf das Kreuzfahrtschiff zugerast kam. Aufgrund der aufgewirbelten Gischtwolke fiel er gleich ins Auge. Den im Wasser treibenden Trümmern wich er geschickt aus. Da der Fahrer sich weit vorgebeugt hatte, konnte sie sein Gesicht nicht erkennen.

Der Mann hatte allen Grund zur Vorsicht.

Zwei Speedboote folgten ihm dichtauf, mitten durch die Flammen und qualmenden Planken hindurch. Auf einem Boot blitzte Mündungsfeuer auf.

Über den Leichtsinn des Jetski-Fahrers konnte sie nur den Kopf schütteln.

Vom Oberdeck des Kreuzfahrtschiffs senkte sich ein Helikopter herab und flog dem Jetski entgegen. Sie wollte nicht zusehen, fühlte sich aber verpflichtet, dem selbstmörderischen Vorstoß als Augenzeugin beizuwohnen.

Der Helikopter, dessen Luke offen stand, legte sich auf die Seite und flog eine scharfe Kurve.

Eine Qualmwolke kam aus der offenen Luke.

Ein Granatwerfer.

Als Lisa den Blick wieder senkte, explodierte der Jetski in einem Feuerball. Metallsplitter flogen umher.

Benommen und am ganzen Leib zitternd wandte sie sich ab und suchte Henris Blick. Sie hatten keine Wahl.

»Gehen wir.«

14:12

Monk wurde vom Gewicht des bleibeschwerten Gürtels und der Luftflaschen in die Tiefe gezogen. Er wehrte sich nicht und hielt den Atem an. Durchs blaue Wasser hindurch blickte er in ein Flammeninferno. Metallsplitter zischten umher. Zwei Meter von ihm entfernt versank der Jetski mit der Nase voran.

Monk zog im Sinken die Windjacke aus. Es gab keinen Grund mehr, die Luftflaschen zu tarnen. Er legte die Tauchmaske an und angelte sich das Mundstück. Mit dem Regulator blies er die Maske aus, dann zog er den Riemen stramm.

Das Wasser war kristallklar.

Er nahm den Regulator in den Mund und tat den ersten Atemzug.

Wohltuender als ein Seufzer der Erleichterung.

Hatte seine List funktioniert?

Als der Helikopter wie ein Falke auf eine Maus auf ihn herabgestoßen war, hatte er den Schützen in der offenen Luke gesehen. Während der Mann mit dem Granatwerfer auf ihn zielte, hatte Monk im letzten Moment den Jetski auf die Seite gelegt und war ins Wasser gesprungen. Trotzdem klingelten ihm von der Druckwelle der Explosion noch immer die Ohren.

Er sank zum Meeresgrund. Die Festmachebojen in der Flying Fish Cove waren in dreißig Meter Wassertiefe verankert. So tief aber brauchte er nicht zu sinken.

Monk justierte die Tarierweste, indem er Luft hineinließ. Die Sinkgeschwindigkeit nahm ab.

Er schaute zu den Rümpfen der patrouillierenden Speedboote auf, deren Schrauben das Wasser verquirlten. Sie fuhren im Kreis, bereit, augenblicklich zu feuern, sollte der Fahrer des Jetskis auftauchen.

Das aber hatte Monk nicht vor, und wenn seine List funktioniert hatte, wusste niemand, dass er einen Tauchanzug trug. Er sah auf den leuchtenden Kompass an seinem Handgelenk und schwamm in die berechnete Richtung.

Auf die *Mistress of the Seas* zu.

Eine Kreuzfahrt hatte er immer schon machen wollen.

5
Wie gewonnen, so zerronnen

5. Juli, 01:55
Washington, D. C.

»Hier ist Endstation«, sagte Gray.

In den letzten sieben Minuten hatte er den Thunderbird über eine unkrautüberwucherte Straße des Glover-Archibold-Parks gesteuert. Ständig hatten Büsche an den Flanken des Cabrios gestreift. Der linke Vorderreifen war geplatzt, was das Lenken erschwerte und zur Folge hatte, dass sie nur noch langsam vorankamen.

Die meisten Leute kannten von Washington D. C. nur die historischen Gebäude, die breiten Paradestraßen und die Museen, doch es gab dort auch eine weitläufige Parklandschaft, die sich mitten durch die City zog und eine Fläche von über vierhundert Hektar bedeckte. Der Glover-Archibold-Park, der an den Potomac grenzte, lag am einen Ende.

Gray hatte den Wagen vom Fluss weggelenkt. Dort war das Gelände zu übersichtlich. Über einen Nebenweg, der am Campingplatz vorbeiführte, war er mit ausgeschalteten Scheinwerfern nach Norden gefahren und hatte schließlich einen Weg für Löschfahrzeuge entdeckt, der tiefer in den dichten Wald hineinführte. Sie durften nicht gesehen werden, doch der Thunderbird lag in den letzten Zügen.

Als ihm klar wurde, dass der Wagen es nicht mehr lange machen würde, fuhr er langsamer.

Sie befanden sich in einem Hohlweg. Zu beiden Seiten ragten steile, bewaldete Hänge auf. Eine alte Eisenbahnbrücke führte durch das schmale Tal. Gray lenkte den Thunderbird unter die Brücke aus verrosteten Eisenträgern und Holzbohlen. Neben einer der Stützmauern aus Beton hielt er an. Die Mauer war mit Graffiti beschmiert.

»Alle aussteigen. Von hier aus geht's zu Fuß weiter.«

Hinter der Brücke war die von Sternenlicht und Mondsichel erhellte Holzmarkierung eines Wanderwegs zu erkennen. Der Weg hatte mehr Ähnlichkeit mit einem Tunnel, der waagerecht durch den dichten Laubwald schnitt.

Genau das Richtige, um sich zu verstecken.

Aus der anderen Richtung ertönte Sirenengeheul. Orangefarbener Feuerschein flackerte am Nachthimmel. Die Rakete hatte offenbar das Haus in Brand gesetzt.

Im Wald ringsum sah man die Hand vor Augen nicht.

Gray wusste, dass Nasser und seine Mörderbande irgendwo in der Nähe waren.

Entweder vor ihnen oder hinter ihnen, rasch näher kommend.

Er hatte Herzklopfen. Er hatte Angst – nicht um sein eigenes Leben, sondern um das seiner Eltern. Er musste sie aus der Gefahrenzone schaffen. Und das würde ihm nur dann gelingen, wenn Seichan wieder zusammengeflickt wurde.

Und zwar ohne dass sie aus der Deckung kamen.

Selbst wenn er sein Handy noch dabeigehabt hätte, wäre es ihm zu riskant erschienen, Kontakt mit Sigma oder Direktor Crowe aufzunehmen. Die Gespräche wurden abgehört, wie der Angriff auf die konspirative Wohnung bewiesen hatte. Folglich galt es, Funkstille zu bewahren. Irgendwo gab es eine undichte Stelle, und so lange, bis seine Eltern in Sicherheit waren, musste er den Kopf einziehen.

Das bedeutete, sie mussten sich für Seichan etwas einfallen lassen. Seine Mutter hatte ihm bereits einen Plan unterbreitet und daraufhin mit ihrem eigenen Handy zwei Anrufe getätigt. Anschließend hatte Gray den Akku herausgenommen, damit es nicht geortet wurde.

»Dank des Morphiums hat sie sich entspannt«, sagte Gray. »Von hier aus müssen wir sie tragen.«

»Ich nehme sie.« Kowalski scheuchte die anderen beiseite.

Grays Vater half seiner Frau beim Aussteigen. Dann beäugte er kopfschüttelnd und halblaut fluchend den Wagen.

Kowalski richtete sich mit Seichan in den Armen auf. Trotz der tiefen Dunkelheit unter der Eisenbahnbrücke bemerkte Gray den schwarzen Fleck auf ihrem Bauchverband. Seichan regte sich. Benommen und erschreckt wand sie sich in Kowalskis Armen. Sie schrie auf und schlug ihm mit dem Handrücken auf die Wange.

»Hey!«, rief der Hüne und wich dem nächsten Schlag aus.

Seichan begann aufgeregt zu schreien, ein unverständliches Mischmasch aus Englisch und asiatischen Dialekten.

»Bringen Sie sie zum Schweigen«, sagte Grays Vater, während er in den finsteren Wald spähte.

Kowalski versuchte, ihr den Mund zuzuhalten, doch um ein Haar hätte sie ihm einen Finger abgebissen.

Seichan wurde immer aufgeregter.

Seine Mutter trat näher und wühlte in ihrer großen Handtasche.

Gray schüttelte den Kopf. »Warte.« Er fürchtete, das Morphium könnte aufgrund des Blutverlusts zum Atemstillstand führen. Eine zweite Dosis hätte sie womöglich umgebracht, und solange er nicht in Erfahrung gebracht hatte, was sie wusste, durfte sie nicht sterben.

Er streckte seiner Mutter die Hand entgegen. »Riechsalz.« Er erinnerte sich, dass Kowalski bei der Aufzählung des Inhalts des Verbandkastens das Salz erwähnt hatte.

Seine Mutter nickte. Sie wühlte einen Moment in dem Kasten, dann reichte sie ihm ein paar Kapseln. Gray trat neben Kowalski.

Der Mann hatte einen langen, blutigen Kratzer an der Wange. »Herrgott noch mal, unternehmen Sie endlich was!«

Gray packte Seichans Haar, bog ihren Hals zurück und zerbrach eine Kapsel unter ihrer Nase. Sie ruckte mit dem Kopf und wehrte sich, doch Gray drückte ihr die Kapsel unerbittlich gegen die Oberlippe. Das Geschrei machte Würgelauten Platz.

Seichan versuchte, seine Hand wegzuschieben.

Er ließ nicht locker.

»Es reicht …«, hustete Seichan und packte Grays Handgelenk.

Erstaunt darüber, wie kräftig ihre Finger noch waren, ließ er den Arm sinken.

»Lassen Sie mich atmen. Setzen Sie mich ab.«

Gray nickte Kowalski auffordernd zu. Der ließ sich nicht lange bitten. Er stellte Seichan auf die Beine, stützte sie aber an der Schulter. Sie hatte ihre Kräfte überschätzt. Ihre Beine gaben nach. Sie hing schlaff in der Umarmung des Hünen.

Benebelt vom Schmerz und vom Morphium, schaute sie sich blinzelnd um. Verwirrung zeichnete sich in ihrer Miene ab. Sie fasste wieder Gray in den Blick.

»Ich ... der Obelisk ...«, flüsterte sie besorgt.

Gray hatte genug von dem verdammten Obelisken. »Den holen wir später. Bei Ihrem Sturz ist er zerbrochen. Ich hab ihn am Haus liegen lassen.«

Seine Erklärung bereitete ihr anscheinend größere Schmerzen als die Schussverletzung. Vielleicht würde sich seine Nachlässigkeit ja noch auszahlen. Vielleicht war Nasser den Obelisken holen gefahren, anstatt sie zu verfolgen.

Seine Mutter hatte die Unterhaltung mitgehört und trat einen Schritt vor. »Sie meinen das zerbrochene schwarze Ding.« Sie tätschelte ihre schwarze Handtasche. »Das hab ich aufgehoben, als ich das Verbandszeug holen gegangen bin. Ich hab mir gedacht, weil es so alt wirkt, ist es vielleicht wertvoll.«

Seichan nickte erleichtert und schloss die Augen. Ihr Kopf hing kraftlos herab. »Gott sei Dank.«

»Weshalb ist der Obelisk denn so wertvoll?«

»Er könnte ... die Welt retten. Falls es nicht schon zu spät ist.«

Gray warf einen Blick auf die Tasche seiner Mutter, dann sah er wieder Seichan an. »Was zum Teufel meinen Sie damit?«

Sie winkte erschöpft ab; offenbar stand sie wieder dicht vor einer Ohnmacht. »Zu kompliziert. Ich brauche Ihre Hilfe ... allein ... kann ich nichts tun ... wir müssen unbedingt hier raus.«

Das Kinn sank ihr auf die Brust; sie hatte wieder das Bewusstsein verloren. Kowalski fing sie auf und stützte sie mit der Hüfte.

Gray war geneigt, es noch einmal mit dem Riechsalz zu versuchen, doch er wollte Seichan nicht noch mehr erschöpfen. Frisches Blut tropfte aus dem Verband.

Seine Mutter hatte offenbar ganz ähnliche Schlussfolgerungen gezogen. Sie wies mit dem Kinn zum Weg. »Bis zum nächsten Krankenhaus kann es nicht mehr weit sein.«

Gray wandte sich dem finsteren Weg hinter der Brücke zu. Das war der zweite Grund, weshalb er, einen Rat seiner Mutter befolgend, im Park nach Norden gefahren war. An der anderen Seite des Glover-Archibold-Parks lag der Campus der Georgetown University. Das Universitätskrankenhaus grenzte an den Wald. Ein paar ehemalige Studenten seiner Mutter arbeiteten dort.

Wenn es ihnen gelang, das Krankenhaus unbemerkt zu erreichen…

Oder war das vielleicht allzu durchsichtig?

Der Park hatte zahlreiche Ausgänge, doch Nasser wusste, dass sie eine schwer verletzte Frau dabeihatten, die dringend medizinischer Versorgung bedurfte.

Es war riskant, doch Gray sah keine andere Möglichkeit.

Er erinnerte sich an das Funkeln in Nassers Augen, als er sich nach dem Obelisk erkundigt hatte. Blanke, skrupellose Gier. Der Ägypter hatte ihm geglaubt, dass sie den Obelisk am Haus zurückgelassen hatten – wohl vor allem deshalb, weil Gray es in diesem Moment selbst geglaubt hatte. Aber was war diesem Mann wichtiger: der Obelisk oder die Rache?

Gray musterte ihr kleines Häuflein.

Ihr Überleben hing von der Antwort auf diese Frage ab.

02:21

Eine halbe Stunde später tigerte Painter in seinem Büro auf und ab. Er hatte sich ein Headset hinters Ohr geklemmt. »Sie sind alle tot?«

Der Plasmabildschirm zeigte drei brennende Häuser und ein Parkstück, das ebenfalls in Flammen stand. Aufgrund des heißen Sommers war der Wald so trocken wie Zunder. Auf dem abgesperrten Gelände wimmelte es von Feuerwehrautos und Sicherheitspersonal. Übertragungswagen stellten Satellitenantennen auf. Ein Polizeihubschrauber kreiste in der Luft und leuchtete mit einem Suchscheinwerfer umher.

Doch das alles kam zu spät.

Weder das Cabrio, mit dem Gray zur konspirativen Wohnung

gefahren war, noch die entführte Ambulanz waren zu sehen. Die lodernden Flammen erschwerten die Ermittlungen.

Die einzige handfeste Nachricht war schlecht. Das medizinische Notfallteam war mit Kopfschüssen tot aufgefunden worden. Vier Aktenordner lagen auf Painters Schreibtisch. Er ließ sich auf den Stuhl niedersinken. Jetzt musste er vor Anbruch des Morgens auch noch die Angehörigen benachrichtigen.

Der Rollstuhl von Painters Sekretär Brant tauchte in der Tür auf. »Tut mir leid, Sir.«

Painter nickte ihm auffordernd zu.

»Dr. McKnight ist auf der dritten Leitung. Sie können über Telefon oder Video mit ihm sprechen.«

Painter deutete auf das Flammeninferno auf dem Bildschirm. »Davon habe ich erst mal genug. Stellen Sie Sean durch.«

Painter nahm das Headset ab. Am praktischsten wäre es gewesen, er hätte sich eins implantieren lassen. Er drehte sich zum Monitor um. Die Flammen machten dem Gesicht seines Vorgesetzten Platz.

Sean McKnight hatte Sigma gegründet, war aber später zum Leiter der DARPA befördert worden. Als Seichan in Grays Leben geplatzt war, hatte er ihn anrufen lassen. Er brauchte seinen Rat und wollte sein Urteil hören. Doch es gab noch einen Grund, weshalb er mit ihm sprechen wollte.

»Dann klopft also wieder mal die Gilde bei uns an«, sagte Sean. Er fuhr sich mit den Fingern durch sein angegrautes rotes Haar. Er sah aus, als käme er gerade aus dem Bett. Über der Armlehne des Sessels lag ein blaues Nadelstreifensakko. Bereit für einen langen Tag.

»Die Gilde ist vielleicht sogar schon weiter vorgedrungen als bis zu unserer Schwelle«, meinte Painter. »Die vorliegenden Informationen deuten darauf hin, dass sie die Schwelle bereits überschritten hat.« Painter tippte auf einen Aktenordner. »Sie haben den Lagebericht gelesen?«

Sean nickte. »Die Gilde war offenbar über die konspirative Wohnung informiert. Sie wusste, dass Gray die desertierte Gildenagentin dorthin bringen würde. Bei uns gibt es eine undichte Stelle.«

»Ich fürchte, davon müssen wir ausgehen.«

Er schüttelte den Kopf. Wenn das stimmte, war es eine Katastrophe. Die Gilde hatte Sigma schon einmal unterwandert, doch Painter hätte geschworen, dass seine Organisation jetzt sauber war. Nach der Entlarvung des Maulwurfs hatte Painter Sigma bis zu den Wurzeln niedergebrannt und die Organisation mit hunderten von Schutzvorkehrungen von Grund auf neu aufgebaut.

Alles umsonst.

Wenn es trotz aller Anstrengungen noch immer eine undichte Stelle gab, war das Fundament von Sigma bedroht. Womöglich musste die ganze Organisation aufgelöst werden. Unter dem Vorwand, verschiedene US-Geheimdienste unter dem Dach des Heimatschutzes zu vereinen, war bereits eine interne Überprüfung in die Wege geleitet worden, eine kostspielige Analyse der Befehlsstruktur von Sigma.

Doch sie hatten einen noch schmerzhafteren Preis entrichten müssen.

Die vier Aktenordner auf dem Schreibtisch erinnerten ihn daran.

Sean fuhr fort: »Unsere Abteilung ist nicht die einzige, die unter einem Netzwerk von Auftragsterroristen zu leiden hat. Vor zwei Monaten wurde von M16 eine Zelle aufgedeckt, die ein Geheimprojekt von British Aerospace am Stadtrand von Glasgow infiltriert hatte. Dabei sind fünf Agenten ums Leben gekommen. Die Gilde ist überall und nirgends. Die NSA und die CIA bemühen sich immer noch herauszufinden, wer der Osama der Gilde ist. Wir wissen so gut wie nichts über den Anführer oder die Hauptakteure. Wir wissen nicht einmal, ob die Gruppe sich selbst als Gilde bezeichnet. Der Spitzname stammt von einem inzwischen verstorbenen SAS-Offizier. Anscheinend haben die verschiedenen Zellen den Namen inzwischen übernommen, zunächst in ironischer Absicht, dann im Ernst. *So viel* wissen wir jedenfalls über das Netzwerk.«

Er ließ seine Bemerkung im Raum schweben.

Painter begriff, was er damit sagen wollte. »Und jetzt gibt es eine Überläuferin.«

Sean seufzte. »Wir bemühen uns seit Jahren, in der Organisation Fuß zu fassen. Ich habe mehrere Szenarien entworfen. Keines hat wirklich gegriffen. Dass uns eine der Topfiguren der Gilde in den Schoß fällt, ist ein großes Glück für uns. Wir müssen sie in Sicherheit bringen.«

»Die Gilde wird alles daransetzen, ebendas zu verhindern. Das hat sie bereits deutlich gemacht. Um die Überläuferin zu eliminieren, haben sie in Kauf genommen, dass wir von der Unterwanderung erfahren. Ein hoher Preis. Und sie haben ihre besten Agenten eingesetzt. Spitzenleute, genau wie Seichan.«

»Ich habe das Video von dem Mann an der konspirativen Wohnung gesehen. Lesen Sie mal sein Dossier.« Sean verzog das Gesicht.

Painter hatte es bereits gelesen. Der Schlächter von Kalkutta. Seine Herkunft und seine wahren Absichten lagen im Dunkeln. In der Vergangenheit hatte er sich wahlweise als Inder, Pakistani, Iraker, Ägypter oder Libyer ausgegeben. Wenn Seichan ein männliches Pendant hatte, dann war es dieser Mann.

»Einen Hinweis haben wir«, sagte Painter. »Wir konnten seinen Namen aus der Aufzeichnung heraushören, *Nasser*. Mehr war nicht zu erwarten.«

Sean winkte ab. »Er benutzt ebenso viele Decknamen, wie er Menschen mordet. Seine Blutspur reicht um die ganze Welt. Die meisten Untaten hat er in Nordafrika und im Mittleren und Nahen Osten verübt. Erst in letzter Zeit wagt er sich weiter in den Mittelmeerraum vor. In Griechenland hat er einen Archäologen erdrosselt, in Italien einen Museumskurator getötet.«

Painter merkte auf. »In Italien? Wo genau?«

»In Venedig. Der Kurator wurde im Verlies des Dogenpalasts tot aufgefunden. Nasser – oder wie immer er heißen mag – wurde von den Überwachungskameras auf der Piazza gefilmt.«

Painter rieb sich das Kinn so fest, dass die stoppelige Haut zu brennen begann. »Ich wurde vor Kurzem von Monsignor Verona aus dem Vatikan angerufen. Die Einzelheiten stehen im Lagebericht. Es sieht so aus, als wäre Seichan um die Zeit herum ebenfalls in Italien tätig gewesen.«

Seans Augen verengten sich. »Interessant. Dieses zeitliche Zusammentreffen sollten wir eingehender untersuchen. Beide Agenten waren in Italien. Jetzt halten sie sich hier auf. Der eine jagt die andere. Zwei Spitzenleute, die besten der Gilde. Es sieht so aus, als hätte Nasser uns Seichan in die Arme getrieben.«

Oder in Grays Arme, setzte Painter im Stillen hinzu.

»Wir müssen die Frau in Gewahrsam nehmen. Und zwar unverzüglich. Diese Gelegenheit dürfen wir uns nicht entgehen lassen.«

Painter war sich über den Ernst der Lage im Klaren, doch er kannte auch Gray und wusste, wie dessen Verstand funktionierte. Grays Paranoia war ebenso stark entwickelt wie die seine.

»Sir, Commander Pierce ist auf der Flucht. Nachdem er bei der konspirativen Wohnung in einen Hinterhalt geraten ist, kann er sich denken, dass es bei uns eine undichte Stelle gibt. Er wird versuchen, mit Seichan unterzutauchen und sich so lange bedeckt zu halten, bis er sich ungefährdet wieder hervorwagen kann.«

»So lange können wir nicht warten. Nicht wenn der Schlächter von Kalkutta hinter ihnen her ist.«

»Was soll ich tun?«

»Commander Pierce muss aufgespürt und zusammen mit der gegnerischen Agentin hierhergebracht werden. Mir bleibt nichts anderes übrig, als die Suche auszuweiten und die Polizei und das FBI einzuschalten. Wir müssen verhindern, dass er untertaucht.«

»Sir, es wäre mir lieber, wir würden es Commander Pierce überlassen, wie er auf die Situation reagieren will. Je mehr Kräfte wir auf ihn konzentrieren, desto eher machen wir Nasser auf ihn aufmerksam.«

»In diesem Fall würden wir zwei Fliegen mit einer Klappe schlagen.«

Painter vermochte seine Bestürzung nicht zu verhehlen. »Indem wir Gray als Köder benutzen.«

Seans Blick war ernst. Seine Haltung wirkte steif. Painter fielen wieder das Sakko und das frisch gebügelte Hemd ins Auge. Auf einmal wurde ihm bewusst, dass er heute Morgen nicht Seans erster Gesprächspartner war.

»Die Entscheidung wurde vom Heimatschutz getroffen und vom Präsidenten abgesegnet. Sie kann nicht rückgängig gemacht werden.« Sean schlug einen energischeren Ton an. »Gray und die Gildenagentin müssen aufgespürt und notfalls mit Gewalt hierhergebracht werden.«

Painter wusste nicht, was er darauf erwidern sollte. Widerrede kam auch nicht in Frage. Der Fall hatte eine ungeahnte Dimension angenommen. Er nickte zögerlich. Er würde kooperieren.

Doch er kannte Gray.

Von zwei Seiten gejagt, würde er zu ungeahnter Form auflaufen.

Er würde sich unsichtbar machen.

03:04

»Unten in der Lobby gibt es ein Starbucks«, brummte Kowalski. »Vielleicht hat es ja geöffnet. Möchte jemand einen Becher Kaffee?«

»Wir bleiben hier«, sagte Gray.

Kowalski schüttelte den Kopf. »Nichts für ungut, Mann. War doch nur'n Scherz.«

Ohne ihn weiter zu beachten, setzte Gray die Untersuchung von Seichans Obelisken fort. Sie hatten sich im kleinen Wartezimmer eines Dentallabors versammelt. Eine Tischlampe erhellte den beengten Raum, dessen Ausstattung sich im üblichen Rahmen hielt: veraltete Zeitschriften, austauschbare Aquarelle, ein halb verdorrter Ficus und ein Fernseher mit Wandhalterung.

Vor vierzig Minuten waren sie über den Waldweg zum Rand des Glover-Archibold-Parks geeilt. Der Weg war auf eine Straße gemündet, die den Park vom Campus der Georgetown University trennte. Um diese Zeit waren weder Autos noch Fußgänger unterwegs gewesen. Sie hatten die Straße überquert, waren zwischen zwei dunklen Forschungsgebäuden hindurchgeschlüpft und zum zahnmedizinischen Institut gelangt. Dahinter lag die hell erleuchtete Klinik. Sie hatten es nicht gewagt, weiter vorzudringen, sondern sich mit den Gegebenheiten arrangiert.

Auf der anderen Seite des Wartezimmers fluchte Kowalski verhalten und verschränkte die Arme vor der Brust. Offenbar langweilte er sich, stand aber immer noch unter Strom. Sie alle warteten.

»Warum dauert es nur so verdammt lange?«, brummte Kowalski.

Gray wusste inzwischen, dass er früher bei der U.S. Navy gewesen war. Sigma hatte ihn eingestellt, nachdem er zum Gelingen einer Operation in Brasilien beigetragen hatte, nicht als Agent, sondern mit reiner Muskelkraft. Er hatte Gray angeboten, ihm die Narben zu zeigen, die er von dem Einsatz zurückbehalten hatte, doch der hatte dankend abgelehnt. Der Mann konnte einfach nicht den Mund halten. Kein Wunder, dass man ihn zur Bewachung eingesetzt hatte. Und zwar allein.

Kowalskis Gebrabbel war jedoch nicht ganz auf taube Ohren gestoßen.

Grays Vater hatte drei Stühle zusammengestellt und sich hingelegt. Die Augen hatte er geschlossen, doch er schlief nicht. Es musste ganz schön anstrengend sein, dieses tiefe Stirnrunzeln beizubehalten.

»Dann bist du also eine Art Wissenschaftsspion«, hatte sein Vater vor einer Weile gebrummt. »Das erklärt manches …«

Gray wusste noch immer nicht, was sein Vater damit gemeint hatte, doch es war kein guter Zeitpunkt, dieses Thema weiterzuverfolgen. Je eher Seichan zusammengeflickt wurde und von seinen Eltern fortkam, desto besser für sie alle.

Gray setzte die Untersuchung fort. Er drehte den Obelisken, betrachtete ihn von allen Seiten. Der schwarze Stein war alt, voller Scharten und Kerben, doch ansonsten eher unscheinbar. Er vermutete, dass er aus Ägypten stammte, doch er war kein Experte. Sein Urteil mochte auch vom ägyptischen Akzent des gescheiterten Attentäters beeinflusst sein.

Eines an dem Stein aber war sicherlich ungewöhnlich.

Er drehte das abgebrochene Ende nach oben. Ein silberner Gegenstand von der Dicke seines kleinen Fingers ragte aus der Bruchstelle hervor. Er berührte das Metall. Gray wusste, dass es sich um die Spitze des sprichwörtlichen Eisbergs handelte. Etwas war in dem Obelisk versteckt. Als er die Bruchstelle eingehender betrachtete, bemerkte er eine Nahtstelle im Stein, die von außen nicht zu sehen war. Der Obelisk war aus zwei Marmorstücken geschickt zusammengeklebt worden, um etwas darin zu verstecken, wie bei den ausgehöhlten Büchern, in denen manchmal Waffen oder Wertsachen verborgen wurden.

Er dachte an Seichans Bemerkung.

Er könnte… die Welt retten. Falls es nicht schon zu spät ist.

Was immer sie damit gemeint haben mochte, es war so wichtig, dass sie deswegen die Gilde verraten hatte und zu ihm gekommen war.

Er musste mehr in Erfahrung bringen.

Als die Tür geöffnet wurde, schaute Gray hoch. Seine Mutter trat ins Dentallabor. Sie streifte sich eine Chirurgenmaske vom Gesicht.

Gray erhob sich.

»Sie hat großes Glück gehabt«, sagte seine Mutter. »Wir haben die Blutung gestillt und ihr eine zweite Blutkonserve gegeben. Mickie glaubt, sie wird durchkommen. Er verbindet sie gerade.«

Mickie, das war Dr. Michael Corrin, ein ehemaliger Lehrassistent seiner Mutter, der aufgrund ihrer Empfehlung Medizin studiert hatte. Sie vertraute ihm so sehr, dass sie ihn mitten in der Nacht angerufen und sich mit ihm am zahnmedizinischen Institut verabredet hatte. Nach einer kurzen Ultraschalluntersuchung hatte er die erste gute Nachricht dieser Nacht verkündet. Die Kugel war nicht in Seichans Bauchhöhle eingedrungen, sondern hatte lediglich den Beckenknochen gestreift.

»Wann wird sie transportfähig sein?«, fragte Gray.

»Mickie möchte sie wenigstens ein paar Stunden hier behalten.«

»So viel Zeit haben wir nicht.«

»Das habe ich ihm auch gesagt.«

»Ist sie bei Bewusstsein?«

Seine Mutter nickte. »Nach der ersten Bluttransfusion kam sie wieder zu sich. Mickie hat ihr Antibiotika und Analgetika verabreicht. Sie sitzt sogar schon wieder.«

»Dann sollten wir von hier verschwinden.« Gray zwängte sich an seiner Mutter vorbei. Bei der Ultraschalluntersuchung war er dabei gewesen, doch als es an die Versorgung der Wunde ging, hatte man ihn verscheucht. Der Arzt hatte nicht mit sich reden lassen.

Gray ließ Seichan nur ungern aus den Augen, deshalb hatte er den zerbrochenen Obelisken mitgenommen. Ohne ihn würde Seichan sich bestimmt nicht aus dem Staub machen.

Mit den beiden Bruchstücken in der Hand trat Gray auf den Gang. Seine Mutter folgte ihm. Gray ging zum ersten Behandlungsraum. Beinahe wäre er mit Dr. Corrin zusammengestoßen, der soeben aus der Tür trat. Der junge Arzt war ebenso groß wie Gray, hatte jedoch sandfarbenes Haar und war spindeldürr. Sein schmales Backenbärtchen war sorgfältig gestutzt. Mit besorgter Miene sah er sich zum Behandlungszimmer um.

»Sie hat sich den Katheter rausgerissen und verlangt, dass ich Sie hole. Und sie will eine UV-Lampe.« Er deutete in den Gang hinein. »Mein Bruder brauchte die für Zahnfüllungen. Ich bin gleich wieder da.«

Gray trat durch die Tür.

Seichan saß in einem Behandlungsstuhl. Von der Hüfte aufwärts war sie nackt und versuchte gerade, sich ein geborgtes T-Shirt mit dem Logo der Washington Redskins über den Kopf zu streifen. Auf dem Boden lag eine Steri-Drape OP-Abdeckung. Obwohl sie ihm den Rücken zuwandte, konnte Gray erkennen, wie schwer ihr das Anziehen fiel. Sie musste sich auf die Armlehne stützen.

Seine Mutter ging an ihm vorbei. »Lassen Sie sich helfen. Sie dürfen sich nicht so anstrengen.«

Seichan winkte ab. »Es geht schon.« Sie hob abwehrend den Arm und zuckte vor Schmerzen zusammen.

»Es reicht, junge Dame.«

Grays Mutter trat neben sie und half ihr, das T-Shirt über die Brüste und den Verband zu streifen. Seichan wandte den Kopf und bemerkte Gray. Vor Verlegenheit errötete sie. Gray vermutete, dass sie sich weniger ihrer Nacktheit als vielmehr ihrer Schwäche schämte.

Langsam, mit angestrengter Miene stand sie auf. Sie lehnte sich mit dem Rücken gegen den Behandlungsstuhl und knöpfte sich die hautenge Hose zu.

»Ich muss mich mit Ihrem Sohn unter vier Augen unterhalten«, sagte sie in abweisendem Ton zu Grays Mutter.

Seine Mutter blickte Gray an. Er nickte.

»Ich kümmere mich um deinen Vater«, sagte sie kühl und ging hinaus.

Vom Gang drang gedämpftes Fernsehergebrabbel herein. Kowalski hatte offenbar die Fernbedienung entdeckt.

Gray und Seichan musterten einander abschätzend. Beide schwiegen.

Dr. Corrin kam mit einer UV-Lampe herein. »Etwas Besseres haben wir nicht.«

»Das reicht schon.« Seichan wollte danach greifen, doch ihr Arm zitterte zu sehr.

Gray nahm an ihrer Stelle die Lampe entgegen, die Bruchstücke des Obelisken hatte er sich unter den linken Arm geklemmt. »Es dauert nicht lange.«

»Selbstverständlich.« Dr. Corrin, der die Spannung im Raum spürte, folgte Grays Mutter.

Seichan hatte Gray währenddessen nicht aus den Augen gelassen. »Commander Pierce, ich bedaure, dass ich Ihre Familie gefährdet habe. Ich habe Nasser unterschätzt.« Behutsam tippte sie auf ihren Bauchverband. Ihr Tonfall wurde schärfer. »Diesen Fehler werde ich nicht noch einmal machen. Ich dachte, ich hätte ihn in Europa abgeschüttelt.«

»Das ist Ihnen nicht gelungen«, entgegnete Gray.

Ihre Augen wurden schmal. »Und zwar deshalb nicht, weil sich die Befehlszentrale von Sigma kompromittiert hat. Die Gilde hat auf die Ressourcen von Sigma zurückgegriffen, um mich aufzuspüren. Somit trage ich nicht allein die Schuld.«

Darauf konnte Gray nichts erwidern.

Sie tippte sich an die Stirn, als hätte sie etwas vergessen, doch vermutlich überlegte sie nur, wie viel Offenheit sie sich erlauben durfte. »Sie haben bestimmt viele Fragen«, murmelte sie.

»Nur eine. *Was zum Teufel geht hier eigentlich vor?*«

Sie zog eine Braue hoch. Eine eigentümlich vertraute Geste, die ihn an ihre gemeinsame Vorgeschichte erinnerte. »Der Schlüssel zur Antwort liegt hier.« Sie deutete mit dem Kinn auf den Obelisken. »Wenn Sie die Teile auf die Instrumentenablage legen würden …«

Gray gehorchte und legte die beiden Bruchstücke ab.

»Die Lampe…«, sagte Seichan.

Als die Raumbeleuchtung gelöscht war, beugte Gray sich vor und betrachtete die Schriftzeichen, die auf allen vier Seiten des schwarzen Obelisken aufleuchteten.

Die Zeichen waren für ihn ebenso unverständlich wie Hieroglyphen oder Runen. Er blickte Seichan an. Ihre Augen leuchteten im reflektierten UV-Licht.

»Was Sie da sehen, ist Engelschrift«, sagte sie. »Die Sprache der Erzengel.«

Gray legte verdutzt die Stirn in Falten.

»Ich weiß«, sagte sie. »Das klingt verrückt. Die Schrift geht auf das Frühchristentum und die hebräische Mystik zurück. Wenn Sie mehr wissen wollen…«

»Fassen Sie sich kurz. Mich interessiert vor allem, was Sie damit gemeint haben, als Sie sagten, der Obelisk könne die Welt retten.«

Seichan lehnte sich zurück und wandte den Blick ab – dann ruckte sie mit dem Kopf und sah ihm in die Augen. »Gray, Sie müssen mir helfen. Ich muss sie aufhalten, aber allein schaffe ich das nicht.«

»Was schaffen Sie nicht allein?«

»Gegen die Gilde vorzugehen. Sie beabsichtigt…« Ihre Angst war beinahe körperlich greifbar.

Gray runzelte die Stirn. Bei ihrer ersten Begegnung hatte Seichan versucht, in Fort Detrick eine Anthrax-Explosion auszulösen. Was war nötig, um eine dermaßen skrupellose Frau in Angst und Schrecken zu versetzen?

»Ich habe Ihnen auch schon geholfen«, appellierte sie an sein schlechtes Gewissen.

»Um einen gemeinsamen Gegner zu bekämpfen«, entgegnete er. »Und um Ihre Haut zu retten.«

»Genau darum geht's auch diesmal wieder. Wir sollten zusammenarbeiten, um einen gemeinsamen Gegner zu besiegen. Diesmal aber geht es nicht nur um mein Leben. Hunderte Millionen Menschen sind bedroht. Und es hat bereits angefangen. Die Saat ist ausgebracht.«

Sie deutete auf die leuchtenden Schriftzeichen. »Alles, was wir brauchen, um den Plan der Gilde zu vereiteln, ist in diesem Rätsel verborgen. Wenn es uns gelingt, es zu lösen, besteht Hoffnung. Aber alleine komme ich nicht mehr weiter. Vier Augen sehen mehr als zwei.«

»Sie glauben also, wir beide könnten ein Rätsel lösen, das zu entschlüsseln der Gilde, die auf gewaltige Ressourcen zurückgreifen kann, bislang nicht gelungen ist. Wenn wir ganz Sigma darauf ansetzen …«

»Würden wir der Gilde freie Bahn lassen. Bei Sigma gibt es einen Maulwurf. Was Sigma weiß, erfährt auch die Gilde.«

Sie hatte recht. Das war, zurückhaltend formuliert, besorgniserregend.

»Dann schlagen Sie also vor, dass wir es allein versuchen. Nur wir beide.«

»Und noch eine dritte Person … falls sie mitmacht.«

»Wer?«

»Wenn es um Engel und Archäologie geht, kommt nur einer in Frage.«

Gray wusste sofort, wen sie meinte. »Vigor.«

Seichan nickte. »Ich habe Monsignor Verona eine Grußbotschaft hinterlassen, ein kleines Rätsel für den Anfang. Wenn Sie mitmachen, verfolgen wir die Sache weiter.« Sie berührte die eine Hälfte des Obelisken. »Dann tun wir den nächsten Schritt auf dem Weg der Engel.«

»Und worin besteht der?«

Ein weiteres Kopfschütteln. So leicht wollte sie es ihm nicht machen. »Das sage ich Ihnen, wenn wir hier weg sind. Wir müssen in Bewegung bleiben. Je länger wir uns an einem Ort aufhalten, desto größer das Risiko, aufgespürt zu werden.«

Sie wollte den Obelisken an sich nehmen.

Gray kam ihr zuvor. Er nahm das größere Bruchstück und reckte es über den Kopf. Allmählich reichte es ihm.

»Zerstören Sie ihn meinetwegen«, sagte Seichan. »Ich werde Ihnen trotzdem nicht mehr verraten. Erst wenn wir in Sicherheit sind und Sie versprochen haben, mir zu helfen.«

Ohne darauf einzugehen sagte Gray: »Ich nehme an, Sie haben Kopien der Schriftzeichen angefertigt und Fotos von dem Obelisken gemacht.«

»Mehrere«, sagte sie.

»Gut.«

Er senkte den Arm und schmetterte den Obelisken auf den Boden. Er zerbarst in mehrere Stücke, die über den Linoleumboden schlitterten. Seichan sog scharf die Luft ein; offenbar hatte sie keine Ahnung gehabt, dass etwas in dem Obelisken versteckt war.

»Warum haben Sie das getan?«

Gray bückte sich und hob das funkelnde Silber auf. Er betrachtete den Gegenstand, der in dem Obelisken verborgen gewesen war. Vorübergehend hatte es ihm die Sprache verschlagen.

Er zeigte Seichan das große silberne Kruzifix.

Seichans Augen weiteten sich. Sie kam näher, ohne auf die Schmerzen zu achten, welche die Bewegung zur Folge hatte. »Unglaublich. Sie haben es gefunden.«

»Was gefunden?«

»Pater Agreers Kreuz.« Ihre Stimme klang sowohl verärgert als auch gekränkt. »Ich hab's die ganze Zeit mit mir herumgeschleppt.«

»Wer ist Pater Agreer?«

»Pater Antonio Agreer. Marco Polos Beichtvater.«

Marco Polo?

Ihrer Rätsel und Andeutungen überdrüssig, erwiderte Gray in barschem Ton: »Seichan, was zum Teufel geht hier eigentlich vor?«

Sie deutete auf den Stuhl, auf dem sie ihre zerrissene Lederjacke abgelegt hatte. »Wir müssen machen, dass wir von hier verschwinden.«

Er verstellte ihr den Weg zum Stuhl.

Sie senkte das Kinn, ihr Blick verhärtete sich. »Gray, kommen Sie endlich in die Gänge. Die Zeit wird knapp.« Sie zwängte sich an ihm vorbei.

Er packte sie am Oberarm. »Was sollte mich eigentlich davon abhalten, Ihren Arsch an Sigma auszuliefern?«

Sie riss sich los. Das Blut stieg ihr ins Gesicht. Ihre Augen funkelten.

»Weil Sie es besser wissen, verdammt noch mal! Wenn die Gilde mich schnappt, bin ich tot. Wenn Ihre Regierung mich schnappt, werde ich lebenslang eingesperrt und muss tatenlos zusehen, wie die Katastrophe ihren Lauf nimmt. Deshalb habe ich mich an Sie gewandt. Aber meinetwegen, ich mildere die Bedingungen ab und mache Ihnen ein Angebot. Wie wär's damit: Sie helfen mir und überreden Vigor, uns zu unterstützen, und ich verrate Ihnen anschließend den Namen des Maulwurfs. Wenn es Ihnen nicht ausreicht, Menschenleben zu retten … die Wölfe warten schon vor Sigmas Toren. Für Sie mag das neu sein, aber die fraglichen Mächte trachten danach, Sie alle zu kastrieren und in die Wüste zu jagen, und jetzt, da sich ein weiterer Maulwurf – ein *zweiter* Maulwurf – in Ihrer Mitte versteckt hält, werden Sie euch in den Boden stampfen und einsalzen. Schluss mit Sigma. Ein für alle Mal.«

Gray schwankte. Auch ihm waren in Zusammenhang mit der Überprüfung durch die NSA und die DARPA solche Gerüchte zu Ohren gekommen. Doch er erinnerte sich gleichermaßen an eine andere Seichan, die sich über ihn gebeugt und mit ihrer Waffe auf seine Brust gezielt hatte. Bei ihrer ersten Begegnung hatte sie versucht, ihn zu töten. Sollte er ihr wirklich vertrauen?

Bevor er eine Entscheidung treffen konnte, wurde vom Wartezimmer her gerufen: »Commander Pierce! Sehen Sie sich das mal an!«

Gray fluchte verhalten. Musste der Mann unbedingt so laut brüllen?

Gray erwiderte Seichans Blick: Sie brannte noch immer vor Zorn, doch der vermochte ihre Heidenangst, die er schon in der Garageneinfahrt seiner Eltern wahrgenommen hatte, nicht zu übertünchen.

Er nahm ihre Jacke vom Stuhl und reichte sie ihr. »Wir machen es einstweilen auf Ihre Art. Aber mehr verspreche ich nicht.«

Seichan nickte.

»Commander!«

Kopfschüttelnd trat Gray auf den Gang. Der Fernseherton war lauter gestellt worden. Er ging schneller. Das silberne Kruzifix steckte er in die Tasche, bevor er das Wartezimmer erreicht hatte.

Alle blickten auf den Bildschirm. Gray bemerkte das Logo der *Headline News* von CNN. An einem Waldrand brannten drei Häuser.

»... vermutlich Brandstiftung«, fuhr der Nachrichtensprecher fort. »Ich wiederhole, dieser Mann wird polizeilich gesucht. Grayson Pierce, wohnhaft in Washington.«

In einer Bildschirmecke wurde Grays Foto angezeigt. Sein schwarzes Haar war kurz geschoren, sein Blick zornig, der Mund verkniffen. Das Kopfbild war in Leavenworth aufgenommen worden, wo er inhaftiert gewesen war. Nicht sonderlich schmeichelhaft. Er sah aus wie ein ganz gewöhnlicher Verbrecher.

»Scheint so, als hätte dich deine Vergangenheit eingeholt«, knurrte sein Vater.

Gray konzentrierte sich auf die Nachrichten.

»Gegenwärtig spricht die Polizei lediglich von einer Suchmeldung. Der ehemalige Army Ranger soll befragt werden. Die Polizei bitte die Bevölkerung um Hinweise zu seinem derzeitigen Aufenthaltsort.«

Kowalski nahm die Fernbedienung und schaltete den Ton aus.

Dr. Corrin wich ängstlich vor ihnen zurück. »In diesem Fall kann ich nicht länger Stillschweigen bewahren ...«

Kowalski richtete die Fernbedienung auf den Arzt. »Wer A sagt, muss auch B sagen. Mitgefangen, mitgehangen. Entweder Sie halten den Mund, oder Sie können sich von Ihrem Doktortitel verabschieden.«

Dr. Corrin erbleichte und wich noch einen Schritt zurück.

Grays Mutter legte dem Arzt beruhigend die Hand auf den Arm. »Schluss mit dem Unsinn.« Sie funkelte Kowalski zornig an. »Hören Sie auf, ihm Angst zu machen.«

Kowalski zuckte mit den Schultern.

»Jemand will uns abservieren«, meinte Gray.

»Aber das ergibt keinen Sinn«, entgegnete seine Mutter. »Ich habe in der konspirativen Wohnung mit Direktor Crowe telefoniert. Er weiß, dass wir in einen Hinterhalt geraten sind. Warum lässt er dann diese Lügen verbreiten?«

Die Antwort wurde hinter ihrem Rücken gegeben. »Weil sie in Wirklichkeit hinter mir her sind.« Seichan trat in den Raum. Sie hatte die Jacke angezogen. »Sie wollen mich nicht entwischen lassen.«

Gray wandte sich an die anderen. »Sie hat recht. Die Schlinge zieht sich zu. Wir müssen von hier verschwinden.«

Kowalski schloss sich seiner Einschätzung an. Nach der Zurechtweisung durch Grays Mutter war er ans Fenster getreten und spähte zwischen den Lamellen der Jalousie hindurch. »Leute, wir bekommen Besuch.«

Gray trat neben ihn. Durch das Fenster sah man den Haupttrakt der Klinik. Auch die Notaufnahme mit der Fahrspur für die Krankenwagen war zu sehen. Vier Polizeiwagen näherten sich mit lautlos kreisenden Lichtern im Schritttempo dem Portal. Die Behörden hatten begonnen, die Krankenhäuser zu überprüfen.

Gray wandte sich zu dem ehemaligen Lehrassistenten seiner Mutter um. »Dr. Corrin, wir haben viel von Ihnen verlangt, aber ich fürchte, das war noch nicht alles. Können Sie meine Eltern irgendwo in Sicherheit bringen?«

»Gray«, sagte seine Mutter.

»Mom, keine Einwände.« Er fixierte den Arzt.

Corrin nickte langsam. »Ich besitze ein paar Mietobjekte. Eine Wohnung am Dupont Circle wurde kürzlich möbliert, steht aber derzeit leer. Dort würde niemand Ihre Eltern vermuten.«

Das hörte sich gut an.

»Dad, Mom … Ihr solltet übrigens nicht telefonieren und dürft keine Kreditkarten benutzen.« Er wandte sich an Kowalski. »Können Sie auf sie aufpassen?«

Kowalski ließ die Schultern hängen; er vermochte seine Enttäuschung nicht zu verhehlen. »Ich will nicht schon wieder stumpfsinnig Wache schieben.«

Gray wollte Kowalski gerade einen förmlichen Befehl erteilen, da kam seine Mutter ihm zuvor. »Wir können selbst auf uns aufpassen, Gray. Seichan ist immer noch in schlechter Verfassung. Ihr habt bessere Verwendung für einen zusätzlichen Mann als wir.«

»Außerdem wird das Gebäude rund um die Uhr bewacht«, setzte Dr. Corrin etwas zu eilig hinzu. »Da gibt es Sicherheitsleute, Kameras, Alarmknöpfe.«

Gray hatte den Verdacht, dass es dem Arzt weniger um die Sicherheit seiner Eltern als vielmehr darum zu tun war, Kowalski von seinem Eigentum fernzuhalten. Auch jetzt noch achtete er darauf, dem Mann nicht zu nahe zu kommen.

Außerdem hatte seine Mutter recht. Da Seichan nicht einsatzfähig war, wären sie vielleicht auf zwei starke Arme angewiesen. Schließlich war Kowalski Sigmas Muskelmann. Da könnte es nicht schaden, ihm endlich mal Gelegenheit zu geben zu beweisen, was in ihm steckte.

Kowalski hatte Grays Gedanken erraten. »Es wird Zeit.« Er rieb sich die Hände. »Die Party kann beginnen. Als Erstes brauchen wir Kanonen.«

»Nein, als Erstes brauchen wir einen Wagen.« Gray wandte sich an Dr. Corrin.

Ohne zu zögern zog der Arzt einen Schlüsselbund aus der Tasche. »Auf dem Ärzteparkplatz. Nummer 104. Ein weißer Porsche Cayenne.«

Er war mehr als erleichtert, sie endlich los zu sein.

Für jemand anderen galt das nicht.

Seine Mutter umarmte ihn fest und flüsterte ihm ins Ohr: »Sei vorsichtig, Gray.« Sie senkte noch weiter die Stimme. »Und vertrau ihr nicht … jedenfalls nicht ganz.«

»Keine Sorge …«, sagte er, denn das sah er genauso wie sie.

»Eine Mutter macht sich immer Sorgen.«

Er flüsterte ihr eine letzte Anweisung ins Ohr. Seine Mutter nickte und drückte ihn noch einmal, dann löste sie sich von ihm.

Als Gray sich umdrehte, streckte ihm sein Vater die Hand entgegen. Er schüttelte sie. So war das bei ihnen. Keine Umarmungen. Er war aus Texas. Sein Vater wandte sich Kowalski zu.

»Passen Sie auf, dass er keine Dummheiten macht«, sagte er.

»Ich werd mir Mühe geben.« Kowalski nickte zur Tür hin. »Können wir?«

Als er sich abwandte, klopfte sein Vater Gray zum Abschied auf die Schulter. Das grenzte schon an einen Gefühlsausbruch und wärmte Gray das Herz mehr, als er sich eingestehen wollte.

Ohne ein weiteres Wort trat er als Erster ins Freie.

03:49

»Noch immer keine Hinweise auf Grays Aufenthaltsort«, meldete Brant über die Sprechanlage.

Painter saß am Schreibtisch. Das Ausbleiben von Nachrichten enttäuschte ihn und erfüllte ihn gleichzeitig mit Erleichterung. Ehe er sich über seine widersprüchlichen Empfindungen klar werden konnte, fuhr Brant fort:

»Und Dr. Jennings ist soeben eingetroffen.«

»Schicken Sie ihn rein.«

Dr. Malcolm Jennings, der Leiter der Forschungsabteilung, hatte vor einer halben Stunde angerufen und um eine Unterredung gebeten, doch Painter hatte ihn wegen der Kampfhandlungen an der konspirativen Wohnung vertröstet. Selbst jetzt konnte er nur fünf Minuten für ihn erübrigen.

Die Tür ging auf, Jennings trat ins Büro und hob die Hand. »Ich weiß … Sie sind beschäftigt … aber das konnte nicht warten.«

Painter forderte ihn mit einer Handbewegung auf, Platz zu nehmen.

Der schlaksige ehemalige Gerichtsmediziner setzte sich auf die Stuhlkante. Er wirkte besorgt. In der Hand hielt er einen Aktenordner. Jennings ging auf die sechzig zu und hatte schon für Sigma gearbeitet, als Painter dort die Leitung übernommen hatte. Er rückte seine Brille zurecht, deren halbmondförmige Gläser bläulich getönt waren, um die Augen bei der Computerarbeit zu schonen. Die Brille betonte seine olivfarbene Haut und sein angegrautes Haar und verlieh ihm einen jugendlichen, professorenhaften Touch. Im Moment aber wirkte der Mediziner vor allem müde, wenngleich sein Blick vor Erregung flackerte.

»Ich nehme an, es geht um die Daten, die Lisa von der Weihnachtsinsel übermittelt hat«, eröffnete Painter das Gespräch.

Jennings nickte und klappte den Ordner auf. Er schob Gray zwei Fotos über den Tisch, welche die von einer Art Wundbrand schauerlich entstellten Beine eines Mannes zeigten. »Ich habe die Notizen des Toxikologen und des Bakteriologen durchgesehen. Die körpereigenen Bakterien des Patienten sind plötzlich virulent geworden und lösen dessen weiches Beingewebe auf. So etwas habe ich noch nie gesehen.«

Painter betrachtete die Fotos, doch ehe er eine Frage stellen konnte, war der Arzt bereits wieder auf den Beinen und wanderte unruhig im Zimmer umher.

»Ich weiß, dass wir der indonesischen Katastrophe zunächst eine niedrige Priorität beigemessen haben und lediglich Fakten sammeln wollten. Nach diesen Befunden müssen wir unsere Einschätzung korrigieren. Ich bin deshalb persönlich zu Ihnen gekommen, weil ich Sie bitten möchte, der dortigen Krise die zweite Priorität einzuräumen.«

Painter straffte sich. Diese Einstufung würde den Einsatz gewaltiger Ressourcen nach sich ziehen.

»Zwei Leute sind nicht genug«, fuhr Jennings fort. »Ich möchte so schnell wie möglich ein komplettes Forensik-Team vor Ort haben, selbst dann, wenn wir für den Transport das Militär einschalten müssen.«

»Wäre das nicht ein bisschen voreilig? Monk und Lisa wollen in«, Painter sah auf die Uhr, »gut drei Stunden Bericht erstatten. Wenn uns mehr Daten vorliegen, können wir besser planen.«

Jennings nahm die Brille ab und rieb sich mit dem Knöchel ein Auge. »Ich glaube, Sie haben mich nicht richtig verstanden. Wenn sich die Vermutungen des Toxikologen als zutreffend erweisen sollten, stehen wir vor einer ökologischen Katastrophe, die das Potenzial hat, die Biosphäre der Erde zu verändern.«

»Malcolm, finden Sie nicht, dass Sie da etwas übertreiben? Die Untersuchungsergebnisse sind vorläufig. Ihre Schlussfolgerungen beruhen zum größten Teil auf Mutmaßungen.« Painter deutete auf die Fotos. »Es könnte sich auch um ein einmaliges Vergiftungsphänomen handeln.«

»Selbst wenn es so wäre, würde ich empfehlen, auf der Insel Brandbomben abzuwerfen und das Meeresgebiet für mehrere Jahre abzuriegeln.« Er sah Painter direkt in die Augen. »Und sollte sich herausstellen, dass die Bedrohung übertragbar ist, haben wir eine globale Umweltkatastrophe zu befürchten.«

Painter starrte den Mediziner entgeistert an. Jennings war normalerweise kein Schwarzseher.

Der Arzt fuhr fort: »Ich habe alle erforderlichen Daten gesammelt und eine kurze Zusammenfassung geschrieben. Lesen Sie's durch, und melden Sie sich bei mir. Je eher, desto besser.«

Jennings ließ den Ordner auf Painters Schreibtisch liegen.

Painter zog die Akten zu sich heran. »Ich werde es gleich lesen und rufe Sie dann in spätestens einer halben Stunde an.«

Jennings nickte erleichtert. Er wandte sich zum Gehen, äußerte aber noch eine letzte Warnung. »Bedenken Sie ... wir wissen noch immer nicht mit letzter Gewissheit, was die Dinosaurier umgebracht hat.«

Mit dieser ernüchternden Bemerkung verließ der Mediziner das Büro. Painter fasste die schauerlichen Fotos in den Blick. Er konnte nur hoffen, dass Jennings falschlag. Bei der ganzen Aufregung in den letzten Stunden hatte er die indonesischen Inseln fast vergessen gehabt.

Aber nur fast.

Im Laufe der Nacht hatte er immer wieder an Lisa gedacht.

Die Unterhaltung mit dem Mediziner hatte seinen Sorgen neue Nahrung gegeben. Doch er musste einen kühlen Kopf bewahren. Lisa hatte sich nicht wieder gemeldet. Das konnte eigentlich nur bedeuten, dass keine Eskalation stattgefunden hatte, die einen außerplanmäßigen Anruf hätte ratsam erscheinen lassen.

Aber dennoch ...

Painter schaltete die Sprechanlage ein. »Brant, würden Sie bitte Lisa über Satellitentelefon anrufen?«

»Wird gemacht.«

Painter klappte den Aktenordner auf. Als er zu lesen begann, lief ihm ein kalter Schauder über den Rücken.

Brant meldete sich. »Direktor, ich erreiche nur die Voice Mail. Möchten Sie eine Nachricht hinterlassen?«

Painter drehte das Handgelenk herum und warf einen Blick auf seine Armbanduhr. Sein Anruf kam um Stunden zu früh. Lisa war vielleicht gerade beschäftigt. Trotzdem hatte er Mühe, seine aufsteigende Panik im Zaum zu halten.

»Bitten Sie Dr. Cummings, sobald wie möglich zurückzurufen.«

»Jawohl, Sir.«

»Noch was, Brant. Rufen Sie die Telefonzentrale des Kreuzfahrtschiffs an.«

Er wusste, das war Paranoia. Er versuchte weiterzulesen, hatte aber Mühe, sich zu konzentrieren.

»Sir…«, meldete Brant sich kurz darauf. »Ich habe mit der Funkzentrale gesprochen. Es gibt Probleme mit dem Kommunikationssystem, die Satellitenverbindung bricht immer wieder ab. Aber sie arbeiten daran, die Fehler im neuen Schiff zu beseitigen.«

Painter nickte. Die *Mistress of the Seas* hatte sich auf Jungfernfahrt, gern auch als Testfahrt bezeichnet, befunden, als sich der medizinische Notfall ereignet hatte.

»Größere Probleme werden keine gemeldet«, schloss Brant.

Painter seufzte. Dann war er wirklich zu paranoid. Seine Gefühle trübten sein Urteil. Wäre ein anderer Agent vor Ort gewesen, hätte er dann überhaupt angerufen?

Er las weiter.

Mit Lisa war alles in Ordnung.

Außerdem war Monk bei ihr. Der würde schon auf sie aufpassen.

6
Die Pest

5. Juli, 15:02
An Bord der Mistress of the Seas

Was zum Teufel ging hier vor?

Lisa stand bei den anderen drei Wissenschaftlern. Sie hatten sich in der Präsidentensuite versammelt. Ein Butler in Uniform schenkte Single-Malt-Whisky in tulpenförmige Gläser ein, die auf einem Silbertablett aufgereiht waren. Wegen Painters Vorliebe für Malt-Whisky erkannte Lisa das Flaschenetikett wieder: ein sechzig Jahre alter Macallan. Die Hände des Butlers zitterten so heftig, dass er ein wenig von dem teuren Whisky verschüttete.

Die Unsicherheit des Butlers rührte von den beiden maskierten Männern her, die mit Sturmgewehren bewaffnet waren. Sie hatten an der Flügeltür Posten bezogen. Der Balkon der Suite war so breit, dass ein städtischer Bus darauf Platz gehabt hätte. Dort patrouillierte ein weiterer Bewaffneter.

Die Suite war mit Teakmöbeln und einer Ledergarnitur ausgestattet. In den Vasen steckten kleine Inselrosen, aus verborgenen Lautsprechern tönte leise eine Mozartsonate. Die Wissenschaftler hielten sich wie Gäste einer Cocktailparty in der Mitte des Raums auf.

Allerdings stand ihnen die nackte Angst ins Gesicht geschrieben.

Lisa und Henri Barnhardt waren der Aufforderung aus dem Lautsprecher gefolgt und zur Brücke hochgestiegen. Was blieb ihnen auch anderes übrig? Auf der Brücke hatten sie den WHO-Einsatzleiter Dr. Lindholm angetroffen, der aus der Nase blutete. Offenbar hatte ihn jemand ins Gesicht geschlagen. Benjamin Miller, der Experte für ansteckende Krankheiten, trat kurz nach ihnen ein.

Ein massiger Mann, der Anführer der Piraten, hatte sie in Empfang genommen. Er hatte die muskulöse Statur eines Linebackers, seine dicken Hände wirkten brutal. Er trug eine khakifarbene Uniform und eine tarnfarbene Hose, die er in die schwarzen Stiefel gestopft hatte. Er machte sich nicht die Mühe, sein Gesicht zu verbergen. Sein kurz geschorenes Haar hatte die Farbe von feuchtem Schlamm, seine Haut glich polierter Bronze, und an der linken Gesichtsseite hatte er eine grüne Tätowierung. Es handelte sich um ein Maori-Muster, das Moko genannt wurde, ein Durcheinander verschlungener Wirbel und Linien.

Er hatte ihnen befohlen, in der Suite zu warten.

Lisa war froh gewesen, von der Brücke fortzukommen. Den mit Einschusslöchern übersäten Fenstern und den zerstörten Geräten nach zu schließen, hatte an Bord ein heftiger Kampf stattgefunden. Auf dem Boden war eine Blutspur; offenbar hatte man einen Verwundeten weggeschleift.

In der Präsidentensuite hatten sie einen weiteren Gefangenen angetroffen.

Ryder Blunt, der Besitzer der Kreuzfahrtlinie, näherte sich dem Butler und nahm ein paar Gläser vom Tablett. Er trug Jeans und ein Rugbyhemd und hatte Ähnlichkeit mit dem jungen, sonnengebräunten Sean Connery.

Er reichte die Whiskygläser herum. »Ich glaube, wir können alle einen wärmenden Schluck Macallan gebrauchen«, sagte er und zog an einer qualmenden Zigarre. »Und sei es nur deshalb, um die Nerven zu beruhigen. Selbst wenn das nicht funktionieren sollte, ist es immer noch besser, wir plündern meine Vorräte, als wenn diese Schufte es tun.«

Wie die meisten Leute war auch Lisa über Ryders Vorgeschichte im Bilde. Der Australier war erst achtundvierzig und hatte mit der Entwicklung von Verschlüsselungssoftware zum Herunterladen von urheberrechtlich geschütztem Material ein Vermögen verdient. Seinen Gewinn hatte er in mehrere lukrative Immobilien und Firmen gesteckt. Als ewiger Junggeselle war er zudem bekannt für seine ausgefallenen Hobbys: Tauchen mit Weißen Haien, Heli-Skifahren in abgelegenen Gegenden, Basejumping von Hochhäusern in Kuala Lumpur und Hongkong. Außerdem galt er als freigebig, denn er unterstützte zahlreiche Wohltätigkeitsorganisationen.

Deshalb hatte es nahegelegen, dass er sein Schiff zur Versorgung der Kranken zur Verfügung stellte. Im Nachhinein mochte er seine Großzügigkeit freilich bedauern.

Er reichte Lisa ein Glas Whisky. Sie schüttelte den Kopf.

»Mädchen, überleg's dir«, knurrte er, das Glas in der ausgestreckten Rechten. »Wer weiß, ob diese Gelegenheit je wiederkommmt.«

Sie nahm das Glas hauptsächlich deshalb entgegen, weil sie wollte, dass er sie in Ruhe ließ. Der Zigarrenqualm brannte ihr in den Augen. Sie nippte an dem bernsteinfarbenen Getränk. Flüssiges Feuer rann in ihren Bauch und wärmte sie von innen. Sie atmete etwas von der Wärme aus. Gleich fühlte sie sich besser.

Als die Gläser verteilt waren, ließ sich der Milliardär in einen Sessel sinken. Er stützte die Ellbogen auf die Knie, funkelte die Bewaffneten an und zog an seiner Zigarre.

Henri, der neben Lisa stand, stellte endlich die Frage, die alle beschäftigte. »Was wollen die Piraten von uns?«

Lindholm schniefte; von dem Schlag ins Gesicht bekam er allmählich ein blaues Auge. »Wir sind Geiseln.« Er musterte den Milliardär misstrauisch.

»Auf Sir Ryder mag das zutreffen«, stimmte Henri ihm halblaut zu. »Aber warum sind *wir* dann hier? Unser aller Vermögen würde nicht mal seine Portokasse füllen.«

Lisa wedelte sich Zigarrenqualm aus dem Gesicht. »Sie haben die wichtigsten Wissenschaftler hier versammelt. Aber woher kannten sie unsere Namen?«

»Vielleicht hat die Besatzung ihnen eine Liste gegeben«, meinte Lindholm mürrisch. Abermals bedachte er Ryder mit einem schiefen Blick. »Offenbar stecken einige Besatzungsmitglieder mit den Angreifern unter einer Decke.«

Ryder hatte ihn gehört. »Sollte ich je erfahren, wer dahintersteckt«, brummte er, »lasse ich sie an der Rahnock aufknüpfen.«

»Moment mal … wenn sie die wichtigsten Wissenschaftler hier versammeln wollten, weshalb wurde dann Dr. Graff, der Meeresforscher, nicht ebenfalls herbestellt?«, fragte Benjamin Miller. Er wandte sich an Lisa. »Oder Ihr Kollege, Dr. Kokkalis? Weshalb sind die außen vor geblieben?«

Miller trank einen Schluck und schnupperte den kräftigen Duft des Single Malt. Der Bakteriologe mit Oxford-Abschluss war nicht unattraktiv. Er hatte dichtes kastanienbraunes Haar und grüne Augen. Er war nur knapp eins sechzig groß, wirkte aufgrund seiner rundlichen Schultern und seiner gebeugten Haltung, die wahrscheinlich von den vielen Stunden am Mikroskop herrührte, aber noch kleiner.

»Dr. Miller hat recht«, sagte Henri. »Weshalb wurden ihre Namen nicht ebenfalls aufgerufen?«

»Vielleicht wussten die Schufte, dass die beiden nicht an Bord sind«, meinte Lindholm.

»Oder sie wurden bereits gefangen genommen.« Miller blickte mitleidig in Lisas Richtung. »Oder getötet.«

Vor Sorge krampfte sich alles in Lisa zusammen. Sie hatte gehofft, Monk wäre dem Überfall entgangen und riefe Hilfe herbei, doch das war wohl reines Wunschdenken. Als der Angriff erfolgte, hätte Monk eigentlich schon zurück sein sollen.

Henri schüttelte den Kopf, leerte in einem Zug sein Glas und senkte die Hand. »Es ist sinnlos, Spekulationen über ihr Schicksal anzustellen. Aber wenn die Piraten wussten, dass unsere Kollegen das Schiff verlassen haben, würde daraus folgern, dass es sich nicht um eine bloße Geiselnahme handelt.«

»Was könnten sie sonst wollen?«, fragte Miller.

Das Geräusch eines sich nähernden Helikopters lenkte ihre Blicke zur offenen Balkontür. Es dröhnte zu laut, als dass es sich um den kleinen Eurocopter hätte handeln können, der bei der Seeschlacht Luftunterstützung gewährt hatte. Die ganze Gruppe trat geschlossen zur Tür. Ryder stieß eine Rauchwolke aus, erhob sich und gesellte sich zu ihnen.

Vom Meer her wehte ein frischer Wind. Es roch nach Salz und ein wenig nach Chemie, vielleicht eine Folge der Giftkatastrophe oder des auf dem Wasser brennenden Öls. Der qualmende Kutter der australischen Küstenwache war von einer Rakete getroffen worden und trieb mit Schlagseite ganz in der Nähe.

Vom Bug gelangte ein grauer Militärhelikopter mit zwei Doppelrotoren in Sicht. Er schwenkte aufs Meer hinaus und verwirbelte den Qualm. Er flog zu der Stadt am Ufer hinüber, die an mehreren Stellen brannte. Nach erledigtem Auftrag kehrte er um, kam zum Schiff zurückgeflogen und verschwand außer Sicht. Offenbar war er auf der Hubschrauberplattform gelandet.

Das Dröhnen der Rotoren wurde leiser und verstummte dann ganz.

In der plötzlichen Stille nahm Lisa ein neues Grollen wahr. Der Boden vibrierte leicht.

»Das Schiff bewegt sich«, sagte Henri.

Ryder fluchte, ohne die Zigarre aus dem Mund zu nehmen.

Henri hatte recht. So langsam wie der Stundenzeiger einer Uhr zog die brennende Stadt vorbei.

»Das Schiff nimmt Fahrt auf«, sagte Miller.

Lindholm ballte die Faust vor der Brust.

Lisa verspürte eine ähnliche Angst wie er. Die Vorstellung, dass Land in der Nähe war, hatte etwas Tröstliches. Jetzt wurde ihnen auch das noch genommen. Sie atmete schneller und pumpte doch immer weniger Luft in die Lunge. Bestimmt würde bald jemand merken, was hier vorging, und Nachforschungen anstellen. In drei Stunden sollte sie Painter anrufen. Wenn sie sich nicht meldete ...

Sie sah auf die Uhr, dann sprach sie Ryder an. »Mr. Blunt, wie schnell ist das Schiff?«

Er drückte gerade die Zigarre in einem Aschenbecher aus. »Die derzeitige Inhaberin der Hales-Trophäe hat den Atlantik mit einer Durchschnittsgeschwindigkeit von vierzig Knoten überquert. Das ist verdammt schnell.«

»Und die *Mistress*?«

Ryder klopfte gegen das Schott. »Die ist der Stolz der Flotte. Die Maschine kommt aus Deutschland, der Rumpf ist ein Monohull. Das Schiff macht siebenundvierzig Knoten.«

Lisa begann zu rechnen. Wenn sie sich in drei Stunden nicht meldete, wann würde Painter anfangen, sich Sorgen zu machen? Sie schüttelte den Kopf. Painter würde keine Minute länger warten.

»Drei Stunden«, murmelte sie vor sich hin. *Vielleicht wäre es dann schon zu spät*... Sie wandte sich wieder Ryder zu. »Gibt es hier eine Seekarte?«

»Einen Globus«, sagte Ryder. »In der Bibliotheksecke.«

Er geleitete sie zu einer Nische mit Wandregalen aus Teakholz. In der Mitte stand ein Globus aus Holz. Lisa beugte sich darüber und drehte ihn, bis sie die indonesischen Inseln vor sich hatte. Sie überschlug die Zahlen im Kopf und maß die Entfernung mit den Fingern ab.

»In drei Stunden wird das Schiff in der Inselkette untergetaucht sein.«

Die Region war ein Labyrinth aus zahllosen kleineren Atollen und Inselchen, aus denen Java und Sumatra aufgrund ihrer Größe hervorstachen. Insgesamt gab es hier über achtzehntausend Inseln, verteilt über ein Gebiet von der Größe der Vereinigten Staaten. Abgesehen von den Großstädten Jakarta und Singapur lebten die Menschen hier noch wie in der Steinzeit. Auf einigen abgelegenen Inseln gab es sogar noch Kannibalismus. Wollte man ein Kreuzfahrtschiff verstecken, war man hier genau richtig.

»Das Schiff kann man nicht stehlen!«, rief Lindholm, der ihnen zur Bibliothek gefolgt war. »Was ist mit den Überwachungssatelliten? Ein großes Kreuzfahrtschiff kann man nicht verstecken.«

»Sie sollten diese Leute nicht unterschätzen«, entgegnete Henri. »Zunächst muss überhaupt erst mal jemand nach uns suchen.«

Da hatte er wohl recht. In Anbetracht der Schnelligkeit des Angriffs und der Tatsache, dass Besatzungsmitglieder in leitender Funktion an der Aktion beteiligt gewesen waren, musste man davon ausgehen, dass dem Überfall wochenlange Planung vorausgegangen war. Jemand war über die Ereignisse auf der Weihnachtsinsel genauestens informiert gewesen, bevor der Rest der Welt davon erfahren hatte. Lisa dachte an den Patienten auf der Isolierstation, an John Doe mit den fleischfressenden Bakterien. Er war vor fünf Wochen beim Herumirren auf der Insel aufgegriffen worden.

Wussten die Angreifer auch über ihn Bescheid?

Ein Geräusch an der Eingangstür der Suite ließ alle herumfahren. Zwei Männer traten ein. Den Vortritt hatte der Piratenanführer mit dem tätowierten Gesicht.

Ein hoch gewachsener Unbekannter drängte sich an dem Maori-Krieger vorbei. Er nahm einen Panamahut mit breiter Krempe ab und reichte ihn einer Frau, die hinter dem Tätowierten aufgetaucht war. Der Neuankömmling war wie für eine Gartenparty gekleidet. Er trug einen weiten, weißen Leinenanzug, hielt einen dazu passenden Spazierstock in der Hand, und sein grau meliertes Haar reichte bis zum Kragen. Seine braune Haut und die dicht beieinanderstehenden Augen machten ihn als Inder oder Pakistani kenntlich.

Mit klackerndem Spazierstock näherte er sich der wartenden Gruppe; dabei wurde deutlich, dass der Stock allein der Zierde diente. Seine Augen funkelten vor deplatzierter Freundlichkeit.

»*Namaste*«, grüßte er sie auf Hindi und neigte andeutungsweise den Kopf. »Ich danke Ihnen für Ihr Erscheinen.«

Der Unbekannte nickte dem Eigner der *Mistress of the Seas* zu. »Sir Ryder, bei Ihnen möchte ich mich für Ihre Gastfreundschaft und die Überlassung dieses herrlichen Schiffs bedanken. Wir werden uns bemühen, es Ihnen beizeiten unbeschädigt zurückzugeben.«

Ryder musterte den Mann finster.

Der Unbekannte wandte sich nun an die Wissenschaftler. »Es ist mir eine besondere Freude, bei dieser wichtigen Unternehmung die führenden Experten der Weltgesundheitsorganisation in einem Raum versammelt zu sehen.«

Lisa bemerkte, dass Henri besorgt und verwirrt die Brauen hochzog.

Der Unbekannte fasste Lisa in den Blick. »Wir sollten natürlich auch unsere Kollegin vom US-Geheimdienst nicht vergessen. Sie arbeiten für die Sigma Force, nicht wahr?«

Lisa wurde von Angst erfasst, ihr Gesichtsfeld verengte sich.

Monk …

Jemand legte ihr beruhigend die Hand auf die Schulter. Es war Ryder Blunt. Er wandte sich an den Unbekannten. »Wer zum Teufel sind Sie?«

»Sie haben ganz recht. Ich bitte um Entschuldigung.« Der

Mann hob die Hand und stellte sich förmlich vor. »Dr. Devesh Patanjali, oberster Akquisitionsoffizier der Gilde, Spezialgebiet Biotechnologie.«

Ein kalter Stein senkte sich in Lisas Bauch. Sie hatte durch Painter von der Gilde erfahren… und von der Blutspur, welche die Terrororganisation hinter sich zurückließ.

Der Mann klopfte abschließend mit dem Stock auf den Boden. »Ich fürchte, wir dürfen keine Zeit mehr mit Förmlichkeiten verschwenden. Bevor wir morgen den Hafen erreichen, liegt noch viel Arbeit vor uns.«

»Was meinen Sie damit?«, fragte Lisa mit ausdrucksloser Stimme.

Er zog eine Braue hoch. »Meine Liebe, wir müssen gemeinsam die Welt retten.«

15:45

Monk presste dem Mann die Hand auf den Mund. Die Prothesenfinger der anderen Hand legte er ihm unmittelbar unter dem Kinn um den Hals, drückte die Schlagader ab und unterbrach die Blutzufuhr zum Gehirn. Der Mann wehrte sich, doch Monks Finger waren kräftig genug, um Walnüsse zu knacken. Er wartete, bis die Beine des Mannes erschlafften – dann ließ er ihn zu Boden gleiten.

Er schleppte den Mann in einen kleinen Lagerraum.

Monk bemerkte eine Vibration im Boden, ein sonores Maschinengebrumm. Er richtete sich auf. Das Schiff hatte Fahrt aufgenommen. Er hatte sich im allerletzten Moment an Bord geschlichen.

Nach der Explosion des Jetskis war er über eine der Ankerketten an der anderen Schiffsseite an Bord geklettert und hatte die Luftflaschen auf den Grund der Bucht sinken lassen. Die Stelle, an der er das Schiff betreten hatte, war kaum bewacht gewesen, da die Aufmerksamkeit der Piraten sich vor allem auf den Inselstrand richtete. Von der Ankerkette war er in ein Rettungsboot gesprungen und von dort aufs Deck, wo er sich abgerollt hatte.

Anschließend hatte er sich ein Versteck gesucht.

In der Materialkammer hatte er eine Viertelstunde gewartet, bis ein einzelner Wachposten mit einem Heckler & Koch Sturmgewehr aufgetaucht war. Jetzt lag der Mann bewusstlos in ebendieser Kammer. Monk schälte sich aus dem Tauchanzug und zog dem Mann die weite Hose und das Hemd aus. Beide Kleidungsstücke passten ihm, doch es gelang ihm nicht, seine Füße in die fremden Stiefel hineinzuzwängen.

Zu klein.

Deshalb trat er mit bloßen Füßen, aber nicht mit leeren Händen auf den Gang.

Das Gewicht des Gewehrs übte eine beruhigende Wirkung auf ihn aus.

Er streifte sich das Halstuch übers Gesicht. Jetzt war er ebenso gesichtslos wie die anderen Piraten. Die Orientierung fiel ihm leicht, denn er hatte sich auf dem Herflug den Übersichtsplan des Schiffs eingeprägt. Monk stieg ein Deck nach unten und eilte den Steuerbordgang entlang. Auf der Treppe begegnete er zwei Piraten, tat aber so, als sei er beschäftigt und in Eile, und zwängte sich wortlos zwischen ihnen hindurch.

Einer der angerempelten Männer rief ihn an. Monk verstand ihn nicht, konnte sich aber denken, dass es sich um eine Beschimpfung handelte. Wortlos reckte er das Gewehr, ohne stehen zu bleiben.

Er rannte den Gang entlang.

Lisas und Monks Kabinen lagen nebeneinander. Hier wollte er als Erstes nach seiner Kollegin suchen. Er war an zwei Toten vorbeigekommen, beiden hatte man in den Rücken geschossen. Er musste Lisa finden.

Er behielt die Kabinennummern im Blick. Hinter einer Tür weinte jemand, doch er eilte weiter, bis er die gesuchten Kabinen erreicht hatte.

Er versuchte, seine Kabinentür zu öffnen. Abgeschlossen. Die Schlüsselkarte war in dem Gepäck, das er im Schlauchboot hatte zurücklassen müssen. Er ging zur nächsten Tür weiter, zu Lisas Kabine. Der Türknauf ließ sich nicht bewegen – hinter der Tür war jemand.

Das musste Lisa sein.

Gott sei Dank …

Er klopfte leise mit seinem Plastikfingerknöchel gegen die Tür und flüsterte: »Lisa … ich bin's.«

Der Türspion verdunkelte sich, als jemand hindurchschaute. Monk trat einen Schritt zurück und streifte das Tuch vom Gesicht. Nach einer Weile klirrte die Türkette, und das Schloss klickte.

Monk zog die Gesichtsmaske wieder hoch und blickte im Gang nach rechts und links. »Beeil dich«, flüsterte er.

Die Tür schwenkte nach innen auf.

Er trat einen Schritt vor. »Lisa, wir müssen …«

Im nächsten Moment bemerkte er seinen Fehler und hob das Gewehr.

Die Person war nicht Lisa.

Halb hinter der Tür verborgen, hockte ein Mann auf dem Boden. »Bitte nicht schießen.«

Monk hielt das Gewehr im Anschlag, während er sich in der Kabine umsah. Jemand hatte den Raum durchsucht: Schubladen waren durchwühlt, der Inhalt der Schränke auf dem Teppich verstreut. Dann fiel sein Blick auf einen Toten, der bäuchlings auf dem Bett lag. Es war einer der Piraten. Der Blutlache nach zu schließen, hatte man ihm die Gurgel durchgeschnitten.

Monk wandte sich dem Eindringling zu.

»Wer sind Sie?«

Der junge Mann schwenkte den Arm. »Ich wollte Dr. Cummings finden. Ich wusste nicht, wo ich sonst nach ihr hätte suchen sollen.«

Jetzt erkannte Monk den Krankenpfleger, der mit Lisa zusammengearbeitet hatte. Seinen Namen hatte er allerdings vergessen.

»Jesspal, Sir … Jessie«, beantwortete der junge Mann seine unausgesprochene Frage.

Monk senkte das Gewehr, nickte und trat in die Kabine. »Wo ist Lisa?«

»Das weiß ich nicht. Ich war mit der Einteilung der Verletzten beschäftigt«, erklärte er, während er am ganzen Leib zitterte. Offenbar stand er unter Schock. »Dann fingen die Explosionen an … vier Besatzungsmitglieder eröffneten auf der Krankenstation das Feuer. Ich lief weg. Dr. Cummings hatte mit dem Toxikologen sprechen wollen. Ich habe zu Vishnu gebetet, es möge ihr gelingen, sich in der Kabine in Sicherheit zu bringen.«

Der junge Mann warf einen Blick zum blutdurchtränkten Bett. »Dr. Cummings hatte ihre Handtasche in der Notaufnahme liegen lassen. Ich nahm sie mit und fand darin die Schlüsselkarte. Der Mann hatte in der Kabine gewartet. Als er mich sah, wurde er zornig. Er zwang mich, niederzuknien und Dr. Cummings anzufunken.«

Jessie zeigte auf das Funkgerät, das auf dem Boden lag.

»Und was ist mit seiner Gurgel passiert?«

»Ich durfte nicht zulassen, dass er Meldung erstattet. Dr. Cummings hatte außer der Schlüsselkarte noch etwas anderes in ihrer Handtasche gelassen.« Jessie zog ein Skalpell hinter dem Hosenbund hervor. »Ich … ich … musste es tun …«

Monk tätschelte ihm beruhigend den Arm. »Das haben Sie gut gemacht, Jessie.«

Der junge Mann ließ sich aufs zweite Bett niedersinken. »Ich habe die Durchsagen gehört. Sie haben mehrere Ärzte einbestellt. Auch Dr. Cummings.«

»Wo sollten sie sich treffen?«

»Auf der Brücke.«

»Wurde die Aufforderung wiederholt?«

Jessie musterte ihn verständnislos und schüttelte den Kopf.

Dann war Lisa der Aufforderung also nachgekommen …

Jetzt hatte Monk ein Ziel.

Er trat zur Verbindungstür der beiden Kabinen. Sie war angelehnt. Mit einem kurzen Blick vergewisserte er sich, dass die andere Kabine sich in keinem besseren Zustand befand. Jemand hatte seine persönlichen Habseligkeiten mitgenommen, darunter auch das Satellitentelefon. Eine Weile suchte er danach, dann gab er es auf.

Als er den Toten untersuchte, erlebte er eine Überraschung. Der Pirat hatte sich Gesicht und Hände dunkel gefärbt. Die übrige Haut war schneeweiß und sommersprossig. Das war kein Einheimischer, sondern ein verkleideter Söldner.

Was ging hier vor?

Monk ging in seine Kabine hinüber und hob ein Paar Basketballschuhe vom Boden hoch.

Als er die Handschuhe anzog, sagte er zu Jessie: »Hier können wir nicht bleiben. Irgendwann wird jemand nach dieser schlafenden Schönheit sehen. Wir müssen ein besseres Versteck für Sie finden.«

»Und was ist mit Ihnen?«

»Ich suche Lisa.«

»Dann komme ich mit.« Jessie richtete sich schwankend auf und streifte sich das Hemd über den Kopf; offenbar wollte er sich ebenfalls als Pirat tarnen. Er war so mager, dass sich seine Rippen deutlich abzeichneten, doch Monk vermutete, dass er auch über drahtige Muskeln verfügte. Schließlich hatte Jessie einen Mann getötet, der doppelt so schwer war wie er selbst.

Aber dennoch ...

»Ich mach's besser alleine«, sagte Monk entschlossen.

Jessie hatte sich das Hemd endlich über den Kopf gezogen und murmelte etwas Unverständliches.

»Was haben Sie gesagt?«

Der Krankenpfleger wirkte verärgert. »Ich habe den Schwarzen Gürtel fünften Grades in Jiu-Jitsu und Karate.«

»Und wenn Sie der indische Jackie Chan wären, Sie kommen trotzdem nicht mit.«

Als an der Tür geklopft wurde, schreckten beide zusammen. Jemand rief etwas auf Malaiisch, offenbar eine Frage. Monk verstand kein Wort. Er hob das Gewehr. Das war in der Situation sein einziges Kommunikationsmittel.

Jessie schob den Gewehrlauf beiseite. Auf Malaiisch rief er in gereiztem Ton etwas durch die Tür. Ein kurzer Wortwechsel folgte, dann entfernte sich der Unbekannte über den Gang.

Jessie drehte sich zu Monk um und hob fragend eine Braue.

»Okay, ich habe meine Meinung geändert«, sagte Monk.

16:20

Lisa stand bei den anderen Wissenschaftlern und Ryder Blunt. Man hatte die Gefangenen mit vorgehaltenem Gewehr aufs Vordeck geführt. Der große Helikopter war inzwischen mit Halteseilen gesichert. Die Luken waren offen, und es herrschte hektische Betriebsamkeit. Schwere Kisten wurden ausgeladen.

Einige der Beschriftungen und Firmenlogos kannte Lisa: SYNBIOTIC, WELCH SCIENTIFIC, GENECORP. Auf einer Kiste waren die amerikanische Flagge und die Aufschrift USAMRIID zu erkennen. Das Forschungsinstitut für ansteckende Krankheiten der U. S. Army.

Es handelte sich ausnahmslos um medizinische Ausrüstung.

Die Kisten verschwanden im Decksaufzug.

Lisa fing Henri Barnhardts Blick auf. Der Toxikologe hatte die Kistenbeschriftungen ebenfalls bemerkt. Er kratzte sich zerstreut das bärtige Kinn. Tiefe Denkfalten hatten sich in seine Stirn eingegraben. Miller und Lindholm, die sich am Rand der Gruppe hielten, starrten mit leerem Blick vor sich hin, während Ryder Blunt sich bemühte, trotz des kräftigen Winds eine neue Zigarre anzuzünden.

Dr. Devesh Patanjali stand unter dem Rotor und beaufsichtigte das Entladen. Zu seiner kryptischen Bemerkung, sie müssten die Welt retten, hatte er sich nicht weiter ausgelassen. Stattdessen hatte er ihnen befohlen, sich aufs Oberdeck zu begeben.

Der Maori-Anführer der Bewaffneten stand an der Seite, die Rechte auf die schwere Sattelpistole in seinem Gürtelhalfter gelegt. Aus zusammengekniffenen Augen beobachtete er das Getriebe auf dem Vordeck wie ein Scharfschütze das Schlachtfeld. Seiner Aufmerksamkeit entging nichts, auch nicht die junge Frau, die Dr. Devesh Patanjali begleitete.

Sie war immer noch ein unbeschriebenes Blatt. Bislang hatte sie noch kein Wort gesagt, und ihre Miene war undurchdringlich. Sie trug glänzende schwarze Stiefel, hatte die Füße zusammengestellt und die Hände vor der Hüfte verschränkt, eine Haltung, die geduldiges Warten und Ergebenheit ausdrückte. Trotz ihrer abweisenden Miene vermochte der Maori die Augen nicht von ihren Rundungen loszureißen.

Als Dr. Patanjali aus der Präsidentensuite auf den Gang getreten war, hatte Lisa ihren Namen aufgeschnappt. *Surina*. Der Arzt hatte sie beim Hinausgehen flüchtig auf die Wange geküsst, ohne dass sie eine erkennbare Reaktion gezeigt hätte. Offenbar war sie Inderin, denn sie trug einen langen Seidensari in gedeckten Orange- und Rosatönen, über den sie ihren langen schwarzen Zopf drapiert hatte. Ihr offenes Haar hätte sicherlich bis auf den Boden gereicht. Zum Zeichen ihrer Herkunft trug sie einen roten Punkt auf der Stirn, den traditionellen Bindi. Allerdings war ihre Haut, die poliertem Teakholz glich, erheblich heller als die Devesh Patanjalis, was darauf hindeutete, dass in ihrem Stammbaum auch Europäer vertreten waren.

Ob sie Deveshs Schwester war oder lediglich seine Begleiterin, vermochte Lisa nicht zu sagen. Ihr Schweigen aber wirkte bedrohlich, was teilweise auch von ihrem kalten Blick herrührte. Ihr linker Arm war von einem so engen Handschuh umschlossen, dass schwer zu erkennen war, ob er aus Leder oder Gummi war. Es sah so aus, als hätte sie den ganzen Arm in schwarze Tinte getaucht.

Mit vor der Brust verschränkten Armen blickte Lisa zur zurückweichenden Weihnachtsinsel hinüber. In der kurzen Zeit, die sie Fahrt machten, war die Insel zu einer dunstigen grünen Silhouette geschrumpft, von der eine schwarze Rauchfahne in den Himmel stieg. Aber wer hätte dieses Rauchzeichen sehen sollen? Painter würde bestimmt Verdacht schöpfen, wenn weder sie noch Monk sich meldeten. Einstweilen setzte sie ihre ganze Hoffnung auf seine Paranoia.

Das war zum Glück eine sichere Wette.

Der Passat meldete sich mit einer Bö. Möwen segelten im Wind. Wenn sie doch nur wegfliegen könnte wie sie…

Ein lauter Ruf lenkte ihre Aufmerksamkeit auf den Helikopter.

Zwei Männer in Chirurgenkitteln zogen eine Trage aus dem Frachtraum. Die Räder klappten herunter und rasteten ein. Devesh ging hinüber und sah nach dem festgeschnallten Patienten. Verschiedene Überwachungsgeräte waren um den Patienten herum auf der Trage verteilt. Den Konturen, die sich unter der Decke abzeichneten, nach zu schließen handelte es sich um eine Frau. Das Beatmungsgerät und ein Gewirr von Schläuchen und Leitungen verdeckten ihr Gesicht.

Devesh zeigte mit dem Stock, worauf die beiden Männer die Trage mitsamt den Geräten zum Aufzug schoben.

Devesh kam zu den Gefangenen zurück.

»In einer Stunde sind die Labors und Behandlungszimmer fertig eingerichtet. Zum Glück waren Dr. Cummings und ihr Kollege so freundlich, Geräte mitzubringen, die mir nicht zugänglich sind. Wer hätte auch ahnen können, dass Ihre Forschungsabteilung ein transportables Elektronenmikroskop herschaffen würde? Und noch dazu ein Elektrophoresegerät und einen Protein-Sequenzierer? Wirklich ein glücklicher Zufall, dass uns das alles in den Schoß gefallen ist.« Er klopfte mit dem Spazierstock auf den Boden und fuhr fort: »Kommen Sie. Ich möchte Ihnen das wahre Gesicht der Bedrohung zeigen, mit der wir es hier zu tun haben.«

Lisa folgte ihm zusammen mit den anderen Wissenschaftlern. In diesem Moment waren die Gewehre, die auf sie zielten, völlig unnötig. Hier gab es Rätsel zuhauf, und sie wollte endlich Antworten haben, irgendeine Erklärung für den Überfall und Deveshs rätselhafte Bemerkung.

Meine Liebe, wir müssen gemeinsam die Welt retten.

Sie stiegen drei Decks nach unten. Unterwegs sah Lisa Leute in Schutzanzügen, welche die unteren Korridore mit beißendem Desinfektionsmittel reinigten.

Devesh wandte sich Richtung Bug. Der Gang mündete auf einen kreisförmigen Raum, von dem die teureren Kabinen abgingen. In einer der großen Suiten hatte Monk sein Labor eingerichtet. Devesh hatte anscheinend die übrigen Kabinen in Beschlag genommen.

Er trat unter einem Isoliervorhang hindurch und geleitete sie in das betriebsame Zentrallabor. »Hier wären wir«, sagte er.

Etwa zwanzig Männer öffneten Transportkisten, rissen Packstroh und Styroporflocken heraus und befreiten die Geräte von ihren Plastikhüllen. Ein Mann packte Petrischalen aus, in denen Bakterienkulturen gezüchtet wurden. Die Tür zu Monks Labor stand offen. Ein Mann mit Clipboard war damit beschäftigt, die Sigma-Ausrüstung zu inventarisieren.

Devesh führte sie in die angrenzende Kabine. Mit einer Schlüsselkarte entriegelte er die Tür und drückte sie auf.

Dann drehte er sich um und sprach den tätowierten Anführer der Söldnertruppe an. »Rakao, bitte veranlassen Sie, dass Dr. Miller in die bakteriologische Suite gebracht wird.« Er wandte sich an die Wissenschaftler. »Dr. Miller, wir haben uns die Freiheit genommen, Ihr bakteriologisches Labor zu erweitern. Sie werden dort neue Inkubationsschränke, anaerobische Nährmedien und Blutkulturflaschen vorfinden. Ich möchte, dass Sie zusammen mit Dr. Eloise Chénier, meiner Virologin, die Einrichtung des Labors für infektiöse Krankheiten abschließen.«

Der Maori-Anführer befahl einem seiner Männer, Miller ins Labor zu eskortieren. Der Bakteriologe sah seine Kollegen an, die er offenbar nur ungern verließ, doch das Gewehr, das auf seinen Rücken zielte, ließ keine Widerrede zu.

Als Miller gegangen war, deutete Devesh mit dem Kinn auf die Gruppe der Wissenschaftler. »Rakao, würden Sie Sir Ryder und Dr. Lindholm persönlich in den Funkraum geleiten? Wir kommen gleich nach.«

»Sir«, sagte der tätowierte Maori mit warnendem Unterton, während er Lisa und Henri misstrauisch beäugte.

»Wir kommen schon zurecht.« Devesh hielt die Kabinentür auf und forderte die junge Inderin mit einer Kopfbewegung zum Eintreten auf. »Ich glaube, Dr. Cummings und Dr. Barnhardt würden gern hören, was ich zu sagen habe. Außerdem wird Surina dabei sein.«

Lisa und Henri traten in die Kabine.

»Ach, noch was, Rakao. Wären Sie so freundlich, die Kinder herzubringen, die ich ausgesucht habe? Das wäre nett.«

Ehe Devesh die Tür schließen konnte, sah Lisa, wie sich die Miene des Maori-Anführers verfinsterte. Umso deutlicher zeichneten sich die Tätowierungen ab, eine nicht zu entziffernde Landkarte.

Als die Tür ins Schloss gefallen war, ging Devesh zum Schreibtisch. Eigentlich waren es zwei Schreibtische, die man aneinandergerückt hatte. Der eine war nicht am Boden festgeschraubt und stammte offenbar aus einer anderen Kabine. Auf den Tischen standen drei LCD-Monitore, die mit zwei HP-Computern verkabelt waren. Das waren die einzigen neuen Einrichtungsgegenstände. Ansonsten gab es in der Kabine noch eine bequeme Teakholz-Sitzgruppe, die vor der Fensterfront und dem überdachten Balkon stand.

Suri ging um eines der Sofas herum, beugte die Knie und ließ sich auf der Armlehne nieder. Obwohl die Bewegung sittsame Bescheidenheit ausdrückte, strahlte sie bedrohliche Autorität aus. Das rührte von ihrem konzentrierten Blick und der geschmeidigen Eleganz einer Geisha her, vor allem aber von den beiden Dolchen, die an ihren Fesseln sichtbar wurden, als sie sich setzte.

Lisa wandte den Blick ab. Hinter dem Schreibtisch war der Durchgang zum Schlafzimmer. Vor dem Bett stand ein großer Schiffskoffer. Das war anscheinend Devesh Patanjalis Zimmer. Weshalb hatte er sie hierhergeführt?

Devesh weckte den Computer mit einem Tastendruck aus dem Stand-by-Betrieb auf. Alle drei Monitore leuchteten auf, helle Lichtinseln in dem trüb erhellten Raum.

»Dr. Barnhardt… aber vielleicht darf ich auch *Henri* sagen…?« Devesh wandte den Kopf.

Der Toxikologe zuckte mit den Schultern.

Devesh fuhr fort: »Henri, ich möchte Sie zu Ihrer Einschätzung der von der Giftwolke ausgehenden Gefahr beglückwünschen. Unsere eigenen Wissenschaftler haben Wochen gebraucht, um das herauszufinden, was Sie in weniger als vierundzwanzig Stunden in Erfahrung gebracht haben.«

Lisa wurde ganz kalt. *Wochen.* Dann hatten die Angreifer also schon lange vor Ausbruch der Krise von der Gefahr gewusst. Aber weshalb interessierte sich die Gilde dafür?

»Der Großalarm, den Sie ausgelöst haben und der bis nach Washington Wellen schlug, kam uns natürlich ungelegen. Wir mussten unseren Zeitplan straffen… und ein wenig improvisieren. Zum Beispiel indem wir neue wissenschaftliche Talente anwerben und mit unseren eigenen Leuten zusammenarbeiten lassen. Wir müssen uns beeilen, sonst besteht keine Hoffnung mehr.«

»Hoffnung für wen?«, fragte Lisa.

»Das möchte ich Ihnen gern zeigen, meine Liebe.« Devesh klopfte auf einen der beiden Sessel und forderte sie auf, Platz zu nehmen.

Lisa blieb stehen, doch das schien ihn nicht zu stören, denn er gab gerade etwas ein. Auf dem mittleren Monitor wurde ein

Video abgespielt. Man sah eine mikroskopische Aufnahme zuckender, stäbchenförmiger Bakterien.

»Wie gut wissen Sie über Anthrax Bescheid?«, fragte Devesh, während er sich zu ihr umblickte.

Lisa krampfte sich der Magen zusammen.

Henri meldete sich zu Wort. »*Bacillus anthracis*. Für gewöhnlich infiziert er Wiederkäuer, also Kühe, Ziegen, Schafe. Die Sporen können aber auch Menschen infizieren. Häufig mit tödlichem Ausgang.«

Das sagte er ganz sachlich, ohne innere Beteiligung. Allerdings bemerkte Lisa, dass der Toxikologe die Schultern angespannt hatte.

Devesh nickte. »Bacillus-Bakterien werden überall auf der Welt im Erdboden gefunden. Die meisten sind harmlos. Hier im Bild sehen wir einen solch harmlosen Organismus, den *Bacillus cereus*.«

Die mikroskopische Nahaufnahme eines einzelnen Bakteriums wurde angezeigt. Stabförmig, mit einer dünnen Wandmembran, im Zellinneren waren die angefärbten DNA-Stränge zu erkennen.

»Der Bazillus gleicht anderen Vertretern dieser Spezies, ist weltweit verbreitet und in vielen Gärten anzutreffen. Er ernährt sich friedlich von den Mikroorganismen und Nährstoffen im Boden. Alles, was größer ist als eine Amöbe, ist vor ihm sicher. Doch sein Zwillingsbruder, der *Bacillus anthracis*…« Devesh rief das nächste Bild auf. Neben dem ersten Bakterium wurde ein zweites sichtbar, das auf den ersten Blick identisch wirkte.

»Dieser Organismus verursacht Milzbrand«, fuhr er fort, »und stellt eine der gefährlichsten Bakterienarten des Planeten dar. Sie besitzt den gleichen genetischen Code wie ihr friedlicher, gartenbewohnender Verwandter.« Devesh tippte mit dem Finger auf die DNA-Stränge der beiden Zellen. »Gen für Gen nahezu identisch. Warum aber ist das eine Bakterium gefährlich und das andere harmlos?«

Devesh blickte sich über die Schulter zu Lisa und Henri um.

Lisa schüttelte den Kopf. Henri schwieg.

Devesh nickte zufrieden. Er wandte wieder den Kopf und

zoomte mit einem Tastendruck das Bild des Anthrax-Bakteriums. Die DNA schwoll an. Im Zytoplasma der Zelle, vom Gewirr der DNA-Stränge abgetrennt, schwammen zwei kreisrunde DNA-Stränge, die wie Augen zu den Betrachtern aus dem Monitor hinausstarrten.

»Plasmide«, nannte Henri die wissenschaftliche Bezeichnung.

Mit gerunzelter Stirn rief Lisa sich ihr Biologiewissen aus der Zeit ihres Medizinstudiums ins Gedächtnis. Soweit sie sich erinnern konnte, waren Plasmide kreisförmige DNA-Stränge, die von der chromosomalen DNA abgetrennt waren. Diese frei umherschwimmenden DNA-Fragmente waren in der Welt der Bakterien einmalig. Ihre Funktion war noch nicht vollständig erforscht.

»Die beiden Plasmide pX01 und pX02«, fuhr Devesh fort, »verwandeln eine ganz gewöhnliche Bacillus-Spezies in einen Superkiller. Entfernt man die beiden Ringe, wird aus Anthrax wieder ein harmloser Organismus, der glücklich und zufrieden im Garten lebt. Setzt man die Plasmide jedoch in harmlose Bacillus-Exemplare ein, verwandeln sie sich in einen Killerorganismus.«

Devesh schwenkte den Stuhl zu ihnen herum. »Und nun frage ich Sie, woher kommen diese fremdartigen Fragmente genetischen Materials? Wo liegt ihr *Ursprung*?«

Henri beugte sich zu den Monitoren vor. »Der evolutionäre Ursprung der Plasmide liegt im Dunkeln, doch die gängige Erklärung lautet, sie stammen von Viren. Oder genauer gesagt von Bakteriophagen, einer Virenart, die ausschließlich Bakterien infiziert.«

»Genau!« Devesh wandte sich wieder dem Bildschirm zu. »In der Vergangenheit wurde vermutet, ein viraler Bakteriophage hätte zwei gefährliche Plasmide in ein Bacillus übertragen, ein harmloses Gartenbakterium in einen Killer verwandelt und ein neues Monster in die Biosphäre entlassen.«

Devesh drückte rasch ein paar Tasten und löschte den Bildschirminhalt. »Anthrax ist jedoch nicht das einzige Bakterium, das auf diese Weise infiziert wurde. Die Virulenz des Erregers der schwarzen Pest, *Yersinia pestis,* wird ebenfalls durch ein Plasmid gesteigert.«

Lisa lief ein kalter Schauder über den Rücken, als es bei ihr

Klick machte. Das ganze Gerede über transformierte Bakterien ließ sie an die an Bord befindlichen Patienten denken. An das Mädchen mit Krämpfen, die von Essigbakterien hervorgerufen wurden, an die Frau mit den Ruhrsymptomen und an John Doe, dessen Hautbakterien seine Beine auffraßen …

»Wollen Sie damit sagen, das Gleiche wäre auch hier der Fall?«, murmelte sie. »Wir hätten es mit infizierten Bakterien zu tun?«

Devesh nickte. »So ist es. Irgendetwas ist aus der Tiefe des Meeres aufgestiegen, das die Fähigkeit besitzt, sämtliche Bakterien in eine tödliche Bedrohung zu verwandeln.«

Lisa dachte daran, dass Henri erklärt hatte, neunzig Prozent der körpereigenen Zellen seien den Bakterien zuzuordnen. *Und wenn sich diese Übermacht nun gegen uns wenden sollte …?*

Devesh fuhr fort: »Anhand der vorliegenden Erkenntnisse über Anthrax und andere toxische Bakterien haben Mikrobiologen auf das Vorhandensein eines alten Virenstamms geschlossen. Eines Stamms, von dem Anthrax und andere Krankheitserreger abstammen. Die Wissenschaftler haben sogar eine Bezeichnung für diesen alten Virenstamm geprägt, der Freund in Feind verwandelt: Judas-Stamm.«

Henri hatte anscheinend das Funkeln in Deveshs Augen bemerkt. Er straffte sich. »Eine innere Stimme sagt mir, dass Sie den Auslöser der Epidemie isoliert haben. Dieses Judas-Virus. Sonst wären Sie nicht hier.«

»Ja, wir glauben, das ist uns gelungen.«

Devesh drückte zwei Tasten. Das Bakterium auf dem Bildschirm machte einem rotierenden Gebilde Platz. Es handelte sich um eine elektronenmikroskopische Aufnahme in Silbertönen. Der dargestellte Organismus wirkte eher mechanisch als biologisch. Er hatte Ähnlichkeit mit einer Mondlandefähre. Die Hülle war geometrisch geformt, ein aus zwanzig Dreiecksflächen bestehender Ikosaeder. Von den Ecken der Teilflächen gingen Tentakel aus, an deren Enden zum Festhalten und Durchstoßen geeignete Dornen saßen.

Während ihres Medizinstudiums hatte Lisa viele solche Bilder gesehen.

Ein Virus.

»Das haben wir in einer Probe der Cyanobakterien aus dem Meer entdeckt. Das Virus hat die harmlosen, phosphoreszierenden Meeresbakterien in fleischfressende, giftproduzierende Killer verwandelt. Der Wind hat den Giftstoff über die ganze Insel verteilt, wo er begonnen hat, die Inselbakterien in Monster zu verwandeln.«

»Und bei den Patienten erleben wir, wie sich der Prozess fortsetzt«, bemerkte Henri. »Der Körper wendet sich gegen sich selbst.«

Devesh tippte auf den Monitor. »Der ultimative Verräter des Lebens. Dieser Organismus besitzt die Fähigkeit, sich in der Biosphäre zu verbreiten und sämtliche Bakterien in tödliche, lebensvernichtende Organismen zu verwandeln. Das ist die Neutronenbombe der Natur, eine Virenexplosion mit dem Potenzial, alle höheren Lebensformen auszulöschen. Zurück bliebe nurmehr ein giftiger, tödlicher Bakterienschleim. Auf der windzugewandten Seite der Insel haben wir einen Vorgeschmack darauf bekommen, wie die Welt in Zukunft aussehen könnte.«

»Und falls sich das Virus ausbreiten sollte …« Henri war blass geworden. »Wir wissen nicht, wie wir es aufhalten sollen.«

Devesh erhob sich und nahm den Spazierstock in die Hand. »Mag sein. Aber wir haben gerade erst angefangen, den Organismus zu analysieren. Die gute Nachricht ist, dass das Virus kurzlebig zu sein scheint und keine menschlichen Körperzellen infiziert, sondern ausschließlich Bakterien. Das Virus stellt also keine *unmittelbare* Gefahr für uns dar. Es befällt die Bakterienzellen, vervielfältigt sich darin und lässt das toxische Plasmid darin zurück. Außerhalb der Zelle ist das neue Virus unbeständig. Es lässt sich mit ganz gewöhnlichen Desinfektionsmitteln abtöten und kann somit bei entsprechender Hygiene eingedämmt werden.«

Lisa dachte an die Arbeitsteams, die Desinfektionsmittel versprüht hatten. Sie sterilisierten das Schiff.

»Bedauerlicherweise lässt das Virus Killerbakterien zurück, die sich teilen und vervielfältigen, jedes einzelne ein neues Monster, das in die Welt der Mikroben entlassen wird und die Biosphäre auf Dauer mit bislang unbekannten Lebensformen kontaminiert.«

Henri fasste sich an die Stirn. »Wenn die Viren sich in der

Biosphäre ausbreiten… Wir sprechen hier von zahllosen neuen Krankheiten, die gleichzeitig ausbrechen können. Von einer Seuche, die ihr Erscheinungsbild schneller ändert, als wir reagieren können. Etwas Vergleichbares hat es noch nie gegeben.«

»Das weiß ich nicht«, erwiderte Devesh kryptisch.

Henri sah ihn fragend an.

»Meine Auftraggeber und ich glauben, dass dies nicht der erste Ausbruch des Judas-Virus ist. Historische Berichte deuten auf einen ähnlichen Ausbruch hin. Vor fast tausend Jahren.« Er senkte die Stimme zu einem verschwörerischen Flüstern. »Die Berichte enthalten einige seltsame und verstörende Hinweise.«

»Auf welche Berichte beziehen Sie sich?«, fragte Lisa.

Devesh winkte ab. »Das tut nichts zur Sache. Um diese Fragen kümmern sich andere Leute, welche die historische Fährte verfolgen. Wir müssen uns auf unsere Aufgaben konzentrieren. Hier geht es nicht um die Vergangenheit, sondern um die Gegenwart. Meine Auftraggeber haben die Evakuierung der Insel in Szene gesetzt und veranlasst, dass Mr. Blunts Schiff hierhergebracht wurde. Wir mussten die Infizierten an einem Ort isolieren. Hier haben wir die seltene Gelegenheit, die Entwicklung dieser Krankheit und ihre epidemiologischen, pathologischen und physiologischen Aspekte zu untersuchen. Dafür steht uns eine ganze Schiffsladung von Versuchspersonen zur Verfügung.«

Lisa, die ihr Entsetzen nicht zu verhehlen vermochte, wich einen Schritt zurück.

Devesh stützte sich auf den Stock. »Ich spüre Ihren Abscheu, Dr. Cummings. Jetzt verstehen Sie, weshalb die Gilde reagieren musste. Mit einem Organismus von solcher Virulenz konfrontiert, darf man nicht tatenlos zuschauen. Auf eine solche Bedrohung gibt es keine politisch korrekte Antwort. Es bedarf schnellen Handelns und harter Entscheidungen. Hat Ihre Regierung in Tuskegee nicht mit Syphilis Infizierte ohne Behandlung sterben lassen, während die Wissenschaftler leidenschaftslos ihr Leiden, das Fortschreiten der Symptome und zum Schluss ihren Tod dokumentierten? Wenn wir die gegenwärtige Bedrohung überleben wollen, müssen wir ebenso brutal und kaltblütig vorgehen. Glauben Sie mir, bei diesem Krieg geht es um das Überleben der menschlichen Spezies.«

Lisa war zu geschockt, um darauf etwas zu erwidern.

Stattdessen meldete Henri sich zu Wort, jedoch ganz anders, als Lisa erwartet hätte. »Er hat recht.«

Lisa sah den Toxikologen an.

Henri fixierte unverwandt das Judas-Virus auf dem Monitor. »Das ist ein Planetenkiller. Und er ist bereits virulent. Bedenken Sie, wie schnell sich die Vogelgrippe ausgebreitet hat. Uns bleibt eine Woche, vielleicht auch nur noch Tage. Wenn wir kein Gegenmittel finden, wird alles Leben – zumindest alles höhere Leben – ausgelöscht werden.«

»Es freut mich, dass wir einer Meinung sind«, sagte Devesh und neigte vor Henri den Kopf. Dann sah er Lisa an. »Wenn ich Dr. Cummings erst einmal in ihre neue Rolle eingewiesen habe, wird sie ihre Meinung vielleicht revidieren.«

Lisa runzelte die Stirn.

Devesh wandte sich zur Tür. »Zunächst aber müssen wir zu Ihren Freunden im Funkraum gehen. Wir haben ein paar Brände zu löschen.«

07:02
Washington, D. C.

Painter las die Nachrichtenmeldungen, die auf den drei Plasmabildschirmen angezeigt wurden: von Fox, CNN und NBC. Alle Sender berichteten über die Explosion nahe Georgetown.

»Dann ist also alles in Ordnung«, sagte Painter, der hinter dem Schreibtisch stand. Er drückte sich den Hörer ins Ohr. Lisas Stimme klang leise, aber schließlich war sie auch um die halbe Welt unterwegs. »Du hast Jennings von der Forschungsabteilung einen ganz schönen Schrecken eingejagt. Er stand kurz davor, Brandbomben auf die Insel abwerfen zu lassen.«

»Der falsche Alarm tut mir leid«, sagte Lisa. »Das war nichts weiter als eine Laborkontamination. Hier ist alles in Ordnung… soweit man das bei einem Schiff voller Patienten mit Verbrennungen sagen kann. Wir vermuten, dass eine Algenblüte, die als Fireweed bezeichnet wird, der Verursacher ist. Die tritt seit Jahren in diesen Gewässern auf und setzt eine ätzende Dunstwolke frei, die ganze Strände entvölkert. Der Sturm kam dem Zeug sehr gelegen. Sobald die Angelegenheit vollständig geklärt ist, fliege ich mit Monk zurück.«

»Das ist die erste gute Nachricht am heutigen Tag«, sagte Painter.

Sein Blick wanderte zu den Plasmabildschirmen an den Wänden. Darauf waren die Löscharbeiten im Wald hinter der konspirativen Wohnung zu sehen. Von den auf dem Waldweg parkenden Feuerwehrwagen schossen Wasserfontänen in die Luft.

Lisas leise Stimme drang an sein Ohr. »Ich weiß, du bist beschäftigt. Ich melde mich wie abgesprochen in zwölf Stunden wieder.«

»Ist gut. Schlaf ein bisschen. Die Sonnenuntergänge bei euch sind bestimmt wundervoll.«

»Das sind sie. Ich ... ich wünschte, wir könnten sie gemeinsam genießen.«

»Ich auch. Aber du kommst ja bald zurück. Ich muss hier im Moment einen Brand löschen.«

Auf dem Bildschirm gerieten hinter einem abschwenkenden Nachrichtenhelikopter die verkohlten Überreste des Hauses ins Bild. Die Suchmeldung nach den vermeintlichen Brandstiftern war bereits gesendet worden. Reifenspuren im Hof hatten die Polizei zu dem verlassenen Thunderbird geführt, in dem Gray einige Stunden zuvor am Tatort eingetroffen war. Offenbar war er nicht auf die Straße geflüchtet, sondern in den Wald. Aber wohin hatte er sich gewendet? Von Gray, dessen Eltern und der verwundeten Gildenagentin fehlte noch immer jede Spur.

Wo hatte Gray sich versteckt?

»Ich habe hier auch zu tun«, sagte Lisa.

»Brauchst du irgendwas?«

»Nein ...«

Er bemerkte ihr Zögern. »Lisa? Was hast du?«

»Nichts.« Auf einmal klang sie gereizt. »Ich bin einfach nur müde. Du weißt doch, wie ich mich manchmal fühle, wenn ich meine Tage habe.«

Brant, sein Sekretär, kam mit einem Stoß Faxe in der Hand ins Büro gerollt. Crowe fiel der Briefkopf ins Auge. Washington

Police Department. Offenbar der neueste Bericht über den Stand der Nachforschungen in den umliegenden Krankenhäusern. Während er die Papiere von Brant entgegennahm und die erste Zeile las, sagte er: »Dann leg dich hin. Pass auf dich auf, und vergiss nicht, dich mit Sonnencreme einzureiben. Sonst sehe ich demnächst neben deinem Inselsonnenbrand noch aus wie ein Gespenst.«

»Mach ich.« Lisas Stimme war kaum noch zu verstehen. Die Satellitenverbindung war schlecht. Trotzdem hörte er die Enttäuschung aus ihrer Stimme heraus. Er vermisste sie ebenfalls.

»Bis bald«, sagte er. »Wir sprechen uns in zwölf Stunden wieder. Und jetzt leg dich schlafen.«

Die Verbindung brach ab. Er nahm den Ohrhörer heraus und legte ihn auf den Schreibtisch. Anschließend breitete er die Berichte nach ihrer Gewichtung aus. Er würde sie durchlesen und Jennings dann Entwarnung geben.

Zumindest eine Krise war beigelegt.

06:13
Auf hoher See

Lisa senkte den Telefonhörer. Sie hatte heftiges Herzklopfen. Die Leitung war auf ein Zeichen Devesh Patanjalis hin unterbrochen worden. Er stand im Eingang des mit modernsten Geräten ausgestatteten Funkraums und hatte beide Hände auf den Spazierstock gestützt.

Er schüttelte enttäuscht den Kopf.

Lisa hatte ein flaues Gefühl im Magen. Hatte er etwas gemerkt? Sie erhob sich von ihrem Platz an der Seite des Funkers. Einer der Wachposten packte sie beim Ellbogen.

»Sie brauchten sich nur an das Skript zu halten, Dr. Cummings«, sagte Devesh vorwurfsvoll. »Das war eine einfache Bitte, und auf die Folgen, die ein Zuwiderhandeln haben könnte, habe ich Sie klar und deutlich hingewiesen.«

Lisa wurde von Panik erfasst. »Ich … ich habe mich an Ihr Skript gehalten. Ich habe nichts Ungewöhnliches gesagt. Painter glaubt, es sei alles in Ordnung. Wie Sie es gewollt haben.«

»Ja, zum Glück. Aber glauben Sie ja nicht, Ihr Versuch, ihm eine versteckte Botschaft zukommen zu lassen, wäre mir entgangen.«

Ach Gott… Sie hatte es einfach mal darauf ankommen lassen. Sie hätte nicht geglaubt, dass er Verdacht schöpfen würde. »Ich verstehe nicht, was Sie…«

»›Du weißt doch, wie ich mich manchmal fühle, wenn ich meine Tage habe‹«, fiel Devesh ihr ins Wort. »Ihre Tage waren vor zehn Tagen zu Ende, Dr. Cummings.«

Eiseskälte breitete sich in ihr aus.

»Wir besitzen ein umfangreiches Dossier über Sie, Dr. Cummings. Ich habe es gelesen. Und ich besitze ein eidetisches Gedächtnis. Fotografisch, könnte man auch sagen. Ich rate Ihnen, mich nicht noch einmal zu unterschätzen.«

Der Wachposten führte sie hinaus. Sie stolperte neben ihm her.

Es war leichtsinnig gewesen, Painter warnen zu wollen, und sei es auf noch so subtile Art und Weise.

Was habe ich getan?

Auf dem Gang waren weitere wichtige Gefangene aufgereiht: Dr. Lindholm, Ryder Blunt und ein australischer Offizier in blutverschmierter Khakiuniform. Sie alle hatten ihre Dienststellen angerufen und gemeldet, auf der abgelegenen Insel sei alles in Ordnung und unter Kontrolle. Sie hatten die Lage beschönigt und den Entführern somit Zeit verschafft, Abstand zwischen sich und die Insel zu bringen, ehe jemand Verdacht schöpfte.

Doch sie waren nicht allein. Am Ende des Korridors hockten vier Kinder. Jungen und Mädchen, im Alter von sechs bis zehn. Ein Kind für jede Person, die in den Funkraum geschickt worden war. Lisa war ein achtjähriges Mädchen mit großen, mandelförmigen Augen zugeteilt worden, das mit angezogenen Beinen verängstigt am Boden kauerte. Ihr Bruder, der ein paar Jahre älter war, hatte den Arm um sie gelegt.

Der Maori-Anführer näherte sich dem Kind mit gezogener Waffe.

Devesh trat neben ihn, drehte sich zur Gruppe um und stemmte eine Faust in die Hüfte. »Sie alle wurden gewarnt, dass es Folgen haben würde, wenn Sie signifikant vom Skript abweichen und irgendwelche Tricks versuchen würden. Da dies Dr. Cummings erster Fehler war, werde ich jedoch Nachsicht walten lassen.«

»Bitte!«, flehte Lisa. Sie wollte nicht am Tod des Mädchens schuldig sein. Im Funkraum hatte sie rein instinktiv gehandelt. Es war ein dummer Plan gewesen.

Devesh blickte sie an. »Ich stelle es Ihnen frei, Dr. Cummings, anstelle des kleinen Mädchens ein anderes Kind auszuwählen.«

Lisa stockte der Atem.

»Ich bin nicht grausam, nur praktisch. Dies ist eine Lektion, die Sie alle sich zu Herzen nehmen sollten.« Er schwenkte die Hand. »Wählen Sie, Lisa.«

Lisa schüttelte den Kopf. »Das kann ich nicht …«

»Wählen Sie, oder ich lasse sie *alle* erschießen, um Ihnen eine Lektion zu erteilen. Wir stehen vor einer zu großen Aufgabe, als dass ich auch nur den kleinsten Ungehorsam dulden dürfte.«

Auf ein Zeichen des tätowierten Anführers hin zerrte ein Wachposten Lisa vor.

»Entscheiden Sie sich für ein Kind, Dr. Cummings.«

Lisa unterdrückte ein Schluchzen und blickte den vier Kindern ins Gesicht. Keines sprach Englisch, doch sie hatten von ihrer Gewissensqual offenbar etwas mitbekommen, und das machte ihnen Angst. Tränen flossen. Sie drängten sich dichter zusammen.

Lisa fing Deveshs Blick auf. »Bitte, Dr. Patanjali. Das war mein Fehler. Bestrafen Sie mich.«

»Ich glaube, genau darum geht es hier.« Ungerührt erwiderte er ihren Blick. »Und jetzt wählen Sie.«

Lisa musterte die vier Gesichter. Das kleine Mädchen und dessen Bruder konnte sie nicht auswählen. Sie hatte keine Wahl. Mit zitternder Hand zeigte sie auf den ältesten Jungen, einen Zehnjährigen.

Gott sei mir gnädig.

»Sehr schön. Rakao, du weißt, was du zu tun hast.«

Der Maori trat vor den verängstigten Jungen hin, der erwartungsvoll zu ihm hochschaute.

Lisa stöhnte auf. Sie trat einen Schritt vor, wollte ihre Entscheidung rückgängig machen. Ihr Bewacher krallte die Finger um ihren Ellbogen. Ihre Beine zitterten – dann auf einmal war sie auf den Knien, von Angst und Grauen überwältigt.

Der Mann hob die Pistole und zielte auf den Kopf des Jungen.

»Bitte nicht …«, keuchte Lisa.

Er drückte ab – doch der Schuss blieb aus. Der Hahn klickte laut gegen die leere Trommel.

Rakao senkte die Waffe.

In der nachfolgenden Stille ertönte an der anderen Seite des Gangs auf einmal ein gurgelnder Schrei. Dr. Lindholm war auf die Knie gesunken und nahm jetzt eine ähnliche Haltung wie Lisa ein. Er erwiderte ihren Blick, die Augen vor Bestürzung und Schmerz geweitet. Er hatte sich an den Hals gefasst. Zwischen seinen Fingern quoll Blut hervor.

Surina, Deveshs Begleiterin, trat an ihr vorbei. Den Kopf hatte sie demütig geneigt, als habe sie soeben Tee serviert. Ihre Hände waren leer, doch Lisa hatte keinen Zweifel, dass sie dem Arzt die Gurgel durchgeschnitten und den Dolch anschließend ebenso schnell hatte verschwinden lassen, wie sie ihn gezogen hatte.

Lindholm sackte zusammen und kippte auf den Bauch. Blut sickerte in den weichen Teppich und bildete eine Lache. Seine Hand zuckte, dann rührte er sich nicht mehr.

»Du Arschloch …«, knurrte Ryder und wandte sich mit versteinerter Miene ab.

Devesh wandte sich wieder Lisa zu.

»W-warum?«, stotterte sie, innerlich frierend.

»Wie ich schon sagte, Dr. Cummings, unserer Aufmerksamkeit entgeht nichts. Das gilt auch für Dr. Lindholms Fähigkeiten. Oder vielmehr seinen *Mangel* an Fähigkeiten, wenn es um die Forschung und die praktische wissenschaftliche Arbeit ging. Jetzt, da er mit seinem Anruf die WHO beruhigt hat, hat sich sein Daseinszweck erfüllt; ansonsten war er eher eine Belastung als ein Aktivposten. Sein Tod hat wenigstens noch einen Nutzen. Das war eine Demonstration, die Ihnen unter anderem die Folgen des Ungehorsams klarmachen sollte.« Devesh durchbohrte Lisa mit seinem Blick. »Darf ich davon ausgehen, dass Sie sich jetzt über die Folgen im Klaren sind, Dr. Cummings?«

Sie nickte langsam, den Blick auf die Blutlache gerichtet.

»Ausgezeichnet.« Er wandte sich an den Rest der Gruppe. »Dr. Lindholms Tod soll Ihnen außerdem zeigen, um was es bei dieser Unternehmung geht. Ihr aller Leben hängt davon ab, dass Sie sich als nützlich erweisen. So einfach ist das. Wer nicht spurt, der stirbt. Ich empfehle Ihnen, diese Lektion auch Ihren Kollegen zu vermitteln, bevor weitere Demonstrationen notwendig werden.«

Devesh klatschte in die Hände. »Jetzt, da die Unannehmlichkeiten hinter uns liegen, können wir uns der Arbeit zuwenden.« Er deutete auf den Maori-Anführer. »Rakao, bitte führen Sie alle auf ihre Posten. Ich werde Dr. Cummings persönlich zu ihrer Patientin geleiten.«

Rakao steckte die Pistole ins Halfter und teilte seine Männer ein. Devesh geleitete Lisa über den Gang, während die anderen zurückblieben. Sie kam an den vor Schock halb gelähmten Kindern vorbei, die man jetzt hoffentlich zur Kinderbetreuung zurückbringen würde.

Surina, die hinter Lisa und Devesh herging, blieb bei dem Geschwisterpaar stehen. Sie beugte sich auf das Mädchen hinunter, das noch immer in der Umarmung ihres Bruders kauerte. Sie streckte ihm die leere Hand hin; dann schnippte sie mit den Fingern, und auf einmal lag ein in Papier eingewickeltes Bonbon auf ihrer Hand. Das bot sie dem verängstigten Mädchen an, doch das Kind schmiegte sich nur enger an ihren Bruder. Der war eher praktisch veranlagt und schnappte sich die Süßigkeit, als raubte er den Köder einer Mausefalle.

Surina streichelte dem Mädchen über die Wange und richtete sich, umflossen von stickereiverzierter Seide, geschmeidig auf. Ihre Fingerspitzen waren feucht von den Tränen des Mädchens. Lisa fragte sich, ob dies die Hand war, mit der sie Lindholm die Kehle durchgeschnitten hatte. Ihre Miene war undurchdringlich.

Lisa wandte sich ab und folgte Devesh.

Er führte sie zur letzten Großkabine in der Reihe und öffnete die Tür mit der Schlüsselkarte. Wieder eine Suite. Im Vorraum waren zahlreiche technische Geräte gestapelt. Ohne sie zu beachten trat Devesh ins angrenzende Schlafzimmer.

Lisa folgte ihm auf den Fersen.

Auf dem Bett lag unter einem Isolierzelt eine bekannte Person:

eine von Überwachungsmonitoren umstellte Frau mit kurz geschorenem blonden Haar. Lisa hatte bereits die fahrbare Trage im Wohnzimmer bemerkt. Das war die Frau, die man aus dem Helikopter ausgeladen hatte. Ihr ganzes Gesicht war hinter einer Sauerstoffmaske versteckt.

Die beiden Krankenpfleger, welche die Patientin hierhergebracht hatten, waren damit beschäftigt, sie mit den Überwachungsgeräten zu verkabeln. Lisa erfasste alles auf den ersten Blick: Elektronenenzephalograf, EKG-Gerät, ein Doppler-Blutdruckmonitor. Ein dicker Schlauch führte von der Brust der Patientin zu einem Infusionsbeutel. Einer der Männer fixierte gerade einen Urinkatheter.

Devesh deutete auf die Frau auf dem Bett. »Ich möchte Ihnen Dr. Susan Tunis vorstellen, Meeresbiologin aus Queensland. Eine der ersten Personen, die mit den toxischen Cyanobakterien in Berührung kamen. Ich glaube, ein anderes Mitglied der Gruppe haben Sie bereits kennengelernt. Ich spreche von John Doe, der unten auf der Isolierstation liegt.«

Lisa verharrte bei der Tür, denn sie war nach Dr. Lindholms kaltblütiger Ermordung noch immer ganz benommen und hatte keine Ahnung, weshalb man sie hierhergebracht hatte. Selbst wenn dies eines der ersten Opfer war, was ging sie das an? Schließlich war sie weder Virologin noch Bakteriologin.

»Ich verstehe nicht«, tat sie ihre Verwirrung kund. »Es gibt an Bord qualifiziertere Ärzte als mich.«

Devesh winkte ab. »Um die medizinischen Bedürfnisse der Patientin kümmern sich die Techniker.«

Lisa runzelte die Stirn. »Aber warum …?«

»Dr. Cummings, Sie sind eine hervorragende Physiologin mit beträchtlicher praktischer Erfahrung. Vor allem aber haben Sie sich in der Vergangenheit bei Sigma ausgesprochen erfinderisch gezeigt. Ihr Innovationsgeist und Ihre Erfahrung werden hier gebraucht. Sie werden mir persönlich zuarbeiten. Und zwar bei diesem Fall.«

»Warum sie? Warum gerade dieser Fall?«

»Weil diese Patientin der Schlüssel zu allem ist.« Devesh sah auf die Frau. Zum ersten Mal verengten sich vor Sorge seine Augen.

»Sie birgt ein Rätsel, das weit in die Vergangenheit zurückreicht, bis zu Marco Polo und seiner Reise, die ihn auch durch diese Gewässer geführt hat ... und zu einem noch größeren Geheimnis.«

»Marco Polo? Der Forscher?«

Devesh schwenkte die Hand. »Wie ich bereits sagte, die Verfolgung dieser Spur sollten wir einer anderen Abteilung der Gilde überlassen.« Er nickte zu der Kranken hin. »Im Mittelpunkt unserer Anstrengungen, aller Forschungsarbeit, die hier an Bord geleistet wird, und aller zukünftigen Opfer steht diese Frau.«

»Ich verstehe noch immer nicht. Warum ist sie so wichtig?«

Devesh senkte die Stimme. »Diese Frau ... verwandelt sich. Genau wie die Bakterien. Das Judas-Virus wächst in ihr heran.«

»Aber ich dachte, das Virus infiziert keine menschlichen Zellen.«

»Das tut es auch nicht. In ihr wächst etwas anderes heran.«

»Wie bitte?«

Devesh sah Lisa direkt in die Augen. »Es brütet etwas aus.«

Inkubation

7
Von einer unerzählten Reise

6. Juli, 06:41
Istanbul

In weniger als einem Tag war Gray um die halbe Erdkugel gereist – und in einer anderen Welt gelandet. Von den Minaretten der zahllosen Istanbuler Moscheen rief der Muezzin zum Morgengebet. Die aufgehende Sonne warf lange Schatten und ließ die zahlreichen Kuppeln und Türme aufflammen.

Von dem Dachrestaurant, in dem er zusammen mit Seichan und Kowalski wartete, hatte Gray freie Sicht nach allen Seiten. Alle drei wirkten bedrückt. Sie litten unter dem Jetlag und waren gereizt. Der dumpfe Kopfschmerz hinter Grays Augen rührte allerdings vor allem von seinen Sorgen her. Verfolgt von Killern, gejagt von der eigenen Regierung, waren ihm Zweifel an seiner gegenwärtigen Allianz gekommen.

Und jetzt auch noch diese geheimnisvolle Einladung nach Istanbul. Was sollte er hier? Das ergab keinen Sinn. Seichan stand ebenfalls vor einem Rätsel. Sie träufelte Honig in ihre Teetasse mit Goldrand. Der Ober, bekleidet mit einer traditionellen, mit blauen und goldenen Stickereien verzierten Weste, erbot sich, Gray nachzuschenken.

Er schüttelte den Kopf; vom vielen Koffein hatte er schon Ohrensausen.

Kowalski sprach der Ober gar nicht erst an. Der Hüne – bekleidet mit Jeans, schwarzem T-Shirt und langem grauem Mantel – hatte den Tee ausgelassen und sich gleich über das Dessert hergemacht. Er trank gekühlten Brandy, der hier *rakı* genannt wurde. »Schmeckt wie Lakritze mit Asphalt«, hatte er gemeint und angewidert den Mund verzogen, doch jetzt war er schon beim zweiten Glas angelangt. Außerdem hatte er das Büfett entdeckt und sich

Butterbrote mit Oliven, Gurken und Käse sowie ein halbes Dutzend hart gekochte Eier einverleibt.

Gray hatte keinen Appetit. Er hatte zu viele Sorgen und zu viele Fragen. Er erhob sich und trat an das Mäuerchen der Dachterrasse, wobei er darauf achtete, im Schatten eines Sonnenschirms zu bleiben. In Istanbul herrschte eine Gluthitze, und es stand unter ständiger Satellitenüberwachung. Gray fragte sich, ob sein Foto nicht schon vom Gesichtserkennungsprogramm irgendeines Geheimdienstes analysiert wurde.

Waren Sigma oder die Gilde ihm dicht auf den Fersen?

Seichan trat neben ihn und stellte ihre Teetasse auf dem gefliesten Mäuerchen ab. Sie hatte den ganzen Flug über im Liegesessel der ersten Klasse geschlafen. Jetzt hatte sie wieder etwas Farbe, doch sie humpelte noch immer, da die Verletzung ihr Schmerzen bereitete. Im Flugzeug hatte sie sich umgezogen und trug jetzt eine bequeme khakifarbene Hose und eine weite mitternachtsblaue Bluse. Die Motorradstiefel von Versace hatte sie anbehalten.

»Warum hat Monsignor Verona uns hierher nach Istanbul bestellt, was meinen Sie?«, fragte sie.

Gray lehnte sich mit der Hüfte gegen die Mauer. »Ach? Dann reden wir jetzt also miteinander?«

Sie verdrehte andeutungsweise die Augen. Seit ihrem kurzen Aufenthalt im Krankenhaus von Georgetown hatte sie keine weiteren Erklärungen abgegeben. Dazu hatten sie auch keine Zeit gehabt. Unterwegs hatte sie einen kurzen Anruf gemacht. Beim Vatikan. Gray hatte der Unterhaltung gelauscht. Vigor hatte ihren Anruf anscheinend erwartet und war nicht sonderlich überrascht gewesen, als er erfuhr, dass Gray bei ihr war.

»Das hat sich bereits herumgesprochen«, hatte der Monsignore erklärt. »Interpol, Europol, alle suchen nach Ihnen. Ich nehme an, Sie waren es, die mir die kleine Nachricht im Turm der Winde hinterlassen hat.«

»Sie haben die Inschrift entdeckt.«

»Ja.«

»Sie haben die Schrift erkannt.«

»Natürlich.«

Seichan hatte erleichtert gewirkt. »Dann müssen wir uns beeilen. Viele Menschenleben sind in Gefahr. Wenn Sie Ihre Ressourcen bündeln und herausfinden, was ...«

»Ich weiß, was die Inschrift bedeutet, Seichan«, fiel Vigor ihr tadelnd ins Wort. »Und ich weiß, welche Folgerungen sich daraus ergeben. Wenn Sie mehr wissen wollen, sollten Sie beide sich mit mir in Istanbul im Hotel Ararat treffen. Ich werde morgen um sieben dort sein. Im Dachrestaurant.«

Nach dem Anruf hatte Seichan sich eilig falsche Papiere besorgt und einen Flug gebucht. Gray hatte sie versichert, die Gilde wisse nichts von ihren Kontakten. »Jemand war mir noch was schuldig.«

Als Seichan ihm das Gesicht zuwandte und vor Schmerzen zusammenzuckte, kehrte er in die Gegenwart zurück. Mit dem Ellbogen stieß sie gegen die Teetasse. Gray fing sie auf, bevor sie auf die Straße fallen konnte. Seichan musterte die Tasse leicht beunruhigt. Vermutlich war sie eine solche Ungeschicklichkeit nicht gewohnt, denn sie hatte sich stets unter Kontrolle.

Im nächsten Moment verhärtete sich ihr Blick wieder.

»Ich weiß, ich habe Sie im Ungewissen gelassen«, sagte sie. »Sobald Monsignor Verona eingetroffen ist, werde ich alles erklären.« Sie nickte. »Aber was ist mit Ihnen? Haben Sie bezüglich der Inschrift auf dem Obelisken Fortschritte gemacht?«

Er zuckte mit den Schultern und tat so, als wüsste er etwas.

Sie musterte ihn forschend – dann seufzte sie. »Na schön.«

Sie ging zurück zum Tisch.

Seichan hatte Gray Fotos und eine Kopie der Engelschrift zur Verfügung gestellt. Auf dem Herweg hatte er versucht, den Code der Inschrift zu entschlüsseln, doch es gab einfach zu viele Variablen. Er brauchte mehr Informationen. Außerdem vermutete Gray, dass er den Inhalt der Botschaft schon kannte: *Öffne den Obelisken und finde den darin verborgenen Schatz.*

Das hatten sie bereits getan.

Gray trug das silberne Kruzifix an einer Schnur um den Hals. Er hatte es bereits untersucht. Es war sehr alt und wies starke Gebrauchsspuren auf. Unter dem Vergrößerungsglas war keine Inschrift zu erkennen gewesen, nicht der geringste Hinweis, der

Seichans wilde Behauptung bestätigt hätte, das Kreuz habe einmal dem Beichtvater des Weltreisenden und Forschers Marco Polo gehört.

Gray, der allein am Geländer stehen geblieben war, betrachtete die trotz der frühen Tageszeit bereits betriebsame Stadt. Die Straßen wimmelten von Bussen, Autos und Fußgängern. Das Hupen übertönte die Rufe der fliegenden Händler und das unaufhörliche Geplapper der Touristen, die schon auf den Beinen waren.

Er musterte die unmittelbare Umgebung, hielt Ausschau nach einer Bedrohung oder verdächtigen Personen. Hatten sie Nasser abgeschüttelt? Nachdem sie um die halbe Welt gereist waren, war Seichan in dieser Beziehung ganz zuversichtlich. Gray aber war entschlossen, in seiner Wachsamkeit nicht nachzulassen. Auf dem Hof des Hotels erhoben sich zwei Männer von ihren Gebetsteppichen und verschwanden im Hotel. Ein Kind planschte selbstvergessen im Springbrunnen der Lobby.

Gray ließ den Blick ein wenig höher schweifen. Das Hotel Ararat lag mitten in der Istanbuler Altstadt, dem Sultanahmet-Viertel. Bis ans Meer ragten historische Gebäude wie Inseln aus dem Straßengewirr hervor. Dem Hotel unmittelbar gegenüber leuchteten die prächtigen Kuppeln der Blauen Moschee unter dem wolkenlosen Himmel. Ein Stück weiter die Straße entlang war eine mächtige byzantinische Kirche halb unter einem schwarzen Baugerüst verschwunden. Es sah aus, als wollten die Metallstreben das Gebäude an den Busen der Erde hinunterziehen. Und noch ein Stück weiter lag inmitten von Höfen und Gärten der Topkapi-Palast.

Gray spürte das Gewicht dieser großartigen architektonischen Meisterwerke und Geschichtsmonumente. Unbewusst betastete er das Kreuz an seinem Hals. Es stammte ebenfalls aus einer fernen Vergangenheit und war aufgeladen mit Geschichte. Was aber hatte es mit der globalen Bedrohung zu tun, von der Seichan gesprochen hatte? Ein Kreuz, das früher einmal Marco Polos Beichtvater gehört hatte?

»He, Ali Baba!«, rief hinter ihm Kowalski. »Noch ein Glas von diesem Lakritzgesöff.«

Gray stöhnte unterdrückt.

»Das nennt man *rakı*«, mischte sich jemand ein.

Gray drehte sich um. Eine bekannte und hochwillkommene Gestalt trat aus dem schattigen Treppenhaus auf die Dachterrasse. Monsignor Verona sprach den Ober höflich auf Türkisch an. »*Bir şişe rakı lütfen.*«

Der Ober nickte und entfernte sich lächelnd.

Vigor näherte sich dem Tisch. Gray fiel auf, dass er diesmal keinen Priesterkragen trug. Offenbar reiste der Monsignore inkognito. Ohne den Kragen wirkte der sechzigjährige Vigor um zehn Jahre verjüngt. Vielleicht lag es aber auch an seiner lässigen Kleidung: Bluejeans, Wanderstiefel und ein schwarzes Hemd mit aufgekrempelten Ärmeln. Außerdem hatte er einen alten Rucksack dabei. Er machte den Eindruck, als sei er bereit, den Berg zu erklimmen, nach dem das Hotel Ararat benannt war, und sich auf die Suche nach der Arche Noah zu machen.

Vielleicht hatte der Monsignore diese Bergtour tatsächlich schon einmal gemacht.

Vor seiner Ernennung zum Vorsteher des Vatikanischen Geheimarchivs war Vigor als Archäologe für den Heiligen Stuhl tätig gewesen. Diese Stellung hatte es ihm erlaubt, dem Vatikan auch noch auf andere Weise zu dienen. Getarnt als Archäologe, hatte er ungehindert und ausgiebig reisen und geheimdienstlich für den Heiligen Stuhl arbeiten können.

Außerdem hatte Vigor in der Vergangenheit auch schon für Sigma gearbeitet.

Jetzt wurde sein Sachverstand anscheinend wieder gebraucht.

Vigor ließ sich mit einem gedehnten Seufzer auf dem Stuhl nieder. Der Ober brachte ihm eine dampfende Tasse Tee.

»*Teşekkürler*«, bedankte sich Vigor.

Als der Ober sich entfernte, straffte sich Kowalski und blickte zwischen seinem leeren Glas und der perlenverzierten Weste des Obers hin und her. Dann sackte er in sich zusammen und fluchte verhalten über den schlechten Service.

»Commander Pierce, Seichan«, setzte Vigor an. »Ich danke Ihnen, dass Sie meiner Bitte nachgekommen sind. Und Ihnen auch, Marineobergefreiter Joe Kowalski. Es freut mich, Ihre Bekanntschaft zu machen.«

Weitere Freundlichkeiten wurden ausgetauscht. Zögernd erwähnte Vigor seine Nichte Rachel. Rachel und Gray hatten sich in beiderseitigem Einvernehmen getrennt, doch Vigor war seiner Nichte gegenüber noch immer ausgesprochen fürsorglich. Nicht dass sie auf seine Rücksichtnahme angewiesen gewesen wäre. Rachel machte sich gut als Leutnant der italienischen Carabinieri und hatte kürzlich sogar eine Gehaltserhöhung bekommen.

Gleichwohl war Gray erleichtert, als Seichan sich einmischte. »Monsignor Verona, weshalb haben Sie uns nach Istanbul kommen lassen?«

Vigor hob beschwichtigend die Hand und trank einen Schluck Tee, dann setzte er die Tasse sorgsam ab. »Ja, dazu kommen wir noch. Zuvor aber möchte ich zwei Dinge klarstellen. Erstens komme ich mit, ganz gleich, wohin diese Unternehmung uns führt.« Er sah Gray entschlossen in die Augen – dann fasste er Seichan in den Blick. »Der zweite Punkt ist nicht weniger wichtig. Ich möchte wissen, was das alles mit unserem berühmten venezianischen Forscher Marco Polo zu tun hat.«

Seichan zuckte zusammen. »Woher wissen Sie … Marco Polo habe ich doch mit keinem Wort erwähnt.«

Ehe Vigor antworten konnte, kam der Ober zurück. Kowalski blickte ihm erwartungsvoll entgegen. Seine Augen weiteten sich noch mehr, als der Ober eine Flasche *rakı* vor den ehemaligen Seemann hinstellte.

»Ich habe Ihnen einen halben Liter bestellt«, erklärte Vigor.

Kowalski beugte sich vor und drückte Vigor den Arm. »Padre, Sie haben was bei mir gut.«

Gray wandte sich an Seichan. »Also, was hat das alles mit Marco Polo zu tun?«

Mitternacht
Washington, D. C.

Die schwarze BMW-Limousine bog vom Dupont Circle ab und glitt durch die dunkleren Nebenstraßen. Die Xenonscheinwerfer warfen einen bläulichen Lichtkeil auf die Ulmenallee. Apartmenthäuser säumten die Straße, ein urbaner Cañon.

Dieser Cañon war ganz anders als die Schluchten, die Nasser von seiner Heimat her kannte, wo Ziegen umherstreiften und die afghanischen Nomadenstämme in Höhlen und Tunneln Zuflucht fanden. Doch auch dieses Land war nicht seine wahre Heimat. Sein Vater war aus Kairo fortgegangen, als Nasser acht gewesen war. Nach der Befreiung Afghanistans von den Russen hatte er sich denen anschließen wollen, deren Ziel ein reiner Islam war. Auch Nassers jüngeren Bruder und seine Schwester hatte er dorthin verschleppt. Am Vorabend seiner Abreise hatte sein Vater seine Mutter mit Nassers Schulhalstuch erdrosselt. Seine Mutter hatte Ägypten nicht verlassen und nicht für immer unter einer Burka verschwinden wollen. Ihre Einwände waren jedoch auf taube Ohren gestoßen.

Die Kinder hatten demütig kniend mit ansehen müssen, wie die Augen ihrer Mutter hervorquollen und ihre Zunge anschwoll, ermordet von der Hand ihres eigenen Ehemanns.

Diese Lektion hatte Nasser nie mehr vergessen.

Man musste einen kühlen Kopf bewahren. Unter allen Umständen.

Die Xenonscheinwerfer schwenkten um eine Ecke. Nasser, der auf dem Beifahrersitz saß, zeigte auf die Mitte des Wohnblocks. »Halten Sie hier an.«

Der Fahrer, dessen gebrochene Nase nach der gescheiterten Entführung verbunden war, hielt am Bordstein. Nasser wandte sich zum Rücksitz um. Zwei Personen saßen dicht beieinander.

Annishen, ganz in Schwarz gekleidet, verschmolz beinahe mit dem Lederpolster. Sie hatte sich sogar eine Kapuze über den rasierten Schädel gezogen, was ihr ein mönchisches Aussehen verlieh. Ihre Augen funkelten in der Dunkelheit. Einen Arm hatte sie um ihren Sitznachbarn gelegt, was wie eine intime Umarmung wirkte.

Der Mann wimmerte trotz des Knebels. Eine Gesichtsseite und der Hals waren blutverkrustet. In den gefesselten Händen, die er zwischen die Knie geklemmt hatte, hielt er sein rechtes Ohr. Nasser war in einer Rotationskartei auf seinen Namen gestoßen.

Ein Arzt.

»Sind wir hier richtig?«, fragte Nasser.

Der Mann nickte heftig und kniff die Augen zusammen, nachdem er die Adresse bestätigt hatte.

Nasser musterte die Lobby des Gebäudes. Hinter einem Schreibtisch stand ein Wachmann. Über der Tür aus kugelsicherem Glas war eine Überwachungskamera angebracht. Nasser fuhr mit dem Daumen über die Schlüsselkarte in seiner Hand, ein Geschenk des Arztes.

Es hatte einen ganzen Tag gedauert, bis Nasser die Fährte des Amerikaners und der verräterischen Gildenagentin wiedergefunden hatte. Gestern Nacht hatte er das kleine Haus in der Nähe des Takoma-Parks durchsucht. In der Garage hatte er Seichans beschädigtes Motorrad gefunden, das war auch schon alles. Vom Obelisken war nur ein Splitter ägyptischen Marmors in der Einfahrt zurückgeblieben.

Im Haus aber war Allah ihm wieder gnädig gewesen.

Nasser hatte eine Rotationskartei entdeckt.

Mit den Namen mehrerer Ärzte.

Er hatte einen Tag gebraucht, um den richtigen zu finden.

Er wandte den Kopf.

»Ich danke Ihnen, Dr. Corrin. Sie haben mir wertvolle Anhaltspunkte gegeben.«

Nasser brauchte Annishen nicht einmal zuzunicken. Ihr Messer glitt zwischen Corrins Rippen und drang bis zum Herzen vor. Nasser hatte Annishen diese Mossad-Technik gelehrt. Er selbst hatte sie bislang nur einmal angewendet.

Als sich sein Vater zum Gebet niederkniete.

Mit kindlichen Rachegelüsten hatte das nichts zu tun gehabt. Es war eine Frage der Gerechtigkeit gewesen.

Nasser öffnete die Wagentür. Er stand in der Schuld seines Vaters – und sei es einzig und allein wegen der Lektion, die dieser ihm als Achtjährigem erteilt hatte, als er vor seiner erdrosselten Mutter kniete.

Diese Lektion würde ihm auch heute wieder von Nutzen sein.

Einen kühlen Kopf bewahren. Unter allen Umständen.

Nasser stieg aus und öffnete die Hintertür. Annishen setzte die Füße auf den Boden und erhob sich vom knisternden schwarzen Leder, bekleidet mit einer italienischen Kalbslederjacke und einem Kostüm aus dunklem Velours, das zu seinem Armani-Anzug passte. Nicht ein Tropfen Blut war auf ihre Kleidung gespritzt, ein weiterer Beleg für ihre Könnerschaft. Er legte ihr den Arm um die Taille und schloss die Tür.

Sie lehnte sich an ihn. »Die Nacht fängt gerade erst an«, flüsterte sie mit einem wohligen Seufzer.

Er zog sie fester an sich. Ein Liebespaar, das von einem Abendessen zurückkam.

Es war immer noch sommerlich schwül, doch die Lobby war klimatisiert. Als er Dr. Corrins Schlüsselkarte durch den Schlitz des Lesegeräts zog, öffneten sich die Türen. Der Wachmann blickte von seinem Schreibtisch auf.

Nasser nickte ihm zu und wandte sich zu den Aufzügen. Mit einem perlenden Lachen schmiegte Annishen sich an ihn, als könnte sie es gar nicht erwarten, ins Bett zu kommen. Ihre Hand näherte sich der Glock in seinem Hüfthalfter.

Bloß für den Fall des Falles …

Der Wachmann aber nickte ihnen lediglich zu, murmelte »Guten Abend« und wandte sich wieder der vor ihm liegenden Zeitschrift zu.

Kopfschüttelnd trat Nasser vor den Lift hin. Typisch. Die Sicherheitsvorkehrungen hier in Amerika waren mehr Schau als sonst was.

Er drückte die Ruftaste.

Kurz darauf standen Nasser und Annishen vor dem Apartment Nummer 512. Mit der Schlüsselkarte entriegelte er die Tür. Die Kontrollleuchte wechselte von Rot zu Grün.

Er blickte Annishen an. Ihre Augen funkelten, denn das vergossene Blut hatte sie in Erregung versetzt.

»Wir brauchen mindestens einen lebend«, sagte er warnend.

Sie schnitt eine Grimasse und zog die Waffe.

Mit dem Zeigefinger drückte Nasser die Klinke nach unten. Die Scharniere waren gut geölt. Die Tür öffnete sich völlig lautlos. Er trat als Erster ein und glitt in die marmorgeflieste Diele. Aus dem weiter hinten gelegenen Schlafzimmer fiel Licht.

Unmittelbar hinter der Tür verharrte Nasser.

Eins seiner Augen verengte sich.

Die Luft war zu unbewegt. Es war zu still. Eigentlich brauchte er nicht mehr weiterzugehen. Er hielt den Atem an. Die Wohnung war leer.

Trotzdem bedeutete er Annishen, die eine Seite zu übernehmen. Er selbst übernahm die andere. Kurz darauf hatten sie alle Räume durchsucht und sogar in die Schränke geschaut.

Es war niemand da.

Annishen stand im Schlafzimmer. Das Bett war gemacht und wirkte unbenutzt. »Der Arzt hat uns angelogen«, sagte sie gereizt, aber mit respektvollem Unterton. »Hier sind sie nicht.«

Nasser kniete im Bad. Er hatte auf dem Boden einen Gegenstand bemerkt, der unter den Toilettentisch aus Kirschbaumholz gerollt war.

Er hob ihn auf.

Ein rotes Medikamentenfläschchen. Leer.

Er warf einen Blick aufs Etikett. Der Name des Patienten lautete Jackson Pierce.

»Sie waren hier«, murmelte er gepresst und richtete sich auf.

Dr. Corrin hatte nicht gelogen. Er hatte ihnen die Wahrheit gesagt – oder das, was er für die Wahrheit gehalten hatte.

»Sie sind weitergezogen«, sagte er und ging zurück ins Schlafzimmer.

Er ballte die Hand um das Fläschchen zur Faust und schluckte seine Verärgerung hinunter. Commander Pierce hatte ihn schon wieder reingelegt. Erst mit dem Obelisken, jetzt mit der Verlegung seiner Eltern.

»Was nun?«, fragte Annishen.

Er reckte das Tablettenfläschchen.

Ihre letzte Chance.

07:30
Istanbul

»Vorweg erst mal eine Frage«, sagte Seichan. »Was wissen Sie über Marco Polo?«

Sie hatte eine blau getönte Sonnenbrille aufgesetzt. Die Sonne stand inzwischen so hoch, dass ein Teil des Dachrestaurants in blendende Helligkeit getaucht war. Sie hatten an einem ruhigen Ecktisch unter einem Sonnenschirm Platz genommen.

Gray bemerkte das Zögern in ihrer Stimme – und vielleicht auch einen Anflug von Erleichterung. Sie schwankte zwischen dem Wunsch, ihr Wissen für sich zu behalten, und dem Drang, sich von dieser Bürde zu befreien.

»Polo hat im dreizehnten Jahrhundert gelebt und war Entdecker«, antwortete Gray. Auf dem Herflug hatte er einiges über den Mann gelesen. »Zusammen mit seinem Vater und seinem Onkel verbrachte Marco zwanzig Jahre als Ehrengast des mongolischen Kaisers Kublai Khan in China. Nach der Rückkehr nach Italien im Jahre 1295 erzählte Marco seine Reiseerlebnisse dem französischen Schriftsteller Rustichello, der sie niederschrieb.«

Marco Polos Buch *Die Beschreibung der Welt* wurde in Europa auf Anhieb ein großer Erfolg. Seine fantastischen Erzählungen von den unermesslichen, menschenleeren Wüsten Persiens, den wimmelnden Städten Chinas, weit entfernten, von nackten Götzenanbetern und Zauberern bewohnten Ländern und von Kannibalen und exotischen Tieren bevölkerten Inseln eroberten den ganzen Kontinent. Das Buch beflügelte die Fantasie Europas. Selbst Christoph Columbus hatte es bei seiner Entdeckungsreise in die Neue Welt dabei.

»Aber was hat das mit den derzeitigen Entwicklungen zu tun?«, schloss Gray.

»Sehr viel«, antwortete Seichan und ließ den Blick über die Anwesenden schweifen.

Vigor trank einen Schluck Tee. Kowalski hatte das Kinn auf die Hand gestützt und tat gelangweilt, doch Gray entging nicht, dass er aufmerksam bei der Sache war. Vermutlich war auch in seiner Persönlichkeit der eine oder andere ungehobene Schatz verborgen. Zerstreut verfütterte er ein paar Krümel Teegebäck an die Spatzen.

Seichan fuhr fort: »Marco Polos Erzählungen waren nicht so eindeutig, wie die meisten Leute glaubten. Der Originaltext existiert nicht mehr, nur Abschriften von Abschriften sind erhalten. Und die zahlreichen Übersetzungen und Bearbeitungen weisen erhebliche Unterschiede auf.«

»Ja, davon habe ich gelesen«, unternahm Gray den Versuch, die Unterhaltung zu beschleunigen. »Es gibt so viele Unvereinbarkeiten, dass ich mich frage, ob Marco Polo überhaupt existiert hat oder ob er nicht nur die Erfindung eines französischen Schriftstellers ist.«

»Er hat existiert«, erklärte Seichan mit Nachdruck.

Vigor nickte. »Ich kenne die Argumente, die gegen Marco Polo vorgebracht wurden. Seine Schilderungen Chinas weisen erhebliche Lücken auf.« Der Monsignore hob die Tasse. »Zum Beispiel wurde die Teeleidenschaft des Fernen Osten nicht erwähnt. Dieses Getränk war in Europa damals noch unbekannt. Das gilt auch für die Praxis des Fußbindens und den Gebrauch von Essstäbchen. Marco erwähnt nicht einmal die Chinesische Mauer. Das sind bedeutsame Auslassungen, die Anlass zu Skepsis geben. Viele Dinge aber schildert er durchaus zutreffend, zum Beispiel die Herstellung von Porzellan, das Heizen mit Kohle und den Gebrauch von Papiergeld.«

Der Monsignore war sich seiner Sache anscheinend sicher. Vielleicht ging ja der Nationalstolz des Italieners mit ihm durch, doch Gray spürte, dass seine Gewissheit tiefer gründete.

»Wie dem auch sei«, meinte er, »was geht uns das an?«

»In sämtlichen Ausgaben von Polos Buch gibt es noch eine weitere bedeutsame Auslassung«, sagte Seichan. »Sie betrifft Marcos Rückkehr nach Italien. Kublai Khan gab den Polos eine Eskorte mit, die eine mongolische Prinzessin namens Kokejin zu ihrem Verlobten nach Persien geleiten sollte. Für diese große Unternehmung stellte der Khan vierzehn große Dschunken und über sechshundert Männer zur Verfügung. Als sie jedoch in Persien eintrafen, hatten nur *zwei* Schiffe und ganze *achtzehn* Männer die Reise überstanden.«

»Wie ist es den anderen ergangen?«, brummte Kowalski.

»Das hat Marco Polo für sich behalten. Der französische Schriftsteller Rustichello deutet im Vorwort des berühmten Buches an, bei den südasiatischen Inseln habe sich eine Tragödie ereignet. Einzelheiten nennt er jedoch nicht. Noch auf dem Totenbett weigerte sich Marco Polo, darüber zu sprechen.«

»Und das ist verbürgt?«, fragte Gray.

»Dieses Geheimnis wurde nie gelüftet«, antwortete Vigor. »Die meisten Historiker nahmen an, dass die Leute entweder einer Krankheit erlegen sind oder von Piraten getötet wurden. Sicher ist nur, dass Marcos Schiffe sich fünf Monate lang bei den indonesischen Inseln aufgehalten haben und dass anschließend nur noch ein kleiner Rest der ursprünglichen Flotte intakt war.«

»Aber welchen Grund gab es, ein solch dramatisches Ereignis unerwähnt zu lassen?«, hakte Seichan nach. »Weshalb hat er das Geheimnis mit ins Grab genommen?«

Gray wusste darauf keine Antwort. Die Ungewissheit hatte bei ihm jedoch quälende Sorge zur Folge. Er straffte sich ein wenig. Er hatte bereits eine Ahnung, worauf das hinauslaufen mochte.

Vigors Miene hatte sich ebenfalls verdüstert. »Sie wissen, was auf diesen Inseln geschehen ist, nicht wahr?«

Seichan neigte bestätigend den Kopf. »Die erste Ausgabe von Marco Polos Buch war auf Französisch verfasst. Zu Marcos Lebzeiten gab es jedoch Bestrebungen, Bücher auch auf Italienisch herauszugeben. Dafür setzte sich maßgeblich ein berühmter Zeitgenosse Marco Polos ein.«

»Dante Alighieri«, sagte Vigor.

Gray blickte den Monsignore an.

»Dantes *Göttliche Komödie* einschließlich des berühmten *Inferno*«, erklärte Vigor, »war das erste auf Italienisch verfasste Buch. Selbst die Franzosen gaben dem Italienischen den Spitznamen die *Sprache Dantes*.«

Seichan nickte. »Diese Revolution ging auch an Marco nicht spurlos vorüber. Historischen Dokumenten zufolge ließ er eine französische Ausgabe seines Buchs in seine Muttersprache übersetzen, um seinen Landsleuten den Zugang zu erleichtern. Bei dieser Gelegenheit ließ er auch eine geheime Kopie für sich selbst anfertigen. In diesem Buch berichtete er, was mit der Flotte des Khans geschehen ist. Er enthüllte das Geheimnis.«

»Ausgeschlossen«, murmelte Vigor. »Wie wäre zu erklären, dass niemand von diesem Buch weiß? Wo wurde es die ganze Zeit über aufbewahrt?«

»Zunächst auf dem Familiensitz der Polos. Zuletzt an einem besonders sicheren Ort.« Seichan musterte Vigor herausfordernd.

»Sie meinen doch nicht etwa …?«

»Die Polos sind auf Befehl Papst Gregors in den Fernen Osten gereist. Manche Forscher vertreten die Ansicht, Marcos Vater und sein Onkel seien die ersten vatikanischen Spione gewesen und hätten den Auftrag gehabt, als Doppelagenten die mongolischen Streitkräfte auszuspionieren. Dann wären sie die eigentlichen Begründer der Institution, der auch Sie einmal angehört haben, Monsignor Verona.«

Vigor ließ sich zurücksinken und hing einen Moment seinen Gedanken nach. »Das geheime Tagebuch wurde im Vatikanischen Archiv entdeckt«, murmelte er schließlich.

»Dort blieb es Jahrhunderte lang unbeachtet. Offiziell galt es als weitere Ausgabe von Marco Polos Buch. Man musste schon genau hinsehen, um zu bemerken, dass gegen Ende des Buchs ein Kapitel eingeschoben war.«

»Die Gilde ist im Besitz dieser Fassung?«, fragte Gray. »Und hat etwas Bedeutsames in Erfahrung gebracht?«

Seichan nickte.

Gray zog die Stirn kraus. »Aber wie hat die Gilde diesen geheimen Text in ihren Besitz gebracht?«

Seichan nahm die Sonnenbrille ab und sah ihm vorwurfsvoll in die Augen. »Sie selbst haben es ihr überlassen, Gray.«

07:18

Vigor sah das Entsetzen im Gesicht des Commanders.

»Was zum Teufel reden Sie da?«, sagte Gray.

Vigor entging auch nicht die in den smaragdgrünen Augen der Gildenagentin aufblitzende Genugtuung. Offenbar bereitete es ihr Vergnügen, ihn zu verspotten. Gleichwohl wirkte ihr Gesicht hager und bleich. Sie hatte Angst.

»Wir sind alle mit schuld daran«, sagte Seichan und nickte zu Vigor hin.

Vigor hielt seine Emotionen im Zaum, denn er wollte bei diesem Spielchen nicht mitmachen. Er war schon zu alt, um sich so leicht aus der Fassung bringen zu lassen. Außerdem hatte er bereits begriffen, worauf Seichan hinauswollte.

»Das Zeichen des Drachenordens«, sagte er. »Sie haben es auf den Boden gemalt. Ich dachte, das sei eine an mich gerichtete Warnung, eine Aufforderung, die Engelschrift zu untersuchen.«

Seichan nickte und lehnte sich zurück. Seinem Blick entnahm sie, dass er begriffen hatte.

»Doch da steckte mehr dahinter«, fuhr er fort. Er dachte an den Mann, der vor ihm dem Vatikanischen Geheimarchiv vorgestanden hatte: Dr. Alberto Menardi, ein Verräter, der im Dienst des Drachenordens gestanden hatte. Während seiner Amtszeit hatte er zahlreiche Schriften aus dem Archiv verschwinden lassen und in die Privatbibliothek einer Burg in der Schweiz geschafft. Gray, Seichan und Vigor waren an der Enttarnung des Mannes und der Vernichtung dieser Sekte des Drachenordens beteiligt gewesen. Die Burg war in den Besitz der Veronas übergegangen, eine verfluchte Besitzung mit einer langen, blutigen Geschichte.

»Albertos Bibliothek, die in der Burg untergebracht war«, sagte Vigor. »Als uns die Polizei nach all dem Blutvergießen und dem Grauen erlaubt hat, die Räumlichkeiten zu inspizieren, stellten wir fest, dass die Bibliothek nicht mehr da war. Sie war einfach verschwunden.«

»Wieso habe ich davon nichts gehört?«, fragte Gray überrascht.

Vigor seufzte. »Wir nahmen an, das wäre das Werk von Dieben gewesen … oder ein Fall von Korruption in den Reihen der italienischen Polizei. In der Bibliothek des Verräters gab es zahlreiche kostbare Antiquitäten. Und zahlreiche Bücher mit Geheimwissen, denn dafür hat Alberto sich besonders interessiert.«

So sehr Vigor den ehemaligen Archivleiter verabscheute, musste er doch anerkennen, dass Alberto ein brillanter Kopf gewesen war, ein Genie aus eigenem Recht. Und da er dreißig Jahre lang dem Archiv vorgestanden hatte, kannte er dessen Geheimnisse. Falls er tatsächlich eine Ausgabe von Marcos *Beschreibung der Welt* mit einem Zusatzkapitel entdeckt haben sollte, hatte er den Wert des Fundes sicherlich einzuschätzen gewusst.

Doch was hatte der alte Präfekt in dem Buch gelesen? Was hatte ihn veranlasst, es zu entwenden? Was hatte sein Interesse und das der Gilde geweckt?

Vigor musterte Seichan aufmerksam. »Das waren keine gewöhnlichen Diebe, welche die Bibliothek ausgeräumt haben, nicht wahr? *Sie* haben die Gilde davon unterrichtet, welche Schätze dort zu finden waren.«

Seichan besaß die Unverfrorenheit, angesichts dieses Vorwurfs nicht einmal mit der Wimper zu zucken. »Ich hatte keine andere Wahl. Vor zwei Jahren habe ich mir mit der Bibliothek das Leben erkauft, nachdem ich Ihnen beiden geholfen hatte. Damals wusste ich noch nicht, welches Grauen sie barg.«

Gray hatte den Wortwechsel schweigend, aber aufmerksam verfolgt. Vigor meinte beinahe zu sehen, wie es in seinem Schädel arbeitete. Wie Alberto war auch Gray ein heller Kopf und verstand es, disparate Elemente in einen neuen Zusammenhang zu bringen und sie miteinander zu verknüpfen. Kein Wunder, dass Seichan sich an ihn gewandt hatte.

Gray nickte ihr zu. »Sie haben diesen Text gelesen, Seichan. Die wahre Geschichte von Marco Polos Rückkehr.«

Statt zu antworten schob sie den Stuhl zurück, beugte sich vor und öffnete den Reißverschluss des linken Stiefels. Aus einem Geheimfach zog sie drei gefaltete Papierseiten hervor. Sie richtete sich auf, glättete die Papiere und legte sie auf den Tisch.

»Als ich begriff, was die Gilde vorhat«, sagte sie, »habe ich eine Kopie des übersetzten Kapitels angefertigt.«

Vigor und Gray beugten sich Schulter an Schulter über den Text. Auch der hünenhafte Seemann neigte sich über das Papier; sein Atem roch nach Anis.

Vigor las die Überschrift und die ersten Zeilen.

Kapitel LXII

Von einer unerzählten Reise und einer geheimen Landkarte

Und so geschah es, dass wir einen ganzen Monat nach unserem letzten Hafenaufenthalt Frischwasser aufnehmen und unsere beiden Schiffe instand setzen wollten. Wir gingen in kleinen Booten an Land und staunten über die vielen Vögel und die dicken Kletterpflanzen. Auch unsere Vorräte an Pökelfleisch und Obst waren erschöpft. Wir hatten zweiundvierzig Männer des Großkhans dabei, bewaffnet mit Speeren und Pfeil und Bogen; da die umliegenden Inseln von nackten Götzenanbetern bewohnt waren, die Menschenfleisch verzehrten, hielten wir es für geraten, Vorsorge zum Schutz unserer körperlichen Unversehrtheit zu treffen.

Vigor kannte die altertümliche Diktion und den steifen Stil von *Die Beschreibung der Welt* her. War dieser Text wirklich von Marco Polo verfasst worden? Wenn ja, dann hatte ihn nur eine Handvoll Menschen zu Gesicht bekommen. Vigor hätte das Original vorgezogen, denn er misstraute der Übersetzung – vor allem aber hätte er sich dem berühmten mittelalterlichen Weltreisenden näher gefühlt, wenn ihm der Urtext vorgelegen hätte.

Er las weiter:

An einer Flussbiegung tat einer der Männer des Kaans einen Ausruf und zeigte auf eine steile Erhebung, die vom Talboden aufragte. Sie lag mehrere Meilen entfernt im Inselinneren, inmitten undurchdringlichen Dschungels; doch es war kein Berg. Es war die Spitze eines großen Bauwerks; und dann machten wir noch weitere Türme aus, halb im Nebel verborgen. Da wir zehn Tage für die Instandsetzungsarbeiten veranschlagt hatten und die Männer des Kaans Vögel und andere Tiere jagen wollten, beschlossen wir, die Erbauer dieser Berge aus Stein, Vertreter eines unbekannten, auf keiner Landkarte verzeichneten Volkes, aufzusuchen.

Schon nach der ersten Seite spürte Vigor die greifbare Bedrohung, die von Marcos schlichter Erzählung ausging. Mit nüchternen Worten berichtete er, dass »Vögel und Tiere verstummten«. Marco und seine Jäger marschierten weiter und folgten einem Dschungelpfad, »angelegt von den Erbauern der Steingebirge«.

Schließlich gelangte Marco mit seinen Begleitern bei Einbruch der Dämmerung zu einer aus Stein erbauten Stadt.

Die Bäume traten auseinander, und wir erblickten eine große Stadt mit zahlreichen Türmen, ein jeder verziert mit Götzenbildern. Welch teuflische Zauberei hier praktiziert wurde, sollte ich nie herausfinden, denn Gott der Barmherzige hatte an Stadt und Wald gerechte Rache geübt und sie mit Tod und Verderben gestraft. Die erste Leiche war ein nacktes Mädchen. Sie war mit schwarzen Ameisen bedeckt, das Fleisch bis auf die Knochen abgefressen. Wohin wir auch blickten, überall lagen Tote herum. Spräche ich von mehreren hundert Toten, würde dies dem Ausmaß des Gemetzels kaum gerecht werden; außerdem hatte der Tod nicht nur die sündigen Menschen ereilt. Vögel waren tot vom Himmel gefallen. Die Tiere des Waldes lagen am Boden. Riesenschlangen hingen reglos von den Ästen.

Dies war eine Totenstadt. Da wir uns vor der Pestilenz fürchteten, brachen wir in großer Eile auf. Allerdings waren wir nicht unbemerkt geblieben. Sie kamen aus der Tiefe des Waldes: Ihre nackten Leiber waren nicht minder krank als die der Toten, die auf den Steintreppen und Plätzen herumlagen oder in den grünen Wallgräben trieben. An ihren Gliedmaßen trat das nackte Fleisch zutage. Einige hatten schwärende Beulen und Geschwüre, die meisten aufgedunsene Bäuche. Die Wunden nässten und stanken abscheulich. Einige waren blind; andere krochen über den Boden. Es war, als hätten tausend Plagen, eine ganze Legion von Seuchen, dieses Land heimgesucht.

Mit gebleckten Zähnen schwärmten sie wie wilde Tiere aus dem schattigen Dickicht hervor. Einige schleppten abgetrennte Arme und Beine mit. Gott möge uns schützen; manche Gliedmaßen waren angenagt.

Trotz der rasch zunehmenden Hitze lief Vigor ein kalter Schauder über den Rücken. Wie betäubt las er, wie Marco mit seinen Begleitern in die Stadt hinein geflohen war, um sich vor den Angreifern in Sicherheit zu bringen. Der Venezianer schilderte ausführlich das Wüten und den Kannibalismus der Inselbewohner. Als es dunkel wurde, zog sich Marco in eines der großen Bauwerke zurück, das verziert war mit in Stein gemeißelten Schlangen und langköpfigen Königen. Sie wollten sich verteidigen bis zum letzten Mann, denn sie glaubten, ihre kleine Gruppe würde von den in Scharen in die Stadt strömenden Kannibalen schon bald überwältigt werden.

Gray murmelte etwas Unverständliches, doch seine Skepsis war ihm deutlich anzumerken.

Jetzt, da die Sonne untergegangen war, hatten wir alle Hoffnung fahren lassen. Jeder betete auf seine Weise zu Gott. Die Männer des Kaans zündeten Holz an und beschmierten sich die Gesichter mit Asche. Ich fand allein bei meinem Beichtvater Beistand. Pater Agreer kniete neben mir nieder und betete zu Gott, er möge unsere Seelen gnädig bei sich aufnehmen. Er hielt das Kruzifix in der Hand und malte mir das Kreuz Christi auf die Stirn. Er benutzte die gleiche Asche wie die Männer des Kaans. Wie ich deren wild bemalte Gesichter betrachtete, fragte ich mich, ob wir an gesichts dieser Prüfung nicht alle gleich wären. Heiden und Christen. Doch wessen Flehen wurde am Ende erhört? Wessen Gebet beschwor die Kraft Gottes in unserer Mitte herauf, eine dunkle Kraft, die uns alle rettete?

Hier endete die Erzählung.

Gray drehte das letzte Blatt um, doch die Seite war leer.

Kowalski lehnte sich zurück und leistete seinen Beitrag zur Diskussion: »Zu wenig Sex«, murmelte er und rülpste unterdrückt.

Stirnrunzelnd tippte Gray auf den Namen auf der letzten Seite. »Hier wird ein gewisser Pater Agreer erwähnt.«

Vigor nickte; ihm war der eklatante Fehler ebenfalls aufgefallen. Bei diesem Text musste es sich um eine Fälschung handeln. »Die Polos wurden auf ihrer Reise von keinen Geistlichen begleitet«, sagte er. »Den vatikanischen Texten zufolge wurden die Polos auf Geheiß des Heiligen Stuhls zunächst von zwei Dominikanermönchen begleitet, die jedoch beide schon nach wenigen Tagen umkehrten.«

Seichan nahm die erste Seite hoch und faltete sie zusammen. »Marco Polo hat nicht nur dieses Kapitel in seiner Chronik unterschlagen, sondern auch den Beichtvater. Tatsächlich haben ihn *drei* Dominikanermönche begleitet. Einer für jeden Reisenden, wie es damals üblich war.«

Vigor musste ihr beipflichten. So war es tatsächlich damals üblich gewesen.

»Nur *zwei* der Mönche sind gleich wieder umgekehrt«, sagte Seichan. »Der dritte blieb unerwähnt… bis jetzt.«

Gray lehnte sich zurück und fasste sich an den Hals. Er streifte die Halskette mit dem silbernen Kruzifix ab und legte sie auf den Tisch. »Und Sie behaupten, das Kruzifix habe tatsächlich Pater Agreer gehört? Dem Mönch, der in dem Bericht erwähnt wird?«

Seichan erwiderte schweigend seinen Blick.

Noch ganz benommen von der neuen Erkenntnis, betrachtete Vigor das Kreuz. Es war schmucklos, der Gekreuzigte nur angedeutet. Offenbar war es alt. War das möglich? Behutsam nahm er es in die Hand und betrachtete es. Wenn es stimmte, verlieh dies Marcos quälendem Bericht weiteres Gewicht.

Schließlich fand Vigor die Stimme wieder. »Eines verstehe ich noch immer nicht. Weshalb wird Pater Agreer in dem Reisebericht nicht erwähnt?«

Seichan beugte sich vor und sammelte die Papiere ein. »Das wissen wir nicht«, antwortete sie. »Die restlichen Buchseiten waren herausgerissen und durch eine falsche Seite ersetzt worden, die in die Bindung eingenäht war, doch aufgrund der Zusammensetzung des Papiers muss man davon ausgehen, dass dies Jahrhunderte nach Fertigstellung des Buches geschah.«

Vigor legte die Stirn in Falten. »Was stand auf der eingefügten Seite?«

»Die habe ich nicht mit eigenen Augen gesehen, doch man hat mir davon berichtet. Es war ein mit Bibelzitaten gespickter wütender Erguss voller Anspielungen auf Engel. Dem Autor hatte Marcos Geschichte offenbar Angst gemacht. Für uns ist Folgendes wichtig: In dem Text ist von einer Landkarte die Rede, die in dem Buch enthalten war und die Marco eigenhändig angefertigt hat. Von einer Karte, die als teuflisch angesehen wurde.«

»Und was geschah damit?«

»Sosehr der Bearbeiter die Karte fürchtete, schreckte er doch davor zurück, sie zu vernichten. Deshalb verschlüsselte er die Karte zusammen mit anderen Helfern in einem Code, der sie vor unbefugten Lesern schützen und den Fluch von ihr nehmen sollte.«

Gray nickte. »Deshalb hat man sie in die Engelschrift übersetzt.«

»Aber wer hat die Seite eingefügt?«, fragte Vigor.

Seichan zuckte mit den Schultern. »Sie war unsigniert, doch es deutet einiges darauf hin, dass Polos Nachfahren das Buch nach Ausbruch der Schwarzen Pest im vierzehnten Jahrhundert dem Papst übergaben. Vielleicht fürchtete die Familie, es handele sich um die gleiche Seuche, die auch die Totenstadt auf der Insel heimgesucht hatte, und sie bedrohe jetzt die ganze Welt. Das Buch verschwand daraufhin im Vatikanischen Geheimarchiv.«

»Interessant«, meinte Vigor. »Falls Sie recht haben, könnte dies erklären, weshalb es seit dieser Zeit keine Hinweise auf die Familie Polo mehr gibt. Sogar Marco Polos Leichnam verschwand aus der Kirche San Lorenzo, in der er bestattet worden war. Man könnte fast meinen, die Familie Polo sei systematisch ausradiert worden. Wurde die hinzugefügte Seite jemals datiert?«

Seichan nickte. »Sie stammt von Anfang des sechzehnten Jahrhunderts.«

Vigor kniff die Augen zusammen. »Hmm ... auch um diese Zeit herum wütete in Italien die Beulenpest.«

»Stimmt«, sagte Seichan. »Außerdem hat damals ein Deutscher namens Johannes Trithemius die Engelschrift entwickelt. Allerdings hat er behauptet, die Schrift stamme aus der Zeit, als noch keine Menschen auf Erden wandelten.«

Vigor nickte. Er hatte bereits historische Studien zur Engelschrift angestellt. Ihr Erfinder hatte geglaubt, er könne mithilfe seines Alphabets – das er in meditativer Versenkung geschaut haben wollte – mit den himmlischen Engelsscharen kommunizieren. Trithemius hatte sich auch mit Kryptographie und Geheimschriften beschäftigt. Seine berühmte Abhandlung *Steganographia* galt als okkultes Werk, war in Wirklichkeit aber eine komplizierte Mischung aus Angelologie und Techniken zum Knacken von Verschlüsselungscodes.

»Wenn damals jemand die Landkarte verstecken und vor der Zerstörung bewahren wollte«, schloss Gray, »dann war es naheliegend, sie als Teufelswerk zu bezeichnen und in die Engelschrift zu übersetzen.«

»Zu dieser Ansicht ist auch die Gilde gelangt. Auf der hinzugefügten Seite gab es Hinweise auf den Aufbewahrungsort der verschlüsselten Landkarte. Es deutet einiges darauf hin, dass sie in einen ägyptischen Obelisken eingemeißelt wurde, der im Gregorianischen Museum des Vatikans aufbewahrt wurde. Der Obelisk war nach der langen Zeit jedoch nicht mehr auffindbar. Ich habe mir mit Nasser bei der Suche ein Katz-und-Maus-Spiel geliefert. Aber ich habe gewonnen. Ich habe ihn Nasser vor der Nase weggeschnappt.«

Vigor hörte den bitteren Stolz aus ihren Worten heraus. Stirnrunzelnd musterte er die Gesichter der Anwesenden. »Um welchen Obelisken geht es eigentlich?«

07:42

Gray klärte ihn in groben Zügen über den ägyptischen Obelisken auf, in dem das Kruzifix von Marcos Beichtvater versteckt gewesen und auf dessen Außenseite der Code mit phosphoreszierendem Öl wiedergegeben war.

»Hier ist der Text.« Gray reichte ihm eine Kopie.

Vigor musterte das komplizierte Gewirr der Engelzeichen und schüttelte den Kopf. »Das ergibt für mich keinen Sinn.«

»Genau«, sagte Seichan. »Der wütende Erguss in Marcos Buch erwähnt einen *Schlüssel*, der benötigt wird, um das Geheimnis der Landkarte zu lüften. Einen dreiteiligen Schlüssel. Der erste Schlüssel stand in Verbindung mit der Inschrift in dem Raum, in dem der Geheimtext ursprünglich aufbewahrt wurde.«

»Im Turm der Winde«, sagte Vigor. »Ein gutes Versteck. Der Turm befand sich in jenem Jahrhundert gerade im Bau. Er sollte das vatikanische Observatorium aufnehmen.«

»Und der hinzugefügten Seite in Marcos Buch zufolge«, fuhr Seichan fort, »führt jeder Schlüssel zum nächsten. Folglich müssen wir zunächst das erste Rätsel lösen und die Engelschrift aus dem Vatikan entschlüsseln.« Sie wandte sich Vigor zu. »Sie haben gemeint, das sei Ihnen gelungen. Stimmt das?«

Vigor setzte zu einer Antwort an, doch Gray legte ihm warnend die Hand auf den Arm. Er wollte vor Seichan nicht alle Karten aufdecken. Mindestens ein Ass musste er im Ärmel behalten.

»Sie haben immer noch nicht erklärt, was die Gilde mit alldem zu tun hat«, sagte Gray. »Welchen Vorteil verspricht sie sich davon, der historischen Spur zu folgen, die von Marco Polo bis in die Gegenwart führt?«

Seichan zögerte. Sie holte tief Luft – ob sie eine Lüge vorbringen wollte oder sich für die Wahrheit wappnete, vermochte Gray nicht zu sagen. Dann aber bestätigte sie Grays schlimmste Befürchtungen.

»Wir glauben, die Krankheit, der Marco auf der Insel begegnet ist, könnte erneut ausbrechen«, sagte sie. »Freigesetzt von Holzplanken der versunkenen Dschunken, die vor den indonesischen Inseln gefunden wurden. Die Gilde ist bereits vor Ort, um die wissenschaftliche Fährte aufzunehmen. Nasser und ich hatten den Auftrag, der historischen Spur nachzugehen. Wie bei der Gilde üblich, soll der linke Arm nicht wissen, was der rechte tut.«

Gray wusste Bescheid über die Zellenstruktur der Gilde, eine Organisationsform, derer sich viele terroristische Gruppen bedienten.

»Aber ich habe ein paar Informationen gestohlen«, sagte Seichan. »Ich habe in Erfahrung gebracht, was es mit der Seuche auf sich hat und dass sie in der Lage ist, die Biosphäre unumkehrbar zu verändern.«

Sie berichtete, die Gilde habe ein Virus entdeckt, das als Judas-Stamm bezeichnet werde und in der Lage sei, alle Bakterien in tödliche Killer zu verwandeln.

Sie zitierte aus Marcos Text. »›Eine Legion von Seuchen.‹ Das ist der Grund, weshalb die Krankheit zuerst in Indonesien aufgetreten ist. Aber ich kenne die Gilde. Ich weiß, was sie vorhat. Sie beabsichtigt, den Krankheitserreger zu isolieren und auf der Basis des Virus ein unerschöpfliches Reservoir neuartiger Biowaffen zu entwickeln.«

Als Seichan die Krankheit detaillierter schilderte, krampfte Gray die Hände um die Tischplatte, bis die Knöchel schmerzten. Ganz neue Ängste wurden in ihm wach.

Ehe er etwas sagen konnte, räusperte sich Vigor. »Aber wenn der wissenschaftliche Arm der Gilde das Virus bereits untersucht, wieso ist die Verfolgung von Marco Polos historischer Fährte dann so wichtig? Warum sollten wir uns überhaupt darum kümmern?«

Gray zitierte die letzte Zeile aus Marcos Text: »›Eine dunkle Kraft, die uns alle rettete.‹ Damit könnte ein Heilmittel gemeint sein.«

Seichan nickte. »Marco hat überlebt und seine Geschichte erzählt. Nicht einmal die Gilde würde es wagen, ein solches Virus freizusetzen, ohne es beherrschen zu können.«

»Oder ohne nach dessen Ursprung zu forschen«, setzte Gray hinzu.

Vigor blickte auf die Stadt hinaus, das Gesicht als dunkle Silhouette von der Sonne abgehoben. »Es gibt noch weitere unbeantwortete Fragen. Was ist aus Pater Agreer geworden? Wovor hatte der Papst Angst?«

Gray trieben im Moment ganz andere Fragen um. »Wo genau ist die Krankheit in Indonesien ausgebrochen?«

»Auf einer Insel, die zum Glück fernab der dicht besiedelten Gebiete liegt.«

»Auf der Weihnachtsinsel«, sagte Gray.

Seichans Augen weiteten sich.

Das genügte ihm als Bestätigung.

Gray stand auf. Alle musterten ihn verblüfft. Monk und Lisa waren zur Weihnachtsinsel geflogen, um genau diese Krankheit zu untersuchen. Sie hatten keine Ahnung, womit sie es zu tun hatten – und wussten auch nicht, dass die Gilde sich dafür interessierte. Gray atmete schwer. Er musste mit Painter sprechen. Aber würde er seine Freunde nicht noch mehr gefährden, wenn Sigma eingeschaltet wurde? Würden sie dann nicht erst recht zu Zielscheiben werden?

Er musste zunächst mehr in Erfahrung bringen. »Wie lange ist die Gilde schon in Indonesien vor Ort?«

»Das weiß ich nicht. Es war nicht leicht, an die Informationen heranzukommen.«

»Seichan«, knurrte Gray.

Ihre Augen verengten sich vor Besorgnis. In seiner Erregung hätte er ihr die Gefühlsregung beinahe abgenommen. »Ich … ich weiß es wirklich nicht, Gray. Warum fragen Sie? Was ist los?«

Gray ließ den Atem entweichen und trat ans Geländer. Er musste erst einmal nachdenken und das Gehörte verarbeiten.

Im Moment wusste er nur eines.

Er musste mit Washington reden.

01:04
Washington, D. C.

Harriet Pierce bemühte sich, ihren Mann zu beruhigen. Das war nicht leicht, denn er hatte sich im Bad des Hotelzimmers eingeschlossen. Sie drückte sich ein feuchtes Tuch auf die aufgesprungene Lippe.

»Jack! Mach die Tür auf!«

Vor zwei Stunden war er verwirrt und desorientiert aufgewacht. Das war schon häufiger vorgekommen. Sonnenuntergangssyndrom nannte man das. Bei Alzheimer-Patienten trat es häufig auf. Nach Sonnenuntergang, wenn die vertraute Umgebung verblasste, gerieten sie in einen Erregungszustand.

Und hier, in dem unbekannten Hotelzimmer, war es besonders schlimm.

Dass das Phoenix Park Hotel schon ihre zweite Unterkunft in weniger als vierundzwanzig Stunden war, machte es auch nicht besser. Erst waren sie in Dr. Corrins Wohnung gewesen, und jetzt hier. Beim Abschied hatte Gray ihr eindringlich eine Anweisung ins Ohr geflüstert. Als Dr. Corrin gegangen war, hatte er ihr gesagt, sie solle sich auf der anderen Seite der Stadt unter falschem Namen ein Hotelzimmer nehmen und in bar bezahlen.

Als zusätzliche Vorsichtsmaßnahme.

Die ganze Herumfahrerei aber hatte Jacks Zustand nur verschlimmert. Seit vierundzwanzig Stunden hatte er kein stimmungsstabilisierendes Tegetrol mehr eingenommen. Und er hatte kein Propranolol mehr, ein Blutdruckmittel, das seine Angstzustände milderte.

Somit war es kein Wunder, dass Jack voller Panik und desorientiert aufgewacht war. So schlecht war es ihm seit Monaten nicht mehr gegangen.

Sein Geschrei und sein Gepoltere hatten sie geweckt. Sie war im Sessel vor dem kleinen Fernseher eingenickt. Es lief ein Nachrichtensender. Den Ton hatte sie gerade so laut gestellt, dass sie Grays Namen mitbekommen hätte, wenn er erwähnt worden wäre.

Vom Geschrei ihres Mannes wach geworden, eilte sie ins Schlafzimmer. Ein dummer Fehler. Einen Alzheimer-Kranken durfte man in diesem Zustand nicht erschrecken. Jack schlug um sich und traf sie am Mund. In seiner Erregung brauchte er eine volle Minute, bis er sie erkannte.

Anschließend zog er sich ins Bad zurück. Sie hörte sein Schluchzen. Das war auch der Grund, weshalb er abgeschlossen hatte.

Pierce-Männer weinten nicht.

»Jack, mach auf. Es ist alles in Ordnung. Ich habe bei einer Apotheke Medikamente bestellt. Sie werden gleich gebracht.«

Harriet war sich bewusst, dass es riskant war, Medikamente zu bestellen. Aber sie konnte Jack nicht ins Krankenhaus bringen, und ohne Behandlung würde seine Demenz immer schlimmer werden. Außerdem bestand die Gefahr, dass er mit seinem Geschrei das Hotelpersonal auf den Plan rief. Und wenn nun jemand die Polizei rief?

Da sie keine andere Wahl hatte und ihr vom Schlag die Zähne wehtaten, traf sie eine Entscheidung. Sie suchte im Telefonbuch die Nummer einer Apotheke heraus, die rund um die Uhr geöffnet hatte, und bestellte, was sie brauchte. Wenn ihr Mann die Medikamente eingenommen und sich beruhigt hätte, würde sie sich ein neues Hotel suchen und abermals untertauchen.

Es klingelte an der Tür.

Gott sei Dank.

»Jack, das ist der Apothekenbote. Ich bin gleich wieder da.«

Sie eilte zur Tür und streckte die Hand zum Riegel aus, dann zögerte sie. Statt gleich zu öffnen, beugte sie sich vor und spähte durch den Spion in den Flur. Vor der Tür stand eine Frau, das schwarze Haar zu einem Knoten gebunden. Sie trug eine weiße Jacke mit dem Logo der Apotheke am Revers, in der Hand hielt sie eine weiße Papiertüte und eine Quittung.

Die Frau streckte die freie Hand aus. Es klingelte erneut. Sie sah auf die Uhr und wandte sich zum Gehen.

»Warten Sie einen Moment!«, rief Harriet durch die verschlossene Tür.

»Ich komme von der Swan Pharmacy!«, erwiderte die Frau.

Um sicherzugehen, nahm Harriet den Hörer des Telefons auf dem Dielentisch ab. Im Wandspiegel sah sie ihr Gesicht. Sie wirkte abgehärmt, eine geschmolzene Wachskerze von einer Frau. Sie drückte die Ruftaste der Rezeption.

Es ging gleich jemand dran.

»Phoenix Park, Rezeption.«

»Hier ist Zimmer 334. Ich möchte eine Apothekenlieferung bestätigt haben.«

»Sehr wohl, Ma'am. Vor drei Minuten habe ich mir von der Botin den Ausweis zeigen lassen. Gibt es ein Problem?«

»Nein, ganz und gar nicht. Ich wollte nur …«

Im Schlafzimmer krachte es, dann war ein Schwall von Flüchen zu vernehmen. Jack hatte endlich die Badezimmertür geöffnet.

»Kann ich sonst noch etwas für Sie tun, Ma'am?«, fragte die Dame vom Empfang.

»Nein, danke.« Sie legte auf.

»Harriet!«, rief ihr Mann; trotz seiner Verärgerung klang seine Stimme gequält.

»Ich bin hier, Jack.«

Es klingelte wieder.

Entnervt schloss Harriet auf und hoffte, Jack würde sich nicht sträuben, die Tabletten einzunehmen. Sie öffnete die Tür.

Die Botin blickte ihr lächelnd entgegen – doch es lag keine Wärme darin, nur barbarische Belustigung. Harriet traf der Schock des Wiedererkennens. Das war die Frau, die sie an der konspirativen Wohnung überfallen hatte. Ehe Harriet reagieren konnte, drückte die Frau die Tür auf.

Die Tür traf Harriet an der Schulter und schleuderte sie auf die harten Fliesen. Sie versuchte, den Sturz mit dem ausgestreckten Arm zu dämpfen – da brach mit einem durchdringenden Knacken ihr Handgelenk. Ein sengender Schmerz schoss durch ihren Arm.

Mit einem Aufschrei rollte sie sich über die Hüfte ab.

Jack kam in Boxershorts aus dem Schlafzimmer.

»Harriet …?«

In seinem Verwirrungszustand brauchte Jack zu lange, um die Situation richtig einzuschätzen.

Die Frau trat über die Schwelle und hob eine dickläufige Pistole. Sie zielte damit auf Jack. »Da haben Sie Ihre Medikamente.«

»Nein!«, stöhnte Harriet.

Die Frau drückte ab. Das Ploppen einer elektrischen Entladung war zu hören. Ein Draht schwirrte an Harriets Ohr vorbei. Die Spitze traf Jack an der nackten Brust und sprühte knisternd blaue Funken.

Ein Taser.

Er schnappte nach Luft, riss die Arme hoch – und kippte nach hinten.

Jack regte sich nicht mehr.

In der nachfolgenden Stille meldete ein Nachrichtensprecher mit Flüsterstimme: »Die Metro Police setzt die Suche nach Grayson Pierce fort, der wegen Brandstiftung und eines Bombenanschlags auf ein Haus in D. C. gesucht wird.«

08:32
Istanbul

Gray, der am Geländer der Dachterrasse stand, überlegte, wie er Washington von der auf der Weihnachtsinsel drohenden Gefahr informieren sollte. Er musste Vorsicht walten lassen und einen privaten Kommunikationskanal benutzen, um Painter anzurufen. Aber wie sollte er das anstellen? Es war nicht auszuschließen, dass die Gilde sämtliche Kommunikationswege überwachte.

Hinter ihm am Tisch meldete sich Seichan zu Wort. »Monsignore, Sie haben noch immer nicht erklärt, weshalb Sie uns nach Istanbul gerufen haben. Sie haben gesagt, Sie hätten die Engelschrift entziffert.«

Die Neugier veranlasste Gray, zum Tisch zurückzugehen, doch er wollte sich nicht wieder setzen. Er stellte sich zwischen Seichan und Vigor.

Der Monsignore nahm seinen Rucksack auf den Schoß und wühlte darin. Er nahm ein Notizbuch heraus, legte es auf den Tisch und schlug es auf. Auf das Papier waren mit Kohlestift Schriftzeichen gemalt.

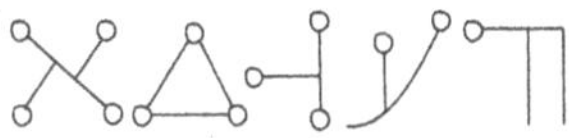

»Das ist die Inschrift vom Boden des Turms der Winde«, sagte Vigor. »Jedes einzelne Zeichen dieses Alphabets entspricht einem vollständigen Wort. Trithemius, dem Erfinder der Engelschrift, zufolge eröffnen diese Worte oder Lautfolgen in der richtigen Reihenfolge den unmittelbaren Zugang zu einem bestimmten Engel.«

»Ein Ferngespräch«, murmelte Kowalski an der anderen Seite des Tisches.

Vigor nickte und blätterte um. »Hier habe ich die Bezeichnungen der einzelnen Zeichen aufgeführt.«

ALEPH IOD GIMEL AIN HE

Gray schüttelte den Kopf, denn er erkannte kein Muster in den Zeichen.

Vigor zückte einen Kuli, unterstrich jeweils den ersten Buchstaben der einzelnen Worte und las sie laut vor. »A. I. G. A. H.«

»Ist das der Name des Engels?«, fragte Kowalski.

»Nein, das ist kein Engelsname, aber ein Name«, antwortete Vigor. »Man muss wissen, dass Trimethius' Alphabet auf dem Hebräischen basiert und dass er glaubte, den jüdischen Buchstaben wohne eine besondere Kraft inne. Selbst heute noch glauben die Kabbalisten, in den geschwungenen Buchstaben des hebräischen Alphabets drücke sich göttliche Weisheit aus. Trithemius behauptete nun, seine Engelschrift sei der *reinste* Extrakt des Hebräischen.«

Gray beugte sich vor, denn er ahnte, worauf Vigor hinauswollte. »Und das Hebräische wird von rechts nach links gelesen.«

Seichan fuhr mit dem Finger über das Blatt und las rückwärts. »H. A. G. I. A.«

»*Hagia*«, wiederholte Vigor. »Auf Griechisch bedeutet das ›göttlich‹.«

Grays Augen wurden erst schmal, dann weiteten sie sich auf einmal.

Natürlich.

»Und was bedeutet das?«, fragte Seichan.

Kowalski, der ebenfalls nicht weiterwusste, kratzte sich am Schädel.

Als Vigor sich erhob, folgten alle seinem Beispiel. Er wandte sich dem Stadtpanorama zu. »Auf der Heimreise kam Marco Polo auch nach Istanbul, das damals noch Konstantinopel hieß. Hier wechselte er von Asien nach Europa über, ein bedeutsamer Schritt.«

Der Monsignore zeigte auf eines der alten Bauwerke. Gray war es bereits aufgefallen. Eine Kirche mit flacher Kuppel, halb verdeckt von einem schwarzen Baugerüst.

»Die Hagia Sophia«, sagte Gray.

Vigor nickte. »Das war einmal die größte christliche Kirche der Welt. Marco hat die wundervollen Innenräume geschildert. Manche Leute glauben fälschlicherweise, Hagia Sophia bedeute ›Heilige Sophia‹, dabei heißt das Bauwerk Kirche der Göttlichen Weisheit, was man auch als Kirche der *Engelsweisheit* interpretieren könnte.«

»Dorthin müssen wir!«, sagte Seichan. »Dort muss der erste Schlüssel versteckt sein.« Sie wandte sich zum Gehen.

»Nicht so eilig, junge Dame«, meinte Vigor tadelnd.

Der Monsignore bückte sich, langte in den Rucksack und zog einen in ein Tuch gewickelten Gegenstand hervor. Er legte ihn behutsam auf den Tisch und schlug das Tuch zurück. Darunter kam eine längliche Tafel aus mattem Gold zum Vorschein. An einem Ende war ein Loch, die Oberfläche war mit Kursivschrift bedeckt.

»Das ist keine Engelschrift«, sagte Vigor, als er merkte, dass Gray interessiert die Schriftzeichen musterte. »Das ist Mongolisch. Der Text lautet: ›Vermittelst der Macht des ewigen Himmels, geheiligt sei der Name des Khans. Möge jeder, der ihm keinen Respekt zollt, sterben.‹«

»Das verstehe ich nicht«, sagte Gray und zog die Stirn kraus. »Hat das mal Marco Polo gehört? Was ist das?«

»Die Chinesen nennen das *Paitzu*. Die Mongolen *Gerege.*«

Drei verdutzte Gesichter schauten Vigor an.

Er sah auf den Gegenstand nieder. »Heutzutage nennt man so was einen VIP-Ausweis. Ein Reisender mit diesem Generalausweis konnte überall Pferde, Proviant, Männer und Boote erhalten, alles, was die vom Kublai Khan regierten Länder hervorbrachten. Wer ihm seine Hilfe verweigerte, wurde mit dem Tod bestraft. Der Khan stellte solche Pässe nur den in seinem Auftrag reisenden Gesandten zur Verfügung.«

»Hübsch«, meinte Kowalski und pfiff anerkennend – aufgrund des begehrlichen Funkelns in seinen Augen vermutete Gray allerdings, dass er eher dem Gold als der Geschichte Respekt zollte.

»Und die Polos besaßen solche Pässe?«, fragte Seichan.

»Drei Stück. Einen für jeden Polo – für Marco, seinen Vater und seinen Onkel. Es gibt sogar eine berühmte Anekdote bezüglich der Pässe. Als die Polos in Venedig eintrafen, wurden sie angeblich von niemandem erkannt. Sie waren abgerissen und müde und liefen mit einem einzigen Schiff in den Hafen ein. Sie sahen wie Bettler aus. Keiner wollte ihnen glauben, dass sie die lange vermisst geglaubten Polos seien. Als sie an Land traten, schlitzten sie jedoch die Säume ihrer Gewänder auf, aus denen sich ein wahrer Schatz an Smaragden, Rubinen, Saphiren und Silber ergoss. Dazu gehörten auch die drei goldenen Paitzus, die detailliert beschrieben wurden. Anschließend aber verschwanden die goldenen Pässe. Und zwar alle drei.«

»Die gleiche Zahl wie bei den Landkartenschlüsseln«, bemerkte Gray.

»Woher haben Sie den?«, fragte Seichan. »Haben Sie ihn in einem vatikanischen Museum gefunden?«

»Nein.« Vigor tippte auf das aufgeschlagene Notizbuch mit der Engelschrift. »Mithilfe eines Freundes habe ich ihn unter den Marmorfliesen mit der Inschrift entdeckt. In einer Art Geheimfach.«

Genau wie beim Kruzifix des Beichtvaters, dachte Gray. Begraben im Stein.

Victor fuhr fort: »Ich glaube, das ist einer der Paitzus, die der Khan den Polos geschenkt hat.« Er musterte die Anwesenden. »Und ich glaube, das ist der erste Schlüssel.«

»Dann würde der Hinweis auf die Hagia Sophia…«, setzte Gray an.

»…zum *zweiten* Schlüssel führen«, beendete Vigor den Satz. »Noch zwei fehlende Pässe und zwei fehlende Schlüssel.«

»Aber woher wollen Sie das so genau wissen?«, fragte Seichan.

Vigor drehte die goldene Tafel um. Die Rückseite war mit einem einzigen Zeichen verziert. Mit einem Zeichen der Engelsprache.

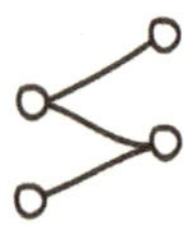

Vigor tippte auf das Zeichen. »Das ist der erste Schlüssel.«

Gray wusste, dass er recht hatte. Er blickte zu der Kirche hinüber. Die Hagia Sophia. Dort musste der zweite Schlüssel versteckt sein, doch die Ausmaße des Bauwerks waren gewaltig. Es war in etwa so, als suchten sie in einem Heuhaufen nach einer goldenen Nadel. Das konnte Tage dauern.

Vigor hatte seine Gedanken anscheinend erraten. »Es schaut sich bereits jemand für mich in der Kirche um. Ein Kunsthistoriker des Vatikans, der mir bereits im Turm der Winde geholfen hat, das Rätsel der Engelsprache zu lösen.«

Gray nickte. Wie er so das Schriftzeichen betrachtete, vermochte er eine tiefe Besorgnis nicht abzuschütteln. Seine Sorge galt seinen Freunden: Monk und Lisa. Sie waren in Gefahr. Wenn er nicht mit Washington sprechen durfte, könnte er ihnen vielleicht auf andere Weise helfen: indem er der Gilde zuvorkam und das Rätsel löste.

Sie mussten die Totenstadt und das Heilmittel finden.

Und zwar vor der Gilde.

Den Blick auf den Sonnenaufgang gerichtet, dachte Gray an Vigors Bemerkung, Marco sei hier von Asien nach Europa übergewechselt. Schon immer hatte diese alte Stadt eine Mittlerfunktion gehabt. Im Norden lag das Schwarze Meer, im Süden das Mittelmeer. Der Bosporus, eine wichtige Handelsroute und Meeresstraße, verband die beiden Meere miteinander. Von besonderer geschichtlicher Bedeutung war der Umstand, dass Istanbul sich auf beiden Ufern ausdehnte. Mit einem Fuß stand es in Europa, mit dem anderen in Asien.

Das Gleiche ließ sich auch über die Stellung der Stadt im Strom der Zeit sagen.

Mit einem Fuß in der Gegenwart, mit dem anderen in der Vergangenheit.

Immerzu am Scheideweg.

Genau wie er selbst.

Plötzlich klingelte es. Vigor wandte sich um und fischte sein Handy aus dem Rucksack. Stirnrunzelnd las er die Nummer des Anrufers ab. »Der Anruf kommt aus D. C.«, sagte er.

»Das muss Direktor Crowe sein«, meinte Gray warnend. »Sagen Sie ihm nichts. Fassen Sie sich möglichst kurz. Nach dem Gespräch sollten Sie den Akku herausnehmen, damit das Handy nicht geortet werden kann.«

Vigor verdrehte angesichts dieser Paranoia die Augen und klappte das Handy auf. »*Pronto*«, sagte er.

Während Vigor lauschte, vertiefte sich sein Stirnrunzeln immer mehr. »*Chi parla?*«, fragte er erregt. Nach einer Weile drehte er sich um und streckte das Handy Gray entgegen.

»Ist das Direktor Crowe?«, fragte der mit gedämpfter Stimme.

Vigor schüttelte den Kopf. »Sie sollten besser drangehen.«

Gray nahm das Handy und hielt es sich ans Ohr. »Hallo?«

»Ihre Eltern befinden sich in meiner Gewalt.«

8
Patient null

6. Juli, 12:42
An Bord der Mistress of the Seas

Was tat man nicht alles ...

Monk stand im Mittschiffsaufzug und balancierte ein Essenstablett auf der flachen Hand. Das Sturmgewehr hatte er geschultert. Aus kleinen Lautsprechern tönte die mit akustischen Instrumenten eingespielte Version eines ABBA-Songs. Der Weg von der beengten Schiffsküche bis zum obersten Deck war so weit, dass er das Lied inzwischen mitsummen konnte.

Erbarmen ...

Endlich öffnete sich die Tür und entließ Monk auf den Gang. Er näherte sich einer von Wachposten flankierten Doppeltür. Dabei murmelte er leise vor sich hin, um sein Malaiisch zu üben. Jessie hatte irgendwo ein Färbemittel besorgt, mit dem Monk sich Gesicht und Hände eingerieben hatte, um unter den Piraten, die alle so dunkelhäutig wie der Tote aus Lisas Kabine waren, nicht aufzufallen. Inzwischen hatte er die Leiche diskret über Bord geworfen.

Aus den Augen, aus dem Sinn.

Seine Verkleidung wurde vervollständigt durch ein Kopftuch, das die untere Gesichtshälfte bedeckte.

Man musste mit den Wölfen heulen.

Im Laufe des vergangenen Tages und der Nacht hatte Jessie ihm ein paar malaiische Phrasen beigebracht, denn Malaiisch war die Muttersprache der Piraten. Bedauerlicherweise hatte Monk in dieser Zeit nicht genug gelernt, um sich an dem Kordon der Wachposten vorbeizumogeln, der Lisa abschirmte. Er und Jessie hatten sich auf dem Schiff heimlich umgesehen und festgestellt, dass die

Wissenschaftler und deren Mitarbeiter alle auf einer Ebene versammelt waren, während das medizinische Personal sich um die im ganzen Schiff verteilten Kranken kümmerte.

Lisas Physiologiekenntnisse waren nicht unbemerkt geblieben. Sie war in einem streng bewachten und gesicherten Wissenschaftsflügel isoliert. Zur Bewachung war die Elite der Piraten abgestellt worden, befehligt von einem tätowierten Maori namens Rakao. Der Funkraum war nicht minder schwer bewacht. Jessie, der fließend Malaiisch sprach, hatte sich unter die Piraten gemischt und auf diese Weise eine Menge in Erfahrung gebracht.

Monk hatte sich notgedrungen darauf beschränkt, ihm zuzuarbeiten. Viel mehr konnte er nicht tun. Selbst wenn er in John-Wayne-Manier in den Wissenschaftsflügel gestürmt wäre, hätte er Lisa wohl kaum befreien können. Wohin hätten sie sich auch wenden sollen? Die *Mistress of the Seas* befand sich inmitten der indonesischen Inseln. In einem Labyrinth kleiner Atolle, zwischen tausend dschungelbewachsenen Fingern, die himmelwärts zeigten. Selbst wenn es ihnen gelungen wäre, zu einer der Inseln zu schwimmen, hätte man sie mühelos wieder einfangen können.

Jedoch nur dann, wenn die Tigerhaie sie unbehelligt ließen.

Deshalb spielte Monk auf Zeit.

Das hieß jedoch nicht, dass er die Hände in den Schoß legen musste.

Zum Beispiel konnte er das Mittagessen servieren.

Es war ein guter Plan. Er musste Kontakt zu Lisa aufnehmen. Um ihr zu zeigen, dass sie nicht allein war, vor allem aber um ihre weitere Vorgehensweise zu koordinieren. Und da er nicht direkt mit ihr in Kontakt treten konnte, war er auf einen Mittler angewiesen.

Monk hatte die Doppeltür erreicht. Er zeigte den Wachposten das Tablett und murmelte auf Malaiisch etwas Ähnliches wie »die Essensglocke hat geläutet«.

Einer der Männer drehte sich um und klopfte mit dem Gewehrkolben gegen die Tür. Kurz darauf wurde die Tür von innen geöffnet. Nach einem prüfenden Blick winkte der zweite Wachposten ihn in die Präsidentensuite durch.

Ein befrackter Butler trat Monk entgegen. Er wollte ihm das Tablett abnehmen, doch Monk, ganz in der Piratenrolle aufgehend, knurrte etwas auf Malaiisch und rempelte ihn mit der Schulter an. Der Butler taumelte mit wedelnden Armen zurück, worauf der Wachposten an der Tür glucksend lachte.

Monk betrat den Hauptsalon der Suite. Eine von einem Liegestuhl auf dem Balkon aufsteigende Rauchwolke geleitete ihn ans Ziel.

Auf dem Liegestuhl räkelte sich Ryder Blunt in Morgenmantel und geblümter Badehose, die Beine übereinandergeschlagen, der blonde Haarschopf ungekämmt. Er qualmte eine dicke Zigarre und betrachtete die langsam vorbeiziehenden Inseln. Die Rettung war nah und doch so fern. Passend zu seiner finsteren Stimmung stiegen am Horizont dunkle Rauchwolken auf.

Als Monk sich ihm näherte, würdigte ihn der Milliardär keines Blickes. Es war typisch für die Reichen, das Personal geflissentlich zu übersehen. Oder vielleicht wollte er auch nur seine Verachtung demonstrieren, weil ihm ein Pirat das Essen servierte. Der Butler hatte ihm bereits einen Beistelltisch gebracht.

Silberbesteck, Kristallgläser und gebügelte Stoffservietten.

Monk beugte sich vor, stellte das Tablett ab und flüsterte auf Englisch: »Lassen Sie sich nichts anmerken. Ich bin Monk Kokkalis, der Kollege der amerikanischen Vertreterin.«

Der Milliardär paffte heftiger, das war alles. »Dr. Cummings' Partner«, seufzte er. »Wir dachten schon, Sie wären tot. Die Piraten haben nach Ihnen gesucht…«

Monk hatte keine Zeit für lange Erklärungen. »Ja… die haben's mit den Krabben zu tun bekommen.«

Der Butler erschien in der Tür.

Ryder winkte ab und sagte mit lauter Stimme: »Das wäre dann alles, Peter. Ich danke Ihnen.«

Monk stellte die Speisen auf den Tisch. Unter einer silbernen Speiseglocke kamen zwei kleine Funkgeräte zum Vorschein. »Ein Gericht speziell für Sie und Lisa.« Er deckte die Funkgeräte wieder zu und hob die zweite Glocke an. »Und natürlich gibt es auch ein Dessert.«

Zwei kleinkalibrige Pistolen.

Eine für Ryder und eine für Lisa.

Der Milliardär machte große Augen. Monk sah, dass er begriffen hatte.

»Wann...?«, fragte Ryder.

»Wir sprechen uns über Funk ab. Kanal acht. Den benutzen die Piraten nicht.« Monk und Jessie hatten den ganzen Tag lang auf diesem Kanal gefunkt, ohne dass es aufgefallen wäre. »Können Sie ein Funkgerät und eine Pistole an Lisa weiterreichen?«

»Ich werd's versuchen«, antwortete Ryder mit einem entschlossenen Kopfnicken.

Monk richtete sich auf. Er wagte es nicht, noch länger zu verweilen, denn er wollte die Wachposten nicht misstrauisch machen. »Ah, unter der dritten Glocke ist übrigens Reispudding.«

Monk trat wieder in den Salon. Hinter ihm brummte Ryder: »Ein widerliches Zeug... wie kann man nur Reis in den Pudding tun?«

Monk seufzte. Die Reichen waren nur dann glücklich, wenn sie sich beklagen konnten. Er trat durch die Doppeltür auf den Gang. Einer der Wachposten fragte ihn etwas auf Malaiisch.

Statt zu antworten, bohrte Monk sich geschäftig in der Nase, brummte etwas Unverständliches und ging zum Aufzug weiter.

Zum Glück war der Lift noch da, und die Tür öffnete sich augenblicklich. Als er hindurchtrat, setzte gerade der nächste ABBA-Song ein.

Er stöhnte auf.

Das Funkgerät zirpte. Monk löste es vom Gürtel und hielt es sich an den Mund. »Wer ist da?«, sagte er.

»Wir treffen uns im Zimmer«, sagte Jessie. »Ich bin schon unterwegs.«

Sie hatten eine freie Kabine zu ihrem Hauptquartier gemacht.

»Was gibt's denn?«

»Ich habe gerade gehört, dass der Kapitän beabsichtigt, heute Abend einen Hafen anzulaufen. Die Maschine läuft unter voller Kraft, weil er noch vor Anbruch der Dämmerung dort eintreffen will. Der Wetterdienst meldet ein Sturmtief, das über die indonesischen Inseln hinwegzieht und sich zu einem Taifun entwickelt. Deshalb müssen sie in den Hafen gehen.«

»Wir treffen uns in der Kabine«, sagte Monk und schaltete ab.

Er hakte das Funkgerät wieder an den Gürtel und schloss die Augen. Endlich hatten sie mal Glück. Er überschlug die Optionen, während er mit dem Mund unwillkürlich die Worte »Take a Chance on Me« formte.

Eigentlich ein ganz hübscher Song.

13:02

Lisa blickte auf die Patientin nieder. Sie trug ein blaues Krankenhausnachthemd und war mit allen möglichen Überwachungsgeräten verkabelt. Im angrenzenden Zimmer warteten zwei Krankenpfleger.

Lisa hatte darum gebeten, sie einen Moment mit der Frau allein zu lassen.

Jetzt stand sie am Krankenbett und kämpfte mit Schuldgefühlen.

Lisa kannte die Krankendaten auswendig: weiß, weiblich, eins zweiundsechzig groß, fünfundfünfzig Kilo, blondes Haar, blaue Augen, Blinddarmnarbe an der linken Seite. Auf den Röntgenaufnahmen sah man einen längst verheilten Bruch des linken Unterarms. Die biografischen Nachforschungen der Gilde hatten sogar die Ursache des Knochenbruchs enthüllt: Er stammte von einem Skateboardunfall auf einem unebenen Gehsteig.

Lisa hatte sich die Blutwerte der Patientin eingeprägt: Leberenzyme, Harnstoff-Stickstoff, Kreatininkoeffizient, Gallenwerte, rote und weiße Blutkörperchen. Sie kannte die Ergebnisse der letzten Urinuntersuchung und der Stuhlkulturen.

Auf dem Nachttisch lag ein Tablett mit sorgfältig ausgerichteten Untersuchungsinstrumenten: Otoskop, Augenspiegel, Stethoskop, Endoskop. Alle Instrumente hatte sie im Laufe des Vormittags benutzt. Auf einem anderen Nachttisch lagen die ziehharmonikaartig gefalteten Ausdrucke der EKG- und EEG-Untersuchung. Sie hatte sie aufmerksam studiert, Zentimeter für Zentimeter. Im Laufe des gestrigen Tages hatte sie die ganze Krankengeschichte der Patientin und einen Großteil der Untersuchungsergebnisse der Virologen und Bakteriologen der Gilde gelesen.

Die Patientin lag nicht im Koma. Die exakte Zustandsbezeichnung lautete »katatonischer Stupor«. Die Frau zeigte eine ausgeprägte *Flexibilitas cerea,* das hieß, eine Erhöhung des Muskeltonus bei passiver Bewegung. Verlagerte man eine Gliedmaße, verharrte sie wie bei einer Schaufensterpuppe an Ort und Stelle. Selbst in schmerzhaften Stellungen ... Lisa hatte es selbst ausprobiert.

Inzwischen wusste sie alles über den Körper der Frau.

Erschöpft nahm sie sich einen Moment Zeit, um die Patientin genauer zu untersuchen.

Nicht mit Instrumenten, sondern mittels Einfühlung.

Um sich ein Bild von der Person hinter den Untersuchungsergebnissen zu machen.

Dr. Susan Tunis war eine renommierte Forscherin und stand am Anfang einer großen Karriere. Sie hatte sogar den Mann ihrer Träume gefunden. Abgesehen davon, dass sie seit fünf Jahren verheiratet war, wies ihr Leben große Parallelen zu Lisas Werdegang auf. Ihr Schicksal erinnerte daran, wie gefährdet unser Leben, unsere Erwartungen, unsere Hoffnungen und Träume sind.

Lisa ergriff die Hand der Frau, die auf der dünnen Decke lag, und drückte sie mit ihren behandschuhten Fingern.

Keine Reaktion.

Im Nebenzimmer regten sich die Krankenpfleger, als die Kabinentür der Suite geöffnet wurde. Lisa vernahm Dr. Devesh Patanjalis Stimme. Der Leiter des Forschungsteams der Gilde betrat den Raum.

Lisa ließ Susans Hand los. Surina, Deveshs allgegenwärtiger Schatten, nahm im Vorzimmer in einem Sessel Platz und verschränkte die Hände im Schoß. Die perfekte Begleiterin – und unbedingt tödlich.

Devesh lehnte den Stock neben der Tür an die Wand und trat zu ihr. »Wie ich sehe, haben Sie sich mit Patient null bereits bekannt gemacht.«

Statt zu antworten verschränkte Lisa die Arme vor der Brust. Es war das erste Mal, dass Devesh ernsthaft mit ihr sprach, nachdem er sie selbstständig hatte arbeiten lassen. Die meiste Zeit hatte er bei Henri im Toxikologie-Labor und bei Miller im Labor für ansteckende Krankheiten verbracht. Lisa hatte sogar allein gegessen, entweder in ihrer Kabine oder hier in der Suite.

»Was ist Ihre Meinung, jetzt, da Sie sich einen Überblick über den Zustand meiner geschätzten Patientin verschafft haben?«

Obwohl er lächelte, spürte Lisa die Drohung hinter seinen Worten.

Sie dachte an die kaltblütige Ermordung Lindholms. Damit hatte er ihr eine Lektion erteilen wollen: Mach dich nützlich! Devesh erwartete von ihr Ergebnisse und Einsichten, die den anderen Forschern entgangen waren. Dass er sie mit der Patientin allein gelassen hatte, diente noch einem anderen Zweck: Er hatte verhindern wollen, dass sie einer vorgefassten Meinung aufsaß.

Devesh wollte, dass sie sich völlig unbeeinflusst ein Bild machte.

Gleichwohl dachte sie an seine Bemerkung, das Virus brüte etwas aus.

Lisa wandte sich zur Patientin um und machte ihren Unterarm frei. Der Krankenakte zufolge hatte sie an den Gliedmaßen Ausschlag und eiternde Geschwüre gehabt. Im Moment wies die Haut keine krankhaften Veränderungen auf. Offenbar brütete das Virus nicht nur etwas aus, sondern stellte noch etwas anderes mit der Kranken an.

»Der Judas-Stamm heilt sie«, sagte Lisa, sich des Umstands bewusst, dass sie einer Prüfung unterzogen wurde. »Oder genauer, das Virus hat sich plötzlich entschieden, den Umwandlungsprozess der körpereigenen Bakterien umzukehren. Aus einem unbekannten Grund hat es begonnen, die zuvor tödlichen Bakterien in den harmlosen Ausgangszustand zurückzuversetzen.«

Devesh nickte. »Die Plasmide, die das Virus in den Bakterien gebildet hat, werden jetzt ausgeschieden. Aber warum?«

Lisa schüttelte den Kopf. Sie wusste es nicht. Jedenfalls war sie sich nicht sicher.

Devesh lächelte, ein eigentümlich warmes, umgängliches Lächeln. »Uns hat das ebenfalls ratlos gemacht.«

»Aber ich habe eine Hypothese«, sagte Lisa.

»Tatsächlich?« Er klang überrascht.

Lisa sah ihn direkt an. »Es findet ein Heilungsprozess statt, und ich frage mich, weshalb die Patientin trotzdem in dem katatonischen Zustand verharrt. Ein solcher Stupor tritt nur bei schweren Kopftraumen, zerebrovaskulären und metabolischen Erkrankungen, bei Drogenvergiftung oder Enzephalitis auf.«

Das letzte Wort betonte sie.

Enzephalitis.

Gehirnentzündung.

»Mir ist aufgefallen, dass eine bestimmte Untersuchung in den Berichten nicht aufgeführt ist«, fuhr sie fort. »Und zwar eine Lumbalpunktion mit einer Entnahme von Hirnflüssigkeit. Die fehlt. Allerdings nehme ich an, dass sie durchgeführt wurde.«

Davesh nickte. »*Bahut sahi.* Ausgezeichnet. Ja, die Untersuchung wurde durchgeführt.«

»Und Sie haben den Judas-Stamm in der Gehirnflüssigkeit entdeckt.«

Ein weiteres Kopfnicken.

»Sie sagten, das Virus infiziere Bakterien und verwandele sie in gefährliche Krankheitserreger, dringe aber nicht direkt in menschliche Zellen ein. Das heißt aber nicht, dass das Virus nicht in der Gehirnflüssigkeit herumschwimmen könnte. Das haben Sie mit *Inkubation* gemeint. Das Virus befindet sich im Kopf.«

Er seufzte zustimmend. »Dort will es anscheinend hin.«

»Dann betrifft das nicht nur diese eine Patientin.«

»Nein, es betrifft alle Opfer … jedenfalls die, welche die erste Bakterienattacke überlebt haben.«

Er setzte sich an den Computer in der Zimmerecke und klickte sich durch verschiedene Fenster hindurch.

Lisa tigerte währenddessen am Fußende des Betts auf und ab. »Kein Organismus ist von Grund auf böse. Nicht einmal ein Virus. Der Bakterienbefall muss einen Sinn haben. In Anbetracht des breiten Spektrums befallener Bakterien kann das kein Zufall sein. Deshalb frage ich mich: Was gewinnt das Virus dabei?«

Devesh bedeutete ihr mit einem Kopfnicken, sie solle fortfahren. Ihre Schlussfolgerungen waren ihm anscheinend jedoch nicht neu. Er stellte sie immer noch auf die Probe.

Lisa blickte die Patientin an. »Was also gewinnt das Virus? Es erlangt Zugang zu verbotenem Territorium: zum menschlichen Gehirn. Dr. Barnhardt hat darauf hingewiesen, dass neunzig Prozent der Körperzellen nichtmenschlichen Ursprungs sind. Die meisten davon sind Bakterienzellen. Unser Schädel ist einer der wenigen Bereiche, zu denen virale oder bakterielle Krankheitserreger keinen Zutritt haben. Unser Gehirn ist steril und vor Infektionen geschützt. Der Körper hat Blutgefäße und Gehirn durch eine nahezu undurchdringliche Barriere voneinander getrennt. Nämlich durch einen Filter, der eigentlich nur für Blutsauerstoff und Nährstoffe durchlässig ist.«

»Und wenn etwas in den Schädel hineinwill…?«, half Devesh ihr auf die Sprünge.

»Dazu müsste es erst einmal einen erfolgreichen Angriff auf die Blut-Hirn-Schranke unternehmen. Zum Beispiel, indem es die körpereigenen Bakterien gegen uns mobilisiert und die Abwehrkräfte so weit schwächt, dass das Virus die Schranke überwinden und in die Gehirnflüssigkeit vordringen kann. Das ist der biologische Nutzen, den das Virus daraus zieht, dass es die Bakterien in gefährliche Killer verwandelt.«

»Sie versetzen mich in Erstaunen«, sagte Devesh. »Ich habe doch gewusst, dass es sich auszahlen würde, Sie am Leben zu lassen.«

Für Lisas Geschmack war das Kompliment eher zweischneidig.

»Dann stellt sich die Frage nach dem *Warum*«, fuhr Devesh fort. »Warum will das Virus in unseren Schädel vordringen?«

»Leberegel«, sagte Lisa.

Die unlogische Bemerkung brachte ihr Deveshs ungeteilte Aufmerksamkeit ein. »Wie bitte?«

»Leberegel sind ein Beispiel für die Zielstrebigkeit der Natur. Die Lebenszyklen der meisten Egel involvieren drei Wirte. Der Leberegel des Menschen produziert Eier, die mit dem Stuhl den Körper verlassen, in Abwasserkanäle oder natürliche Gewässer gespült werden und sich dort den nächsten Wirt aussuchen: einen zufällig vorbeischwimmenden Fisch. Der Fisch wird schließlich gefangen und vom Menschen verzehrt. Der Wurm dringt in die Leber vor und wächst zu einem Egel heran, der sich glücklich und zufrieden einnistet.«

»Und worauf wollen Sie hinaus?«

»Der Judas-Stamm verhält sich vielleicht ganz ähnlich. Denken Sie an den Lanzett-Leberegel. Der hat ebenfalls drei Wirte: Rinder, Schlangen und Ameisen. Aber sein Verhalten im Ameisenstadium finde ich am interessantesten.«

»Und wie sieht das aus?«

»Der Egel beeinflusst die Nervenzentren der Ameise und verändert ihr Verhalten. Zumal bei Sonnenschein wird die Ameise gezwungen, auf Grashalme zu klettern, sich dort zu verbeißen und darauf zu warten, von einer grasenden Kuh gefressen zu werden. Wird sie nicht gefressen, kehrt die Ameise bis zum nächsten Morgen in ihren Bau zurück – dann wiederholt sich der Vorgang. Der Egel steuert die Ameise buchstäblich wie ein Fahrzeug.«

»Und Sie glauben, das Virus geht ganz ähnlich vor?«

»Möglicherweise. Ich erwähne dies vor allem deshalb, weil ich Sie daran erinnern möchte, wie heimtückisch die Natur bisweilen sein kann, wenn sie in neues Territorium vordringt. Und das sterile und verbotene Gehirn ist sicherlich jungfräuliches Gebiet. Die Natur wird versuchen, es zu nutzen, so wie der Egel es mit der Ameise tut.«

»Brillant. Diesen Ansatz sollten wir auf jeden Fall weiterverfolgen. Aber das Ganze hat möglicherweise einen Haken.« Devesh wandte sich dem Rechner zu. In der Zwischenzeit hatte er ein Quicktime-Video geladen. »Ich habe erwähnt, dass das Virus in die Gehirnflüssigkeit aller Patienten vorgedrungen ist, welche den Bakterienbefall überlebt haben. Und so sieht das dann aus.«

Er klickte auf das Abspielsymbol.

Das Video war ohne Ton. Zwei weiß gekleidete Männer versuchten, einen um sich schlagenden Nackten mit rasiertem Schädel festzuschnallen, an dessen Kopf und Brust Elektroden befestigt waren. Er wehrte sich knurrend und schäumend. Obwohl er merklich geschwächt war, der Körper bedeckt mit Geschwüren und schwärzlichen Beulen, gelang es ihm, einen Arm zu befreien. Mit der klauenartig gekrümmten Hand kratzte er einen der Krankenpfleger. Dann bäumte sich der Patient auf und biss ihn in den Unterarm.

Das Video war zu Ende.

Devesh schaltete den Monitor aus. »Es liegen bereits Meldungen vor, wonach andere Patienten, die früh erkrankt sind, ein ganz ähnliches Verhalten zeigen.«

»Es könnte sich auch um eine andere Form von Katatonie handeln. Der katatonische Stupor ist nur eine Erscheinungsform davon.« Lisa nickte zu der Patientin im Bett hin. »Doch es gibt auch die genau entgegengesetzte Reaktion, sozusagen das Spiegelbild: die katatonische Erregung. Charakterisiert durch extreme Hyperaktivität, Grimassieren, tierartige Schreie und psychotische Gewalttätigkeit.«

Devesh erhob sich und trat wieder ans Krankenbett. »Die beiden Seiten einer Medaille«, murmelte er und musterte die reglos daliegende Frau.

»Der Mann im Video«, sagte Lisa. Ihr war der Hintergrund der Filmaufnahmen aufgefallen. Das Video war nicht an Bord des Schiffes aufgenommen worden. »Wer war das?«

Devesh deutete betrübt auf die Patientin. »Ihr Mann.«

Lisa straffte sich. Sie starrte die Kranke an. *Ihr Mann …*

»Die beiden haben sich zum gleichen Zeitpunkt infiziert«, erklärte Devesh. »Sie wurden auf einer Segelyacht gefunden, die vor der Weihnachtsinsel auf ein Riff aufgelaufen war. Ihr Patient John Doe, der mit der Fleischessenkrankheit, ist offenbar an den Strand geschwommen. Wir haben die beiden von der Yacht geborgen. Sie waren stark geschwächt, dem Tode nahe.«

So also war die Gilde auf das Phänomen aufmerksam geworden.

Devesh nickte zu der Frau hin. »Das wirft natürlich die Frage auf, weshalb ihr Mann einen schizoiden Zusammenbruch erlitten hat, während die äußeren Wunden unserer Patientin in Heilung begriffen sind und sie in einem relativ stabilen katatonischen Zustand verharrt. Wir glauben, dass die Antwort auf diese Frage uns zu einem Heilmittel führen könnte.«

Lisa enthielt sich eines Kommentars. Sie war nicht dumm. Devesh konnte sagen, was er wollte – ihr war klar, dass sich die Gilde nicht von altruistischen Motiven leiten ließ. Sie suchte nicht deshalb nach einem Heilmittel, weil sie die Welt retten wollte. Sie hatte mit dem Virus etwas vor, doch ehe sie es nutzen konnte, musste sie dessen Wirkungsweise vollständig verstanden und ein Gegen- oder Heilmittel entwickelt haben. Dagegen hatte Lisa keine Einwände. Ein Heilmittel *musste* entwickelt werden. Die Frage war nur: Wie sollte das ohne die Mithilfe der Gilde gelingen?

Devesh drehte sich auf dem Absatz um und wandte sich zur Tür. »Sie machen ausgezeichnete Fortschritte, Dr. Cummings. Ich kann Sie nur loben. Morgen ist jedoch wieder ein anderer Tag. Und wir brauchen weitere Ergebnisse.« Er musterte sie mit hochgezogenen Brauen. »Haben wir uns verstanden?«

Sie nickte.

»Ausgezeichnet.« Er zögerte. »Ach, übrigens, Sir Ryder Blunt, der geschätzte Eigner unseres Kreuzfahrtschiffs, lädt Sie zum Abendcocktail in seine Suite ein. Ein kleiner Umtrunk.«

»Aus welchem Anlass?«

»Wir laufen einen Hafen an«, antwortete Devesh und nahm seinen Stock. »Wir sind fast schon da.«

Lisa war nicht nach Feiern zumute. »Ich habe hier viel zu tun.«

»Unsinn. Sie kommen. Es wird nicht lange dauern, und es wird Ihnen helfen, Ihre Batterien aufzuladen. Also, die Sache ist entschieden. Ich lasse Sie von Rakao abholen. Bitte denken Sie an passende Kleidung.«

Gefolgt von Surina ging er hinaus.

Lisa sah ihnen kopfschüttelnd nach.

Dann wandte sie sich dem Bett zu.

Dr. Susan Tunis.

»Es tut mir leid«, murmelte sie.

Wegen ihrem Mann und wegen dem, was sie erwartete.

Ihr kamen wieder die Parallelen zwischen ihren Lebenswegen in den Sinn. Sie dachte an Susans Mann, wie er mit blutunterlaufenen Augen tobte. Sie schlang die Arme um den Oberkörper und wünschte zum tausendsten Mal, sie wäre daheim bei Painter.

Heute Morgen hatte sie mit ihm telefoniert. Zum verabredeten Termin. Wohlweislich hatte sie diesmal auf alle Tricks verzichtet und ihm gesagt, alles sei in Ordnung. Trotzdem war sie in Tränen aufgelöst gewesen, als man sie aus dem Funkraum gezerrt hatte.

Sie wollte, dass er sie in die Arme schloss.

Doch es gab nur einen Weg, ihr Überleben zu sichern.

Sie musste sich nützlich machen.

Sie trat vor das Instrumententablett und nahm den Augenspiegel in die Hand. Vor der Cocktailparty wollte sie noch einer Anomalie nachgehen, die sie Devesh gegenüber nicht erwähnt hatte.

Einer Anomalie, die es eigentlich nicht hätte geben dürfen.

02:02
Washington, D. C.

Knapp verfehlt.

Zu ungeduldig, um auf den Lift zu warten, stürmte Painter mit großen Sätzen die Treppe zur Lobby des Phoenix Park Hotel hinunter. Das Zimmer 334 wurde noch von der Spurensicherung von Sigma untersucht. Er hatte zwei FBI-Leute dort gelassen, die sich mit der örtlichen Polizei stritten.

Ein beschissener Zuständigkeitsstreit.

Das war Wahnsinn.

Painter jedenfalls bezweifelte, dass man dort verlässliche Spuren finden würde.

Vor einer Stunde war er im Schlafsaal der Sigma-Kommandozentrale aus einem Nickerchen geweckt worden. Es hatte sich endlich eine Spur ergeben. Eine Medikamentenbestellung für Jackson Pierce. Die Sozialversicherungsnummer hatte gestimmt. Das war der erste Erfolg, seitdem Gray nach der Zerstörung der konspirativen Wohnung mitsamt seinen Begleitern untergetaucht war. Painter hatte das Suchnetzwerk der NSA mit allen Decknamen Grays sowie den Namen seiner Eltern gefüttert.

Painter hatte ein Einsatzteam zu der Apotheke geschickt und sich einem zweiten Team angeschlossen, das die Lieferadresse aufsuchte. Das Phoenix Park Hotel. Die Apotheke hatte die Bestellung bestätigt, doch der Bote war noch nicht wieder zurückgekehrt. Über Handy war er bislang nicht zu erreichen gewesen. Die Apotheke hatte bereits im Hotel nachgefragt, doch im fraglichen Zimmer hatte niemand abgehoben.

Als sie dort eintrafen, sah Painter, weshalb niemand drangegangen war. Das Zimmer war leer. Die Personen, die sich darin aufgehalten hatten, waren verschwunden. Im Gästebuch hatten sich Red und Ginger Rogers eingetragen, dem Empfangschef zufolge ein älteres Ehepaar. Sie waren allein gewesen und hatten bar bezahlt. Gray war offenbar nicht bei ihnen gewesen. Außerdem hätte Gray den eklatanten Fehler vermieden, ein Medikament zu bestellen und damit Alarm auszulösen.

Was aber hatte seine Eltern veranlasst, ein solches Risiko einzugehen? Harriet war eine intelligente Frau. Offenbar hatten sie das Medikament dringend benötigt. Warum aber hatten sie nicht gewartet? Was hatte sie bewogen, abermals unterzutauchen? War es eine Finte? Wollte man sie auf eine falsche Fährte locken?

Painter wusste es besser. Gray hätte seine Eltern niemals leichtfertig für seine Zwecke eingespannt. Er hätte sie irgendwo unter falschem Namen untertauchen lassen und dafür gesorgt, dass sie die Köpfe einzogen. Nichts weiter. Irgendwas stimmte da nicht. Niemand hatte das ältere Ehepaar weggehen sehen.

Und dann war da noch der überfällige Apothekenbote.

Painter trat durch die Treppenhaustür in die Lobby.

Der diensthabende Empfangschef nickte ihm zu und fuchtelte mit den Händen. »Ich habe das Überwachungsvideo der Lobbykamera.«

Er geleitete Painter ins Büro. In einem Aktenschrank stand ein Fernseher mit eingebautem Videorekorder.

»Starten Sie die Wiedergabe vor einer Stunde«, sagte Painter und sah auf die Uhr.

Der Hotelmanager schaltete das Videogerät ein und spulte zu der genannten Zeit zurück. Die Lobby war leer bis auf eine Frau hinter der Rezeption, die Papierkram erledigte.

»Das ist Louise«, sagte der Empfangschef und tippte auf den Bildschirm. »Das alles hat sie ganz schön mitgenommen.«

Ohne auf seine Bemerkung einzugehen, beugte Painter sich dem Bildschirm entgegen.

Die Eingangstür schwang auf, und eine Person in einem weißen Kittel schritt zur Rezeption, legte einen Ausweis vor und ging zu den Aufzügen.

Louise wandte sich wieder ihrer Arbeit zu.

»Hat sie gesehen, wie der Bote wieder hinausgegangen ist?«

»Ich kann sie ja mal fragen…«

Painter hielt das Band in dem Moment an, als die Person den Kittel zurechtrückte.

Eine Frau.

Die Apotheke hatte einen *Mann* geschickt.

Das Bild war körnig, doch die asiatischen Gesichtszüge der Frau waren deutlich zu erkennen. Painter erkannte sie wieder. Er hatte sie bereits auf dem Überwachungsvideo von der konspirativen Wohnung gesehen.

Sie gehörte zu Nassers Team.

Painter drückte die Auswurftaste und nahm das Video heraus. Er drehte sich so abrupt um, dass der Hotelmanager erschreckt einen Schritt zurückwich. Painter hielt das Überwachungsvideo hoch.

»Niemand weiß davon«, sagte er mit fester Stimme und fixierte den Mann mit möglichst drohender Miene. In Anbetracht seiner Laune fiel ihm das nicht schwer. »Weder die Polizei noch das FBI.«

Der Mann nickte heftig.

Painter ging in die Lobby zurück. Er hatte eine Hand zur Faust geballt; am liebsten hätte er zugeschlagen.

Und zwar fest.

Jetzt war ihm klar, was hier geschehen war.

Nasser hatte Grays Eltern gekidnappt.

Direkt vor ihrer Nase.

Der Mistkerl war Sigma nur um Minuten zuvorgekommen. Und dafür konnte Painter keinen Maulwurf verantwortlich machen. Er kannte den Grund. Bürokratie. Seichans terroristischer Hintergrund hatte die ganze Mannschaft in Alarmbereitschaft versetzt, was zur Folge hatte, dass alle einander auf die Zehen traten. Zu viele Köche verdarben den Brei – zumal wenn keiner den Durchblick hatte.

Für Nasser galt das nicht.

Im Laufe des Tages war Painter immer wieder auf Hemmnisse gestoßen, die meistens mit unterschiedlichen Zuständigkeiten zu tun hatten. Da Sigma unter Regierungsüberwachung stand, witterten die anderen Geheimdienste Morgenluft. Wem es gelingen würde, die Überläuferin, den großen Fisch in diesem ganzen Abschaum, zu fangen, der könnte sich das zuguteschreiben. Deshalb wurde kaum kooperiert, sondern nur so getan als ob.

Wenn Painter Nassers Pläne noch vereiteln wollte, musste er die Bürokratie umgehen. Zum Teufel mit der Rücksichtnahme.

Er drückte die Schnellwahltaste und stellte eine Verbindung zur Kommandozentrale her.

Painters Sekretär meldete sich.

»Brant, Sie müssen mich zu Direktor McKnight von der DARPA durchstellen. Über eine sichere Leitung.«

»Jawohl, Sir. Übrigens wollte ich Sie gerade anrufen. Die Funkzentrale hat soeben ein paar seltsame Meldungen aufgefangen. Die Weihnachtsinsel betreffend.«

Es dauerte einen Moment, bis Painter reagierte. »Was ist passiert?«, fragte er, als er wieder zu Atem gekommen war. Vor der Drehtür des Hotels blieb er stehen.

»Die Einzelheiten sind unklar. Aber es sieht so aus, als wäre das Kreuzfahrtschiff, das die evakuierte Inselbevölkerung aufgenommen hat, gekapert worden.«

»Was?«, keuchte Painter.

»Einer der WHO-Wissenschaftler konnte entkommen. Mit einem Kurzwellengerät hat er einen vorbeikommenden Tanker angefunkt.«

»Und Lisa und Monk …?«

»Von denen ist nichts bekannt, aber es kommen gerade neue Meldungen herein.«

»Ich bin gleich da.«

Mit klopfendem Herzen unterbrach er die Verbindung, steckte das Handy ein und trat durch die Drehtür nach draußen. Die frische Luft kühlte sein in Wallung begriffenes Blut wieder etwas ab.

Lisa …

Im Geiste ließ er ihr letztes Telefonat Revue passieren. Sie hatte müde, vielleicht auch ein wenig gereizt geklungen, vom Schlafmangel ausgelaugt. Hatte man sie zu den Anrufen gezwungen?

Das ergab keinen Sinn.

Wer besaß die Dreistigkeit, ein Kreuzfahrtschiff zu kapern? So etwas ließ sich nicht geheim halten. Zumal im Zeitalter der Satellitenüberwachung.

Ein Schiff dieser Größe konnte man nirgendwo verstecken.

15:48
An Bord der Mistress of the Seas

Der Anblick verschlug Monk den Atem.

Allmächtiger…

Monk stand allein auf dem Steuerborddeck und wartete auf Jessie. Unmittelbar vor dem Schiff lag eine nebelverhüllte Insel. Steile Klippen ragten aus dem Meer. Die Insel verfügte weder über einen Strand noch über einen Hafen und wies schroffe Bergspitzen auf. Sie glich einer steinernen Krone, umhüllt von Kletterpflanzen und Dschungel.

Vor dem Hintergrund des schwarzen Himmels wirkte sie besonders bedrohlich. Das Kreuzfahrtschiff war einem Unwetter davongefahren. In der Ferne gingen aus den tief ziehenden Wolken dunkle Regenschauer aufs aufgewühlte Meer nieder. Der Wind hatte zugenommen, zerfledderte die bunten Fähnchen und peitschte das Deck mit Böen.

Monk hielt sich mit einer Hand an der Reling fest, denn das große Schiff rollte in den Wogen, welche die Stabilisatoren einer harten Prüfung unterzogen.

Was zum Teufel hatte der Kapitän vor?

Das Schiff hatte die Fahrt verlangsamt. Sie hielten geradewegs auf die unwirtliche Insel zu, die keinen einladenderen Eindruck machte als all die vielen anderen Inseln, an denen sie vorbeigekommen waren. Was unterschied diese Insel von den anderen?

Der einfallsreiche, sprachgewandte Jessie hatte von einem einheimischen Schiffskoch, der sich in der Gegend auskannte, einiges in Erfahrung gebracht. Die Insel hieß Pusat oder Nabel. Dem Koch zufolge mieden Boote die Gegend. Angeblich war die balinesische Hexenkönigin Rangda aus dem Nabel geboren worden, und ihre Tierdämonen, die aus der Tiefe auftauchten und nichts ahnende Seeleute in ihre Unterwasserwelt hinabzogen, schützten ihren Geburtsort.

Jessie hatte eine andere Erklärung anzubieten gehabt: *Wahrscheinlich gibt es hier tückische Untiefen und gefährliche Strömungen.*

Oder verhielt es sich ganz anders?

Plötzlich tauchten scheinbar mitten aus den steilen Klippen drei Speedboote auf. Blaue, flache Boote mit langem Kiel.

Schon wieder Piraten.

Kein Wunder, dass sich niemand hierhertraut, dachte Monk. *Tote erzählen keine Geschichten.*

Mehrere Männer rannten an Monk vorbei und riefen etwas auf Malaiisch. Er spitzte die Ohren, bemühte sich, etwas zu verstehen. Er sah auf die Uhr. Wo blieb Jessie? Im Moment hätte er einen Übersetzer gut gebrauchen können.

Er fasste die vor ihnen liegende Insel in den Blick.

Internationalen Berichten zufolge gab es hier Hunderte geheimer Höhlen. Über achtzehntausend Inseln gehörten zu Indonesien: Ganze sechstausend davon waren bevölkert. Somit blieben zwölftausend Inselverstecke übrig.

Monk beobachtete, wie die drei Boote herangerast kamen und inmitten von Gischtwolken unvermittelt einen scharfen Bogen beschrieben. Eines setzte sich vor den Bug, die anderen beiden nahmen das Schiff in die Mitte. Mit bollernden Motoren fuhren sie durch die kurzen, steilen Wellen zurück zur Insel.

Eine Eskorte.

Die Speedboote geleiteten ihre große Schwester in den Hafen.

Als die Insel näher kam, machte Monk in den Klippen unauffällige Spalten aus. Die Lücken wirkten zu schmal für das Kreuzfahrtschiff. Unwillkürlich dachte er an das Kamel, das durch ein Nadelöhr gehen sollte. Doch anscheinend hatte jemand genaue Peilungen durchgeführt und sie mit den Abmessungen des Schiffes verglichen.

Der Schiffsbug schob sich zwischen zwei steile, schwarze Felswände. Der Rest des Schiffes folgte notgedrungen. Monk wich unwillkürlich zurück, als ein Felsvorsprung zwei Rettungsboote zerschmetterte und die Trümmer auf ihn herabregneten.

Plötzlich ertönte ein durchdringendes Kreischen.

Monk hielt den Atem an. Doch sie brauchten nicht mehr weit

zu fahren. Die Felswände traten vor ihnen auseinander. Die *Mistress of the Seas* glitt aus der Schlucht hinaus in eine Lagune von der Größe eines kleinen Sees.

Monk trat wieder an die Reling und blickte sich um. *Verdammt noch mal. Kein Wunder, dass die Insel Nabel heißt.*

Eigentlich handelte es sich um einen Vulkankegel mit einer großen Lagune in der Mitte. Sie waren umgeben von schroffen Felswänden, welche die Krone der Insel bildeten. An der Innenseite waren die Felsen weniger steil, bedeckt mit dichtem Urwald, durchzogen von silbernen Wasserfällen und gesäumt von Sandstrand. An der anderen Seite der Lagune standen Palmhütten und Baracken. Der Strand der Siedlung war gesäumt von zahlreichen Anlegestegen und steinernen Molen. Mehrere Boote lagen zur Reparatur auf dem Sand; andere waren vollkommen verrostet.

Die Heimat der Piraten.

Mehrere Boote kamen dem Kreuzfahrtschiff entgegen. Monk nahm an, dass die Besatzung keine Souvenirs verkaufen wollte.

Er blickte zum Himmel auf, denn bei der Einfahrt in die Lagune war es dunkler geworden. Als hätten die Unwetterwolken sie auf einmal erreicht.

Doch die Lagune wurde nicht von Wolken überschattet.

Da war aber jemand fleißig, dachte Monk, als er den Kopf in den Nacken legte.

Über die Öffnung des Vulkankegels war ein riesiges Netz gespannt. Es wirkte uneinheitlich, zusammengestoppelt, denn der Bau hatte sicherlich Jahrzehnte, wenn nicht gar Jahrhunderte gedauert. Die meisten Teile wurden von Stahltrossen und einem Gitterwerk stabilisiert, das von einem Berggipfel zum nächsten reichte, während andere Bereiche aus Seilen und Fischernetzen bestanden und ein Teil sogar aus geflochtenem Gras und Stroh. Das Gebilde überspannte die Lagune wie ein netzartiges Dach, eine technische Meisterleistung, kunstvoll mit Blättern, Ranken und Zweigen getarnt. Von oben war die Lagune nicht zu sehen. Aus der Luft würde man den Eindruck gewinnen, die Insel sei vollständig mit Urwald bedeckt.

Und jetzt hatte sich die *Mistress of the Seas* in dem Netz gefangen, das sie vor neugierigen Blicken verbarg.

Das war gar nicht gut.

Die Maschinen stoppten, und die Fahrt verlangsamte sich immer mehr. Monk hörte das Rasseln der Ankerkette und spürte im Decksboden eine leichte Vibration.

Am Bug ertönte lautes Geschrei.

Monk ging langsam nach vorn. Einige Piraten waren weniger zurückhaltend und rannten mit hochgereckten Sturmgewehren grölend an ihm vorbei.

»Das kann nichts Gutes bedeuten«, murmelte Monk.

Vorsichtig hielt er sich im Hintergrund. Auf dem Vordeck hatten sich um das Schwimmbecken und den Whirlpool Piraten versammelt. Aus den Lautsprechern dröhnte die Reggaemusik Bob Marleys. Viele hielten Bier-, Whiskey- oder Wodkaflaschen in der Hand. Söldner und einheimische Piraten waren bunt durchmischt. Offenbar fand hier eine Willkommensparty statt.

Es wurden auch Spiele veranstaltet.

Die Aufmerksamkeit der Piraten galt der Steuerbordseite des Schiffs. Sie reckten die Fäuste und schwenkten Sturmgewehre; laute Anfeuerungsrufe waren zu hören. Jemand hatte das Sprungbrett des Pools unter die Reling geschoben, sodass es aufs Wasser hinausragte. Ein Mann wurde nach vorn gezerrt, die Hände hatte man ihm auf den Rücken gefesselt. Er war geschlagen worden; seine Nase blutete, die Lippen waren aufgeplatzt.

Schließlich konnte Monk das Gesicht des Mannes erkennen.

O nein …

Jessie plapperte in einem fort auf Malaiisch – seine Worte trafen jedoch auf taube Ohren. Mit vorgehaltener Waffe zwang man ihn, über die Reling zu klettern und sich auf das Sprungbrett zu stellen. Offenbar handelte es sich um fundamentalistische, ausgesprochen traditionsbewusste Piraten.

Mit Schlägen in den Rücken wurde Jessie bis ans Ende der Planke getrieben.

Monk trat einen Schritt vor.

Zwischen ihm und dem jungen Krankenpfleger drängten sich jedoch zu viele Bewaffnete. Außerdem, was hätte er tun sollen? Sich einen Weg durch das Gewühl der Piraten freizuschießen, kam nicht in Frage. Dann wären sie beide getötet worden.

Gleichwohl wanderte seine Hand zum Gewehr.

Er hätte den jungen Burschen niemals in die Sache verwickeln dürfen. Er hatte sich zu sehr auf ihn verlassen und ihn dabei überfordert. Jessie war vor einer Stunde losgezogen, um eine Landkarte zu besorgen. Irgendjemand musste eine Karte haben oder in der Lage sein, eine zu zeichnen. Die Piraten mussten irgendwo in der Nähe ihre Vorräte auffrischen. Monk hatte ihn zur Vorsicht gedrängt, doch Jessie war mit leuchtenden Augen davongeeilt.

Und das hatte ihm sein Eifer nun eingebrockt.

Mit einem lauten Aufschrei kippte Jessie vom Ende der Planke, fiel in die Tiefe und prallte hart auf dem Wasser auf. Wie die meisten Piraten stürzte auch Monk an die Reling. Schulter an Schulter aufgereiht, pfiffen und buhten sie, feuerten Jessie an und beschimpften ihn. Wetten wurden abgeschlossen.

Monk ließ den angehaltenen Atem entweichen, als Jessie auftauchte und in Rückenlage mit den Beinen strampelte. Zwei Piraten am Bug zielten auf den Ertrinkenden.

O Gott…

Die Schüsse knallten unter dem Tarnnetz besonders laut.

Wasserspritzer markierten die Einschläge der Kugeln.

Dicht bei Jessies Fersen.

Neuerliches Gelächter.

Der junge Mann strampelte heftiger und versuchte, vom Schiff wegzuschwimmen.

Er würde es niemals bis ans Ufer schaffen.

Eins der blauen Speedboote hielt auf den strampelnden Malaien zu, als wollte es ihn über den Haufen fahren. Erst im letzten Moment schwenkte es ab, während Jessie vom Kielwasser überspült wurde.

Spuckend tauchte er auf, eher zornig als verängstigt.

In Rückenlage bewegte er scherenartig die Beine und steuerte mit den gefesselten Armen. Er war kräftig und drahtig.

Das Speedboot aber war schneller.

Es schwenkte herum und nahm abermals Anlauf.

Ein lachender Pirat im Heck des Bootes zielte mit dem Sturmgewehr. Als das Boot zwischen dem Kreuzfahrtschiff und dem jungen Mann hindurchraste, feuerte er eine Salve ab.

Monk zuckte inwendig zusammen, denn er glaubte nicht, dass Jessie die Attacke überlebt hatte.

Doch da tauchte Jessie auch schon wieder hustend und spuckend auf. Er strampelte mit den Beinen. Die Piraten grölten anerkennend.

Monk hatte die Hände so fest um die Reling gekrallt, als wollte er sie losreißen. Die verdammten Schweine spielten mit Jessie und verlängerten seinen Todeskampf.

Obwohl er zur Untätigkeit verdammt war, konnte Monk den Blick nicht abwenden. Seine Gesichtsröte musste selbst unter der nussbraunen Tarnung zu sehen sein.

Alles meine Schuld …

Jessie schwamm jetzt in Seitenlage, denn er wollte sehen, wie weit der Strand noch entfernt war. Das Speedboot fuhr einen Bogen und kam zurück. Grölendes Gelächter schallte übers Wasser.

Jessie strampelte heftiger. Als er auf einmal Boden unter den Füßen spürte, richtete er sich auf. Er rannte los, stürzte, kroch und schwamm zum Ufer. Dann tauchten seine Beine aus den Strandwellen hervor. Er rannte über den Sand auf den dichten Dschungel zu.

Lauf, Jessie, lauf …

Das Speedboot raste vorbei. Schüsse wurden abgefeuert. Sand spritzte hoch, Blätter wurden zerfetzt. Dann legte Jessie die letzten Schritte zurück und verschwand zwischen den Bäumen, die Hände noch immer auf den Rücken gefesselt.

Lauter Jubel, ein paar Unmutslaute.

Geldscheine wechselten den Besitzer.

Die meisten Piraten aber lachten noch immer, als wäre das Ganze nichts weiter als ein Scherz.

Monk stieß seinen Nebenmann an. »*Apa?*«, fragte er.

Monk hatte inzwischen herausgefunden, dass gebrochenes Malaiisch bei dieser Mischung aus Einheimischen und Söldnern völlig ausreichend war. Nicht jeder beherrschte die Sprache so gut wie die malaiischen Piraten.

Dem Herrn an seiner Seite fehlten mehrere Zähne, doch das hinderte ihn nicht daran, seine Lücken mit einem breiten Grinsen vorzuzeigen. Er wies zum Strand, zielte mit dem Finger jedoch etwas höher. An der Hügelkette stiegen ein paar Rauchsäulen auf. Dort lag offenbar eine Siedlung.

»*Pemakan daging manusia*«, erklärte der Pirat.

Ganz meinerseits, Kumpel.

Dem Piraten war Monks Verwirrung offenbar nicht entgangen, denn sein Grinsen wurde so breit, dass Monk die verfaulten Weisheitszähne zählen konnte. Der Pirat versuchte es erneut. »*Kanibals.*«

Monks Augen weiteten sich. Dieses malaiische Wort verstand selbst er. Er blickte wieder zum menschenleeren Strand, dann schaute er zu den Rauchfahnen hoch. Offenbar teilten sich die Piraten die Insel mit einem Kannibalenstamm. Und wie alle höflichen Gäste hatten sie ihren Gastgebern bei der Heimkehr buchstäblich einen Knochen als Gastgeschenk mitgebracht.

Der Pirat brabbelte etwas und zeigte aufs Wasser. Monk verstand nur wenige Brocken.

»... Glück gehabt ... nachts schlimm ...« Er hob die Hand und krümmte die Finger, als packte er etwas, dann senkte er die Hand. »*Iblis.*«

Das war ein malaiischer Fluch.

Monk hatte ihn schon häufiger gehört, war sich aber ziemlich sicher, dass der Mann das Wort in seiner eigentlichen Bedeutung gebrauchte.

Dämon.

»*Rakasa iblis*«, wiederholte der Pirat und plapperte weiter, bis er einen Namen flüsterte und sein Grinsen auf einmal gefror. »Rangda.«

Monk beugte sich stirnrunzelnd über die Reling und blickte aufs Wasser nieder. Er musste an Jessies Ammenmärchen denken. Rangda war der Name der balinesischen Hexenkönigin, deren Dämonen angeblich diese Gewässer unsicher machten.

»Bei Nacht ...«, murmelte der Mann auf Malaiisch und zeigte aufs Wasser. »*Amat, amat buruk.*« Sehr, sehr schlimm.

Monk seufzte. Na großartig. Besorgt blickte er zum Waldrand, dorthin, wo Jessie verschwunden war.

Dämonen und Kannibalen.

Was würde als Nächstes kommen? Der Club Med?

9
Hagia Sophia

6. Juli, 09:32
Istanbul

Während die Sonne auf das Dachrestaurant niederbrannte, lauschte Gray der bedrohlichen Nachricht. Auf einmal wurde ihm kalt.

»Wenn Sie meine Anweisungen nicht genauestens befolgen, werde ich Ihre Eltern töten.«

Gray krampfte die Hand um Vigors Handy. »Wenn ihnen irgendwas passiert …«

»Es wird. Das garantiere ich Ihnen. Ich schicke Sie Ihnen stückweise. Per Post. Über Monate verteilt.«

Es bestand kein Zweifel, dass der Mann es ernst meinte. Gray wandte den anderen den Rücken zu, denn er musste sich konzentrieren und brauchte Zeit zum Nachdenken.

»Sollten Sie Kontakt zu Sigma aufnehmen«, fuhr Nasser mit leidenschaftsloser Stimme fort, »werde ich davon erfahren. Dann werden Sie bestraft. Mit dem Blut Ihrer Mutter.«

Gray schnürte es die Kehle zu. »Du Schwein … Ich will einen Beweis haben, dass sie noch am Leben sind. Und unverletzt.«

Nasser gab keine Antwort. Gray hörte leise Geräusche, einen gedämpften Wortwechsel und schließlich die Stimme seiner Mutter. »Gray?«, sagte sie schwer atmend. »Es tut mir leid. Dein Vater. Er hat seine Tabletten gebraucht.« Sie begann zu schluchzen.

Gray zitterte am ganzen Leib, hin- und hergerissen zwischen Zorn und Trauer. »Schon gut. Seid ihr okay? Wie geht es Dad?«

»Wir … sind … ja … Gray …«

Das Telefon wurde ihr entrissen, dann meldete sich wieder Nasser. »Ich überlasse sie der Obhut meiner Kollegin Annishen. Ich glaube, Sie haben bereits an der konspirativen Wohnung in D. C. miteinander Bekanntschaft gemacht.«

Gray stellte sich die Eurasierin mit dem gefärbten Bürstenschnitt und den Tätowierungen vor.

Die asiatische Anni.

Nasser fuhr fort: »Ich werde zu Ihnen in die Türkei kommen. Um neunzehn Uhr bin ich dort. Sie rühren sich in der Zwischenzeit nicht vom Fleck.«

Gray sah auf die Uhr. Bis dahin waren es noch neun Stunden.

»Meine Leute wissen, wo in Sultanahmet Sie sich aufhalten. Seit Monsignor Verona Italien verlassen hat, peilen wir sein Handy an.«

Vigors überstürzter Aufbruch hatte wohl die Alarmglocken schrillen lassen. Gray hatten allen Grund, auf den Monsignore wütend zu sein, doch er wusste, dass Vigor weniger zu Paranoia neigte als er selbst. Außerdem war er zu sehr von seinen Schuldgefühlen in Anspruch genommen, um ihm Vorwürfe zu machen.

Er hatte seine Eltern im Stich gelassen.

»Ich würde jetzt gern mit Seichan sprechen«, sagte Nasser.

Gray winkte Seichan herbei. Sie wollte das Handy ergreifen, doch Gray gab es nicht aus der Hand. Er bedeutete ihr, sie solle den Kopf neigen, damit er mithören konnte.

Also steckten sie die Köpfe zusammen, und Seichan sprach Nasser mit seinem Vornamen an: »Amen, was willst du?«

»Du Miststück… Für diesen Verrat wirst du leiden müssen…«

»Ja, und du wirst meinen Hund schlagen und meine Katze treten. Schon verstanden, Süßer.« Seichan seufzte, ihr Atem kitzelte Gray am Hals. »Aber ich fürchte, wir müssen uns jetzt Lebewohl sagen. Wenn du hier eintriffst, bin ich längst weg.«

Gray straffte sich und blickte sie von der Seite an. Sie hob warnend die Hand und schüttelte den Kopf. Sie wollte nirgendwo hin.

»Meine Leute haben euch längst umzingelt«, sagte Nasser. »Wenn du zu flüchten versuchst, werden sie dir eine Kugel zwischen deine kalten Augen verpassen.«

»Nur zu. Sobald diese Unterhaltung beendet ist, verlasse ich die verdammte Kirche.« Seichan blickte Gray vielsagend an und zeigte zur Hagia Sophia hinüber.

»Wir kommen in der Hagia Sophia ohnehin nicht weiter«, fuhr

sie fort. »Zu viele beschissene Wandgemälde. Das gehört alles dir, mein Schatz. Du wirst mich nie wiedersehen.«

Gray runzelte die Stirn. Es war offensichtlich, dass sie log. Aber warum?

Nasser schwieg einen Moment. Als er weitersprach, war ihm seine Verärgerung trotz seiner Kaltschnäuzigkeit deutlich anzuhören. »Du wirst keine zehn Schritte weit kommen! Ich lasse sämtliche Ausgänge der Hagia Sophia bewachen.«

Seichan verdrehte die Augen und blickte Gray auffordernd an.

»Ich wünsch dir viel Glück, Amen«, sagte Seichan. »Ciao, Baby. Kuss und Schluss.«

Seichan trat zurück und hob warnend den Zeigefinger.

Gray ging auf ihr Spielchen ein. »Was haben Sie eben zu ihr gesagt?«, knurrte er ins Handy. »Seichan hat die Waffe gezogen und ist aus der Kirche gerannt. Was zum Teufel haben Sie und dieses Miststück vor?«

Seichan nickte mit einem verkniffenen Lächeln.

Während Nasser fluchte, überlegte Gray, wie er sich Seichans List zunutze machen könnte. Seine Schuldgefühle und seinen Ärger drängte er zurück, denn damit war weder ihm noch seinen Eltern geholfen.

Er fing Seichans Blick auf. Die Gilde mochte Vigors Anruf geortet haben, doch die Peilung war bestimmt ungenau. Mit ihrer Behauptung, sich in der Hagia Sophia aufzuhalten, hatte Seichan sich in dieser Beziehung Gewissheit verschafft. Die Gilde wusste, dass sie sich in der Altstadt von Istanbul aufhielten, kannte aber nicht ihre genaue Position.

Jedenfalls bis jetzt noch nicht.

Gray blickte über den nahe gelegenen Park hinweg zu der gewaltigen Hagia Sophia mit ihrer riesigen Kuppel hinüber, die von vier spitzen Minaretten umgeben war.

»Was machen Sie in der Hagia Sophia?«, fragte Nasser.

Gray überlegte, wie viel er preisgeben sollte. Es musste überzeugend klingen, und das erreichte man am besten dadurch, dass man ein wenig Wahres einfließen ließ. »Wir suchen nach Marco Polos Schlüssel. Monsignor Verona hat die Schrift aus dem Vatikan entziffert. Sie hat uns hierhergeführt.«

»Dann hat Seichan Ihnen also gesagt, wo Sie suchen müssen.« Ein weiterer Fluch. »Dafür, dass Sie sie haben entwischen lassen, werde ich Sie lehren, wie ernst wir es meinen.«

Gray wusste, dass Nasser auf seine Eltern anspielte.

»Seichan ist unwichtig«, entgegnete er scharf. Er war entschlossen, seine Eltern so gut es ging zu schützen. »Ich habe, wonach Sie suchen. Den Engelscode vom ägyptischen Obelisken. Ich habe eine Kopie.«

Nasser schwieg. Gray stellte sich vor, wie er erleichtert die Augen schloss. Nasser brauchte die Engelschrift. Sein Wunsch, Seichan zu bestrafen, trat demgegenüber in den Hintergrund.

»Ausgezeichnet, Commander Pierce.« Die Anspannung war aus seiner Stimme verschwunden. »Wenn Sie weiter kooperieren, wartet auf Ihre Eltern ein glücklicher, ruhiger Lebensabend.«

Gray wusste, dass dieses Versprechen ebenso dünn war wie die Luft, die er atmete.

»Wir treffen uns Punkt neunzehn Uhr in der Hagia Sophia«, sagte Nasser. »Suchen Sie meinetwegen nach Polos Schlüssel. Aber denken Sie daran, dass wir Scharfschützen an den Ausgängen postiert haben.«

Gray verkniff sich ein höhnisches Grinsen.

»Und noch was, Commander Pierce. Für den Fall, dass Sie uns reinlegen wollen, habe ich mit Annishen verabredet, mich stündlich bei ihr zu melden. Sollte ich mich auch nur um eine Minute verspäten, wird sie sich als Erstes die Zehen Ihrer Mutter vornehmen.«

Es knackte in der Leitung.

Gray klappte Vigors Handy zu. »Wir müssen zur Hagia Sophia, bevor die Gildenleute unsere genaue Position bestimmt haben.«

Sie sammelten ihre Sachen ein.

Gray wandte sich an Seichan. »Das war riskant.«

Seichan zuckte mit den Schultern. »Gray, wenn Sie lebend aus dieser Sache herauskommen wollen, dürfen Sie die Gilde nicht unterschätzen. Sie ist mächtig und hat viele Verbündete. Aber Sie sollten sie auch nicht überschätzen. Die Gilde wird sich Ihr Ohnmachtsgefühl zunutze machen und versuchen, Ihre Kampfmoral zu schwächen. Konzentrieren Sie sich. Seien Sie vorsichtig, aber gebrauchen Sie Ihren Verstand.«

»Und wenn es nicht funktioniert hätte?«, erwiderte Gray mit einem Anflug von Verärgerung.

Seichan legte den Kopf schief. »Aber es hat funktioniert.«

Gray atmete schnaubend aus, darum bemüht, sich seine Verärgerung nicht anmerken zu lassen. Wenn Seichan sich verrechnet hätte, wären seine Eltern die Leidtragenden gewesen.

»Außerdem«, sagte Seichan, »habe ich eine Ausrede dafür gebraucht, dass ich nicht dort sein werde, wenn Nasser eintrifft. Er wird Sie und Monsignor Verona am Leben lassen. Sie sind beide nützlich für ihn. Und da er Ihre Eltern als Geiseln hat, wird Nasser glauben, Sie wären gefügig wie ein zugerittenes Pferd. Mich aber würde Nasser auf der Stelle erschießen. Das heißt, falls ich Glück hätte. Deshalb brauchte ich eine Ausstiegsstrategie, die mir einerseits das Überleben sichert und mir andererseits die Möglichkeit eröffnet, selbstständig tätig zu werden. Damit ich Ihnen weiterhin helfen kann.«

Gray bekam seinen Zorn endlich unter Kontrolle. Es waren nicht Seichans Eltern, die in Gefahr waren. Ihr fiel es leichter, unbekümmert zu handeln und Risiken einzugehen. Sie hatte kaltblütig eine Entscheidung getroffen und rasch gehandelt. Das würde ihnen allen zugutekommen.

Aber trotzdem …

Seichan wandte sich ab und hob den Zeigefinger. »Außerdem brauche ich diesen Typ.«

»Wen? Mich?«, fragte Kowalski.

»Wie ich schon sagte, Nasser würde mich auf der Stelle erschießen. Kowalski wahrscheinlich ebenfalls.«

»Warum gerade mich?« Die Gesichtszüge des Hünen erschlafften. »Was zum Teufel habe ich ihm getan?«

»Sie sind nutzlos.«

»Hey!«

Seichan ignorierte seinen Gefühlsausbruch. »Jetzt, da Mr. und Mrs. Pierce in seiner Hand sind, braucht Nasser keine weiteren Geiseln. Es hätte für ihn keinen Sinn, Sie mitzuschleppen.«

Gray hob beschwichtigend die Hand. »Aber wenn Nasser bereits weiß, dass Kowalski bei uns ist?«

Seichan blickte ihn wortlos an.

Allmählich dämmerte es ihm.

Überschätzen Sie die Gilde nicht.

Stirnrunzelnd bemühte sich Gray, seine Ansicht, die Gilde sei allmächtig, zu revidieren. Diese Vorstellung drohte ihn zu lähmen. Betrachtete man es von allen Seiten, musste er Seichan recht geben.

Er wandte sich Kowalski zu. »Sie gehen mit Seichan.«

»Ich werde schon Verwendung für ihn finden«, meinte Seichan und klopfte dem ehemaligen Seemann auf den Hintern.

»Wenigstens einer, der findet, ich wär zu was nutze«, grummelte Kowalski, während er sich den Hintern rieb.

Sie gingen nach unten. Seichan und Gray bildeten den Abschluss. Als sie ihm den Vortritt lassen wollte, fasste er sie beim Arm.

»Was haben Sie vor?«, fragte er, als sie auf der Dachterrasse allein waren. »Wie wollen Sie uns helfen?«

»Ich weiß es nicht. Noch nicht.«

Sie erwiderte seinen Blick einen Moment zu lange, dann wandte sie sich ab. Offenbar wollte sie ihm noch etwas sagen, musste sich aber erst noch dazu durchringen. Das merkte er an ihrem gepressten Atem und dem Flackern in ihren Augen.

»Was haben Sie?«, fragte er besorgt.

Sein einfühlsamer Tonfall verstärkte ihre Abwehr, doch anstatt sich abzuwenden, seufzte sie schwer. »Gray… Es tut mir leid«, sagte sie endlich und schaute weg. »Das mit Ihren Eltern…«

In ihrem Blick und ihrer Haltung drückte sich nicht nur Mitgefühl aus, sondern auch schlechtes Gewissen. Warum? Es gab keine Schuld ohne Verantwortung. Grays Eltern aber waren durch Zufall in die Sache verwickelt worden. Damit hatte Gray sich inzwischen abgefunden. Woher kamen dann auf einmal diese Schuldgefühle?

Im Geiste ging er verschiedene Möglichkeiten durch und ließ die Unterhaltungen mit Nasser und Seichan Revue passieren. Was bedrückte sie?

Dann auf einmal wusste er es.

Seichan hatte es praktisch selbst gesagt.

Überschätzen Sie die Gilde nicht.

Er krallte die Finger in ihren Arm und drückte Seichan neben der Tür an die Wand. Er drängte sich so dicht an sie, dass ihre Lippen sich fast berührten.

»Mein Gott… es gibt gar keinen verdammten Maulwurf bei Sigma. Es hat nie einen gegeben.«

Seichan setzte stammelnd zu einer Erklärung an.

Gray fiel ihr ins Wort. »Nasser hat mich davor gewarnt, Sigma anzurufen. Er hat mir gedroht. Warum? Er wusste, dass ich davon ausging, dass es bei Sigma einen Maulwurf gibt. Warum hat er mir dann gedroht?« Er schüttelte sie. »*Die einzige Erklärung ist, es gibt keinen Maulwurf.*«

Seichan zuckte zusammen und wollte seine Hand wegstoßen, doch er drückte zu, bis er den Knochen spürte.

»Wann wollten Sie es mir sagen?«, fragte er scharf.

Endlich fand sie die Stimme wieder – sie klang zornig und abwehrend und alles andere als kleinlaut. »Ich wollte es Ihnen ja sagen. Wenn alles vorbei ist.« Sie seufzte verärgert. »Aber jetzt, da Ihre Eltern als Geiseln genommen wurden, durfte ich es nicht länger für mich behalten – nicht solange eine gewisse Hoffnung besteht, Ihre Eltern zu befreien. So gefühllos bin ich nicht, Gray.«

Seichan wollte sich abwenden, doch Gray ging mit der Bewegung mit und hielt ihren Blick fest.

»Wenn es keinen Maulwurf gibt«, sagte er, »woher wusste Nasser dann von der konspirativen Wohnung? Wieso konnte er uns dort abfangen?«

»Ich hatte mich verrechnet.« Seichans Blick wurde undurchdringlich. »Mehr habe ich dazu nicht zu sagen. Sie müssen mir glauben, dass ich in bester Absicht gehandelt habe.«

»Ihnen glauben!«, höhnte er.

Auf einmal wirkte sie verletzt und senkte andeutungsweise das Kinn.

Gray ließ nicht locker. »Wenn ich von Anfang an die Unterstützung von Sigma hätte in Anspruch nehmen können…«

Ihre Miene verhärtete sich. »Sie wären neutralisiert worden, Gray. Und ich wäre im Gefängnis gelandet, ohne etwas ausrichten zu können. Wir mussten beide in Freiheit bleiben und uns so schnell wie möglich absetzen. Deshalb habe ich Sie in dem Glauben gelassen.«

Gray suchte in ihrem Gesicht nach einem verräterischen Zucken, einem Hinweis darauf, dass sie log. Doch da war nichts. Offen und herausfordernd erwiderte sie seinen Blick. Sie machte sich nicht einmal die Mühe, ihm zu verhehlen, dass es noch mehr Ungesagtes gab.

Gray ärgerte sich, dass er ihr gegenüber nicht misstrauischer gewesen war. »Ich sollte Sie von Nasser erschießen lassen«, sagte er finster.

»Und wer würde Ihnen dann den Rücken freihalten, Gray? Auf wessen Unterstützung können Sie hier zählen? Auf Kowalski? Allein wären Sie besser dran. Sie haben nur mich. Und das wär's auch schon. Also lassen Sie uns das Ganze vergessen. Entweder wir streiten uns weiter und lassen die Zeit, die Ihnen bleibt, um Sigma anzurufen, verstreichen, oder wir klären das später.«

Sie nickte zur Tür hin. »In der Lobby ist eine Telefonzelle. Das ist einer der Gründe, weshalb ich wollte, dass Nasser glaubt, wir wären woanders. Inzwischen überwacht er wahrscheinlich sämtliche öffentlichen Telefone in der Hagia Sophia. Das in der Lobby sollte noch sicher sein. Soweit man das überhaupt sagen kann. Und Sie sollten sich kurz fassen. Die Zeit wird knapp.«

Gray ließ ihren Arm los und stieß sie weg.

Abermals wirkte sie für einen Moment verletzt.

Soll sie nur.

Hätte er gewusst, dass es keinen Maulwurf gab, hätte er gleich zu Anfang Kontakt mit Painter aufgenommen. Dann hätte er veranlassen können, dass wenigstens seine Eltern aus der Gefahrenzone gebracht worden wären.

Seichan ahnte den Grund für seine Verärgerung. Sie wischte sich über das Gesicht. Ihre Stimme klang weicher als zuvor und todmüde. »Ich habe fest geglaubt, ihnen würde nichts passieren, Gray. Ganz ehrlich.«

Gray lag eine scharfe Erwiderung auf der Zunge, doch er brachte kein Wort heraus. Einerseits weil er wütend war, doch vor allem deshalb, weil er seine eigenen Schuldgefühle nicht auf Seichan abladen durfte.

Es hatte keinen Sinn, die Wahrheit zu leugnen.

Er hatte seine Eltern im Stich gelassen.

Er und niemand sonst.

03:04
Washington, D. C.

»Direktor Crowe, ich habe einen Anruf aus Istanbul für Sie.«

Painter riss den Blick von den Satellitenmonitoren los und sah den Cheffunker an. Wer meldete sich da aus Istanbul?

In der vergangenen Stunde hatte er sich mit den Verantwortlichen der Nationalen Aufklärungsbehörde NRO und der Nationalen Sicherheitsbehörde um den uneingeschränkten Zugang zum Satellitenüberwachungssystem ECHELON und die Erlaubnis gestritten, um die Weihnachtsinsel herum eine Suche durchführen zu dürfen. Dieses abgelegene, dünn besiedelte Gebiet war jedoch in eine niedrige Sicherheitskategorie eingestuft und stand nicht unter ständiger Beobachtung. Schließlich hatte er sich ans Ausland gewandt und die Verantwortlichen des Horchpostens der australischen Streitkräfte in Pine Gap dazu überredet, einen ihrer Satelliten auf das fragliche Gebiet auszurichten. Allerdings würde es noch vierzehn Minuten dauern.

»Der Anruf ist von Commander Pierce, Sir«, sagte der Cheffunker und reichte ihm den Hörer.

Painter schwenkte den Drehstuhl herum. *Verdammt noch mal.* Er nahm den Hörer entgegen. »Gray? Hier ist Direktor Crowe. Wo stecken Sie?«

Die Stimme klang leise. »Sir, ich stehe unter Zeitdruck und habe Ihnen eine Menge mitzuteilen.«

»Ich höre.«

»Erstens, meine Eltern wurde von einem Agenten der Gilde gekidnappt.«

»Von Amen Nasser. Das wissen wir. Die Fahndung läuft.«

Gray schwieg überrascht, dann fuhr er fort: »Außerdem müssen Sie mit Monk und Lisa sprechen. Sie sind in Gefahr.«

»Ist uns bekannt. Ich starte soeben eine Satellitenüberwachung. Nachdem Sie mir jetzt alles gesagt haben, was ich bereits weiß, wie wär's dann, wenn Sie am Anfang beginnen würden?«

Gray atmete tief durch und berichtete in knappen Worten, was seit Seichans unerwartetem Auftauchen geschehen war. Painter stellte ein paar Fragen, dann fügten sich die Bruchstücke zusammen wie bei einem Puzzle. Während er auf die Antwort der NSA gewartet hatte, waren ihm ein paar Erkenntnisse gekommen. Er hatte bereits vermutet, dass die Gilde an dem Vorfall vor der Weihnachtsinsel beteiligt war. Wer sonst verfügte über die erforderlichen Mittel, die Bevölkerung einer ganzen Insel zu entführen und sie spurlos verschwinden zu lassen? Gray hatte seine Vermutung bestätigt, sie mit einer Erklärung versehen und ihr sogar einen Namen gegeben.

Der Judas-Stamm.

Vor einer Stunde hatte Painter Dr. Malcolm Jennings aus dem Bett holen lassen und ihn in das Forschungslabor von Sigma beordert. Auf der Rückfahrt vom Ort des Kidnappings zu Sigma hatte er sich die letzten Telefonate mit Lisa vergegenwärtigt. Da sie unter Zwang gestanden hatte, waren ihre Erklärungen allesamt hinfällig. Zum Beispiel die, dass es sich bei der Krankheit, die ihr zunächst solche Sorge bereitet hatte, um einen Fehlalarm gehandelt habe. Dann war ihm Jennings eingefallen, der wegen der Gefahr einer Umweltkatastrophe nahezu in Panik gewesen war. Und dessen beunruhigende letzte Bemerkung: *Wir wissen noch immer nicht mit letzter Gewissheit, was die Dinosaurier umgebracht hat.*

Das war etwas, das auch das Interesse der Gilde wecken musste.

Painter hatte sogar vermutet, Seichans plötzliches Auftauchen und Grays Verschwinden könnten mit den Vorfällen in Indonesien in Verbindung stehen. Zwei Großaktionen der Gilde, zeitgleich durchgeführt. Er glaubte nicht an Zufälle. Es musste eine Verbindung geben. Von allein wäre er jedoch niemals darauf gekommen, wie alles zusammenhing.

»Marco Polo?«, fragte Painter.

Gray schloss seinen Bericht ab. »Die Gilde operiert an zwei Fronten. Die wissenschaftliche Abteilung untersucht den Krankheitsausbruch und forscht nach der Ursache und einem Heilmittel. Währenddessen …«

Painter fiel ihm ins Wort. »... folgt die zweite Abteilung Marcos historischer Fährte, mit dem gleichen Ziel.«

Auf furchtbare Weise fügte sich auf einmal alles zusammen.

»Und Nasser ist jetzt unterwegs nach Istanbul«, sagte Painter.

»Wahrscheinlich ist sein Flugzeug bereits gestartet.«

»Ich kann dort Einsatzkräfte mobilisieren. In wenigen Stunden wären sie vor Ort.«

»Nein. Die Gilde würde davon erfahren. Seichan zufolge ist Istanbul eine Bastion der Gilde. Deren Leute haben sämtliche Geheimdienste infiltriert. Wenn sie merken, dass Sie Einsatzkräfte mobilisieren, könnten Sie sich denken, dass wir uns abgesprochen haben. Das wäre zu gefährlich für meine Eltern. Mit Nasser muss ich allein fertig werden.«

»Aber Sie sind bereits große Risiken eingegangen, Gray. Sigma ist kompromittiert. Ich bemühe mich nach Kräften zu verhindern, dass noch mehr nach außen sickert, aber der Maulwurf ...«

»Direktor, es gibt keinen Maulwurf.«

Painter stutzte. Er brauchte einen Moment, um sich zu fassen. »Sind Sie sicher?«, fragte er schließlich.

»Sicher genug, um das Leben meiner Eltern davon abhängig zu machen.«

Painter saß schweigend da. Er glaubte Gray. Die Verunsicherung und der Frust über die Kabbelei unter den Geheimdiensten fielen auf einmal von ihm ab. Wenn es gar keinen Maulwurf gab ...

Grays Stimme wurde leiser. »Ich muss jetzt los. Ich werde mich bemühen, die Spur bis zum Ende zu verfolgen.«

Einen Moment lang war es still in der Leitung. Painter dachte schon, Gray hätte aufgelegt, doch dann meldete er sich noch einmal. »Bitte, finden Sie meine Eltern, Direktor.«

»Das werde ich, Gray. Darauf können Sie sich verlassen. Sagen Sie Vigor, er wird zu gegebener Zeit einen Anruf von seiner Nichte bekommen. Es wird ein paarmal klingeln. Das ist das Signal, dass Ihre Eltern in Sicherheit sind.«

»Ich danke Ihnen, Sir.«

Die Verbindung brach mit einem Klicken ab.

Painter lehnte sich zurück.

»Sir«, meldete sich der Funkoffizier zu Wort, »in zwei Minuten steht die Leitung.«

10:15
Istanbul

Obwohl die Zeit knapp war, wurde Gray unwillkürlich langsamer, als sie sich der Westseite der Hagia Sophia näherten. Das Bauwerk war ausgesprochen imposant.

Vigor bemerkte, dass er sich den Hals verrenkte. »Beeindruckend, nicht wahr?«

Das konnte man wohl sagen.

Das monumentale byzantinische Bauwerk galt vielen als achtes Weltwunder. Es lag auf einem Hügel, auf dem früher ein Apollo-Tempel gestanden hatte und von dem aus man das wundervoll blaue Marmarameer und einen großen Teil Istanbuls überblicken konnte. Besonders ins Auge fiel die gewaltige byzantinische Kuppel, die in der Morgensonne wie poliertes Kupfer funkelte und zwanzig Stockwerke hoch aufragte. Im Osten und Westen waren Halbkuppeln vorgelagert, und an den Seiten schmiegten sich kleinere Kuppeln an die Kirche wie das Gefolge an eine Königin und verliehen dem Bauwerk gewaltige Ausmaße.

Vigor setzte seinen Vortrag zur Historie fort und zeigte auf die großen Torbögen. »Das sind die Kaisertore. Als im Jahr fünfhundertsiebenunddreißig Kaiser Justinian darunter hindurchtrat, erklärte er: ›O Salomon, ich habe dich übertroffen.‹ Und im fünfzehnten Jahrhundert schüttete der osmanische Türke Sultan Mehmet, der Eroberer Konstantinopels, sich vor Betreten der Kirche zum Zeichen der Demut Asche aufs Haupt. Er war so beeindruckt, dass er die Hagia Sophia nicht zerstörte, sondern in eine Moschee umwandelte.«

Der Monsignore deutete auf die vier hohen Minarette, welche die Kuppel umringten.

»Und jetzt ist das ein Museum«, sagte Gray.

»Seit neunzehnhundertfünfunddreißig«, bestätigte Vigor und deutete auf das Baugerüst an der Südseite. »Seitdem werden nahezu ständig Restaurierungsarbeiten durchgeführt, und das nicht nur an der Außenseite. Als Sultan Mehmet die Kirche in eine Moschee umwandelte, ließ er die christlichen Mosaike verputzen, da sie nicht im Einklang mit dem islamischen Bilderverbot standen. Im Laufe der Jahrzehnte hat man versucht, die kostbaren byzantinischen Mosaike nach und nach zu restaurieren. Gleichzeitig möchte man die islamischen Kalligraphien aus dem fünfzehnten und sechzehnten Jahrhundert und die wundervoll verzierten Emporen bewahren. Um einen Ausgleich zwischen diesen teilweise widerstreitenden Interessen zu finden, sind an den Restaurierungsarbeiten zahlreiche Architektur- und Kunstexperten beteiligt. Auch der Vatikan.«

Vigor geleitete Gray über den Vorplatz auf den überwölbten Eingang zu und reihte sich ein in den Strom der Touristen. »Deshalb habe ich jemanden mitgebracht, der sich mit der Restaurierung auskennt und dessen Rat die Kuratoren der Hagia Sophia in der Vergangenheit schon des Öfteren in Anspruch genommen haben.«

Gray erinnerte sich, dass Vigor erwähnt hatte, er habe bereits jemanden auf die Suche nach der goldenen Nadel in diesem gewaltigen byzantinischen Heuhaufen angesetzt.

Als sie sich dem Eingang näherten, fiel Gray ein bärtiger Hüne ins Auge, der sich den Touristenscharen entgegenstellte. Er hatte die Fäuste in die Hüfte gestemmt und musterte forschend die Besucher. Als er Vigor sah, hob er den Arm.

Vigor schob ihn in die Kirche hinein.

Gray folgte ihm auf den Fersen, denn er hatte es eilig, von der Straße wegzukommen, da er nicht wusste, ob die Gildenleute bereits Stellung bezogen hatten. Solange seine Eltern gefährdet waren, wollte er Nasser nicht reizen, denn das hätte dazu führen können, dass der Ägypter Seichans List im Nachhinein durchschaute.

Als er durchs Tor trat, blickte Gray sich zum Vorplatz um. Seichan und Kowalski waren nicht zu sehen. Sie hatten sich gleich nach Verlassen des Hotels getrennt. Seichan hatte sich ein Prepaid-Handy gekauft, und Gray hatte sich die Nummer eingeprägt. Das Handy war ihre einzige Kontaktmöglichkeit.

»Commander Gray Pierce«, sagte Vigor, »das ist mein lieber

Freund Balthazar Pinosso, der Dekan der Kunsthistorischen Abteilung der Gregorianischen Universität.«

Grays Hand verschwand in Balthazars Pranke. Der Mann war über zwei Meter groß.

»Balthazar hat im Turm der Winde Seichans Botschaft entdeckt«, fuhr Vigor fort, »und mir geholfen, die Engelschrift zu entziffern. Außerdem ist er mit dem Museumsdirektor der Hagia Sophia befreundet.«

»Das wird sich günstig für uns auswirken«, brummte Balthazar mit Baritonstimme und ging weiter. Er schwenkte den Arm. »Es liegt eine Menge Arbeit vor uns.«

Er trat beiseite und gab den Blick auf das Kircheninnere frei.

Gray stockte der Atem. Vigor klopfte ihm aufmunternd auf die Schulter.

Vor ihnen erstreckte sich ein Tonnengewölbe von der Größe einer Bahnhofshalle. In der Höhe schwangen sich zahlreiche Bögen und kleinere Kuppeln zur Hauptkuppel empor. Zu beiden Seiten lagen Emporen. Am beeindruckendsten aber waren nicht die architektonischen Details, sondern das Spiel des Lichts im Raum. In die Wände und den unteren Rand der Kuppeln waren Fenster eingelassen, und der einfallende Sonnenschein wurde von smaragdgrünem und weißem Marmor und goldverzierten Mosaiken reflektiert. Die schiere Größe des leeren Raums, der ohne Innensäulen auskam, war einfach überwältigend.

In ehrfürchtigem Schweigen folgte Gray den beiden Männern durchs lang gestreckte Kirchenschiff.

In der Mitte der Kirche blickte er zum Kuppelgewölbe auf, das zwanzig Stockwerke in die Höhe reichte. Die gerippte Oberfläche war mit goldener und purpurfarbener Kalligraphie verziert. Am unteren Rand ließen vierzig Bogenfenster den morgendlichen Sonnenschein herein, was den Eindruck erweckte, die Kuppel schwebe in der Luft.

»Man meint, sie wäre schwerelos«, murmelte Gray.

Balthazar stellte sich neben ihn. »Eine optische Täuschung«, erklärte der Kunsthistoriker und zeigte in die Höhe. »Sehen Sie die Grate an der Unterseite des Dachs, die an die Rippen eines Regenschirms erinnern? Die verteilen das Gewicht um die Fenster herum auf die Strebebögen, die auf massiven Fundamentpfeilern ruhen. Außerdem ist das Dach leichter, als es scheint, denn beim Bau wurden Hohlziegel verwendet, die auf Rhodos aus porösem Lehm gebrannt wurden. Das Ganze ist eine meisterhafte Täuschung. Stein, Licht und Luft.«

Vigor nickte. »Selbst Marco Polo zeigte sich schwer beeindruckt von der ›scheinbaren Gewichtslosigkeit der Kuppel und der verwirrenden Wirkung der direkten und indirekten Beleuchtung‹, um den großen Mann zu zitieren.«

Gray konnte das mühelos nachempfinden. Es war ein eigenartiges Gefühl zu wissen, dass auch Marco Polo an dieser Stelle gestanden hatte und dass sie über die Jahrhunderte hinweg verbunden waren durch ihre Bewunderung und Hochachtung vor den Erbauern.

Beeinträchtigt wurde die Wirkung allerdings von dem schwarzen Baugerüst, das auf der einen Seite vom Marmorboden bis zur Spitze der Kuppel aufragte.

Das holte Gray wieder auf den Boden der Tatsachen zurück. Er sah auf seine Armbanduhr. Nasser würde vor Anbruch der Dunkelheit eintreffen. Sie hatten nicht mal einen Tag Zeit, um das Rätsel zu lösen.

Falls sein Plan überhaupt funktionieren würde …

Wo aber sollten sie beginnen?

Diese Frage stellte Vigor nun seinem Freund. »Balthazar, hattest du schon Gelegenheit, mit den Museumsangestellten zu sprechen? Hat hier jemand schon mal so etwas Ähnliches wie Engelschrift gesehen?«

Der Mann strich sich über den Bart und seufzte. »Ich habe mit dem Museumsdirektor und dessen Angestellten gesprochen. Der Direktor kennt die Hagia Sophia von den unterirdischen Krypten bis zur Kuppelspitze. Er behauptet steif und fest, hier gebe es keine Engelschrift. Allerdings hat er noch etwas hinzugefügt, das dir nicht gefallen wird.«

»Was hat er gesagt?«, drängte Vigor.

»Bedenke, welch große Flächen der Hagia Sophia verputzt wurden, als man die Kirche in eine Moschee umgewandelt hat. Das, wonach wir suchen, ist vielleicht unter zentimeterdickem altem

Putz verborgen. Oder es ist auf Putz geschrieben worden, der bereits wieder entfernt wurde.« Balthazar zuckte mit den Schultern. »Es ist also durchaus denkbar, dass das Gesuchte längst nicht mehr da ist.«

Gray weigerte sich, das zu glauben. Während Vigor und Balthazar in die Einzelheiten gingen, entfernte er sich ein paar Schritte. Er brauchte Zeit zum Nachdenken. Unwillkürlich sah er auf die Uhr. Er war so nervös und besorgt, dass er die Uhrzeit nicht einmal bewusst wahrnahm. Er ließ den Arm wieder sinken und ging zu dem Gerüst. Er hätte seine Eltern nicht alleinlassen dürfen. Das kurze Telefonat mit seiner Mutter ging ihm immer noch nach.

Es tut mir leid. Dein Vater. Er hat seine Tabletten gebraucht.

Irgendetwas musste passieren. Gray hatte die Krankheit seines Vaters und dessen Medikamentenabhängigkeit nicht in Betracht gezogen. War das vielleicht Ausdruck seiner Weigerung gewesen, sich mit dem Zustand seines Vaters abzufinden? Wie auch immer, mit seinem Leichtsinn hatte er das Leben seiner Eltern in Gefahr gebracht.

Gray setzte sich im Schneidersitz auf den Boden und schaute zur Kuppel hoch. Er bemühte sich, einen klaren Kopf zu bekommen. Seine Sorgen, Ängste und Zweifel halfen ihm nicht weiter. Und auch nicht seinen Eltern. Er atmete tief ein, ließ den Atem langsam entweichen und drängte das Gebrummel der Touristen in den Hintergrund.

Er stellte sich die Kirche so vor, wie sie im sechzehnten Jahrhundert ausgesehen hatte. In seiner Vorstellung bemalte er die Wände neu, überzog die goldenen Mosaike mit weißem Putz. Dabei ging er konzentriert und bedachtsam vor. Eine Meditationsübung. In seinem Geist erwachte die alte Moschee zu neuem Leben. Er hörte, wie der Ruf des Muezzins über die Altstadt schallte. Er stellte sich die auf Teppichen knienden Gläubigen vor, wie sie sich im Gebet abwechselnd beugten und wieder aufrichteten.

Wo würde er an einem solchen Ort den nächsten Schlüssel verstecken? Welche Stelle würde er sich in diesem gewaltigen Raum mit seinen zahllosen Vorräumen, Emporen und Seitenschiffen aussuchen?

Wie er so dasaß, ließ Gray die Kirche in seiner Vorstellung wie ein dreidimensionales Computermodell rotieren und betrachtete sie von allen Seiten. Währenddessen malte er unbewusst mit dem Finger in den Mörtelstaub am Boden. Schließlich wurde er sich dessen bewusst, was er da zeichnete: einen Buchstaben der Engelschrift, der auch auf Marcos goldenem Pass zu finden war.

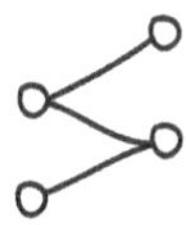

Er blickte auf das Zeichen nieder, während in seinem Kopf noch immer die Hagia Sophia rotierte.

»Der Bau war damals schon eine Moschee«, murmelte er.

Er tippte auf die vier Kreise, die Vigor »diakritische Zeichen« genannt hatte.

Vier Kreise, vier Minarette.

Und wenn das Zeichen mehr war als der erste Schlüssel zur Lösung des Rätsels der verschlüsselten Landkarte? Wenn es auch einen Hinweis auf den zweiten Schlüssel enthielt? Hatte sich Seichan nicht in diese Richtung geäußert? In dem Sinn, dass der eine Schlüssel zum nächsten führen könnte?

Vor seinem geistigen Auge überlagerte er das Bauschema der Hagia Sophia mit dem Schriftsymbol und platzierte die Minarette über den diakritischen Zeichen. Vier Kreise, vier Minarette. Und wenn das Zeichen die Hagia Sophia darstellen sollte? Eine grobe Karte mit den Minaretten als Orientierungspunkten?

Wo also sollte er mit der Suche beginnen?

Gray fügte eine punktierte Linie in die Staubzeichnung ein.

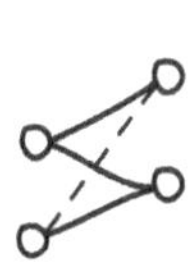

»Die Stelle ist mit einem X markiert«, murmelte er.

11:02

Vigor bemerkte, dass Gray nahe der Mitte des Hauptschiffs auf allen vieren umherkroch und mit den Händen über den Marmorboden streifte.

Balthazar beobachtete Grays Tun mit hochgezogenen Brauen.

Beide Männer gingen zu Gray hinüber.

»Was machen Sie da?«, fragte Balthazar. »Sollten Sie den ganzen Boden mit den Händen absuchen wollen, hätten Sie wochenlang zu tun.«

Gray setzte sich auf, blickte zur Kuppel hoch, als bestimme er seine Position, dann fegte er weiter den Boden und arbeitete sich am Rand des Baugerüsts entlang. »Irgendwo hier muss es sein.«

»Was?«, fragte Vigor.

Gray zeigte zu seinem Ausgangspunkt. Vigor ging hinüber und blickte auf die verwischte Staubzeichnung. Er legte die Stirn in Falten.

»Das ist eine stark abstrahierte Karte der Hagia, die anzeigt, wo wir nach dem nächsten Hinweis suchen sollen.«

Vigor spürte, dass Gray recht hatte, und wunderte sich wieder einmal über dessen einzigartige Fähigkeit, schwierige Probleme zu analysieren. Das machte ihm ein wenig Angst.

Gray kroch weiter umher und bearbeitete eine bestimmte Stelle, was ihm die verwunderten Blicke vorbeikommender Touristen einbrachte.

Balthazar folgte ihm auf den Fersen. »Sie glauben, jemand hätte Engelszeichen in den Marmor geritzt.«

Als er mit der Schulter das schwarze Baugerüst berührte, hielt Gray unvermittelt an. Er streifte mit den Fingern über eine Stelle, die er soeben untersucht hatte. Dann neigte er den Kopf und pustete auf die Bodenfliese.

»Das ist keine Engelschrift«, sagte Gray und fasste sich an den Hemdkragen.

Vigor und Balthazar knieten neben der Fliese nieder, die Gray aufgefallen war. Vigor betastete sie mit den Fingerspitzen.

Auf der alten, von zahllosen Füßen abgeschliffenen Fliese war der Umriss eines Kreuzes zu erkennen.

Gray streifte die Halskette mit dem silbernen Kruzifix ab. Pater Agreers Kreuz. Er verglich dessen Abmessungen und Form mit dem Kreuz auf der Fliese. Die Übereinstimmung war perfekt.

»Sie haben es gefunden«, sagte Vigor.

Balthazar hielt bereits einen kleinen Gummihammer in der Hand, der zuvor an seinem Gürtel befestigt gewesen war. Damit klopfte er auf die Fliese. Gray runzelte ob seiner vorsichtigen Vorgehensweise die Stirn.

»Auf diese Weise haben wir im Turm der Winde den Hohlraum unter der Fliese mit der Inschrift entdeckt. Wir haben sie abgeklopft.«

Balthazar arbeitete sich bedächtig auf der Fliese vor, doch seine Stirnfalten vertieften sich immer mehr. »Nichts«, murmelte er schließlich.

»Sind Sie sicher?«, fragte Vigor. »Es muss hier sein.«

»Nein«, widersprach Gray. Er legte sich auf den Rücken und blickte in die Höhe. »Wohin blickt Jesus am Kreuz?«

Vigor sah auf die Christusfigur am silbernen Kruzifix nieder, dann legte er den Kopf in den Nacken.

»Er schaut zur Kuppel hoch«, sagte Gray. »In dieselbe Kuppel, die bereits Marco Polo in Erstaunen versetzt hat. In eine mittels Leichtbauweise konstruierte Kuppel, bei der *Hohl*ziegel verwendet wurden. Wenn jemand hier etwas verstecken wollte, das jahrhundertelang unentdeckt bleiben sollte …«

Vigor verrenkte sich mit offenem Mund den Hals. »Natürlich. Aber welcher Ziegel ist der richtige?«

Balthazar sprang auf die Beine. »Ich habe eine Idee.« Er rannte zur Rückseite der Kirche, mitten durch eine deutsche Touristengruppe hindurch.

Vigor half Gray auf die Beine. Gray streifte sich die Halskette wieder über den Kopf.

»Hervorragend, Gray.«

»Wir haben den zweiten goldenen Paitzu noch nicht gefunden.«

Vigor wusste, dass Gray Seichan beiseitegenommen und ein paar vertrauliche Worte mit ihr gewechselt hatte, bevor sie sich getrennt hatten. »Wozu die Eile, Gray? Wenn Nasser in ein paar

Stunden hier ist, weshalb sollten wir uns dann die Mühe machen, den zweiten Schlüssel zu finden?«

»Weil ich Nasser glücklich machen will«, sagte Gray. Die Sorge um seine Eltern stand dem jungen Mann ins Gesicht geschrieben. »Und um ihm zu beweisen, dass wir für ihn nützlich sind. Wir müssen dafür sorgen, dass er uns am Leben lässt.«

Vigor spürte, dass Gray irgendetwas für sich behielt. Ehe er jedoch nachhaken konnte, tauchte Balthazar wieder auf und zog sie mit sich. Atemlos reckte er ein kleines Werkzeug. »Ich hab mir gedacht, hier muss es doch irgendwo einen Laserpointer oder ein Nivellierinstrument geben. Bei der Arbeit in solch großen Räumen sind die ganz praktisch.«

Vigors Kollege kniete nieder, stellte das Lasergerät auf das eingeritzte Kreuz und schaltete es ein. Nichts geschah.

Balthazar sammelte ein wenig Staub auf und warf ihn in die Luft. Ein rubinroter Lichtpfeil leuchtete auf. »Es funktioniert.« Er legte den Kopf in den Nacken. »Jemand muss auf das Gerüst klettern und den Ziegel untersuchen, auf den der Pointer zeigt.«

Gray nickte. »Ich übernehme das.«

Balthazar wandte schuldbewusst den Kopf – dann reichte er ihm Meißel und Hammer. »Hab ich auch gleich mitgebracht.« Er zeigte auf die Werkzeuge. »Sie sollten diskret vorgehen. Ohne einen Kunsthandwerkerausweis der türkischen Regierung darf niemand auf das Gerüst. Ich habe vom Museumsdirektor die Erlaubnis bekommen, einen Mann kurz dort raufzuschicken. Um Fotos zu machen. In diesen Zeiten, da man jederzeit mit terroristischen Übergriffen rechnen muss«, er nickte zu dem Bewaffneten hin, der neben der Gerüstleiter stand, »sind die Wachleute darauf trainiert, erst zu schießen und dann Fragen zu stellen. Sollten sie mitbekommen, dass Sie am Dach herummeißeln …« Er brach ab.

»Abgesehen von der Gefahr, von einem Wachmann erschossen zu werden«, meinte Vigor warnend, »wollen wir auch nicht auffallen. Sollte man uns rausschmeißen … oder sollte jemand die Polizei holen …«

Vigor sah Gray an, dass er ihn verstanden hatte.

Dann würde es Nasser nicht verborgen bleiben.

»Es geht nicht nur um unser Leben«, meinte Vigor.

Grays Eltern hätten ebenfalls darunter zu leiden.

Gray seufzte schwer und senkte die Stimme. »Dann müssen wir den Wachposten ablenken.«

11:48

Gray befand sich auf halber Höhe des Gerüsts und duckte den Kopf unter die niedrigen Streben. Er hielt sich an einer Laufplanke fest, blickte nach unten und machte Balthazar aus. Die Gesichtszüge des Hünen, der sich gerade mit dem Museumsdirektor unterhielt, waren aus dieser Entfernung kaum mehr zu erkennen. Gray beugte sich vor und hielt Ausschau nach dem Wachposten. Der Uniformierte hatte sich vom Gerüst entfernt und verfolgte Grays Aufstieg.

Unter den wachsamen Blicken der Zuschauer kletterte Gray weiter und gelangte zur ersten Fensterreihe. Der Sonnenschein fiel durch die Bogenfenster. Durch eines sah Gray das Marmarameer. Er kletterte weiter. Es wurde schummriger. Zwei Minuten später befand er sich endlich ganz oben und konnte die Kuppeldecke berühren. Er musste sogar den Kopf einziehen.

Die gerippten Kuppelwände waren mit islamischen kalligraphischen Zeichen bedeckt. Unmittelbar über ihm lief auf dunkelrotem Grund eine goldene arabische Spiralschrift um den Scheitelpunkt der Kuppel herum.

Gray musterte den Rand des Scheitelpunkts. Zu seiner Linken tanzten Staubteilchen im Strahl des Laserpointers. Das Gerät malte einen rubinroten Fleck auf den purpurfarbenen Untergrund. Gut. Die Stelle war so dunkel, dass ein Hohlraum nur schwer auszumachen war.

Zumindest hoffte er das.

Um an den Ziegel heranzukommen, musste er wegen der Kuppelkrümmung auf allen vieren weiterkriechen.

Dort angelangt, ging Gray in die Hocke und betastete den Putz. Da waren keine eingeritzten Zeichen. Keine Engelschrift. Kein weiterer Hinweis.

Er runzelte die Stirn. Und wenn er sich nun geirrt hatte?

Leider gab es nur eine Möglichkeit, das herauszufinden. Gray streckte die Hand in den Lichtstrahl des Lasers, sodass sie hell aufleuchtete.

Das war das verabredete Zeichen.

Balthazar bückte sich, hob beiläufig den Pointer hoch und zielte damit durch das höhlenartige Kirchenschiff.

Als hätte das Licht einen Auslöser getroffen, gellte an der anderen Seite des Raums eine Trillerpfeife, durchschnitt die feierliche Stille und hallte von den Wänden wider. Verwirrte Rufe waren zu hören.

Flammen loderten empor. Ein improvisierter Molotowcocktail, bei dem der Reinigungsalkohol Verwendung gefunden hatte, mit dem die Mosaike gesäubert wurden. Vigor hatte ihn in einen Abfallbehälter gegossen und dann angezündet.

Neuerliches Geschrei.

Gray drehte sich um und schirmte die Kuppelwandung ab, damit der Wachposten am Boden von seiner Schändung nichts mitbekam. Er löste die Werkzeuge vom Gürtel und setzte den Meißel genau an der Stelle an, auf die der Pointer gezeigt hatte. Er wartete mit angehaltenem Atem, dann gellte ein weiterer Pfiff.

In diesem Moment schlug Gray fest zu.

Der Putz bröckelte – und es ertönte das trockene Knacken von gebranntem Lehm.

Ein Brocken löste sich, traf Gray an der Brust und prallte davon ab. Bevor der Brocken auf den Marmorboden hinabfallen konnte, fing er ihn mit der Hand auf, die den Meißel hielt, und schob ihn unters Hemd.

Während er sorgsam darauf achtete, dass keine Splitter zu Boden fielen, legte er mit dem Meißel den Hohlraum des Ziegels frei. Dann tastete er die Höhlung ab. Die Innenseite fühlte sich nicht rau an, sondern glasartig, spiegelglatt. Er tastete weiter.

Irgendetwas war da oben.

Er zog es heraus. Gray hatte mit einem goldenen Paitzu gerechnet, doch stattdessen hielt er ein etwa zwanzig Zentimeter langes Rohr aus Kupfer oder Bronze in Händen, das an beiden Enden eingekerbt war wie ein Zigarrenhalter. Auch dieser Gegenstand landete unter seinem Hemd.

Ein rascher Blick nach unten ergab, dass das Feuer im Abfallbehälter bereits gelöscht war.

Er suchte eilig weiter und berührte mit dem Zeigefinger einen unnachgiebigen Gegenstand. Er brauchte eine Weile, um das zweite Beutestück, einen weiteren goldenen Paitzu, zu lockern.

Auf einmal löste sich der schwere Pass und fiel auf die Sprossen des Baugerüsts. Das laute Klirren wurde von der Kuppel verstärkt und dröhnte wie ein Glockenschlag. Bedauerlicherweise herrschte am Boden gerade für einen Moment Ruhe.

Mist…

Während das Geräusch erstarb, schob Gray sich den goldenen Pass unters Hemd. Als laute Rufe ertönten, reagierte er sofort. Er trat mit dem Fuß den Hammer vom Gerüst und sprang ihm, einen Schrei auf den Lippen und mit den Armen fuchtelnd, hinterher.

11:58

Von der ersten Empore aus beobachtete Vigor, wie Gray vom Gerüst stürzte.

O nein…

Kurz zuvor hatte Vigor an der anderen Seite der Kirche gepfiffen und den Molotowcocktail angezündet. Im letzten Moment zog er den Arm aus dem Abfallbehälter und entfernte sich. Dann pfiff er erneut und warf die Trillerpfeife in einen Blumenkübel. Da er bereits den Priesterkragen angelegt hatte, brauchte er nur noch verwirrt und ein wenig ängstlich dreinzuschauen. Die Wachposten beachteten ihn nicht, als er auf der Empore zur Mitte des Kirchenschiffs zurückrannte.

Dort angekommen, hörte er Grays Schrei und sah ihn kopfüber vom Gerüst stürzen. Leute rannten herbei, andere spritzten auseinander. Ein Hammer prallte mit einem lauten Knall auf den Marmorboden.

Gray drehte sich in der Luft und packte mit ausgestreckter Hand eine Gerüststrebe. Er prallte gegen das Gerüst. Mit den Füßen suchte er nach Halt. Als er ihn gefunden hatte, kletterte er wieder auf eine Laufplanke. Dann legte er sich auf den Rücken, um nach dem Sturz erst einmal wieder zur Besinnung zu kommen.

Der Bewacher des Gerüsts rief etwas zu ihm hoch und winkte einen zweiten Aufpasser herbei, der sogleich die Leiter hochkletterte.

Gray wälzte sich stöhnend hin und her.

Vigor ging zur Treppe und stieg hinunter. Er trat zu Balthazar und dem Museumsdirektor. Der Aufpasser half Gray auf die Beine und stützte ihn, dann kletterten sie vorsichtig nach unten.

Gray humpelte mit zorngerötetem Gesicht auf die Gruppe zu. Er zeigte auf den Hammer, den Balthazar ihm gegeben hatte. »Räumen Ihre Leute eigentlich nicht hinter sich auf?«, schäumte er. »Bei diesem Durcheinander hier unten bin ich über den verdammten Hammer gestolpert. Ich hätte dabei umkommen können!«

Der Direktor, ein schlanker Mann mit Bäuchlein, nahm den Hammer entgegen. »Verehrter Herr, ich bitte um Verzeihung. Das war fahrlässig, glauben Sie mir. Ich werde mich darum kümmern. Was ist mit Ihrem Arm?«

Gray drückte sich den Arm an die Brust. »Verstaucht, vielleicht ausgerenkt.« Er funkelte den Museumsdirektor böse an.

»Die Polizei ist bereits unterwegs … wegen des Feuers«, sagte der Direktor.

Gray und Vigor wechselten einen besorgten Blick.

Wenn Nasser erfuhr, dass Polizei im Spiel war …

Vigor räusperte sich. »Das Feuer wurde bestimmt von einer achtlos weggeworfenen Zigarette ausgelöst. Oder es handelt sich um einen Lausbubenstreich.«

Der Direktor hatte ihn anscheinend nicht gehört. Er hatte sich einem der Wachposten zugewendet und redete auf Türkisch auf ihn ein.

Vigor verstand, worum es ging.

Das war sogar noch gefährlicher.

»Nein, nein«, sagte Vigor mit Blick auf Gray. »Ich glaube, unser Student braucht nicht ins Krankenhaus. Sie brauchen keinen Krankenwagen zu rufen.«

Grays Augen weiteten sich. Sie durften die Kirche nicht verlassen. Das Ablenkungsmanöver hatte sie erst recht in die Bredouille gebracht.

»Der Monsignore hat recht.« Gray bog den Arm und schwenkte ihn hin und her. Vigor bemerkte, dass er dabei zusammenzuckte. Gray hatte sich wirklich wehgetan. »Ist nur ein bisschen verstaucht. Es geht schon wieder.«

»Nein, ich bestehe darauf. Das ist bei uns so Vorschrift. Verletzt sich jemand auf dem Gelände, muss er im Krankenhaus untersucht werden.«

Vigor wusste nicht, wie er den Direktor davon abbringen sollte.

Da trat Balthazar vor und räusperte sich. »Das klingt vernünftig. Aber vielleicht könnten wir uns in der Zwischenzeit irgendwo ausruhen? Ihr Büro liegt im Keller, nicht wahr?«

»Gewiss. Dort werden Sie ungestört sein. Ich werde mit der Polizei sprechen und Ihnen Bescheid geben, sobald die Ambulanz eingetroffen ist. Sie haben mir in der Vergangenheit so großzügig geholfen, dass ich mich gerne revanchieren möchte.«

Balthazar tätschelte ihm den Arm. »Hassan, beunruhigen Sie sich nicht. Es ist alles in Ordnung. Der Vorfall hat unseren Nerven ein bisschen zugesetzt, das ist alles. Meinem Studenten geschieht es ganz recht, wenn er nicht aufpasst, wohin er tritt.«

Gedämpfte Polizeisirenen waren zu hören.

»Bitte folgen Sie mir«, sagte der Direktor.

Kurz darauf waren sie in Hassans Kellerbüro unter sich. Es war spärlich möbliert. An der Wand hinter dem unaufgeräumten Schreibtisch hing ein Übersichtsplan der Kirche. Über den stählernen Aktenschränken an der Seitenwand prangte ein gerahmtes Foto, das Hassan Ahmet beim Händeschütteln mit dem türkischen Ministerpräsidenten zeigte. An der gegenüberliegenden Wand war eine historische Landkarte des Mittleren Ostens befestigt.

Balthazar sperrte die Tür ab. »Das ist ein wahres Labyrinth hier unten. Ihr beide könntet euch bis zu Nassers Eintreffen hier verstecken. Ich könnte Hassan sagen, ihr wärt schon gegangen.«

»So machen wir das.« Vigor ließ sich neben Gray, der sich die Schulter massierte, aufs Sofa sinken. »Wir haben nicht viel Zeit. Haben Sie dort oben etwas gefunden?«

Gray knöpfte sich das Hemd halb auf und zog eine goldene Tafel und ein Rohr aus gehämmerter Bronze hervor. Als er das

Hemd schüttelte, fiel ein rötlicher Lehmbrocken heraus. Gray bückte sich, hob ihn auf und legte ihn auf den Beistelltisch.

Vigor wollte sich bereits abwenden, doch die Farbe hielt seinen Blick gefangen. Er nahm den rötlichen Lehmbrocken in die Hand.

»Das ist ein Stück des Hohlziegels«, erklärte Gray mürrisch. »Ich wollte ihn nicht dort oben lassen. Es ist auch so schon weiß Gott genug passiert.«

Vigor untersuchte das Bruchstück. An der einen Seite haftete noch etwas purpurroter Putz, doch an der anderen Seite war der Lehm himmelblau glasiert. Weshalb hatte man das Innere des Hohlziegels glasiert?

»Haben Sie dort oben irgendwelche Engelszeichen entdeckt?«, fragte Vigor und legte den Brocken wieder auf den Tisch.

»Nein. Keine Schriftzeichen, nichts Ungewöhnliches.«

Balthazar drehte den goldenen Paitzu um. »Hier sind Engelszeichen.«

Vigor beugte sich vor. Wie erwartet war auf der Rückseite ein einzelnes Engelszeichen zu sehen, umschlossen von einem verformten Kreis.

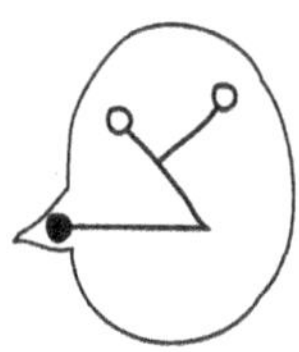

»Der zweite Schlüssel«, sagte Vigor.

»Aber was ist das?«, fragte Balthazar. Er stupste das Rohr an.

Vigor nahm es in die Hand. Es war etwa so dick wie sein Daumen und wies, abgesehen von den Hammerspuren des Schmieds, keinerlei Verzierungen auf. »Das könnte ein Aufbewahrungsbehälter für Schriftrollen sein.« Er untersuchte das eine Ende. Eine dünne, aufgeklopfte Kupfermünze verschloss das Rohr.

»Wir müssen das öffnen«, sagte Gray.

Sein Vorschlag verursachte Vigor einiges Unbehagen. Als Archäologe widerstrebte es ihm, ein solch altes Artefakt zu beschädigen. Man hätte es zunächst fotografieren, messen, katalogisieren sollen.

Gray holte ein Taschenmesser hervor. Er klappte die kleine Klinge aus und reichte das Messer Vigor. »Die Zeit läuft uns davon.«

Vigor seufzte und nahm das Messer entgegen. Schlechten Gewissens löste er die Verschlusskappe. Sie sprang auf, als wäre sie erst gestern gefertigt worden.

Vigor räumte eine Stelle auf dem Tisch frei. Etwas Weißes rutschte auf die Tischplatte aus Mahagoni.

»Eine Schriftrolle«, sagte Gray.

Er verfügte über jahrelange Erfahrung. Ohne die Schriftrolle zu berühren, betrachtete er sie eingehend. »Das ist kein Pergament, kein Velinpapier und auch kein Papyrus.«

»Was dann?«, fragte Balthazar.

Vigor bedauerte, dass er keine Handschuhe dabeihatte. Da er die alte Schriftrolle nicht mit Fingerabdrücken verschmutzen wollte, nahm er einen Bleistift vom Schreibtisch des Museumsdirektors und hob damit vorsichtig eine Ecke des Schriftstücks an.

Die äußerste Schicht des hauchdünnen, weißen Materials löste sich mühelos.

»Sieht aus wie Stoff«, meinte Gray.

»Seide.« Vigor rollte die Schriftrolle immer weiter aus, bis sie auf dem Tisch ausgebreitet war. »Der Stoff ist bestickt«, sagte er und deutete auf die mit schwarzem Faden ausgeführten Stiche.

Die Stickereien ergaben jedoch kein Bild und auch kein Muster. Stattdessen war in Schreibschrift ein Text auf den Stoff gestickt, der die ganze Breite der Schriftrolle einnahm.

Gray verdrehte den Kopf, doch sein Stirnrunzeln vertiefte sich, da er nichts verstand.

Vigor konnte den Blick nicht von dem Text abwenden. »Das ist der italienische Dialekt, der in Marco Polos Heimatregion gesprochen wurde.« Mit zitternder Hand führte er den Bleistiftradierer an der ersten Zeile entlang und übersetzte laut: »Unsere Gebete wurden auf höchst eigenartige Weise erhört.«

Er blickte Gray an. In den Augen des Amerikaners dämmerte Begreifen.

»Das ist der Rest von Marcos Bericht«, sagte Gray, »der dort anknüpft, wo das Buch der Gilde endet.«

»Die fehlenden Seiten«, sagte Vigor. »Als Seidenstickerei.«

Gray blickte nervös zur Tür und schwenkte ungeduldig die Hand. »Lesen Sie auch den Rest vor.«

Vigor begann noch einmal von vorn. Im ersten Teil des Berichts hatte Marco Polo mit seinen Begleitern in der Totenstadt festgesessen und war von einer Kannibalenhorde umzingelt worden. Bedachtsam übersetzte Vigor nun den nächsten Teil des Berichts. Seine Stimme zitterte ob der Wucht von Marco Polos Worten.

Unsere Gebete wurden auf höchst eigenartige Weise erhört. Und zwar geschah Folgendes:

Die Nacht brach über die Totenstadt herein. Von unserem Zufluchtsort aus konnten wir die Wassergräben und Teiche der Stadt sehen, von denen ein fahles Leuchten ausging; der Lichtschimmer stammte vom Moder und allerlei Pilzen. Die grauenhafte Szenerie, die sich unseren Blicken darbot, schien der Hölle entsprungen. Es sah aus, als verspeisten sich die Toten gegenseitig. Wir hatten keinerlei Hoffnung mehr. Welcher Engel würde es wagen, dieses verfluchte Land zu betreten?

Dann aber geschah es, dass drei Gestalten aus dem finsteren Wald hervortraten. Und so sahen sie aus: Ihre Haut leuchtete wie die Teiche und Wassergräben, und die schrecklichen Kannibalen teilten sich vor ihnen wie ein Kornfeld, in das der Wind fährt. Die drei Gestalten schritten ohne Hast durch die Stadt, wandten sich jedoch in unsere Richtung. Als sie den Fuß des Turms erreicht hatten, sahen wir, dass die seltsamen Erscheinungen zum Stamm der Menschenfresser gehörten. Dennoch ging von ihrer Haut das segensreiche Leuchten aus.

Von Grauen erfasst, ließen die Männer des Kaans ihre Waffen fallen und bargen die Gesichter an der Wand. Die drei betraten unsere Zuflucht und näherten sich uns unbehelligt. Ihre Gesichter waren ausgemergelt und vom Fieber gezeichnet; doch es waren Männer aus Fleisch und Blut, genau wie ihre Brüder unten in der Stadt. Ihr Leib war jedoch anders als der gewöhnlicher Menschen. Das Leuchten ihrer Haut drang tief in den Körper ein, sodass wir verschwommen die Bewegung der Eingeweide und das Schlagen ihrer Herzen sehen konnten. Zufällig streifte einer der drei einen der Männer des Kaans. Er wich mit einem Aufschrei zurück, und an der Berührungsstelle bildeten sich schwarze Blasen.

Pater Agreer reckte den Fremden sein Kreuz entgegen; der erste der drei aber trat furchtlos vor und berührte das Kruzifix des Dominikanermönchs. Er sagte etwas in einer unverständlichen Sprache, doch auch ohne viel Gestikulieren begriffen wir, was er von uns wollte. Wir sollten den Saft aus der halbierten Schale einer Kokosnuss trinken.

Einer der Männer des Kaans konnte sich ein wenig in dieser fremdartigen Sprache verständigen. Uns wurde ein mächtiges Heilmittel angeboten, nach dessen Einnahme wir vor der Pestilenz, welche diese Stadt heimgesucht hatte, geschützt wären. Doch der Himmel erbarme sich unser ob des Preises, den wir am Ende unserer Tage werden entrichten müssen.

Damit endete der Bericht.

Vigor lehnte sich enttäuscht zurück. »Es muss noch mehr geben.«

»Verborgen im dritten und letzten Schlüssel«, meinte Gray.

Vigor nickte und tippte auf das seidene Schriftstück. »Immerhin wissen wir jetzt, weshalb die Geschichte nie erzählt worden ist.«

»Warum?«, fragte Gray.

»Die Schilderung der seltsamen Gestalten«, sagte Vigor. »Von denen ein ›segensreiches Leuchten‹ ausging. Das Rettung versprach.«

»Klingt so, als wären das Engel gewesen«, bemerkte Balthazar.

»Allerdings *heidnische* Engel«, betonte Vigor. »Diese Auffassung hätte dem Vatikan jener Zeit wohl kaum behagt. Und bedenken Sie, dass Marcos Bericht im sechzehnten Jahrhundert aufgeteilt wurde, als in Italien die Pest herrschte. Trotz des verstörenden Inhalts hat der Vatikan es nicht gewagt, die Aufzeichnung vollständig zu vernichten. Ein paar Geheimnistuer haben den Text geteilt, um ihn zu bewahren und gleichzeitig zu verstecken. Die wichtigere Frage aber ist: Was blieb bislang noch ungesagt?«

»Um sie zu beantworten«, sagte Gray, »müssen wir den dritten Schlüssel finden. Aber wo sollen wir danach suchen? Hier gibt es keine Engelszeichen.«

»Vielleicht keine Engelschrift, die für das bloße Auge sichtbar ist«, gab Vigor zu bedenken.

Gray nickte. Er wandte sich zu seinem Rucksack um und wühlte darin. »Ich habe eine UV-Lampe dabei. Für den Fall, dass wir wieder auf einen fluoreszierenden Obelisken stoßen sollten.«

Balthazar dimmte die Beleuchtung. Gray untersuchte die Artefakte mit der Lampe. Auch die Ziegelscherbe.

»Fehlanzeige«, räumte er ein.

Sie befanden sich in einer Sackgasse.

12:43

Grays Nerven waren so straff gespannt wie Klaviersaiten. Es war eine riskante Wette gewesen, doch jetzt musste er seinen ursprünglichen Plan aufgeben.

»Wir können nicht länger warten«, sagte er schließlich und sah auf die Uhr. »Wir müssen abtauchen. Wir sollten unsere Sachen nehmen und uns ein Versteck suchen.«

Fünf Minuten lang hatten sie sich das Hirn nach einem Hinweis auf den dritten Schlüssel zermartert. Vigor hatte den Text immer wieder durchgelesen und versucht, dessen verborgene Bedeutung zu entschlüsseln. Balthazar hatte den goldenen Paitzu von allen Seiten untersucht. Alle waren sich einig, dass die deformierte Kreislinie um das Engelszeichen eine Bedeutung haben musste, doch keiner hatte eine Ahnung, worin diese bestehen sollte.

Seufzend rollte Vigor das Textband wieder ein. »Die Antwort muss hier zu finden sein. Seichan hat gemeint, in der Buchausgabe der Gilde hätte gestanden, ein Schlüssel würde zum nächsten führen. Aber darüber können wir uns später den Kopf zerbrechen.«

Gray nahm das letzte Artefakt, die Ziegelscherbe, in die Hand. Er tippte auf den Putz an der Außenseite. »Hat es vielleicht etwas zu bedeuten, dass der Ziegel rot verputzt wurde? Ich nehme an, der Ziegel hätte auch eine x-beliebige andere Farbe haben können. Man hätte aus der ganzen Farbpalette der Kuppel auswählen können.«

Vigor, der die Schriftrolle gerade in das Bronzerohr steckte, hatte nur mit halbem Ohr hingehört. Trotzdem gab er halblaut Antwort: »Purpur ist die Farbe des Königtums und des Göttlichen.«

Gray nickte und verstaute den Brocken im Rucksack. Dabei berührte er mit dem Daumen die blaue Glasierung. Er musste daran denken, dass die Innenseite sich glasartig angefühlt hatte.

»Blau«, flüsterte er. »Blau und königlich.«

Natürlich.

Vigor war ebenfalls aufmerksam geworden und straffte sich unvermittelt. »Die Blaue Prinzessin!«

Balthazar schob Gray den goldenen Paitzu zu, damit der ihn ebenfalls einpackte. »Sie sprechen von Kokejin, der jungen Mongolin, die mit Marco reiste.«

Vigor nickte. »Kokejin bedeutet himmelblau, daher ihr Spitzname.«

»Aber was folgt daraus?«, fragte Gray.

»Fassen wir mal zusammen«, meinte Vigor und zählte an den Fingern ab. »Der erste Schlüssel wurde im Vatikan gefunden, in Italien, wo Marcos Reise endete. Ein bedeutender Meilenstein. Verfolgt man Polos Weg zurück, gelangt man zum nächsten Meilenstein hier in Istanbul, wo Marco von Asien nach Europa überwechselte.«

»Und wenn wir Marcos Reiseweg noch weiter zurückverfolgen …«, sagte Gray.

»Der nächste Meilenstein sollte sich dort befinden, wo Marco den Auftrag des Kublai Khan erfüllte, indem er Kokejin in Persien ablieferte, was ja überhaupt erst der Zweck der weiten Reise war.«

»Aber wo genau in Persien?«, fragte Gray.

»Auf Hormus«, antwortete Balthazar. »Im Südiran. Die Insel Hormus liegt in der Mündung des Persischen Golfs.«

Gray blickte auf den Tisch. *Eine Insel.* Er nahm den goldenen Paitzu in die Hand und fuhr mit dem Finger die Umrandung des Engelszeichens entlang. »Könnte das eine stark vereinfachte Darstellung der Insel sein?«

»Das lässt sich überprüfen«, meinte Vigor und erhob sich. Er trat vor die historische Landkarte an der Wand.

Gray stellte sich neben ihn.

Vigor zeigte auf eine kleine Insel in der Mündung des Persischen Golfs, nahe dem iranischen Festland. Sie wies eine annähernd runde Form mit einer tränenförmigen Ausbuchtung auf. Die Übereinstimmung mit der Umrandung des goldenen Schriftzeichens war fast perfekt.

»Wir haben es gefunden«, sagte Gray, dessen Atem sich vor Erregung beschleunigte. »Jetzt kennen wir unser nächstes Ziel.«

Das bedeutete, dass sein Plan doch noch klappen konnte.

»Aber was ist mit Nasser?«, meinte Vigor.

»Den habe ich nicht vergessen.« Gray wandte sich dem Monsignore zu und fasste ihn bei der Schulter. »Der erste Schlüssel. Ich möchte, dass Sie ihn Balthazar geben.«

Vigor runzelte die Stirn. »Warum?«

»Falls hier etwas schiefgehen sollte, darf er unter keinen Umständen Nasser in die Hände fallen. Wir erklären ihm einfach, der zweite Schlüssel sei der erste. Nasser weiß nichts davon, dass wir im Vatikan den ersten Schlüssel gefunden haben.« Gray sah von einem zum anderen. »Ich hoffe doch, Sie haben mit niemandem darüber geredet.«

Beide Männer nickten.

Gut.

Vigors Stirnfalten hatten sich noch immer nicht geglättet. »Wenn Nasser hier eingetroffen ist, wird er Balthazar bestimmt durchsuchen und den anderen goldenen Schlüssel finden.«

»Nicht wenn Balthazar schon weg ist«, sagte Gray. »Ich bezweifle, dass Nasser weiß, dass Ihr Kollege und Kowalski bei uns sind. Wie sollte er auch darauf kommen, dass Sie vom Dekan der kunsthistorischen Fakultät begleitet werden? Nasser hat Ihr Handy angepeilt und weiß daher nur, dass *Sie* sich mit uns getroffen haben. Diesen Umstand machen wir uns zunutze. Wir statten Balthazar mit allen nötigen Informationen aus und schicken ihn zu Seichan. Zusammen mit Kowalski fliegen sie nach Hormus und treffen als Erste dort ein. Ihre Aufgabe ist es, den letzten Schlüssel zu finden. Wenn Nasser hier eintrifft, müssen wir den

Mistkerl so lange wie möglich aufhalten. Um meiner Eltern willen bringen wir ihn schließlich auf die richtige Fährte.«

»Bis dahin hat Seichan den letzten Schlüssel hoffentlich schon gefunden«, meinte Vigor.

»Dann haben wir ein neues Unterpfand und können weiter verhandeln«, erwiderte Gray.

Er war sich bewusst, dass das Gelingen des Plans an eine Bedingung geknüpft war.

Painter musste einen Weg finden, seine Eltern zu befreien.

Außerdem konnte es nur dann klappen, wenn er selbst sich nicht irgendwo verrechnet hatte.

13:06

Seichan wartete in dem Hotel, das dem Westeingang der Hagia Sophia schräg gegenüberlag. Ihr Zimmer lag im vierten Stock. Die Wange hatte sie an den Schaft ihres Heckler & Koch PSG1 Scharfschützengewehrs gedrückt. Durchs Zielfernrohr blickte sie auf den Vorplatz der Kirche.

Polizeiwagen waren vorgefahren, hatten kurz gehalten und waren dann weitergefahren.

Was war passiert?

Kowalski hatte sich auf dem Bett lang gemacht, kaute Oliven und reinigte fünf Pistolen und ein NATO-Sturmgewehr A-91, Kaliber 5,56 Millimeter.

Zuvor waren sie einkaufen gewesen und hatten ihre Ausrüstung komplettiert.

Kowalski pfiff beim Arbeiten mit einem Olivenkern im Mund. Allmählich begann er, Seichan auf die Nerven zu gehen. Wenigstens kannte er sich mit Waffen aus.

Von ihrer Position aus überblickte sie die Straße, den Park und den Vorplatz der Kirche. Sie suchte nach Männern, die ein größeres Interesse an der Kirche zeigten als der durchschnittliche Ruckzucktourist. Außerdem hielt sie Ausschau nach schweren Waffen.

So weit, so gut. Wäre sie untätig geblieben, hätte sie die Nerven verloren.

Durchs Zielfernrohr beobachtete sie alle Personen, die das westliche Kaisertor der Hagia Sophia durchquerten. Sie justierte die Schärfe nach, damit sie die Gesichter genau erkennen und sich einprägen konnte. Sie wollte herausfinden, ob bestimmte Leute *mehrfach* das Tor durchquerten.

Sie wollte den Aufenthaltsort möglichst vieler Gegner feststellen.

Für den Fall, dass sie eingreifen musste.

Bislang war ihr nichts aufgefallen. Das ergab keinen Sinn.

Wo steckten Nassers Leute? Sie hätten längst auf Posten sein sollen. Was Einsatzkräfte und Ausrüstung anging, konnte die Gilde hier in Istanbul aus dem Vollen schöpfen. Die Waffen, die sie mit Kowalski gekauft hatte, waren Beweis genug. Oder hielt Nasser sich zurück und beschränkte die Einsatzkräfte auf das Nötigste? Mit ein, zwei Männern fiel man weniger auf als mit einem halben Dutzend.

Doch das mochte Seichan nicht glauben.

»Irgendwas stimmt da nicht«, murmelte sie, sodass der Bildausschnitt ruckte.

Welches Spiel spielte Nasser?

Sie konzentrierte sich wieder auf das Beobachten. Ein großer Mann trat aus dem Kirchenausgang und eilte mit großen Schritten über den Platz, ohne sich zu verstecken. Seichan zielte auf ihn und musterte sein bärtiges Gesicht.

Der kam schon eher in Frage.

Sie kannte seinen Namen nicht, hatte ihn aber schon einmal gesehen, nämlich vor zwei Jahren zusammen mit Nasser. Damals hatte ein dicker Umschlag den Besitzer gewechselt. Seichan hatte eine Reihe von Fotos des unbekannten Agenten in einem Schweizer Bankfach deponiert. Gleichsam als vorausschauende Investition für schlechte Zeiten.

Oder für sonnige Zeiten wie heute.

»Kein Wunder, dass Nasser auf Sparflamme kocht«, murmelte sie.

Der Mistkerl hatte jemanden *im Inneren* der Hagia Sophia postiert. Das ließ nichts Gutes ahnen. Wenn der Mann sich davonmachte, konnte das nur bedeuten, dass ihn jemand abgelöst hatte.

Mitten auf dem Platz blieb er stehen und holte ein Handy hervor.

Wahrscheinlich teilte er Nasser gerade mit, dass seine Beute noch immer in der Kirche war.

Ihr Handy klingelte.

Merkwürdig.

Blindlings tastete sie nach dem Handy, drückte die Gesprächstaste und hielt es sich ans Ohr. »Ciao«, sagte sie.

»Hallo«, meldete sich der Anrufer mit munterer Stimme. »Ich würde gern mit einer Frau namens Seichan sprechen. Man hat mir gesagt, ich solle diese Nummer anrufen und ein Treffen verabreden. Ein gewisser Monsignore und ein Amerikaner möchten, dass wir uns unterhalten.«

Fröstelnd fixierte sie den Mann auf dem Platz, dessen Lippen sich synchron zu der Handystimme bewegten.

»Ich bin Balthazar Pinosso von der kunsthistorischen Abteilung des Vatikans.«

Jetzt kannte Seichan also den Namen des Mannes auf den Fotos. Balthazar Pinosso. Ein Agent der Gilde. Sie atmete durch die Nase. Nasser hatte nicht nur jemanden in der Kirche postiert – er hatte einen Agenten in ihre gottverdammte Gruppe eingeschleust.

Seichan hätte sich in den Hintern beißen können. Der Maulwurf der Gilde war nicht bei Sigma zu finden. Sondern im Vatikan.

»Hallo?«, wiederholte der Mann mit einem Anflug von Besorgnis.

Seichan presste die Wange an den Gewehrschaft und zielte sorgfältig.

Es war an der Zeit, die undichte Stelle zu stopfen.

»Kowalski …«, flüsterte sie.

»Yeah?«

»Gleich wird hier die Kacke am Dampfen sein.«

»Wurde auch allmählich Zeit!«

Seichan drückte ab.

10

Vom Regen in die Traufe

6. Juli, 19:12
An Bord der Mistress of the Seas

Gott sei Dank war die Cocktailparty endlich vorbei.

Lisa knöpfte eilig das perlenbestickte Oberteil auf, das sie über dem seidenen Plisseerock trug. Die schwarze Garnitur von Vera Wang hätte sie sich niemals leisten können, doch als sie sich für Ryder Blunts Abendempfang aus Anlass der Ankunft im Heimathafen der Piraten umkleiden wollte, hatte sie auf dem Bett gelegen.

Dr. Devesh Patanjali hatte das Kleid offenbar persönlich in einem der luxuriösen Läden auf dem Lido-Deck ausgesucht. Das allein war schon Grund genug, sich darin unwohl zu fühlen. Lisa hatte nicht an der Party teilnehmen wollen, doch Devesh hatte ihr keine Wahl gelassen. Deshalb hatte sie sich in Ryders Suite mit ihren Kollegen getroffen.

Der Champagner und der gekühlte Wein flossen in Strömen. Auf Silbertabletts wurden von livrierten Obern Horsd'œuvres gereicht, auf den Büfetttischen standen Tabletts mit eisgekühltem Kaviar und Toastschnittchen. Offenbar waren noch genug Mitglieder des Schiffsorchesters am Leben, um ein Streichquartett bilden zu können. Im Schein der untergehenden Sonne spielten sie auf dem Balkon, zerstreuten sich aber, als der Wind auffrischte und dicke Regentropfen herabpladderten.

Während der Wind immer mehr auffrischte, begann es zu donnern. Zumindest war das Schiff in dem Vulkankessel nicht gefährdet. Die Nachricht von dem sich nähernden Taifun und die damit einhergehenden Pflichten hatten Ryders improvisierter Party gleichwohl ein vorzeitiges Ende bereitet.

Sie hatte nur zwei Stunden gedauert.

Froh darüber, es endlich hinter sich zu haben, entkleidete sich Lisa bis auf den BH und den Slip. Sie streifte die Jeans über, zog eine weite Bluse an und zupfte sie zurecht. Barfüßig ging sie zum Bett, auf dem sie das Abendtäschchen abgelegt hatte, eine Rahmentasche von Gucci mit Silbertroddeln, auch dies ein Geschenk von Dr. Patanjali. Das Preisschild hing noch dran.

Die Tasche hatte über sechstausend Dollar gekostet.

Allerdings war ihr Inhalt noch weit wertvoller. Im Laufe der Festivitäten hatte Ryder ihr diskret zwei Gegenstände zugesteckt, die sie eilig in der Tasche hatte verschwinden lassen.

Ein kleines Funkgerät und eine Pistole.

Die Neuigkeiten, die er ihr mitgeteilt hatte, waren noch erfreulicher gewesen.

Monk war am Leben!

Er befand sich an Bord des Schiffes!

Lisa schob die Pistole hinter den Hosenbund und verbarg sie unter der weiten Bluse. Mit dem Funkgerät in der Hand ging sie zur Tür, legte das Ohr daran und lauschte.

Die Tür wurde nicht bewacht. Der ganze Flügel war an der Treppe und den Aufzügen abgesperrt worden. Devesh hatte ihr eine Innenkabine zugeteilt, nur zwei Kabinen von ihrer Patientin entfernt, die noch immer im katatonischen Stupor verharrte.

Als Lisa sich vergewissert hatte, dass sie nicht belauscht werden konnte, stellte sie Kanal acht ein und setzte das kleine Headset auf. Sie drückte die Sendetaste. »Monk, hörst du mich? Over.«

Sie wartete.

Es rauschte im Ohrhörer, dann meldete sich die wohlbekannte Stimme. »Lisa? Gott sei Dank! Dann hat Ryder dir das Funkgerät also zugesteckt. Hast du auch die Waffe bekommen? Over.«

»Ja.« Sie hätte gern von ihm gehört, wie er überlebt hatte, doch dafür hatten sie keine Zeit. Es gab wichtigere Dinge. »Ryder hat gemeint, du hättest einen Plan.«

»Ein Plan ist vielleicht zu viel gesagt. Eher so was Ähnliches wie ›Nimm die Beine in die Hand, und renn um dein Leben‹.«

»Klingt großartig. Wann?«

»Ich werd mich gleich mit Ryder absprechen. Um einundzwanzig Uhr sind wir startklar. Halt du dich ebenfalls bereit.

Nimm die Pistole mit.« Er erläuterte ihr kurz seinen Befreiungsplan.

Sie ergänzte die fehlenden Details, dann sah sie auf die Uhr. *Noch knapp zwei Stunden.*

»Soll ich jemanden einweihen?«, fragte Lisa.

Eine lange Pause.

»Nein. Tut mir leid. Aber wenn unser Fluchtplan klappen soll, muss er sich auf möglichst wenige Personen beschränken, und wir müssen uns den Sturm zunutze machen. An der Steuerbordseite gibt es eine Gleitrampe, über die Ryders kleines Privatboot zu Wasser gelassen wird. Dein Freund Jessie hat mir eine Seekarte besorgt. Etwa dreißig Seemeilen entfernt gibt es ein Städtchen. Wir sollten versuchen, es zu erreichen und Alarm auszulösen. Das erscheint mir am aussichtsreichsten.«

»Kommt Jessie mit?«

Eine noch längere Pause.

Lisa drückte erneut die Sendetaste. »Monk?«

Sie vernahm ein Seufzen. »Sie haben Jessie geschnappt und über Bord geworfen.«

»Was?« Lisa dachte an Jessies lächelndes Gesicht und seine Vorliebe für dumme Wortspiele. »Ist er … tot?«

»Das weiß ich nicht. Ich erzähl dir später, was genau passiert ist.«

Lisa empfand Mitleid mit dem jungen Mann, den sie erst vor wenigen Stunden kennengelernt hatte. Ihre Trauer war so stark, dass sie keine Worte fand.

»Punkt einundzwanzig Uhr«, wiederholte Monk. »Nimm das Funkgerät mit, aber versteck es gut. Ich melde mich wieder. Ende.«

Lisa nahm den Ohrhörer ab und legte beide Hände ums Funkgerät. Der Widerstand des unnachgiebigen Plastikgehäuses half ihr, wieder einen klaren Kopf zu bekommen. In zwei Stunden würden sie wieder miteinander sprechen.

Es donnerte.

Sie steckte das Funkgerät in die Tasche, faltete das Headset und steckte es ebenfalls ein. Die Ausbuchtung verbarg sie unter der Bluse.

Sie blickte zur Kabinentür. Lisa wollte nicht mit leeren Händen flüchten. Im Krankenzimmer ihrer Patientin gab es eine Unmenge Daten und Krankenakten.

Und einen Rechner mit DVD-Brenner.

Bei der Cocktailparty hatte sie mit Henri und Dr. Miller gesprochen. Im Flüsterton hatten sie ihr verraten, dass Devesh und sein Team Proben der virulentesten vom Judas-Stamm infizierten Bakterien sammelten und sie in einem abgeschlossenen Labor, das von Deveshs Virologen geleitet wurde, in Inkubationskammern verwahrten.

»Ich glaube, sie führen mit dem Virus Experimente an bekannten Pathogenen durch«, hatte Dr. Miller erklärt. »Ich habe gesehen, wie ganze Stapel von versiegelten Kulturen von *Bacillus anthracis* und *Yersinia pestis* in dem Sicherheitslabor verschwunden sind.«

Anthrax und der Erreger der schwarzen Pest.

Henri vermutete, dass Devesh aus den tödlichen Krankheitserregern einen Superstamm züchten wollte. Ein Wort, die Erklärung für das alles, blieb bei ihren Unterhaltungen freilich ungesagt.

Bioterrorismus.

Lisa sah auf die Uhr und ging zur Tür. Wenn sie verhindern wollten, dass die Welt von den zahllosen Seuchen heimgesucht wurde, welche die Gilde züchtete, musste sie von ihrer Patientin möglichst viele Daten sammeln. Deren Körper heilte von selbst, befreite das Gewebe von den toxischen Bakterien und schied sie aus.

Wie und warum tat er das?

Devesh hatte recht gehabt mit seiner Bemerkung über Susan Tunis.

Diese Patientin ist der Schlüssel zu allem.

Bevor sie sich absetzte, musste Lisa möglichst viele Daten sammeln.

Das Risiko musste sie eingehen.

Sie drückte die Klinke und öffnete die Tür. Bis zu Susan Tunis' Krankenzimmer waren es fünf Schritte. Drüben bei den kreisförmig angeordneten Wissenschaftlersuiten herrschte noch immer ein ständiges Kommen und Gehen. Ein Radio spielte Kneipenmusik, doch der Sänger schmachtete auf Chinesisch. Es roch nach Desinfektionsmittel und irgendwie erdig.

Ihr Blick traf sich kurz mit dem eines Wachpostens, der vor den Suiten patrouillierte und sich an den herumstehenden Kisten und Geräten vorbeizwängte. Hinter ihr im Gang unterhielten sich mehrere andere Wachposten.

Sie eilte zu Susan Tunis' Zimmer, zog die Karte, die Devesh ihr gegeben hatte, durch den Leseschlitz und trat ein. Wie zuvor waren zwei Krankenpfleger zugegen. Devesh ließ seine kostbare Patientin keinen Moment unbewacht.

Der eine Mann fläzte sich in einem Sessel im Salon. Er hatte die Füße aufs Bett gelegt und schaute fern. Den Ton hatte er leise gedreht. Es lief ein Hollywoodfilm, der im ganzen Schiff übertragen wurde. Der andere Krankenpfleger war bei der Patientin im hell erleuchteten Schlafzimmer und notierte auf einem Clipboard die viertelstündlich abgelesenen Werte.

»Ich wäre gern einen Moment mit der Patientin allein«, sagte Lisa.

Der groß gewachsene Mann hatte einen blank rasierten Schädel, trug einen Krankenhauskittel und sah seinem Kollegen zum Verwechseln ähnlich. Lisa konnte sich ihre Namen einfach nicht merken und nannte sie bei sich Tweedledee und Tweedledum – die Zwillinge.

Wenigstens sprachen sie Englisch.

Der Krankenpfleger reichte ihr achselzuckend das Clipboard und ging in den Salon zu seinem Kollegen.

Durch die offene Balkontür sah sie Blitze über den Himmel zucken. Donner grollte. Die Außenwelt – die Lagune und die bewaldete Insel – traten für einen Moment reliefartig hervor, dann gingen sie mit einem lauten Krachen wieder in die Dunkelheit ein.

Der Regen fiel heftiger.

Lisa streifte eine Gesichtsmaske und OP-Handschuhe über und trat ans Krankenbett. Sie nahm den Augenspiegel vom Instrumententablett, denn sie hatte in den Augen der Patientin eine seltsame Anomalie festgestellt, die sie Devesh verschwiegen hatte. Bevor sie sich aus dem Staub machte, wollte sie noch einmal nachsehen, was es damit auf sich hatte.

Sie öffnete die Eingangsklappe des Isolierzelts, bückte sich und zog mit der Fingerspitze behutsam das Augenlid der Frau hoch. Dann schaltete sie die Beleuchtung des Augenspiegels ein und stellte ihn scharf. Sie beugte sich noch weiter vor und untersuchte das Innenauge der Patientin.

Die Netzhaut wirkte normal und gesund: Makula, Sehnervenscheibe, Blutgefäße. Die Anomalie war leicht zu übersehen, denn sie war nicht strukturell bedingt. Ohne die Haltung zu verändern, schaltete Lisa die Beleuchtung des Augenspiegels aus und blickte weiterhin durch die Linse.

Die Rückseite des Augeninneren, die innere Netzhaut, sandte ein milchiges Leuchten aus. Rund um die Sehnervenscheibe, wo die zum Gehirn führenden Nervenstränge mit dem Auge verbunden waren, hatte es angefangen. Im Laufe der vergangenen Stunden hatte sich das Leuchten nach außen ausgebreitet und inzwischen die ganze Netzhaut erfasst.

In den Berichten über das erste Auftreten der Krankheit hatte gestanden, sie sei durch eine Algenblüte hervorgerufen worden und das Meer habe aufgrund von phosphoreszierenden Cyanobakterien geleuchtet.

Jetzt leuchteten die Augen der Patientin.

Das musste etwas zu bedeuten haben. Aber was?

Aufgrund der früheren Befunde hatte Lisa der Patientin heimlich ein weiteres Mal Hirnflüssigkeit abgenommen. Sie wollte wissen, ob in der Flüssigkeit irgendwelche Veränderungen aufgetreten waren. Die Ergebnisse sollten jetzt eigentlich auf dem Rechner in der Ecke abrufbar sein.

Lisa beendete die Untersuchung, legte Maske und Handschuhe ab und ging zum Computer. Vom Nebenraum aus war der Bildschirm nicht einzusehen.

Sie rief das Menü für die Labortests auf. Die Ergebnisse der Lumbalpunktion lagen tatsächlich schon vor. Sie überflog die Ergebnisse der chemischen Analyse. Die Proteinkonzentration war gestiegen, sonst hatte sich kaum etwas verändert. Sie klickte die Ergebnisse der mikroskopischen Untersuchung an. Die Bakterien waren isoliert und bestimmt worden.

Cyanobakterien.

Wie sie vermutet hatte.

Nachdem die Blutbarriere so stark geschwächt worden war, dass das Judas-Virus ins Gehirn vordringen konnte, hatte es Gesellschaft mitgebracht.

Eine Gesellschaft, die wuchs und sich vermehrte.

Da sie genau mit diesem Ergebnis rechnete, hatte Lisa bereits Nachforschungen angestellt. Cyanobakterien waren einer der urtümlichsten Bakterienstämme. Ihnen gebührte die Ehre, die ältesten bekannten Fossilien zu stellen. Sie waren fast vier Milliarden Jahre alt, eine der ältesten Lebensformen der Erde. Wie die Pflanzen waren sie zur Fotosynthese fähig und produzierten mithilfe von Sonnenlicht ihre eigene Nahrung. Die meisten Wissenschaftler betrachteten die Cyanobakterien als Vorläufer der heutigen Pflanzen. Diese ursprünglichen Bakterien waren jedoch auch ausgesprochen anpassungsfähig und besetzten alle möglichen Öko-Nischen: Salzwasser, Süßwasser, Erdreich und sogar blanken Fels.

Und mithilfe des Judas-Stamms offenbar auch das menschliche Gehirn.

Die Phosphoreszenz in den Augen der Patientin deutete darauf hin, dass die Cyanobakterien des Gehirns über den Sehnerv ins Auge gelangt waren und sich dort eingenistet hatten.

Warum?

Lisa sah auf der Liste, dass der Labortechniker das Judas-Virus erneut mikroskopisch untersucht hatte. Neugierig klickte sie das Bild an. Auf einmal hatte sie wieder das wahre Monster vor Augen: die ikosaedrische Hülle mit den aus den Ecken vorspringenden astartigen Fortsätzen.

Sie dachte an eine Bemerkung, die sie Devesh gegenüber hatte fallen lassen. *Kein Organismus ist von Grund auf böse.* Er will nichts weiter als überleben, sich ausbreiten und vermehren.

Die Datei enthielt einen Link auf die ursprünglichen Virenfotos. Sie klickte darauf.

Alt und neu. Seite an Seite. Kein Unterschied festzustellen.

Sie wollte die Datei gerade schließen, da verharrte ihr Finger über der Maustaste.

Nein …

Ihre Hand begann zu zittern.

Natürlich …

Draußen blitzte es, gefolgt von einem Donnerschlag, der sie zusammenzucken ließ. Das ganze Schiff erbebte. Die Balkontüren schepperten.

Es hatte unmittelbar über dem Schiff geblitzt. Vielleicht war der Blitz sogar eingeschlagen.

Die Kabinenbeleuchtung flackerte. Als Lisa aufsah, ging sie aus. In der Kabine wurde es dunkel.

Die Krankenpfleger riefen aufgeregt durcheinander.

Lisa erhob sich.

O mein Gott.

Unvermittelt wurde es wieder hell. Der Rechner piepste protestierend und gab einen lauten Knall von sich. Auf einmal roch es nach verbranntem Kunststoff. Der Fernseher im Nebenzimmer rauschte, dann ging der Filmdialog weiter.

Lisa war vor Schreck wie erstarrt.

Unverwandt musterte sie die Frau im Bett. In dem kurzen Moment der Dunkelheit hatte Lisa eine weitere Entdeckung gemacht. Hatte hier eigentlich noch niemand das Licht ausgeschaltet? Oder war das Phänomen neu?

Gliedmaßen und Gesicht der mit einem dünnen Nachthemd bekleideten Frau hatten im Dunkeln ein weiches, phosphoreszierendes Licht ausgestrahlt, das im Hellen nicht zu sehen war.

Die Cyanobakterien hatten nicht nur die Augen befallen – sie waren überall.

Lisa war so geschockt, dass es einen Moment dauerte, bis ihr ein weiteres Detail bewusst wurde: Die Patientin hatte die Augen geöffnet und blickte sie an.

Ihre rissigen Lippen bewegten sich.

Lisa las ihr die Worte von den Lippen ab.

»W-wer sind Sie?«

20:12

Während Monk die Treppe vom Unterdeck hochstieg, lauschte er auf die Stimme aus dem Ohrhörer. Er hatte sich einen Überblick über den Zugang zu Ryder Blunts Privatdock verschafft.

Das Boot war unbewacht. Nur wenige wussten von der Startrampe.

»Ich habe einen elektronischen Schlüssel für das Dock«, sagte Ryder. »Sobald ich meine Bewacher los bin, gehe ich runter, tanke das Boot auf und mache es startklar. Aber werden Sie es alleine schaffen, Dr. Cummings zu befreien?«

»Ja«, sagte Monk ins Mikro. »Je unauffälliger, desto besser.«

»Und Sie haben alles vorbereitet.«

»Ja, Mama.« Monk seufzte. »In einer halben Stunde bin ich so weit. Ich gebe Ihnen Bescheid. Sie wissen ja, was Sie zu tun haben.«

»Verstanden. Ende.«

Monk stieg zum nächsten Treppenabsatz hoch, öffnete ein Wartungsdepot und nahm die Decken, Kissen und Klamotten mit, die er zuvor darin versteckt hatte.

Das Funkgerät schaltete sich wieder ein. »Monk?«

»Lisa?« Er sah auf die Uhr. Es war noch zu früh. Sein Herzschlag beschleunigte sich. »Was ist passiert?«

»Nichts. Jedenfalls noch nicht. Wir müssen unseren Plan ändern. Wir müssen noch jemanden mitnehmen.«

»Wen?«

»Meine Patientin. Sie ist bei Bewusstsein.«

»Lisa ...«

»Wir können sie nicht hierlassen«, beharrte Lisa. »Ihr Krankheitsverlauf ist entscheidend für den Fortgang der Krise. Das Risiko, dass die Gilde vor unserer Rückkehr mit ihr verschwindet, dürfen wir nicht eingehen.«

Monk atmete heftig durch die Nase und überlegte angestrengt. »Wie mobil ist sie?«

»Schwach, aber einigermaßen beweglich, glaube ich. Da die Krankenpfleger nebenan sind, kann ich mir kein genaues Bild machen. Ich bin in meine Kabine gegangen, um mit dir zu sprechen. Ich habe sie dortgelassen und sie gebeten, weiterhin so zu tun, als wäre sie noch immer katatonisch.«

»Bist du dir sicher, dass sie für uns wichtig ist?«

»Ganz eindeutig.«

Monk stellte noch einige Fragen, besprach die Einzelheiten und überarbeitete eilends den Fluchtplan. Dann meldete Lisa sich ab, um sich bereit zu machen.

»Ryder?«, sagte Monk.

»Ich hab's gehört«, antwortete der australische Milliardär. »Mein Funkgerät war noch eingeschaltet.«

»Wir müssen den Zeitplan straffen.«

»Was Sie nicht sagen. Wann werden Sie hier sein?«

Monk entsicherte seine Waffe. »Ich bin schon unterwegs.«

20:16

Lisa ging zum Krankenzimmer zurück. Sie hatte einen Pullover angezogen. Zuvor hatte sie den Krankenpflegern gegenüber geklagt, ihr sei kalt, ein Vorwand, um mal eben auf ihr Zimmer zu gehen und mit Monk zu sprechen.

Bei ihrem Eintreten sahen Tweedledee und Tweedledum immer noch fern. Im Fernsehen war eine Schießerei im Gange. Das Leben war im Begriff, die Kunst nachzuahmen.

Falls alles nach Plan lief.

Lisa ging ins Schlafzimmer hinüber – dann prallte sie erschreckt zurück.

Am Fußende des Betts stand Dr. Devesh Patanjali, die Hände hinter dem Rücken verschränkt. Susan lag mit geschlossenen Augen und schwer atmend unter dem Isolierzelt.

Devesh hätte nicht hier sein sollen.

»Ah«, sagte er, ohne sich umzudrehen. »Dr. Cummings, wie geht es Ihrer Patientin?«

20:17

Die Aufzugtür öffnete sich auf Höhe der Präsidentensuite. Müde und nervös trat Monk auf den Gang. Er hatte ein Bündel Decken und Kissen dabei.

Er näherte sich den beiden Wachposten vor der Flügeltür.

Der eine saß auf einem Stuhl, der andere lehnte an der Wand und straffte sich, als er Monk bemerkte.

»Jetzt«, flüsterte Monk ins Mikrofon.

Das war das verabredete Zeichen.

Hinter der Tür war ein gedämpfter Schuss zu vernehmen; Ryder hatte seinen Bewacher niedergeschossen.

Der Mann, der an der Wand gelehnt hatte, fuhr zur Tür herum.

Im nächsten Moment hatte Monk ihn erreicht. Er riss beide Arme hoch, in jeder Hand eine Pistole; die eine hatte er unter einem Kissen versteckt, die andere in einer Decke. Er drückte dem Mann das Kissen gegen den Rücken, zielte aufs Rückgrat und drückte ab. Als der Wachposten zusammenbrach, schoss er ihm zur Sicherheit noch in den Kopf.

Ehe der Mann auf dem Boden aufprallte, wirbelte Monk zu dem sitzenden Wachposten herum und hob die in eine Decke eingewickelte Pistole.

Er drückte ab – zweimal.

20:19

Lisa trat ins Zimmer.

»Dr. Patanjali, ich freue mich, dass Sie gekommen sind«, sagte sie, wobei sie ihre Erbitterung hinunterschluckte. Sie musste dafür sorgen, dass Devesh sich wieder verzog, denn Monk hatte sie gesagt, es wären nur zwei Krankenpfleger zugegen.

Devesh wandte sich zu ihr um.

Lisa streifte sich eine Haarsträhne hinters Ohr und simulierte mit klopfendem Herzen Erschöpfung. »Ich habe die Werte einer Lumbalpunktion benötigt. Aber …« Sie zeigte zum Rechner. »Bei dem Blitzeinschlag hat sich der Prozessor verabschiedet. Bevor ich mich schlafen lege, wollte ich mir noch mal die Untersuchungsergebnisse ansehen.«

»Weshalb haben Sie nicht einen der Pfleger gebeten, die Werte aus Dr. Pollums Büro zu holen?«

»Da ist niemand. Ich dachte, Sie könnten das Ganze vielleicht etwas beschleunigen.«

Devesh seufzte. »Mach ich. Ich wollte gerade auf mein Zimmer gehen. Ich werde unten anrufen und Pollum beten, Ihnen einen Ausdruck zu schicken.«

»Ich danke Ihnen.«

Devesh wandte sich ab, blieb an der Schwelle aber stehen und drehte sich wieder zu ihr um.

Lisa straffte sich.

»Auf der Cocktailparty haben Sie richtig hübsch ausgesehen. Geradezu umwerfend.«

Lisa versuchte, sich nichts anmerken zu lassen. »D-danke.«

Dann war er weg.

Ein wenig mitgenommen eilte Lisa an Susans Bett. Sie beugte sich über sie und flüsterte ihr ins Ohr. »Ich werde jetzt die Sensoren und Schläuche entfernen. Wir verschwinden von hier.«

Susan nickte. Mit den Lippen formte sie ein leises »Danke«.

Als Lisa den Infusionskatheter entfernte, bemerkte sie die Tränenspuren, die sich von den Augenwinkeln zum Kissen zogen. Zuvor hatte sie Susan vom Schicksal ihres Mannes berichtet. Devesh hatte ihr den Autopsiebericht zu lesen gegeben.

Sie drückte der Frau aufmunternd die Schulter.

Zum Glück hatte Devesh ihre glitzernden Tränen nicht bemerkt.

20:25

Monk rannte an der Steuerbordreling entlang und duckte sich vor dem windgepeitschten Regen. Nur ein paar Lichtpfützen erhellten das dunkle Deck. Schwarze Wolken wogten über das riesige Tarnnetz hinweg. Blitze zuckten, als fänden in der Ferne irgendwo Kampfhandlungen statt. Nahezu unablässig grollte der Donner.

Nach der ersten Besprechung mit Lisa hatte Monk die entsprechende Decksregion erkundet und alles Nötige vorbereitet. Allerdings hatte er keine Zeit gehabt, einen zweiten Bootsmannsstuhl vorzubereiten. Er würde die beiden Frauen nacheinander hochziehen müssen.

Folglich benötigte Monk mehr Muskelkraft.

Hinter ihm stapfte Ryder, wie Monk in Piratentracht.

Das Auftanken des Bootes würde warten müssen.

»Hier entlang!«, übertönte Monk das Prasseln des Regens und das Heulen des Winds.

Ein Liegestuhl schlitterte vorbei. Der Wind nahm weiter zu. Wenn sie dem Taifun ein Schnippchen schlagen wollten, mussten sie binnen einer Stunde von hier verschwinden.

In der Höhe flatterte und klapperte das Tarnnetz.

Monk hatte die Stelle erreicht, wo er ein Seil und einen Bootsmannsstuhl aus der Notausrüstung des Schiffes deponiert hatte. Er zeigte darauf.

»Führen Sie das Seil um die Reling!«, brüllte er und beugte sich vor.

Er blickte in die Tiefe. Aufgrund der Wölbung des Schiffsrumpfs konnte er nicht weit sehen, doch zwei Etagen tiefer sollte sich der Balkon der Kabine befinden, in der Lisa ihre Patientin pflegte. Das war der Fluchtweg.

Weiter unten reflektierte die dunkle Lagune die wenigen Lichter des Schiffes. Das Wasser kräuselte sich nur schwach, denn aufgrund der hohen Wände des Vulkankraters war es vor dem Sturm geschützt. Als Monk sich zu Ryder umdrehte, bemerkte er etwas Helles im Wasser. Keine Oberflächenreflexe, sondern Leuchterscheinungen in der Tiefe. Hellblau und feuerrot.

Was zum Teufel war das nun wieder?

Ein Blitz schlug in das Tarnnetz ein und erhellte die Lagune. Der Donnerschlag war so laut, dass Monk sich unwillkürlich duckte. An der Einschlagstelle tanzten blaue Funken wie Elmsfeuer an den Stahlstreben des Netzes entlang. Das Gebilde war anscheinend geerdet und verhielt sich wie ein gigantischer Blitzableiter.

Ryder trat zu ihm an die Reling. Er hatte sich die Seilschlingen über die Schulter gelegt und warf den Bootsmannsstuhl über die Reling. Er ließ ihn bis zu Lisas Balkon hinab, wo er im böigen Wind hin und her pendelte.

»Ich gehe runter und sichere die Kabine!«, schrie Monk ihm ins Ohr. »Dann befördern Sie meinen Arsch wieder hier rauf. Wir müssen die Frauen gemeinsam hochziehen.«

Ryder nickte. Er kannte den Plan. Monk hatte alles noch einmal wiederholt, um ihm eine letzte Chance zu geben, an seiner Stelle nach unten zu gehen.

Ryder war nicht darauf eingegangen.

Ein kluger Mann. Kein Wunder, dass er es bis zum Milliardär gebracht hatte.

Monk packte das Seil, kletterte über die Reling, verhakte das Bein und schwang sich am nassen Seil nach außen. Während er die Reibung mit der Handprothese regulierte, sauste er nach unten, bis er mit dem Fuß den Bootsmannsstuhl berührte.

Im Wind hin und her pendelnd, musterte er den Balkon. Die Vorhänge waren halb zugezogen, doch in der hell erleuchteten Kabine sah er Lisa. Ein bärtiger Mann drückte sie gegen die Balkontür. Er hatte ihr die Hände um den Hals gelegt und sie hochgehoben, sodass ihre Füße in der Luft baumelten.

Das fing ja gut an.

20:32

Lisa hing im Griff Tweedledees, der ihr die Hand um den Hals gelegt hatte. Seine Nase berührte ihr Gesicht, und aus seinem Mund spritzte Speichel.

»Was zum Teufel hast du mit den Schläuchen gemacht, du Miststück?«, brüllte er mit starkem Akzent.

Lisa hatte Susans Schläuche entfernt – Harnkatheter, Infusionsschlauch und Arterienkatheter –, um so schnell wie möglich verschwinden zu können. Doch der Film hatte unseligerweise vorschnell geendet, und als Dee pinkeln wollte, hatte er auf dem Weg zur Toilette bemerkt, dass etwas nicht stimmte.

Dum sah gerade nach der Patientin. Er drehte sich um und sagte etwas Unverständliches auf Russisch. Offenbar war ihm etwas aufgefallen.

Das war gar nicht gut.

Lisa, die noch immer die Balkontür im Rücken hatte, spürte, wie jemand von außen gegen die Glasscheibe klopfte.

Hoffentlich ist das Monk.

Sie langte hinter sich und schob mit der Fingerspitze die Entriegelung nach oben.

Die Tür wurde aufgedrückt und schleuderte sie nach vorn.

Der überraschte Dee taumelte und ließ sie los. Lisa versuchte, das Gleichgewicht zu wahren, plumpste aber auf den Hintern.

Ein Arm schoss durch die Türöffnung, packte Dee am Kragen und riss ihn nach draußen. Ein gedämpfter Schuss, dann ein Schrei, der sich entfernte.

Dee würde erst mal ein Bad nehmen.

Dum wich unterdessen zum Fußende des Betts zurück und fummelte am Schulterhalfter herum, zu geschockt, um laut um Hilfe zu rufen. Lisa tastete nach ihrer Waffe, doch sie saß darauf.

Monk tauchte in der Türöffnung auf, bis auf die Haut durchnässt und von hinten von Blitzen beleuchtet. In der Hand hielt er eine Pistole. Der Schuss würde gehört werden, doch das ließ sich nicht ändern.

Plötzlich richtete sich hinter Dum eine auf dem Bett kniende schwankende Gestalt auf.

Susan.

Sie holte aus und rammte dem Mann ein Skalpell in den Nacken. Der Wachmann vergaß seine Waffe und fasste sich mit beiden Händen an den Hals.

Monk stürzte vor, packte den Mann beim Gürtel und zerrte ihn zur Tür.

»Wird Zeit, dass du mal nach deinem Bruder siehst.«

Diesmal blieb der Schrei aus.

Monk drehte sich um und wischte sich die blutigen Hände ab. »Also, wer macht den Anfang?«

Jetzt ging alles ganz schnell.

Lisa rannte zur Kabinentür und sperrte ab, während Monk Susan von den letzten Leitungen und Kabeln befreite, die sie mit den Überwachungsgeräten verbanden – EKG, EEG und Doppler-Blutdruckmonitor.

Lisa zog den Pullover aus und streifte ihn Susan über, dann half sie ihr, eine weiße Krankenhaushose anzuziehen. Obwohl Susan Mühe hatte, das Gleichgewicht zu halten, war sie kräftiger, als Lisa nach fünfwöchiger Katatonie erwartet hätte.

Vielleicht lag es am Adrenalin, vielleicht an etwas anderem.

Kurz darauf standen sie auf dem windgepeitschten Balkon. Am Ende des Seils tanzte der Bootsmannsstuhl. Monk fing ihn auf, sah Susan an und stutzte. »Kannst du mir sagen, weshalb deine Freundin im Dunkeln leuchtet?«

Susan versuchte, die Pulloverärmel über ihre Hände zu ziehen. Lisa hatte Susan den Effekt bereits demonstriert, indem sie kurz die Zimmerbeleuchtung ausgeschaltet hatte.

Lisa deutete aufs Seil. »Darüber unterhalten wir uns später.«

Monk runzelte die Stirn, begann aber nach oben zu klettern, wobei er demonstrierte, welche Kraft in seinem Oberkörper und seiner Handprothese steckte.

Lisa half Susan in den Stuhl. »Können Sie sich festhalten?«, fragte sie.

»Es wird schon gehen«, antwortete Susan. Sie zitterte heftig.

Nach einer Weile begannen Monk und Ryder, sie nach oben zu ziehen, wobei sie sich an einem Relingspfosten abstützten.

Lisa wartete und tigerte unruhig auf und ab.

Als sie ein lautes Klopfen vernahm, erstarrte sie.

Es kam von der Kabinentür.

Sie trat ins Zimmer und würde von wütendem Gebrüll empfangen.

Dr. Devesh Patanjali.

Offenbar hatte er die Tür mit der Schlüsselkarte öffnen wollen und festgestellt, dass sie versperrt war. Lautes Gehämmer.

Lisa trat wieder auf den Balkon, beugte sich über die Reling und blickte nach oben.

Susan strampelte mit den Beinen. Sie wurde gerade über die Reling gezogen.

Lisa zog die Pistole hinter dem Gürtel hervor und rief nach oben: »Beeilt euch! Da ist jemand an der Tür!«

Der Sturm und der Donner verschluckten ihre Worte.

Holz splitterte. Devesh und seine Leute verschafften sich gewaltsam Eintritt. Es knallte so laut wie ein Kanonenschuss. Lisa zuckte zusammen.

Von oben drang ein Schrei herunter.

Monk war endlich aufmerksam geworden.

Der Bootsmannsstuhl fiel herab und prallte gegen ihre Schulter. Ohne auf den Schmerz zu achten, stürzte sie zur Balkontür, langte hindurch und zog den Vorhang vor. Dann schloss sie die Tür von außen.

Sollten sie sich ruhig wundern, weshalb das Zimmer leer war.

Die List würde vielleicht nicht lange wirken, ihr aber ein paar Sekunden Aufschub verschaffen. Sie wirbelte herum, packte den Stuhl und stieg unter Verrenkungen hinein. Eine Böe schlug ihr das Seil so fest gegen die Hand, dass sie die Pistole losließ.

Die Waffe stürzte in die dunkle Tiefe.

Hektisch packte sie das Seil, kletterte auf die Balkonreling und sprang ab.

Als die beiden Männer das Seil stramm zogen, ruckte es unter ihren Achseln.

Sie pendelte genau in dem Moment zum Balkon zurück, als der Vorhang aufgerissen wurde. Blitze zuckten. Deveshs Augen weiteten sich, denn er begriff nicht, weshalb sie ihm entgegenschwang.

Auf einmal wich er zurück.

Seinen Platz nahm Surina ein, bekleidet mit einem langen Morgenmantel. Das lange schwarze Haar hing ihr wirr ins Gesicht. Mit dem einen Arm stieß sie die Tür auf, mit dem anderen entriss sie Devesh den Stock.

Lisa war wieder am Ausgangspunkt der Pendelbewegung angelangt. Sie trat nach der Frau, doch Monk und Ryder hatten sie bereits so weit nach oben gezogen, dass ihre Stiefelspitze ins Leere stieß.

Der Bootsmannsstuhl schwang wieder nach hinten.

Surina folgte ihm auf den Balkon hinaus. Der Wind peitschte ihr Haar. Beidhändig packte sie Deveshs Stock, drehte daran und holte aus. Eine glänzend weiße Scheide flog in die Kabine, darunter war die lange Stahlklinge zum Vorschein gekommen, die im Spazierstock gesteckt hatte.

Surina stürzte an die Reling.

Die Blitze verwandelten ihr Schwert in blaues Feuer.

Die unbewaffnete Lisa schwang hilflos der Frau entgegen, die sie mit gezückter Klinge erwartete.

20:46

Monk hatte keinen Moment gezögert. Der Schuss konnte nur bedeuten, dass Lisa Unterstützung brauchte, deshalb überließ er es dem kräftigen Australier, sie hochzuziehen.

Monk seilte sich ab. Das andere Ende des Seils war mit einem Rettungsring verbunden, der zwischen zwei Pfosten der Schiffsreling klemmte. Seine Handprothese umklammerte das Seil wie eine stählerne Klaue. In der anderen Hand hielt er die Pistole.

Er sprang so weit von der Reling ab, dass er erkennen konnte, wie Lisa einer Frau mit einem Schwert in der Hand entgegenpendelte. Er zielte und drückte ab.

Im letzten Moment wurde er von einer Bö erfasst.

Die Kugel sprengte einen Holzbrocken aus der Reling.

Das aber reichte aus, um die Frau mit dem Schwert abzuschrecken. Mit einer geschickten Körperdrehung beförderte sie sich aus der Schusslinie.

Ryder, der mit aller Kraft Lisas Leine einholte, brüllte etwas.

Die Angst und das Adrenalin mobilisierten Lisas Kräfte. Sie zog sich mit den Armen hoch, bis sie in der Rettungsschlinge eher stand als hing. Sie befand sich jetzt über der Balkonöffnung, wurde mit voller Wucht gegen den Schiffsrumpf geschleudert und prallte davon ab.

Ryder beförderte sie einen weiteren Meter nach oben.

Monk feuerte die letzten drei Schüsse aus seinem Magazin ab. Eigentlich sollte das reichen, um alle potenziellen Gegner abzuschrecken.

Doch er irrte sich.

Die Frau mit dem Schwert tauchte wieder auf. Mit der Geschicklichkeit einer Kunstturnerin sprang sie auf die Reling – dann federte sie mit hochgerecktem Schwert davon ab.

Lisa schrie auf.

20:47

Die Klinge glitt am Steifelabsatz vorbei, durchschnitt die Jeans und drang tief in ihre linke Wade ein.

Dann folgte das Schwert dem Zug der Schwerkraft und sackte weg.

Lisa blickte nach unten. Surina landete auf dem Balkon und verschwand im Zimmer. Sie schaute nicht einmal hoch.

Ryder zog Lisa noch ein Stück höher. Jetzt war sie in Sicherheit.

Aufgrund der Rumpfkrümmung war Lisa der Blick auf den Balkon versperrt. Zitternd klammerte sie sich am Seil fest. Blut floss an ihrem Bein entlang in den Stiefel.

Monk kletterte neben ihr auf die Reling.

Kurz darauf wurde sie bei den Schultern gepackt, über die Reling gezogen und fiel aufs Deck. Ryder nahm das Kopftuch ab, das ihm auf die Schultern gefallen war.

»Das wird wehtun«, sagte er, doch seine Stimme klang ganz fern.

Er legte das Tuch um ihre brennende Wade und zog es stramm. Ein sengender Schmerz durchzuckte ihr Bein, und sie schrie erstickt auf. Der Schmerz aber verhinderte, dass sie vom Schock überwältigt wurde.

Allmählich drangen die Geräusche wieder in den tiefen Brunnen vor, in den sie hineingefallen war.

Ryder half ihr auf die Beine. »Wir müssen los. Jeden Moment können sie hier sein.«

Lisa nickte. »Gut… los… ja.«

Das war kein Shakespeare, doch Ryder hatte sie verstanden. Er legte sich ihren Arm über die Schulter, während Monk sich um Susan kümmerte. Sie waren alle nass bis auf die Haut.

Gemeinsam wandten sie sich zum Heck des Schiffes.

»Wo…?«, fragte Lisa und humpelte so schnell, wie sie es vermochte.

»Bis zu meinem Boot werden wir es niemals schaffen«, erwiderte Ryder. »Die Treppen und Aufzüge werden bestimmt alle bewacht.«

Wie zur Bestätigung setzten tief im Schiffsinneren auf einmal die Alarmsirenen ein, dann erreichte das Getöse auch die Decks.

Monk zeigte über die Reling. »Das öffentliche Tenderdock«, sagte er. »Als ich mich vor einer Stunde bei Ryders Privatboot umgeschaut habe, ist mir aufgefallen, dass dort unten ein unbemanntes und unbewachtes blaues Speedboot der Piraten festgemacht hat.«

»Das Tenderdock liegt ein paar Decks weiter unten.«

Monk dirigierte das humpelnde Häuflein zur Mittschiffsreling.

Er beugte sich hinüber. »Nicht wenn wir die direkte Route nehmen.«

Er zeigte in die Tiefe.

Lisa neigte sich vor. Das Ende des Tenderdocks konnte sie gerade eben erkennen. Ein Speedboot mit Außenborder hatte dort festgemacht. Offenbar pendelten die Piraten damit zwischen der kleinen Siedlung und dem Schiff hin und her.

Anscheinend war es unbewacht.

»Wir sollen springen?«, fragte Susan entsetzt.

»Ja«, sagte Monk. »Können Sie schwimmen?«

Susan nickte. »Ich bin Meeresbiologin.«

Lisa schreckte vor dem Sprung zurück. Bis zum Wasser waren es gut fünfzehn Meter. Vom Bug waren Rufe zu vernehmen. Monk blickte erst auf Lisas Bein, dann sah er ihr ins Gesicht.

Sie nickte. Sie hatten keine Wahl.

»Wir springen gemeinsam«, sagte Monk. »Ein lauter Platscher erregt weniger Aufmerksamkeit als vier.«

Sie kletterten über die Reling und hielten sich an deren Außenseite fest.

Monk beugte sich am weitesten nach außen. »Alle bereit?«

Allgemeines Kopfnicken.

Lisa krampfte sich der Magen zusammen. In ihrem Bein pochte der Schmerz. Im dunklen Wasser sah sie Sterne und aufblitzende helle Streifen.

Monk zählte bis drei, dann sprangen sie.

Mit fuchtelnden Armen stürzte Lisa mit den Füßen voran in die Tiefe. Früher war sie von Klippen ins Meer gesprungen. Trotzdem hatte sie das Gefühl, auf harten Boden aufzuprallen. Der Schlag ging ihr durch und durch. Ihre Knie knickten ein – dann gab das Meer nach. Sie schoss ins warme Wasser. Nach dem kalten Regen und dem Wind war es wie ein angenehmes Bad.

Mit abgestreckten Armen verstärkte sie die Bremswirkung des Wassers.

Dann stieg sie wieder auf. Sie schwamm nach oben und tauchte japsend auf. Ringsumher prasselte der Regen aufs Wasser nieder. Die Böen kamen aus wechselnden Richtungen.

Lisa trat Wasser und machte ihre drei Begleiter aus. Monk schwamm bereits zum Boot.

Ryder half Susan und blickte sich nach Lisa um.

Er deutete zum Boot.

Die Stiefel und die nassen Klamotten erschwerten das Schwimmen, doch sie hielt mit den anderen mit.

Monk erreichte das Speedboot als Erster und hechtete wie ein Seehund hinein. Geduckt blickte er sich auf dem Tenderdock um.

Alles blieb ruhig.

Im Schiff gellte noch immer der Alarm. Wahrscheinlich rannten jetzt alle aufs Oberdeck, wo die Flüchtlinge zuletzt gesehen worden waren.

Ryder erreichte mit Susan das Boot.

Als Monk ihnen an Bord half, tauchte auch Lisa auf.

Sie hatte das Boot beinahe erreicht, als etwas mit Wucht gegen ihr Bein stieß.

Erschreckt begann sie zu strampeln. Sie musterte die dunkle Wasseroberfläche. Etwas streifte an ihrer Hüfte. Es ließ eine grünliche Leuchtspur hinter sich zurück, dann verschwand es wieder.

Sie wurde an den Schultern gepackt.

Vor Schreck hätte sie um ein Haar aufgeschrien. Sie hatte gar nicht gemerkt, dass sie das Boot erreicht hatte. Ryder zog sie an Bord.

Lisa lag flach am Boden. Herumliegendes Werkzeug drückte gegen ihren Rücken. Ihr Haar roch auf einmal nach Öl. Trotzdem regte sie sich nicht. Um ihren Herzschlag zu verlangsamen, atmete sie tief ein und aus.

Plötzlich begann der Motor zu grollen. Ryder löste die Leinen. Monk steuerte vom Dock weg. Zunächst fuhr er ganz langsam, um möglichst wenig Lärm zu machen.

Lisa setzte sich auf und blickte sich zum Dock um.

Eine Gestalt löste sich vom Schiff und trat auf die Planken des Tenderdocks. Obwohl ihr Gesicht im Schatten lag, meinte Lisa, die Tätowierungen zu sehen. Rakao. Der Maori-Anführer hatte sich nicht täuschen lassen. Er wusste genau, dass auf einem Schiff die Zahl der Fluchtwege begrenzt war.

»Beeilung!«, rief Lisa. »Monk, gib Gas!«

Der Motor stotterte, hustete etwas Wasser aus, dann brüllte er auf.

Rakao hob den Arm. Lisa musste an seine große Sattelpistole denken.

»Runter!«, schrie sie. »Die Köpfe einziehen!«

Mündungsfeuer blitzte auf. Ein Streifschuss traf den Metallrumpf des Bootes. Es beschleunigte rasant und türmte ein hohes Kielwasser auf.

Rakao feuerte erneut, doch auch ihm musste klar sein, dass es zwecklos war. Er hielt sich bereits ein Funkgerät an den Mund.

Monk raste vom Kreuzfahrtschiff weg.

Am Heck des Schiffes tauchte ein zweites Speedboot auf. Vermutlich kehrte es gerade vom Dorf zurück. Plötzlich beschleunigte es und hielt aufs Tenderdock zu.

Rakao hatte es angefunkt und war bereit, die Verfolgung aufzunehmen.

Allerdings hatten sie einen ordentlichen Vorsprung.

Das blieb auch so, bis der Motor auf einmal wieder stotterte und mit einem lauten Knall eine ölige Rauchwolke ausstieß. Das Speedboot erbebte und wurde langsamer. Lisa setzte sich gerade auf und blickte sich um. Sie musterte die Werkzeuge, auf denen sie gelegen hatte, und das verölte Tuch im Heck.

Das Boot hatte nicht darauf gewartet, Passagiere an Land zu befördern – es sollte repariert werden.

Der Qualm wurde dichter. Das Grollen ging in ein Stottern über.

Ryder kletterte fluchend an ihr vorbei und öffnete die Motorklappe.

Noch mehr Qualm drang heraus.

»Das Scheißding hat den Geist aufgegeben«, sagte er finster.

Rakao sprang vom Dock auf das zweite Speedboot. Es schwenkte herum und nahm die Verfolgung auf.

»Wir haben keine andere Wahl«, sagte Monk, der erfolglos am Steuer kurbelte, während sie in Schleichfahrt dahindümpelten. »Wir müssen ans Ufer schwimmen und das Beste hoffen.«

Lisa sah zum Strand, dann blickte sie sich zu Rakaos Boot um.

Es würde verdammt knapp werden.

Monk holte das Letzte aus dem Motor raus. Vor ihnen ragte der dunkle Urwald auf. Zumindest würden sie sich darin mühelos verstecken können.

Eine halbe Minute später ging der Motor endgültig aus.

»Jetzt heißt es schwimmen«, sagte Ryder.

Bis zum Strand waren es nur noch knapp fünfzig Meter.

»Wir steigen aus«, pflichtete Monk ihm bei. »Bewegt euren Arsch.«

Zum zweiten Mal sprangen sie in die Lagune. Lisa streifte die Stiefel ab und folgte den anderen. Rakaos Boot näherte sich mit brüllendem Motor.

Erst als sie ins Wasser eingetaucht war, fiel ihr wieder ein, dass zuvor etwas gegen sie gestoßen war und sie in Panik versetzt hatte. Im Moment aber machte ihr vor allem Rakao Angst. Als erfahrene Taucherin war Lisa schon häufiger von neugierigen Haien angestupst worden.

Rakao war ganz eindeutig gefährlicher.

Sie schwamm Richtung Ufer.

Als sie sich umsah, bemerkte sie im Wasser seltsame Lichtblitze.

Smaragdgrün, rubinrot, saphirblau.

Ein Funkeln wie von einem Unterwasserfeuer.

Die Leuchterscheinungen teilten das Wasser und hielten auf die Schwimmer zu.

Auf einmal wusste Lisa, was sie angestoßen hatte und ihnen jetzt nachsetzte: ein Jägerschwarm, der sich mit Lichtblitzen verständigte, dem Morsecode der Räuber.

»Schwimmt schneller!«, schrie sie.

Sie kraulte mit aller Kraft.

Sie würden es nicht schaffen.

Er folgt dem Blutgeruch im Wasser. Die Seitenflossen sind in gleitender, wellenförmiger Bewegung. Muskeln pumpen Wasser durch den Rumpf und stoßen es durch den steifen rückwärtigen Trichter aus, lassen den fast zwei Meter langen Körper nach vorn schießen. Die acht Arme hat er zu einem schlanken, muskulösen Pfeil aneinandergepresst. Die beiden längsten Tentakel senden an den Enden Lichtblitze aus. An den Seiten zittern lumineszierende Farbstreifen.

Auf diese Weise leitet er den Schwarm.

Mit seinen großen, kugelförmigen Augen entschlüsselt er die Botschaften seiner Brüder.

Einige schwimmen einen weiten Bogen, andere tauchen tief hinab.

Der Blutgeruch wird stärker.

Lisa strebte mit kräftigen Schwimmzügen ans Ufer.

Wäre sie in Panik geraten, hätte sie dies nur langsamer gemacht.

Vor ihr breitete sich der Strand aus, ein silbriger Sandstreifen zwischen dem schwarzen Wasser und dem finsteren Dschungel. Das war die Zielgerade, die sie erreichen musste.

Hinter ihr grollte der Motor von Rakaos Boot.

Doch es war nicht der Maori-Pirat, der sie hetzte.

Leuchtende Streifen jagten ihr im Wasser nach.

Angezogen von ihrer verletzten Wade.

Vom Blut.

Vier Meter vor ihr stapften Monk und Ryder an Land und zogen Susan mit sich. Lisa verdoppelte ihre Anstrengungen.

»Monk!«

Mit einer letzten Muskelkontraktion katapultiert er sich dem aufgewühlten Wasser entgegen. Er entfaltet die Arme, fächert sie weit auf. Zwei der längeren Tentakel schießen vor und schlängeln sich durchs Wasser, bedeckt mit gelben Lichtern und mit Chitinhaken bewehrten Saugnäpfen.

21:05

Monk hörte Lisa nach ihm rufen.

In heller Panik schwamm sie dem Strand entgegen.

Nur noch drei Meter davon entfernt.

Das Piratenboot raste mit Vollgas auf sie zu. Regen strömte

vom Himmel herab und riffelte das Wasser. Lichtblitze schossen wie Leuchtspurgeschosse auf Lisa zu.

Monk erinnerte sich an die Geschichten, die über die Lagune in Umlauf waren.

Ein zahnloser Einheimischer hatte sie erzählt.

In der Tiefe wohnten angeblich Dämonen.

Er sprang ins Wasser. Der Untergrund fiel steil ab. Schon nach zwei Schritten reichte ihm das Wasser bis zur Hüfte. »Lisa!«

Ihre Blicke trafen sich.

Dann auf einmal kam sie abrupt zum Stillstand.

Ihre Augen weiteten sich. »Lass mich…«

Monk warf sich ihr mit ausgestreckten Armen entgegen. »Deine Hand!«

Zu spät.

Wirbelnde Tentakel schossen aus dem Wasser, packten Lisa und zerrten sie fort. Das Ungeheuer geriet kurz in Sicht, ein schlanker Rumpf mit kleinen Seitenflossen, über den Lichtblitze hinwegliefen. Ein großes schwarzes Auge starrte Monk an, dann verschwand es im Wasser.

Nur zwei Meter entfernt stieß ein Arm an die Oberfläche. Dann teilte er mit unglaublicher Geschwindigkeit das Wasser, wie ein Fisch an der Angelleine. Der Arm tauchte unter.

Lisa…

Monk trat einen Schritt vor, schickte sich an zu tauchen.

Da wurde er von einer Gewehrsalve aus seinem Schockzustand gerissen. Die Kugeln schlugen ins Wasser ein und trieben ihn an den Strand zurück.

»Hierher!«, brüllte Ryder.

Weitere Schüsse warfen kleine Sandfontänen auf. Es knallte.

Er hatte keine Wahl.

Monk taumelte Ryder entgegen und flüchtete mit ihm in den finsteren Wald.

Lisa…

Im Griff der Fangarme hielt Lisa den Atem an.

Große Haken bohrten sich in ihre Haut, die aufgrund der Panik empfindungslos war.

Sie strampelte mit den Beinen und wand sich verzweifelt.

Mit offenen Augen.

Nachleuchtende Blitze schossen durch die Dunkelheit.

So also würde sie sterben.

21:06

Monk ließ sich von Ryder tiefer in den Dschungel hineinziehen. Er hatte keine andere Wahl. Er konnte nichts tun.

Durch eine Lücke im Laubwerk blickte er aufs schwarze Wasser hinaus.

Das Piratenboot dümpelte in Strandnähe. Gewehrläufe zielten ans Ufer und schwenkten suchend umher. Rakao aber stand im Bug, eine dunkle Silhouette mit einem Speer in der Hand.

Plötzlich stieß der Maori den stählernen Speer ins Wasser.

Blaue Lichtblitze flammten auf und erhellten die Nacht und die Tiefe der Lagune. Um den Speerschaft herum brodelte das Wasser.

Was machte er da?

Lisa, die kaum noch bei Bewusstsein war, ließ die letzte Atemluft entweichen. Ein sengender Schmerz flammte in ihr auf. Der Kalmar verkrampfte die Fangarme, denn er verspürte den gleichen Schmerz, vielleicht noch intensiver als sie.

Dann zuckten die Arme, und er gab sie frei.

Salzwasser brannte in ihrer Nase.

Sie sah, wie das Wesen in der dunklen Tiefe verschwand, ein smaragdgrüner Pfeil. Die anderen Tiere folgten ihm.

Langsam stieg sie an die Oberfläche.

Hände packten sie am Haar.

Sie kamen zu spät.

Sie hatte zu viel Wasser geschluckt und schnappte nach Luft wie ein Fisch auf dem Trockenen. Dann wurde sie von Dunkelheit verschluckt.

21:07

Im Wald hinter einem großen Stein verborgen, beobachtete Monk, wie Lisa an den Haaren aus dem Wasser gezogen wurde. Schlaff und reglos. Der Kopf hing in einem unnatürlichen Winkel herab.

Rakao warf den Speer ins Boot.

»Wohl eine Art Viehtreiber«, meinte Ryder. »Da konnten die verdammten Viecher die Tinte nicht mehr halten.«

Rakao legte Lisa über die Reling und drückte auf ihren Rücken. Ein Wasserschwall kam aus Nase und Mund.

Sie hob den Arm und schlug kraftlos nach ihm.

Also war sie am Leben.

Der Pirat zerrte sie herum und ließ sie auf den Boden fallen. Er blickte zum Dschungel herüber, dann richtete er den Blick auf die Bergspitzen. Ständig zuckten Blitze über die Inselberge hinweg. Der böige Wind peitschte den Regen über die Lagune.

Rakao hob den Arm und schwenkte ihn in weitem Bogen.

Das Speedboot wendete in einer Gischtwolke und raste davon, gefolgt von einem mächtigen Kielwasser. Es kehrte zum Schiff zurück.

Mit Lisa an Bord.

Wenigstens war sie am Leben.

»Weshalb ziehen sie sich zurück?«, murmelte Susan.

Monk sah sie an. Im dunklen Wald ging ein fahles Leuchten von ihrem Gesicht und ihren Händen aus, kaum zu erkennen, aber nicht zu leugnen. Wie Mondschein, der durch eine dichte Wolkenschicht fiel.

»Hier können wir nirgends hin«, erwiderte Ryder erbittert. »Wenn es hell wird, werden sie uns jagen.«

Monk zeigte tiefer in den Wald hinein. »Dann sollten wir machen, dass wir von hier verschwinden.«

Mit Susan an seiner Seite drang Monk in den höher gelegenen Dschungel vor. Ein letztes Mal blickte er sich zur Lagune um. »Was waren das für Tiere?«

»Raubkalmare«, murmelte Susan. »Einige biolumineszierende Kalmare jagen gemeinsam. Schwärme von Humboldt-Kalmaren haben im Pazifik schon Menschen angegriffen und getötet. Aber es gibt auch größere Exemplare wie zum Beispiel *Taningia danae*. Offenbar ist diese Unterart hier in der Lagune zu Hause. Zum Fressen steigen sie aus der Tiefe auf. Bei Nacht funktioniert die Verständigung mittels Leuchtsignalen am besten.«

Monk dachte an die Hexe und die Wasserdämonen, die der Pirat erwähnt hatte. Diese Geschichten mussten eine reale Grundlage haben. Und noch an etwas anderes musste er denken.

Er blickte zu den schroffen Klippen auf, die sich vom dunklen Himmel abhoben. Trotz des ständigen Donnergrollens waren Trommeln zu hören.

Kannibalen.

»Was nun?«, fragte Ryder.

Monk übernahm die Führung. »Es wird Zeit, unsere neuen Nachbarn kennenzulernen... und ihnen in die Kochtöpfe zu schauen.«

21:12

Lisa stand auf dem Tenderdock und wurde gestützt von einem der Piraten. Sie war zu schwach, um sich zu wehren, und zu müde, um sich darüber aufzuregen. Nass bis auf die Haut und aus mehreren Wunden blutend, ergab sie sich ihrem Schicksal.

Rakao stritt gerade mit Devesh.

Auf Malaiisch.

Vermutlich ging es darum, dass der tätowierte Pirat Susan Tunis nicht in den Dschungel gefolgt war. Lisa verstand nur ein einziges Wort.

Kannibalen.

Hinter den Männern stand Surina, bekleidet mit einem Sari und vor dem Regen geschützt, die Arme vor der Brust verschränkt und geduldig wartend. Sie fixierte Lisa. Ihr Blick war nicht kalt – das wäre zumindest eine Art Gefühlsregung gewesen. Surinas Augen waren vollkommen leer.

Schließlich wandte Devesh sich um und zeigte auf Lisa. Damit seine Gefangene ihn ebenfalls verstehen konnte, sagte er auf Englisch: »Erschießt sie. Jetzt gleich.«

Lisa spannte sich in den Armen des Piraten an. Sie hustete.

Um ihr Leben zu retten, bot sie dem Gildenwissenschaftler das einzige Unterpfand an, über das sie verfügte.

»Devesh«, sagte sie bestimmt. »Der Judas-Stamm. Ich weiß jetzt, wie das Virus wirkt.«

11
Glasscherben

6. Juli, 13:55
Istanbul

Der Schock dehnte das Geschehen zu einer atemlosen, lautlosen Zeitlupe.

Von der zweiten Fensterreihe der Hagia Sophia aus beobachtete Gray, wie Balthazar Pinossos Hinterkopf in einer Wolke aus Blut und Knochensplittern explodierte. Von der Wucht des Treffers knickte er in der Hüfte ein. Er breitete die Arme aus. Das Handy, das er sich eben noch ans Ohr gehalten hatte, flog in hohem Bogen davon, prallte aufs Pflaster und schlitterte weg.

Dann brach der Hüne zusammen.

Vigor schnappte an Grays Seite nach Luft und beendete die Erstarrung. »Du meine Güte … nein …«

Das Echo des Schusses verhallte, auf dem Vorplatz wurde geschrien.

Gray wich zurück und atmete tief durch, während ihm allmählich die Folgen klar wurden. *Wenn Balthazar erschossen worden war …*

»Nasser hat über ihn Bescheid gewusst«, vollendete Vigor Grays schwerfälligen Gedankengang. Benommen stützte sich der Monsignore am Fenstersims ab. »Nasser hat gewusst, dass Balthazar bei uns ist. Einer seiner verfluchten Scharfschützen hat ihn getötet.«

Gray war geschockt und ebenso schuldbewusst wie Vigor. Er hatte den Mann ins Verderben geschickt.

Das Geschrei draußen wurde lauter und griff aufs Kircheninnere über. Die Menschen rannten in Panik umher und suchten Zuflucht – in der vermeintlich sicheren Hagia Sophia.

Vor wenigen Minuten waren Gray und Vigor in die erste Ebene

der Kirche hochgestiegen, wo weniger Betrieb herrschte. Zuvor hatte Balthazar dem Museumsdirektor gesagt, Gray und Vigor seien bereits gegangen, da Gray nicht ärztlich behandelt werden müsse. Von hier oben hatten sie sich vergewissern wollen, dass alles glattlief.

»Bald wird es hier von Polizei nur so wimmeln«, meinte Gray. »Wir müssen verschwinden.«

Vigor fasste Gray beim Ärmel. »Aber Ihre Eltern …«

Gray schüttelte den Kopf. Er hatte jetzt keine Zeit, sich darüber den Kopf zu zerbrechen. Nasser hatte sie davor gewarnt, irgendwelche Tricks zu versuchen. Jetzt, da Vigor seine Befürchtungen ausgesprochen hatte, musste Gray sich dem Grauen stellen. Er atmete schwer; ihn schwindelte. Seine Eltern würden seinen Fehler ausbaden müssen.

Wieso hatte Nasser von Balthazar gewusst?

Vigor blickte noch immer aus dem Fenster. Er krampfte die Finger um Grays Arm. »Herrgott noch mal … was macht sie denn jetzt?«

Gray blickte auf den Platz an der Westseite der Kirche hinunter. Während die Menschen entweder in Panik vom Vorplatz flüchteten oder verängstigt am Boden hockten, rannte eine Gestalt unerschrocken mitten durch das Chaos hindurch.

Seichan.

Wo kam sie auf einmal her?

Als sie die Kirche fast schon erreicht hatte, sprühte das Pflaster an ihren Fersen Funken. Jemand hatte auf sie geschossen. Nassers Leute. Mit ihrem plötzlichen Auftauchen hatte Seichan die Scharfschützen überrascht. Da sie Anweisung hatten, die Kirche nicht zu verlassen, hatten Nassers Leute nicht damit gerechnet, dass jemand in die Kirche *hineingelangen* wollte.

Seichan rannte um ihr Leben.

13:58

Von der Entwicklung überrascht, fluchte Seichan. Dann hatte Nasser hier draußen also einen oder mehrere Scharfschützen postiert. Sie hatte es versäumt, sie rechtzeitig ausfindig zu machen. Sie hatte nicht geglaubt, dass es in ihrer Gruppe einen Verräter geben könnte. Balthazar war den ganzen Vormittag über in der Hagia Sophia gewesen und hatte ihnen in aller Ruhe eine Schlinge gedreht.

Sie rannte durchs Kaisertor und ging an der Wand in Deckung. Gab es vielleicht auch hier drinnen Scharfschützen?

Im höhlenartigen Kirchenschiff blickte sie sich suchend um. Von der Schießerei verängstigte Menschen hockten in den Ecken oder irrten verwirrt umher. Sie musste Gray und Vigor finden.

In der Ferne gellten Polizeisirenen.

Jemand zupfte sie am Hemd. Unwillkürlich rammte sie dem Mann die Pistole in die Rippen.

Der Mann zuckte nicht einmal zusammen. »Seichan, was ist passiert?«

Es war Gray, der abgespannt und blass wirkte.

»Gray … wir müssen von hier verschwinden. Wo ist der Monsignore?«

Gray zeigte zur nächsten Treppe. Vigor hielt sich in der Nähe versteckt und beobachtete die Menge.

Seichan ging mit Gray zu ihm hinüber.

Der Monsignore blickte ihnen mit kummervoller Miene entgegen. »Nasser hat ihn erschossen. Er hat Balthazar erschossen.«

»Nein«, sagte Seichan, um Missverständnissen vorzubeugen. »Das war ich.«

Vigor wich einen Schritt zurück. Gray fuhr herum.

»Er hat mit Nasser zusammengearbeitet«, erklärte Seichan.

»Wie sollte das …?«, erwiderte Vigor zornig.

»Vor zwei Jahren wurden Nasser und Balthazar zusammen fotografiert. Bei einer Geldübergabe.« Sie fixierte Vigor. »Er hat mit ihm unter einer Decke gesteckt.«

Vigor stand die Skepsis ins Gesicht geschrieben. Seichan schlug einen schärferen Ton an. »Monsignore, wer hat Sie auf die Inschrift im Turm der Winde aufmerksam gemacht?«

Vigor blickte zum Eingang, vor dem der Tote lag.

»Bevor Sie eingeschaltet wurden«, fuhr Seichan fort, »haben Nasser und ich in ganz Italien nach den ersten Hinweisen zur Lösung des Engelsrätsels gesucht und uns ein Katz-und-Maus-

Spiel geliefert. Die unsichtbare Schrift im Vatikan sollte zunächst unentdeckt bleiben. Ich wollte Sie später anrufen und auffordern, die Turmkammer mit einer UV-Lampe zu untersuchen. Glauben Sie etwa, Ihr Freund ist *zufällig* darüber gestolpert?«

»Er hat mir gesagt, einer seiner Studenten ...«

»Das war gelogen. Nasser hat ihn darauf aufmerksam gemacht. Der Schweinehund hat dieselbe Spur verfolgt wie ich. Er hat Balthazar dazu benutzt, Sie in die Entschlüsselung des Rätsels einzuspannen.«

Vigor ließ sich auf die Treppe niedersinken und schlug die Hände vors Gesicht.

Gray stand etwas abseits und überdachte mit glasigem Blick die Ereignisse des Vormittags. Als Seichan sich ihm zuwandte, straffte er sich.

»Dann weiß Nasser also, dass wir ihn hintergehen wollten«, sagte Gray. »Er weiß, dass wir den ersten Schlüssel gefunden haben. Er weiß alles.«

»Nicht unbedingt.« Seichan fasste Vigor bei der Schulter, zog ihn hoch und schob Gray zur Treppe. »Deshalb habe ich ihn ja erschossen. Ich glaube, er hatte noch gar keine Zeit, mit Nasser zu sprechen. Ich habe ihn ausgeschaltet, bevor er alles noch schlimmer machen konnte.«

»Schlimmer?« Gray weigerte sich erbost weiterzugehen. »Sie hätten ihn festnehmen können. Wir hätten ihn als Geisel benutzen können. Es gab zahllose Möglichkeiten!«

»Allesamt zu riskant!« Seichan stellte sich seinem Zorn und trat dicht vor ihn hin. »Geht das nicht in Ihren Schädel, Gray? Nassers Plan, unser Plan – das ist alles hinfällig. Wir müssen hier das Feld räumen. Und zwar sofort.«

Seine Miene verfinsterte, seine Augen umwölkten sich. »Wenn der Mistkerl erfährt, was Sie getan haben ... was wir getan haben ... Sie haben meine Eltern soeben zum Tode verurteilt!«

Seichan versetzte ihm eine schallende Ohrfeige, die ihn zurücktaumeln ließ. Er stutzte, dann warf er sich auf sie. Seichan wehrte sich nicht. Er packte sie beim Kragen und ballte die andere Hand zur Faust.

Seichan hob nicht einmal die Stimme. »Jetzt, da der Schweinekerl tot ist, haben wir aufgrund der allgemeinen Verwirrung etwas Luft. Wir müssen die Gelegenheit nutzen.«

»Aber meine Eltern ...«

»Gray, sie sind bereits tot«, sagte sie leise.

Seine Hand begann zu zittern. Sein gerötetes, gequältes Gesicht verzerrte sich. Er suchte ihren Blick, denn er brauchte jemanden, dem er die Schuld geben konnte.

»Und wenn sie nicht tot sind«, fuhr sie fort, »wenn er sie als Rückversicherung am Leben gelassen hat, bleibt uns nur noch eine einzige Hoffnung.«

Gray ließ die Hand von ihrem Hals sinken, ohne seine Finger zu entspannen.

»Wir brauchen ein mächtiges Unterpfand«, sagte sie. »Eines, welches das Leben Ihrer Eltern aufwiegt.«

Das zornige Funkeln in seinen Augen verblasste, und seine Wut legte sich, während er ihren Vorschlag überdachte. »Der zweite Schlüssel allein wird nicht reichen.«

Seichan schüttelte den Kopf. »Wir müssen Funkstille wahren. Bitten Sie Vigor, den Akku aus seinem Handy zu nehmen, damit es nicht angepeilt werden kann.«

»Aber wie soll Nasser uns erreichen?«

»Es wird Zeit, dass wir ihm diese Möglichkeit nehmen.«

»Aber wenn er uns anzurufen versucht ...?«

»Nasser wird außer sich sein. Vielleicht wird er Ihren Eltern wehtun oder sogar ein Elternteil töten. Aber so lange, bis er uns aufgespürt hat, wird er mindestens einen der beiden am Leben lassen. Er ist nicht dumm. Und das ist unsere einzige Hoffnung.«

Vigors Handy klingelte. Allen dreien stockte der Atem. Vigor nahm das Handy aus der Tasche. Nach einem kurzen Blick auf die Anzeige reichte er es weiter.

»Nasser«, sagte Gray.

»Wo wir gerade vom Teufel sprechen«, flüsterte Seichan. »Offenbar hat ihn einer der Scharfschützen angerufen, weil sie neue Instruktionen brauchen. Wahrscheinlich ist das der einzige Grund, weshalb sie die Kirche noch nicht gestürmt haben. Dass Balthazar getötet wurde, hat sie aus dem Konzept gebracht. Das ist unsere Chance.«

Gray starrte das Handy an.
Seichan wartete.
Wie stark war dieser Mann?

14:04

Gray gehorchten die Finger nicht mehr, die er ums Handy gekrampft hatte.

Es vibrierte und klingelte erneut.

Er meinte die davon ausgehende Bedrohung beinahe körperlich zu spüren, eine Wut, die sich jeden Moment gegen seine Eltern entladen konnte. Es drängte ihn, das Gespräch anzunehmen: zu schreien, zu flehen, zu fluchen und zu feilschen.

Doch er hatte nichts in der Hand.

Noch nicht.

»Nasser sitzt noch im Flugzeug«, murmelte Gray schließlich.

»In fünf Stunden wird er landen«, meinte Seichan.

Kälte breitete sich in Gray aus, doch seine Finger krampften sich noch fester zusammen. »Solange er im Flieger sitzt, wird er keine schwerwiegenden Entscheidungen treffen. Damit wird er warten, bis er wieder festen Boden unter den Füßen hat.«

»Und wenn er bis dahin nichts von Ihnen gehört hat…«

Gray vermochte den Satz nicht zu beenden. Stattdessen nickte er. Nasser würde seine Eltern töten. Er würde keinen Moment länger warten. Er würde Gray bestrafen und sich eine neue Strategie überlegen.

Fünf Stunden.

»Wir müssen ihm mehr bieten als den zweiten Schlüssel, den wir hier gefunden haben«, sagte er. »Sogar noch mehr als den dritten Schlüssel.«

Seichan nickte.

Gray starrte Seichan an. »Bis dahin müssen wir das Rätsel des Obelisken gelöst haben. Wir brauchen Marcos Karte.«

Seichan erwiderte schweigend seinen Blick.

Gray wusste, was er zu tun hatte. Er drehte das Handy um. Mit beinahe tauben Fingern fummelte er am Akkufach herum.

Vigor legte die Hand auf Grays Finger. »Sind Sie sicher?«

Er hob den Blick. »Nein … bin ich nicht. Nicht im Geringsten.« Er schob Vigors Hand weg und nahm den Akku heraus. Das Klingeln brach plötzlich ab. »Das heißt aber nicht, dass ich handlungsunfähig wäre.«

Gray wandte sich Seichan zu. »Was nun?«

»Sie haben Nasser soeben den Fehdehandschuh hingeworfen. Jetzt wird er seine Gefolgsleute anrufen. Uns bleiben ein, zwei Minuten.« Sie zeigte in die Kirche hinein. »Dorthin müssen wir. Kowalski hat einen Wagen. Er erwartet uns am Ostausgang.«

Sie übernahm die Führung. Im Kirchenschiff irrten verwirrte, schreiende Menschen umher. Die Polizeisirenen klangen jetzt ganz nah. Seichan fischte etwas aus der Tasche.

»Am Ausgang sind bestimmt ebenfalls Heckenschützen postiert«, sagte Gray.

Seichan hielt etwas in der Hand. »Eine Blendgranate. Wir zünden sie in die Mitte des Raums. Wenn die Menschen nach draußen flüchten, schlüpfen auch wir unbemerkt ins Freie.«

Gray runzelte die Stirn.

Als sie an einer Gruppe von Schulkindern vorbeikamen, die sich ängstlich zusammendrängten, äußerte Vigor Bedenken. »Wenn die Heckenschützen uns sehen, werden sie das Feuer eröffnen, ohne auf die Leute Rücksicht zu nehmen.«

»Das ist unsere einzige Chance.« Seichan wurde schneller. »Wir müssen die Gelegenheit nutzen. Nassers Männer sind vielleicht schon …«

Ein Schuss dröhnte.

Die Kugel schwirrte an Grays Ohr vorbei. Ein Wandmosaik wurde von einem Schauer goldener Splitter überzogen.

Die Menschen spritzten in Panik auseinander.

Vigor wurde angerempelt und ging in die Knie. Gray zog ihn hoch, als der zweite Schuss eine Marmorsäule traf. Der laute Knall hallte in der Kirche wider.

In geduckter Haltung rannten sie Seite an Seite durchs Kirchenschiff. Als sie in der Mitte angelangt waren, schickte Seichan sich an, die Blendgranate zu entsichern.

Gray packte ihre Hand. »Nein.«

»Anders geht es nicht. Wir wissen nicht, ob da draußen nicht noch weitere Bewaffnete sind. Wir müssen uns in der flüchtenden Menge verstecken.«

Und wenn wir entdeckt werden, dachte er, *wie viele Unschuldige müssen dann sterben?*

Er hob den Arm. »Es gibt noch einen anderen Weg.«

Gefolgt von Vigor, zerrte er Seichan zur Südseite, zu dem Baugerüst, auf dem er bereits herumgeturnt war.

»Da hoch!«, sagte er.

Ein Hindernis allerdings galt es noch zu überwinden.

Der Wachmann hatte seinen Posten nicht verlassen und kauerte mit angelegtem Gewehr hinter einer Schutzwand aus Holz.

Gray nahm Seichan die Blendgranate aus der Hand, entsicherte sie und schleuderte sie hinter die Schutzwand. »Augen zu!«, rief er Vigor zu und zog den Monsignore auf den Boden nieder. »Ohren zuhalten.«

Auch Seichan ging in die Hocke und schlang die Arme um den Kopf.

Die Explosion fühlte sich an wie ein Tritt in den Bauch. Ein gewaltiges Dröhnen, gefangen im Stein. Der Lichtblitz durchdrang Grays Augenlider, obwohl er den Kopf abgewendet hatte.

Dann war es vorbei.

Gray riss Vigor hoch. Die Schreie der Menschen wurden gedämpft durch das Klingeln in seinen Ohren. Er rannte auf das hohe Baugerüst zu. Die Besucher spritzten vor ihm auseinander, flüchteten zu den Ost- und Westausgängen.

Gray aber hatte nicht vor, sich ihnen anzuschließen.

Der Wachposten lag benommen auf dem Rücken und stöhnte laut.

Er würde schlimme Kopfschmerzen bekommen, doch ansonsten war er unverletzt.

Gray nahm ihm das Gewehr ab und scheuchte Seichan und Vigor das Gerüst hoch. Sie mussten sich beeilen. Das Chaos würde die Bewaffneten nur vorübergehend aufhalten.

Er kletterte Seichan und Vigor hinterher.

»Wohin wollen wir?«, rief Seichan zu ihm herunter. »Hier oben sitzen wir doch auf dem Präsentierteller!«

»Weiter!«, erwiderte Gray. »Schafft euren Arsch da rauf!«

Sie hetzten die Treppen hoch.

Als sie sich auf halber Höhe befanden, knatterte eine Automatikwaffe los. Die Salve war schlecht gezielt, und die Querschläger prallten von den Gerüststreben ab, doch das reichte aus, um sie von der Außentreppe auf die Innenseite des Gerüsts zu vertreiben. Sie rannten über die Laufplanke.

Gray setzte sich an die Spitze. »Mir nach!«

Geduckt lief er auf die nächste Wand zu.

Sie befanden sich auf der Ebene, wo die Kuppel auf dem Fundament ruhte. Der Kuppelrand war gesäumt von einer Reihe von Bogenfenstern, die vor Jahrhunderten schon Marco Polo bewundert hatte.

Gray hob das Gewehr und feuerte damit auf das Fenster am Ende der Reihe. Glas splitterte. Mit dem Gewehrkolben schlug er die verbliebenen Glaszacken weg.

»Raus!«, rief er Seichan und Vigor zu.

Während ringsumher Kugeln einschlugen, von Stahlträgern abprallten und sich ins Holz bohrten, hechteten sie durch die Fensteröffnung.

Gray folgte ihnen auf den Sims hinaus, der um die ganze Kuppel herumführte.

Die Nachmittagssonne brannte herab.

In der Tiefe breitete sich Istanbul aus, diese chaotische Mischung aus Alt und Neu. Das Marmarameer funkelte saphirblau. Weiter draußen sah man die Bosporus-Brücke, welche die zum Schwarzen Meer führende Meeresenge überspannte.

Gray interessierte sich allerdings für etwas anderes als dieses Meisterwerk der Ingenieurskunst.

Er zeigte zum Baugerüst an der Südfassade der Hagia Sophia.

»Da klettern wir runter!«

Vigor nickte und tastete sich auf dem schmalen Sims an der Kuppel entlang. Als sie auf Höhe des Gerüsts waren, sprang Gray auf das abschüssige Dach hinunter. Mit hochgerecktem Gewehr rutschte er auf dem Hintern bis zum Gerüst hinab.

Er prallte gegen die Streben und drehte sich um. Halb rennend, halb schlitternd näherte sich bereits die tollkühne Seichan. Der vorsichtigere Vigor rutschte wiederum auf dem Hinterteil, mal schneller, mal langsamer.

Seichan prallte neben Gray gegen das Gerüst und hielt sich an einer Strebe fest.

Sie hielt das Handy in der Hand und schrie hinein.

Gray fing Vigor auf und half ihm, unter dem Geländer hindurchzuklettern. Dann rannten sie zur Treppe und eilten hinunter. Zum Glück gab es auf dieser Seite des Gebäudes keine Scharfschützen. Der Lärm hatte sie offenbar bewogen, ihre Posten zu verlassen.

Auf dem Erdboden angelangt, führte Seichan sie über einen schmalen Grünstreifen zu einer Seitenstraße. Ein gelbes Taxi schleuderte um eine Ecke und raste auf sie zu. Seichan wich erschrocken zurück.

Das ramponierte Taxi hielt mit quietschenden Reifen.

Der Fahrer beugte sich durchs offene Beifahrerfenster. »Worauf wartet ihr noch, verdammt noch mal? Schafft euren Arsch hier rein!«

Kowalski.

Gray stieg vorn ein, Seichan und Vigor hinten. Die Türen fielen zu.

Kowalski gab Gas. Mit qualmenden Reifen schoss das Taxi davon.

Der Beschleunigung trotzend, beugte Seichan sich vor. »Eben hatten Sie einen anderen Wagen!«

»Diese japanische Nuckelpinne! Das hier ist ein Peugeot 405 Mi16. Von Anfang der Neunziger. Der geht richtig ab.«

Wie zum Beweis schaltete Kowalski herunter und flitzte um die nächste Ecke, sodass sie alle nach links gedrückt wurden, dann gab er wieder Vollgas und jagte wie eine Rakete aus der Kurve heraus.

Als Seichan sich aufrichtete, hatte sie einen roten Kopf. »Wohin …?«

Unter lautem Sirenengeheul kam hinter ihnen ein Polizeiwagen aus der Einmündung hervorgeprescht.

»Sie haben den Wagen gestohlen«, sagte Gray.

Kowalski, dessen Nase fast das Lenkrad berührte, nickte. »Das war kein Diebstahl – ich hab ihn nur *geborgt*.«

Gray blickte sich um. Der Polizeiwagen konnte mit ihnen nicht mithalten und fiel zurück.

Kowalski raste um die nächste Ecke, sodass sie alle in die andere Richtung gedrückt wurden. Ungerührt hob er die Vorzüge des Wagens hervor. »Die Motorisierung ist perfekt an das Gewicht angepasst, der Lenkwiderstand ist geschwindigkeitsabhängig… Oh! Der hat ja sogar ein Schiebedach.«

Gray lehnte sich zurück.

Nach neuerlichem zweimaligem Abbiegen hatten sie die Polizei abgeschüttelt. Kurz darauf hatten sie sich in die Taxischlange eingereiht, die aus der Istanbuler Altstadt hinausrollte.

Gray hatte sich wieder beruhigt und blickte sich zu Seichan um. »Fünf Stunden«, sagte er. »Wir müssen irgendwie nach Hormus gelangen.«

»Zur Insel Hormus«, präzisierte Vigor. »In der Mündung des Persischen Golfs gelegen.«

Seichan hielt sich die Seite. Die Strapazen waren nicht spurlos an ihr vorübergegangen. Mit blassem Gesicht nickte sie.

»Da war ich schon mal. Die Insel ist ein Treffpunkt von Schmugglern und Waffenhändlern auf dem Weg von Oman in den Iran. Das sollte kein Problem für uns sein.«

»Wie lange brauchen wir?«

»Drei Stunden mit dem Wasserflugzeug. Ich kenne da jemanden.«

Gray sah auf seine Armbanduhr. Dann blieben ihnen noch zwei Stunden, um den letzten Schlüssel zu finden und das Rätsel des Obelisken zu lösen. Er bekam wieder Herzklopfen. Aufgrund der Aufregung war seine Angst um seine Eltern in den Hintergrund getreten. Aber jetzt…

Er streckte Seichan die Hand entgegen. »Ich brauche mal Ihr Handy.«

»Um die Befehlszentrale von Sigma anzurufen?«

»Ich muss sie über die Entwicklung informieren.«

Die Bedenken standen Seichan ins Gesicht geschrieben. Sie kannte seine eigentlichen Beweggründe. Trotzdem gab sie ihm das Handy.

Gray lehnte sich zurück. Kurz darauf war Direktor Crowe in

der Leitung. Pierce setzte ihn über die neueste Entwicklung ins Bild, angefangen von der Entdeckung des zweiten Schlüssels bis zu ihrer Flucht.

»Dann hat die Gilde also einen Maulwurf in den Vatikan eingeschleust«, sagte Painter mit verrauschter Stimme. »Aber, Gray, ich glaube nicht, dass ich in der kurzen Zeit viel für Sie tun kann. Die Insel ist iranisches Staatsgebiet. Schließlich wollen wir ja nicht sämtliche Geheimdienste des Nahen Ostens auf den Plan rufen.«

»Ich will nicht, dass Sie eingreifen«, sagte Gray. »Aber bitte… meine Eltern.«

»Ich weiß, Gray… Ich hab schon verstanden. Wir werden sie finden.«

Ungeachtet des Versprechens hörte Gray das Zögern und das Ungesagte aus Crowes Stimme heraus.

Falls Ihre Eltern noch leben.

08:02
Arlington, Virginia

Sie mussten schon wieder umziehen.

Harriet hielt ihrem Mann ein Glas Wasser an die Lippen. Er war mit Trainingshose und Sweatshirt bekleidet und an einen Stuhl gefesselt. »Jack, du musst etwas trinken. Schluck's runter.«

Er wehrte sich.

»Bringen Sie ihn zum Schlucken«, fauchte die Frau, »sonst stecke ich ihm die Pillen in den Arsch.«

Harriets Hände zitterten. »Bitte, Jack. Trink das.«

Annishen riss allmählich der Geduldsfaden. Die in schwarzes Leder gekleidete Frau hatte kurz zuvor einen Anruf entgegengenommen und daraufhin die anderen Bewacher herbeigerufen, auch die, welche auf der Straße postiert gewesen waren. Man hatte Harriet aus dem alten Kühlraum gezerrt, in dem sie die ganze Nacht über eingesperrt gewesen war. Das war grauenhaft gewesen. Eine nackte Glühbirne hatte die an zwei Deckenschienen hängenden Fleischerhaken beleuchtet. Am Boden waren noch Blutflecken zu erkennen gewesen.

Dann kam der Anruf.

Harriet wurde zu ihrem Mann gebracht. Jack war zuvor von ihr getrennt worden. Ihre Bewacher wollten sie nicht zusammenlassen. Die ganze Nacht über hatte sie um ihn gebangt. Nach der Taser-Attacke im Hotelzimmer war er kaum mehr bei Bewusstsein gewesen. Sie war gefesselt und geknebelt gewesen, aber unverletzt.

Als er sie sah, bäumte er sich gegen die Fesseln auf. Allerdings erkannte er sie nicht richtig. Aufgrund der Aufregung, des Elektroschocks und der Fesselung und Knebelung war er völlig durcheinander.

»Vergessen Sie's«, sagte Annishen und fasste Harriet bei der Schulter. »Die Tabletten, die Sie ihm gegeben haben, waren wirkungslos.«

»Da hatte er sich schon aufgeregt«, sagte sie flehend. »Das braucht seine Zeit… außerdem muss die Einnahme in regelmäßigen Abständen erfolgen. Er braucht die Tabletten.«

Annishen ließ Harriet los. »Ein letzter Versuch.«

Harriet legte den Kopf an Jacks Wange, hielt mit einer Hand seinen Kopf fest und drückte ihm mit der anderen das Glas an die Lippen. Er ruckte mit dem Kopf, doch sie ließ nicht locker. »Jack, ich liebe dich. Trink das. Tu's für mich.«

Sie träufelte ihm Wasser auf den Mund. Endlich teilten sich seine Lippen, ein unwillkürlicher Reflex. Er hatte bestimmt Durst. Dann trank er und schluckte. Anscheinend beruhigte ihn das. Er sackte in den Fesseln zusammen.

Harriet seufzte erleichtert auf.

»Hat er die Tablette geschluckt?«, fragte Annishen.

»Im Verlauf der nächsten Stunde sollte er ruhiger werden.«

»Wir haben keine Stunde mehr Zeit.«

»Ja, schon… aber…«

Harriet konnte sich denken, dass nach ihnen gesucht wurde. Je länger sie an einem Ort blieben, desto größer die Wahrscheinlichkeit einer Entdeckung. Je mehr Umzüge, desto kälter die Spur.

»Schafft ihn raus!«, sagte Annishen.

Sie packte Harriet grob im Genick und zog sie auf die Beine. Sie war kräftig. Sie schob Harriet zum Hinterausgang. Ihre Schläger banden Jack los. Zwei Kleiderschränke, Armenier mit buschigen

Augenbrauen, nahmen ihn in die Mitte. Der eine hatte eine Pistole in der Sakkotasche, die er Jack gegen den Rücken drückte.

Annishen packte Harriet beim Ellbogen.

Jack heulte auf, als die Männer ihn mit sich zerrten. »Neiiiin!«

»Vielleicht sollten wir ihm noch eine Stromladung verpassen«, sagte einer der Bewacher mit starkem Akzent.

»Bitte nicht!«, meinte Harriet flehentlich. »Ich werd schon dafür sorgen, dass er keinen Ärger macht.«

Der Mann beachtete sie nicht.

Annishen dachte über den Vorschlag nach.

»Es ist helllichter Tag«, sagte Harriet. »Wenn Sie ihn bewusstlos rausschleppen …«

»In der Straße gibt es ein paar Kneipen«, meinte einer der Männer. »Ich könnte ihm Wodka aufs Hemd kippen. Da würde sich keiner was denken.«

Bei Annishen kam der Vorschlag nicht gut an. Vermutlich vor allem deshalb, weil sie nicht selbst darauf gekommen war. Sie versetzte Harriet einen Stoß.

»Sorgen Sie dafür, dass er keinen Ärger macht, sonst verwandele ich ihn mit dem Taser in einen sabbernden Säugling.«

Harriet eilte zu ihrem Mann. Sie nahm die Stelle eines der Bewacher ein und legte Jack den Arm um die Hüfte. Mit der anderen Hand streichelte sie ihm beruhigend die Brust.

»Alles in Ordnung, Jack. Alles ist gut. Wir müssen los.«

Er beäugte sie misstrauisch, dann entspannten sich seine verkniffenen Lippen, und sein Blick wurde weicher. »Ich will … nach Hause.«

»Wir fahren jetzt heim. Na los, sträub dich nicht.«

Er ließ sich zum Hinterausgang und auf die schmale Gasse führen, die kaum breit genug für den überquellenden Müllcontainer war. Der Sonnenschein blendete Harriet.

Sie waren in einer Metzgerei eingesperrt gewesen, eines von mehreren geschlossenen Geschäften in der Straße. Harriet blickte sich um. Sie befanden sich irgendwo in Arlington. Sie hatte mitbekommen, dass sie nach der Entführung den Potomac überquert hatten.

Aber wo genau waren sie?

Einen halben Block entfernt parkte ein schwarzer Dodge.

Es herrschte bereits Berufsverkehr. Vor dem Waschsalon hatten sich ein paar Obdachlose versammelt. Sie hatten einen mit Plastiktüten gefüllten Einkaufswagen dabei.

Ohne die Obdachlosen zu beachten, ging Annishen auf den Van zu und entriegelte ihn mit der Fernbedienung. Die hintere Seitentür glitt selbsttätig auf.

Jack stapfte benommen weiter, ohne die Umgebung überhaupt wahrzunehmen.

Harriet wartete, bis sie gleichauf mit den um den Einkaufswagen versammelten Männern waren. Ihre Rechte ruhte noch immer auf Jacks Bauch.

Bitte verzeih mir.

Sie kniff ihn in den Bauch.

Jack erwachte jäh aus seiner Benommenheit.

»Neiiiin!«

Er wehrte sich gegen seinen Bewacher.

»Die Leute kenne ich nicht!«, grollte er. »Geht weg!«

Harriet zerrte an ihm. »Jack… Jack… Jack. Beruhig dich.«

Er schlug nach ihr und traf sie an der Schulter.

»He!«, rief einer der Obdachlosen. Er war klapperdünn und hatte einen struppigen Bart. In der Hand hatte er eine braune Papiertüte mit einer Schnapsflasche drin. »Was macht ihr mit dem Burschen?«

Einige Kunden im Waschsalon verdrehten die Köpfe und blickten durch die beschlagene, schmutzige Scheibe nach draußen.

Annishen trat neben Harriet. Sie lächelte angestrengt und blickte Harriet vielsagend an. Eine Hand hatte sie in die Tasche ihres Kapuzensweaters gesteckt.

Harriet streichelte Jack den Bauch und sagte zu dem bärtigen Fremden: »Das ist mein Mann. Er hat Alzheimer. Wir… wir bringen ihn ins Krankenhaus.«

Damit hatte sie die Bedenken des Obdachlosen zerstreut. Er nickte. »Tut mir leid, das zu hören, Ma'am.«

»Danke.«

Harriet geleitete Jack zum Wagen. Bald darauf saßen sie auf ihren Plätzen, und die Türen schlossen sich. Annishen hatte auf dem

Beifahrersitz Platz genommen. Als sie losfuhren, drehte sie sich zu Harriet um.

»Ich hoffe, die Tabletten wirken bald«, sagte sie. »Sonst hängen wir ihn beim nächsten Mal an einem dieser Fleischerhaken auf.«

Harriet nickte.

Annishen blickte wieder nach vorn.

Einer der Männer beugte sich von der hintersten Sitzreihe zu Harriet vor und streifte ihr eine schwarze Kapuze über den Kopf. Jack stöhnte, als auch er eine Kapuze aufgesetzt bekam. Sie tastete nach der Hand ihres Mannes. Er erwiderte ihren Händedruck, und sei es auch nur reflexhaft.

Tut mir leid, Jack…

Ihre andere Hand wanderte in die Tasche des Sweaters. Mit den Fingerspitzen berührte sie die Tabletten, die sie ihrem Mann vorenthalten hatte. Sie hatte nur so getan, als würde sie ihm welche geben, denn sie wollte, dass Jack im Zustand der Verwirrung verharrte.

Damit andere Leute aufmerksam wurden… und sich an ihn erinnerten.

Deprimiert schloss sie die Augen.

Lieber Gott, verzeih mir.

12

Von einer geheimen Landkarte

6. Juli, 16:44
In der Straße von Hormus

Das russische Wasserflugzeug, eine Beriew 103, hob vom internationalen Flughafen der Insel Qeshm ab und flog auf die aquamarinfarbene Wasserstraße von Hormus hinaus.

Das schnelle Umsteigen auf dem Flughafen hatte Gray beeindruckt. Der Flieger, mit dem sie aus Istanbul hergekommen waren, hatte erst vor zehn Minuten aufgesetzt. Das zweimotorige Amphibienflugzeug hatte vollgetankt und mit im Leerlauf drehenden Propellern auf sie gewartet. Die Maschine war mit drei hintereinander angeordneten Doppelsitzen ausgestattet und bot Platz für lediglich sechs Personen, den Piloten eingeschlossen.

Doch sie war schnell.

Der Flug zur Insel Hormus würde etwa zwanzig Minuten dauern. Sie waren gut im Zeitplan. Gleichwohl blieben ihnen nur zwei Stunden, um den letzten Hinweis zu finden und die Engelschrift des Obelisken zu entschlüsseln.

Gray hatte die Zeit an Bord des Privatjets, den Seichan dank ihrer Schwarzmarktbeziehungen aufgetrieben hatte, dazu genutzt, den komplizierten Code des Obelisken zu studieren. So kurz der Flug auch war, zählte doch jede Minute. Während er allein für sich in der hintersten Reihe saß, holte er das Notizbuch heraus und notierte seine Einfälle. Er hatte bereits versucht, die Inschrift in Buchstaben zu übersetzen, so wie Vigor es mit der Engelschrift aus dem Vatikan getan hatte, die HAGIA lautete. Allerdings war er dabei nicht so recht weitergekommen.

Auch nicht mit Vigors Hilfe.

Im Jet hatten sie gemeinsam über dem Kryptogramm gebrütet. Vigor kannte sich besser mit alten Sprachen aus. Das aber hatte ihm auch nichts genutzt. Die Entschlüsselung war deshalb so schwierig, weil sie nicht wussten, mit welcher der vier Seiten des Obelisken sie anfangen und ob sie nun im Uhrzeigersinn oder gegen ihn lesen sollten.

Somit gab es acht Möglichkeiten.

Schließlich hatte Vigor sich die Augen gerieben und seine Niederlage eingestanden. »Ohne den dritten Schlüssel kommen wir nicht weiter.«

Damit wollte Gray sich nicht abfinden. Sie hatten sich sogar gestritten. Dann einigten sie sich darauf, es jeder für sich zu versuchen, anstatt die Köpfe zusammenzustecken. Gray wusste genau, weshalb er so gereizt war.

Ihm war regelrecht übel. Jedes Mal, wenn er die Augen schloss, sah er das Gesicht seiner Mutter und die vorwurfsvollen Augen seines Vaters vor sich.

Also riss Gray sich zusammen und arbeitete weiter.

Mehr konnte er nicht tun.

Er nahm sich eine Seite mit Buchstaben-Ersetzungen vor.

I	I	I	I
C N	B A	C G	M A
A S P	Z Z P	B V P	S P Z
A Z H	A L M	A Z H	Z L H
M V B	H V C	M L Z	A V C
T L C	S T C	S T H	S T G
S N Z	S N G	G N B	V A C
A L H	A L B	B L A	A L H
M V B	M V H	M V A	M S B

Auf den folgenden Seiten hatte er sieben weitere Möglichkeiten notiert.

Welche war die richtige? Wo sollte er anfangen?

Ein lautes Schnarchen veranlasste ihn aufzusehen. Kowalski war bereits eingeschlafen. Wahrscheinlich war er in dem Moment eingenickt, als sie abgehoben hatten.

Vigor saß neben ihm und brütete über dem seidenen Tagebuch. Das führte bestimmt in eine Sackgasse. Der Monsignore musterte finster den schnarchenden Kowalski und schnallte sich los. Er ging nach hinten und sank neben Gray auf den Sitz. Die Schriftrolle hielt er in der Hand.

Es entstand ein verlegenes Schweigen.

Gray klappte das Notizbuch zu. »Hätte ich nur …«

»Ich weiß.« Vigor tätschelte ihm die Hand. »Wir machen uns alle Sorgen. Aber ich möchte, dass Sie etwas für mich tun. Konzentrieren Sie sich.«

Gray straffte sich. »Ja, klar.«

»Ich möchte, dass Sie den Code des Obelisken entschlüsseln. Aber da wir in Kürze schon wieder landen werden, sollten wir vielleicht erst einmal überlegen, wo der dritte Schlüssel versteckt sein könnte.«

»Ich dachte, wir wüssten schon, wo wir suchen müssen.«

Unwillkürlich klappte er das Notizbuch wieder auf und tippte auf das Engelszeichen, das sie auf der Rückseite des dritten Paitzu entdeckt hatten.

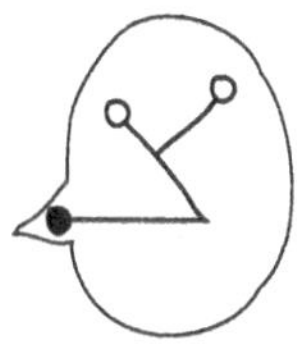

Sie hatten die Abbildung mit der Inselkarte verglichen und herausgefunden, dass der geschwärzte Kreis auf die Überreste einer alten portugiesischen Burg verwies, die etwa hundert Jahre bevor die Schlüssel versteckt wurden erbaut worden war. Damals war dies eine mächtige Feste gewesen. Unmittelbar am Isthmus errichtet und von einem Wassergraben umgeben, hatte sie die Stadt Hormus und die besten Ankerplätze beherrscht. Für die Geheimnistuer des Vatikans, die einen Schlüssel dauerhaft hatten verstecken wollen, war dies ein idealer Ort gewesen.

Jetzt waren sie zur Burgruine unterwegs.

Vigor nickte. »Ja, die portugiesische Burg. Aber ich will wissen, weshalb wir dort suchen. Wenn wir den eigentlichen Grund kennen würden, kämen wir vielleicht darauf, *wonach* wir in den Ruinen suchen sollen.«

»Okay, also wo fangen wir an?«

Vigor deutete aus dem Fenster. Die Insel war bereits in Sicht. »Hormus war einst ein bedeutender Handelsplatz für Juwelen, Gewürze und Sklaven. So bedeutend, dass die Portugiesen es im sechzehnten Jahrhundert erobert und die Burg errichtet haben. Zu Marco Polos Zeiten erschien sie Kublai Khan immerhin schon so bedeutend, dass er eine junge Frau von seinem Hofe dorthin schickte, um sie zu vermählen.«

»Kokejin, die Blaue Prinzessin.«

»Das war in erster Linie ein geschäftliches Arrangement. Der persische König, mit dem sie verlobt war, starb, als Marco und Kokejin noch unterwegs waren. Schließlich heiratete sie dessen Sohn. Doch auch das war eine Zweckheirat. Nur drei Jahre später starb auch sie. Einige meinen, sie habe sich das Leben genommen, andere glauben, der Grund sei Liebeskummer gewesen.«

Gray blickte Vigor an. »Wollen Sie damit sagen …«

»Marco hat erst nach Kokejins Tod geheiratet. Und als er starb, bewahrte er in seinem Zimmer zwei wertvolle Dinge auf. Die Goldtafel, die Kublai Khan ihm geschenkt hatte, und ein goldenes Diadem.« Vigor fixierte Gray. »Das Diadem einer *Prinzessin.*«

Gray straffte sich. Er dachte an Marcos zweijährige Reise, in deren Verlauf er fremde Länder erkundet hatte. Zu Beginn der Reise war Marco noch recht jung gewesen, gerade mal Mitte dreißig. Kokejin war siebzehn gewesen und bei der Ankunft in Persien neunzehn. Es war durchaus denkbar, dass sie sich ineinander verliebt hatten, obwohl ihnen bewusst gewesen sein musste, dass ihre Liebe die Ankunft in Hormus nicht überdauern würde.

Gray massierte sich die schmerzenden Schläfen. Er dachte an die königsblaue Glasur an der Innenseite des Hohlziegels aus der Hagia Sophia, an das im Stein verborgene Geheimnis. Sollte der Ziegel wirklich Marcos Herz darstellen, ein Symbol seiner geheimen Liebe zu Kokejin?

»Übrigens haben wir noch einen Hinweis übersehen«, fuhr Vigor fort. Er nahm die Schriftrolle in die Hand. »Der Text wurde auf Seidenstoff gestickt. Warum gerade Seide?«

Gray zuckte die Schultern. »Die stammt aus dem Fernen Osten, den Marco bereist hat.«

»Ja, aber könnte sie nicht eine spezielle Bedeutung haben?«

Gray erinnerte sich, dass der Monsignore sich über die Schrift gebeugt und sie mit einer Lupe studiert hatte. »Was haben Sie herausgefunden?«, fragte er.

Der Monsignore hob die Schriftrolle hoch. »Die Seide war nicht neu, als sie bestickt wurde. Sie war stellenweise schon fadenscheinig. Ich habe Ölreste und Flecken darauf gefunden.«

»Dann war sie zuvor also schon in Gebrauch gewesen.«

»Aber gebraucht *wozu*?«, fragte Vigor. »Wegen ihres hohen Preises und der schwierigen Beschaffung wurde Seide damals hauptsächlich als Totenhemd bei der Bestattung fürstlicher Persönlichkeiten verwendet.«

Vigor wartete. Gray, der an den Hohlziegel dachte, dämmerte es allmählich. Verwundert sagte er: »Sie glauben, das könnte ein Stück von Kokejins Totenhemd sein.«

»Das ist durchaus denkbar. Und falls ich recht habe, weiß ich, wonach wir in der alten Burg suchen müssen.«

Gray wusste es ebenfalls.

»Nach Kokejins Grab.«

16:56

Als das Flugzeug eine geschützte Bucht ansteuerte, hatte Seichan, die auf dem Platz des Copiloten saß, freie Sicht auf die Insel. Hormus war nicht groß, ihr Durchmesser betrug gerade mal vier Meilen. In der Mitte war sie felsig und hügelig, mit wenigen grünen Einsprengseln. Den größten Teil der Küste nahmen Steilfelsen und schwer zugängliche Buchten ein, die den zahlreichen Schmugglern Zuflucht boten. Im Norden aber senkten sich die Hänge sanft zum Meer hin ab. Dort gab es Dattelpalmen, bestellte Felder und eine kleine Siedlung mit strohgedeckten Hütten.

Aus der Luft sah man die Überreste einer älteren, größeren Stadt: mächtige Fundamente, errichtet mit Steinen aus den Steinsalzhügeln; ein paar Ruinen, die eher wie Geröllhaufen wirkten; und ein einzelnes hohes Minarett, das den Portugiesen früher als Leuchtturm gedient hatte.

Dorthin aber wollten sie nicht.

Das Flugzeug flog einen Bogen und steuerte über die nördlich der Ruinenstadt gelegene Meeresenge hinweg. Die Überreste der alten Burg lagen auf einer Landspitze. Früher einmal war sie von der Stadt durch einen breiten Wassergraben getrennt gewesen, doch inzwischen war er versandet und nur noch als flache Rinne zu erkennen, die von Osten nach Westen verlief.

Als sie die Ruine überflogen, musterte Seichan ihr Ziel. Die große Feste war umgeben von hohen Klippen, doch die Westseite hatte den Kampf gegen die Gewalten des Wassers längst verloren, war von den Brandungswellen unterspült worden und eingestürzt. Die durch eine flache Bucht geschützte Ostseite war weitaus besser erhalten.

Das Flugzeug begann den Landeanflug. Seichan erhaschte einen Blick auf verrostete Kanonen am Fuß der Feste. Sechs weitere Kanonen standen am Strand. Ein einzelnes kleines Metallboot hatte an einer von ihnen festgemacht. Eine braunhäutige Gestalt, nackt bis auf die langen Shorts, winkte ihnen zu.

Das war vermutlich der Fremdenführer, den sie aus dem Dorf angefordert hatte. Da sie nur zwei Stunden Zeit hatten, waren sie auf dessen Ortskenntnisse angewiesen.

Die Kufen berührten das Wasser und wirbelten eine mächtige Gischtwolke auf. Seichan wurde gegen den Gurt gedrückt, was einen stechenden Schmerz in ihrer verletzten Seite auslöste. Sie hatte die Wunde auf der Flughafentoilette untersucht. Der Verband war feucht, doch die Farbe war eher rosa als rot.

Sie würde überleben.

Der Pilot steuerte das Wasserflugzeug um das im Kielwasser tanzende Metallboot herum. Der Fremdenführer saß im Heck, die Hand am Ruder.

Kurz darauf öffneten sie die Luke und kletterten ins Boot. Der Junge war höchstens zwölf oder dreizehn, nichts als Haut und Knochen und ein breites Lächeln. Und er wollte sein gebrochenes Englisch üben.

»Liebe Leute, schöne Dame, willkommen auf Hormus! Mein Name Fee'az!«

Gray half Seichan ins Boot und zog eine Braue hoch. »Das ist also Ihr kundiger Führer?«

»Es sei denn, Sie wären bereit, einen der goldenen Pässe einzuschmelzen, war er das Beste, was hier für Geld zu haben war.«

Außerdem hatte sie es sich ein Vermögen kosten lassen, sie so schnell hierherzuschaffen.

Sie beobachtete, wie Gray sich setzte. Er musterte bereits die Burg. Seine Schultern waren verkrampft. Sein Profil wirkte von den Wangenknochen bis zum Kinn kantig und hart. Innerlich aber war er aufgewühlt, gebrochen und geschwächt.

Wegen seiner Eltern.

Mit einem leichten Kopfschütteln wandte Seichan sich ab. Über ihre Eltern wusste sie nur wenig. Sie erinnerte sich lediglich an eine Frau, die aus der Tür gezerrt worden war, weinend die Arme nach ihr ausgestreckt hatte und dann für immer aus ihrem Leben verschwunden war. Sie wusste nicht einmal mit Sicherheit, ob dies ihre Mutter gewesen war.

Fee'az brachte den kleinen Außenborder auf Touren und tuckerte auf den palmengesäumten Strand und die Burgruine zu. Kowalski ließ gähnend die Hand durchs Wasser schleifen. Vigor blickte zum Dorf hinüber. Musikfetzen wehten heran; offenbar wurde dort gefeiert.

Gray erwiderte Seichans Blick. Beide Augenbrauen hatte er fragend hochgezogen: *Bist du bereit?*

Sie nickte.

Gray drehte sich wieder um und zog seine leichte Jacke aus. Die Sonne brannte vom Himmel herab. Seichan bemerkte, dass an seinem Kragen etwas aufblitzte. Mit der Rechten schob er geistesabwesend ein silbernes Schmuckstück unters Hemd.

Einen Drachenanhänger.

Sie hatten ihm den Anhänger im Scherz als Anerkennung für ihre Zusammenarbeit geschenkt. Gray aber hatte ihn behalten und trug ihn noch immer. Weshalb? Es löste ein warmes Gefühl bei ihr aus – hauptsächlich eine Mischung aus Verwirrung und Verlegenheit. Glaubte Gray etwa, sie hätte ihm den Anhänger als Andenken überlassen, als ein Zeichen ihrer Zuneigung? Sie hätte das lustig finden sollen, doch aus irgendeinem Grund irritierte es sie.

Der Bug schrappte über den Sand. Der Ruck fuhr ihr in den Rücken.

Sie machten sich daran auszuladen.

Seichan warf Kowalski eine Tasche mit zusätzlicher Ausrüstung zu, darunter ein Laptop, mehrere Blendgranaten und sechs Schachteln Munition für ihre vier Pistolen.

Gray reichte ihr die Hand, um ihr beim Aussteigen zu helfen.

Sie schob seine Hand weg und sprang an Land.

Fee'az band das Boot an einer der verrosteten Kanonen fest und deutete auf eine quadratische Öffnung in der Festungsmauer. In der Höhe waren schmale Schießscharten zu erkennen, hinter denen die portugiesischen Verteidiger den Feind abgewehrt hatten.

Sie traten durch die Lücke in der Mauer auf einen gepflasterten Hof. Dornengewächse wuchsen aus den Rissen, ein paar Meter weiter wartete eine große Zisterne auf unvorsichtige Opfer, und im ehemaligen Gärtchen standen zwei dürre Dattelpalmen. Der über die Steine rieselnde Sand erinnerte an die Flüsterstimmen von Gespenstern.

Fee'az zeigt zum sechsstöckigen Hauptgebäude der Burg. Es war gekrönt von Zinnen, zwischen denen verrostete Kanonenrohre hervorragten.

»Ich alles zeigen!«, erklärte Fee'az. »Viel zu sehen!«

Er wollte sich in Bewegung setzen, doch Vigor legte ihm die Hand auf die Schulter. »Gibt es hier eine Kapelle?«

Der Junge stutzte, dann kehrte sein Dauerlächeln zurück. »Ah! Sie durstig.«

Vigor lächelte. »Nein. Wir wollen wissen, ob es hier eine Kirche gibt.«

Der Junge zog die Stirn kraus, lächelte aber unentwegt weiter. »Ah, Christen. Das okay. Alle gut. Muslime lieben die Bibel. Das ist ein heiliges Buch. Wir haben auch Heilige. Muslimische Heilige. Aber Prophet Mohammed ist der beste.« Er zuckte verlegen die Achseln.

Vigor klopfte ihm aufmunternd auf den Rücken, denn der Junge war offenbar hin- und hergerissen zwischen seinen Pflichten als guter Fremdenführer und braver Moslem.

»Die Kirche?«, sagte er.

Der Junge nickte heftig. »Raum mit den Kreuzen.« Während

er ununterbrochen plapperte, geleitete er sie zu der dunklen Öffnung.

Kopfschüttelnd folgte ihnen Kowalski. »Der sollte mal weniger Kaffee trinken.«

Ein Lächeln hellte Grays finstere Miene auf, was in letzter Zeit nur selten geschah. »Also los«, flüsterte er Seichan zu. Als er an ihr vorbeikam, streifte er sie mit den Fingern.

Unwillkürlich fasste sie zu. Anstatt sich zu ärgern, drückte sie ihm die Hand. Dabei ging es nicht um Zorn oder Frust.

Auch Schuldgefühle waren im Spiel.

Es war ihr zuwider, Gray anzulügen.

17:18

»Oje, das wird schlauchen«, murrte Kowalski.

Gray widersprach ihm nicht.

Die Kapelle lag ebenerdig an der Rückseite der Burg. Nachdem sie den Vorraum durchquert hatten, mussten sie in den niedrigen Gängen die Taschenlampen einschalten. Je weiter sie kamen, desto stiller wurde es. Die Luft roch abgestanden. Ratten huschten vor ihnen davon.

Der Vorraum endete vor einer niedrigen Tür. Sie mussten nicht nur den Kopf einziehen, sondern sich auch bücken. Vigor trat zusammen mit dem Fremdenführer als Erster hindurch. Als er sich in der Kapelle aufrichtete, entfuhr ihm ein Laut des Erstaunens. Gray folgte ihm.

Als er sich aufgerichtet hatte, leuchtete er die dunkle Kapelle mit der Taschenlampe ab.

In die gegenüberliegende Wand war ein kreuzförmiges Fenster eingelassen, das ein wenig Sonnenlicht hereinließ. Eigentlich handelte es sich um zwei rechtwinklig angeordnete Schlitze, zu schmal, um sich hindurchquetschen zu können. Vielleicht hatten sie früher als Schießscharten gedient.

Ein Kreuz aus Sonnenlicht fiel auf einen hüfthohen Steinblock.

Der Altar.

Ansonsten war der Raum leer.

Jedoch nicht schmucklos.

In sämtliche Oberflächen – in Wände, Boden, Decke und sogar den Altar – waren Kreuze eingeritzt. Hunderte, wenn nicht gar tausende. Einige waren nur daumenlang, andere wahre Riesenkreuze.

»Kein Wunder, dass man hier vom Raum der Kreuze spricht«, meinte Vigor.

»Ja, das hat Serienkiller-Charme«, brummte Kowalski. »Muss an der Insel-Inzucht liegen.«

Gray musterte die vielen Kreuze und dachte an das kaum erkennbare Kreuz, das in den Marmorziegel in der Hagia Sophia eingeritzt gewesen war. Er holte das silberne Kruzifix Pater Agreers aus der Tasche. »Jetzt müssen wir nur noch das Kreuz finden, das zu dem hier passt.«

Vigor gesellte sich zu ihnen und bat Fee'az, sie allein zu lassen.

Der Junge reagierte verwirrt, bis der Monsignore auf Grays Kreuz zeigte.

»Wir möchten beten«, erklärte der Monsignore. »Wenn wir fertig sind, kommen wir nach draußen.«

Der Junge nickte und entfernte sich. Auf einmal konnte er es gar nicht erwarten, sie allein zu lassen; offenbar wollte er sich nicht bei einer christlichen Zeremonie erwischen lassen. Er rannte so schnell, als fürchtete er, sie wollten kleine Kinder opfern.

Als sie allein waren, kratzte Gray sich am Kopf, vom Zeitdruck entmutigt. »Eines der Kreuze entspricht exakt dem Kruzifix Pater Agreers. Das müssen wir finden.«

Er teilte die Gruppe auf.

Vier Personen, vier Wände.

Blieben noch der Boden und die Decke.

Gray legte das Kreuz auf den Altar, damit jeder es für Vergleiche heranziehen konnte. Zusätzlich riss er vier Seiten als Spickzettel aus seinem Notizbuch heraus und malte die Umrisse des Kreuzes ab.

Während sie suchten, wanderte der Sonnenschein über den Altar und erinnerte ihn daran, dass die Zeit allmählich ablief. Mit der Wand, die er sich vorgenommen hatte, war er durch. Nichts.

Sein Schweiß floss in Strömen; die Klamotten klebten ihm am Leib. Er nahm sich den Boden vor. Nacheinander gesellten sich die anderen zu ihm. Seichan untersuchte den Altar.

»Auf dem Boden ist auch nichts«, sagte Vigor und richtete sich mit rotem Kopf auf. Er hielt sich den Rücken.

Hinter dem Altar schüttelte Seichan den Kopf.

Sie hatte ebenfalls kein Glück gehabt.

Gray blickte in die Höhe. Die Decke war zwar niedrig, befand sich aber außer Reichweite. Es würde eine Menge Stemmarbeit erfordern, die Kreuze dort oben zu überprüfen.

»Vielleicht habe ich mich ja geirrt«, meinte Vigor. »Vielleicht befindet sich Kokejins Grab gar nicht in der Burg. Die Kreuze hier sollen uns vielleicht auf eine falsche Fährte locken.«

Gray schüttelte den Kopf. *Nein.* Sie hatten bereits eine volle Stunde verloren. Sie hatten keine Zeit mehr, jeden Winkel der Insel abzusuchen. Sie hatten sich auf die Kapelle versteift. Jetzt war es zu spät, die Strategie zu ändern.

»Kokejins Grab muss sich hier irgendwo befinden«, beharrte Gray.

Victor seufzte. »Dann bleibt nur noch die Decke übrig.«

Gray bat Kowalski, den Monsignore hochzustemmen. Er selbst stellte sich neben Seichan.

»Mann, alles bleibt an mir hängen«, meckerte Kowalski.

Ohne seinen Einwurf zu beachten, zeigte Vigor auf die Wände. »Wir fangen am Außenrand an. Sie beide übernehmen die Mitte.«

Seichan kletterte auf den Altar. »Von hier aus komme ich von alleine dran.«

Ein leuchtendes Kreuz zeichnete sich auf ihrem Rücken ab. Die Weste hatte sie ausgezogen, darunter war ein schwarzes T-Shirt zum Vorschein gekommen. Als sie die Arme reckte, straffte sich der Baumwollstoff über der Brust. Gray registrierte unwillkürlich ihre Rundungen. Ungeachtet seiner Sorgen war er also immer noch empfänglich für weibliche Reize, auch wenn er deswegen Schuldgefühle hatte.

Jetzt war keine Zeit dafür …

»Ich glaube, ich sehe was …«, murmelte Seichan und stellte sich auf die Zehenspitzen.

Auf einmal zuckte sie zusammen und senkte die Füße wieder ab. Sie hielt sich die linke Seite, denn sie hatte die Wunde überdehnt.

Gray kletterte ebenfalls auf den Altar und stellte sich neben sie. »Lassen Sie sich helfen.«

Er legte steigbügelartig die Hände zusammen.

Seichan nahm das silberne Kruzifix und setzte den Fuß auf seine Hände.

Als er sich aufrichtete und sie hochhob, stützte sie sich mit einer Hand auf seinem Kopf ab und reckte mit der anderen das Kreuz zur Decke. Ihre linke Pobacke drückte gegen seine Wange.

Verflucht noch mal.

»Ich glaube… ich glaube…«, flüsterte Seichan. »Es passt! Das Kreuz ist tief eingraben, und das Kruzifix fügt sich in die Vertiefung. Es passt haargenau!«

Obwohl Gray sich den Hals verrenkte, sah er nur die Unterseite ihrer Brüste.

»Können Sie erkennen, wohin der Jesus schaut?«, fragte er eingedenk des Kreuzes in der Hagia Sophia.

»Auf den Altar«, antwortete sie und klang auf einmal zerstreut. »Das Kreuz ist in einen kreisförmigen Steinblock eingelassen. Als ich dagegen gedrückt habe, ist etwas eingerastet. Der Stein scheint ziemlich locker zu sitzen. Ich glaube, ich könnte ihn drehen und vielleicht sogar herauslösen.«

»Ich glaube, das sollten Sie lieber nicht…«

Er vernahm ein Schleifgeräusch und dann ein lautes Knacken, das jedoch nicht von oben kam. Gray blickte zwischen seinen Füßen hindurch.

Der Altar senkte sich unter ihm ab und fiel durch den Boden. Gray stürzte mit ihm in die Tiefe.

Seichan fiel ihm in die Arme und hielt sich an seinem Hals fest.

Als die Steinplatte aufprallte, ging Gray in die Knie. Eine Staubwolke wirbelte auf. Einer der Bodensteine löste sich, prallte auf den Altar und verschwand in der Dunkelheit.

Gray blickte nach oben. Obwohl sie nur knapp anderthalb Meter tief gefallen waren, hatte er sich zu Tode erschreckt. Vigor und Kowalski spähten zu ihnen herunter.

»Ich glaube, da haben Sie was entdeckt, Indiana«, meinte Kowalski grinsend. Er reichte Gray eine Taschenlampe.

Gray verdrehte die Augen, nahm die Taschenlampe aber entgegen. Seichan ließ sich auf den Boden hinunter und klopfte sich den Staub ab. Gray leuchtete in die Kammer. Ein dunkler Bogengang lockte.

Gefolgt von Seichan, kletterte er vom Altarstein auf den Boden.

Zwei Kreuzbogen überspannten die kleine Kammer, die halb so groß war wie die Kapelle. Die Taschenlampe beleuchtete eine kleine, in die rückseitige Wand eingelassene überwölbte Nische.

»Ein *loculus*«, sagte Vigor. »Eine Grabkammer.«

In der Nische lag auf dem nackten Stein ein Toter, bedeckt mit einem weißen Tuch.

»Kokejins Grab«, sagte Vigor. »Wir haben es gefunden.«

Ungeachtet ihrer Erregung näherten sie sich der Grabstätte mit feierlicher Gemessenheit. Sie mussten sich Gewissheit verschaffen. Vigor schlug ein Kreuz und murmelte ein Gebet.

Er streckte die Hand zum Leichentuch aus.

»Sobald sich irgendwas bewegt«, flüsterte Kowalski, »mach ich mich dünn. Nur damit Sie Bescheid wissen.« Offenbar war es ihm todernst damit.

Ohne ihn zu beachten lupfte Vigor eine Ecke des Tuchs. »Seide«, flüsterte er.

Als er das Tuch zurückschlug, wirbelte Staub auf.

Ein Totenschädel mit einem goldenen Diadem kam zum Vorschein. Besetzt war es mit funkelnden Rubinen, Saphiren und Diamanten.

»Das Diadem der Prinzessin«, flüsterte Vigor.

Gray dachte an Vigors Bemerkung, das Schmuckstück habe sich in Marco Polos Sterbezimmer befunden.

Vigors Hand zitterte. »Offenbar hat Marco verfügt, dass es der Prinzessin nach seinem Tod zurückgegeben werde. Vielleicht wurde ihr Leichnam sogar verlegt und irgendwo versteckt, bevor er hier seine letzte Ruhe fand.«

Gray ergriff Vigors Hand. »Der dritte Paitzu … der dritte Schlüssel.«

Im allerletzten Moment hatte es also doch noch geklappt.

Gray schlug den Rest des Seidentuchs zur Seite.

Mit einem Laut des Erstaunens wich Vigor zurück.

Auch Gray stutzte.

Das Tuch hatte nicht nur einen Leichnam bedeckt.

Zwei Skelette ruhten in der Kammer und hielten einander in den Armen.

Gray erinnerte sich, dass Vigor berichtet hatte, Marco Polo sei im Jahr 1324 in der Kirche San Lorenzo bestattet worden, doch bei späteren Instandsetzungsarbeiten habe man entdeckt, dass der Leichnam in der Zwischenzeit verschwunden sei.

»Wir haben nicht nur Kokejins Grab entdeckt«, sagte Vigor.

Gray nickte. »Hier ruht auch Marco Polo.«

Er betrachtete das eng umschlungene Liebespaar.

Was ihnen im Leben vorenthalten worden war, hatten sie im Tod gefunden.

Endlich vereint.

Für immer und ewig.

Gray fragte sich, ob er jemals seine große Liebe finden würde. Er dachte an seine Eltern, die so viel durchgemacht hatten und deren Beziehung durch die Demenz seines Vaters einer schweren Prüfung unterzogen wurde. Dennoch hatten sie einander nicht im Stich gelassen.

Jemand musste sie retten.

11:01
Washington, D. C.

Painter wäre lieber vor Ort gewesen, doch das hätte alles nur noch weiter verzögert. Von der Befehlszentrale von Sigma aus verfolgte er die Videoübertragung. Es handelte sich um den Breitband-Stream der Helmkamera eines Mitglieds der Spezialeinsatzkräfte.

Vor zehn Minuten hatten sie einen Durchbruch erzielt.

Den ganzen Morgen über hatte er den Leuten Dampf gemacht, die Monsignor Veronas Telefonverbindungen in die Vereinigten Staaten zurückverfolgten. Gray hatte erwähnt, Amen Nasser habe

Vigors Handy angerufen. Um diesen Anruf zurückzuverfolgen, musste Painter alle Hebel in Bewegung setzen, angefangen vom Vatikan bis zum Einsatzleiter des Heimatschutzes. Da Seichan in die Sache verstrickt war, konnte er wenigstens die Terrorismus-Karte ausspielen. Die hatte ihm Türen geöffnet, die ihm ansonsten verschlossen geblieben wären.

Gleichwohl hatte es länger gedauert, als Painter lieb gewesen war, doch jetzt wusste er, woher der Anruf gekommen war. Die Einsatzkräfte warteten auf sein Okay.

Er beugte sich zum Mikrofon vor. »Los.«

Die Türen des Vans glitten auf. Das Videobild schwankte und ruckte. Das Team näherte sich dem Zielobjekt mit vorgehaltenen Sturmgewehren und in geduckter Haltung aus mehreren Richtungen, von vorn und von hinten.

Die Männer brachen wie ein Unwetter über das Gebäude herein.

Die Haustür wurde mit einem Rammbock geöffnet.

Als der Kameramann den anderen ins Gebäude folgte, wurde das Bild dunkel. Die Männer verteilten sich.

Painter wartete.

Da er nicht länger still sitzen konnte, stand er auf und stützte die Fäuste auf die Übertragungskonsole. Außer ihm hielten sich noch mehrere Techniker im Raum auf, welche die Satellitenbilder aus dem indonesischen Raum überwachten. Ein großer Wirbelsturm verdeckte den größten Teil der Region und erschwerte die Suche nach der *Mistress of the Seas*. Aufgrund der Wetterbedingungen mussten auch viele australische und indonesische Suchflugzeuge am Boden bleiben.

Der Mangel an Fortschritten hatte Painter zugesetzt. Seine Sorge um Lisa und Monk drohte ihn zu lähmen.

Dann war das Telefonat lokalisiert worden.

Er brauchte dringend einen Erfolg.

Zumindest in diesem Fall.

Über Ohrhörer vernahm er die Meldungen und Rufe der Einsatzkräfte. Schließlich übertönte die Stimme des Kameramanns das Durcheinander. Er stand in einer Art Kühlraum. Fleischerhaken hingen von der Decke.

»Direktor Crowe, wir haben die Metzgerei durchsucht. Keine der Zielpersonen auffindbar. Hier hält sich niemand mehr auf.«

Als der Kameramann sich bückte und wieder aufrichtete, schwankte das Bild. Er reckte die Finger in die Kamera.

Sie waren feucht.

»Sir, hier gibt es Blutspuren.«

O nein…

Einer der Techniker sah zu ihm her, nahm etwas in Painters Ausdruck wahr, das ihm nicht gefiel, und wandte gleich wieder den Kopf ab.

Von der Tür sprach ihn jemand an.

»Direktor Crowe…«

Eine marineblau gekleidete Frau stand im Eingang. Das kastanienbraune Haar war zu einem Pferdeschwanz gebunden, in ihrem Blick spiegelten sich Angst und Besorgnis wider. Er hatte Verständnis für ihre Gemütsverfassung.

»Kat…«, sagte er und richtete sich auf. Sie war Monks Frau.

»Meine Tante passt auf Penelope auf. Ich hab's daheim einfach nicht mehr ausgehalten.«

Er schwenkte den Arm. »Wir können Ihre Hilfe gut gebrauchen.«

Kat nickte seufzend.

Weitermachen und kämpfen.

Mehr konnten sie nicht tun.

18:04

Vigor betrachtete die ineinander verschlungenen Skelette.

Marco und Kokejin.

Von dem Fund war er wie gelähmt. Andere waren weniger gerührt als er. Seichan zwängte sich zwischen Gray und Vigor.

Sie deutete auf etwas. »Der dritte goldene Pass.«

Gray zog das Leichentuch vollständig weg. Zwischen den beiden Toten, unter den Knochenhänden, funkelte es golden.

Der dritte Paitzu.

Daneben lag ein Bronzerohr, das ganz ähnlich aussah wie das Rohr aus der Hagia Sophia.

Die dritte und letzte Schriftrolle.

Geradezu ehrfürchtig nahm Gray die beiden Gegenstände in die Hand. Auch das Diadem nahm er vom Schädel ab. »Das könnte uns einen Hinweis liefern«, meinte er zur Entschuldigung.

Vigor erhob keine Einwände. Jetzt, da die Grabkammer geöffnet war, wäre das unbewachte Schmuckstück bald gestohlen worden.

Sie kletterten wieder in die Kapelle hinauf.

Dort versammelten sie sich in einem Winkel des Raums.

Gray drehte den goldenen Pass um. Auf der Rückseite war ein Engelszeichen eingeritzt.

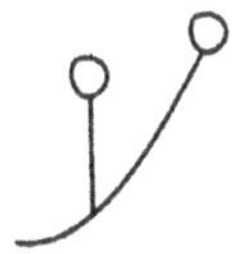

»Jetzt haben wir alle drei Schlüssel«, sagte Seichan.

»Aber wir kennen noch nicht die ganze Geschichte«, erwiderte Gray. Er holte das Notizbuch hervor und nickte Vigor zu. »Lesen Sie vor.«

Vigor ließ sich nicht lange bitten. Er öffnete das Bronzerohr und zog die Schriftrolle heraus. »Ebenfalls Seide«, bemerkte er und entrollte das Schriftstück behutsam.

Der letzte Text war länger als die anderen. Vigor übersetzte Marcos italienischen Dialekt. Die Horrorgeschichte ging weiter mit dem Erscheinen leuchtender, engelhafter Gestalten, die sich in dem Turm zu Marcos Männern gesellt hatten.

Die seltsamen Erscheinungen reichten uns einen primitiven Kelch und forderten uns nachdrücklich zum Trinken auf. Wir entnahmen ihren Gesten, dass wir uns auf diese Weise vor der grauenhaften Pest schützen könnten, welche die Stadt des Todes in eine Vision der Hölle verwandelt hatte, wo die Menschen das Fleisch ihrer Nächsten verzehrten.

Daraufhin tranken wir aus dem Kelch, in dem sich, dem Aussehen und Geschmack nach zu schließen, Blut befand. Außerdem drängte man uns, rohes Fleisch zu verzehren, das man uns auf einem Palmblatt reichte und das wie Kalbsbries schmeckte. Erst hinterher kam ich darauf, mich nach der Herkunft der Gaben zu erkundigen. Die Männer des Kaans gaben mir Antwort und bestätigten meinen Verdacht, dass auch wir zu Kannibalen geworden waren; denn das Blut und das Bries stammten von einem Menschen.

Die grauenvolle Handlung erwies sich später jedoch als vorteilhaft, denn sie schützte uns wahrhaftig vor der Pestilenz. Doch wir mussten für das Heilmittel einen Preis entrichten. Pater Agreer durfte nicht von dem Blut und dem Bries kosten. Die Fremden tuschelten miteinander und deuteten immer wieder auf sein Kreuz. Sie wollten, dass wir Pater Agreer zurückließen.

In seinem frommen Großmut bestand Pater Agreer darauf, dass wir uns entfernten. Beim Abschied schenkte er mir sein Kruzifix und trug mir auf, es dem Heiligen Stuhl zu übergeben. Dann wurde der großmütige Mann fortgeführt; ich ahnte, wohin man ihn bringen würde. Im Schein des Vollmonds ragte ein großer Berg aus dem Wald auf, geschmückt mit tausend Dämonengesichtern.

»Du lieber Gott«, flüsterte Vigor.

Langsam las er auch noch den Rest.

Marco Polo berichtete, die Besatzungen seiner Schiffe seien nach der Flucht aus der Totenstadt an der Pest erkrankt und die Schiffe an einer abgelegenen Insel vor Anker gegangen. Nur diejenigen, die von der Medizin der leuchtenden Menschen probiert hätten, seien gesund geblieben. Marco hatte aus der Totenstadt ausreichend Medizin mitgenommen, um seinen Vater, seinen Onkel und Kokejin sowie zwei ihrer Hofdamen zu behandeln. Die Schiffe und die Kranken, von denen viele noch lebten, verbrannten sie.

Vigor kam zum letzten Abschnitt.

Möge Gott der Herr mir verzeihen, dass ich das Versprechen gebrochen habe, das ich meinem inzwischen verstorbenen Vater gegeben habe. Ich muss meine Seele erleichtern. An jenem Schre-

ckensort fand ich einen Stadtplan, den ich auf Geheiß meines Vaters verbrannte, der sich meinem Gedächtnis jedoch unauslöschlich eingeprägt hat. Um das Wissen zu bewahren, habe ich ihn nachgezeichnet. Möge sich der Leser meine Warnung zu Herzen nehmen: In jener Stadt wurde das Tor zur Hölle aufgetan, doch ich bin mir nicht sicher, ob es je wieder zugesperrt wurde.

18:22

Während Gray dem geheimnisvollen Schluss von Marcos Bericht lauschte, kritzelte er unentwegt in sein Notizbuch. Das half ihm, sich auf Vigors Stimme und das zu lösende Rätsel zu konzentrieren. Außerdem lenkte es ihn von der Sorge um seine Eltern ab, die ihn zu lähmen drohte.

Während der Bericht seinen Fortgang nahm, dämmerte es ihm.

Er war ein Narr gewesen.

Mit brennenden Augen starrte er ins Notizbuch und sah die Lösung, die in dem Code verborgen war. Jetzt, da sie über alle drei Schlüssel verfügten, gab es vielleicht eine Möglichkeit, das Rätsel zu lösen.

Er blätterte im Notizbuch, suchte nach einer bestimmten Seite. Als er sie gefunden hatte, neigte er den Kopf und fuhr mit dem Finger die Zeilen entlang. War er auf dem richtigen Weg? Er musste den Ansatz weiterverfolgen.

Er sah auf die Uhr.

Uns bleibt kaum mehr eine halbe Stunde. Reicht die Zeit?

Plötzlich knallte es draußen, als würden Feuerwerkskörper gezündet. *Plopp-plopp-plopp …*

Gray straffte sich.

Allmächtiger … hatte Nasser sie etwa aufgespürt?

Er eilte zum Kapelleneingang und blickte in die dunklen Gänge hinaus.

»Alles einsammeln!«, befahl er, ohne sich umzudrehen. »Sofort!«

Als dunkle Silhouette von der untergehenden Sonne abgehoben, rannte eine magere Gestalt auf ihn zu. Die bloßen Füße machten klatschende Geräusche auf dem Stein – dann rief die Gestalt ihn halblaut an.

»Beeilung!«

Es war Fee'az.

Ohne langsamer zu werden, rannte der Junge auf sie zu.

Aus der Richtung der Burg schallten zornige Rufe auf Farsi herüber.

Als der Junge atemlos an ihm vorbeieilen wollte, packte Gray ihn bei der knochigen Schulter.

»Schnell weg. Das sind Schmuggler.«

Fee'az prallte von ihm ab und rannte über den Außengang in die entgegengesetzte Richtung weiter, parallel zur Rückseite der Burg.

»Nehmt mit, was ihr tragen könnt!«, rief Gray seinen Begleitern zu. »Lasst den Rest liegen!«

Sie liefen Fee'az hinterher.

Der Junge wartete, bis sie zu ihm aufgeschlossen hatten, dann rannte er weiter.

Im Laufen berichtete er, was geschehen war. Die von den Schmugglern ausgehende Gefahr hatte ihm jedenfalls nicht die Stimme verschlagen. »Ihr so langsam. Zu viel beten. Ich schlafen. Unter den Palmen.« Er zeigte zum Burghof zurück. »Sie mich nicht sehen. Fast auf mich treten. Ich wache auf und laufe weg. Sie schießen. Bumm-bumm. Aber ich schnell mit Beinen.«

Wie zum Beweis flog er geradezu durch die rückwärtigen Räume und Gänge.

Die Rufe der Verfolger wechselten die Klangfarbe, was darauf hindeutete, dass sie in die Burg vorgedrungen waren.

Fee'az führte sie eine Treppe aus roh behauenen Steinen hinunter. »Hier entlang.«

Sie gelangten in einen schmalen, niedrigen Tunnel, in dem sie sich nur geduckt fortbewegen konnten. Der pfeilgerade Gang führte in südliche Richtung. Fee'az eilte voraus.

Nach fünfzig Schritten endete der Gang an einem verrosteten Eisentor. Die Gitterstäbe waren bis auf kurze Stummel abgesägt. Sie kletterten nach draußen und gelangten in den versandeten Burggraben, der von verfallenen Mauern gesäumt war.

Gray blickte sich über die Schulter um. Der Tunnel hatte früher offenbar als Abwasserkanal gedient.

Fee'az bedeutete ihnen, sich zu ducken, und geleitete sie durch den Graben zur Ostseite der Bucht. Aus der Burg drang noch immer Geschrei herüber. Die Schmuggler hatten noch nicht gemerkt, dass die Beute geflohen war.

Als sie den Strand erreichten, sah Gray, dass das Wasserflugzeug noch auf sie wartete.

Fee'az erklärte: »Dreckige Schmuggler. Niemals stehlen Flugzeug. Zwicken nur ein bisschen.« Er zuckte die Achseln und hob die Hand, spreizte die Finger und führte sie wieder zusammen. »Manchmal auch töten. Werfen Leute den Haien vor. Aber keine großen Sachen. Dann schickt Regierung größere Flugzeuge mit dicken Gewehren.«

Das Risiko war ihnen offenbar zu groß.

Um ganz sicherzugehen, verzichteten sie auf den Außenborder und paddelten stattdessen zum Flugzeug. Gestikulierend bedeutete ihnen Fee'az, sie sollten an Bord klettern.

»Kommt wieder! Kommt wieder!«, sagte er und schüttelte jedem Einzelnen förmlich die Hand.

Gray fühlte sich verpflichtet, ihn dafür zu belohnen, dass er sie aus der Bredouille gerettet hatte. Er wühlte im Rucksack und reichte ihm das goldene Diadem der Prinzessin.

Der Junge machte große Augen und hielt den Schatz mit beiden Händen fest – dann wollte er ihn Gray zurückgeben. »Das zu viel.«

Gray drückte seine Finger um das Schmuckstück zusammen. »Du musst mir dafür etwas versprechen.«

Fee'az blickte erwartungsvoll zu ihm auf.

»In der Burg sind zwei Tote, zwei Skelette. Im Raum der Kreuze.« Er zeigte erst zur Burg, dann zu den fernen Hügeln. »Bring sie weg, grab ein tiefes Loch und leg sie hinein. Beide zusammen.«

Der Junge lächelte, denn er war sich nicht sicher, ob Gray vielleicht scherzte.

»Versprichst du mir das?«

Fee'az nickte. »Meine Brüder und mein Onkel mir helfen.«

Gray drückte ihm das Diadem an die Brust. »Das gehört jetzt dir.«

»Danke, Sir.« Der Junge schüttelte Gray die Hand und sagte mit feierlichem Ernst: »Komm wieder.«

Gray kletterte ins Flugzeug.

Kurz darauf hoben sie ab, rasten im Tiefflug über die Bucht hinweg und nahmen Kurs auf den internationalen Flughafen.

Gray setzte sich zu Vigor in die hintere Reihe.

»Sie haben dem Jungen das Diadem der Prinzessin geschenkt?«, sagte der Monsignore, während er auf das zurückweichende Boot des Jungen niederblickte.

»Damit er Marco und Kokejin würdig bestattet.«

Vigor schaute ihn an. »Aber das Diadem ist von unschätzbarem Wert. Die Geschichtsschreibung …«

»Marco hat genug für die Geschichte getan. Es war sein Wunsch, seinen letzten Frieden an der Seite der Frau zu finden, die er geliebt hat. Ich glaube, das sind wir ihm schuldig. Außerdem brauchen wir das Diadem nicht.«

Vigor kniff ein Auge zusammen und musterte Gray, als versuchte er herauszufinden, was es mit dessen Großzügigkeit auf sich hatte. »Aber Sie haben doch gemeint, das Diadem könnte uns vielleicht einen Hinweis liefern. Deshalb haben Sie es doch überhaupt erst mitgenommen.« Auf einmal weiteten sich die Augen des Monsignores, und er hob die Stimme. »Du meine Güte, Gray, Sie haben das Rätsel tatsächlich gelöst.«

Gray holte das Notizbuch hervor. »Nicht ganz. Aber fast.«

»Wie das?«

Seichan hatte die Unterhaltung mitgehört. Sie kam nach hinten und stellte sich zwischen die Sitze. Auch Kowalski wandte interessiert den Kopf.

»Indem ich alle unsere früheren Annahmen über Bord geworfen habe«, sagte Gray zum Monsignore. »Wir haben nach einem Buchstaben-Ersetzungscode gesucht.«

»Wie bei der Schrift im Vatikan, die entschlüsselt HAGIA lautete.«

»Ich glaube, das sollte uns in die Irre führen. Bei dem Rätsel des Obelisken handelt es sich um *keinen* Buchstaben-Ersetzungscode.«

»Zeigen Sie uns, was Sie meinen«, sagte Seichan.

»Sofort.« Gray sah auf die Uhr. Noch acht Minuten. »Ich muss noch einen kleinen Teil des Rätsels lösen. Die drei Schlüssel ordnen.«

Er klappte das Notizbuch auf und tippte auf die drei Zeichen der Engelschrift.

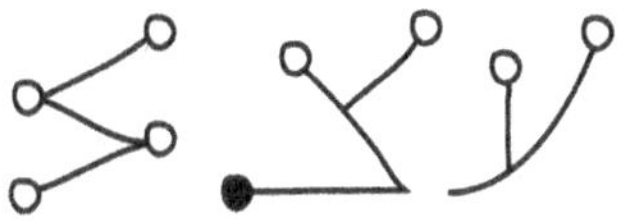

Gray fuhr fort: »Da der Code des Obelisken für jedermann sichtbar war, dienten die Schlüssel einem einzigen Zweck. Sie sollten auf die richtige Lesart hinweisen. Aber an welcher Seite soll man anfangen? In welche Richtung soll man lesen?«

Gray schlug die Seite mit den Schriftzeichen auf, die Seichan ihm gegeben hatte. »Wenn die goldenen Zeichen tatsächlich so wichtig sind, müssen sie auch auf dem Obelisken vorkommen.«

Er malte einen Kreis um die Zeichen.

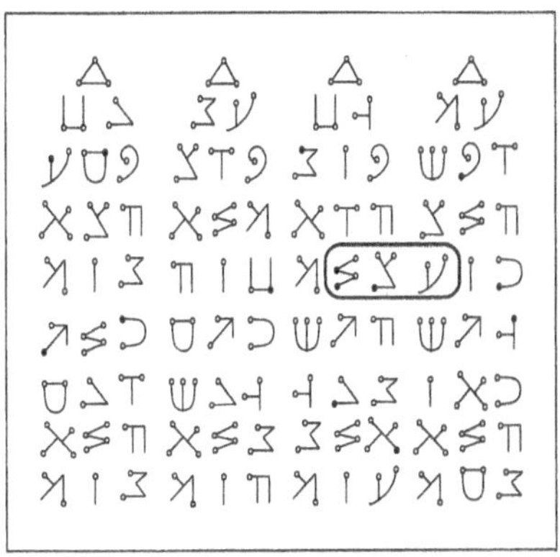

»Diese Zeichenfolge taucht nur ein einziges Mal auf. Das kann man von keiner anderen Zeichenfolge sagen. Beachten Sie, dass die Zeichen auf den verschiedenen Seiten des Obelisken jeweils eine andere Stelle einnehmen. Das ist ein Hinweis darauf, wo man mit dem Lesen anfangen und in welche Richtung man voranschreiten soll.«

Er fügte einen Pfeil hinzu.

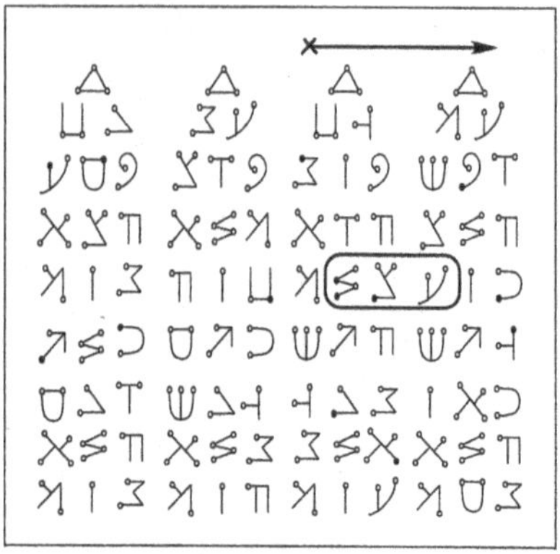

»Deshalb muss man die Zeichen umordnen, damit sie zu den Schlüsseln passen.« Er blätterte in den acht Varianten, die er und Vigor zuvor gezeichnet hatten. Als er die richtige gefunden hatte, malte er einen Kreis um die entscheidenden Zeichen. »So muss die Karte hingelegt werden, damit man sie richtig deuten kann.«

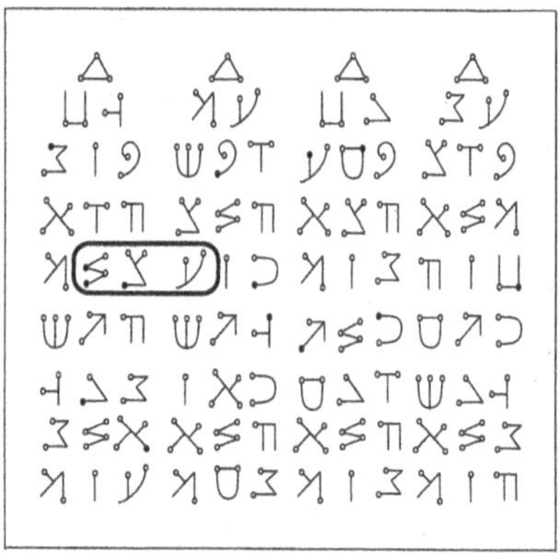

Seichan beugte sich vor. »Von welcher Karte sprechen Sie?«

»Da bin ich in der Kapelle draufgekommen«, erwiderte er. »Sehen Sie.«

Mit einem Bleistift pikste er Löcher in die Seite und markierte das darunter befindliche Blatt.

»Was machen Sie da?«, fragte Vigor.

»Beachten Sie, dass manche der Hinweiszeichen – der eingekreisten Engelszeichen – geschwärzt sind, andere nicht«, sagte Gray. »Vom zweiten Schlüssel her wissen wir, dass die geschwärzten Zeichen auf die Burg der Portugiesen hingewiesen haben. Daher muss es sich bei den geschwärzten Zeichen des Obelisken ebenfalls um Hinweise handeln. Aber worauf verweisen sie? Betrachtet man die Abdrücke auf der leeren Seite, ergibt sich folgendes Bild.«

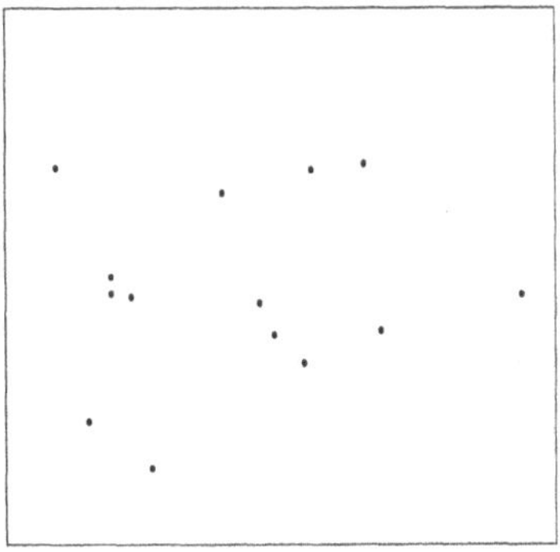

»Jetzt geht mir ein Licht auf«, meinte Kowalski sarkastisch.

Gray rieb sich den Stoppelbart und konzentrierte sich. »Das hat irgendwas zu bedeuten. Das spüre ich ganz deutlich.«

»Vielleicht soll man die Punkte ja verbinden«, fuhr Kowalski nicht minder sarkastisch fort. »Vielleicht bekommt man dann einen großen blinkenden Pfeil, der so viel bedeutet wie ›macht die Fliege‹.«

Seichan runzelte die Stirn. »Vielleicht sollten Sie einfach mal den Mund halten.«

Gray wollte kein Gezänk hören. Nicht jetzt. Kowalski war ein guter Fahrer, ein guter Kämpfer, doch jetzt brauchte er einen guten Einfall und keine Vorschläge, wie sie allenfalls in einer Malgruppe im Kindergarten angebracht gewesen wären.

Auf einmal machte es bei ihm Klick.

»Mein Gott!« Gray setzte sich auf und krampfte die Finger um den Stift. »Kowalski hat recht!«

»Tatsächlich?«

»Ist das Ihr Ernst?«, sagte Seichan.

Gray fasste Vigor beim Arm. »Der erste Hinweis! Im Turm der Winde.«

Vigor musterte ihn skeptisch – dann weiteten sich seine Augen. »In dem Turm war das Observatorium des Vatikans untergebracht... Dort hat Galileo nachgewiesen, dass sich die Erde um die Sonne dreht!« Er tippte auf das Papier. »Das sind Sterne!«

Gray nahm wieder den Bleistift in die Hand. Inzwischen hatte er ein bekanntes Muster ausgemacht. »Das ist ein Sternbild.« Er zeichnete es.

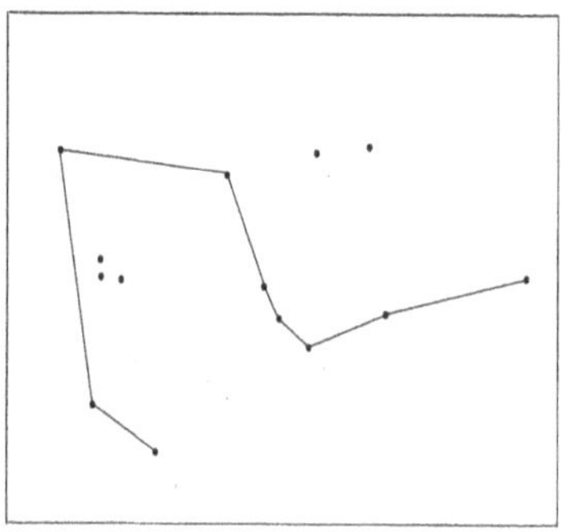

Vigor kannte es ebenfalls. »Das ist das Sternbild Draco, der Drache.«

Seichan legte den Kopf schief. »Wollen Sie damit sagen, das wäre eine Navigationshilfe?«

»Sieht ganz so aus.« Gray kratzte sich mit dem Radiergummi des Bleistifts am Kopf. »Aber wie entnehmen wir der Sternenkarte die Richtung?«

Darauf wusste niemand eine Antwort.

»Also, ich weiß nicht weiter«, gab Gray sich geschlagen.

Das Herz klopfte ihm bis zum Hals. Die Zeit wurde knapp. Hatte er die anderen etwa auf einen Irrweg geführt?

Vigor lehnte sich zurück. »Moment mal«, sagte er. »Denken wir an Marcos Bericht. An den letzten Abschnitt. Marco hat von einem Stadtplan gesprochen und nicht von einer Landkarte.«

»Und weiter?«, fragte Gray.

Vigor nahm das Blatt Papier und drehte es um. »Die Punkte stellen keine Sterne dar. Das muss der Lageplan der Totenstadt sein. So steht es in Marcos Text. Wahrscheinlich ist der Vatikan dem gleichen Irrtum aufgesessen wie wir. Marcos Karte wurde falsch interpretiert. Man hat geglaubt, es handele sich um eine Sternenkarte.«

Gray schüttelte den Kopf. »Es wäre schon ein merkwürdiger Zufall, wenn die Anlage der Stadt exakt dem Sternbild Draco entsprechen sollte. Wenn ich mich nicht täusche, geben die Punkte außerhalb des Sternbilds ebenfalls die Positionen von Sternen wieder.«

Vigor nickte. »Von meiner Beschäftigung mit alten Kulturen her, angefangen von den Ägyptern bis zu den Völkern Mittelamerikas, ist mir bekannt, dass viele sich mit ihren Monumenten und Städten an den Sternen orientiert haben.«

Gray konnte dazu ebenfalls etwas beitragen. »So wie die drei ägyptischen Pyramiden das Sternbild Orion darstellen sollen.«

»Genau! Irgendwo in Südostasien wurde eine Stadt nach dem Sternbild Draco angelegt.«

Auf einmal fuhr Seichan herum. »*Choi mai*!«, fluchte sie gedämpft. »Mir fällt da was ein … etwas, was ich mal gehört habe … irgendwelche Ruinen in Kambodscha betreffend. Die Wurzeln meiner Familien reichen bis nach Vietnam und Kambodscha.«

Seichan stürzte zu ihrem Rucksack, wühlte darin und zog den Laptop heraus. »Da hab ich eine Enzyklopädie drauf.«

Seichan hockte sich zwischen Vigor und Gray. Sie startete das Programm und gab hektisch etwas ein. Dann klickte sie auf ein Icon, worauf eine digitale Landkarte angezeigt wurde.

»Das ist die Tempelanlage von Angkor, im neunten Jahrhundert von den kambodschanischen Khmer erbaut.«

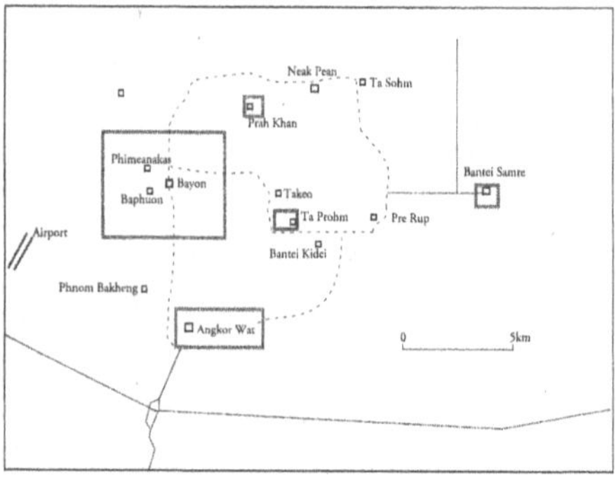

»Beachten Sie die Anordnung der Tempel«, sagte Seichan. »Angeblich orientiert sie sich an einem Sternbild.«

Gray zog mit dem Finger eine Linie, welche die in Frage kommenden Tempel miteinander verband, dann tippte er auf die verbliebenen Tempel. Anschließend legte er die erste Sternkarte neben den Laptop.

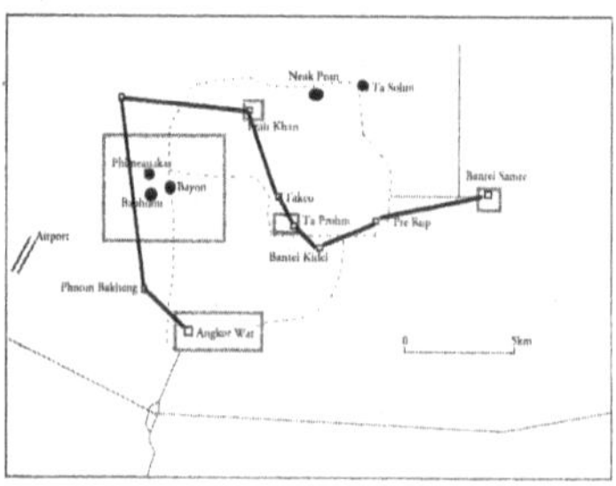

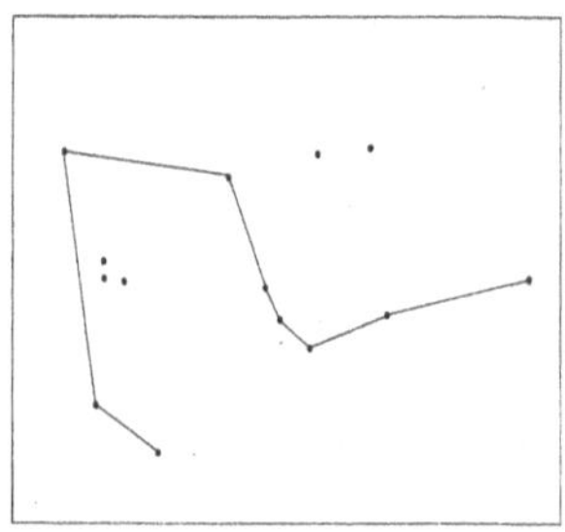

»Die Übereinstimmung ist verblüffend«, sagte Vigor beeindruckt. »Marcos Totenstadt. Damit ist Angkor Wat gemeint.«

Gray beugte sich vor und fasste Seichan bei den Schultern. Sie spannte sich an, wich ihm aber nicht aus. Gray war allen zu Dankbarkeit verpflichtet, auch Kowalski, der den Weg zur Lösung aufgetan hatte.

Gray sah auf die Uhr.

Es war höchste Zeit.

Er streckte die Hand zu Vigor aus. »Das Handy, bitte. Es wird Zeit, einen Deal zu machen.«

Gray setzte den Akku ein und hoffte inständig, dass ihm das Glück endlich einmal hold sein würde. Er wählte Nassers Nummer, die Seichan ihm gegeben hatte. Vigor fasste Gray bei der Hand und spendete ihm seelischen Beistand.

Nach einmaligem Klingeln wurde abgenommen.

»Commander Pierce«, meldete Nasser sich mit eiskalter, zorniger Stimme.

Gray atmete tief durch, um nicht gleich in Rage zu geraten. Er musste besonnen und entschlossen vorgehen.

»Mein Flieger wird jeden Moment landen«, fuhr Nasser fort. »Weil Sie sich nicht an die Abmachungen gehalten haben, dürfen Sie entscheiden, welcher Elternteil zuerst sterben muss. Sie werden die Schreie hören. Und ich verspreche Ihnen, dass der, der zuerst stirbt, sich noch glücklich schätzen darf.«

Die Drohung hatte für Gray auch etwas Tröstliches. Wenn Nasser ihm nichts vormachte, waren seine Eltern beide noch am Leben.

Gray schmerzten schon die Kiefermuskeln, so sehr musste er an sich halten. In gelassenem Ton erwiderte er: »Ich möchte Ihnen im Austausch für das Leben meiner Eltern etwas anbieten.«

»So viel können Sie mir gar nicht bieten!«, fauchte Nasser.

»Und wenn ich die Engelszeichen auf dem Obelisken entschlüsselt habe?«

Schweigen.

Gray fuhr fort: »Nasser, ich weiß, wo die Totenstadt liegt, von der Marco gesprochen hat.« Da er fürchtete, dies könnte vielleicht nicht ausreichen, um den Schuft schwankend zu machen, sprach er ganz langsam, um jegliches Missverständnis auszuschließen. »Außerdem kenne ich das Heilmittel, das gegen den Judas-Stamm wirkt.«

Vigor wandte verblüfft den Kopf.

Noch immer kam kein Laut aus dem Handy.

Gray wartete. Er starrte auf die Übersichtskarte von Angkor Wat, die auf dem Laptopmonitor angezeigt wurde. Er spürte, dass die beiden Arme der Gildenoperation – die getrennt voneinander die wissenschaftliche und die historische Fährte verfolgten – sich jeden Moment vereinigen würden.

Wer aber würde zwischen ihnen zerdrückt werden?

Schließlich sagte Nasser mit zornbebender Stimme: »Was wollen Sie?«

Der Ausbruch

13
Die Hexenkönigin

7. Juli, Mitternacht
Insel Pusat

Die Trommeln übertönten das Grollen des Donners. Blitze zuckten über den Himmel und hüllten den Dschungel in grelles Grün und tiefes Schwarz, durchbrochen von den silbrigen Reflexen des nassen Laubs.

Der barbrüstige Monk zog Susan um eine steile Biegung des Dschungelpfads herum. Sie folgten dem Weg schon seit zwei Stunden und mussten bisweilen warten, bis der nächste Blitz ihnen den Weg erhellte. Inzwischen hatte sich der ansteigende Pfad in einen Bach verwandelt. Der Dschungel aber war nach wie vor ein undurchdringliches Dickicht von Lianen, dichtem Laub, dornigen Büschen, von Schlingwurzeln erstickten Bäumen und saugendem Morast.

Und so gingen sie weiter, immer höher hinauf.

Ryder kletterte hinter ihnen. Er hatte als Einziger eine Pistole dabei. Eine teflonbeschichtete SIG Sauer P228 Kaliber 9mm. Bedauerlicherweise hatte er keine Ersatzmunition mehr. Nur die dreizehn Kugeln im Magazin.

Das war gar nicht gut.

Sobald das Unwetter nachließ, würden Rakaos Männer den Dschungel durchkämmen. Die Insel war ihre Einsatzbasis, hier hatten sie Heimvorteil. Monk machte sich keine Illusionen über ihre Fluchtchancen.

Er spähte durch eine Lücke im Laubwerk. Sie befanden sich in etwa dreihundert Metern Höhe. Das gewaltige Kreuzfahrtschiff lag in einer Entfernung von einer Viertelmeile in der Mitte der Lagune. Dorthin hatte man seine Kollegin gebracht, nachdem man sie aus der Umklammerung des ekelhaften Kalmars gerettet und aus dem dunklen Wasser gezogen hatte.

Aber ob sie noch am Leben war?

Solange er nichts Gegenteiliges erfuhr, wollte er die Hoffnung nicht aufgeben.

Hoffnung für Lisa und sich selbst.

Doch um zu überleben, brauchte Monk Verbündete.

Die Trommeln dröhnten unentwegt weiter, lauter und drängender als zuvor, als wollten sie den Taifun vertreiben. Inzwischen ging ihm jeder Ton durch Mark und Bein.

Klitschnass und in geduckter Haltung zwängte Monk sich durch ein Gewirr von Zweigen. Er hatte einen flackernden Lichtflecken ausgemacht.

Ein Feuer.

Nach zwei Schritten hielt er an.

Erst jetzt merkte er, dass sie nicht allein waren. Halb im dichten Laubwerk verborgen, aber dennoch gut sichtbar, standen Wachposten am Rand des Wegs. Männer mit nacktem Oberkörper und ausladenden Strohhüten, die sie am Kopf festgebunden hatten. Die Gesichter hatten sie mit Öl und Asche bemalt, sodass sie schwarz wirkten. Die Nasen waren mit polierten Eberhauern und gelblichen Rippenknochen durchbohrt. Bänder mit leuchtenden Federn und Schneckenmuscheln zierten die Arme.

Ryder stürmte mit einem Aufschrei und gezückter Pistole vor.

Die Wachposten ließen sich nicht aus der Ruhe bringen.

Monk drückte Ryder den Arm hinunter und trat mit erhobenen Händen vor. Die Handflächen wiesen nach vorn. »Sie dürfen die Eingeborenen nicht erschrecken!«, flüsterte er Ryder zu.

Einer der Eingeborenen trat auf den Pfad. Er trug eine Brustplatte aus Knochen, die mit Lederriemen verflochten waren. Seine Blöße bedeckte ein Rock aus langen Federn. Beine und Füße waren unbekleidet und ebenfalls mit Fett und Asche beschmiert. In der Hand hielt er das geschärfte Schulterblatt eines Tiers.

Jedenfalls hoffte Monk, dass es von einem Tier stammte.

Als es hinter ihm raschelte, wusste Monk, dass ihnen der Rückweg versperrt war. Die Trommeln dröhnten unentwegt weiter. Das Feuer loderte kurz auf.

Der Mann auf dem Pfad drehte sich um und ging aufs Feuer zu.

»Sieht so aus, als wären wir zu der Party eingeladen«, bemerkte Monk und legte den Arm um Susan.

Ryder folgte ihnen mit vorgehaltener Pistole.

Falls etwas schiefging, würde ihnen der Milliardär mit seinen dreizehn Kugeln den Weg freischießen müssen. Im Moment hielt Monk es jedoch für geraten, so weit wie möglich zu kooperieren.

Der Weg endete an einer Wand aus Vulkangestein. In dem rötlich schwarzen Fels hatte sich ein natürliches Amphitheater gebildet, das mit Palmenblättern abgedeckt war. Am äußeren Rand strömte ein Regenvorhang herab.

Der regengeschützte Raum wurde von einem großen Feuer erhellt. An der Seite saßen die Trommler und bearbeiteten wie in Trance ihre Instrumente. Zwei gewaltige Trommeln, die von der Felswand hingen und so breit waren wie Monks ausgestreckte Arme, wurden mit Knochen bearbeitet. Bei jedem Schlag erzitterte der dünne Wasserfall, der sich vom Palmendach auf den Boden ergoss.

Die Männer geleiteten sie nach vorn.

Ein Eber wühlte mit der Schnauze im Erdreich und quiekte, als er die Fremden sah. Unter dem Überhang drängten sich dicht an dicht weitere Schweine.

Monk geleitete Susan durch den Wasservorhang hindurch bis zum Überhang. Als das Regenwasser auf seine nackte Brust prasselte, erschauerte er. Die Hitze des Feuers war durchaus angenehm, doch der Qualm, der nur zögerlich durch das Palmendach entwich, brannte in den Augen.

Um das Feuer waren zahlreiche Menschen versammelt; einige standen, die anderen hockten am Boden. Monk schätzte, dass es über hundert waren, Männer und barbrüstige Frauen. Die Felswände waren gesäumt von Höhlenöffnungen, aus denen weitere Gesichter lugten. Ein paar Kinder staunten die Fremden großäugig an. Eines hielt ein geschecktes Ferkel in den Armen.

Auf irgendein Zeichen hin verstummten die Trommeln unvermittelt. Der letzte Ton hallte noch eine Weile nach. Die Stille war furchterregend.

Plötzlich ertönte ein lauter Schrei.

»Monk!«

Verdutzt wandte er den Kopf.

Eine magere Gestalt presste sich an die Bambusstäbe eines Käfigs. Bekleidet war sie mit einem zerrissenen Hemd und verdreckten, ehemals weißen Shorts.

»Jessie?«

Der junge Krankenpfleger war also noch am Leben!

Ehe sie ihr tränenreiches Wiedersehen fortsetzen konnten, trat ein hoch gewachsener Mann vor, was nach den Maßstäben des Stammes bedeutete, dass er etwa eins fünfzig groß war. Der alte Graubart sah aus, als hätte ihm jemand einen zu großen Hautanzug angedreht. Er war ebenfalls mit Öl und Asche beschmiert. Seine Genitalien wurden von einem krummen Flaschenkürbis geschützt, und er trug einen Kopfschmuck aus purpurroten Federn, was aussah, als sträubten sich ihm die Haare. Ansonsten war er nackt.

Das war offenbar der Stammeshäuptling.

Es war an der Zeit, zu diesem Festmahl zu tanzen – oder vielmehr zu tanzen, um nicht selbst zum Festmahl zu werden.

Monk hob den Arm und zeigte auf den Häuptling. »*Bugla-buglarah*!«, sagte er feierlich, dann spannte er den Unterarm an und löste mit der anderen Hand am Gelenk die Arretierung.

Als die elektromagnetischen Verbindungen unterbrochen wurden, fiel die Handprothese in den Matsch.

Die Menge staunte.

Der Häuptling wich zurück und wäre beinahe ins Feuer gestürzt.

Monk senkte den Arm und blickte auf den Armstumpf nieder.

Die Prothese wirkte nicht nur äußerst lebensecht, sondern war auch ein Wunderwerk modernster Biotechnik, ausgestattet mit künstlichen Nervenleitern, die über Titankontakte am Handgelenk gesteuert wurden. Außerdem verfügte sie über eine raffinierte Mechanik und Antriebselemente, die ein sensorisches Feedback lieferten und Bewegungen mit chirurgischer Präzision ermöglichten.

Doch auch das war nur die halbe Wahrheit.

Monks Armstummel war von einer polysynthetischen Manschette umschlossen, die am Ende des Handgelenks befestigt und mit den Nervenleitern und Muskelfasern verbunden war. Eigentlich war dies die zweite Hälfte der Prothese. Die Hand war sozusagen der Muskel, die Manschette aber das Gehirn.

Mit der gesunden Hand betätigte er die Titankontakte der Manschette. Bisweilen führte er den Trick auf Partys vor. Warum sollte es heute anders sein?

Manschette und Prothese waren per Digitalfunk miteinander verbunden.

Als Monk eine bestimmte Sequenz eintippte, richtete sich die Prothese auf die Finger auf und begann, wie eine fünfbeinige Spinne zu tanzen.

Diesmal trat der Kannibalenhäuptling ins Feuer, verbrannte sich das Hinterteil und brachte sich mit einem Aufschrei in Sicherheit.

Monk schickte ihm die Hand hinterher.

Inzwischen hatte sich der Ring der Kannibalen beträchtlich geweitet.

Ryder hatte Susan unterdessen in den Schatten an der Felswand gezogen und Monk die Bühne überlassen.

»So, jetzt habe ich eure Aufmerksamkeit!«, rief Monk.

Er näherte sich dem Feuer.

Da er annahm, dass hier niemand Englisch verstand, schlug er einen gewichtigen Tonfall an und klopfte sich machtvoll auf die Brust. Gleichwohl genügte es nicht, den abergläubischen Eingeborenen Angst zu machen. Er musste sie auf seine Seite ziehen. Der Moment für einen amerikanischen Inselputsch war gekommen.

Monk drehte sich auf dem Absatz um und zeigte auf Susan.

Daraufhin nahm sie das Hemd ab, das sie sich von Monk geborgt und um den Kopf gewickelt hatte. Ryder streifte ihr das Nachthemd von den Schultern und ließ es herabfallen. Dann hob Susan die Arme und stand barbrüstig da wie die Eingeborenenfrauen.

Allerdings leuchtete sie in der Dunkelheit.

Die Eingeborenen tuschelten aufgeregt.

Auch Monk musterte Susan erstaunt. Sie leuchtete noch heller als zu Anfang. Erheblich heller. Ihre Haut wirkte nahezu durchscheinend, und das Licht kam von innen.

Ryder forderte Monk mit einer Handbewegung zum Weitermachen auf.

Monk fasste sich wieder. Er trat auf Susan zu, fiel auf die Knie und rief das einzige ihm bekannte Wort der Kannibalensprache, das ihm ein zahnloser Pirat beigebracht hatte.

»*RANGDA*!«, brüllte Monk den Namen der Inselgöttin heraus, der Herrin der Dämonen.

Die *leuchteten,* genau wie Susan.

Er neigte den Kopf.

»Heil der Hexenkönigin!«

01:04

Devesh trat mit klackerndem Spazierstock in Lisas Kabine.

Lisa, die mit einer Infusionskanüle im Arm im Bett lag, wusste, dass es jetzt mit den Ausflüchten ein Ende hatte. Als man sie zuvor vom Tenderdock aufs Schiff gehoben hatte, war sie in den Armen ihres Bewachers ohnmächtig geworden. Da er nicht damit gerechnet hatte, war er mit ihr zusammen aufs Deck gestürzt.

Lisa hatte sich dabei die Lippe aufgeschlagen, doch das reichte noch nicht. Mit der aufgeschlitzten Wade, den zahlreichen Wunden, die ihr der Kalmar mit seinen Dornen zugefügt hatte, und der vom vielen Wasser, das sie verschluckt hatte, noch mitgenommenen Lunge war es ihr nicht schwergefallen, einen hinfälligen Eindruck zu machen. Allein das Adrenalin hatte sie noch aufrecht gehalten.

Doch schließlich war sie zusammengebrochen und hatte sogar kurzzeitig das Bewusstsein verloren.

Daraufhin hatte man sie eilends in die Wissenschaftlersuite gebracht, und die Schiffsärzte und ein Mediziner der WHO hatten sie behandelt. Man hatte ihr Bein gesäubert und genäht und auch die Risswunden versorgt. Man hatte ihr eine Infusion mit Antibiotika und Schmerzmitteln verabreicht. Jetzt lag sie streng bewacht in ihrer alten Kabine, einer Innenkabine ohne Balkon und Fenster. Ihr Körper war ein Flickenteppich von Verbänden und Pflastern.

So viel Fürsorge ließ man ihr nicht aus Barmherzigkeit oder Mitleid angedeihen. Vielmehr diente die Behandlung einem einzigen

Zweck: Sie sollte sicherstellen, dass sie das Versprechen einlöste, das sie Devesh an Deck gegeben hatte.

Der Judas-Stamm. Ich weiß jetzt, wie das Virus wirkt.

Wegen dieser Bemerkung wollte Devesh sie am Leben erhalten, zumal Susan Tunis sich auf die sturmumtoste Insel geflüchtet hatte. Devesh brauchte Lisa. Und deshalb nutzte sie ihren Vorteil und schindete Zeit. Sie hatte Devesh etwas zu tun gegeben und seinen klinischen Labors verschiedene Aufträge erteilt.

Ihre Begründung: Sie wollte ihre Hypothese testen und bestätigen.

Endlos durfte sich das aber nicht hinziehen.

»So«, sagte Devesh. »Die Ergebnisse werden im Moment gerade zusammengestellt. Es ist an der Zeit, dass wir unsere kleine Unterhaltung von vorhin fortsetzen. Wenn mir Ihr Gesprächsbeitrag nicht gefällt, werden wir die medizinische Versorgung wieder umkehren. Ich könnte mir gut vorstellen, dass Sie rasch einlenken werden, wenn wir erst mal anfangen, Ihre Wunden mit Klammern zu öffnen.«

Devesh drehte sich auf dem Absatz um und winkte eine Krankenschwester herbei.

Die Infusionskanüle wurde entfernt und der Einstich mit einem Pflaster abgedeckt.

Lisa setzte sich auf. Ihr wurde kurz schwummrig, dann sah sie wieder scharf.

Devesh, ganz der Gentleman, hielt einen dicken Morgenmantel in der Hand. Lisa, die nur mit einem dünnen Nachthemd bekleidet war, erhob sich. Sie ließ sich von ihm in den Morgenmantel helfen und knotete selbst den Gürtel zu.

»Bitte folgen Sie mir, Dr. Cummings.« Devesh ging zur Tür.

Barfuß folgte Lisa ihm auf den Gang. Devesh wandte sich zum Labor für ansteckende Krankheiten.

Die Tür stand offen. Das Geräusch von Stimmen drang heraus.

Als Lisa hinter Devesh in den Raum trat, machte sie auf Anhieb zwei bekannte Personen aus: den Bakteriologen Benjamin Miller und ihren Vertrauten, den niederländischen Toxikologen Henri Barnhardt. Die beiden Mediziner saßen an der einen Seite eines schmalen Tisches.

Lisa schaute sich um. Die Suite war zur Hälfte leer geräumt worden. Die Möbel hatte man durch Laborausrüstung ersetzt, darunter viele Geräte, die Monk gehörten: Fluoreszenzmikroskope, Szintillationszähler und Auto-Gamma-Spektrometer, CO_2-Inkubatoren, Kühlzentrifugen, Mikrotiter-ELISA-Testsätze und an der Wand ein kleiner Fraktionssammler.

Manche Universitäten waren schlechter ausgestattet.

Dr. Eloise Chénier, die Gildenvirologin und Leiterin des Labors für ansteckende Krankheiten, stand hinter dem Tisch, bekleidet mit einem knöchellangen Laborkittel. Sie war Ende fünfzig und wirkte mit ihrem grau melierten Haar und der Lesebrille, die ihr vor der Brust baumelte, wie eine verschrobene Schullehrerin.

Die Virologin zeigte gerade auf zwei hinter ihr stehende Rechner. Über den einen Monitor scrollten Daten, auf dem anderen war eine verwirrende Vielzahl überlappender Fenster zu sehen. Chénier schloss mit starkem französischem Akzent gerade eine Erklärung ab.

»Wir haben die Hirnflüssigkeit mit verschiedenen Phosphatpuffern gewaschen, mit Glutaraldehyd fixiert und anschließend zentrifugiert. Auf diese Weise haben wir eine ausgezeichnete Virenprobe erhalten.«

Chénier bemerkte die Neuankömmlinge und winkte sie zum Tisch.

Devesh trat neben seine Kollegin, während Lisa auf einem Hocker neben Henri Platz nahm. Ihr Freund legte ihr beruhigend die Hand aufs Knie und musterte sie fragend. *Alles in Ordnung?*

Lisa nickte, froh darüber, wieder sitzen zu können.

Devesh wandte sich Lisa zu. »Wir haben die von Ihnen gewünschten Tests abgeschlossen, Dr. Cummings. Hätten Sie die Freundlichkeit, uns jetzt zu erklären, was Sie damit bezweckt haben?«

Er durchbohrte sie mit seinem vorwurfsvollen Blick.

Lisa atmete tief durch. Sie hatte den Moment so lange hinausgezögert, wie es ging. Ihr Überleben hing jetzt davon ab, dass sie die Wahrheit sagte. Sie konnte nur hoffen, dass ihr Einfallsreichtum ihren Verrat wettmachen würde.

Sie dachte an Deveshs erste Lektion: *Mach dich nützlich.*

Mit bedächtigen Worten berichtete Lisa von der Entdeckung des Netzhautleuchtens in Susans Augen. Devesh reagierte mit Skepsis.

Hilfesuchend wandte sie sich an Henri. »Haben Sie mit der Gehirnflüssigkeit eine Fluoreszenzmessung durchgeführt?«

»Ja. Die Probe zeigte eine schwache Fluoreszenz.«

Chénier pflichtete ihm bei. »Ich habe die Probe zentrifugiert. Das Bakterienpellet hat geleuchtet. Es handelte sich eindeutig um Cyanobakterien.«

Miller, der Bakteriologe, nickte.

Deveshs Interesse war geweckt. »Und daraus haben Sie geschlossen, dass die Bakterien ins Gehirn gewandert und über den Sehnerv in die Augenflüssigkeit gelangt sind. Deshalb haben Sie eine weitere Lumbalpunktion vornehmen lassen.«

Lisa nickte. »Wie ich sehe, ist Dr. Pollum nicht anwesend. Hat er die Proteinuntersuchung der Virenhüllen durchgeführt?«

Auch diesen Test hatte Lisa angeordnet. Eigentlich war er unnötig, hatte das Labor aber ein paar Stunden lang beschäftigt.

»Einen Moment«, sagte Chénier. »Die Ergebnisse liegen vor.« Sie trat zu einem der Monitore und schloss ein Fenster nach dem anderen. »Es dürfte Sie interessieren, dass wir das Virus aufgrund von Gentests der Familie der Bunyaviren zuordnen konnten.«

Als Lisa die Augen zusammenkniff, erklärte Henri: »Darüber haben wir gerade eben gesprochen. Bunyaviren infizieren im Allgemeinen Vögel und Säugetiere und verursachen hämorrhagisches Fieber, werden aber normalerweise von Gliederfüßern übertragen. Also von Fliegen, Zecken und Mücken.«

Er schob Lisa ein Notizbuch zu.

Sie betrachtete die aufgeschlagenen Seiten. Henri hatte den Infektionsweg in Diagrammform dargestellt.

Mensch	→	*Insekt (Gliederfüßer)*	→	*Mensch*
(infiziert)		(Überträger, nicht erkrankt)		(infiziert)

Henri tippte auf die Mitte des Diagramms. »Insekten nehmen bei der Verbreitung der Krankheit eine Schlüsselrolle ein. Bunyaviren werden nur selten von Mensch zu Mensch übertragen.«

Lisa massierte sich die Schläfen. »Beim Judas-Stamm sieht es anders aus.« Sie nahm einen Stift und änderte das Schema. »Die Krankheit wird nicht von *Insekten,* sondern von *Bakterien* übertragen.«

Mensch (infiziert)	→	*Bakterium*	→	*Mensch* (infiziert)

Henri runzelte die Stirn. »Ja, aber warum…?«

Plötzlich knallten Schüsse. Alle schreckten zusammen.

Devesh ließ den Spazierstock fallen. Fluchend hob er ihn auf und wandte sich zur Tür. »Sie bleiben hier.«

Weitere Schüsse wurden abgefeuert, gefolgt von gutturalen Schreien.

Lisa stand auf. Was ging da vor?

01:24

Devesh nahm zwei Wachposten aus dem Wissenschaftlertrakt mit und eilte zum Aufzugposten auf dem Mitteldeck. Hin und wieder wurde aus Automatikwaffen gefeuert, deren Schüsse in der Enge so laut wie Kanonenschüsse dröhnten.

In den Pausen waren Schmerzensschreie zu hören.

Als der Posten in Sicht kam, wurde Devesh, der hinter seinen Leibwächtern herrannte, vorsichtiger. Der Aufzug wurde von sechs Mann bewacht. Als der Anführer, ein hoch gewachsener Somali, Devesh bemerkte, kam er ihm entgegen.

Auf Malaiisch meldete er: »Sir, ein Dutzend Patienten sind aus der hinteren Krankenstation ausgebrochen. Sie haben uns angegriffen.«

Der Anführer nickte zu einem der Wachposten hin, der an der Wand auf dem Boden saß und sich den blutenden Arm hielt. Den Ärmel hatte er hochgekrempelt, sodass man die tiefe Bisswunde sah.

Devesh trat einen Schritt vor und zeigte auf den Verwundeten. »Schafft ihn in Quarantäne.«

Hinter dem Posten führte ein Gang bis zum Heck. Einige Türen standen offen. Weiter hinten lagen ein paar Tote am Boden, von Kugeln durchsiebt. Ihr Blut sickerte in den Teppich. Die beiden nächsten Personen – eine nackte, korpulente Frau und ein Teenager mit nacktem Oberkörper – waren übereinandergestürzt. Die Haut der Toten war mit Blasen und schwärzlichen Beulen bedeckt.

Devesh atmete schnaufend durch die Nase und rang um Fassung. Um den Wissenschaftlern den Zugriff zu erleichtern, waren die am schlimmsten in Mitleidenschaft gezogenen Patienten in der Heckabteilung untergebracht. Devesh hatte den Umgang mit den Patienten dieser Ebene streng reglementiert. Solche Fehler waren unentschuldbar. Zumal sie dem Erfolg schon so nahe waren.

»Ich habe Verstärkung angefordert«, sagte der Anführer. »Als wir zu feuern begannen, sind ein paar Kranke in unverschlossene Kabinen geflüchtet. Die müssen wir noch ausräuchern.«

Aus dem Gang ertönte ein Stöhnen.

Ein Mann stützte sich auf den Ellbogen auf. Die andere Schulter war ein blutiger Brei. Bekleidet war er mit einem weißen Kittel. Ein Arzt, der in die Schusslinie geraten war.

»Helfen Sie mir!«, krächzte er.

Aus einer offenen Tür schoss eine Hand hervor und packte ihn beim Kragen. Eine zweite Hand ergriff ihn beim Haar. Der schreiende Mann wurde nach innen gezerrt. Seine Beine ragten noch auf den Gang, seine Absätze scharrten über den Boden.

Der Anführer bat Devesh wortlos um die Erlaubnis, dem Arzt helfen zu dürfen.

Devesh schüttelte den Kopf.

Unvermittelt brachen die Schreie ab – die Füße aber zuckten noch im Todeskampf.

Devesh empfand kein Mitgefühl. Da hatte jemand entweder bei der Fesselung geschlampt oder vergessen, eine Tür abzusperren. Unter lautem Stiefelgepolter kam die Verstärkung die Treppe hochgestürmt.

Devesh wandte sich ab und zeigte über die Schulter in den Gang. »Töten Sie sie.«

»Sir?«

»Alle Kranken auf diesem Deck. Misten Sie den Saustall aus. Kabine für Kabine.«

01:54

Lisa, die im Virenlabor saß, hörte die Feuerstöße.

Auch Schreie waren zu vernehmen.

Niemand sprach.

Schließlich kam Devesh zurück. Er wirkte gelassen, nur sein Gesicht war ein wenig gerötet. Mit dem Stock wies er auf Lisa. »Kommen Sie mit. Ich möchte Ihnen etwas zeigen.« Er machte auf dem Absatz kehrt und ging wieder hinaus.

Lisa stand auf und folgte ihm. Sie musste sich anstrengen, um mit ihm Schritt zu halten.

Devesh ging an den Wachposten vorbei und trat in den angrenzenden Gang.

Es war ein Schlachthaus. Die Wände waren mit Blut bespritzt. Überall lagen von Automatikwaffen durchsiebte Leichen herum.

Lisa schluckte mühsam. Der Gestank in dem engen Gang verschlug ihr den Atem.

Die Kabinentüren, an denen sie vorbeikamen, standen alle offen. In den Kabinen lagen weitere Leichen, blutüberströmt und mit verdrehten Gliedmaßen. Einige waren noch ans Bett gefesselt gewesen, als man sie erschossen hatte.

Es knallte wieder – keine Salven, sondern gezielte Schüsse.

Weiter hinten traten zwei Wachposten mit qualmenden Gewehren aus einer Kabine – dann gingen sie zum nächsten Raum weiter.

»Sie … Sie ermorden die Patienten«, sagte Lisa.

»Wir trennen die Spreu vom Weizen, das ist alles.« Devesh schwenkte vage den Arm. »Das ist schon der zweite Ausbruchsversuch. Vor einer Stunde haben sich zwei Patienten von ihren Fesseln befreit, indem sie sich die Finger abgebissen haben. Sie haben den behandelnden Arzt angegriffen und ihn getötet, ehe man sie überwältigen konnte. In diesem Zustand extremer geistiger Verwirrung sind sie aufgeputscht vom Adrenalin und spüren keinen Schmerz.«

Lisa dachte an die Videoaufnahmen von Susan Tunis' tobendem Mann. Jetzt ging es hier also wieder los.

Devesh erwiderte ihren Blick. »Die EEG-Untersuchungen scheinen Ihre Annahmen zu bestätigen. Es handelt sich um eine Form von katatonischer Erregung, einhergehend mit starken psychotischen Schüben.«

Es knallte mehrmals hintereinander, und Lisa schreckte bei jedem Schuss zusammen.

Devesh seufzte. »Diese Maßnahme dient unser aller Sicherheit. Der Zustand der Patienten verschlechtert sich rapide. Im ganzen Schiff. Da die Medikamente bereits knapp werden, müssen wir mit unseren Vorräten sparsam umgehen. Wenn ein Patient erst einmal so stark abgebaut hat, stellt er eine Gefahr für die Allgemeinheit dar und erfüllt keinen Nutzen mehr.«

Lisa war sich bewusst, welche Geisteshaltung diese Worte ausdrückten. Für Devesh und die Gilde waren die Kranken an Bord so etwas wie lebende Kulturen des Judas-Stamms, von denen sie die tödlichen Krankheitserreger ernteten und sie als potenzielle Biowaffen lagerten. Und jetzt pflügte Devesh das Feld, nachdem die Ernte eingebracht worden war.

»Weshalb haben Sie mich hierhergeführt?«, fragte sie voller Abscheu.

»Weil ich Ihnen etwas zeigen möchte.«

Er näherte sich der einzigen geschlossenen Kabinentür, öffnete sie und hielt sie Lisa auf.

Ein widerlicher Gestank schlug ihr entgegen.

Unsicher trat Lisa in den von der Gangbeleuchtung schwach erhellten Raum, denn sie wusste nicht, was sie erwartete. Die Innenkabine glich ihrer eigenen: kleines Bad, Sofa, Fernseher und ein Einzelbett an der Rückseite.

Devesh schaltete die Beleuchtung ein. Die Neonröhren flackerten, dann stabilisierten sie sich summend.

Lisa fasste sich an den Hals und taumelte zurück.

Auf dem Bett lag inmitten einer Blutlache ein Toter. Die nackten Beine waren an die Bettpfosten gefesselt, die Arme ans Kopfbrett. Er sah aus, als wäre in seinem Bauch eine Bombe explodiert. Decke und Wände waren mit Blut und Innereien bespritzt.

Lisa, der ganz kalt geworden war, schlug die Hand vor den Mund. Unwillkürlich suchte sie Zuflucht bei einer nüchternen medizinischen Betrachtungsweise.

Wo waren die inneren Organe?

»Als unsere Leute dazukamen, waren sie schon über ihn hergefallen und hatten angefangen, das rohe Fleisch zu verzehren«, erklärte Devesh. »Patienten, deren Gehirn bereits vollständig degeneriert war.«

Lisa erschauerte heftig. Auf einmal war sie sich bewusst, dass sie barfuß dastand und unter dem Nachthemd nackt war.

»Wir haben das auch schon vorher beobachtet«, fuhr Devesh fort. »Offenbar löst das Virus im Zustand katatonischer Erregung ein starkes Hungergefühl aus. Unersättliche Fressgier, sollte man wohl besser sagen. Wir haben beobachtet, dass die Opfer so lange Nahrung in sich hineinschlangen, bis ihnen der Magen platzte. Und selbst dann schlangen sie immer noch weiter.«

Mein Gott…

Lisa, die eigentlich nichts mehr schockieren konnte, stutzte. »Sie haben es *beobachtet*? Wo?«

»Dr. Cummings, Sie glauben doch wohl nicht, dass wir ausschließlich Susan Tunis unter Beobachtung hatten. Wir müssen jede Facette der Krankheit studieren. Auch den Kannibalismus. Die unersättliche Fressgier weist Ähnlichkeiten zum Prader-Willi-Syndrom auf. Sagt Ihnen das was?«

Lisa schüttelte benommen den Kopf.

»Dabei handelt es sich um eine hypothalamische Störung, die ein unstillbares Hungergefühl auslöst. Der Patient hat ständig Hunger. Ein seltener genetischer Defekt. Viele Betroffene sterben schon in jungen Jahren an Magenrissen, nachdem sie zu viel in sich hineingeschlungen haben.«

Deveshs sachliche Schilderung half ihr, sich wieder ein bisschen zu erden, wenngleich sie noch immer keuchend atmete.

»Bei der Autopsie eines solchen Psychotikers stellte sich heraus, dass der Hypothalamus toxisch geschädigt war, wie es auch bei Prader-Willi-Patienten der Fall ist. Kommen dann noch katatonische Erregung und Adrenalinstimulation hinzu… Nun ja.« Devesh deutete zum Bett.

Lisa drehte sich der Magen um. Als sie sich abwandte, fiel ihr Blick auf das Gesicht des Opfers: verzerrte Lippen, leerer Blick, grauer Haarkranz.

Als sie den Mann erkannte, schlug sie entsetzt die Hand vor

den Mund. Das war John Doe, der an der Fleischessenkrankheit gelitten hatte. Aus Susans Krankengeschichte kannte sie inzwischen die Identität des Patienten.

Er hieß Applegate.

Jetzt hatte der Kannibalismus einen Namen …

Lisa stürzte auf den Gang hinaus.

Deveshs Augen funkelten vor boshafter Belustigung. Offenbar hatte der sadistische Mistkerl sie in voller Absicht halbnackt und angeschlagen hierhergeführt. Er hatte gewusst, dass sie John Doe erkennen würde.

»So, jetzt wissen Sie, womit wir es hier zu tun haben«, sagte er. »Jetzt stellen Sie sich vor, die ganze Welt wäre betroffen. Diese Gefahr versuche ich abzuwenden.«

Dass ich nicht lache, dachte Lisa, verkniff sich aber eine Bemerkung.

»Wir haben es mit einer drohenden Pandemie zu tun«, fuhr Devesh fort, während sie zum Wissenschaftstrakt zurückgingen. »Bevor die WHO eingegriffen hat, waren die ersten Patienten bereits nach Perth in Australien ausgeflogen worden. Zuvor haben sich die Touristen, die auf der Weihnachtsinsel Urlaub gemacht haben, wieder in alle vier Himmelsrichtungen zerstreut. Nach London, San Francisco, Berlin, Kuala Lumpur. Wir wissen nicht, wie viele sich wie Dr. Susan Tunis angesteckt haben, doch es braucht gar nicht viele Infizierte. Ohne gründliche Desinfektionsmaßnahmen, wie wir sie hier anwenden, ist nicht auszuschließen, dass das Virus sich bereits verbreitet.«

Devesh geleitete sie zum Virenlabor. »Vielleicht veranlasst Sie das ja, ein bisschen mehr Entgegenkommen zu zeigen.«

Als sie das Labor betraten, wandten sich ihnen fragende Gesichter zu.

Lisa schüttelte wortlos den Kopf und ließ sich auf einen Hocker sinken.

Dr. Eloise Chénier erhob sich von ihrem Sitzplatz am Computer. »In Ihrer Abwesenheit habe ich Dr. Pollums Daten aufgerufen«, sagte sie. »Hier ist die schematische Darstellung des Proteins, nach der Sie verlangt haben. Es stammt von dem Virus in der toxischen Brühe.«

Die Ärztin trat zurück, sodass alle das Protein sehen konnten, das wie ein Spielzeug auf dem Monitor rotierte.

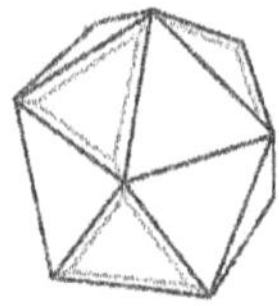

Das Objekt stellte die ikosaedrische Hülle des Virus dar: zwanzig Dreiecke, die wie bei einem Fußball kugelförmig angeordnet waren. Abgesehen davon, dass einige Dreiecke Ausstülpungen von Alpha-Proteinen auswiesen, während andere, die von Beta-Proteinen gebildet wurden, eingefallen waren. Lisa hatte um die Darstellung gebeten, weil sie ihre Hypothese überprüfen wollte.

Sie zeigte auf den Monitor. »Wären Sie so nett, die Rotation zu stoppen?«

Chénier klickte auf eine Schaltfläche, worauf das rotierende Bild zum Stillstand kam.

Lisa richtete sich auf. »Würden Sie jetzt bitte das Bild des Proteins öffnen, das in Susan Tunis' Gehirnflüssigkeit gefunden wurde?«

Ein zweiter rotierender Fußball erschien auf dem Bildschirm. Lisa trat näher heran und musterte ihn. Diesmal betätigte sie selbst die Maus und gefror das Bild in der gewünschten Position ein.

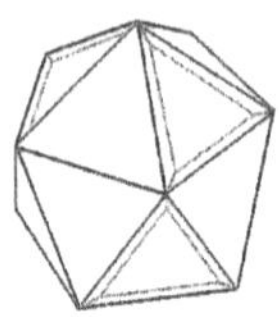

Sie wandte sich zu ihren Zuhörern um.

Devesh zuckte mit den Schultern, wobei sich sein ganzer Oberkörper mitbewegte. »Ja, und? Ich sehe da keinen Unterschied?«

Lisa trat zurück. »Bitte lassen Sie die beiden Proteine nebeneinander anzeigen.«

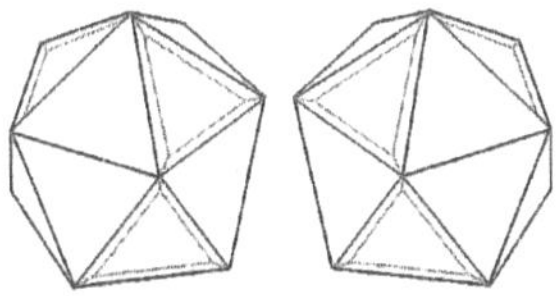

Henri erhob sich überrascht. »Die sind *nicht* identisch!«

Lisa nickte. »Sie verhalten sich wie Spiegelbilder zueinander. Auf den ersten Blick mögen sie gleich aussehen, doch in Wahrheit sind sie grundverschieden. Ein Sonderfall der geometrischen Isomerie. Zwei Varianten mit der gleichen geometrischen Form, die sich spiegelbildlich zueinander verhalten.«

»Cis- und Trans-Isomere«, merkte Chénier an.

Lisa tippte auf den ersten Monitor. »Das hier ist das Trans-Isomer, die bösartige Variante des Virus. Sie befällt Bakterien und verwandelt sie in wahre Killer.« Sie deutete auf den zweiten Bildschirm, auf dem das Virus aus Susans Schädel dargestellt war. »Das ist die Cis-Form oder das gute Virus, das heilt.«

»Cis und trans«, murmelte Miller. »Gut und böse.«

Lisa führte ihre Theorie weiter aus. »Wie wir bereits wissen, hat die Trans-Form Bakterien vergiftet, um die Blut-Hirn-Schranke zu überwinden und auf diese Weise in das jungfräuliche Territorium des Schädelinneren vorzudringen. Es hat sogar Gesellschaft mitgebracht.«

»Nämlich die Cyanobakterien«, bemerkte Miller. »Die leuchtenden Bakterien.«

»Normalerweise schädigen die bakteriellen Toxine das Gehirn so stark, dass katatonische Erregung und psychotische Zustände die Folge sind. In Susans Fall aber ist etwas anderes passiert. Als das Virus in die Gehirnflüssigkeit vordrang, hat es sich irgendwie verändert. Die bösartige Trans-Form ist in die gutmütige Cis-Form übergegangen. Nach der Umwandlung hat das Virus sämtliche Schäden, die sein bösartiger Zwilling verursacht hat, rückgängig gemacht, die Patientin geheilt und sie in einen tiefen, erholsamen Stupor versetzt, das genaue Gegenteil des manischen Erregungszustand der anderen Patienten.«

»Wenn Sie recht haben sollten«, sagte Henri, »was ich durchaus glaube, welcher Faktor in Susans Biochemie hat den Umwandlungsprozess dann ausgelöst?«

Lisa zuckte mit den Schultern. »Ich vermute, dass wir in den nächsten Tagen und Wochen erleben werden, dass noch andere Patienten eine solche Veränderung durchmachen. Susan wurde vor fünf Wochen infiziert. Deshalb ist es vielleicht noch zu früh, ein Urteil zu fällen. Allerdings glaube ich, dass es sich um ein sehr seltenes Ereignis handelt. Um irgendeine genetische Besonderheit. Hat jemand von Ihnen schon mal vom Eyam-Phänomen gehört, das während der Schwarzen Pest auftrat?«

Chénier hob wie ein eifriges Schulmädchen die Hand. »Ja, ich.«

Lisa nickte. Es war nicht verwunderlich, dass die Expertin für ansteckende Krankheiten die Geschichte kannte.

Chénier erklärte, was es damit auf sich hatte. »Eyam war ein kleines Dorf in England. Im sechzehnten Jahrhundert brach dort die Pest aus. Ein Jahr später aber lebten die meisten Dorfbewohner noch. Genetische Studien lieferten die Erklärung. Bei den Bewohnern von Eyam war eine seltene Mutation aufgetreten. In einem Gen namens Delta 32. Dieser gutartige Defekt wurde weitervererbt, und da in diesem abgelegenen Dorf Inzucht an der Tagesordnung war, besaß ein Gutteil der Einwohnerschaft den Defekt. Als die Pest ausbrach, hat diese kleine Mutation die Dorfbewohner gerettet. Sie waren immun.«

Devesh ergriff das Wort. »Wollen Sie damit sagen, unsere Patientin sei Trägerin eines Delta 32 entsprechenden Gens, das gegen den Judas-Stamm immunisiert? Eines zufällig gebildeten Proteins, welches die Trans-Form des Virus enzymatisch in die Cis-Form umgewandelt hat?«

»Vielleicht war das ja gar kein Zufall«, murmelte Lisa. Diese Frage beschäftigte sie seit der Entdeckung des veränderten Virus. »Nur ein kleiner Prozentsatz unserer DNA wird tatsächlich genutzt. Nämlich etwa drei Prozent. Die übrigen siebenundneunzig Prozent gelten als genetischer Ausschuss. Diese Gene codieren keine Proteine. Aber vielleicht weist die sogenannte Junk-DNA ja eine bemerkenswerte Ähnlichkeit mit dem Virencode auf. Die gegenwärtige Lehrmeinung besagt, diese Gensequenzen könnten eine Schutzfunktion haben und dazu beitragen, uns vor zukünftigen Krankheiten zu schützen.«

Während Lisa fortfuhr, dachte sie an Susans Freund, der überfallen und aufgefressen worden war. »Wie zum Beispiel vor Kannibalismus.«

Diese Bemerkung brachte ihr die ungeteilte Aufmerksamkeit der Anwesenden ein.

Lisa fuhr fort: »Weltweit durchgeführte Untersuchungen an genetischen Markern haben gezeigt, dass die meisten Menschen Gene besitzen, die gegen Krankheiten schützen, die nur durch den Verzehr von Menschenfleisch übertragen werden. Daraus folgt, dass unsere Vorfahren ausnahmslos Kannibalen waren. Vielleicht besitzt Susan einen solchen genetischen Marker, der ihr Gehirn vor einem Befall durch das Judas-Virus schützt. Sozusagen ein Relikt aus unserer langen genetischen Geschichte. Etwas, das aus unserer fernen kollektiven Vergangenheit stammt.«

»Ihre Hypothese ist so reizvoll wie ungewöhnlich, Dr. Cummings.« Devesh wippte sichtlich erregt auf den Fußballen. »Aber ob die Transformation zufällig erfolgt ist oder durch einen genetischen Marker aus der Vergangenheit ausgelöst wurde, darauf kommt es im Grunde nicht an. Jetzt, da wir über das neue Virus Bescheid wissen, können wir ein Heilmittel herstellen!«

Chénier machte einen weniger zuversichtlichen Eindruck. »Möglicherweise«, betonte sie. »Das erfordert weitere Forschungsarbeit. Zum Glück verfügen wir über eine ganze Schiffsladung Patienten, an denen wir potenzielle Heilmittel testen können. Zunächst aber benötigen wir mehr von diesem Cis-Virus.« Sie blickte Devesh vielsagend an.

»Keine Sorge«, sagte er. »Rakao und seine Männer werden Susan Tunis und die anderen Flüchtlinge in Kürze wieder eingefangen haben. Und jetzt, da das geklärt ist…«

Devesh wandte sich Lisa zu. »Es wird Zeit, uns mit Ihrer Bestrafung zu befassen.«

Wie aufs Stichwort trat eine Frau mit einer Arzttasche vor.

Das lange schwarze Haar hatte sie wieder zu einem Zopf geflochten.

Surina.

03:14

Monk folgte dem nackten Hinterteil eines Kannibalen. Ein Dutzend Stammesleute kletterten vor ihm den steilen Serpentinenweg hoch. Weitere vierzig Männer folgten Monk.

Seine Kannibalenstreitmacht.

Es goss in Strömen. Zumindest hatte der Wind nachgelassen; nur noch gelegentlich jagte eine Bö über die schroffen Bergspitzen. Monk hatte den Zeitpunkt des Aufstiegs so gewählt, dass das Auge des Sturms gerade über die Insel hinwegzog. Das Warten war qualvoll gewesen, doch er hoffte, seine Geduld würde sich auszahlen.

Er kletterte weiter. Obwohl der tief in den Fels eingeschnittene Pfad gut geschützt war, mussten sie auf dem schlüpfrigen Untergrund bisweilen auf allen vieren kriechen.

Monk blickte sich um.

Ryder und Jessie waren unmittelbar hinter ihm, dann folgten mit Federn, Muscheln, Rinde, Vogelkrallen und Knochen geschmückte Eingeborene.

Eine Menge Knochen.

Seine bunt zusammengewürfelte Einsatztruppe war mit Kurzspeeren, Bogen aus Baumschösslingen und geschärften Stöcken bewaffnet. Die Hälfte der Krieger hatte jedoch auch Gewehre und ein paar alte Automatikwaffen dabei – russische AK-47, amerikanische M16. Die Patronengurte hatten sie sich umgeschnallt. Offenbar hatten die Kannibalen von den Piraten, mit denen sie sich die Insel teilten, nicht nur zweibeinige Fleischvorräte bekommen. Aus dieser Höhe hatte Monk freie Sicht auf die dunkle Lagune. Das Kreuzfahrtschiff leuchtete wie eine durchweichte Hochzeitstorte. Dorthin wollte ihre kleine Truppe.

Offenbar waren die Kannibalen von der Hexenkönigin Rangda dermaßen fasziniert, dass sie ihr jeden Wunsch von den Augen ablasen.

Und Rangda wollte aufs Schiff.

Ihre Wünsche und Befehle wurden vom jungen Jessie übersetzt. Er sprach Malaiisch, und da dies die offizielle Handelssprache der Piraten war, verstanden ihn die meisten Kannibalen. Es beeindruckte sie sehr, dass der Krankenpfleger sich mit der Königin unterhalten und ihnen Rangdas Wünsche verständlich machen konnte. Sie hatte ihren Mittler sogar auf die Wange geküsst und ihn damit gesegnet.

Niemand wagte es, ihm zu widersprechen.

Auch wenn Jessie eine zentrale Bedeutung für die Unternehmung hatte, stammte der Plan doch allein von Monk.

Er wandte dem Kreuzfahrtschiff den Rücken zu. Da die Lagune mit Sicherheit überwacht wurde, wäre es aussichtslos gewesen, das Schiff mit dem Boot erreichen zu wollen. Schwimmen kam ebenfalls nicht in Frage. Im Wasser blitzte es immer wieder auf. Der Sturm hatte die Wasserbewohner in Aufregung versetzt, und jetzt jagten sie im Flachen.

Somit blieb nur noch eine Möglichkeit.

Monk kletterte noch ein Stück weiter, bis zum höchsten Punkt der Insel. Jetzt hatten sie die mächtigen Stahlmasten und dicken Trossen erreicht, die das Tarnnetz stabilisierten.

Monk musterte die Unterseite des Netzes.

Der Regen strömte durch die Pflanzenteile hindurch, die man an der Oberseite befestigt hatte. Irgendjemand musste sich um den Erhalt der Tarnung kümmern. Und Monk hatte richtig vermutet, dass dies nicht die Piraten waren.

Wie zum Beweis kletterte einer der Kannibalen flink an einem Drahtseil hoch und zwängte sich durchs Netz. Kurz darauf ließ er eine Strickleiter herab.

Die nächsten Kannibalen folgten ihm.

Monk wandte sich an Jessie. »Wenn du magst, kannst du immer noch zu Susan hinunterklettern. Wir holen euch dann später vom Strand ab.«

Jessie streifte sich das klitschnasse Haar aus der Stirn. »Ich komme mit. Wer sollte denn sonst für Sie übersetzen?« Ehe Monk etwas erwidern konnte, packte der Krankenpfleger die Strickleiter und kletterte hinauf.

Ryder kam als Nächster dran und klopfte Monk im Vorbeigehen aufmunternd auf die Schulter. Als der Milliardär auf die Außenseite des Tarnnetzes geklettert war, ergriff Monk die unterste Sprosse und blickte sich zu seiner kleinen Armee um. Mit

Federn geschmückt, bis an die Zähne bewaffnet und ihrer Königin treu ergeben.

Auf einmal verspürte er Gewissensbisse, weil er sich den Aberglauben der Eingeborenen zunutze machte. Viele von ihnen würden sterben. Aber wenn Lisa recht hatte, war die ganze Welt in Gefahr. Es blieb ihm nichts anderes übrig, als die ihm zur Verfügung stehenden Ressourcen zu nutzen.

Sie mussten auf Ryders Schiff gelangen. Sie mussten Susan in Sicherheit bringen – und Lisa wenn irgend möglich befreien. Monk weigerte sich zu glauben, seine Kollegin könnte tot sein.

Er hangelte sich die Strickleiter hoch.

Oben angelangt, kletterte er durch das Gewirr der windgepeitschten Pflanzentarnung. Obwohl sie sich im Auge des Sturms befanden, drohten die vereinzelten Böen ihn abzuwerfen. Er kroch auf eine schmale Planke, die auf der Oberseite des Netzes verankert war und Wartungszwecken diente. Auf solchen Planken konnte man sich kreuz und quer über das Netz bewegen und die Tarnung gegebenenfalls ausbessern.

Die Vorhut seiner kleinen Streitmacht robbte bereits über die Planken und klammerte sich mit beiden Händen an der schwankenden Unterlage fest.

Im niederprasselnden Regen krabbelte Monk ihnen hinterher. Wenn das Netz von einer Bö getroffen wurde, summte es laut, ruckte und schwankte. Es war, als flöge man auf Aladins Teppich.

Monk schaute sich um. Unmittelbar über ihm schimmerten ein paar Sterne durch die Wolkendecke hindurch, doch ringsumher dräuten finstere Wolken. Das Auge des Sturms war kleiner, als er gehofft hatte. Ständig blitzte und donnerte es in der Ferne.

Monk kroch eilig weiter. Sie mussten vom Netz herunterkommen, bevor das Auge des Sturms über die Insel hinweggewandert war. Er hatte mit eigenen Augen beobachtet, wie Blitze ins Netz eingeschlagen waren und wie die Stahltrossen Funken gesprüht hatten.

Ein Blitzeinschlag wäre ihr aller Tod gewesen.

Meter für Meter näherten sie sich dem Ziel.

Monk blickte zwischen den Planken in die Tiefe. Zumindest war Susan im Moment nicht in Gefahr.

04:02

Um das Leuchten zu verbergen, hatte sie sich das Gesicht mit Asche eingeschmiert. Susan saß auf einem großen Stein, in der Deckung des Waldes. Eine Stunde hatte sie gebraucht, um zum Strand zu gelangen, wo sie auf Monk warten sollte.

Doch sie war nicht allein.

Ein Dutzend Kannibalen, ihre Eskorte, hielten im Dschungel Wache. Eine Frau namens Tikal, ihre Hofdame, kniete neben dem Stein, das Gesicht in den Matsch gedrückt. Seit sie hier angekommen waren, hatte sie sich nicht bewegt.

Susan hatte versucht, sie zu beruhigen, doch die Frau hatte nur umso heftiger gezittert.

Und so saß sie auf dem Stein und wartete. Sie trug einen Umhang aus getrocknetem Schweinsleder, der mit Federn, Muscheln und polierten Steinperlen verziert war. Auf ihrem Kopf saß ein Knochendiadem, das mit dunkler Rindenfaser an der Stirn befestigt war. Die Knochen wiesen alle nach außen wie die Blütenblätter einer makaberen Blume. Man hatte ihr einen Stab aus poliertem Holz gegeben, auf dem ein Menschenschädel steckte.

Eine durchaus passende Ausstattung für die Hexenkönigin von Pusat.

Trotz der schauerlichen Verzierungen wärmte der Umhang, und der Stab hatte ihr auf dem Herweg beim Klettern gute Dienste geleistet. Ihre Begleiter hatten eine Art Regenschirm aus geflochtenen Palmblättern dabei, um ihre Gebieterin trocken zu halten.

Susan blickte zu dem gewaltigen Tarnnetz hoch. Sie war zu schwach, als dass sie mit den anderen zusammen die Kletterpartie hätte wagen können. Deshalb hatte sie auch keine Einwände erhoben, als Monk sie bat, zum Strand zurückzukehren, sich versteckt zu halten und den Ausgang des Kannibalenangriffs auf das Schiff abzuwarten.

Sie wusste, dass es eine lange Nachtwache werden würde.

Erst nach und nach wurde ihr klar, was auf dem Kreuzfahrtschiff geschehen war. Sie selbst hatte überlebt, doch der Mensch, der ihr am nächsten gestanden hatte, war nicht mehr.

Gregg …

Sie wurden von Erinnerungen an ihren Mann überwältigt: sein schiefes Grinsen, sein ausgelassenes Lachen, seine dunklen Augen, der Duft seiner Haut, der Geschmack seiner Lippen… und so weiter.

Er war ihr vollkommen gegenwärtig.

Wie konnte es sein, dass er tot war?

Susan wusste, dass sie ihren Verlust noch gar nicht richtig begriffen hatte. Doch auch so war es schon schlimm genug. Sie fühlte sich wie durch die Mangel gedreht. Alles in ihr war Mus. Der Hals schnürte sich ihr zusammen, und sie begann zu zittern. Funkelnde Tränen rannen ihr über die geschwärzten Wangen.

Gregg…

Lange Zeit schaukelte sie mit dem Oberkörper und gab sich dem Schmerz hin. Sie konnte einfach nichts dagegen tun. Die Woge der Trauer hatte die Gewalt einer Flutwelle, und sie konnte sich ihr ebenso wenig entziehen wie der Anziehungskraft des Mondes.

Irgendwann aber verebbt jede Flut. In ihrem Gefolge überdauerte eine ursprüngliche Empfindung, heraufgespült aus der Tiefe ihres Unbewussten, etwas, das sie bis jetzt nicht hatte zur Kenntnis nehmen wollen. Doch es war da, ebenso unentrinnbar wie die Trauer.

Susan betastete ihren Umhang, starrte die darunter hervorlugende Haut an, die wegen der Cyanobakterien in ihrem Schweiß und ihren Poren leuchtete. Sie betrachtete ihre Handfläche. Das Leuchten erwärmte nicht die Haut, dennoch verspürte sie eine seltsame Wärme – eher wie von einem inwendigen Fieber als wie von Sonneneinstrahlung.

Was geschah mit ihr?

Als Meeresbiologin wusste Susan über die Organismen Bescheid. Cyanobakterien, umgangssprachlich auch als Blaualgen bezeichnet, waren so weit verbreitet wie das Meer. Sie traten in allen möglichen Formen auf: als dünne Fasern, flache Blätter, Hohlkugeln. Für die Evolution hatten sie große Bedeutung gehabt, denn sie waren die Vorläufer der heutigen Pflanzen. Zu Beginn der Erdgeschichte hatten Cyanobakterien zudem den ersten Sauerstoff produziert und die Welt überhaupt erst bewohnbar gemacht. Seitdem hatten sie zahllose Öko-Nischen besiedelt.

Was hatte es dann zu bedeuten, dass sie jetzt in ihrem Körper lebten? Was hatte das mit der Infektion durch das Judas-Virus zu tun? Das ergab keinen Sinn.

Susan konnte diese Fragen nicht beantworten, doch eines wusste sie.

Es war noch lange nicht zu Ende.

Das spürte sie tief in ihrem Innern, ein aufwallendes Gefühl, das sich jeder Beschreibung entzog.

So unaufhaltsam wie die anschwellende Flut.

Susan blickte zwischen den Bäumen hindurch über die Lagune hinweg aufs Meer hinaus. Sie spürte, dass ihre Verwandlung noch nicht vollendet war. Das war so sicher, wie dass irgendwann am Horizont die Sonne aufgehen würde.

04:18

Aus einer Entfernung von hundert Metern beobachtete Rakao seine Beute. Geschützt von einem Regenponcho, blickte er durch die Infrarotbrille. Er zählte die rötlichen Schemen, die sich am Waldrand verteilt hatten. Seine Männer waren den Eingeborenen zahlenmäßig zweifach überlegen.

Mit gereckter Faust wies Rakao seine Leute an, sich zu beiden Seiten zu verteilen und den Abstand beizubehalten. Seine Männer wussten, dass sie nur dann vorrücken durften, wenn es donnerte. Die Eingeborenen hatten scharfe Sinne. Er wollte seine Beute nicht verscheuchen.

Rakao musterte die auf einem Stein sitzende Susan Tunis. Er war den Kannibalen aus dem Hochland bis zur Lagune gefolgt. Wo steckten ihre Begleiter? Weit konnten sie nicht sein.

Obwohl er Susan mühelos hätte ergreifen können, übte er sich noch in Geduld, während seine Männer sich verstohlen verteilten, um die Falle zuschnappen zu lassen. Er wusste genau, wie die Frau am nützlichsten für ihn wäre.

Nämlich als Köder.

14

Die Tempel von Angkor

7. Juli, 05:02
Siem Reap, Kambodscha

Der sechsstündige Flug versetzte Gray in ein anderes Jahrhundert und einen Schmelztiegel der Kulturen. Im Zentrum des ehemaligen französischen Viertels von Siem Reap, einem kleinen, an einem Fluss und einem See gelegenen und von Reisfeldern umgebenen Dorf mitten in Kambodscha, stieg er aus dem Taxi. Es war eine Stunde vor Anbruch der Morgendämmerung, deshalb wirkte der Ort noch verschlafen. Es war drückend schwül, das Summen der Mücken und das Zischen flackernder Gaslampen erfüllten die Luft. Vom Fluss her tönte das Quaken der Frösche und störte den friedlichen Morgen.

Ein paar flache Ruderboote dümpelten im flachen Wasser. Lange Stangen mit Öllampen am Ende ragten über Bord, und die Fischer mit den breiten Bambushüten leerten Krabben- und Fischreusen oder spießten die unvorsichtigen Frösche mit spitzen Stöcken auf, um später damit die zahlreichen Restaurants und Imbissbuden zu beliefern.

Grays Begleiter befanden sich in unterschiedlichen Stadien der Erschöpfung. Vigor war gebeugt und hatte verquollene Augen; er sah aus, als hätte man ihn gewaschen und zum Trocknen in die feuchte Luft gehängt. Seichan hingegen streckte sich wie eine erwachende Katze und hielt sich mit einer Hand die verletzte Seite, während sie an Gray vorbei die Umgebung musterte. Kowalski kratzte sich unter den Achseln, sah sich ebenfalls um und stieß einen anerkennenden Pfiff aus, was einen Hund veranlasste zu bellen.

Nasser hatte sie in diese spektakuläre Umgebung bestellt.

Hier sollten sie auf ihn warten.

In zwei Stunden wollte er eintreffen.

Hinter einer geschwungenen Einfahrt lag am Flussufer ein dreistöckiges Hotel im Kolonialstil, eine Ansammlung von gelben Gebäuden aus Stein und Holz, mit roten Dächern und umgeben von einem gepflegten Park. Die Geschichte des Hotels war charakteristisch für die ganze Region. Das vor fünfundsiebzig Jahren erbaute Ferienhotel hatte früher Grand Hôtel des Ruines geheißen und Franzosen und Briten aufgenommen, welche die fünf Meilen entfernte Tempelanlage von Angkor Wat besichtigen wollten. Unter dem blutigen Regime der Roten Khmer waren Hotel und Dorf verfallen. Millionen Menschen, fast ein Viertel der kambodschanischen Bevölkerung, hatten bei diesem grauenhaften Völkermord ihr Leben gelassen. Der Tourismus war in dieser Zeit zum Erliegen gekommen. Nach dem Sturz der Roten Khmer waren die Menschen jedoch zurückgekehrt. Das Hotel stieg wie Phönix aus der Asche auf, wurde sorgfältig restauriert, mit seinem alten Kolonialcharme wiederhergestellt und in Grand Hôtel d'Angkor umbenannt.

Siem Reap war ebenfalls wiederaufgebaut worden – allerdings mit weniger Sorgfalt. Die Hotels und Herbergen hatten sich vom West- und Ostufer des Flusses ausgehend zusammen mit Restaurants, Bars, Cafés, Reisebüros, Obst- und Gewürzständen und zahllosen Märkten, auf denen Schnitzereien, filigrane Silberarbeiten, Postkarten, T-Shirts und allerlei Tinneff feilgeboten wurden, immer weiter ausgebreitet.

Zu dieser frühen Stunde aber – da sich weder die Sonne noch die Touristen blicken ließen – hatte diese architektonische Mischung aus asiatischer und französischer Kultur noch einen gewissen geheimnisvollen Reiz. Ein mit stachligen Stinkfrüchten beladener Ochsenkarren rumpelte auf den alten Markt zu, während ein Hotelangestellter mit gebügelter weißer Jacke gemächlich den Eingang fegte.

Als Gray an der Spitze seines kleinen Häufleins die Treppe hochkam, grüßte der Mann mit einem scheuen Lächeln und öffnete ihnen die Tür.

Die Lobby war mit hellem Marmor und poliertem Holz ausgestattet, und zahllose Rosen, Orchideen, Jasminbüsche und Lotuspflanzen verströmten ihren Duft. Neben der geschwungenen Treppe befand sich ein altmodischer Aufzug mit schmiedeeisernem Türgitter.

»Die Elefantenbar liegt um die Ecke«, erklärte Seichan und zeigte in die Richtung. Dort sollten sie sich mit Nasser treffen.

Gray sah zum x-ten Mal auf die Uhr.

»Ich melde uns schon mal an«, meinte Vigor.

Während der Monsignore zur Rezeption ging, sah Gray sich in der Lobby um. Waren bereits Gildenagenten vor Ort? Diese Frage beschäftigte ihn, seit sie in Bangkok gelandet und in ein kleineres Flugzeug umgestiegen waren. Seichan hatte bestätigt, dass Agenten der Gilde bereits in der Gegend tätig waren, denn die Organisation verfügte über enge Beziehungen zu China und Nordkorea. Für die Gilde war das hier praktisch ein Heimspiel.

Gray hatte keinen Zweifel daran, dass Nasser entlang ihrer ganzen Reiseroute von Hormus nach Kambodscha Spione postiert hatte. Um das Leben seiner Eltern zu retten, war er gezwungen gewesen, Marcos Spur bis zum Anfang, nämlich den Tempeln von Angkor, zurückzuverfolgen. Auf diese Weise hatte er Nasser dazu bewogen, seine Eltern vorerst am Leben zu lassen. Doch wie Gray befürchtet hatte, war er nicht bereit gewesen, sie freizulassen.

Da das Damoklesschwert noch immer über seinen Eltern hing, hatte Gray sich geweigert, auch die zweite Bombe platzen zu lassen und das Heilmittel für das Judas-Virus zu nennen. Das wollte er erst dann tun, wenn Nasser leibhaftig vor ihm stand und ihm konkrete Beweise dafür vorlegte, dass seine Eltern wohlauf und in Freiheit waren.

Deshalb hatten sie dieses Treffen vereinbart.

Ein Tauschgeschäft.

Informationen gegen die Freiheit seiner Eltern.

Gray machte sich keine Illusionen. Er wusste genau, dass Nasser seine Eltern niemals freilassen würde. Das hier war eine Falle – und aus Grays Perspektive reine Hinhaltetaktik. Trotzdem hatten sie keine andere Wahl, als diesen Tanz der wechselseitigen Täuschungen fortzusetzen. Gray blieb nichts anderes übrig, als Nasser zu vertrösten und ihm einen Köder vor die Nase zu halten, damit Direktor Crowe Zeit hatte, seine Eltern zu finden.

Nach dem Telefonat mit Nasser hatte er es riskiert, mit Seichans Prepaidhandy ein kurzes Gespräch in die Staaten zu führen. Da er fürchtete, Nasser könnte die Funkmasten in der Gegend anpeilen, hatte er sich bei seiner Unterredung mit Painter möglichst kurz gefasst. Der Sigma-Direktor hatte nur schlechte Neuigkeiten zu vermelden gehabt. Sigma hatte keine neue Spur, auch der Aufenthaltsort von Monk und Lisa war nicht bekannt. Sein Frust und seine Verärgerung waren Painter deutlich anzuhören gewesen.

Fügte man noch nackte Angst hinzu, entsprach dies haargenau Grays Gemütsverfassung.

Painter hatte ihm erneut angeboten, Verstärkung zu schicken, doch um seine Eltern nicht zu gefährden, hatte Gray abgelehnt. Seichan hatte ihn darauf hingewiesen, dass die Gilde sich hier auf vertrautem Gelände bewegte. Jede Mobilisierung neuer Kräfte hätte deutlich gemacht, dass Gray heimlich mit Washington in Verbindung stand. Dies war ein kleiner Vorteil, den Gray nicht aufs Spiel setzen wollte. Außerdem hätte Nasser seine Eltern auf der Stelle getötet, wenn er von seinen Telefonaten mit der Einsatzzentrale von Sigma Wind bekommen hätte. Es war von entscheidender Bedeutung, dass Nasser glaubte, ihre Gruppe wäre von der Außenwelt abgeschnitten.

Gleichwohl war Gray ein gewisses Risiko eingegangen und hatte Painter um ein kleines Zugeständnis gebeten. Als das geklärt war, blieb Gray nichts weiter zu tun, als den Zeitrahmen einzuhalten.

Ihm blieben noch zwei Stunden.

Mit einem leisen Klingeln öffnete sich hinter ihm die Aufzugstür. Das schmiedeeiserne Gitter rollte zur Seite. »Wie ich sehe, sind Sie wohlbehalten eingetroffen«, sagte jemand mit ruhiger Stimme.

Gray drehte sich um.

Nasser trat aus dem Aufzug in die Lobby, bekleidet mit einem dunklen Anzug, aber ohne Krawatte. »Sieht so aus, als könnten wir unsere Besprechung vorziehen.«

Aus den Nebengängen traten Männer in Khakiuniformen und schwarzen Baretten hervor. Stiefel polterten über die Veranda. Weitere Soldaten kamen die geschwungene Treppe heruntergeeilt. Obwohl keine Waffen zu sehen waren, hatte Gray keinen Zweifel, dass sie alle bewaffnet waren.

Kowalski glaubte es offenbar ebenfalls. Er reckte bereits die Hände über den Kopf.

Seichan schüttelte lediglich den Kopf. »War wohl nichts mit einem heißen Bad.«

Vigor stellte sich neben Gray.

Nasser trat vor sie hin. »Wir sollten uns mal über das Heilmittel unterhalten.«

18:18
Washington, D. C.

»Ihren Worten entnehme ich, dass Gray der Gilde nichts zu bieten hat«, sagte Dr. Malcolm Jennings. »Jedenfalls nichts Substanzielles.«

Painter hörte dem Mann schweigend zu und ließ ihn seinen Gedankengang zu Ende bringen. Er hatte den Leiter der Entwicklungs- und Forschungsabteilung von Sigma in sein Büro bestellt, um dessen Einschätzung zu hören. Zum Glück war Jennings bereits auf dem Weg zum Hauptquartier gewesen.

»Marcos Bericht zufolge«, fuhr Jennings fort, »haben er und seine Begleiter sich durch den Verzehr von Blut und süßem Fleisch, einer aus der Thymusdrüse gewonnenen Delikatesse, vor der Infektion durch den Judas-Stamm geschützt. Blut und Drüsengewebe stammten offenbar von einem Menschen.«

»Also kann man wohl von Kannibalismus sprechen.«

»Oder von einer primitiven Form von *Impfung*, wie Gray es aufgefasst hat – und ich glaube, er hat recht. Die Thymusdrüse enthält viele weiße Blutkörperchen, denn sie schützt den Körper vor Krankheiten. Und die vor Infektionen schützenden Antikörper werden hauptsächlich über das Blut transportiert. Deshalb kann man beim Verzehr des Gewebes und des Bluts von einer Immunisierung sprechen.«

Painter war ebenfalls dieser Ansicht. »Gray glaubt, das sei die Erklärung dafür, dass Polo und seine Begleiter sich nicht angesteckt haben.«

»Aber diese Erkenntnis ist wertlos«, erwiderte Jennings. »Wir können daraus kein Heilmittel ableiten. Woher stammten das Blut und das Drüsengewebe? Jedenfalls nicht von einem Kranken. Dann hätte man sich nur angesteckt. Damit ein solches Heilmittel wirkt, muss man die Körperzellen und Antikörper eines Geheilten sammeln, einer Person, welche die Infektion durch das Judas-Virus überlebt hat. Das ist ein Zirkelschluss. Um ein Heilmittel zu finden, braucht es erst mal ein Heilmittel.«

Painter seufzte. »Und Sie sehen keinen Ansatzpunkt, der uns irgendwie weiterbringen könnte?«

Der Arzt schüttelte bedächtig den Kopf.

Wie Painter befürchtet hatte, bluffte Gray. Amen Nasser aber war nicht dumm. Der Mistkerl würde schnell merken, dass Gray keine richtige Lösung zu bieten hatte. Im besten Fall konnte Gray sich damit einen Aufschub verschaffen. Und da sie nach der Durchsuchung der Metzgerei keine heiße Spur mehr hatten, ging er damit nur ein unnötiges Risiko ein. Painter hatte gehofft, Jennings wäre in der Zwischenzeit zu neuen Erkenntnissen gelangt.

Dem war anscheinend nicht so.

»Dann sieht es so aus, als hätte Marcos Bericht uns in eine Sackgasse geführt«, sagte er resigniert.

»Nicht unbedingt.« Jennings zögerte einen Moment. »Direktor, ich möchte noch etwas anderes mit Ihnen besprechen. Das war auch der Grund, weshalb ich hierhergekommen bin. Es könnte sogar von Bedeutung für diese Angelegenheit sein. Wenn Sie mir etwas Zeit geben, werden Sie das selber einsehen.«

Eigentlich hatte Painter keine Zeit. Er blickte auf den vor ihm liegenden Stapel von Berichten. Ein paar Zimmer weiter kümmerte Monks Frau Kat sich um die Satellitenüberwachung der indonesischen Inseln. Mit ihrem Hintergrundwissen war Kat bestens dafür geeignet, fremde Nachrichtendienste für ihre Zwecke einzuspannen und eine systemübergreifende Satellitenüberwachung zu organisieren. Aufgrund der schlechten Wetterbedingungen war es ihnen jedoch bislang noch nicht gelungen, das Kreuzfahrtschiff ausfindig zu machen.

Painter verlor allmählich die Geduld und hätte sich am liebsten auf der Stelle persönlich vor Ort begeben. Allerdings ging er davon aus, dass Jennings seine Zeit nicht unnötig in Anspruch nehmen wollte. »Was werde ich einsehen?«

Jennings zeigte auf einen der Plasmabildschirme an der Wand. »Ich würde gern mit Richard Graff sprechen, der sich in Australien aufhält. Er erwartet meinen Anruf. Wenn Sie einverstanden sind …«

»Graff?«, wiederholte Painter. »Der Forscher, der mit Monk auf der Weihnachtsinsel zusammengearbeitet hat?«

»Richtig.«

Dr. Graff hatte einen vorbeikommenden Tanker angefunkt und die Kaperung des Kreuzfahrtschiffs öffentlich gemacht. Der Meeresforscher hielt sich derzeit in Perth auf und war unter Quarantäne gestellt.

»Haben Sie die Aussage gelesen, die er gegenüber den australischen Behörden gemacht hat?«, fragte Jennings.

Painter nickte.

»Seitdem ist ihm noch etwas Seltsames aufgefallen.«

Painter zeigte zum Monitor. »In Ordnung. Zeigen Sie's mir.«

Jennings ging um den Schreibtisch herum und stellte eine Konferenzschaltung her. »Fertig.«

Der Bildschirm wurde erst dunkel, dann flackerte das zittrige Bild des Wissenschaftlers auf. Dr. Graff war mit einem Krankenhausnachthemd bekleidet und trug den Arm in einer Schlinge. Er blinzelte hinter seinen Brillengläsern hervor.

Jennings übernahm die Vorstellung, gab Painter allerdings als Forscher der Smithsonian Institution aus.

»Wären Sie so freundlich, uns Ihre Entdeckung zu demonstrieren?«, sagte Jennings. »Das, was Sie mir schon einmal gezeigt haben. Mein Kollege würde das ebenfalls gern sehen.«

»Ich habe ein Exemplar hier.« Graff verschwand kurzzeitig vom Bildschirm. Dann weitete sich der Aufnahmewinkel der Kamera, und man sah einen weißen Konferenztisch.

Graff tauchte wieder auf. In der Hand hielt er ein großes rotes Objekt.

»Ist das eine Krabbe?«, fragte Painter und straffte sich.

»*Geocarcoidea natalis*«, erklärte Jennings. »Die auf der Weihnachtsinsel heimische Rote Landkrabbe.«

Graff nickte und setzte die Krabbe auf den Tisch. Die großen Scheren waren mit Klebeband umwickelt. »Dieser kleine Bursche –

oder vielmehr eine ganze Horde von diesen Viechern – hat mir auf der Insel das Leben gerettet.«

Painter erhob sich und näherte sich neugierig dem Bildschirm.

Graff ließ die Krabbe los. Sie krabbelte zielstrebig in gerader Richtung los. Graff eilte an die andere Tischseite, um sie abzufangen.

Painter schüttelte den Kopf. »Ich begreife nicht. Was wollen Sie damit demonstrieren?«

»Dr. Kokkalis und ich haben uns darüber gewundert, dass die Krabben von der Vergiftung nicht betroffen waren«, erklärte Graff. »Allerdings war ihr Verhalten eigenartig. Sie fielen übereinander her und rissen sich gegenseitig in Stücke. Ich wollte ihr Verhalten studieren, um neue Einsichten in die Wirkungsweise des Giftes zu gewinnen.«

Währenddessen hatte Graff die Krabbe erneut auf den Tisch gesetzt, doch ganz gleich, welche Stelle er auswählte, das Krustentier entschied sich stets für die gleiche Ecke, rannte darauf zu und wäre um ein Haar auf den Boden gefallen.

Dies demonstrierte er noch einige Male.

Merkwürdig.

Graff erläuterte seinen Verdacht. »Die Landkrabbe der Weihnachtsinsel besitzt ein fein abgestimmtes Nervensystem, das alljährlich einen Wandertrieb auslöst. Das gilt für die meisten Krustentiere. Durch die Einwirkung des Giftes wurde das Nervensystem anscheinend umprogrammiert, sodass es wie ein arretierter Kompass funktioniert. Die Krabbe bewegt sich stets in die Richtung, in die der Kompass zeigt.«

Graff hob die Krabbe hoch und setzte sie in ein Terrarium. »Sobald sich die Lage auf der Insel wieder beruhigt hat«, sagte er, »würde ich gern weitere Krabben untersuchen, um herauszufinden, ob sie auf die gleiche Weise umprogrammiert wurden. Das ist ein faszinierendes Thema. Ich würde mich gern für das Forschungsstipendium bewerben, das Sie erwähnt haben, Dr. Jennings.«

»Ja, das ist sicherlich eine faszinierende Anomalie, Dr. Graff«, meinte Jennings. »Mein Kollege und ich werden uns beraten und dann wieder bei Ihnen melden. Danke, dass Sie Zeit für uns hatten.«

Die Verbindung wurde unterbrochen, der Bildschirm wurde leer. Jennings aber tippte weiter auf Painters Tastatur herum. Ein neues Bild wurde auf dem Monitor angezeigt, diesmal eine Weltkugel.

»Als ich von der Anomalie hörte«, sagte Jennings, »habe ich mir Dr. Graffs Daten besorgt und den Bewegungsvektor der Krabbe verlängert.« Eine punktierte Linie wanderte um die Erdkugel. »Bis Sie mich über Commander Pierce' Bericht informiert haben, war ich der Ansicht, das habe nichts weiter zu bedeuten.«

Die Erdkugel drehte sich und wurde dabei größer.

Painter beugte sich vor. Südostasien füllte den Bildschirm aus. Die punktierte Linie durchquerte Indonesien, überspannte den Golf von Thailand und führte geradewegs durch Kambodscha hindurch.

Jennings tippte auf einen Punkt auf der gestrichelten Linie. »Angkor Wat.«

Painter straffte sich. »Wollen Sie damit sagen …?«

»Ein ziemlich merkwürdiges Zusammentreffen. Ich frage mich, ob die Krabbe vielleicht darauf programmiert wurde, sich dorthin zu begeben.«

Painter starrte auf den Bildschirm und dachte an Gray Pierce und den gefährlichen Bluff, den er dort abziehen wollte. »Falls Sie recht haben, führt Marcos Spur vielleicht doch nicht in eine Sackgasse. Irgendetwas muss dort sein.«

Jennings nickte, die Hände in die Hüfte gestemmt. »Aber was?«

05:32
Siem Reap

Vigor nahm sich vor, niemals mit Gray zu pokern.

Der Commander saß in der Hotelbar in einem Rattansessel. Die Bar hatte um diese Zeit eigentlich geschlossen, doch Nasser hatte den Raum gemietet. Ihren Namen hatte die Elefantenbar von den großen geschwungenen Stoßzähnen beiderseits des Eingangs. Die Zebra- und Tigermuster der gepolsterten Bambusmöbel passten dazu.

Gray saß Nasser gegenüber an einem kleinen Glastisch und ließ sich nicht in die Karten blicken.

Seichan fläzte sich mit übereinandergeschlagenen Beinen auf dem Sofa. Kowalski saß an der lang gestreckten Bar und starrte die juwelenartig funkelnden Flaschen an. Vigor entging jedoch nicht, dass er im Barspiegel Gray und Nasser im Auge behielt.

Viel tun konnte er ohnehin nicht.

An den Ausgängen und an den Wänden waren Nassers Leute postiert.

Mit einem metallischen Klirren legte Nasser den goldenen Paitzu auf den Tisch. Bevor sie auf das Heilmittel zu sprechen kamen, hatte Nasser sich vergewissern wollen, dass Marco Polo dem Judas-Stamm tatsächlich zum ersten Mal in Angkor Wat begegnet war. Gray hatte ihm den Hergang so erläutert, wie er es bereits an Bord des Wasserflugzeugs getan hatte.

Vigor stand am Tisch und betrachtete die Engelschrift, die Sternenkarte und den Lageplan der Tempel. Er hatte sich die ganze Geschichte noch einmal von Anfang bis Ende angehört.

Schließlich war Nasser überzeugt. Er lehnte sich zurück. »Und das Heilmittel?«

Vigor musste sich beherrschen, um nicht zusammenzuzucken. Auf dem Herflug hatte Gray erläutert, wie er das Ende von Marcos Geschichte auffasste, nämlich dass es sich um eine Art Impfung mittels Kannibalismus gehandelt habe. Das war eine interessante Deutung, brachte sie aber auch nicht weiter.

Da der Bluff ausgesprochen riskant war, hatte Gray in Bangkok versucht, Vigor zum Einsteigen in ein anderes Flugzeug zu bewegen.

»Es ist zu gefährlich«, hatte er gemeint. »Fliegen Sie zurück nach Italien.«

Vigor aber war nicht darauf eingegangen. Abgesehen davon, dass Nasser verlangt hatte, dass sie alle nach Kambodscha kamen, hatte Vigor seine Gründe dafür mitzukommen. Irgendwo inmitten dieser Tempel war Pater Agreer verschwunden, ein Geistlicher wie er, der sein Leben geopfert hatte, um Marco und dessen Begleiter zu retten. Doch er konnte Gray gegenüber auch noch ein triftigeres Argument nennen.

»Die Eingeborenen, die ihm das Heilmittel brachten, haben in Pater Agreer etwas Besonderes gesehen, irgendeine Gemeinsamkeit«, hatte Vigor erklärt. »Weshalb haben sie gerade ihn ausgewählt? Wenn es etwas gibt, das Marco in seinem Bericht verschwiegen hat, wäre ein Geistlicher vielleicht am besten geeignet, es herauszufinden.«

Gray hatte widerwillig nachgegeben.

Gleichwohl gab es noch einen weiteren Grund dafür weiterzumachen, den Vigor unerwähnt gelassen hatte. Etwas, das ihm im Blick des jungen Mannes aufgefallen war. Verzweiflung. Während er seine letzten Trümpfe ausspielte, wurde Gray immer leichtsinniger. Was sich schon darin zeigte, dass er sich ohne Notfallstrategie in diese Falle hineinbegab. Gray setzte seine ganze Hoffnung auf Direktor Crowe. Er vertraute darauf, dass es seinem Chef gelingen werde, seine Eltern zu befreien, und dass er dann freie Hand haben würde.

Aber war Gray, der von der Sorge um seine Eltern gequält wurde, diesem Spiel überhaupt gewachsen? Vigor hatte den Eindruck, dass er in seiner Urteilskraft eingeschränkt war.

Er blickte auf die ausgebreiteten Karten und Schriftstücke.

Wieso war Gray das bislang entgangen?

»Das Heilmittel«, wiederholte Nasser und unterbrach damit Vigors Gedankengang. »Sagen Sie mir, was Sie wissen.«

Gray wirkte noch immer ruhig und gelassen; keine einzige Schweißperle stand ihm auf der Stirn. »Ich werde Ihnen die Nummer eines Schließfachs am Flughafen von Bangkok nennen. Ich sage Ihnen, wo Sie den Schlüssel finden, der meine Aussagen bestätigt. In dem Schließfach haben wir die dritte und letzte Schriftrolle deponiert. In diesem Dokument nennt Marco das Heilmittel. Es umfasst zwei Teile. Den ersten Teil verrate ich Ihnen gratis.«

Nasser veränderte nervös die Haltung und kniff die Augen zusammen.

»Dann lassen Sie als Zeichen Ihres guten Willens meine Eltern frei. Ich erwarte von Ihnen einen zufriedenstellenden Beweis. Anschließend nenne ich Ihnen die Nummer des Schließfachs und den Ort. Dann können Sie sich vergewissern, dass ich die Wahrheit gesagt habe. Reicht Ihnen das?«

»Das hängt davon ab, was Sie mir zu sagen haben.«

Gray erwiderte seinen Blick, ohne zu blinzeln.

Vigor wusste, dass es sich um reine Hinhaltetaktik handelte, welche die Enthüllung möglichst lange hinauszögern sollte. Die Schriftrolle war tatsächlich am Flughafen von Bangkok in einem Schließfach deponiert, doch Nasser wäre damit nicht weitergeholfen. Es gab keine zweite Erklärung zum Heilmittel.

Gray seufzte scheinbar resigniert. »Auf der dritten Schriftrolle stand Folgendes: Nach Marco …«

Während Gray berichtete, was sie dem gestickten Text entnommen hatten, hörte Vigor nur mit halbem Ohr hin und musterte die auf dem Tisch ausgebreiteten Dokumente. Der Commander hielt sich an die Wahrheit, denn er war sich bewusst, dass er sich mit Lügen keinen weiteren Aufschub erkaufen konnte. Wenn Gray geendet hätte, würde Nasser ein paar Telefonate führen, die Schriftrolle aus dem Schließfach holen und den Text übersetzen lassen. Das würde einige Zeit brauchen. Die Schriftrolle würde Grays Aussage bestätigen und die Wahrscheinlichkeit erhöhen, dass Nasser ihm auch die folgenden Märchen abkaufen würde. Und selbst wenn er sich nicht von Grays Lügen überzeugen ließe, hätte er seinen Eltern wenigstens einen Aufschub verschafft.

So lautete der Plan.

Gray beendete seinen Bericht und kam zur Schlussfolgerung. »Der Verzehr von Menschenfleisch hatte einen Schutz vor Ansteckung zur Folge. Wie genau das vonstattenging, werde ich Ihnen jedoch erst dann sagen, wenn meine Eltern sich auf freiem Fuß befinden.«

Gray faltete die Hände im Schoß.

Nach kurzem Schweigen sagte Nasser bedächtig: »Dann brauchen wir also jemanden, der von der Ansteckung mit dem Judas-Virus genesen ist. Einen Überlebenden. Dann können wir mithilfe der weißen Blutkörperchen und der Antikörper einen Impfstoff herstellen.«

Gray hob andeutungsweise die Schultern, womit er kundtat, dass er erst dann weitere Auskünfte geben würde, wenn seine Eltern frei wären.

Seufzend holte Nasser sein Handy hervor, klappte es auf und

drückte eine Taste. »Annishen«, sagte er. »Wähl eine der Geiseln aus. Du hast die Wahl.«

Nasser lauschte.

»Ja, gut … und jetzt töte sie.«

05:45

Gray hechtete über den Tisch.

Er hatte keinen Plan, sondern handelte aus dem Bauch heraus.

Nasser aber hatte anscheinend einem seiner Männer ein Zeichen gegeben. Von hinten bekam Gray einen Schlag auf den Schädel. Ein sengender Schmerz explodierte in seinem Kopf, erst war alles blendend hell, dann wurde es vorübergehend dunkel um ihn. Er prallte auf den Cocktailtisch und rollte von dort auf den Boden. Durch den Aufprall stellte sich sein Sehvermögen wieder her.

Fünf Pistolen zielten auf Gray.

Weitere Waffen hatten Seichan und Kowalski im Visier.

Vigor hatte abwehrend die Arme überkreuzt.

Nasser hatte sich nicht bewegt und hielt immer noch das Handy ans Ohr. »Warte noch einen Moment, Annishen.« Er senkte das Handy und deckte das Mikrofon mit der Hand ab. »Das Spiel ist aus, Commander Pierce. Die vielen Spuren enden hier. Polos letzte Schriftrolle bestätigt nur, was wir bereits von unseren Kollegen in Indonesien wissen. Unser Wissenschaftlerteam ist zur gleichen Schlussfolgerung gelangt. Das potenzielle Heilmittel ist im Körper eines Überlebenden zu finden. Einer Person, die zufällig *leuchtet*, wie Marco es selbst geschildert hat.«

Gray schüttelte den Kopf. Nicht weil er Nasser widersprechen wollte, sondern weil er Mühe hatte, ihn zu verstehen. Sein Herzschlag dröhnte ihm in den Ohren und übertönte alles. Sein Plan war gescheitert.

Nasser hob wieder das Handy ans Ohr. »Es scheint so, als hätte sich die historische Fährte am Ende mit der wissenschaftlichen getroffen. Damit wäre das sprichwörtliche Ende des Weges erreicht. Jedenfalls gilt das für Ihre Eltern.«

Gray hatte das Gefühl, die Welt stürze um ihn herum ein. Sogar sein Gesichtsfeld verengte sich, Nassers Stimme klang auf einmal ganz hohl. Jedenfalls so lange, bis Vigor neben ihn trat.

»Es reicht!«, rief der Monsignore mit der Autorität eines Professors, der vor einem großen Auditorium steht.

Alle Blicke wandten sich ihm zu. Selbst Nasser stutzte.

Vigor fixierte ihren Peiniger. »Sie machen viele Annahmen, junger Mann. Annahmen, die sich weder für Sie noch für Ihre Verbündeten vorteilhaft auswirken werden.«

»Wie meinen Sie das, Monsignore?«, fragte Nasser höflich.

»Ich rede vom Heilmittel. Haben Ihre Wissenschaftler es schon getestet?« Vigor starrte Nasser an und schnaubte verächtlich. »Ich glaube nicht. Sie haben nichts weiter vorzuweisen als Mutmaßungen, die möglicherweise von Marcos Bericht untermauert werden. Von Gewissheit kann aber keine Rede sein. Außerdem erlaube ich mir, Ihre Behauptung, die historische Fährte sei an ihrem Ende angelangt, in Zweifel zu ziehen. Es mag durchaus sein, dass sie mit der wissenschaftlichen Fährte zusammengefallen ist, doch ich glaube, man sollte nicht von einem Ende, sondern von einer Vereinigung sprechen. Die historische Fährte geht weiter.«

Gray überlegte fieberhaft. Log der Monsignore, bluffte er, oder sagte er die Wahrheit?

Nasser seufzte; offenbar gingen ihm ganz ähnliche Gedanken durch den Kopf. »Ich weiß Ihre Bemühungen zu schätzen, Monsignore. Doch ich sehe nichts, was weitere Nachforschungen notwendig machen würde. Die Wissenschaftler werden von jetzt an alleine weiterkommen.«

Gray entspannte sich ein wenig.

Jetzt schnaubte Seichan. »Das ist der Grund, weshalb du in der Hierarchie der Gilde niemals aufsteigen wirst, Amen. Du delegierst deine Verantwortung an andere. Ich finde, du solltest auf den Monsignore hören.«

Nasser funkelte sie wütend an, fasste dann aber wieder Vigor in den Blick. »Marcos Karte verweist auf die Tempel von Angkor Wat. Sie endet hier.«

Vigor beugte sich vor und nahm den Lageplan der gewaltigen Tempelanlage in die Hand. »Die Tempel bedecken eine Fläche von über hundert Quadratmeilen. Das ist ein großes Gebiet. Und da sagen Sie, die Suche wäre hier *zu Ende*?«

Nassers Augen verengten sich. »Wollen Sie etwa vorschlagen, ein Gebiet von hundert Quadratmeilen abzusuchen? Wozu? Wir kennen das Heilmittel.«

Vigor schüttelte den Kopf. »Es ist nicht nötig, den ganzen Komplex abzusuchen. Marco hat uns selbst gesagt, welche Stelle für uns wichtig ist.«

Nasser funkelte Gray drohend an.

Vigor trat dazwischen. »Commander Pierce hat Ihnen keine Informationen vorenthalten. Er kennt die Lösung nicht. Das schwöre ich bei meiner Seele.«

Nasser runzelte die Stirn. »Aber Sie kennen sie.«

Vigor neigte den Kopf. »Allerdings. Und ich will Sie Ihnen auch verraten. Jedoch nur dann, wenn Sie mir hoch und heilig versprechen, Commander Pierces Eltern am Leben zu lassen.«

Nassers Gesichtszüge verhärteten sich.

Vigor hob beschwichtigend die Hand. »Ich verlange nicht von Ihnen, sie freizulassen. Sie sollen mich lediglich anhören, denn ich glaube, dann werden Sie begreifen, dass Sie die Spur bis zum Ende verfolgen müssen.«

Gray bemerkte, dass Nasser verunsichert wirkte.

Lieber Gott, mach, dass Vigor ihn überzeugen kann.

Vigor fuhr fort: »Erst dann, wenn Sie die Spur bis zum Ende verfolgt haben, werden Sie Ihre Entscheidung treffen. Grays Eltern und uns betreffend. Es wäre unklug, wenn Sie Ihre Geiseln oder Informanten töten würden, bevor Sie herausgefunden haben, was sich am eigentlichen Ende der Spur verbirgt.«

Nasser ließ sich in einen Sessel sinken. »Dann zeigen Sie mir, wo sie endet.«

»Wenn ich das tue, werden Sie dann Grays Eltern am Leben lassen?«

Nasser schwenkte die Hand. »Abgemacht. Einstweilen. Aber wenn Sie lügen, Monsignore …«

»Das tue ich nicht.« Vigor ließ sich vor dem Tisch auf ein Knie nieder.

Gray trat neben ihn.

Vigor ordnete die Dokumente neu an: den Lageplan von Angkor, den Text in der Engelschrift und die drei Symbole der Schlüssel. Dann nahm der Monsignore das Schriftstück in die Hand.

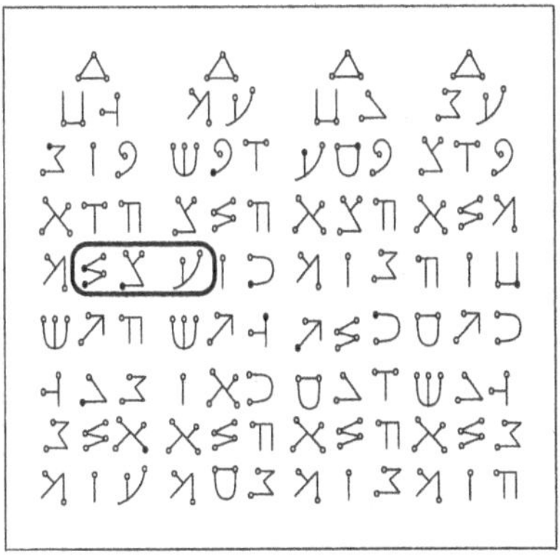

»Wie Commander Pierce bereits ausgeführt hat, verweisen die geschwärzten Zeichen – die Kreise, die als Hervorhebungen dienen – auf bestimmte Tempel von Angkor Wat.«

Nasser nickte.

»Und hier sehen wir die drei Symbole der Schlüssel.«

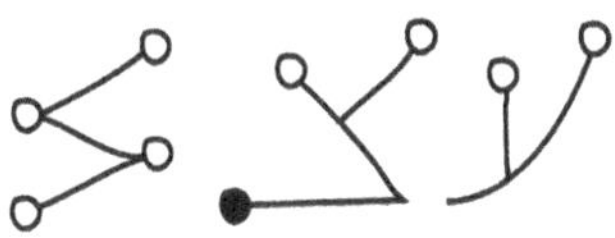

»Und jetzt vergleichen Sie die drei Symbole mit den umrandeten Zeichen vom Obelisken. Fallen Ihnen irgendwelche Unterschiede auf?«

Nasser beugte sich vor, Gray desgleichen.

»Auf dem Obelisken sind drei Kreise geschwärzt«, sagte Nasser.

»Die stehen für drei Tempel«, meinte Vigor. »Und wie viele Kreise sind auf den Schlüsselzeichen geschwärzt?«

»Nur eins«, antwortete Gray. Jetzt hatte er begriffen. Er war sich so sicher gewesen, das Rätsel gelöst zu haben, dass er einfach nicht weit genug gedacht hatte. »Ein bestimmter Tempel. Der geschwärzte Kreis steht nicht für die Burg der Portugiesen – er steht für einen der Tempel!«

Gray schob Vigor die Karte entgegen, zückte einen Stift, malte einen Kreis um den Tempel und verband sie mit den anderen.

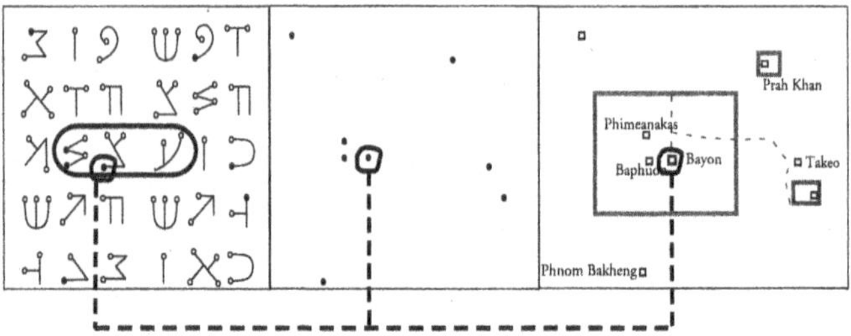

Nasser beugte sich weiter vor und studierte den Lageplan der Tempel von Angkor. »Bayon.« Er lehnte sich zurück. »Aber können wir uns darauf verlassen, dass das stimmt?«

»Der Bayon-Tempel war der letzte Tempel, der in Angkor errichtet wurde«, sagte Vigor. »Um die Zeit herum, als Marco hier war. Ich weiß nur, dass Marco die Mitteilung für bewahrenswert hielt. Aber selbst wenn ich mich täuschen sollte: Weshalb sollten Sie so dicht vor dem Ziel aufgeben, nachdem Sie dieser Spur um den halben Erdball herum gefolgt sind?«

Nasser blickte gehetzt umher.

Seichan ergriff das Wort. »In einer halben Stunde können wir dort sein, Amen. Einen Versuch ist es wert.«

Gray hielt es nicht für geraten, seinen Senf dazuzugeben, denn er fürchtete, Nasser noch mehr zu reizen.

Vigor hatte da weniger Hemmungen. »Marco hat sich große Mühe gegeben, die Ortsbeschreibung des Tempels für die Vergangenheit zu bewahren. Die Geheimniskrämer des Vatikans haben sich ebenso viel Mühe gegeben, sie zu verschlüsseln. Selbst die Einheimischen hier glauben, in den Tempeln seien noch viele Schätze verborgen. Das rechtfertigt weitere Nachforschungen.«

Kowalski hob die Hand. »Außerdem muss ich mal schiffen. Und zwar dringend.«

Nasser verzog das Gesicht, erhob sich aber. »Wir gehen dorthin. Zum Bayon-Tempel. Wenn wir bis Mittag nichts gefunden haben, ist es vorbei.«

Er hob das Handy ans Ohr. »Annishen, warte noch mit der Hinrichtung.«

Gray drückte Vigor unter der Tischplatte das Knie.

Danke.

Vigor sah ihn an mit einer Miene, die besagte: *Wir sind noch nicht über den Berg.*

Nasser lieferte dafür sogleich die Bestätigung. »Annishen, wir schonen vorerst das Leben des Elternteils, das du ausgewählt hast, denn ich habe dem Monsignore mein Wort gegeben. Aber wir brauchen noch einen Anreiz, der sicherstellt, dass Commander Pierce auch wirklich mit ganzem Herzen bei der Sache ist.«

Nasser fixierte Gray. »So lange, bis uns verwertbare Ergebnisse vorliegen, wirst du der betreffenden Person zu jeder vollen Stunde einen Finger abschneiden. Und da wir aufgrund der fruchtlosen Hinhaltetaktik von Commander Pierce bereits eine Stunde verloren haben, darfst du den ersten Finger schon jetzt abschneiden.«

Nasser klappte das Handy zu.

Gray wusste, dass er besser geschwiegen hätte, doch die Worte schlüpften ihm ungewollt heraus. »Sie verfluchter Drecksack. Ich werde Sie töten.«

Nasser wandte sich ungerührt ab. »Übrigens, Commander Pierce, das Elternteil, das Annishen ausgewählt hat … ist Ihre Mutter.«

18:55

Als ihr die Kapuze abgenommen wurde, wusste Harriet, dass irgendetwas nicht stimmte.

Man hatte sie aus dem Schrank hervorgezerrt, in dem sie eingesperrt gewesen war, und sie gezwungen, auf einem Metallstuhl Platz zu nehmen. Als die Kapuze entfernt wurde, sah sie, dass sie sich in einem verlassenen Lagerhaus befand. Der Raum war riesig, Wände und Boden waren aus Beton. Stahlträger und Rohre führten an der Decke entlang, von verrosteten Flaschenzügen hingen Ketten herab. Es roch noch Motorenöl und verbranntem Gummi.

Harriet blickte sich um.

Keine Fenster. Ein paar nackte Glühbirnen malten Lichtinseln in die Dunkelheit. An einer Seite war eine Metalltreppe. Die Tür zu einem alten Lastenaufzug stand offen.

Das Lagerhaus wirkte menschenleer – mit Ausnahme ihrer Peiniger.

Einen Meter von ihr entfernt stützte Annishen sich auf einen Tisch, ein Handy am Ohr. Offenbar telefonierte sie gerade. Auf dem Tisch lagen eine Pistole, ein Bolzenschneider und eine kleine Lötlampe. Drei Männer patrouillierten in der Dunkelheit auf und ab.

Ihr gegenüber saß Jack zusammengesunken auf einem gleichartigen Metallstuhl. Wie Harriet war auch er mit Handschellen gefesselt. Einer der drei Männer bewachte ihn, die Hand am Pistolenhalfter. Dabei ging von Jack bestimmt keine Gefahr aus. Sein Kopf hing schlaff herab, aus seinem Mund tropfte Speichel. Bis auf die Unterhose war er nackt. Die Hose hatte man ihm ausgezogen, nachdem er seine Blase entleert hatte. Am linken Beinstummel war unterhalb des Knies die Prothese festgeschnallt. Der Arbeitsunfall hatte Jack nicht nur das halbe Bein, sondern auch einen Großteil seines Stolzes geraubt. Die Krankheit hatte den Rest zerstört.

Aber nicht die Krankheit allein.

Harriet spürte das Gewicht des Tablettenfläschchens in ihrer Tasche.

Tränen traten ihr in die Augen und liefen ihr übers Gesicht.

Annishen hatte das Telefonat beendet und klappte das Handy zu. Sie gab einem der Männer ein Zeichen. »Nehmen Sie ihr die Handschellen ab.«

Harriet war das recht. Sie hob die Arme, um die Handschellen aufschließen zu lassen. Als sie von ihr abfielen, massierte sie sich die Handgelenke.

Was hatte Annishen vor?

Auf deren Wink hin schob einer der Männer den Stuhl an den Tisch. Das durchdringende Kreischen von Stahl auf Beton veranlasste ihren Mann, benommen hochzuschauen.

»Harriet…«, murmelte er. »Wie spät ist es?«

»Alles in Ordnung, Jack«, erwiderte sie zärtlich. »Schlaf weiter.«

Annishen trat vor ihn hin. »Da bin ich anderer Meinung. Ich finde, er hat genug geschlafen. Die kleinen Tabletten, die Sie ihm gegeben haben, waren ganz schön stark. Jetzt ist es Zeit aufzuwachen.« Sie fasste ihn beim Kinn und zog sein Gesicht hoch. »Halten Sie ihm den Kopf fest«, wies sie Jacks Bewacher an. »Damit er alles mitbekommt.«

Jack wehrte sich nicht, als der Mann ihm den Kopf festhielt.

Annishen wandte sich zum Tisch um und wischte Jacks Speichel an der Hose ab. Sie nickte dem Mann neben Harriet zu. Er packte Harriets linkes Handgelenk und drückte es auf die Tischplatte aus Holz.

Harriet wehrte sich instinktiv, doch der Mann zog ihren Arm unerbittlich so weit vor, bis die Tischkante gegen ihre Achselgrube drückte. Sie spürte die kalte Pistolenmündung des dritten Aufpassers an der Wange.

Annishen kam herbeigeschlendert. »Wie es aussieht, müssen wir Ihnen eine kleine Lektion erteilen, Mrs. Pierce.«

Sie nahm die Lötlampe und betätigte die Selbstzündung. Mit einem scharfen Zischen schoss eine blaue Flamme aus der Mündung. Sie stellte die Lötlampe in Griffweite auf den Tisch. »Um den Stummel zu kauterisieren.«

»Was… was haben Sie vor?«

Statt zu antworten, nahm Annishen den Bolzenschneider in die Hand und zog die Griffe auseinander. »Also, welchen Finger schneiden wir zuerst ab?«

06:01

Gray und Seichan saßen auf dem Rücksitz eines weißen Vans, eingezwängt zwischen zwei Bewaffneten. Nasser hatte mit weiteren Bewaffneten auf der Sitzbank gegenüber Platz genommen.

Kowalski und Vigor saßen ganz hinten. Ein weiterer Van fuhr vorweg, ein dritter folgte ihnen nach, bemannt mit Soldaten in Khakiuniformen.

Nasser wollte keinerlei Risiko eingehen.

Gray betrachtete durch die Windschutzscheibe die aus dem Nebel aufragenden Türme von Angkor Wat, fünf mächtige, maiskolbenförmige Erhebungen, die von den Strahlen der aufgehenden Sonne erhellt wurden. Angkor Wat war der erste von vielen Tempeln, die eine Gesamtfläche von einhundert Quadratmeilen bedeckten. Außerdem war er der größte und besterhaltene, ein kambodschanisches Wahrzeichen und ein Labyrinth von Schatzkammern, Mauern, terrassierten Türmen, filigranen Steinmetzarbeiten und Statuen. Allein dieser Tempel nahm eine Fläche von zweihundert Hektar ein und war umgeben von einem breiten Wassergraben.

Doch das war nicht ihr Ziel.

Sie wollten nach Angkor Thom, das eine Meile weiter nördlich lag. Diese Anlage war zwar weniger groß als Angkor Wat, dafür lag dort der große Bayon-Tempel, der als das eigentliche Herzstück von ganz Angkor galt.

Der Van rumpelte über ein Schlagloch hinweg.

Gray sah im Rückspiegel sein Gesicht. Seine Wangen waren eingefallen, unter den Augen hatte er dunkle Ringe, seine Lippen waren rissig, und sein Stoppelbart sah aus wie eine Quetschung. Seine Augen aber funkelten wie polierte Steine; Hass und Rachegelüste spiegelten sich darin. Tief in seinem Innern aber waren nur Schmerz und Schuldgefühl.

Seichan, die vielleicht spürte, dass er in lähmender Verzweiflung zu versinken drohte, ergriff seine Hand. Die Geste war kein Ausdruck von Anteilnahme. Sie drückte fest zu, grub ihre Fingernägel in seine Hand und zerrte ihn damit vom Rand des tiefen Brunnens zurück.

Nasser hatte es bemerkt. Der Anflug eines höhnischen Grinsens spielte um seine Lippen und verschwand gleich wieder. »Eigentlich habe ich Sie für schlauer gehalten, Commander«, murmelte er. »Lässt sie sich schon von Ihnen ficken?«

Gray fasste Nasser in den Blick. »Halten Sie verflucht noch mal Ihr Maul.«

Nasser lachte einmal scharf auf. »Ach, nein? Wie schade. Wenn sie Sie ranließe, hätten Sie wenigstens was von ihr.«

Seichan ließ Grays Hand los. »Fick dich, Amen.«

»Das ist vorbei, Seichan, seit ich dich aus meinem Bett rausgeworfen habe.« Nasser wandte sich Gray zu. »Haben Sie das gewusst? Dass wir mal ein Paar waren?«

Gray musterte Seichan von der Seite. Nasser log bestimmt. Wie hätte sie mit diesem Schwein, das soeben angeordnet hatte, seine Mutter zu foltern, ins Bett gehen können? Allein schon bei dem Gedanken kam ihm die Galle hoch.

Seichan aber wich seinem Blick aus und funkelte Nasser an. Sie ballte die Hand auf ihrem Knie zur Faust.

»Aber das ist alles Vergangenheit«, sagte Nasser. »Dieses ehrgeizige Miststück. Wir haben beide darum gewetteifert, in der Gildenhierarchie die nächste Stufe zu erklimmen. Die letzte Sprosse vor der Spitze. Aber es kam zu Meinungsverschiedenheiten. Darüber, wie man Sie anwerben sollte.«

Gray schluckte. »Was zum Teufel soll das?«

»Seichan wollte, dass wir Sie mit ihren Reizen ködern und dazu bewegen, freiwillig mit uns zu kooperieren und der Gilde dabei zu helfen, Marcos historische Spur zu verfolgen. Ich hingegen hielt eine direkte Vorgehensweise für angebracht. Blutigen Zwang. Ganz nach Männerart. Als die Gilde ihren Plan verwarf, versuchte Seichan, die Angelegenheit selbst in die Hand zu nehmen. Sie hat den venezianischen Museumskurator ermordet, den Obelisken gestohlen und ist in die Vereinigten Staaten geflüchtet.«

Seichan verschränkte die Arme und funkelte Nasser voller Abscheu an. »Und du bist immer noch sauer, weil ich dir zuvorgekommen bin. Schon wieder.«

Gray musterte Seichan forschend.

Dieses ganze Gerede von wegen, man müsse die Welt retten… war das etwa gelogen gewesen?

»Daraufhin bin ich ihr in die Staaten gefolgt«, fuhr Nasser fort. »Ich wusste, wohin sie sich wenden würde. Es war ein Kinderspiel, sie in eine Falle zu locken.«

»Allerdings ist es dir nicht gelungen, mich zu töten«, höhnte Seichan. »Ein weiterer Beleg für deine Unfähigkeit.«

Er kniff Daumen und Zeigefinger zusammen. »Um Haaresbreite.« Er senkte den Arm. »Aber du hast deine ursprüngliche

Strategie beibehalten, nicht wahr, Seichan? Du hast Commander Pierce aufs Korn genommen. Inzwischen ist er für dich vielleicht sogar ein bisschen mehr als nur ein Verbündeter. Du hast gewusst, dass er dir helfen würde. Du und Gray gegen den Rest der Welt!« Er lachte heiser. »Oder spielst du noch immer mit ihm, Seichan?«

Seichan schnaubte nur.

Nasser wandte sich Gray zu. »Sie ist vor allem ehrgeizig. Völlig skrupellos. Sie würde über ihre sterbende Großmutter gehen, wenn sie in der Hierarchie aufsteigen könnte.«

Seichan beugte sich vor und funkelte ihn an. »Wenigstens habe ich nicht tatenlos zugeschaut, wie meine Mutter vor meinen Augen ermordet wurde.«

Nassers Miene verhärtete sich.

»Feigling«, murmelte Seichan und lehnte sich mit einem zufriedenen Grinsen zurück. »Du hast sogar deinen Vater hinterrücks ermordet. Weil du ihm nicht ins Gesicht sehen konntest.«

Nasser warf sich auf sie und fasste ihr an die Kehle.

Instinktiv schlug Gray Nassers Arm weg.

Das hätte er vielleicht besser unterlassen.

Nasser aber beherrschte sich und funkelte Gray nur hasserfüllt an. »Man sollte wissen, mit wem man sich einlässt«, sagte er grimmig. »Und Sie sollten aufpassen, was Sie dem Miststück sagen.«

Die Streithähne saßen schweigend in ihren Ecken. Gray beäugte aus dem Augenwinkel Seichan. Ungeachtet des lautstarken Wortwechsels hatte sie Nassers Äußerungen nicht widersprochen. Gray ließ noch einmal die vergangenen Tage Revue passieren, doch mit dröhnendem Schädel und der Angst in seinem Bauch hatte er Mühe, sich zu konzentrieren.

Gleichwohl gab es Fakten, die er nicht so einfach abtun konnte. Seichan hatte den venezianischen Museumsleiter getötet, um den Obelisken in ihren Besitz zu bringen. Sie hatte ihn kaltblütig ermordet. Und als sie sich vor Jahren zum ersten Mal begegnet waren, hatte sie auch ihn töten wollen.

Nassers Worte hallten in seinem Kopf wider.

Man sollte wissen, mit wem man sich einlässt…

Gray wusste es nicht.

Letztendlich wusste er überhaupt nicht mehr, wem er glauben und wem er vertrauen sollte.

Gray wusste nur eines. Von jetzt an durfte er sich keine Irrtümer mehr erlauben. Jeder Fehler gefährdete nicht nur sein eigenes Leben.

19:05

Harriet wehrte sich schluchzend. »Bitte nicht…«

Der Mann umklammerte ihr Handgelenk wie ein Schraubstock und drückte ihre Hand mit der Faust flach auf den Tisch. Die Lötlampe zischte bedrohlich.

Annishen hielt die klaffenden Klauen des Bolzenschneiders über Harriets gespreizte Finger. »Ene, mene, mu…«

Sie senkte die Schneiden auf Harriets Ringfinger. Der Diamant des Hochzeitsrings funkelte im Schein der Glühbirne.

»Nein…«

Ein lautes Knacken ließ alle zusammenzucken.

Harriet wandte den Kopf, während Annishen sich aufrichtete. Der Mann, der Jack das Kinn festgehalten hatte, damit er mit ansah, wie seine Frau verstümmelt wurde, taumelte mit einem Aufschrei zurück. Blut strömte aus seiner Nase.

Jack, der seinem Aufpasser einen Kopfstoß verpasst hatte, sprang hoch und warf sich zur Seite. Aus der Drehung heraus riss er die Pistole des Aufpassers aus dem Halfter und schwenkte sie mit gefesselten Händen herum.

»Duck dich, Harriet!«, rief er und drückte ab.

Der Mann, der Harriet die Pistole an die Wange gehalten hatte, wurde in die Brust getroffen und zurückgeschleudert. Seine Pistole schlitterte über den Boden und verschwand in der Dunkelheit.

Der zweite Aufpasser ließ Harriets Arm los und griff zur Waffe.

BÄNG!

Aus dem Augenwinkel sah Harriet, wie Wange und Ohr des Mannes in einer Blutwolke verschwanden. Vor allem aber achtete sie auf Annishen. Die Frau ließ den Bolzenschneider unter lautem Klirren fallen und schnappte sich die auf dem Tisch liegende

Pistole. Mit einer blitzschnellen Drehung fuhr sie zu Jack herum.

Harriet, deren Arm noch auf dem Tisch lag, warf sich vor, packte die Lötlampe und fuhr mit der Flamme über Annishens Hand und Handgelenk. Ihre Peinigerin schrie auf und drückte ab. Die Kugel traf den Zementboden und prallte als Querschläger davon ab. Als Annishens Ärmel Feuer fing, zuckte sie zurück und ließ die Pistole fallen.

Jack feuerte erneut, doch der Schmerz hatte Annishen nur noch reaktionsschneller gemacht.

Sie tänzelte zur Seite, warf den Tisch um und stürmte durch eine Tür, wobei sie eine Flammenspur hinter sich her zog.

Jack schickte ihr noch zwei weitere Schüsse hinterher – dann war er bei Harriet angelangt. Er zog sie hoch, drückte sie an sich und rannte mit ihr zur Treppe. »Wir müssen von hier verschwinden. Die Schüsse …«

Von oben drang Stimmenlärm herab. Die Schüsse waren nicht unbemerkt geblieben.

»Zum Lastenaufzug«, sagte Jack.

Gemeinsam eilten sie auf die offene Kabine zu. Wegen seiner Prothese humpelte Jack. Als sie drinnen waren, zog Jack die Tür zu und drückte den Knopf zur zweitobersten Etage.

»Das Erdgeschoss wird bestimmt bewacht. Wir fahren nach oben und suchen eine Feuerleiter … oder irgendein Versteck.«

Als der Aufzug sich in Bewegung setzte, drückte er Harriet an die Rückwand. Laute Rufe waren zu hören. Die Lichtkegel von Taschenlampen schwenkten durch die Dunkelheit. Mindestens zwanzig Männer. Jack hatte recht. Entweder sie fanden einen anderen Fluchtweg, oder es gelang ihnen, Hilfe herbeizurufen. Wenn sie das nicht schafften, mussten sie sich verstecken.

Der Aufzug kletterte langsam in die Höhe.

Jack hielt Harriet fest umarmt.

Sie klammerte sich an ihn. »Jack … wie … du warst doch so …?«

»Belämmert?« Jack schüttelte den Kopf. »Herrgott, Harriet, hast du wirklich geglaubt, es stünde so schlimm um mich? Ich weiß, im Hotel hatte ich einen Aussetzer. Tut mir leid, dass ich dich geschlagen habe.«

Ihm brach die Stimme.

Zum Zeichen, dass sie seine Entschuldigung annahm, drückte Harriet ihm den Arm. »Als sie dir mit dem Taser den Stromschlag verpasst haben, dachte ich, in deinem Gehirn wäre was kaputtgegangen.« Sie drückte ihn erneut. »Gott sei Dank.«

»Hat höllisch wehgetan. Aber als du nur so getan hast, als würdest du mir die Pillen in den Mund stecken, hab ich mir gedacht, du willst bestimmt, dass ich ein bisschen aufdrehe und meinen Zustand übertreibe, damit sie in ihrer Wachsamkeit nachlassen.«

Harriet blickte zu ihm auf. »Dann hast du also die ganze Zeit über geschauspielert?«

»Also, ich hab mir tatsächlich in die Hose gemacht«, sagte er zornig. »Aber nur deshalb, weil sie mich nicht aufs Klo lassen wollten.«

Der Aufzug hielt an.

Jack öffnete die Tür, winkte Harriet nach draußen und schloss den Aufzug wieder. Dann langte er zwischen den Holzleisten hindurch und drückte den Knopf fürs Erdgeschoss, worauf sich der Aufzug nach unten in Bewegung setzte.

»Die brauchen ja nicht zu erfahren, wo wir ausgestiegen sind«, erklärte er.

Vorsichtig drangen sie in die Dunkelheit des Lagerhauses vor. Es war voller Gerümpel. »Sieht so aus, als wär das mal eine Konservenfabrik gewesen«, meinte Jack. »Hier gibt es bestimmt jede Menge Verstecke.«

Irgendwo weiter unten ertönte ein neuer Laut.

Aufgeregtes Gebell.

»Sie haben Hunde«, flüsterte Harriet.

15
Dämonen der Tiefe

7. Juli, 04:45
Insel Pusat

Sie hatten für die Überquerung des Tarnnetzes zu lange gebraucht.

Während Monk und seine kleine Truppe darüber hinweggekrochen waren, war das Auge des Sturms über die Insel aufs Meer hinausgewandert. Im Osten türmte sich der Taifun wie eine gewaltige Woge, die jeden Moment über der Insel zu brechen drohte.

Der Wind hatte bereits zugenommen.

Monk klammerte sich an die Planken auf dem flatternden Netz. Der Donner dröhnte wie Kanonenschläge, und ständig zuckten Blitze über den Himmel. Dann öffneten die Wolken ihre Schleusen, und der Regen peitschte in Böen nieder.

Monk, dessen Knöchel weiß hervortraten, blickte in die Tiefe.

Die leuchtende *Mistress of the Seas* lag einladend mitten in der Lagune.

Von der Unterseite des Tarnnetzes baumelten Seile zur Hubschrauberlandeplattform auf dem Sonnendeck hinunter. Monk wünschte, die Helikopter wären noch da gewesen, doch die Vögel hatten sich aus dem Staub gemacht, bevor das Schiff in die Lagune eingelaufen war.

Somit blieb nur noch Ryders Boot übrig.

Jessie rief etwas auf Malaiisch. Der junge Krankenpfleger war nur dreißig Meter von Monk entfernt, doch der Sturm trug seine Worte fort. Jessie saß auf dem Netz und klammerte sich mit den Beinen fest. Winkend zeigte er nach unten.

Die ersten Eingeborenen hechteten durchs Netz und stürzten in die Tiefe wie jagende Pelikane. Monk spähte nach unten. Die drei Männer klammerten sich an Seile. Geschickt rutschten sie in die

Tiefe, während ihre Stammesgenossen bereits weitere Seile anbrachten.

Langsam setzte sich die kleine Streitmacht wieder in Bewegung, kroch auf die Seile zu und seilte sich ab. Monk krabbelte weiter die Planke entlang. Als er Jessie erreichte, packte gerade Ryder ein Seil und sprang ohne das geringste Zögern durchs Netz.

Monk konnte seine Eile nachvollziehen.

An der anderen Seite des Netzes schlugen Blitze ein. Der Donner dröhnte in ihren Ohren. Bläuliche Entladungen wanderten am Skelett des Tarnnetzes entlang, verpufften aber, bevor sie die kleine Streitmacht erreichten.

»Nichts Metallisches anfassen!«, brüllte Monk.

Jessie nickte und wiederholte die Warnung auf Malaiisch.

Kurz darauf hatte Monk Jessie erreicht. »Seil dich ab!«, befahl er und zeigte nach unten.

Jessie nickte. In dem Moment, als er sich auf der Planke herumwälzte, wurde die Insel von der vollen Wucht des Sturms getroffen. Jessie wurde von einer mächtigen Bö erfasst, die lärmte wie ein Güterzug. Er wurde von der Planke gedrückt und rollte auf das weitmaschige Tarnnetz hinaus. Aufgrund seines Gewichts fiel er hindurch.

Monk warf sich vor und griff nach seinem Fuß. Als Jessie in die Tiefe stürzte, schlossen sich die Finger von Monks Prothese wie eine Schraubzange darum. Ein sengender Schmerz schoss durch seine Schulter, doch er hielt Jessie fest. Der Krankenpfleger baumelte an seiner Hand, und ein Schwall von Hinduflüchen ergoss sich aus seinem Mund… oder vielleicht waren es auch Gebete.

»Das Seil!«, schrie Monk.

Eins der Seile war nur etwa drei Meter von Jessie entfernt.

Monk versetzte ihn in eine Pendelbewegung. Jessie hatte ihn verstanden. Er breitete die Arme aus und versuchte, das Seil zu packen, kam jedoch nicht heran. Es fehlte nur eine Handbreit.

»Ich werfe dich!«

»Was? Nein!«

Er hatte keine andere Wahl.

Trotz der stechenden Schmerzen in seiner Schulter schwenkte

er Jessie ein letztes Mal zur Seite. »Und los!« Monk schleuderte den jungen Mann auf das Seil zu.

Jessie prallte gegen das Seil und griff nach der nassen Rettungsleine. Er begann zu fallen, rutschte ab, trat um sich. Dann schlang er ein Bein ums Seil und fand endlich Halt. Er bremste seinen Sturz ab und kam zum Stillstand. Er klammerte sich ans Seil, legte die Wange daran. Mit den Lippen formte er lautlos ein Dankgebet – oder aber einen Fluch an Monks Adresse.

Da der Junge erst mal in Sicherheit war, wälzte Monk sich wieder auf die Planke und kroch vorsichtig weiter. Der Wind zerrte an ihm, doch er schaffte es bis zu den Kletterseilen.

Hinter ihm schlug ein weiterer Blitz ein.

Während der ohrenbetäubende Donner über ihn hinwegrollte, machte er sich ganz flach. Auf dem wie ein Trampolin federnden Netz warf er einen Blick über die Schulter. Das Ende der Laufplanke wurde von der Wucht des Blitzeinschlags hochgeschleudert, die Holzbretter fingen Feuer. Einer der Eingeborenen flog mit rudernden Armen hoch in die Luft, während beiderseits von ihm elektrische Entladungen knisterten – dann landete der Akrobat wieder wohlbehalten zwischen seinen Stammeskollegen.

Glück gehabt, doch jetzt war ihnen der Rückweg versperrt.

Monk packte das erstbeste Seil und ließ sich durchs Netz fallen.

Langsam rutschte er zur regengepeitschten Landeplattform hinunter und landete wohlbehalten.

Dann folgte der Rest der kleinen Streitmacht.

Geduckt rannte Monk zu seinen Mitstreitern, die sich in der Nähe der Treppe gesammelt hatten. Jessie wies die Eingeborenen bereits ein und zeigte erst auf Monk und dann auf Ryder. Sie mussten sich aufteilen. Monk würde Lisa suchen. Ryder und Jessie würden nach unten gehen, sich einen Weg freikämpfen und das Boot startklar machen.

Hinter Monk ließen sich die letzten Kannibalen durchs Netz aufs Schiff herab und tappten mit bloßen Füßen übers nasse Deck.

Monk wandte sich an Ryder und Jessie. »Fertig?«, fragte er.

»Meinetwegen kann's losgehen«, antwortete Ryder.

Monk musterte die mit Steinäxten und Sturmgewehren vom Typ AK-47 bewaffnete Streitmacht. Die Blitze umrahmten sie wie Feuer. Die Augen funkelten aus den mit Asche beschmierten Gesichtern hervor.

»Jetzt wollen wir mal meine Kollegin suchen, und dann machen wir, dass wir von hier verschwinden.«

05:02

Lisa war auf einem im Fünfundvierzig-Grad-Winkel geneigten OP-Tisch festgeschnallt. Ihre Handgelenke waren mit Plastikriemen gefesselt, die Arme nach oben weggestreckt. Ihre Beine baumelten herab, jedoch ohne den Boden zu berühren. Sie war nur mit einem Nachthemd bekleidet. Der dünne Baumwollstoff war mit kaltem Schweiß durchtränkt und klebte an der Haut. Den Stahl der Tischoberfläche spürte sie kalt im Rücken.

Sie war seit über einer Stunde gefesselt.

Und sie war allein.

Sie konnte nur hoffen, dass man sie vergessen hatte.

Neben dem OP-Tisch stand ein Tablett aus rostfreiem Stahl mit allen Instrumenten, die für eine Autopsie benötigt wurden: Knorpelmesser, Sezierhaken, Scheren, Postmortem-Nadeln, Meißel.

Dr. Devesh Patanjali hatte die Instrumente einer schwarzen Ledertasche entnommen, die Surina ihm aufgehalten hatte. Die Gerätschaften hatte er auf einem grünen OP-Abdecktuch akkurat ausgerichtet. Am Fußende des geneigten Tischs hing ein Stahlbehälter, der das Blut auffangen sollte.

Während er die Instrumente ordnete, hatte Lisa versucht, die drohende Folter abzuwenden. Sie hatte an seine Vernunft appelliert, hatte ihm erklärt, dass sie ihm auch weiterhin nützlich sein könnte. Wenn Susan wieder eingefangen sei, werde sie ihre ganze Kraft darauf verwenden, aus dem Blut und der Gewebsflüssigkeit der Frau ein Heilmittel zu entwickeln. Habe sie ihren Einfallsreichtum nicht schon unter Beweis gestellt?

Devesh ließ sich von ihren Argumenten nicht beeindrucken, sondern legte wortlos ein Instrument nach dem anderen aufs Tablett.

Schließlich brach Lisa in Tränen aus. »Bitte…«, flehte sie.

Da Devesh sie zu ignorieren schien, wandte Lisa sich an Surina. Hilfe fand sie aber auch bei ihr nicht. Surinas Gesicht war wie aus kaltem Marmor gemeißelt. Der einzige Farbfleck darin war der rote Bindi auf ihrer Stirn, der Lisa an einen Blutstropfen erinnerte.

Dann klingelte Deveshs Handy. Er nahm den Anruf entgegen und zeigte sich sichtlich erfreut. Er antwortete auf Arabisch. Lisa verstand nur das Wort »Angkor«. Dann ging Devesh hinaus, und Surina folgte ihm wie ein Schatten. Devesh sah sich nicht einmal um.

Lisa, die keine Ahnung hatte, was da vor sich ging, blieb allein zurück.

Allerdings konnte sie sich denken, was man mit ihr vorhatte.

Die chirurgischen Instrumente funkelten kalt. Wenn sie die Haltung veränderte, klapperte der Auffangeimer am Fußende des Tischs. Sie schwankte zwischen Erschöpfung und bodenloser Angst. Beinahe wünschte sie, Devesh wäre zurückgekehrt. Das quälende Warten brachte sie völlig aus dem Gleichgewicht.

Als die Tür schließlich geöffnet wurde, schreckte sie zusammen und stöhnte leise auf. Sie konnte nicht sehen, wer eingetreten war, hörte aber das Klacken von Rädern.

Von hinten tauchte eine fahrbare Krankentrage in ihrem Gesichtsfeld auf.

Eine kleine Gestalt war mit gestreckten Armen und Beinen darauf festgeschnallt.

Devesh schob die Trage ans Fußende des Tischs. »Ich wurde leider aufgehalten, Dr. Cummings. Das Telefonat hat sich unerwartet in die Länge gezogen. Außerdem hat es eine Weile gedauert, bis ich unsere Versuchsperson aufgespürt hatte.«

»Dr. Patanjali«, flehte Lisa. »Bitte nicht…«

Devesh beugte sich über die Instrumente. Er hatte das Sakko abgelegt und sich eine weiße Schürze umgebunden. »Wo waren wir stehen geblieben?«

Surina glitt von der Seite heran, die Hände demütig vor dem Bauch gefaltet. In ihren Augen aber brannte ein bei ihr ganz ungewohntes Feuer. Wut.

Devesh fuhr fort: »Dr. Cummings, Sie hatten eben ganz recht. Ihr Sachverstand könnte sich bei Abschluss unserer Studien als wertvoll erweisen. Gleichwohl bin ich der Ansicht, dass eine Bestrafung durchaus angebracht ist. Jemand muss die Blutschuld einlösen, die ich bei Ihnen nicht einfordern kann.«

Lisa starrte die geknebelte, großäugige Gestalt auf der Trage an. Es war das Mädchen, das Devesh schon einmal bedroht hatte, bis er stattdessen Dr. Lindholm ermordet hatte.

Diesmal aber würde es keinen Sündenbock geben. Devesh war fest entschlossen, dieses kleine Lamm zu opfern und Lisa dabei zusehen zu lassen.

Devesh streifte Latexhandschuhe über und nahm das Knorpelmesser in die Hand. »Der erste Schnitt ist immer am schlimmsten.«

Als Devesh sich umdrehte, war auf einmal fernes, gleichwohl lautes Gewehrfeuer zu hören.

Er stutzte.

Über ihnen wurde eine weitere Salve abgefeuert. »Nicht schon wieder«, seufzte er gereizt. »Wieso schaffen die es nicht, die Patienten ruhig zu halten?«

Weitere Schüsse.

Devesh warf das Messer auf den Tisch, wo es klirrend zwischen den anderen Instrumenten landete. Er führte einen blutigen Finger an die Lippen, denn er hatte sich geschnitten. Mit finsterer Miene wandte er sich zur Tür.

»Surina, pass auf unsere Gäste auf. Ich bin gleich wieder da.«

Die Tür fiel hinter ihm ins Schloss.

Als wäre sie vom Luftzug erfasst worden, schwebte Surina zum Tisch. Sie nahm das Knorpelmesser in die Hand und wandte sich dem gefesselten Kind zu.

»Tun Sie ihr nichts«, sagte Lisa drohend, obwohl ihr die Hände buchstäblich gebunden waren.

Surina warf Lisa einen desinteressierten Blick zu. Dann wandte sie sich wieder dem Mädchen zu, hob das funkelnde Messer und nahm mehrere Schnitte vor – die Fesseln des Kindes fielen ab. Die seltsame Frau nahm das Kind auf den Arm, drückte es an ihre Schulter und wandte sich zur Tür.

Lisa hörte, wie die Tür leise geöffnet und geschlossen wurde. Sie war wieder allein.

Sie runzelte die Stirn. Sie erinnerte sich, dass Surina dem Mädchen ein Bonbon gegeben hatte, ein seltenes Zeichen von Mitgefühl. Bei ihrem Eintreten hatte ein wildes, wütendes Funkeln in ihren Augen gelegen, wie bei einer gereizten Löwin. Offenbar hatte sich die Löwin einen Rest Mitgefühl für die Unschuldigsten unter den Opfern bewahrt. Vielleicht wollte sie damit ihre früheren Schändlichkeiten wiedergutmachen.

Jedenfalls war sie weg.

Lisa stellte sich vor, wie Devesh bei seiner Rückkehr wüten würde, nachdem er sich schon über den neuerlichen Ausbruch geärgert hatte. Dann bliebe nur noch eine Person übrig, an der er seinen Frust würde auslassen können. Lisa zerrte an den Fesseln. Der Eimer schepperte.

Das Gewehrfeuer dauerte an; die Schüsse waren unterschiedlich laut und kamen aus verschiedenen Richtungen. Offenbar wurde an mehreren Stellen gekämpft. Lisa drehte den Kopf. Was ging da vor?

Automatikwaffen knatterten, dann klirrte Glas. Es hörte sich an, als wären die Schüsse ganz in der Nähe abgefeuert worden. Es knallte erneut, dann hörte sie Schreie und ein seltsames trillerndes Kampfgeheul. Obwohl der Lärm nur etwa eine Minute andauerte, kam es ihr vor wie eine Ewigkeit.

Hinter ihr wurde die Tür aufgerissen.

Lisa erstarrte.

Eine halbnackte Gestalt sprang in ihr Gesichtsfeld, die Haut schwarz gestreift, die Nase durchbohrt von einem geschärften Eberzahn, der Kopf geschmückt mit einem smaragdgrünen Federbusch. Der Mann hielt ein blutiges Messer in der Hand, der Arm war bis zum Ellbogen blutig.

Starr vor Angst presste sich Lisa an den OP-Tisch.

»Hier ist sie!«, rief eine wohlbekannte Stimme.

Es war Henri.

Stiefelgepolter war zu hören. Eine kalte Klinge wurde zwischen ihre Handgelenke geschoben. Die Plastikriemen rissen und fielen ab. Lisa rutschte vom OP-Tisch. Jemand fing sie auf.

»Wenn du ohnehin nichts Besseres zu tun hast, wie wär's dann, wenn wir diesem Vergnügungsdampfer Lebewohl sagen würden?«, flüsterte der Mann an ihrem Ohr.

Zitternd und ganz schwach vor Erleichterung sank sie ihm in die Arme. »Monk…«

05:19

Als zwei Decks weiter oben heftiges Gewehrfeuer ertönte, wusste Devesh, dass etwas nicht stimmte. Die Schüsse kamen vom Wissenschaftstrakt.

Er befand sich mitten auf dem Gang des Unterdecks, umringt von sieben Bewaffneten und deren somalischem Anführer. Auf dem Teppich waren Blutflecken – bis jetzt aber hatten sie noch keine Toten entdeckt.

Und jetzt die Schüsse auf dem Oberdeck.

Devesh legte den Kopf in den Nacken. Ehe er reagieren konnte, gellten auf einmal Sirenen – Großalarm.

Was ging da vor?

Von oben waren weitere Schüsse zu hören. Erneut aus der Richtung des Wissenschaftsflügels.

»Wieder nach oben!«, brüllte Devesh und gab mit dem Spazierstock die Richtung vor.

Die Bewaffneten machten wie ein Mann kehrt – als eine kleine Gestalt einen kreuzenden Gang entlangflitzte: barfüßig, geschmückt mit Federn und klappernden Knochen, der Körper schwarz bemalt.

Ein Inselkannibale.

Er hatte ein Sturmgewehr dabeigehabt.

Der Somalier fluchte.

Hinter ihnen knallten Schüsse. Die Kugeln schlugen in Teppich und Wände ein. Einer der Bewaffneten kippte nach hinten, als hätte er einen Faustschlag abbekommen. Blut spritzte aus seiner Nase und seinem Mund, als er zusammenbrach. Die anderen Bewaffneten warfen sich zu Boden und erwiderten das Feuer. Der Somalier zog Devesh aus der Schusslinie, ging in die Hocke und feuerte mit der Pistole.

Doch es war niemand da.

Eine Tür sprang auf. Eine Knochenaxt fuhr nieder und spaltete den Schädel eines der Bewaffneten. Die Tür fiel wieder zu. Der Mann, aus dessen Hinterkopf der Axtgriff ragte, kroch noch ein Stück weiter, dann sackte er zusammen.

Ein anderer Mann feuerte auf die Tür. Die Kugeln durchsiebten das Holz.

Auf der Türschild stand: ZUTRITT NUR FÜR PERSONAL. Devesh wusste, dass man von hier aus ins Schiffsinnere gelangte. Der Angreifer war bestimmt schon geflohen.

Wieder ein Kannibale.

Das Schiff wurde angegriffen, die Verteidigung war geschwächt.

Irgendwo im Schiff kam es zu einem neuerlichen Schusswechsel; das Echo der Schüsse dröhnte dumpf. Sie verloren die Kontrolle über das Schiff. Der Somalier trat neben Devesh. Die verbliebenen Bewaffneten sicherten nach vorn und nach hinten und behielten die Kabinentüren im Auge.

»Sir, wir müssen Sie in Sicherheit bringen«, knurrte der Anführer.

»Wohin?«, ächzte Devesh.

»Sie müssen das Schiff verlassen. Wir können mit einem Tender zur Inselsiedlung fahren. Dort sammle ich hundert Mann, ausgerüstet mit schwereren Waffen, und dann säubern wir das Schiff.«

Devesh nickte. Solange es hier drunter und drüber ging, war es besser, wenn er sich davonmachte.

Der Somalier führte sie eilig zur Treppe zurück. Das Geheul der Alarmsirenen und das Knattern der automatischen Waffen begleitete sie. Sie rannten nach unten. Sie kamen an mehreren toten Piraten vorbei.

Als sie das Tenderdock erreicht hatten, hielt Devesh an.

»Sir?«

»Noch nicht.« Je tiefer sie kamen, desto zorniger war Devesh geworden. Er wollte das Schiff nicht ohne vorherige Vergeltungsmaßnahme verlassen. Und er hatte schon eine Idee. Er stieg weiter die Treppe hinunter.

In die Innereien des Schiffs.

Dort gab es einen besonders gesicherten Trakt.

Bevor er von Bord ging, wollte er denen, die das Schiff übernehmen wollten, das Leben schwer machen. Feuer musste man mit Feuer bekämpfen.

Kannibalen gab es nicht nur auf der Insel.

05:22

Susan stand am Rand des Dschungels und blickte zur *Mistress of the Seas* hinüber. Sirenengeheul und gedämpfte Schüsse schallten übers Wasser.

Der Angriff war in vollem Gange.

Voller Angst presste sie die Hände an den Bauch und betete.

Alle möglichen leisen Geräusche kamen aus dem Wald: das Knispeln nasser Blätter, das Glucksen des feuchten Bodens. Ihre Begleiter rückten näher, um ihre Königin zu schützen, doch sie waren auch neugierig und wollten das Feuerwerk beobachten.

Unmittelbar vor ihr lag ein Einbaum auf dem Strand, der sie zu Ryders Boot bringen sollte.

Falls es jemals eintreffen würde.

Susans Knöchel traten weiß hervor, so fest drückte sie zu.

Bitte lass sie kommen…

05:23

In den Poncho eingemummt, wartete Rakao in seinem Versteck. Er blickte angestrengt durch die Infrarotbrille und beobachtete, wie seine Leute die Schlinge immer enger zogen.

Jetzt war klar, wo die anderen geflohenen Gefangenen abgeblieben waren. Vor ein paar Minuten hatte einer seiner Leute auf dem Kreuzfahrtschiff eine verdächtige Bewegung ausgemacht. Rakao hatte sich daraufhin auf die Seite gewälzt und statt der Frau das Schiff ins Visier genommen. Auf dem Schiff bemerkte er nichts Ungewöhnliches, stattdessen aber mehrere lose Taue, die vom Tarnnetz auf die Landeplattform herabhingen.

Kletterseile.

Rakao fluchte lautlos, als ihm klar wurde, was da vor sich ging.

Die Angreifer waren vom Tarnnetz aus aufs Schiff gelangt …

Rakao lebte schon seit zehn Jahren auf der Insel und hatte mittels mehrerer blutiger Aufstände die Führung des Piratenclans erobert, dessen Geschichte ein Jahrhundert weit zurückreichte. Doch er hatte größere Ziele, die über die Plünderung eines Kreuzfahrtschiffs und Schwarzmarktsklaven weit hinausgingen. Die ganze Welt wartete darauf, geplündert zu werden, und der Doktor machte sie ihm zugänglich mithilfe einer Organisation, die viel älter war als hundert Jahre und bei der Ehrgeiz und Skrupellosigkeit hohe Wertschätzung genossen.

Seit ihm klar geworden war, dass man ihn ausmanövriert hatte, schäumte Rakao zwar, hütete sich aber davor, sich zu einer Unbedachtheit hinreißen zu lassen. Er hatte die Zungen seiner Vorgänger an den Türsturz des Versammlungshauses genagelt und in der Sonne trocknen lassen. Er war nicht durch Leichtsinn so hoch gestiegen.

Rakao behielt das Schiff im Auge und befahl seinem Funker, sich außer Hörweite zu begeben und die Besatzung vor dem drohenden Angriff zu warnen. Während Rakao wartete, ertönten die ersten Schüsse – dann gellten die Alarmsirenen. Seine Warnung kam zu spät.

Und wenn schon …

Rakao rührte sich nicht vom Fleck.

Sollte der Angriff auf das Schiff niedergeschlagen werden, würde der Funker ihm Bescheid geben. Andernfalls brauchte er nur abzuwarten.

Die wertvollste Beute befand sich hier an Land.

Rakao beobachtete die Frau, die am Rand des Dschungels stand.

Es würde nicht mehr lange dauern.

05:33

Monk stürmte den letzten Treppenabsatz hinunter. Lisa folgte ihm mit zwei WHO-Wissenschaftlern, einem niederländischen Toxikologen und einem amerikanischen Bakteriologen.

Am Fuß der Treppe lagen in einer Blutlache zwei ineinander verknäulte Piraten. Dicht bei ihnen stand ein Kannibale, der ihnen Zeichen gab, sie sollten die Treppe frei machen.

Der verschlungene Weg führte weiter über mehrere Treppen, durch einen Passagiergang, übers Außendeck und sogar durch eine Küche. Hin und wieder hörten sie Schüsse, denn der Guerillakampf war noch nicht zu Ende.

Immerhin waren die Alarmsirenen verstummt.

War das nun eine gute oder eine schlechte Nachricht?

Monk führte ihr kleines Häuflein über den blutverschmierten Treppenabsatz zum Steuerbordkorridor. Sie befanden sich auf dem Unterdeck, das auf Wasserhöhe lag. Ryders Privatboot befand sich ebenfalls auf dieser Ebene. Monk schaute sich um und orientierte sich. Außerdem lagen auf diesem Deck das Tenderdock, ein Theater, der Kinderhort, eine Spielhalle und die Midnight Blue Disco. Die Startrampe von Ryders Boot lag in der Nähe des Bugs.

»Hier entlang!« Er wandte sich nach rechts, hielt inne und drehte sich wieder um. »Nein, hier entlang!«

Sie setzten sich in Bewegung, im Gänsemarsch hintereinander aufgereiht wie eine Gruppe von Eingeborenen.

Monk bemerkte weiter vorn eine schemenhafte Bewegung. Nicht weit vom Tenderdock näherte sich jemand über die Treppe, die zum Mitteldeck hochführte. Die schäbigen Uniformen kannte er bereits.

Piraten.

Beide Gruppen wurden im selben Moment aufeinander aufmerksam.

Monk stieß Lisa in die Spielhalle hinein. »Runter auf den Boden!«

Seine Gruppe verteilte sich in anderen Eingängen und hinter Stützsäulen. Einer der Kannibalen wurde am Kopf getroffen und zurückgeschleudert. Monks Eingeborenenkämpfer waren den Piraten zahlenmäßig jedoch überlegen. Sie feuerten ununterbrochen und beharkten den Korridor. Drei Piraten brachen zusammen. Der größte von ihnen schob einen hageren Mann auf die Treppe zurück und flüchtete.

Monk rückte mit einer Handvoll Kannibalen vor. Einer von ihnen entriss einem toten Piraten die Waffe und schleuderte sein eigenes rauchendes Gewehr weg. Ein anderer kniff einen der Gefallenen in die Wange. Nicht aus Mitgefühl, sondern um sich einen Eindruck von der Beschaffenheit des Fleisches zu machen.

»Das eben war Devesh«, sagte Lisa, als sie wieder zu Monk aufgeschlossen hatte. Sie zeigte zur Treppe. »Der Anführer der Gildenleute.«

Monk blickte zum Tenderdock. »Anscheinend wollen sie zur Piratensiedlung übersetzen und Verstärkung holen.«

Dies veranlasste ihn, noch schneller Richtung Bug zu rennen. Es war auch durchaus möglich, dass man per Funk Verstärkung angefordert hatte und die Kämpfer bereits unterwegs waren.

Der Gang folgte der Form des geschwungenen Schiffsrumpfs und beschrieb eine Biegung. Als die Biegung hinter ihnen lag, sah Monk den offenen Durchgang zu Ryders Privatboot.

Sie hatten es geschafft. Plötzlich ertönte in ihrem Rücken ein lautes Kreischen.

Monk drehte sich um.

Mehrere Gestalten taumelten auf den Gang. Die halbnackten, mit zerrissenen, schmutzigen Nachthemden bekleideten Tobsüchtigen stolperten übereinander und rempelten sich gegenseitig an. Ihre Gliedmaßen waren voller nässender Beulen. Sie bleckten die blutverschmierten Lippen. Obwohl sie noch etwa fünfzig Meter entfernt waren, sah Monk den blanken Wahnsinn aus ihren eiternden Augen hervorblitzen.

»Patienten!«, flüsterte Lisa, fasste Monk beim Arm und zerrte ihn zurück. »Im Zustand katatonischer Psychose. Sie werden über jeden herfallen, der ihnen über den Weg läuft. Bestimmt hat Devesh sie freigelassen.«

»Dieses Schwein.« Monk gab den Nachzüglern ein Zeichen, sie sollten sich hinter der Biegung in Sicherheit bringen, und eilte zur offenen Tür. Auch von der anderen Seite des Gangs, der am Bug zur Backbordseite des Schiffs zurückschwenkte, ertönte lautes Geschrei.

Fußgetrappel näherte sich.

Monk hob die Waffe – da gelangte eine wohlbekannte Gestalt in Sicht, die sich mit einer Hand an der Außenwand abstützte. Als Jessie den Mann sah, hellte sich seine Miene auf. Ihm folgten sieben Kannibalen. Die letzten beiden stützten einen dritten Mann mit einer stark blutenden Halswunde. Dem grünen Chirurgenkittel nach zu schließen war das einer der WHO-Ärzte.

Die beiden Gruppen trafen sich an der offenen Tür von Ryders Privatdock.

»Ihr habt es also geschafft!«, keuchte der junge Krankenpfleger.

In der Tür tauchte Ryder auf, flankiert von seiner Kannibaleneskorte. Er roch nach Treibstoff und wischte sich die ölverschmierten Finger an einem Putzlappen ab. »Da seid ihr ja.«

»Ja«, sagte Monk. »Haben Sie das Boot betankt?«

Ryder nickte. »Ist startklar.«

Jessie ließ sich von Lisa kurz umarmen und nickte zu den beiden WHO-Ärzten hin. »Dr. Barnhardt und Dr. Miller.« Er deutete auf den Mann im grünen Kittel. »Jemand muss mir helfen.«

Die Kannibalen legten den Verletzten ab. Aus der Halswunde trat stoßweise dunkles Blut aus.

Lisa kniete neben ihm nieder, die anderen beiden Ärzte knieten sich auf die andere Seite des Mannes. Jessie hatte ihm bereits das Hemd ausgezogen und reichte es Lisa. Sie drückte es zusammen und presste es auf die Wunde.

Der Mann verkrampfte sich und hustete Blut. Dann lag er reglos da, mit offenen Augen. Nur die Brust des Todgeweihten sank etwas tiefer ein.

Während sie weiterhin das Hemd auf die Wunde presste, tastete Lisa an der anderen Halsseite nach dem Puls. Sie schüttelte den Kopf. Sie konnte nichts mehr für den Mann tun.

Währenddessen berichtete Jessie, wie es ihm ergangen war. Er wischte sich über die Stirn und verschmierte sie mit Blut. »Wir haben ihn gerettet. Eine Patientin war über ihn hergefallen. Wir mussten sie erschießen. Von unten drängten aber weitere Patienten nach. Sie wüteten auf den unteren Decks und rückten immer weiter nach oben vor. Es waren Hunderte.«

Sein Bericht wurde untermalt von wüsten Schreien und weiteren Schüssen.

»Es wird Zeit, das Schiff zu verlassen«, sagte Ryder.

Monk wandte sich Ryder zu. »Wie viele Personen passen auf das Boot?«

»Es hat sechs Sitzplätze… aber es können sich noch ein, zwei Leute dazwischenzwängen.« Ryder musterte die vielen Fluchtwilligen, die sich hier versammelt hatten.

Jessie schüttelte den Kopf und trat einen Schritt zurück. »Ich bleibe hier.«

Lisa fasste ihn beim Ellbogen. »Jessie.«

»Jemand muss die Menschen an Bord schützen, die vielen Kinder. Vor den Piraten und dem Wahnsinn. Die Eingeborenen sind ihre einzige Hoffnung. Außerdem kennen sie mich. Sie hören auf mich.«

Dr. Barnhardt trat neben den jungen Krankenpfleger. »Ich helfe ihm. Wir werden versuchen, eine Barrikade zu errichten und möglichst viele Überlebende zu sammeln. Um so lange auszuharren, bis Hilfe kommt.«

Dr. Miller blickte skeptisch zur offenen Luke, dann sah er auf den toten Arzt nieder. Er nickte. »Das… das hier sind unsere Leute. Unsere Freunde und Kollegen. Wir dürfen sie nicht im Stich lassen.«

Lisa umarmte die Männer nacheinander. »Henri…«, murmelte sie beinahe flehentlich, als der Arzt an die Reihe kam.

Der Ältere drückte sie und schob sie zur offenen Luke. »Holen Sie Susan. Das Heilmittel muss in Sicherheit gebracht werden. Das ist wichtiger als unser Leben.«

Lisa nickte und ließ sich von Monk mitziehen.

Hinter Ryder traten sie zur Startrampe hinaus.

Als Monk Ryders Boot sah, blieb er unwillkürlich stehen.

»Heilige Mutter Gottes!«

05:43

Devesh stieg zur dunklen Bühne des Musicaltheaters hinunter. Der glitzernde, tiefrote Vorhang war herabgelassen. Er folgte dem breiten Rücken des Somaliers. Nachdem man sie in einen Hinterhalt gelockt und vom Tenderdock vertrieben hatte, waren Devesh und der Piratenanführer nach oben geflohen.

In den unteren Schiffsregionen hatten sie nichts mehr verloren.

Das Gebrüll und die Schreie hatten sie die Treppe hochgetrieben. Unten im Bauch des Schiffes hatte Devesh alle fünf Frachtluken geöffnet und das darin eingesperrte Grauen freigelassen. Die Kranken hatten begonnen, sich gegenseitig aufzufressen; die Stärksten waren über die Schwächsten hergefallen.

Über zweihundert Kranke.

Die als Versuchspersonen hatten dienen sollen.

Mit dem entfesselten Wahnsinn wollte Devesh die Angreifer aus dem Konzept bringen und sie so lange aufhalten, bis er mit Granaten und Maschinengewehren an Bord zurückkehrte. Dann würde er sie ohne Ausnahme niedermetzeln.

Er würde das Schiff zurückerobern.

Einstweilen aber war er in seiner eigenen Falle gefangen.

Der somalische Leibwächter hatte den Fluchtplan ausgeheckt. Anstatt das Tenderdock über die Haupttreppe anzusteuern, hatte er Devesh zum Balkoneingang des dreistöckigen Bordtheaters geführt. Über die Theatertreppe waren sie dann zu dem Deck hinuntergestiegen, auf dem sich das Tenderdock befand.

Die unterste Theaterebene war vom Dock nur durch einen Gang getrennt. Ein kurzer Spurt, und sie würden diese höllische Schlacht hinter sich lassen.

Devesh tastete sich mithilfe seines Spazierstocks die letzten Stufen hinunter.

Der Somalier hob warnend die Linke und wandte sich zur Tür. »Bleiben Sie zurück. Ich schaue mal nach, ob die Luft rein ist.« In der Rechten hielt er eine Pistole. Er wartete einen Moment, dann zog er die Tür ein Stück weiter auf. Erleichtert drehte er sich um. »Der Gang ist frei.«

Devesh trat einen Schritt vor – da machte er über die Schulter des Somaliers hinweg eine Bewegung aus. Ein federngeschmückter Eingeborener trat aus seinem Versteck im Durchgang zum Tenderdock hervor.

In Händen hielt der Kannibale einen gespannten Bogen.

Der groß gewachsene Somalier hatte Deveshs Erschrecken wohl mitbekommen. Noch ehe er sich ganz umgedreht hatte, begann er blindlings zu feuern.

Der Kannibale wurde dreimal in die Brust getroffen und taumelte mit einem Aufschrei zurück.

Allerdings hatte er den Pfeil bereits abgeschossen.

Der Pfeil durchbohrte den Hals des Somaliers und schoss wie eine blutige Zunge aus seinem Nacken hervor. Der große Mann taumelte und fiel auf den Rücken. Trotzdem zielte er noch immer mit der Pistole zur Tür.

Der Kannibale aber stand nicht mehr auf, und auf dem Gang blieb es ruhig.

Devesh war entschlossen, die Gelegenheit zu nutzen. Er stürzte zu seinem verletzten Leibwächter.

»Helfen Sie mir!«, krächzte der Mann. Seine Lider zuckten vor Schmerzen. Mit einem Arm hatte er sich hochgestützt, in der anderen Hand hielt er die Pistole.

Devesh trat ihm den Stützarm weg. Der Mann fiel überrascht zurück. Die Pfeilspitze stieß gegen den gebohnerten Holzboden. Devesh kniete neben ihm nieder und warf den Stock beiseite. Er brauchte eine bessere Waffe. Er versuchte, dem Mann die Pistole zu entwinden.

Der Somalier aber wollte nicht loslassen und krampfte vor Schmerz und Zorn die Finger zusammen.

»Lassen Sie los!« Devesh drückte mit dem Knie gegen den Pfeil im Hals des Mannes.

Ein lauter Knall beendete den Kampf.

Die Türen an der anderen Seite des Theaters waren aufgesprungen. Devesh entriss dem Somalier die Pistole und wandte sich um. Eine Gestalt huschte auf kleinen Füßen in den Raum, gehüllt in wirbelnde, blutbespritzte Seide.

»Surina!«

Doch sie war nicht allein.

Sie wurde von einer Horde tobender, hungriger Gestalten verfolgt. Die Kranken strömten hinter ihr ins Theater. Einige rutschten auf dem glatten Holzboden aus, gingen in die Knie und richteten sich gleich wieder auf, getrieben von animalischer Gier. Allerdings wurden sie so lange aufgehalten, dass Surina in der Zwischenzeit die Hälfte des Theaters durchqueren konnte.

Erleichtert und erschrocken rappelte Devesh sich hoch.

Er wollte nicht allein sein.

Surina stürmte zu ihm und bückte sich. Im Laufen hob sie seinen Spazierstock auf, dann glitt auch schon die Stahlklinge aus der Scheide. Sie schwang das Schwert.

Devesh rannte zur offenen Tür. »Hier entlang!« Er umklammerte die Pistole mit beiden Händen und sprang über den Somalier, der im Todeskampf stöhnte, und die Blutlache auf dem dunklen Holzboden hinweg. Vielleicht würde der Mann die Kannibalen ja ablenken.

Beim Aufsetzen verspürte er in den Kniekehlen einen scharfen Schmerz.

Er wollte weiterrennen, konnte sich aber nicht mehr aufrecht halten. Er knickte ein, prallte mit dem Ellbogen auf und ließ die Pistole fallen. Der Schmerz strahlte vom Arm bis in den Schädel. Aus den Augenwinkeln sah er, wie Surina sich hinter ihm aufrichtete. Das Schwert hatte sie seitlich abgestreckt, die Spitze war blutig.

Devesh bemühte sich aufzustehen, konnte die Beine aber nicht mehr gebrauchen. An den Knien sickerte Blut aus der Hose. Als Surina an ihm vorbeiglitt, begriff er, was geschehen war. Das Miststück hatte ihm die Kniesehnen durchtrennt und ihn bewegungsunfähig gemacht.

Sie rauschte durch den Gang und verschwand in der Dunkelheit des Docks.

»Surina!«

Devesh robbte ihr hinterher und zog die Beine nach.

Er näherte sich der Pistole.

Da krallten sich Finger in seine Beine, angelockt vom Blut. Im dunklen Theater schrie der Somalier auf. Devesh wurde zu ihm zurückgezerrt. Mit den Händen verschmierte er sein eigenes Blut, mit den Fingern suchte er Halt und einen letzten Trost.

Beides fand er nicht.

05:45

Während lautes Gebrüll und das Geräusch von Schüssen zu ihnen herunterschallten, schloss Lisa zu Monk auf, der am Fuß der Treppe der Startrampe stand. Sie fröstelte im feuchten Wind.

Ryders Privatboot befand sich in einem kleinen, von Stahlträgern überwölbten Raum an der Außenseite des Schiffs. Es stank nach Treibstoff und Öl. Die Aluminiumschienen in der Mitte ließen an eine Achterbahn denken. Das stoßgedämpfte, abschüssige Schienenpaar führte zu einer offenen Luke in der Bordwand. Dahinter lockte die dunkle, von Regenböen gepeitschte Lagune.

Das, was auf den Schienen stand, fesselte die ganze Aufmerksamkeit ihres Kollegen. »Das ist kein beschissenes Boot!«, platzte Monk heraus.

Ryder scheuchte sie weiter. »Das ist ein *Flugboot,* Mann. Halb Wasserflugzeug, halb Düsenboot.«

Der Anblick verschlug Monk den Atem.

Lisa war nicht minder beeindruckt.

Auf der Startrampe stand ein Fahrzeug, das Ähnlichkeit hatte mit einem Falken, der mit angelegten Schwingen auf seine Beute niederstieß. Die geschlossene Kabine lief in eine aerodynamische Spitze aus. Am Heck waren zwei Propeller angebracht. Und über der Kabine befanden sich die zusammengefalteten Flügel, deren Spitzen sich unmittelbar vor dem senkrecht aufragenden Heck und den Propellern berührten.

»Das Boot wurde von Hamilton Jet in Neuseeland gebaut«, erklärte Ryder, während er die Hand über den Rumpf gleiten ließ und seine Begleiter zur offenen Einstiegsluke führte. »Ich habe es *Meerespfeil* getauft. Im Wasser saugt der V-12-Benzinmotor vorn Wasser an und stößt es über die beiden Heckdüsen aus. Wenn man genug Fahrt macht, braucht man nur noch die hydraulischen Flügel auszuklappen, und schon hebt man ab … und fliegt mit den Heckpropellern weiter.« Ryder tätschelte den Rumpf. »Das Ding ist auch flott. Zu Wasser und in der Luft. Ich hab damit schon dreihundert Stundenmeilen gemacht.«

Ryder reichte Lisa die Hand und half ihr die Stufen der Startrampe hoch. Sie schlüpfte in die Kabine. Das Innere unterschied sich nicht sonderlich von einer Cessna: Es gab zwei Sitze für Pilot und Kopilot und dahinter vier weitere für die Passagiere.

Ryder stieg nach Lisa ein, kletterte nach vorn und nahm auf dem Pilotensitz Platz. Monk bildete den Abschluss und schloss hinter sich die Luke.

»Bitte anschnallen!«, rief Ryder.

Monk setzte sich auf den Platz bei der Luke, damit er Susan hereinziehen konnte, wenn sie den Strand erreicht hatten. Lisa nahm neben Ryder Platz.

»Festhalten«, sagte er.

Ryder betätigte einen Schalter, worauf der *Meerespfeil* erschütterungsfrei auf den Schienen vorrollte und ins Wasser plumpste.

Die Windschutzscheibe wurde überspült, als der Bug tief ins Wasser eintauchte.

Dann sprang mit einem tiefen, kraftvollen Grollen der Motor an. Lisa spürte die Vibrationen am Gesäß.

Mit bollerndem Motor begann der *Meerespfeil,* übers Wasser zu gleiten. Regenschauer und Wasserspritzer peitschten die Kabine.

»Und los geht's«, murmelte Ryder und gab Gas.

Das Boot machte seinem Namen alle Ehre und schoss wie ein Pfeil übers sturmgepeitschte Wasser. Lisa wurde von der Beschleunigung in den Sitz gedrückt.

Monk stieß einen anerkennenden Pfiff aus.

Ryder legte das Boot schräg und schlitterte wie über eine Schlittschuhbahn. Er sauste um den Bug des Schiffes herum, eine Mücke neben einem Wal.

Lisa blickte zu dem gewaltigen Schiff auf. Jetzt, da die Schüsse und Schreie nicht mehr zu hören waren, wirkte die *Mistress of the Seas* ganz friedlich und leuchtete sanft in der Düsternis des Sturms.

Dabei wusste sie genau, dass es an Bord alles andere als friedlich zuging.

Als sie sich zurücklehnte, konnte sie sich eines leichten Schuldgefühls nicht erwehren. Wegen Jessie, Henri und Dr. Miller. Und wegen all der anderen. Sie hatte das Gefühl, sie sei einem Kampf ausgewichen und habe die Menschen an Bord im Stich gelassen, um ihre eigene Haut zu retten.

Doch sie hatte keine Wahl gehabt.

Ryder schwenkte das Boot herum und hielt auf die Insel zu, auf die Stelle, wo sie Susan abholen wollten. Das Boot raste auf den dunklen Dschungel zu, der gesäumt war von einem schmalen Strand.

Lautlos wiederholte sie Henris Abschiedsworte.

Das Heilmittel muss in Sicherheit gebracht werden.

Lisa beobachtete, wie die Bäume und der Strand immer näher kamen.

Sie mussten es schaffen.

5:50

Rakao beobachtete durchs Infrarotfernglas, wie das seltsame Wasserfahrzeug ums Kreuzfahrtschiff herumschwenkte und dann auf ihn zuraste. Das Boot zeichnete sich als roter Fleck auf dem kälteren Wasser ab.

Er gab seinen Leuten ein Zeichen. Sie sollten auf den ersten Schuss warten und dann angreifen.

Rakao senkte das Fernglas und blickte durchs Zielfernrohr. Er fixierte erneut sein Ziel: die entflohene Frau. Sie war aus dem Dschungel hervorgetreten und wartete am Strand.

Rakao hörte das Grollen des sich nähernden Boots.

Die Frau hob den Arm. Er hatte den Eindruck, der Arm leuchte im Mondschein. Doch es schien kein Mond.

Ein kalter Schauder lief Rakao über den Rücken. Doch er ließ sich nicht ablenken. Er hatte einen Auftrag. Sich den Kopf zerbrechen konnte er später.

Einer der Eingeborenen schob den langen Einbaum ins Wasser. Er winkte die Frau zu sich heran. Sie trat ins flache Wasser, kletterte in den Einbaum und nahm unbeholfen im Heck Platz.

Der Mann hinter dem Heck bückte sich, um den Einbaum dem sich nähernden Boot entgegenzuschieben. Er brauchte nicht lange zu warten.

Das Motorboot wurde langsamer und schwenkte herum, sodass es dem Strand die Steuerbordseite zuwandte. In etwa sieben Metern Abstand zum Einbaum kam es zum Stillstand.

Die Luke war bereits geöffnet.

In der Öffnung erspähte Rakao einen Mann.

Ausgezeichnet.

Rakao legte an, zielte – und schoss.

05:51

Als es knallte, zuckte Monk, der in der Luke stand, zusammen.

Er beobachtete, wie der Eingeborene am Heck des Einbaums im Wasser zusammenbrach. Dabei versetzte er dem Kanu einen Stoß Richtung Boot.

Mehrere Schüsse wurden abgefeuert, winzige Lichtblitze im finsteren Dschungel.

Ein zweiter Eingeborener mit Schussverletzungen an Brust und Schulter taumelte auf den Strand. Flehentlich zeigte er auf die im Einbaum sitzende Susan, als könnte die Hexenkönigin ihn retten. Abermals knallte es, und sein Kopf wurde zurückgeschleudert, während die untere Gesichtshälfte explodierte.

Er brach zusammen.

Das war eine Falle … und Susan war der Köder.

Ein Kugelhagel traf die Flanke des *Meerespfeils* und trieb Monk nach innen. Ryder fluchte unbeherrscht. Monk kletterte nach hinten und schnappte sich das Sturmgewehr vom Rücksitz.

Ein gebrüllter Befehl beendete den Beschuss.

In der nachfolgenden Stille kroch Monk vorsichtig zur Luke zurück.

Im knietiefen Wasser stand ein Mann mit Tätowierungen im Gesicht. Rakao hielt in der einen Hand einen Speer und in der anderen eine SIG Sauer-Pistole, mit der er auf Susans Kopf zielte. Sie hockte im Heck des treibenden Kanus.

Mit angstvoll geweiteten, leuchtenden Augen blickte Susan zu Monk hinüber.

»Macht den Motor aus!«, rief Rakao auf Englisch übers Wasser. »Werft die Waffen weg! Und dann springt ins Wasser und schwimmt zu mir her.«

Monk wandte sich um. »Lisa, du musst hierbleiben. Ryder, lassen Sie den Motor an. Auf *Los* geben Sie Vollgas.«

Lisa kämpfte mit dem Gurt, schaffte es aber endlich, sich loszuschnallen.

Monk packte das Gewehr am Lauf und streckte es aus der offenen Luke. Eine Kugel prallte vom Rumpf des *Meerespfeils* ab. Rakao wies den Schützen zornig zurecht. Er wollte die Abwicklung des Tauschhandels nicht gefährden. Offenbar hatte auch er inzwischen begriffen, wie wertvoll seine Beute war.

Monk zeigte sich in der Luke. Das Gewehr hielt er seitlich abgestreckt, die andere Hand hatte er hoch erhoben.

»Was hast du vor?«, flüsterte Lisa.

»Halt dich einfach nur bereit«, murmelte er.

»Bereit wofür?«

Für weitschweifige Erklärungen war keine Zeit.

Als Rakao ihn sah, trat er einen Schritt ins Wasser vor, die Pistolenmündung nur eine Handlänge von Susans Hinterkopf entfernt. Der Bug des Einbaums zeigte zum *Meerespfeil* und wies leicht nach oben, da Susan das Heck beschwerte.

»Wir kommen!«, rief Monk.

Zum Beweis, dass er es ernst meinte, schleuderte er das Gewehr aus der Luke. Es wirbelte durch die Luft, und wie er gehofft hatte, folgte Rakao der Waffe mit den Augen.

Im nächsten Moment hechte Monk dem Gewehr hinterher. Er schnellte hoch empor, als wollte er einen Hocksprung in die Lagune machen. Stattdessen aber landete er auf dem geneigten Bug des Kanus. Aufgrund der Wucht des Aufpralls tauchte der Bug tief ins Wasser ein. Das Heck wurde wie das untere Ende einer Schaukel nach oben katapultiert.

Susan flog an Monks Kopf vorbei – geradewegs auf den *Meerespfeil* zu.

Ein ungezielter Schuss knallte – das Heck des Einbaums hatte Rakao die Pistole aus der Hand geschlagen.

Monk hörte, wie Susan mit einem lauten Platscher hinter ihm im Wasser landete.

Dann federte der Bug wieder hoch, und Monk wurde auf den Boden des Einbaums geschleudert. Er stützte sich auf den Ellbogen auf und sah Susans Beine in der Bootsluke verschwinden.

Gut gemacht.

»Ryder! Los!«, brüllte Monk aus vollem Halse. »Los!«

Der *Meerespfeil* aber rührte sich nicht von der Stelle.

Monk wollte erneut zum Flugboot hinüberrufen, als das Kanu auf einmal heftig schwankte.

Rakao war in den Einbaum geklettert und richtete sich auf. Das

Kanu drehte sich, doch er wahrte geschickt das Gleichgewicht. Beidhändig stieß er Monk seinen Speer entgegen.

Monk reagierte instinktiv. Er versuchte den tödlichen Stoß dadurch abzuwehren, dass er den Schaft packte. Die Prothesenfinger schlossen sich darum.

Ein Fehler.

Ein Stromschlag zuckte durch seinen Körper. Er dachte daran, wie Rakao Lisa mit dem Elektrospeer vor den Kalmaren gerettet hatte.

Heftige Schmerzen ergriffen Monks ganzen Leib. Seine Muskeln zuckten unkrontrolliert, und gleichzeitig hörte er, wie der *Meerespfeil* wieder unter Beschuss genommen wurde.

War Ryder denn immer noch nicht weg?

Monk kämpfte gegen den Elektroschock. Eigentlich hätte er auf der Stelle tot sein müssen. Dass er den Stromschlag überlebt hatte, verdankte er allein der isolierenden Handprothese. Jetzt aber stieg ihm der Gestank verschmorten Kunststoffs in die Nase.

Ryder… zieh endlich Leine…

05:54

»Warten Sie!«, übertönte Lisa den Lärm der Kugeln, die in die Flanke des *Meerespfeils* einschlugen.

Lisa lag neben Susan auf dem Boden. Sie konnte Rakao sehen, der sich mit seinem ganzen Gewicht auf den Speer lehnte und versuchte, Monk die unter Strom stehende Spitze in die Brust zu rammen. Monk wehrte sich. Von seiner Handprothese stieg schwarzer Qualm auf.

Das Kanu drehte sich und kam dem Flugboot ganz nahe… jedenfalls nahe genug.

»Jetzt!«, brüllte sie.

Mit einem lauten Explosionsgeräusch schaltete sich die Hydraulik ein. Der *Meerespfeil* klappte die Flügel aus, die wie Axtklingen nach außen sprangen. Der eine Flügel traf Rakao an der Schulter und schleuderte ihn in hohem Bogen ins Wasser.

Das Sperrfeuer hörte auf, denn das Manöver hatte die Schützen aus dem Konzept gebracht.

»Monk!«, übertönte Lisa die dröhnende Stille. »Über deinem Kopf!«

Trotz seiner Benommenheit hörte Monk Lisas Schrei.

Dann begriff er auch schon, was sie meinte. Da war etwas über seinem Kopf. Ein Flügel des *Meerespfeils.* Obwohl er am ganzen Leib zitterte, rappelte er sich hoch – und sprang.

In die Kraft seiner eigenen Hand hatte er kein Vertrauen. Er krampfte die qualmenden Plastikfinger um eine Stahlstrebe des Flügels und löste mit einem Gedankenbefehl die Verriegelung aus.

Und los …

»Los!«, brüllte Lisa, die noch immer am Boden lag und sich an den Sitzen abstützte.

Unter ihr sprangen grollend die Twin-Motoren an. Der *Meerespfeil* machte einen Satz. Das Heck schwenkte zum Strand herum, als die Schützen aus ihrer vorübergehenden Lähmung erwachten und das Feuer wieder eröffneten.

Lisa beobachtete, wie Monks strampelndes rechtes Bein von einer Kugel getroffen wurde.

Blut spritzte aus seiner Wade. Er verzerrte gequält das Gesicht. Die untere Beinhälfte wirkte irgendwie verdreht. Die Kugel hatte ihm offenbar das Schienbein zerschmettert.

Gott sei Dank ließ er nicht los …

Ryder steuerte das Flugboot vom Strand weg. Es raste übers Wasser, ließ die Kugeln hinter sich.

Lisa kamen die Tränen.

Sie würden es schaffen.

05:55

Rakao tauchte aus dem Wasser auf und schnappte nach Luft. Erst spürte er den Boden mit den Zehen, dann auch mit den Fersen. Er stand im brusttiefen Wasser. Der Motor des Flugboots dröhnte ihm in den Ohren.

Das gegnerische Boot schoss auf die Lagune hinaus. An einer

Flügelspitze baumelte ein Mensch. Rasend vor Zorn watete er zum Strand. Sein linker Arm brannte vom Salzwasser. Der Bootsflügel hatte ihm den Knochen gebrochen, dessen scharfe Spitze die Haut durchstoßen hatte.

In der unverletzten Hand hielt er den Speer.

Vielleicht würde er ihn ja noch brauchen.

Rakao hatte die Unterwasserblitze der Kalmare, die vom Blut angelockt wurden, bereits bemerkt. Er wandte dem Strand den Rücken zu und ging langsam rückwärts. Die Waffe hielt er stoßbereit erhoben. Der Stromstoß würde ihm wehtun, aber die Kalmare hoffentlich vertreiben.

Als das Wasser ihm nur noch bis zur Hüfte reichte, gestattete Rakao sich einen Seufzer der Erleichterung.

Sobald er an Land wäre, würde er die anderen Flüchtlinge jagen.

Ganz gleich, wo sie sich versteckten, er würde sie finden.

Das gelobte er sich feierlich.

Ein Blitz erhellte für einen Moment das dunkle Wasser. Das Licht reichte bis in die Tiefe. Fangarme hatten sich um seine Beine geschlängelt. Der längste Arm blinkte gelb. Das Ungeheuer lag nur einen Schritt entfernt seelenruhig auf dem Sand. Im nächsten Moment war die Lagune wieder ein dunkler Spiegel, der sein Entsetzen reflektierte.

Rakao stellte den Elektrospeer auf volle Leistung und stieß ihn ins Wasser.

Blaue Funken knisterten. Er stöhnte vor Schmerz, denn er hatte das Gefühl, ein Fangeisen sei um seine Hüfte zugeschnappt. Die Waffe knisterte ein letztes Mal und stieß eine säuerlich riechende Qualmwolke aus, dann gab sie den Geist auf. Bei der Auseinandersetzung mit dem Amerikaner war sie offenbar überlastet worden.

Rakao taumelte zurück. Der Schmerz im gebrochenen Arm raubte ihm fast den Verstand.

Hatte die Restladung ausgereicht?

Die Antwort gab ein höllisches Brennen am Schenkel. Chitinhaken bohrten sich in sein Bein. Er stemmte sich gegen den Zug des Kalmars, der ihn ins tiefere Wasser ziehen wollte. Der Rumpf tauchte auf, und der Kalmar verdrehte ein Auge.

Rakao stach mit dem Speer nach ihm. Auch wenn die Waffe entladen war, hatte sie doch eine scharfe Spitze. Er spürte, wie die Klinge tief eindrang. Die Umklammerung lockerte sich, dann erschlafften die Fangarme.

Mit grimmiger Genugtuung zog er sich Richtung Strand zurück.

Plötzlich aber waren überall im Wasser Feuerstreifen: blau und smaragdgrün, vor allem aber flammend rot. Es hatten noch mehr Kalmare auf der Lauer gelegen. Rakao las die Wut aus den Leuchterscheinungen heraus. Er hatte das Gefühl, in einem hell erleuchteten Whirlpool zu stehen.

Etwas stieß gegen sein Bein. Zähne gruben sich in seinen Knöchel.

Rakao wusste, dass dies das Ende war.

Es waren einfach zu viele.

Seine Männer würden ihn nicht mehr rechtzeitig erreichen.

Er blickte dem davonrasenden Boot hinterher, ließ den Speer fallen und fasste sich ans Schulterhalfter. Das hatte er immer dabei. Doch es war keine Waffe darin. Nur eine Rückversicherung. Er packte den T-Griff, der aus dem Lederholster ragte, und zog den Sender heraus.

Ein Fangarm schlang sich um seine Hüfte, die Haken schlitzten ihm die Haut auf.

Wenn er dranglauben musste, dann auch alle anderen.

Als ein Gewirr von Tentakeln übers Wasser peitschte, drückte Rakao den Auslöser. Aus allen Richtungen fielen sie über ihn her, zerrissen Stoff und Haut, zogen ihm die Beine unter dem Körper weg. Als er untertauchte, spürte er, wie ihm das rechte Ohr abgerissen wurde.

Trotzdem hörte er die Explosionen, ein Donner aus der Höhe, der durchs Wasser dröhnte, während die Ungeheuer ihn in die Tiefe zerrten.

Wumm, wumm, wumm…

05:57

Feuerbälle erhellten das Hochland der Insel. Lisa glaubte zunächst, es wären Blitzeinschläge – die Explosionen aber folgten in regelmäßigen Abständen aufeinander und wanderten um die höchsten Erhebungen der Insel herum.

»Was zum Teufel ist das?«, schrie Ryder vom Pilotensitz her.

Brennende Teile des Inselnetzes fielen herab.

»Jemand sprengt das Netz!«, rief Lisa. »Es kommt runter!«

Ryder fluchte.

Die Explosionen dauerten an. Die Flammen erhellten den Himmel und breiteten sich in der Höhe aus. Wenn es ihnen nicht gelang, rechtzeitig den Lagunenausgang zu erreichen, würde ihnen das Netz auf den Kopf fallen.

»Ich muss abheben!«, brüllte Ryder.

Das würde haarig werden.

05:57

Schwere Explosionen erhellten den Rand der Insel.

Monk begriff, was das bedeutete.

Das Tarnnetz...

Der *Meerespfeil* beschleunigte unvermittelt und versuchte, den Explosionen davonzufahren. Als das Boot die Abhebegeschwindigkeit erreichte, hob es sich ein paar Zentimeter aus dem Wasser.

Da Monk die eine Seite beschwerte, hatte es jedoch Schieflage. Seine Stiefelkappen streiften am Wasser. Ryder reagierte und verlangsamte etwas. Das Flugboot berührte das Wasser, prallte davon ab, sank wieder ein.

Ein stechender Schmerz schoss durch Monks gebrochenes Bein. Er klammerte sich noch immer an der Strebe fest.

Loslassen konnte er nicht, selbst wenn er gewollt hätte. Bei dem Gerangel mit Rakaos Speer war die Elektronik seiner Handprothese verschmort. Als er sie an der Flügelstrebe verankerte, hatte sie den Geist aufgegeben. Jetzt hing er am Haken wie ein Stück Fleisch beim Metzger.

Er wandte den Kopf und beobachtete, wie die Explosionen sich rund um die Insel fortpflanzten. Die ganze hintere Hälfte des Netzes stürzte herab. Inmitten des Unwetters regnete auf einmal Feuer vom Himmel.

Mit jeder Explosion stürzte ein weiteres Stück Himmel herab.

Monk blickte zum Ausgang der Lagune, zu der schmalen Lücke im Vulkankegel. Der *Meerespfeil* musste sie erreichen, bevor die Explosionen ganz um den Kraterrand herumgewandert waren und der Rest des Netzes ins Wasser stürzte. Monk überschlug ihre Chancen. Es sah nicht gut aus. Solange er wie ein Steak an der einen Flügelspitze hing, würden sie es nicht schaffen.

»Können Sie die Flügel wieder einklappen?«, rief Lisa Ryder zu.

Vielleicht könnte man Monk ja näher an den Rumpf heranbringen, ihn in die Kabine holen und die Flügel anschließend wieder ausklappen. Und das alles, ohne an Fahrt zu verlieren.

Ryder zerschmetterte diese winzige Hoffnung. »Einmal ausgefahren, sind die Flügel verriegelt! Das ist eine eingebaute Sicherheitsvorkehrung!«

Lisa begriff. Im Flug die Flügel einzuklappen, war nicht sonderlich ratsam.

Sie beobachtete, wie Monk kämpfte. Mit der unverletzten Hand machte er sich an der Handprothese zu schaffen. Was hatte er vor?

Auf einmal dämmerte es ihr.

Offenbar hatte Monk begriffen, welche Gefahr von ihm ausging.

»Nein!«, schrie sie ihm zu. »Monk! Tu das nicht!«

Sie hatte keine Ahnung, ob er sie trotz des Fahrtwinds und der Explosionsgeräusche hörte.

Doch da wandte er den Kopf und sah sie an. Er zeigte zum fernen Strand der Lagune. Er rief etwas, doch seine Worte gingen im Donnern der Explosionen unter.

Er fummelte weiter an der Prothese herum.

Monk, bitte nicht…

Verdammter Mist… Weshalb krieg ich das Ding nicht los…?

Er kratzte am Plastikhandgelenk. Die Abdeckung der manuellen Entriegelung war geschmolzen. Er grub die Fingernägel in den blasigen Kunststoff.

Endlich schnappte die Abdeckung auf.

Gott sei Dank…

Er schob den Finger in die Öffnung.

»Monk!«, schrie Lisa.

Er nahm den Finger wieder weg und zeigte zum Strand. Er würde ans Ufer schwimmen. Sie mussten ohne ihn starten.

Lisa kniete in der offenen Luke, ihr Haar flatterte im Wind. Resignation spiegelte sich in ihrem Gesicht wider. Es gab keine Alternative.

Monk steckte den Finger erneut in die Öffnung und drückte den Entriegelungsschalter.

Die Hand löste sich vom Gelenk.

Er stürzte aufs Wasser und prallte mehrmals davon ab, wie ein Stein, der in flachem Winkel daraufgeworfen wurde. Schließlich sank er in die Tiefe. Mit dem gesunden Bein machte er Schwimmbewegungen; das andere Bein fühlte sich an, als hätte ihm jemand einen glühenden Schürhaken in die Wade gerammt.

So beobachtete er, wie der *Meerespfeil* auf die Öffnung im Vulkankegel zuraste, durch die man aufs offene Meer gelangte.

Ryder hatte die Motoren nicht gedrosselt. Er hatte Verständnis für Monks Opfer.

Während die Explosionen am Inselrand entlangwanderten, blickte Monk in die Höhe. Das Tarnnetz war bereits bedrohlich abgesackt. An der anderen Seite der Lagune fiel es wie ein brennendes Totenhemd auf die *Mistress of the Seas* herab, legte sich erst aufs Heck, dann auf den Bug.

In Sekundenschnelle war das Kreuzfahrtschiff darunter begraben, gefangen wie ein Delfin im Thunfischnetz. Und der Einsturz ging weiter. Die herabfallenden Trümmer wanderten auf Monk zu. Es war völlig ausgeschlossen, dass er den Strand rechtzeitig erreichen würde. Bis dorthin waren es fünfhundert Meter.

Der *Meerespfeil* hob unterdessen von der Lagune ab und flog auf die Öffnung im Vulkankegel zu.

Ryder würde es schaffen.

Dieser Gedanke half ihm, die Nerven zu behalten, als ein Teil des Netzes mitsamt der Stahltrossen und der mit Regenwasser vollgesogenen Taue auf ihn herabstürzte. Es zog ihn mit sich in die Tiefe, immer tiefer hinab …

Monk bemühte sich verzweifelt, wieder an die Oberfläche zu

kommen. Das gebrochene Bein behinderte ihn jedoch. Außerdem hatte sich das Netz teilweise zusammengefaltet. Er fand keinen Ausweg.

Er blickte zu den Lichtern des Kreuzfahrtschiffs empor.

Er bedauerte nur eines … sein gebrochenes Versprechen …

Er hatte Kat feierlich gelobt, dass er von diesem Einsatz zurückkehren würde, und das Versprechen damit besiegelt, dass er Penelope küsste.

Es tut mir leid …

In der verzweifelten Hoffnung auf Rettung streckte er den Arm nach oben.

Seine Hand stieß in ein Loch im verhedderten Netz. Mit dem Armstummel erweiterte er es. Ohne sich um die Schmerzen in der rechten Wade zu scheren, machte er Schwimmbewegungen mit beiden Beinen und schaffte es, sich durchs Loch zu schlängeln.

Dann stieß etwas gegen sein gebrochenes Bein, verfing sich am Knöchel und zog fest daran. Knochen rieb knirschend an Knochen. Der Schmerz schoss bis in die Wirbelsäule. Monk stieß den letzten Rest Atemluft aus und blickte nach unten.

Leuchterscheinungen näherten sich aus der Tiefe.

Fangarme wanden sich um seinen Leib, schlängelten sich um Hüfte und Brust. Ein gummiartiger Arm legte sich auf sein Gesicht und auf die Lippen, die einmal ein Versprechen abgegeben und ein Kind geküsst hatten.

Inmitten von Lichtblitzen wurde Monk immer tiefer hinabgezogen.

Ein letztes Mal blickte er sehnsüchtig in die Höhe.

Als die Lichter des Kreuzfahrtschiffs verblassten und es dunkel um ihn wurde, wanderten seine Gedanken zu den beiden Frauen, die seinem Leben einen Sinn gegeben hatten.

Zu Kat und Penelope.

Ich liebe euch, liebe euch, liebe euch …

06:05

Die Arme auf die Knie gestützt, saß Lisa auf der hinteren Sitzbank des *Meerespfeils* und schluchzte.

Neben ihr saß Susan, die ihr tröstend die Hand auf den Rücken gelegt hatte.

Keiner sagte etwas.

Ryder, der den *Meerespfeil* übers offene Wasser steuerte, hatte mit den Böen zu kämpfen. Die Insel Pusat fiel hinter ihnen zurück.

Das Flugboot schwankte wie ein Blatt im Wind. Es hatte keinen Sinn, gegen den Sturm anzukämpfen. Deshalb flogen sie einfach mit dem Wind nach Norden.

Das Funkgerät war von einem Querschläger getroffen worden und funktionierte nicht mehr.

»Die Sonne geht auf«, murmelte Susan, die aus dem Fenster blickte, ohne die Navigationskarte auf ihrem Schoß zu beachten.

Ihre Bemerkung brach den Bann.

»Vielleicht hat er es ja bis ans Ufer geschafft«, sagte Ryder vom Pilotensitz aus.

Lisa richtete sich auf. Sie wusste, dass Monk es nicht geschafft hatte. Trotzdem wischte sie sich die Tränen aus den Augen. Monk hatte sich geopfert, um ihnen die Flucht zu ermöglichen. Um den Überlebenden der *Mistress of the Seas* die Aussicht auf Rettung und der ganzen Welt die Hoffnung auf ein Heilmittel zu bewahren.

Trotzdem fühlte Lisa sich benommen und wie gelähmt.

»Die Sonne …«, sagte Susan.

Als Ryder einem Berg auswich, legte sich das Flugzeug auf die Seite. Der Horizont kündete vom Ende des Sturms. Die schwarzen Unwetterwolken hatten sich geteilt, und durch die Lücke fielen Sonnenstrahlen. Die Sonne lugte über den Horizont.

Warmer Sonnenschein strömte durch die Windschutzscheibe in die Kabine.

Lisa suchte eine Absolution darin, badete im Licht und nahm es in sich auf, um die Finsternis in ihrer Seele zu vertreiben.

Tatsächlich funktionierte es – bis Susan auf einmal einen grauenhaften Schrei ausstieß.

Lisa schreckte zusammen und fuhr herum. Susan saß kerzengerade in ihrem Sitz und starrte mit geweiteten Augen auf die aufgehende Sonne. Etwas in ihren Augen aber flammte noch heller.

Bodenloses Entsetzen.

»Susan?«

Sie reagierte nicht. Lautlos bewegte sich ihr Mund. Lisa musste ihr von den Lippen ablesen. »Sie dürfen da nicht hingehen.«

»Wer? Wohin?«

Susan antwortete nicht. Ohne den Blick zu senken, setzte sie den Finger auf die Landkarte auf ihrem Schoß.

Lisa las den Namen ab, auf den sie zeigte.

»Angkor.«

16
Bayon

7. Juli, 06:35
Angkor Thom, Kambodscha

Gray marschierte mit den anderen auf das große Tor der ummauerten Tempelanlage von Angkor Thom zu. Die tief stehende Morgensonne warf lange Schatten auf den südlichen Zugangsweg. Das Zirpen der Zikaden untermalte den Morgenchor der Frösche.

Abgesehen von einer Handvoll Touristen und zwei Mönchen in safrangelben Gewändern waren sie zu dieser frühen Stunde auf der Brücke allein. Der erhöhte Weg erstreckte sich über die Länge eines Fußballfelds und war gesäumt von Statuen; vierundfünfzig Götter auf der einen und vierundfünfzig Dämonen auf der anderen Seite. Sie überblickten einen größtenteils ausgetrockneten Graben, in dem einmal Krokodile geschwommen waren und die große Stadt und den Königspalast im Inneren der Anlage bewacht hatten. In dem von Erdwällen eingefassten tiefen Graben wechselten sich smaragdgrüne, algenbedeckte Tümpel mit Gras- und Unkrautstreifen ab.

Im Gehen legte Vigor einer der Dämonenstatuen die Hand auf den Kopf. »Beton«, sagte er. »Die meisten Originalköpfe wurden gestohlen. Ein paar sind noch in kambodschanischen Museen zu sehen.«

»Hoffentlich wurde nicht auch das gestohlen, wonach wir suchen«, bemerkte Seichan mürrisch. Der Wortwechsel, den sie im Van mit Nasser geführt hatte, ging ihr offenbar immer noch nach.

Gray hielt sich von ihr fern. Er war sich nicht sicher, welcher der beiden Gildenagenten der gefährlichere war.

Nassers Vierzig-Mann-Team hatte sie in die Mitte genommen, eine mit Khakiuniformen und schwarzen Baretten bekleidete Eskorte. Nasser ging einen Schritt hinter ihnen und blickte sich ständig wachsam um. Einige der Touristen zeigten Interesse an ihrer Gruppe, doch ansonsten wurden sie nicht weiter beachtet. Dafür waren die Ruinen zu faszinierend.

Am Ende des Wegs umschlossen zehn Meter hohe Mauern aus verwitterten Steinblöcken die alte Stadt. Ihr Ziel – der Bayon-Tempel – lag innerhalb der Einfassung. Die Ruinen waren noch immer von dichtem Wald umgeben. Riesige Palmen beschatteten die Mauern und das fünfundzwanzig Meter hohe Tor. In den Steinturm waren vier große Gesichter eingemeißelt, die in die vier Himmelsrichtungen wiesen.

Gray betrachtete die mit Flechten überwachsenen und von Rissen durchzogenen Gesichter. Trotz ihres schlechten Zustands wirkten sie irgendwie friedlich: Die breite Stirn beschattete tief liegende Augen, die wulstigen Lippen waren leicht geschwungen; ein Lächeln, das nicht minder rätselhaft war als das der Mona Lisa.

»Das Lächeln von Angkor«, meinte Vigor, der Grays Blick mit den Augen gefolgt war. »Das ist Lokesvara, der Bodhisattva des Mitgefühls.«

Gray sprach ein lautloses Gebet, dass dieses Mitgefühl auf Nasser ausstrahlen möge, und sah auf die Uhr. Noch fünfundzwanzig Minuten, dann war wieder eine Stunde um, und Nasser würde anordnen, seiner Mutter einen weiteren Finger abzuschneiden.

Um ihn davon abzuhalten, mussten sie einen Fortschritt vorweisen, der den Schuft beschwichtigen würde. Doch was sollte das sein?

Gray spürte eine Beklemmung in der Brust. Er fühlte sich hin und her gerissen zwischen dem Wunsch, einfach loszustürzen und nach den Hinweisen zu suchen, die Nasser Einhalt gebieten würden, und dem nicht minder starken Verlangen, ihn so lange wie möglich hinzuhalten, damit Direktor Crowe mehr Zeit hatte, das Versteck seiner Eltern ausfindig zu machen.

Er bemühte sich verzweifelt, einen Ausgleich zwischen diesen beiden Extremen zu finden.

»Seht mal – Elefanten!«, sagte Kowalski und zeigte etwas zu aufgeregt auf das große Eingangstor. Er eilte ein paar Schritte vor, sodass sich der lange Mantel hinter ihm bauschte.

Hinter dem Tor standen zwei weißgraue indische Elefanten. Die Stoßzähne hatten sie auf den Boden gesenkt, die Augen waren schwarz von Fliegen. Einer der Führer half gerade einem Touristen, der eine schwere Kamera um den Hals trug, auf den schwankenden, bunt geschmückten Sitz, der Howdah genannt wurde. An einem in einen Autoreifen einzementierten Stock war ein Schild befestigt mit der mehrsprachigen Aufschrift ELEFANTENRITT ZUM BAYON.

»Nur zehn Dollar«, sagte Kowalski.

»Ich glaube, wir gehen lieber zu Fuß«, erwiderte Gray.

»Ja, mitten durch die Elefantenscheiße durch«, meinte Kowalski enttäuscht. »Sie werden noch bedauern, sich die zehn Dollar gespart zu haben.«

Gray verdrehte genervt die Augen und bedeutete Kowalski, Nassers Männern durch das Tor von Angkor Thom zu folgen.

Hinter dem Tor lag ein gepflasterter Weg, der beschattet wurde von hohen Kapokbäumen, deren verdrehte Wurzeln sich unter den Steinblöcken hindurch- und darüber hinwegschlängelten. Samenkapseln knirschten unter den Füßen.

Vor ihnen wurde der Wald dichter und verdeckte die Sicht.

»Wie weit ist es noch?«, fragte Nasser. Er hielt sich einen Meter entfernt und hatte die Hand in die Jackentasche gesteckt.

Vigor zeigte nach vorn. »Bis zum Bayon-Tempel müssen wir eine Meile durch den Dschungel laufen.«

Nasser sah auf die Uhr, dann blickte er Gray an; die Drohung war unmissverständlich.

Eins der allgegenwärtigen Tuk Tuks brummte vorbei. Das war hier das Hauptbeförderungsmittel, eine Art Rikscha, die von einem Zweitakter-Motorrad gezogen wurde. Die beiden deutschen Touristen fotografierten die Eskorte mit den schwarzen Baretten. Dann verschwanden sie in der Ferne.

Gray folgte der Abgaswolke und ging schneller.

Kowalski musterte misstrauisch das Palmen- und Bambusdickicht.

Im Gehen erklärte Vigor: »In Angkor Thom haben früher über hunderttausend Menschen gelebt.«

»Wo gelebt?«, entgegnete Kowalski. »Etwa in Baumhäusern?«

Vigor deutete mit weit ausholender Geste auf den Wald. »Die meisten Häuser, auch die der Königsfamilien, waren aus Bambus und Holz errichtet und sind inzwischen verrottet. Nur die Tempel hat man aus Stein erbaut. Früher war das hier eine geschäftige Großstadt, auf den Märkten wurden Fisch, Reis, Obst und Gewürze feilgeboten, und in den Häusern wimmelte es von Schweinen und Hühnern. Die Stadtplaner hatten auch an ein umfangreiches Bewässerungs- und Abwassersystem gedacht. Es gab sogar einen Zoo für die Königsfamilie, wo kunstvolle Zirkusaufführungen stattfanden. Angkor Thom war eine pulsierende Stadt, farbenfroh und laut. Bei Festen stiegen Feuerwerkskörper in den Himmel. Die Musiker waren zahlreicher als die Krieger. Sie hatten Becken, Handglöckchen, Röhrentrommeln, Harfen und Lauten, Trompeten und Muschelhörner.«

»Ein richtiges Orchester«, brummte Kowalski unbeeindruckt.

Während Gray das Dickicht musterte, versuchte er, sich eine solche Stadt vorzustellen.

»Und was wurde aus den Leuten?«, fragte Kowalski.

Vigor rieb sich das Kinn. »Obwohl wir über das Alltagsleben einiges wissen, liegt die Geschichte von Angkor noch immer weitgehend im Dunkeln, und man ist auf Hypothesen angewiesen. Für die schriftlichen Aufzeichnungen benutzte man heilige Bücher aus Palmblättern, die sogenannten Sastra. Wie die Häuser haben auch sie nicht überdauert. Deshalb ist man auf die Flachreliefs der Tempel angewiesen, wenn man sich ein Bild von der Geschichte Angkors machen will. Was mit der Bevölkerung geschah, ist daher immer noch ein Rätsel. Man weiß nicht, was aus den Menschen geworden ist.«

Gray hielt Schritt mit dem Monsignore. »Ich dachte, sie wurden von den Thais angegriffen und die hätten die Khmer-Kultur vernichtet?«

»Ja, aber viele Historiker und Archäologen glauben, der Thai-Invasion werde zu große Bedeutung beigemessen und das Volk der Khmer sei schon vorher geschwächt gewesen. Eine Theorie besagt, die Khmer hätten aufgrund einer Konversion zu einer friedlicheren Spielart des Buddhismus an militärischer Stärke eingebüßt. Einer anderen Theorie zufolge ist das ausgedehnte Bewässerungs- und Wasserversorgungssystem, auf dem der Wohlstand des Königreiches beruhte, verfallen und verschlammt, sodass die Stadt leichter erobert werden konnte. Allerdings gibt es auch historische Hinweise auf ein wiederholtes Auftreten der Pest.«

Gray musste an Marcos Totenstadt denken. Sie schritten über ebenjene Totenfelder, die jetzt mit Wald und Dickicht überwachsen waren. Die Natur war zurückgekehrt und hatte die Spuren menschlichen Einwirkens ausradiert.

»Wir wissen, dass Angkor auch noch nach Marcos Tod bewohnt war«, fuhr Vigor fort. »Ein chinesischer Forscher namens Zhou Daguan hat ein Jahrhundert nach Marcos Durchreise einen großartigen Bericht über diese Region verfasst. Also hat das Reich dank des Heilmittels, das auch Marco zugutekam, letztendlich überlebt, doch die Virenquelle hat überdauert, sodass die Pest in der Folgezeit wiederholt ausgebrochen ist und das Reich immer weiter schwächte. Nicht einmal die thailändischen Eroberer haben Angkor besetzt. Sie haben die gewaltige Infrastruktur verfallen und vom Urwald überwuchern lassen. Man fragt sich natürlich, warum sie das taten. Hatten sie Angst vor der Pest? Haben sie die Gegend absichtlich gemieden, weil sie glaubten, sie sei verflucht?«

Seichan war unterdessen näher gekommen. »Wollen Sie damit andeuten, der Krankheitsauslöser befinde sich immer noch hier?«

Vigor zuckte mit den Schultern. »Die Antworten auf unsere Fragen sind im Bayon zu finden.« Er zeigte auf eine Lücke im Wald.

Eingerahmt vom Dschungel, war vor ihnen ein steil ansteigender Sandsteinberg aufgetaucht, ein Muster aus tiefen Schatten und Vorsprüngen, die in der Morgensonne taufeucht funkelten. Um den Berg waren kleinere Gipfel angeordnet, die sich zu einem gewaltigen Gebirgsmassiv zusammendrängten. Der Tempel wirkte auf Gray irgendwie organisch, wie ein Termitenbau, eine Erhebung mit vage definierten Begrenzungslinien, so als hätte jahrhundertelanger Regen den Sandstein aufgelöst und in diese pockennarbige, fließende Masse umgewandelt.

Dann zog eine Wolke vor der Sonne vorbei, die Schatten vertieften und verlagerten sich. Aus der Steinmasse traten große

Dämonengesichter mit sphinxhaftem Lächeln hervor, welche die gesamte Oberfläche bedeckten und in alle Himmelsrichtungen blickten. Der Berg in der Mitte erwies sich nun als eine Ansammlung dicht übereinandergeschichteter Türme, ein jeder verziert mit dem gewaltigen Gesicht Lokesvaras.

»›Im Schein des Vollmonds ragte ein großer Berg aus dem Wald auf, geschmückt mit tausend Dämonengesichtern‹«, murmelte Vigor.

Gray schauderte. Das waren Marcos eigene Worte. Hier hatte er seinem Beichtvater nachgeschaut, als Pater Agreer auf das Steingebirge mit den gemeißelten Gesichtern zugegangen war. Auf einmal wurden ihm vor Beklommenheit die Füße schwer. Er zwang sich, wieder schneller zu gehen.

Bislang waren sie Marcos Fußstapfen gefolgt... jetzt war es an der Zeit, seinem Beichtvater zu folgen. Aber wohin war Pater Agreer gegangen?

06:53

Als der Tempel immer höher vor ihnen aufragte, legte sich ein lastendes Schweigen auf die Gruppe. Die meisten blickten zu den Tempelruinen hoch, während Vigor sich einen Moment Zeit nahm, seine Begleiter zu mustern. Seit ihrem Eintreffen in Angkor Thom nahm er zwischen Gray und Seichan eine unterschwellige Spannung wahr. Die beiden waren noch nie Busenfreunde gewesen, doch es hatte eine angespannte Vertraulichkeit zwischen ihnen geherrscht. Zwar lieferten sie sich nach wie vor hitzige Wortgefechte, doch die körperliche Distanz hatte im Laufe des vergangenen Tages abgenommen, und sie waren einander näher gerückt.

Vigor bezweifelte, dass sie sich dessen bewusst waren.

Seitdem sie jedoch aus dem Van ausgestiegen waren, wirkten sie wie umgepolt, als ob sie sich gegenseitig abstießen. Sie hielten nicht nur auf Abstand, sondern Gray musterte Seichan auch finster, wenn sie ihm den Rücken zuwandte. Seichan hingegen hatte sich wieder verhärtet und kniff Augen und Lippen zusammen.

Jetzt hielt sie sich mehr an Vigor, als suchte sie bei ihm Trost, brächte es aber nicht fertig, ihn darum zu bitten. Sie fixierte die Tempelruine. Sie waren dem Bauwerk inzwischen so nahe gekommen, dass die wahre Breite des Bayon erkennbar wurde.

Vierundfünfzig Türme, auf drei Ebenen zusammengedrängt.

Am auffälligsten aber waren die gemeißelten Gesichter.

Es gab über zweihundert davon.

Das Morgenlicht veränderte sich mit dem Zug der Wolken und schuf die Illusion, die Gesichter wären lebendig, bewegten sich und musterten die Besucher.

»Warum sind es so viele?«, murmelte Seichan.

Vigor konnte sich denken, dass sie die Steingesichter meinte. »Das weiß niemand«, erwiderte er. »Man sagt, das seien Wächter, die verborgene Geheimnisse schützen. Angeblich wurde der Bayon auf den Fundamenten eines älteren Bauwerks errichtet. Die Archäologen haben ummauerte Räume entdeckt, in denen weitere Gesichter versteckt sind, für immer in der Dunkelheit eingeschlossen.«

Vigor deutete nach vorn. »Der Bayon war der letzte Tempel, der in Angkor errichtet wurde. Damit ging eine jahrhundertelange Periode ständiger Bautätigkeit zu Ende.«

»Warum hat man mit dem Bauen aufgehört?«, fragte Gray und rückte etwas näher an Vigor heran.

Vigor musterte ihn von der Seite. »Vielleicht hat man etwas entdeckt, das von weiteren Erdarbeiten abgeschreckt hat. Als die Khmer-Baumeister den Bayon errichteten, haben sie tief gegraben. Ein Viertel des Bayon liegt unterirdisch.«

»Tatsächlich?«

Vigor nickte. »Die Anlage der meisten Tempel hier in Angkor geht auf Mandalas zurück. Mehrere übereinandergestapelte Rechtecke, die das materielle Universum darstellen, umgeben einen kreisförmigen Turm in der Mitte. Der Mittelturm symbolisiert den magischen Berg der Hindu-Mythologie. Den Berg Meru, die Heimstatt der Götter. Weil der Tempel teilweise unterirdisch liegt, schließt er den magischen Berg gewissermaßen in sich ein und veranschaulicht, wie er das Erdreich durchdringt und sich zum Himmel erhebt. Es heißt, in den unteren Ebenen des Bayon seien sowohl Schätze als auch grauenhafte Dinge verborgen.«

Inzwischen waren sie am Ende des Wegs angelangt. Er mündete auf einen gepflasterten Platz. Vor ihnen ragte der gewaltige Tempel auf. Dutzende Steingesichter blickten auf sie nieder. Touristen kletterten auf den verschiedenen Tempelebenen herum.

Sie gingen an einer Reihe geparkter Tuk Tuks vorbei. An Verkaufsbuden wurden alle möglichen Früchte feilgeboten: Mangos, Brotfrüchte, Tamarinden, chinesische Datteln, sogar kleine, softballgroße Wassermelonen. Magere Kinder wuselten zwischen den Ständen umher und erinnerten mit ihrem Gelächter und Geschrei an die Geschäftigkeit, die früher hier geherrscht hatte. An der anderen Seite saßen auf Webmatten sechs ernste Mönche in safrangelben Gewändern, die mit geneigten Köpfen inmitten einer Wolke von Räucherwerk beteten.

Im Vorbeigehen sandte Vigor sein eigenes Stoßgebet gen Himmel und bat um Kraft, Weisheit und Schutz.

Kowalski war weiter vorn an einem der Verkaufsstände stehen geblieben. Eine runzlige alte Frau mit kreisrundem Gesicht beugte sich über ein Kohlenbecken, über das sie Holzspieße mit Frühstückshappen gelegt hatte, Hühner- und Rindfleisch neben Schildkröte und Eidechse. Kowalski schnupperte an einem der appetitanregenden Spieße.

»Ist das vielleicht eine Weichkrabbe?«, fragte er und fächelte sich den Duft zu. Auf den Holzstab war etwas Fleischiges mit verkohlten, mehrgliedrigen Beinen gespießt.

Die Frau nickte heftig und schenkte ihm ein breites Lächeln. Sie sagte etwas auf Khmer.

Seichan stellte sich neben Kowalski und legte ihm die Hand auf die Schulter. »Das ist gegrillte Tarantel. Wird in Kambodscha gerne zum Frühstück genommen.«

Kowalski wich schaudernd zurück. »Nein danke. Da bleib ich lieber bei meinem Egg McMuffin.«

Ein weniger wählerischer Dieb – ein Makak – flitzte aus den Tempelruinen hervor, schnappte sich hinter dem Rücken der Frau eine Kornähre und huschte unmittelbar vor Kowalski vorbei. Der große Mann wich erschrocken zurück und rempelte Gray an.

Kowalski schob die Hand unter die Jacke.

Gray packte seinen Ellbogen und drückte fest zu. »Das war doch nur ein Affe.«

Kowalski schüttelte Grays Hand ab. »Ja, klar, aber ich kann Affen nicht ausstehen.« Finsteren Blicks stürmte er weiter. »Hab mal eine schlechte Erfahrung mit so 'nem Viech gemacht. Will aber nicht drüber reden.«

Kopfschüttelnd geleitete Vigor sie zum Osteingang des Bayon. Vom erhöhten Fußweg waren nur noch vereinzelte Steinblöcke erhalten, zwischen denen riesige Dattelpalmen und Kapokbäume wuchsen, deren Wurzeln sich überall umherschlängelten. Nacheinander betraten sie unter den wachsamen Blicken weiterer Bodhisattva-Gesichter die erste Tempelebene.

Sie gelangten in einen von Galerien gesäumten Innenhof. Die Wände zierten von oben bis unten kunstvolle, in Reihen angeordnete Flachreliefs. Vigor betrachtete eins der Reliefs. Es waren Alltagsszenen dargestellt: Ein Fischer warf sein Netz aus, ein Bauer erntete Reis, zwei Köche stritten sich inmitten einer Menschenmenge, eine Frau briet Spieße über einem Kohlenbecken. Dieses Bild erinnerte ihn an die alte Frau mit den gegrillten Taranteln und verdeutlichte ihm, wie eng Vergangenheit und Gegenwart noch immer verknüpft waren.

»Wo fangen wir an?«, fragte Gray, von dem vier Hektar großen Tempelgelände entmutigt.

Vigor hatte Verständnis für seine Bestürzung. Schon von hier aus war zu erkennen, dass der Tempel ein dreidimensionales Labyrinth von niedrigen Gängen, rechteckigen Toren, dunklen Galerien, steilen Treppen, sonnendurchfluteten Höfen und höhlenartigen Räumen war. Um sie herum ragten wie riesige Speere und Kegel die mit den allgegenwärtigen Buddha-Gesichtern geschmückten Türme auf, die als Gopuras bezeichnet wurden.

Hier konnte man sich mühelos verlaufen.

Auch Nasser spürte das anscheinend. Er wies einen Teil seiner Eskorte an, Grays Gruppe enger zu bewachen. Ein paar Männer ließ er Schlüsselpositionen auf dem Hof einnehmen, sodass alle Ausgänge versperrt waren.

Vigor hatte das Gefühl, eine Schlinge ziehe sich um seinen Hals zusammen, doch das war nicht zu ändern. Er zeigte nach vorn.

»Der Übersichtskarte zufolge, die ich mir eingeprägt habe, befindet sich auf der nächsthöheren Ebene ein quadratischer Hof, der diesem hier gleicht. Ich glaube, wir sollten gleich zur dritten Ebene hochsteigen. Dort liegt das eigentliche Heiligtum. Hier geht's lang.«

Als sie die erste Ebene durchquerten, wurde Vigors Aufmerksamkeit von einem spektakulären Flachrelief an der Nordwand gefesselt, das einen großen Teil der Wand einnahm. Er wurde langsamer.

Dargestellt waren zwei gegnerische Gruppen – Götter und Dämonen, die gleichen, die sie bereits als Statuen am Weg gesehen hatten. Sie veranstalteten eine Art Tauziehen mit einer Riesenschlange. Die Schlange hatte sich um einen Berg gewunden, der auf dem Rücken einer Schildkröte ruhte.

»Was bedeutet das?«, fragte Gray.

»Das ist der Hauptschöpfungsmythos der Hindus. Das Quirlen des Milchozeans.« Vigor wies auf die Details hin. »Das hier sind die Devas oder Götter… Auf der anderen Seite finden sich die dämonischen Asuras. Mithilfe der göttlichen Schlange Vasuki versetzen sie den magischen Berg in Drehung. Hin und her, hin und her. Sie verquirlen den kosmischen Ozean zu Milchschaum. Aus diesem Schaum wird das Elixier der Unsterblichkeit gewonnen, Amrita genannt. Die Schildkröte unter dem Berg ist eine Inkarnation des Gottes Vishnu, der den Göttern und Dämonen hilft, indem er verhindert, dass der Berg versinkt.«

Vigor zeigte auf den zentralen Turm des Bayon. »Angeblich ist das der Berg. Oder zumindest sein Gegenstück auf Erden.«

Gray blickte zu dem fünfzehn Stockwerke hohen Turm auf, dann fasste er wieder das Relief in den Blick. Er fuhr mit dem Finger am gemeißelten Berg entlang und legte die Stirn in Falten. »Aber was ist passiert? Wurde das Elixier hergestellt?«

Vigor schüttelte den Kopf. »Dem Mythos zufolge gab es Komplikationen. Der Schlange Vasuki wurde von dem ganzen Gezerre übel, und sie erbrach ein starkes Gift. Das Gift drohte Götter und Dämonen zu töten. Vishnu rettete sie, indem er das Gift auftrank, doch er färbte sich davon blau, weshalb er stets mit blauem Hals dargestellt wird. Mit seiner Hilfe wurde das Quirlen so lange fortgesetzt, bis das Elixier der Unsterblichkeit gewonnen war, aus dem die Apsaras, die tanzenden Himmelsgeister, hervorgingen. Und so nahm alles ein gutes Ende.«

Vigor drängte zum Weitergehen, doch Gray blieb stehen und musterte weiterhin mit einem seltsamen Gesichtsausdruck das Relief.

Nasser trat neben ihn. »Die Zeit ist abgelaufen«, sagte er und tippte mit seiner Armbanduhr gegen das Handy. Seine Stimme triefte von Verachtung. »Oder haben Sie plötzlich eine Erleuchtung gehabt?«

Der zynische Scherz ließ Vigor schaudern. Es bereitete Nasser Vergnügen, Gray zu quälen. Vigor machte Anstalten, zwischen die beiden Männer zu treten, denn er fürchtete, Gray könnte über Nasser herfallen.

Gray aber nickte nur. »In der Tat.«

Nassers Augen weiteten sich.

Gray legte die flache Hand aufs Relief. »Das ist kein Schöpfungsmythos, sondern die Geschichte des Judas-Stamms.«

»Was reden Sie da?«, sagte Nasser.

Damit nahm er Vigor das Wort aus dem Mund.

»Nach allem, was Sie uns über den Krankheitsausbruch in Indonesien erzählt haben, fing es damit an, dass Meeresbakterien zu leuchten begannen«, erklärte Gray. »Auf dem Meer hatte sich weißer Schaum gebildet. Es glich gequirlter Milch.«

Vigor stutzte, ging um Gray herum und betrachtete das Relief mit neuen Augen. Die Hände hatte er in die Hüfte gestemmt.

Seichan gesellte sich zu ihnen. Kowalski blieb, wo er war, und drückte sich vor einer Reihe barbrüstiger Frauen fast die Nasenspitze platt.

Gray zeigte auf die Schlange. »Dann wurde ein starkes Gift freigesetzt, das alles Leben bedrohte, die Bösen wie die Guten.«

Seichan nickte. »Genau wie bei den toxischen Bakterien, die ihr Gift verbreiten und eine Spur des Todes hinter sich her ziehen.«

Nasser wirkte noch immer skeptisch.

Mit großem Nachdruck fuhr Gray fort: »Dem Mythos zufolge hat *einer* die Vergiftung überlebt und die Welt gerettet. Nämlich Vishnu. Er trank das Gift, neutralisierte es und färbte sich blau.«

»Als ob er geleuchtet hätte«, murmelte Vigor.

»Genau wie die Überlebenden aus Marcos Aufzeichnungen«, setzte Gray hinzu. »Und wie die Patientin, von der Sie berichtet haben. Alle haben blau geleuchtet.«

Vigor nickte bedächtig. »Das passt zu gut, um ein Zufall zu sein. Viele alte Mythen haben einen nachprüfbaren Kern.«

Gray wandte sich Nasser zu. »Falls ich richtigliege, wäre dies der erste Hinweis darauf, dass wir auf der richtigen Spur sind. Dass es hier vielleicht noch mehr in Erfahrung zu bringen gibt.«

Nasser presste zornig die Lippen zusammen – dann aber nickte er langsam. »Ich glaube, Sie könnten recht haben, Commander Pierce. Ausgezeichnet. Sie haben die Uhr soeben um eine Stunde zurückgedreht.«

Gray versuchte, sich seine Erleichterung nicht anmerken zu lassen, amtete aber hörbar aus.

»Lassen Sie uns weitergehen«, sagte Nasser.

Vigor geleitete sie zu einer dunklen Treppe. Gray blieb einen Moment zurück und musterte noch einmal das Relief. Er fuhr mit dem Finger über den Berg – dann richtete er den Blick auf den Mittelturm.

Vigor fing Grays Blick auf. Als der Commander sich abwandte, schüttelte er kaum merklich den Kopf.

Wusste Gray mehr, als er gesagt hatte?

Geduckt stieg Vigor die schmale Treppe hoch. Im Gesicht des Commanders hatte er noch etwas anderes gesehen.

Furcht.

07:32
Insel Natuna Besar

»Sie dürfen da nicht hingehen…«, stöhnte Susan.

Sie lag auf dem Rücksitz des *Meerespfeils*, verlor immer wieder das Bewusstsein und drohte wieder in einen katatonischen Stupor zu verfallen. Sie versuchte, die Decke abzuwerfen, mit der Lisa sie zugedeckt hatte.

»Liegen Sie ganz still«, sagte Lisa eindringlich. »Ruhen Sie sich aus. Ryder wird bald wieder da sein.«

Der *Meerespfeil* schaukelte auf den Wellen und rumste immer wieder gegen den Anleger der Tankstelle. Sie waren irgendwo vor der Küste von Borneo in der geschützten Bucht einer kleinen Insel gelandet. Aus den tief ziehenden Wolken regnete es immer noch in Strömen, doch die finsteren Unwetterwolken des Taifuns hatten sich verzogen. Donner grollte, jedoch ganz fern.

Lisa, die noch immer um Monk trauerte, blickte durch die Windschutzscheibe des *Meerespfeils*. Während sie wartete, machte sie sich Vorwürfe. Sie hätte mehr tun können. Schneller reagieren. Sich im letzten Moment etwas einfallen lassen. Stattdessen hing Monks Handprothese noch immer an der Flügelstrebe. Ryder hatte es noch nicht geschafft, sie zu lösen.

Lisa blickte zur Luke. Hoffentlich kam Ryder bald zurück. Er hatte bereits vollgetankt und suchte jetzt mit einer Handvoll Bargeld, das er für Notfälle wie diesen im Flugboot verwahrt hatte, nach einem Telefon.

Die Aussichten, dass er eins finden würde, standen allerdings schlecht. Das nahe gelegene Dorf war ohne Licht. Der Sturm hatte Dächer weggeweht und Palmen entwurzelt. Der Strand war übersät mit umgestürzten Booten und Trümmern. Die Tankstelle hatte keinen Strom. Ryder hatte den Tank mit der Handpumpe gefüllt und dem Besitzer, der mit seinen Sandalen und den knielangen Shorts so kläglich aussah wie ein nasser Hund, ein paar Scheine gereicht. Der Mann hatte ihm ein Motorrad überlassen und ihm versichert, auf dem kleinen Inselflugplatz gebe es ein funktionierendes Telefon.

Die tropische Insel Natuna Besar mit ihren hervorragenden Tauchgründen und Angelmöglichkeiten lebte vom Tourismus. Allerdings war sie wegen des nahenden Taifuns evakuiert worden. Sie wirkte verlassen.

Die meisten Inseln, die sie überflogen hatten, waren in einem ähnlich desolaten Zustand gewesen.

Aus der Luft hatte Ryder auf Natuna Besar einen Flugplatz ausgemacht. »Da unten hat bestimmt jemand ein Satellitentelefon, das wir uns mal ausborgen können«, hatte er gemeint. »Oder es gibt jemanden, der wenigstens unser Funkgerät reparieren kann.«

Da sie außerdem dringend tanken mussten, war er in der geschützten Bucht gelandet. Jetzt wartete Lisa zusammen mit Susan auf seine Rückkehr.

Besorgt legte sie die Hand auf Susans schweißfeuchte Stirn. In der schummrigen Kabine ging ein helles Leuchten von Susans Gesicht aus, das aus den Knochen zu kommen schien. Ihre Haut glühte.

Doch das war kein Fieber.

Als Lisa die Hand wegnahm, brannte sie immer noch.

Was zum Teufel hatte das zu bedeuten?

Eilig wusch sie sich die Hand mit Wasser aus einer Feldflasche und trocknete sich mit der Feuerdecke ab. Das Brennen ließ nach.

Lisa musterte Susans Haut, während sie sich die noch immer leicht gereizten Fingerspitzen massierte. Das war neu. Die Cyanobakterien produzierten anscheinend eine ätzende Substanz. Während Lisas Haut bei Berührung zu brennen begann, war Susan entweder dagegen immun oder auf spezielle Weise davor geschützt.

Was ging da vor?

Als hätte sie ihre Gedanken gelesen, schob Susan einen Arm unter der Decke hervor. Sie streckte die Hand nach dem Sonnenschein aus, der durch das Fenster fiel. In der Helligkeit war das Leuchten nicht mehr wahrnehmbar.

Der Kontakt schien Susan zu beruhigen. Sie stieß einen gedehnten Seufzer aus.

Sonnenlicht.

War das die Erklärung?

Neugierig geworden, fuhr Lisa mit der Fingerspitze über die sonnenbeschienene Haut. Im nächsten Moment riss sie den Arm zurück und schüttelte die Hand. Es hatte sich angefühlt, als hätte sie ein heißes Bügeleisen berührt. Abermals wusch sie die Finger. An der Spitze des Zeigefingers bildeten sich bereits Blasen.

»Es ist das Sonnenlicht«, sagte Lisa laut.

Sie dachte an Susans Anfall, der sich ereignet hatte, als sie in die aufgehende Sonne geblickt hatte. Und an eines der einzigartigen Merkmale von Cyanobakterien. Sie waren die Vorläufer der heutigen Pflanzen. Die Bakterien enthielten rudimentäre Chloroplaste, mikroskopische Maschinen, die Sonnenlicht in Energie umwandelten. Bei Tageslicht luden sich die Cyanobakterien auf.

Aber aus welchem Grund?

Lisa blickte auf die auf dem Boden ausgebreitete Navigationskarte nieder. Susan hatte bei ihrem Anfall einen Namen geflüstert und auf die Karte getippt.

»Angkor«, murmelte Lisa.

Zunächst hatte sie angenommen, es handele sich um einen Zufall. Jetzt war sie sich da nicht mehr so sicher. Als sie auf dem OP-Tisch festgeschnallt gewesen war, hatte sie eine Unterhaltung belauscht. Devesh hatte ein Telefonat auf Arabisch geführt. Sie hatte nur ein einziges Wort verstanden.

Einen Namen.

Angkor.

Und wenn das nun kein Zufall war?

Was wusste Susan sonst noch?

Lisa hatte eine Vermutung, wie sie es herausfinden könnte. Sie fasste Susan um die Schultern, wobei sie darauf achtete, dass sie nur die Decke berührte. Dann hob sie Susans Oberkörper an, sodass sie vom Sonnenschein getroffen wurde, der durch die Windschutzscheibe fiel.

Kaum dass Susan die Helligkeit auf dem Gesicht spürte, erschauerte sie. Ihre Lider flatterten, die schwarzen Pupillen richteten sich aufs Licht aus. Doch anstatt sich zusammenzuziehen, weiteten sich Susans Pupillen, um noch mehr Licht aufzunehmen.

Die Bakterien waren in die Netzhaut vorgedrungen und konzentrierten sich um den Sehnerv, dem direkten Zugang zum Gehirn.

Susan spannte sich an. Erst hing ihr Kopf noch schlaff herab – dann hob er sich.

»Lisa«, sagte sie mit schwerer Zunge.

»Ich bin da.«

»Ich muss … bring mich … ehe es zu spät ist.«

»Wohin?« Doch Lisa kannte die Antwort bereits.

Nach Angkor.

»Die Zeit wird knapp«, murmelte Susan und wandte das Gesicht Lisa zu. Ihre Augen zuckten, scheuten vor dem Sonnenschein zurück. Sie wirkte verängstigt. Und das nicht nur wegen der drohenden Gefahr. Lisa sah das in ihren Augen. Susan fürchtete sich vor dem, was mit ihrem Körper geschah. Sie kannte die Wahrheit, vermochte den Lauf der Dinge aber nicht aufzuhalten.

Lisa ließ Susan in den Schatten zurückgleiten.

Susans Stimme klang vorübergehend ganz normal. Sie fasste Lisa beim Handgelenk. Jetzt, da sie keiner direkten Sonneneinstrahlung mehr ausgesetzt war, brannte die Berührung zwar noch, doch es entwickelten sich wenigstens keine Brandblasen mehr. »Ich bin … ich bin *nicht* das Heilmittel«, sagte Susan. »Ich weiß, was ihr alle denkt. Aber ich bin es nicht … noch nicht.«

Lisa runzelte die Stirn. »Was meinst du damit?«

»Ich muss dorthin. Ich spüre das in den Knochen. Das ist eine Gewissheit. Als wäre das Wissen tief in mir verankert. Ich weiß, dass ich recht habe. Ich kann nur nicht erklären, warum ich das weiß.«

Lisa dachte an eine Unterhaltung, die sie an Bord des Schiffes geführt hatte. Es war um Junk-DNA gegangen, um die alten Virensequenzen in den Genen, das kollektive genetische Gedächtnis der Menschheit. Hatten die Bakterien bei Susan eine uralte Erinnerung wachgerufen?

Lisa beobachtete, wie Susan die andere Hand aus dem Sonnenschein nahm und sich einen Deckenzipfel übers Gesicht zog. Wusste sie es ebenfalls?

Als kein Sonnenlicht mehr auf Susan fiel, wurde ihre Stimme schwächer. »Noch nicht bereit …«

Mit der Rechten hielt sie immer noch Lisas Handgelenk umklammert.

»Bring mich dorthin … irgendwie.« Susan erschlaffte, versank wieder in Bewusstlosigkeit. »Sonst ist die ganze Welt verloren.«

Ein lautes Klopfen ließ Lisa zusammenschrecken.

Im Lukenfenster tauchte Ryders schmutziges Gesicht auf. Lisa beugte sich vor und löste die Verriegelung. Ryder kletterte in die Kabine, triefnass, aber mit einem breiten Lächeln.

»Ich habe ein Satellitentelefon gefunden! Obwohl der Akku nur noch zu einem Viertel geladen ist, hat mich das verdammte Ding so viel gekostet wie ein kleines Strandhaus im Hafen von Sydney.«

Lisa nahm das große Gerät entgegen. Als Ryder im Pilotensitz Platz nahm, folgte Lisa ihm nach vorn. Obwohl er bis auf die Haut durchnässt war, sah er aus, als habe er einen Vergnügungsausflug gemacht. Seine Augen blitzten vor Erregung. Allerdings strahlte er auch einen ungewohnten Ernst aus, und um seine Mundwinkel lag ein harter Zug. Ryder mochte zwar Spaß an wilden Abenteuern haben, doch um so erfolgreich zu sein wie er, brauchte es eiserne Entschlossenheit.

»Wenn wir von den Klippen weg sind, ist das Satellitensignal stärker«, sagte er und schaltete die Jetpumpe ein. Mit leise grollendem Motor entfernten sie sich von den Felsen.

Währenddessen berichtete ihm Lisa, was Susan gesagt hatte.

Ich bin nicht das Heilmittel… noch nicht.

Sie gelangten zu einer einvernehmlichen Entscheidung.

Ryder breitete die Navigationskarte auf dem Steuer des Flugboots aus. »Angkor liegt vierhundertfünfzig Meilen nördlich. Mit unserem kleinen Flieger sind wir in anderthalb Stunden dort.«

Lisa nahm das Satellitentelefon auf den Schoß und bekam ein starkes Signal.

Jetzt musste sie nur noch eine Person überzeugen.

20:44
Washington, D. C.

»Lisa?«, schrie Painter ins Headsetmikrofon. Das Signal war schwach, doch mit der schlechten Verbindung hatte seine Lautstärke nichts zu tun. Vor Erleichterung war ihm ganz schwindelig. »Alles okay bei dir?«

»Ja… im Moment schon. Ich muss mich kurz fassen, Painter. Der Akku ist fast leer.«

Sie klang besorgt. Sein Hochgefühl verflüchtigte sich. »Schieß los«, sagte er.

In knappen Worten berichtete Lisa, was geschehen war. Wie bei einem Patienten, dem sie verkündete, dass er an einer unheilbaren Krankheit litt, hielt sie sich streng an die Fakten. Gleichwohl nahm Painter das Zittern in ihrer Stimme wahr. Am liebsten hätte er durchs Telefon gegriffen und sie an sich gedrückt.

Während sie von Krankheit, Wahnsinn und Kannibalismus berichtete, sackte er auf dem Stuhl in sich zusammen. Er senkte den Kopf. Er stellte Fragen, füllte Lücken aus. Sie nannte ihm die Koordinaten der Insel. Pusat. Er schob die Notiz seinem Sekretär zu, der sie an seinen Vorgesetzten Sean McKnight faxen würde. Eine in Darwin stationierte, auf Terrorismusbekämpfung und Befreiungsaktionen spezialisierte australische Eingreiftruppe wartete bereits auf den Einsatzbefehl. Noch ehe Painter die Unterhaltung beendet hätte, wären die Flugzeuge gestartet.

Doch es ging um mehr als um ein gekapertes Kreuzfahrtschiff.

»Was ist mit dem Judas-Stamm?«, fragte Lisa. »Hat sich die Krankheit weiter ausgebreitet?«

Painter hatte nur schlechte Nachrichten zu verkünden. Es waren bereits Krankheitsfälle in Perth, London und Bombay gemeldet worden. Weitere würden folgen.

»Wir brauchen diese Frau«, schloss Painter. »Jennings, unser Forschungsleiter, glaubt, ein Überlebender könnte der Schlüssel zum Heilmittel sein.«

Lisa war auch dieser Meinung. »Sie ist der Schlüssel, aber sie ist nicht das Heilmittel … noch nicht.«

»Was soll das heißen?«

Ihr Seufzen wanderte um die halbe Welt.

»Etwas fehlt noch. Etwas, das mit einer Region in Kambodscha in Verbindung steht.«

Painter straffte sich wieder. »Redest du von Angkor?«

Es entstand eine lange Pause. »Ja.« Sie klang überrascht. »Woher wusstest du …?«

Painter berichtete ihr von der historischen Fährte, welche die Gilde verfolgt hatte, und sagte ihr, wo sie endete.

»Und Gray ist bereits vor Ort?«, fragte Lisa aufgeregt. Sie murmelte etwas, das sich anhörte wie ein Zitat. »*Sie dürfen da nicht hingehen.*« Ihre Stimme wurde fester. »Painter, ist es möglich, telefonisch Verbindung mit ihm aufzunehmen?«

»Warum fragst du?«

»Ich weiß nicht.« Die Übertragung wurde schlechter. Ihr Akku war fast leer. »Die Bakterien verändern Lisas Gehirn. Laden es mithilfe des Sonnenlichts irgendwie auf. Sie verspürt den starken Drang, sich nach Angkor zu begeben.«

Painter begriff, worauf sie hinauswollte. »Die Krabben.«

»Was?«

Er berichtete ihr, was er über die Krabben der Weihnachtsinsel wusste.

Lisa war sofort im Bilde. »Susan wurde anscheinend ähnlich programmiert. Ein chemisch induzierter Wanderimpuls.«

»Wenn das stimmt, irrt sie sich vielleicht. Es könnte sich auch um einen blinden Trieb handeln. Es besteht keinerlei Notwendigkeit, dass du dich selbst dorthin begibst. Jedenfalls so lange nicht, bis die Lage sich beruhigt hat. Lass Gray nur machen.«

Lisa blieb skeptisch. »Ich glaube, was den biologischen Trieb angeht, könntest du recht haben. Bei den Krabben könnte es sich tatsächlich um eine reine Instinkthandlung handeln. Wie alle Gliederfüßer besitzen Krabben nur ein rudimentäres ...«

Sie stockte. Painter fürchtete schon, die Verbindung wäre abgebrochen. Lisa hatte jedoch die Angewohnheit, einfach zu verstummen, wenn sie eine plötzliche Einsicht hatte. Dann schaltete sie ab und konzentrierte sich allein darauf, den Gedankengang weiterzuverfolgen.

»Lisa?«

Sie ließ sich einen Moment mit der Antwort Zeit.

»Susan könnte recht haben«, murmelte sie – dann setzte sie mit lauterer Stimme hinzu: »Ich muss dorthin.«

Painter sprach schnell, denn er wusste, dass die Verbindung nicht mehr lange stehen würde. Er hörte die Entschlossenheit aus Lisas Stimme heraus und fürchtete, die verbliebene Zeit würde nicht mehr ausreichen, sie von ihrem Vorhaben abzubringen. Wenn sie unbedingt nach Angkor fliegen wollte, sollte sie sich wenigstens nicht unnötig in Gefahr begeben.

»Dann landet auf dem großen See in der Nähe der Ruinen«, sagte er. »Der heißt Tonle Sap. Dort gibt es ein schwimmendes Dorf. Such ein Telefon, und ruf mich wieder an, aber bleib in Deckung. Es ist bereits Hilfe unterwegs.«

Ihre Antwort war kaum zu verstehen. Es ging darum, dass sie ihr Bestes tun würde.

Painter versuchte es noch einmal. »Lisa, was hast du herausgefunden?«

Ihre Stimme wurde immer wieder vom Rauschen verschluckt. »Nicht sicher … Leberegel … das Virus muss …«

Dann brach die Verbindung endgültig ab. Painter rief noch ein paarmal ihren Namen, doch Lisa meldete sich nicht mehr.

Als an der Tür geklopft wurde, blickte er auf.

Kat stürmte herein, mit funkelnden Augen und geröteten Wangen. »Ich hab's gehört! Das mit Dr. Cummings! Stimmt das?«

Painter blickte zu ihr auf. Die Frage stand ihr ins Gesicht geschrieben. Ihr ganzer Körper war ein einziges Fragezeichen. Lisa hatte es ihm gesagt. Sie hatte es gleich zu Anfang hervorgesprudelt, um die Last loszuwerden. Anschließend hatte Painter es vorübergehend verdrängt.

Jetzt aber, konfrontiert mit Kats Hoffnung und Liebe, stürzte es wieder auf ihn ein.

Er stand auf und ging um den Schreibtisch herum.

Kat las ihm die schlechte Nachricht von den Augen ab.

Sie wich vor ihm zurück, als könnte sie der Wahrheit auf diese Weise entgehen.

»O nein …« Sie fasste nach der Stuhllehne, fand aber keinen Halt. Sie sank auf ein Knie nieder, dann gab auch das andere Bein nach. Sie schlug die Hände vors Gesicht. »Nein …«

Painter hockte sich neben sie.

Mit Worten konnte er sie nicht trösten, nur mit seinen Armen.

Das aber reichte nicht.

Er zog sie an sich und fragte sich, wie viele Menschen noch sterben würden, bevor es vorbei war.

20:55

Allmählich wurden die Rückzugsmöglichkeiten knapp.

Am Fuß der Treppe, die zur obersten Etage hochführte, wartete Harriet auf ihren Mann. Sie stand im Eingang zum Treppenhaus. Jack war zurückgegangen, um für die Spürhunde ein paar falsche Fährten zu legen. Zuvor hatte sie sein Hemd zerrissen und ihm geholfen, die Fetzen auf den beiden unteren Etagen zu verteilen:

Sie hatten sie in leer stehende Büros geworfen, in Abfallhaufen geschoben, in den Metallschubladen der Schreibstuben versteckt. Sie hatten alles getan, um die Verfolger in die Irre zu führen.

Jack hatte sein Leben lang Enten, Fasane, Wachteln und Rehe gejagt. Bevor ihm nach dem Unfall auf dem Ölfeld das Bein unterhalb des Knies amputiert worden war, hatte er mehrere Apportierhunde gehabt. Mit Hunden kannte er sich aus.

Außerdem waren in der Pistole, die er ihrem Bewacher abgenommen hatte, noch drei Schuss Munition. Harriet versuchte, sich an der kleinsten Hoffnung festzuklammern. Weiter unten bellten jedoch die Hunde. Annishen suchte systematisch eine Etage nach der anderen ab. Sie wusste genau, dass sie hier irgendwo waren. Hin und wieder rief sie nach ihnen, um sie zu verhöhnen.

Sämtliche Ausgänge waren bewacht. Selbst die Feuerleitern. Die Nachbargebäude lagen zu weit weg. Die ganze Gegend wirkte verlassen. Nur in der Ferne gab es ein paar Lichter. Ihre Hilferufe hätte niemand gehört. Sie hatten ein paar verstaubte Wandtelefone ausprobiert, doch die Leitungen waren alle tot.

Wie bei einem Hochhausbrand blieb ihnen nichts anderes übrig, als immer höher zu klettern. Über ihnen war nur noch eine einzige Etage. Und das Dach.

Harriet hörte ein Schlurfen, dann trat ihr Mann aus der Dunkelheit hervor, bekleidet nur mit der Unterhose, in der Hand die Pistole. Er humpelte ihr entgegen.

»Was machst du noch hier?«, zischte er. Sein Gesicht glänzte von Schweiß. Ihr war bewusst, dass er mit seiner Schroffheit seine Besorgnis kaschieren wollte. »Ich hab dir doch gesagt, du sollst nach oben gehen.«

»Nicht ohne dich.«

Seufzend legte er ihr den Arm um die Hüfte. »Also, gehen wir.«

Über eine schmale Hintertreppe stiegen sie zur obersten Etage hoch. Vor langer Zeit hatte jemand einen Müllcontainer die Treppe hinuntergestoßen, der den Zugang von den unteren Etagen versperrte.

Eigentlich hätten sie einstweilen sicher sein sollen.

Ein leises Knurren entlarvte diese Hoffnung jedoch als Täuschung. Vom Treppenabsatz unterhalb des Containers drang ein Scharren herauf.

Sie erstarrten.

»Na, was schnupperst du da, mein Mädchen?«, brummte jemand. Schritte näherten sich dem Treppenabsatz. Eine Taschenlampe leuchtete zu ihnen hoch.

Harriet und Jack drückten sich an die Wand.

Das Knurren wurde lauter.

»Geh da hoch. Na los. Zwäng dich hier durch.«

Jack schob Harriet zur Treppe. Leise stiegen sie nach oben.

Das Knurren hatte einem lauten Schnaufen Platz gemacht, untermalt vom heftigen Scharren der Pfoten.

»Lauf schon«, sagte der Mann. »Scheuch sie auf. Ich geh außen rum.« Die Stimme entfernte sich aus dem Treppenhaus. Offenbar suchte der Mann eine andere Treppe. Ein Funkgerät rauschte kurz, dann sprach er gedämpft hinein.

Die Hunde würden bald hier sein.

Während Harriet und Jack zur Tür des nächsten Treppenabsatzes eilten, ertönte unter ihnen scharfes, triumphierendes Gebell. Etwas Großes tappte die Treppe hoch.

»Lauf, Harriet!«, drängte Jack.

Sie rannte weiter und erreichte den nächsten Absatz. Die Tür zur obersten Etage war geschlossen. Jack, der hinter ihr zurückgeblieben war, verfehlte im Dunkeln eine Stufe und stürzte. Er rutschte zwei Stufen nach unten. Die Pistole wurde dabei auf den Treppenabsatz geschleudert und landete direkt vor Harriets Füßen. Sie hob die Waffe eilig auf. Als sie sich wieder aufrichtete, bemerkte sie hinter dem Fenster der Treppenhaustür ein Licht.

Die Lichtkegel von Taschenlampen schwenkten durch die Dunkelheit.

»Wir suchen die Etage ab und arbeiten uns dann nach oben vor!«, rief Annishen. »Scheucht sie aus ihrem Versteck.«

Harriet drehte sich um. Jack krabbelte auf sie zu. Hinter ihm bog ein dunkler Schatten um den Treppenabsatz herum und setzte ihm nach. Der Hund knurrte bedrohlich.

Harriet hob die Pistole. Wenn sie abdrückte, würde Annishen

den Schuss hören. Dann würden die Bewaffneten in Sekundenschnelle hier sein.

Sie zögerte einen Moment zu lange.

Mit einem bösartigen Knurren sprang der Hund ihren Mann an.

07:58
Angkor Thom

Seichan beobachtete, wie Gray um den Hauptaltar herumging.

Es hatte fast zwanzig Minuten gedauert, bis sie nach mehreren Versuchen den Weg zur dritten Ebene des Bayon gefunden hatten, wo das Heiligtum lag. Das vier Hektar große Gelände war ein Labyrinth düsterer Galerien, sonnenbeschienener Höfe, niedriger Durchgänge und fast senkrecht abfallender Wände. An den niedrigen Decken stieß man sich den Kopf, manche Wege konnten sie nur im Gänsemarsch bewältigen oder mussten sich sogar an den Wänden entlangdrücken. Viele Gänge endeten in einer Sackgasse.

Als sie das kleine Heiligtum erreichten, waren sie alle mit Staub bedeckt und völlig durchschwitzt. Es war bereits drückend schwül. Jedenfalls hatten sie ihr Ziel erreicht.

»Hier ist nichts«, brummte Nasser mürrisch.

Seichan kannte diese Stimmung. Seine Haltung drückte unnachgiebige Härte aus. Wenn sie nicht innerhalb der nächsten Stunde echte Fortschritte erzielten, würde ihm der Geduldsfaden reißen. Dann würde er Befehl geben, Grays Eltern zu exekutieren und sie alle zu töten. Und weiterziehen.

Nasser sah das ganz pragmatisch.

Er besaß halt keine Fantasie.

Deshalb war er auch ein langweiliger Liebhaber.

Gray umkreiste den Altar zum dritten Mal. Er wirkte abgezehrt, war staubig und verdreckt, das wirre schwarze Haar klebte ihm an der Stirn. Am Kragen hatte er getrocknete Blutflecken, denn im Hotel hatte ihm einer von Nassers Männern mit der Pistole einen Schlag hinters Ohr versetzt.

Noch immer wich er ihrem Blick aus.

Das machte sie zornig, vor allem deshalb, weil es ihr wehtat, und das konnte sie nicht ausstehen. Sie sehnte sich nach der kalten Leidenschaftslosigkeit, die ihr früher zu eigen gewesen war und die es ihr erlaubt hatte, mit Nasser zu schlafen und ihren Willen durchzusetzen, wie sie es gewohnt war.

Seichans Aufmerksamkeit wandte sich wieder naheliegenderen Dingen zu. Sie musterte ihre Bewacher und überlegte, wie sie sich befreien könnten. Die meisten Bewaffneten waren Einheimische, darunter auch ehemalige Soldaten der Roten Khmer, welche die Gilde nach dem Sturz des Diktators und Völkermörders Pol Pot angeworben hatte. Das waren bestimmt gute Straßenkämpfer. Sie bewachten die vier Ausgänge des Raums, die in die vier Himmelsrichtungen wiesen. Weitere Kämpfer waren über die ganze Tempelanlage verteilt und hinderten die Touristen daran, sie zu stören.

»Nach den mir vorliegenden Informationen hat hier früher einmal eine große Buddha-Statue gestanden«, erklärte der Monsignore, der mit Gray zusammen den Altar umkreiste. Vigor deutete mit weit ausholender Geste auf die beiden rechteckigen Steinplatten, die treppenförmig übereinandergelegt waren. »Als sich jedoch der Hinduismus ausbreitete, wurde der Buddha umgestürzt und in den großen Brunnen geworfen, an dem wir auf dem Herweg vorbeigekommen sind.«

Der einzige verbliebene Schmuck waren vier im Schatten liegende Gesichter des Bodhisattvas Lokesvara. Diese vier aber blickten nach innen, auf den Altar und den nicht vorhandenen Buddha. Kowalski lehnte sich an eines der Gesichter und blickte daran hoch.

Über dem Altar ragte der große Mittelturm des Bayon über vierzig Meter hoch auf. Mitten hindurch führte eine Art Kamin, ein nach oben hin offener Schacht mit rechteckigem Querschnitt. Dies war die einzige Lichtquelle.

»Hier muss es sein«, sagte Gray und blieb stehen. »Von hier aus muss ein Weg nach unten führen.«

»Wohin?«, fragte Nasser.

Gray deutete auf den Monsignore. »Vigor hat erwähnt, die Fundamente des Turms seien im Erdreich vergraben. Tief im Erdreich.

Wir müssen uns Zugang zu den unteren Räumen verschaffen. Und ich finde, wir sollten als Erstes unter dem Altar suchen.«

Vigor trat neben ihn. »Glauben Sie, das könnte wichtig sein?«

Gray streifte sich eine Strähne aus der Stirn; ihm war anzumerken, dass er überlegte, wie viel Offenheit er sich gestatten durfte.

Nasser hatte sein Zögern ebenfalls bemerkt. »Es ist schon wieder eine Stunde verstrichen.« Er tippte auf seine Armbanduhr. »Tick-tack, Commander.«

Gray seufzte. »Es geht um das große Relief, an dem wir vorbeigekommen sind. Um das Quirlen der Milch. Jedes Detail der Geschichte hat eine bestimmte Bedeutung. Die Schlange, das schäumende Meer, das Gift, die Gefahr für die ganze Welt, der leuchtende Überlebende. Ein Detail aber steht eigentümlich isoliert, und es fehlt die Erklärung dafür. Es passt nicht zu den anderen Elementen der Geschichte.«

»Und das wäre?«, sagte Nasser.

Seichan merkte Gray an, welche Anstrengung es ihn kostete fortzufahren. Jedes einzelne Wort bereitete ihm Mühe.

»Die Schildkröte«, sagte Gray schließlich.

Vigor kratzte sich am Kinn. »Die Schildkröte auf dem Relief stellt den Vishnu dar, sie ist eine Inkarnation des Gottes. In seiner Schildkrötenerscheinung stützt er den hin und her schwankenden Berg Meru und hindert ihn am Versinken.«

Gray nickte. »Auf dem Relief befindet sich die Schildkröte unter dem Berg. Weshalb ausgerechnet eine Schildkröte?« Er beugte sich vor und malte einen Berg mit einem gewölbten Schildkrötenpanzer in den Staub auf dem Altar.

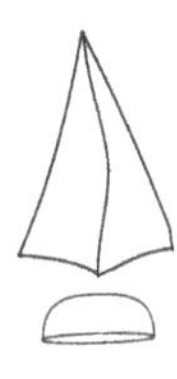

Er tippte auf den Panzer. »Woran erinnert Sie das?«

Vigor beugte sich vor. »An eine Höhle. An eine unter einem Berg verborgene Höhle.«

Gray blickte in den Lichtschacht hoch. »Und der Turm steht für den Berg.«

Seichan trat näher. »Sie glauben, unter dem Turm befinde sich eine Höhle. In den Fundamenten.«

Er sah sie kurz an und wandte gleich wieder den Blick ab. »Die einzige Möglichkeit, das herauszufinden, besteht darin, in die Fundamente vorzudringen – und dann nach einem Zugang zu der Höhle zu suchen.«

»Was soll an der Höhle denn so wichtig sein?«, erwiderte Nasser finster.

»Der Judas-Stamm könnte dorther kommen«, antwortete Vigor. »Als die Ausschachtungen für den Tempel vorgenommen wurden, hat man die Höhle vielleicht zufällig geöffnet und dabei etwas freigesetzt, das darin verborgen war.«

Gray seufzte erschöpft. »Vielleicht sind im Zuge der Ausbreitung der Menschheit in bislang unbewohnte Gebiete immer wieder unbekannte Krankheitserreger aufgetreten. Gelbfieber, Malaria, die Schlafkrankheit. Aids ist zum ersten Mal in Erscheinung getreten, als eine Straße durch eine abgelegene Region Afrikas gebaut wurde, und jetzt wird die Menschheit von einem Virus bedroht, das nur in wenigen Affenarten vorkommt. Als die Khmer diese Gegend besiedelten, wurde vielleicht etwas Ähnliches freigesetzt.«

Gray massierte sich den Hals und erwiderte ruhig Nassers Blick.

Seichan spürte, dass er etwas zurückhielt. Sie betrachtete erneut das Piktogramm. Der Berg und der Schildkrötenpanzer standen für den Turm und die Höhle. Was war da sonst noch? Dann auf einmal machte es bei ihr Klick.

Die Schildkröte.

Natürlich …

Sie sah Gray an.

Offenbar spürte er ihre Aufmerksamkeit. Er wandte sich zu ihr herum, beiläufig zwar, doch mit bedeutungsschwerem Blick. Er wusste, dass sie gemerkt hatte, dass er etwas verschwieg. Wortlos forderte er sie auf, den Mund zu halten.

Sie verschränkte die Arme vor der Brust und trat zurück.

Er blickte sie noch einen Moment an – dann wandte er sich wieder ab.

Seichan verspürte eine unerwartet starke Genugtuung.

Nasser atmete schnaufend durch die Nase ein und nickte. »Wir müssen weiter unten nachschauen, ob es einen Zugang gibt.«

Gray runzelte die Stirn. »Ich hatte eigentlich gehofft, hier auf einen Geheimgang zu stoßen.«

»Das tut nichts zur Sache«, erwiderte Nasser. »Wir sprengen einen Zugang frei.«

»Ich weiß nicht, ob das klug wäre«, sagte Vigor entsetzt. »Wenn dies hier der Ursprungsort des Judas-Stamms ist, könnte es dort unten sehr gefährlich sein.«

Nasser ließ sich davon nicht beeindrucken. »Deshalb werde ich Sie als Ersten runterschicken.«

So wie man früher in Bergwerken Kanarienvögel als Gefahrenmelder benutzt hat.

Seichan suchte wieder Grays Blick. Er hatte keine Einwände. Wie Seichan wusste auch er, dass dort unten weit mehr als der Ursprung des Judas-Stamms auf sie wartete.

Der Panzer der Schildkröte mochte für die Höhle stehen – aber die Schildkröte selbst stand für den Gott Vishnu, und das ließ vermuten, dass unter dem Bayon-Tempel mehr als eine Höhle versteckt war.

Gray näherte sich Nasser. »Habe ich genug Entgegenkommen gezeigt, um meiner Mutter eine Stunde Aufschub zu erkaufen?«, fragte er in gepresstem Ton.

Nasser bejahte seine Frage mit einem Achselzucken. Er trat unter den Lichtschacht, wo er sich einen besseren Empfang für sein Handy erhoffte.

»Ich sollte mich wohl besser beeilen«, meinte Nasser und klappte das Handy auf. »Die Stunde ist bereits um. Annishen ist sehr ungeduldig. Ihr ist alles zuzutrauen.«

21:20
Washington, D. C.

Harriet verharrte wie gelähmt auf dem Treppenabsatz.

Geifernd fiel der Hund über Jack her. Sie konnte nicht erkennen, welche Rasse das war, doch es war ein großer, kräftiger Hund. Ein

Pitbull. Oder ein Rottweiler. Jack wälzte sich auf den Rücken und trat nach dem Hund – der aber war beweglicher und auf Angriff trainiert. Knurrend schlug er die Zähne in Jacks Knöchel.

Jack fummelte am Knie herum und trat dem Hund mit dem anderen Bein gegen die Brust.

Der Hund flog die Treppe hinunter, die Fangzähne noch immer in der Beinprothese ihres Mannes vergraben. Jack hatte die Prothese losgeschnallt und sich auf diese Weise befreit.

Harriet half Jack auf den Treppenabsatz hinauf.

Der Hund prallte gegen die Wand und richtete sich wieder auf. Die Beinprothese wollte er nicht loslassen, denn ihr haftete der Geruch ihres Mannes an. Wütend und verwirrt warf er den Kopf hin und her und schüttelte geifernd die erbeutete Prothese.

Harriet zog Jack zur nächsten Treppe und warf im Vorbeigehen einen Blick durch das Fenster der verschlossenen Tür. Die oberste Etage wurde noch immer mit Taschenlampen abgesucht. Somit blieb ihnen nur noch ein Ausweg.

Das Dach.

Weiter unten tobte der Hund mit der Beinprothese herum und schwelgte in seiner Eroberung.

Jack stützte sich auf ihre Schulter. Hüpfend näherte er sich der Tür zum Dach. Sie hatten den Ausgang bereits untersucht und festgestellt, dass er mit einer Kette gesichert war. Allerdings hatte jemand die untere Ecke der Tür mit einer Brechstange aufgebogen. Die Öffnung so groß, dass sie sich unter der Kette hindurchzwängen konnten.

Als sie draußen in der nächtlichen Dunkelheit angelangt waren, verbarrikadierte Jack die Tür mit einem herumliegenden Rohrstück. Viel nützen würde es nicht. Doch das war ohnehin nicht entscheidend. Es gab noch ein halbes Dutzend andere Zugänge zum Dach. Die konnten sie nicht alle blockieren.

»Hier entlang«, sagte Jack und deutete mit dem Arm. Zuvor hatte er auf dem Dach eine ausgeschlachtete Klimaanlage entdeckt, groß genug, um sich darin zu verstecken.

Besonders vielversprechend war auch das nicht.

Über kurz oder lang würden die Hunde sie wittern.

An der Klimaanlage angelangt, ließen sie sich auf der von der

Tür abgewandten Seite auf die Teerpappe niedersinken, denn sie wollten erst im letzten Moment in den Kasten hineinkriechen. Am Himmel leuchteten die Sterne und die Mondsichel. In der Höhe zog ein Flugzeug mit blinkenden Lichtern seine Bahn.

Jack legte den Arm um Harriets Schulter und zog sie an sich.

»Ich liebe dich«, sagte er.

Für ihn war das ein seltenes Eingeständnis. Nicht dass Harriet je an seiner Liebe gezweifelt hätte. Selbst jetzt hatte seine Stimme ganz sachlich geklungen, als ob er erklärt hätte, die Erde sei rund. So einfach war das.

Sie schmiegte sich an ihn. »Ich liebe dich auch, Jack.«

Harriet klammerte sich an ihn. Sie wusste nicht, wie viel Zeit ihnen noch blieb. Irgendwann würde die Suche ein Ende haben. Dann würde Annishen sich das Dach vornehmen.

Schweigend, mit verschränkten Händen, warteten sie. Ein ganzes Leben hatten sie miteinander verbracht, hatten Freude und Schmerz, Triumph und Niederlage geteilt. Auch wenn sie kein Wort darüber verloren, wussten sie beide genau, worum es ging. Sie nahmen Abschied voneinander.

17
Nackte Gewalt

17. Juli, 09:55
Angkor Thom, Kambodscha

Gray lehnte sich an die Ziegelwand des höhlenartigen Raums.

Vor der schmalen Öffnung waren ein halbes Dutzend Bewaffnete postiert. Die Männer, die der Öffnung am nächsten standen, hatten die Waffen gezogen. Nasser hatte sie in dem Raum eingesperrt und überwachte derweil die Anbringung der Sprengladungen am Altarstein. Gray sah auf das Leuchtzifferblatt seiner Taucheruhr.

Sie waren jetzt seit fast einer Stunde hier.

Er hoffte, dass Nasser so beschäftigt war, dass er die stündliche Drohung gegen seine Eltern vergaß. Irgendetwas hatte ihn aufgebracht – nicht nur die Verzögerung, die deshalb eingetreten war, weil der Sprengstoff erst herangeschafft werden musste. Nachdem er sie hier eingesperrt hatte, war er mit dem Handy am Ohr weggestürmt. Dabei hatte Gray das Wort ›Kreuzfahrtschiff‹ herausgehört. Also ging es um das wissenschaftliche Standbein der Gildenoperation. Painter hatte ihm von der Kaperung des Schiffes und von Monks und Lisas spurlosem Verschwinden berichtet.

Irgendetwas war da schiefgegangen.

War das nun im Hinblick auf seine Freunde eine gute oder eine schlechte Nachricht?

Gray stieß sich von der Wand ab und tigerte in der höhlenartigen Gefängniszelle auf und ab. Seichan saß neben Vigor auf einer Steinbank.

Kowalski lehnte sich aus der Öffnung. Einer der Wachposten zielte mit dem Gewehr auf seinen Bauch, doch davon ließ Kowalski sich nicht beeindrucken. Als Gray neben ihn trat, sagte er: »Eben ist da ein Typ mit einem Presslufthammer vorbeigekommen.«

»Sie müssten jeden Moment so weit sein«, meinte Vigor und stand auf.

»Weshalb dauert es so lange?«, fragte Gray.

»Bestechung braucht Zeit«, antwortete Seichan, die sitzen geblieben war.

Gray blickte sich fragend zu ihr um.

»Ich habe gehört, wie jemand etwas auf Khmer gerufen hat«, erklärte sie. »Nassers Leute räumen die Tempelanlage und verjagen die Touristen. Offenbar hat die Gilde den Bayon für den Rest der Party gemietet. Das ist eine arme Gegend. Um die Behörden zum Wegsehen zu veranlassen, braucht es nicht viel.«

Gray hatte bereits etwas Ähnliches vermutet. Die Wachposten gaben sich keine Mühe mehr, ihre Waffen zu verstecken.

Vigor stützte sich an eine Säule nahe dem Eingang. »Nasser hat die Gilde offenbar davon überzeugt, dass es sich lohnt, die historische Fährte weiterzuverfolgen.«

Gray vermutete, dass noch mehr dahintersteckte. Er dachte an die Aufregung, welche die Neuigkeiten vom Kreuzfahrtschiff ausgelöst hatten. Falls die wissenschaftliche Abteilung nicht weiterkam, wertete das die historische Fährte automatisch auf.

Im nächsten Moment erfolgte auch schon die Bestätigung.

Nasser zwängte sich zwischen den Wachposten hindurch. Seine Verärgerung hatte der gewohnten Eiseskälte Platz gemacht. »Wir sind so weit. Bevor wir jedoch weitermachen, möchte ich darauf hinweisen, dass schon wieder eine Stunde verstrichen ist.«

Grays Bauchmuskeln spannten sich an.

Vigor kam ihm zu Hilfe. »Wir waren die ganze Zeit eingesperrt. Da können Sie nicht erwarten, dass wir zu neuen Einsichten gelangen.«

Nasser hob eine Braue. »Das interessiert mich nicht. Annishen wird allmählich ungeduldig. Sie braucht ein wenig Beschäftigung.«

»Bitte«, sagte Gray. Das rutschte ihm einfach so heraus.

Mit einem belustigten Funkeln in den Augen spannte Nasser Gray auf die Folter.

»Sei kein Arschloch, Amen«, sagte Seichan. »Wenn du's tun willst, dann tu's.«

Gray ballte die Hände zu Fäusten. Er musste sich beherrschen, um nicht herumzufahren und sie zum Schweigen zu bringen. Dass sie Nasser reizte, war das Letzte, was er in dieser Situation gebrauchen konnte.

Die Falten auf Nassers Stirn hatten sich vertieft. Er fuhr mit der Hand darüber, denn er wollte auf den Köder nicht anspringen. Wortlos wandte er sich ab und trat durch den Kordon der Bewaffneten.

»Nasser!«, rief Gray ihm hinterher.

»Wenn wir diesen Termin verstreichen lassen«, erwiderte Nasser ohne sich umzudrehen, »dann erwarte ich bedeutende Fortschritte, sobald wir unter den Altar vorgedrungen sind. Andernfalls verliert Ihre Mutter mehr als einen Finger. Es wird Zeit, dass wir Ihnen Feuer unter dem Hintern machen, Commander Pierce.«

Nasser hob den Arm, worauf die Bewaffneten sie aus der Gefängniszelle herausließen.

Als Seichan an Gray vorbeikam, rempelte sie ihn an und flüsterte kaum vernehmlich: »Ich wollte ihm nur auf den Zahn fühlen.«

Dann war sie vorbei.

Gray folgte ihr auf den Fersen – dann schloss er zu ihr auf.

Ohne ihn anzusehen, flüsterte sie: »Er hat geblufft … das habe ich gemerkt.«

Gray verkniff sich eine zornige Erwiderung. Sie hatte mit dem Leben seiner Eltern gespielt.

Seichan musterte ihn von der Seite; vielleicht spürte sie, wie zornig er war. Obwohl sie freundlich blieb, schlug sie einen etwas schärferen Ton an. »Die Frage, die Sie sich stellen sollten, Gray, ist die nach dem *Warum*. Warum hat er geblufft?«

Grays Kiefermuskeln entspannten sich. Das war eine gute Frage. Mit dem Handrücken streifte sie seine Hand. Er wollte sie berühren, um sich für den Hinweis zu bedanken, doch da war sie schon außer Reichweite.

Nasser führte sie zum Hauptheiligtum zurück. Das Sprengteam hatte bereits ganze Arbeit geleistet. Die Männer hatten Löcher in die dicken Sandsteinplatten gebohrt. Kabel schauten hervor, die zu einem Strang gebündelt waren. An den vier Ausgängen standen Männer, die sich rote Feuerlöscher auf den Rücken geschnallt hatten.

Gray runzelte die Stirn. Rechneten sie mit einem Feuer? Hier war doch alles aus Stein.

Nasser unterhielt sich mit einem kleinen Mann mit Werkzeugweste und einer Drahtrolle auf der Schulter, offenbar ein Sprengstoffexperte. Der Mann nickte.

»Wir sind so weit«, verkündete Nasser.

Sie marschierten zum Westausgang und bogen um die Ecke.

Vigor sträubte sich ein wenig. »Durch die Explosion könnte der Turm einstürzen und uns begraben.«

»Daran haben wir gedacht, Monsignore«, erwiderte Nasser und hob ein Funkgerät an die Lippen. Er erteilte einen Befehl.

Im nächsten Moment donnerte es so laut, dass sie die Schwingungen im Bauch spürten. Außerdem blitzte es. Dann wehte ein scharfer, säuerlicher Geruch über sie hinweg, der in Nase und Hals brannte.

Vigor hustete. Gray wedelte vor dem Gesicht mit der Hand.

»Was zum Teufel war das?«, fragte Kowalski und spuckte in eine Ecke, um den Geschmack loszuwerden.

Ohne ihn zu beachten, setzte Nasser sich in Bewegung.

Er folgte einem der Männer mit Feuerlöscher. Der Mann streifte sich eine Gesichtsmaske über und betätigte den Auslöser am Ende des Schlauchs. Mit der Löschsubstanz besprühte er Boden, Wände und Decke. Den schmalen Durchgang füllte feiner Staub aus, der sich überall absetzte.

Nasser führte sie zum Heiligtum.

Durch den Nebel sah Gray weitere Männer mit Feuerlöschern, die sich alle der Altarkammer näherten. Da sie mit vereinten Kräften Löschmittel versprühten, war die Sicht ins Heiligtum vorübergehend verdeckt. Gray konnte selbst die vier Männer kaum erkennen.

Nasser blieb stehen.

Nach einer halben Minute war der Sprüheinsatz beendet, und der Staub setzte sich ab. Die Kammer war immer noch vernebelt. Aus dem Lichtschacht strömte Sonnenschein herein.

Nasser ging weiter. »Ein basisches Neutralisierungsmittel«, erklärte er und wedelte sich Reststaub aus dem Gesicht.

»Um was zu neutralisieren?«, fragte Gray.

»Säure. Der Sprengstoff wird mit einem Zündstoff zur Explosion gebracht, der eine ätzende Säure freisetzt. Wurde von den Chinesen beim Bau des Drei-Schluchten-Damms verwendet. Minimale Erschütterungen, maximale Sprengwirkung.«

Gray betrat hinter Nasser die Kammer und riss staunend die Augen auf.

Die Wände waren mit weißem Pulver bedeckt, und der Schaden war dramatisch. Die vier Buddha-Gesichter sahen aus, als wären sie geschmolzen. Die glückselig lächelnden Gesichtszüge waren nurmehr Schlacke. Der Boden sah aus wie sandgestrahlt.

Der von oben erhellte Altar war geborsten. Ein Teil davon war in eine tiefer gelegene Kammer hinabgestürzt.

Da unten war eindeutig etwas.

Der größte Teil des Altars hatte allerdings standgehalten.

Ein Mann mit einem Vorschlaghammer betrat die Kammer. Nasser winkte ihn zum Altar. Ein zweiter Mann folgte mit einem Presslufthammer.

Für alle Fälle.

Der erste Mann holte mit dem Vorschlaghammer aus und ließ ihn mitten auf den Altar niederkrachen. Der Hammerkopf sprühte Funken, dann gab die gewaltige Sandsteinplatte nach.

Der Altar stürzte in die Grube.

10:20

Susan bäumte sich schreiend auf dem Rücksitz auf.

Lisa, die sich auf dem Kopilotensitz angeschnallt hatte, wandte den Kopf. Sie hatte auf den großen See hinausgeblickt, den der *Meerespfeil* im Landeanflug umkreiste. Am Ufer war ein schwimmendes Dorf zu erkennen, eine Ansammlung vietnamesischer Dschunken und Hausboote.

Painter hatte ihr geraten, sich hier zu verstecken. Das Fischerdorf lag zwanzig Meilen von Angkor entfernt. Hier wären sie in Sicherheit.

Als Susan weiterschrie, schnallte Lisa sich los und kletterte nach hinten.

Susan warf keuchend die Feuerdecke ab. »Zu spät! Wir kommen zu spät!«

Lisa hob die Decke auf und drückte Susan auf den Sitz nieder. Während des Flugs hatte sie friedlich geschlafen. Was war passiert?

Susan streckte eine Hand unter der Decke hervor und ergriff Lisas Unterarm. Die Berührung brannte die feinen Härchen weg.

Lisa riss den Arm zurück. »Susan, was hast du?«

Susan richtete sich auf. Der wilde Blick in ihren Augen wurde weicher, doch sie zitterte noch immer am ganzen Leib. Sie schluckte mühsam.

»Wir müssen dorthin«, murmelte sie ihr übliches Mantra.

»Wir landen jetzt«, versuchte Lisa, sie zu beruhigen. Sie spürte, wie der *Meerespfeil* sich nach vorn neigte.

»Nein!« Susan wollte wieder nach ihr greifen, doch als sie bemerkte, dass Lisa vor ihr zurückschreckte, zog sie die Hand zurück. Sie krümmte die Finger und versteckte die Hand unter der Decke. Sie atmete bebend ein und blickte zu Lisa auf. »Wir sind zu weit weg, Lisa. Ich weiß, das klingt verrückt. Wir haben nur noch wenige Minuten Zeit. Höchstens zehn oder fünfzehn.«

»Zeit wofür?«

Lisa dachte an die Unterhaltung mit Painter, die sich um die Krabben der Weihnachtsinsel und die chemisch induzierten neurologischen Veränderungen gedreht hatte, die einen manischen Wandertrieb auslösten. Welche Wirkung mochten diese Substanzen auf das weit komplexere menschliche Gehirn haben? Welche Veränderungen bewirkten sie? Konnten sie Susan trauen?

»Wenn wir nicht dorthin kommen …«, sagte Susan und schüttelte den Kopf, als bemühte sie sich, an eine verschüttete Erinnerung heranzukommen. »Irgendetwas ist an die Oberfläche gelangt. Ich spüre den Sonnenschein. Das ist, als würde ich von einem Feuerblick durchbohrt. Ich weiß nur – und zwar in meinem tiefsten Inneren –, dass es kein Heilmittel geben wird, wenn ich nicht rechtzeitig dorthin komme.«

Lisa blickte sich zögernd zu Ryder um.

Der *Meerespfeil* senkte sich auf den See hinab.

Susan stöhnte. »Ich hab mir das nicht ausgesucht.«

Lisa hörte die Seelenpein aus ihren Worten heraus und spürte, dass Susan nicht allein die biologische Last meinte. Susan hatte ihren Mann und ihr altes Leben verloren.

Lisa wandte wieder den Kopf.

In Susans Gesicht spiegelten sich unterschiedliche Emotionen wider: Angst, Trauer, Verzweiflung und abgrundtiefe Einsamkeit.

Susan legte flehentlich die Hände zusammen. »Ich bin keine Krabbe. Verstehst du das?«

Lisa verstand es.

Sie wandte sich zu Ryder um und rief: »Ziehen Sie die Maschine wieder hoch!«

»Was?« Ryder blickte sich um.

Lisa reckte den Daumen. »Nicht landen! Wir müssen näher an die Tempelanlage heran.« Sie kletterte über die Rückenlehne auf den Kopilotensitz. »Mitten durch die Stadt Siem Reap führt ein Fluss.«

Sie ließ sich auf den Sitz sinken. Die Navigationskarte der Region hatte sie sich zuvor eingeprägt. Das Städtchen war noch etwa sechs Meilen entfernt. Sie dachte an Susans Warnung.

Höchstens noch zehn oder fünfzehn Minuten.

Würde die Zeit reichen? Inzwischen hatte sie sich von Susans Panik anstecken lassen. Auf einmal wurde ihr der Grund dafür klar. Susans letzte Bemerkung.

Ich bin keine Krabbe.

Susan wusste nichts von den Krabben der Weihnachtsinsel. Lisa hatte weder mit ihr noch mit Ryder über ihre Unterhaltung mit Painter gesprochen. Es war nicht auszuschließen, dass Susan trotz ihres katatonischen Zustands das Ende des Telefonats mitbekommen hatte. Allerdings konnte Lisa sich nicht erinnern, das Wort »Krabbe« gebraucht zu haben.

Sie faltete die Navigationskarte auseinander.

Sie mussten irgendwo in der Nähe der Tempel landen.

Auf einem anderen See oder einem Fluss …

»Hier vielleicht«, sagte sie und zog die Karte ein Stück näher zu sich heran.

»Was ist das?«, fragte Ryder. Er zog den *Meerespfeil* hoch und flog über den See hinweg.

Lisa schob ihm die Karte hin und tippte darauf. »Können Sie hier landen?«

Ryders Augen weiteten sich. »Sind Sie komplett übergeschnappt?«

Lisa schwieg. Vor allem deshalb, weil sie keine Antwort darauf wusste.

Ryder grinste breit. »Ach, zum Teufel! Probieren wir's einfach!« Stets für ein Abenteuer zu haben, tätschelte er ihr den Schenkel. »Ihre Herangehensweise gefällt mir. Wie stabil ist eigentlich Ihre Beziehung?«

Lisa lehnte sich zurück. Wenn Painter das gehört hätte...

Sie schüttelte den Kopf. »Warten wir's ab.«

23:22
Washington, D. C.

»Sir, das Objekt, das ich mittels GPS verfolgen soll, kommt vom Kurs ab.«

Painter fuhr herum. Er war damit beschäftigt, den Rettungseinsatz mit der australischen Terrorismusabwehr und den Spezialeinsatzkräften abzustimmen. Die Teams waren vor fünfzehn Minuten auf der Insel Pusat eingetroffen und rückten zu den von Lisa bezeichneten Koordinaten vor. Die hereinkommenden Meldungen waren widersprüchlich. Die *Mistress of the Seas* stand in Flammen und hatte sich in Stahltrossen und herabgefallenen Trümmern des Tarnnetzes verfangen. Das Schiff hatte fast fünfundvierzig Grad Schlagseite. Ein Löschtrupp war bereits an Bord.

Neben ihm saß Kat, beide Hände auf die Kopfhörermuscheln des Headsets gelegt. Sie hatte sich geweigert, nach Hause zu gehen. Erst wollte sie Gewissheit haben. Ihre Augen waren gerötet und verquollen, doch sie war noch immer konzentriert bei der Sache und klammerte sich an die winzige Hoffnung, die ihr geblieben war. Vielleicht war Monk ja doch noch am Leben.

»Sir«, sagte der Techniker und zeigte auf einen anderen Bildschirm, auf dem eine Karte des kambodschanischen Zentralplateaus angezeigt wurde. In der Mitte lag ein großer See. Ein kleiner blinkender Leuchtpunkt, der den *Meerespfeil* darstellte, wanderte in winzigen Pixelsprüngen über den Bildschirm.

Eben noch war das Flugzeug nahe der Küste gekreist, jetzt entfernte es sich vom See.

»Wo wollen die hin?«, sagte Painter. Brant, sein Sekretär, kam hereingesaust und bremste seinen Rollstuhl so heftig ab, dass die Gummireifen auf dem Linoleum quietschten.

»Direktor Crowe, ich versuche Sie schon seit einer ganzen Weile zu erreichen«, platzte er heraus. »Vergeblich. Hab mir gedacht, Sie sprechen bestimmt noch mit Australien.«

Painter nickte. Genau das hatte er getan.

Brant reichte ihm ein zerknittertes Fax, das auf seinem Schoß gelegen hatte.

Painter überflog es rasch, dann las er es noch einmal sorgfältiger durch. *Allmächtiger…*

Er wandte sich zur Tür und rempelte Brant an. Dann hielt er inne und drehte sich um. »Kat?«

»Gehen Sie nur. Ich bleibe dran.«

Er warf einen Blick auf die Bildschirmkarte und den blinkenden Punkt, der auf die Tempel von Angkor zuwanderte.

Lisa, ich hoffe, du weißt, was du tust.

Er stürmte aus dem Raum und eilte zu seinem Büro.

Im Moment war sie auf sich allein gestellt.

10:25
Angkor

»Festhalten!«, rief Ryder – was sich eher wie ein Kriegsschrei anhörte als wie eine Warnung.

Lisa klammerte sich an den Armlehnen fest.

Vor ihnen ragten die mächtigen, an einen Bienenstock erinnernden Türme von Angkor Wat in den Himmel. Doch der eindrucksvolle Tempel, der eine Fläche von über einer Quadratmeile einnahm, war nicht ihr Ziel.

Ryder stieß auf die künstlich angelegte grüne Wasserfläche an der einen Seite des Tempels hinunter. Auf den Wassergraben von Angkor Wat. Im Unterschied zum Graben von Angkor Thom war dieser hier noch mit Wasser gefüllt. Die Gesamtlänge betrug vier Meilen, eine Gerade war somit eine Meile lang. Das einzige Problem war...

»Eine Brücke!«, schrie Lisa.

»Das nennen Sie eine Brücke?«, erwiderte Ryder sarkastisch. Er hatte sich eine Zigarre zwischen die Zähne geklemmt. Aus dem Mundwinkel stieß er eine Rauchwolke aus.

Es war seine letzte Zigarre, die er für besondere Notfälle verwahrt hatte. Vor dem Anzünden hatte Ryder noch bemerkt: »Selbst einem Todeskandidaten wird eine letzte Zigarette gewährt«.

Der Milliardär flog über den Wassergraben hinweg und zog die Maschine etwas höher, um nicht gegen die Brücke zu stoßen.

Lisa hielt den Atem an. Zu beiden Seiten des Grabens flüchteten Touristen.

Dann waren sie über die Brücke hinweg. Ryder ging wieder tiefer. Die Kufen des *Meerespfeils* streiften das Wasser und wirbelten eine Gischtwolke auf. Dann sanken sie ein, und das Flugzeug verwandelte sich wieder in ein Boot. Allerdings hatten sie viel zu viel Schwung.

Sie rasten auf den Erdwall zu.

Ryder riss einen Hebel am Boden nach oben. »Das nennt man eine Hamilton-Drehung! Festhalten!«

Er stieß eine weitere Rauchwolke aus und riss das Steuer herum.

Der *Meerespfeil* drehte sich so mühelos wie ein Eiskunstläufer um hundertachtzig Grad. Der Twin-Motor brüllte auf. Sie wurden langsamer.

Lisa war noch immer ganz verkrampft, denn sie fürchtete, sie könnten die Böschung rammen.

Ryder aber riss das Boot geschickt herum. Der *Meerespfeil* warf an der rechten Seite, unmittelbar vor der Grabenböschung, eine hohe Welle auf und kam langsam zum Stehen.

Seufzend stieß Ryder eine Rauchwolke aus und stellte den Motor ab. »O Mann, was für ein Höllenspaß.«

Lisa schnallte sich eilig los und kletterte nach hinten zu Susan.

»Wir müssen uns beeilen«, sagte Susan und nestelte am Gurt.

Lisa half ihr, sich loszuschnallen. Ryder öffnete die Luke.

»Wissen Sie, was Sie zu tun haben?«, fragte Lisa, als sie ins flache Wasser hinausstolperten und zur Böschung wateten.

Ringsumher wurde laut gerufen.

»Das haben Sie mir schon mindestens sechzehnmal gesagt«, meinte Ryder. »Ein Telefon suchen, Ihren Chef anrufen und ihm sagen, was wir vorhaben und wohin wir wollen.«

Sie kletterten zur Straße hoch, die am Wassergraben entlangführte. Susan hatte die Decke umgelegt und eine Sonnenbrille aufgesetzt, um möglichst wenig Sonnenstrahlung aufzunehmen.

Die Touristen zeigten mit dem Finger auf sie.

Ryder winkte einem vorbeikommenden Fahrzeug, einem Motorrad mit einem kleinen, überdachten Anhänger. In der Hand hielt er ein paar Geldscheine, das universal gültige Zeichen für Anhalten. Diese Sprache verstand der Fahrer. Er lenkte das Motorrad herum, kam auf sie zugefahren und stoppte.

Ryder half Lisa und Susan in den Anhänger und schloss die kleine Tür. »Das Tuk Tuk wird Sie zum Tempel bringen. Seien Sie vorsichtig.«

»Wir wollen nur mit Painter sprechen«, sagte Lisa.

Er senkte die Hand wie ein Rennleiter das Startfähnchen.

Das Motorrad knatterte los.

Lisa blickte sich nach Ryder um. Es näherten sich bereits uniformierte Polizisten, ebenfalls auf Motorrädern. Ryder schwenkte wichtigtuerisch die Zigarre.

Niemand achtete auf das kleine Tuk Tuk.

Lisa lehnte sich zurück.

Susan hatte sich neben ihr in die Decke eingemummt. Ein einziges Wort kam ihr über die Lippen. »Beeilung.«

10:35

Gray kniete am Rand der Grube und spähte in den kreisförmigen Lichtschacht hinunter. Aus dreizehn Metern Tiefe blickte ein Gesicht zu ihm auf – ein weiterer steinerner Bodhisattva. Er trat aus dem Steinboden hervor, gehauen aus einem einzigen großen Sandsteinblock. Die durch den Schacht einfallenden Lichtstrahlen, in denen Staubteilchen tanzten, badeten das dunkle Steingesicht in warmem Sonnenschein.

Das rätselhafte Lächeln des Buddhas hieß ihn willkommen.

An der Seite hing eine zusammengerollte Hängeleiter aus Stahl und Aluminium über den Rand des geborstenen Altars. Klirrend entfaltete sie sich, das untere Ende prallte auf dem Boden der Kammer auf. Das obere Ende war mit Karabinerhaken an der steinernen Decke des Heiligtums befestigt.

Nasser näherte sich Gray. »Sie gehen als Erster runter. Einer meiner Männer kommt nach. Ihre Freunde bleiben einstweilen hier oben.«

Gray wischte sich den Staub von den Händen und ging zur Hängeleiter. Vigor stand an der Wand und schaute verdrossen drein. Wahrscheinlich drückte nicht nur ihre prekäre Lage auf seine Stimmung. Als Archäologe empfand er tiefen Abscheu angesichts der Entweihung des Heiligtums.

Kowalski und Seichan warteten teilnahmslos ab, wie es weitergehen würde.

Gray nickte ihnen zu, dann machte er sich an den Abstieg. In der Grube roch es weniger staubig als vielmehr muffig. Die ersten drei Meter führten durch einen etwa zwei Meter breiten Schacht. Die Wände bestanden aus Steinblöcken, wie bei einem Brunnen. Auf den letzten drei Metern aber traten die Wände zurück, und der Schacht weitete sich zu einem Tunnelgewölbe von etwa zwölf Metern Durchmesser.

»Bleiben Sie in Sichtweite!«, rief Nasser in den Schacht hinunter.

Gray blickte zu den Gewehrläufen hoch, die auf sie herabzielten. Einer der Soldaten kletterte bereits die Leiter hinunter. Gray sprang auf den Boden und landete neben dem steinernen Bodhisattva.

Er schaute sich um. Vier mächtige, in gleichen Abständen angeordnete Steinsäulen stützten das Gewölbe. Wahrscheinlich nahmen sie auch das Gewicht des Turms auf. Der Boden hingegen bestand nicht aus Steinblöcken, sondern aus massivem Kalkstein. Sie hatten das Muttergestein erreicht. Das hier war eindeutig das Fundament des Bayon-Tempels.

Das Klirren der Leiter lenkte seine Aufmerksamkeit auf den Soldaten, der sich näherte. Gray überlegte, ob er sich auf ihn werfen und ihm das Gewehr entreißen sollte. Doch was dann? Seine Freunde waren oben und wurden streng bewacht; seine Eltern befanden sich noch immer in Nassers Gewalt. Also wandte er sich dem steinernen Gesicht zu und umkreiste es. Es lag flach am Boden und blickte zu ihm auf, aus einem einzigen hüfthohen Sandsteinblock gemeißelt.

Auf den ersten Blick wies das Gesicht keine Unterschiede zu den anderen auf: die gleichen nach oben gebogenen Mundwinkel, die gleiche breite Nase und Stirn, die grüblerischen Augen.

Mit einem lauten Stiefelknallen sprang der Soldat auf den Boden.

Gray straffte sich – dann auf einmal stutzte er.

Er drehte sich wieder um. An dem Gesicht, den grüblerischen Augen, war ihm etwas aufgefallen. In der Mitte waren dunkle Kreise, die wie Pupillen wirkten. Nicht einmal das Sonnenlicht vermochte den Schatten zu zerstreuen.

Gray stützte sich auf die Wange des steinernen Buddhas, beugte sich vor und fuhr mit dem Finger über die dunkle Pupille.

»Was machen Sie da?«, rief Nasser herunter.

»Da sind Löcher! An der Stelle, wo die Pupillen sein sollten, in die Augen gebohrt. Ich habe den Eindruck, sie reichen durch das ganze Gesicht hindurch.«

Gray blickte nach oben. Durch den Schacht strömte Sonnenschein herein, und jetzt, da der Altar weggesprengt war, traf der Lichtstrahl auf das Gesicht in der Kammer.

Aber drang er auch noch tiefer vor?

Er kletterte auf das Gesicht, legte sich flach auf den Bauch und spähte in die Pupille des steinernen Gottes hinein. Das andere Auge kniff er zusammen und legte die Hand um den Augapfel aus Sandstein. Es dauerte einen Moment, bis sein Blick sich scharf gestellt hatte.

Weit unten, erhellt vom durch die andere Pupille einfallenden Sonnenlicht, schimmerte Wasser. Ein See am Grund einer Höhle. Gray stellte sich die Felskuppel vor, gewölbt wie ein Schildkrötenpanzer.

»Was sehen Sie?«, rief Nasser.

Gray wälzte sich auf den Rücken und blickte in den Lichtschacht hoch.

»Ich habe die Höhle entdeckt! Unter dem steinernen Gesicht!«

Wie der Altarstein im oberen Heiligtum bewachte der Bodhisattva einen verborgenen Zugang.

Gray musste an Vigors Erklärung für die vielen Steingesichter denken. *Man sagt, das seien Wächter, die verborgene Geheimnisse schützen.* Doch wie er so dalag, kamen Gray auch die Worte eines anderen Mannes in den Sinn, Worte aus einer älteren, gefährlicheren Zeit: die allerletzte Zeile von Marcos Bericht.

Ein kalter Schauder lief ihm über den Rücken.

In jener Stadt wurde das Tor zur Hölle aufgetan, doch ich bin mir nicht sicher, ob es je wieder zugesperrt wurde.

Als Gray zu dem zerstörten Altar hochschaute, begriff er die Wahrheit.

Das Tor war zugesperrt worden, Marco.

Jetzt aber hatten sie es wieder geöffnet.

10:36

Das Tuk Tuk hielt am Ende der befestigten Straße.

Lisa stieg aus.

Vor ihnen lag ein Platz, dessen Pflaster von den Wurzeln von Riesenbäumen unterwandert war. Dahinter ragte der Bayon-Tempel auf, eine vom Dschungel eingerahmte Ansammlung von Sandsteintürmen, bedeckt mit zerbröckelnden Steingesichtern, flechtenüberwachsen und voller Risse.

Auf dem Platz fotografierten einige Touristen. Zwei Japaner näherten sich dem Tuk Tuk und wollten das Fahrzeug, mit dem Lisa und Susan hergekommen waren, offenbar für sich reklamieren. Der eine Mann nickte Lisa zu. Er zeigte zum Tempel und sagte etwas auf Japanisch.

Lisa schüttelte bedauernd den Kopf; sie verstand kein Wort.

Er lächelte scheu, neigte abermals den Kopf und sagte auf Englisch: »Geschlossen.«

Geschlossen?

Lisa half Susan, die noch immer von Kopf bis Fuß in die Decke gehüllt war, beim Aussteigen. Nur die Sonnenbrille lugte aus der Vermummung hervor. Lisa, die Susan am Ellbogen stützte, spürte ihr Zittern.

Der Tourist deutete aufs Tuk Tuk und bat wortlos um die Erlaubnis, darin Platz nehmen zu dürfen. Lisa nickte und stolperte mit Susan über den unebenen Platz. Auf dem Tempelgelände machte Lisa Männer aus, die an Türmen lehnten, über Durchgängen standen und auf den Mauern patrouillierten. Alle trugen Khakiuniformen und schwarze Barette.

War das die kambodschanische Armee?

Susan zerrte sie weiter und marschierte zielstrebig aufs Osttor zu. Zwei Männer mit Baretten hielten davor Wache. Sie hatten Gewehre geschultert. Abzeichen hatten sie keine. Die eine Gesichtsseite des Mannes zur Linken, offenbar ein Kambodschaner, war von Kratznarben entstellt. Der andere, ein Westler, hatte ledrige Haut und einen ungepflegten Bart. Beide Männer musterten sie mit diamanthartem Blick.

Das waren keine regulären Soldaten.

Sondern Söldner.

»Die Gilde!«, flüsterte Lisa eingedenk Painters Bericht von Grays Gefangennahme. *Sie war bereits hier.*

Lisa wollte Susan festhalten, doch die riss sich los und ging weiter.

»Susan, du darfst nicht noch einmal in die Hände der Gilde fallen«, sagte Lisa.

Zumal Monk sein Leben bei der Rettungsaktion gelassen hat.

Susans Stimme wurde von der Decke gedämpft, hatte aber einen entschlossenen Klang. »Keine andere Wahl ... Ich muss ... Ohne das Heilmittel ist *alles* verloren ...« Susan schüttelte den Kopf. »... eine einzige Chance. Das Heilmittel muss vollendet werden.«

Lisa begriff. Sie dachte an Deveshs Warnung und an Painters Bestätigung. Die Pandemie breitete sich bereits aus. Die Welt brauchte das Heilmittel, bevor es zu spät war. Selbst auf die Gefahr hin, dass es der Gilde in die Hände fiel, musste es vollendet werden. Mit den Folgen konnten sie sich anschließend befassen.

Aber dennoch …

»Bist du dir sicher, dass es keine andere Möglichkeit gibt?«

Susans Stimme zitterte vor Angst und Sorge. »Bei Gott, ich wünschte, es gäbe sie. Aber vielleicht ist es auch schon zu spät.« Behutsam löste sie Lisas Hand von ihrem Ärmel und stolperte weiter; offenbar wollte sie das Tempelgelände allein betreten.

Lisa folgte ihr. Auch sie hatte keine Wahl.

Sie näherten sich dem bewachten Tor. Lisa hatte keine Ahnung, wie sie sich Zugang zum Tempel verschaffen sollten.

Susan aber hatte anscheinend einen Plan.

Sie ließ die Decke bis auf die Knöchel herabfallen. Im hellen Sonnenschein sah sie aus wie jedermann, allenfalls etwas heller, denn ihre Haut war dünn und blass. Sie nahm die Sonnenbrille ab und wandte das Gesicht in die Sonne.

Susan zitterte am ganzen Leib, denn der blendend helle Sonnenschein drang jetzt ungefiltert in die Pupille ein und wurde über den Sehnerv ins Gehirn weitergeleitet.

Doch das reichte anscheinend noch nicht.

Susan riss sich die Bluse herunter und setzte eine noch größere Hautfläche der Sonneneinstrahlung aus. Sie knöpfte die Hose auf, die ihr auf die Knöchel fiel, denn nach dem wochenlangen Stupor war sie stark abgemagert. Nur mit BH und Slip bekleidet, näherte sie sich dem Tor.

Die Wachposten wussten nicht, was sie von der halbnackten Frau halten sollten. Gleichwohl verstellten sie ihr den Weg. Der Kambodschaner winkte energisch mit der Hand und sagte mit schneidender Stimme: *»D'tay! Bpel k'raowee!«*

Susan blieb nicht stehen. Offenbar wollte sie zwischen den beiden Männern hindurchgehen.

Der andere Soldat packte sie bei der Schulter und riss sie halb herum. Sein stoisches Gesicht verzerrte sich vor Schmerzen. Er zog die Hand ruckartig zurück. Seine Handfläche war knallrot; von seinen Fingerspitzen tropfte Blut. Er taumelte zurück und brach an der Mauer zusammen.

Der Kambodschaner legte das Gewehr an und zielte auf ihren Kopf, während Susan unbeirrt weiterging.

»Nicht schießen!«, rief Lisa.

Der Soldat blickte sich zu ihr um.

»Bringen Sie uns zu ihm!«, sagte sie und zermarterte sich den Kopf nach dem Namen, den Painter erwähnt hatte. Dann fiel er ihr ein. »Bringen Sie uns zu Nasser!«

10:48

»Seht euch das mal an!«, rief Vigor, der seine Überraschung nicht verhehlen konnte. Er blickte sich zu den anderen um.

Gray untersuchte gerade eine der Stützsäulen. Die Pylone waren ohne Mörtel aus dreißig Zentimeter dicken und einen Meter durchmessenden Sandsteinscheiben errichtet. Er ertastete mehrere tiefe Risse, Ermüdungserscheinungen eines uralten Rückgrats.

Seichan und Kowalski standen bei dem steinernen Gesicht in der Mitte des Raums und schauten zu, wie Nassers Sprengteam den Steinblock präparierte.

Abermals hallte das durchdringende Sirren des Diamantbohrers durch das Tonnengewölbe. Ein weiteres zentimeterdickes Loch wurde dreißig Zentimeter tief in das Gesicht gebohrt. In den anderen Löchern befanden sich bereits verkabelte Sprengladungen, doppelt so viele, wie für den Altar verwendet worden waren. Werkzeug und Sprengmaterial wurden mit Seilen in den Schacht heruntergelassen.

Ein heller Fleck Sonnenschein erhellte das Arbeitsfeld.

Anders als Seichan und Kowalski hatte Vigor es nicht fertiggebracht, bei der Verstümmelung des Buddhagesichts zuzuschauen. Auch jetzt wieder kehrte er den Männern den Rücken zu und musterte die Wand. Abseits des Lichtschachts lag das Gewölbe in tiefem Schatten. Man hatte Vigor eine Taschenlampe gegeben, damit er nach einem anderen Eingang zu der unterirdischen Höhle suchen konnte. Obwohl es ihm zuwider war, Nasser zu helfen, wollte er die Gelegenheit nutzen, um die Beschädigung des Tempels auf ein Minimum zu beschränken.

Allerdings blieb ihm nicht mehr viel Zeit.

Gerade mal zehn Minuten.

Da die Vorbereitungen bereits angelaufen waren, war Nasser

wieder nach oben geklettert. Zuvor hatte er aufs Handy geschaut. Da das Empfangssignal zu schwach war, hatte er ihnen befohlen, sich zur genannten Zeit bereitzuhalten, und war die Hängeleiter hochgeklettert.

Gray stellte sich neben Vigor. »Wie sieht's aus? Haben Sie den Zugang gefunden?«

»Nein«, antwortete Vigor. Er war die Gewölbewand einmal abgeschritten. Es gab keinen anderen Zugang. Der einzige Weg führte offenbar durch das steinerne Gesicht des Bodhisattvas Lokesvara. »Aber ich habe etwas anderes entdeckt.«

Vigor wartete, bis einer der auf und ab patrouillierenden Bewaffneten vorbeigegangen war, dann hielt er die Taschenlampe flach an die Wand und richtete den Lichtkegel nach oben. Ein eingeritztes Muster trat hervor, ein Relief aus Licht und Schatten, das an die Flachreliefs erinnerte, die sie weiter oben angetroffen hatten. Allerdings war dieses hier nicht figürlich, sondern abstrakt.

»Was ist das?«, fragte Gray, streckte die Hand aus und berührte das Riffelmuster.

Inzwischen hatten sich Seichan und Kowalski zu ihnen gesellt.

Vigor verbreiterte den Lichtkegel der Taschenlampe. »Zunächst dachte ich, das wäre nichts weiter als eine Verzierung. Das Muster bedeckt alle Wände.« Er schwenkte den Arm durchs Gewölbe. »Sämtliche Oberflächen.«

»Was zum Teufel hat das zu bedeuten?«, brummte Kowalski.

»Mit dem *Teufel* hat das nichts zu tun, Mr. Kowalski«, sagte Vigor. »Das ist Engelschrift.«

Er hielt die Taschenlampe so, dass nur ein kleiner Ausschnitt der Wand beleuchtet wurde. »Schauen Sie genau hin.«

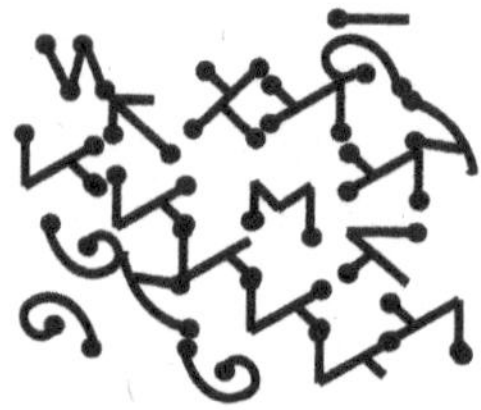

Gray beugte sich vor und fuhr mit den Fingern über das Muster. Allmählich dämmerte es dem Commander. »Das sind ungeordnete Engelszeichen.«

Seichan trat neben Gray und betastete ebenfalls die Wand. »Das ist unmöglich. Haben Sie nicht gesagt, die Engelschrift wäre erst im sechzehnten Jahrhundert erfunden worden?«

Vigor nickte. »Von Johannes Trithemius.«

»Wie kommen dann die Zeichen hierher?«

»Das weiß ich nicht«, erwiderte Vigor. »Vielleicht hat der Vatikan irgendwann mal eine Forschungsdelegation auf Marcos Spuren nach Kambodscha geschickt. Vielleicht brachte sie Abschriften mit zurück, die in die Hände von Trithemius gelangt sind. Daraus könnte er seine Geheimschrift abgeleitet haben. Wenn er von den leuchtenden Engelserscheinungen wusste, die in Marcos Bericht erwähnt sind, ist es durchaus naheliegend, dass er glaubte, diese Schrift sei von den Engeln inspiriert.«

Gray blickte Vigor an. »Aber Sie glauben das nicht, hab ich recht?« Er trat ein paar Schritte zurück und fasste die Wand als Ganzes in den Blick.

Er sieht es auch, dachte Vigor.

Von der Wucht seiner Vermutungen überwältigt, holte er tief Luft. »Trithemius hat behauptet, er habe nach wochenlangem Fasten und meditativer Versenkung von der Schrift Kenntnis erlangt. Ich glaube, genau so war es.«

»Er hat sich das alles zusammenfantasiert, weil ihm diese alte Schrift im Kopf herumgespukt ist«, spöttelte Seichan.

Vigor nickte. »Genau das wollte ich damit sagen. Erinnern Sie sich, dass ich erwähnt habe, die Engelschrift weise große Ähnlichkeiten mit dem Hebräischen auf. Trithemius hat sogar behauptet, seine Schrift sei der reinste Extrakt des hebräischen Alphabets.«

Seichan zuckte mit den Schultern.

»Was wissen Sie über die jüdische Kabbala?«, fragte Vigor.

»Das ist eine mystische Geheimlehre.«

»Genau. Die Anhänger der Kabbala suchen beim Studium der jüdischen Bibel nach mystischen Einsichten in die göttliche Natur des Universums. Sie glauben, in den Formen und Schwüngen des hebräischen Alphabets sei die göttliche Weisheit verborgen. Wenn man darüber meditiere, erlange man tiefe Einsichten in das Universum, auf dessen unterster Stufe wir uns befinden.«

Seichan schüttelte den Kopf. »Wollen Sie damit sagen, dieser Trithemius habe beim Meditieren eine reinere Form des Hebräischen geschaut? Er sei zufällig auf eine Sprache – diese Sprache – gestoßen?« Sie klopfte gegen die Wand. »Auf eine Sprache, die zur Erkenntnis verborgener Weisheit verhilft?«

Gray räusperte sich. »Und ich glaube, *verborgen* ist hier das Schlüsselwort.« Er winkte Seichan zu sich heran. »Was sehen Sie? Betrachten Sie das ganze Muster. Kommt Ihnen das nicht bekannt vor?«

Seichan schaute einen Moment hin, dann fauchte sie: »Keine Ahnung. Worauf soll ich achten?«

Seufzend trat Gray dicht an die Wand heran. Er fuhr mit dem Finger über eine der Zeichenkaskaden. »Beachten Sie, dass das Muster Spiralen beschreibt wie eine durchbrochene Helix. Vergegenwärtigen Sie sich diesen Abschnitt ganz für sich.«

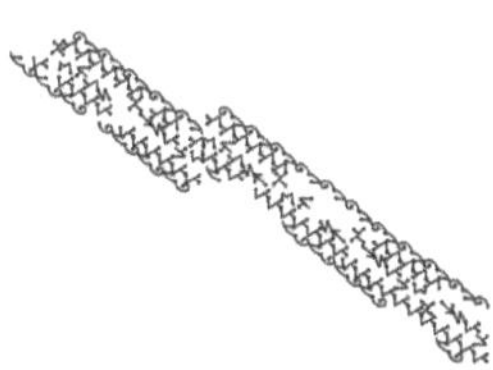

Seichan blinzelte. »Das wirkt beinahe organisch.«

Gray nickte. »Folgen Sie den Strängen mit den Augen. Hat das nicht Ähnlichkeit mit der Doppelhelix der DNA? Kommt Ihnen das nicht wie eine Genkarte vor?«

Seichan war nach wie vor skeptisch. »In Engelschrift aufgezeichnet?«

Gray entfernte sich ein Stück weit von der Wand. »Mag sein. Es wurde mal ein wissenschaftlicher Vergleich des DNA-Codes mit den Mustern verschiedener Sprachen durchgeführt. Dem Zipf'schen Gesetz – einem Statistikwerkzeug – zufolge weisen alle Sprachen ein bestimmtes Wortverteilungsmuster auf. Der bestimmte und der unbestimmte Artikel kommen häufig vor, während Worte wie ›Erdferkel‹ oder ›elliptisch‹ nur selten verwendet werden. Trägt man den Rang eines Wortes gegen die Häufigkeit des Gebrauchs auf, erhält man eine Gerade. Das gilt fürs Englische, Russische und Chinesische gleichermaßen. Alle Sprachen weisen dieses Muster auf.«

»Und der DNA-Code?«, fragte Vigor interessiert.

»Der ergibt *exakt* das gleiche Muster. Das gilt übrigens auch für die menschliche Junk-DNA, die von den meisten Wissenschaftlern als biologischer Abfall betrachtet wird. Diese Studie wurde wiederholt und das Ergebnis bestätigt. Aus irgendeinem Grund ist in unseren Genen eine Sprache codiert. Wir wissen nur nicht, was sie bedeutet. Aber«, Gray wies auf die Wand, »vielleicht handelt es sich hier um die geschriebene Form dieser Sprache.«

Ehrfürchtig streifte Vigor mit der Hand über das Muster. »Da gerät man ins Staunen. Ist es wirklich denkbar, dass Trithemius bei seinen Meditationen auf diese Sprache gestoßen ist?« Als ihm ein neuer Gedanke kam, straffte er sich. »Denken Sie nur mal ans Althebräische und dessen Ähnlichkeit mit der Engelschrift. Könnte es nicht sein, dass alle Schriftsprachen auf einer inhärenten genetischen Erinnerung beruhen? Man fragt sich unwillkürlich, ob diese in unserem Genom verborgene Sprache vielleicht das Wort Gottes ist.«

»Ich glaube, das ist eine genetische Blaupause«, sagte Gray.

»Eine Blaupause wofür?«, fragte Seichan.

»Wahrscheinlich für eine Schildkröte«, brummte Kowalski.

Vigor schnaubte abfällig, während Seichan und Gray den Mann mit ungläubigem Staunen musterten.

»Was ist?«, sagte Vigor, der spürte, dass sie an einem wichtigen Punkt angelangt waren.

Gray trat näher und senkte die Stimme. »Ich glaube, Sie könnten recht haben.«

»Tatsächlich?«, meinte Kowalski.

Gray erläuterte seine Höhlentheorie. »Der Schildkrötenpanzer steht für die Höhle. Aber was ist mit der eigentlichen Schildkröte? Dem Mythos zufolge ist sie eine Inkarnation des Gottes Vishnu.« Er wies auf die Wand. »Und hier haben wir den Beweis für einen unbekannten biologischen Prozess und geheimes Wissen. Das geht weit über eine Virenerkrankung hinaus. Ich glaube, der Wandcode stellt eine Art Tagebuch dieses Prozesses dar, der möglicherweise noch immer nicht abgeschlossen ist.«

Vigor musterte die Wand, die Blaupause.

Ehe sie ihre Beratung fortsetzen konnten, drang durch den Lichtschacht Lärm herunter.

Als geschlossene Gruppe näherten sie sich wieder dem Schacht. Das Sprengteam hatte die Vorbereitungen offenbar nahezu abgeschlossen. Der Sprengleiter hatte die Zündkabel aufgerollt und mit dem elektronischen Zünder verbunden.

Eine Frau kletterte die Hängeleiter herunter. Vigor vermochte ihr Gesicht im Gegenlicht nicht zu erkennen.

Gray aber erkannte sie sofort und trat überrascht einen Schritt vor. »Lisa …?«

Weiter oben tauchte Nasser am Rand des Lichtschachts auf, neben sich eine aufgeregte, halbnackte Frau. Sie drängte nach vorn, als wollte sie sich in den Schacht stürzen, wurde aber von vier Gewehrläufen in Schach gehalten.

Vigor blickte entgeistert zu ihr hoch.

Allmächtiger …

Die Frau *leuchtete.*

Obwohl sie sich im Schatten befand, war ihre Haut deutlich zu erkennen.

Das musste eine Täuschung sein.

»Bedeckt die Augen!«, rief sie nach unten und zeigte in die Grube. »Bedeckt die Augen!«

Vigor verstand nicht, was sie meinte.

Gray hingegen schon. Der Commander entriss einem der Sprengleute eine Plane, warf sie über die Augen der Skulptur und unterband den Einfall des Sonnenlichts in die Höhle.

Die Frau brach daraufhin zusammen, als habe jemand die Fäden einer Marionette durchtrennt. Sie sank auf den geborstenen Altarstein nieder.

Nasser betrachtete sie stirnrunzelnd.

Lisa sprang auf den Boden und näherte sich der Gruppe. Sie blickte nach oben, doch ihre Worte waren an die Allgemeinheit gerichtet. »Es tut mir leid.«

11:05

Zehn Minuten später beobachtete Gray, wie der letzte von Nassers Männern die Leiter hochkletterte. Ein Kreis von Gewehrläufen zielte auf sie herunter. Die letzte Werkzeugtasche wurde an einem der beiden Seile hochgezogen und über den Rand des Schachts gehoben. Das andere Seil baumelte noch immer verlockend herab.

»Wieso lassen sie uns hier unten?«, fragte Lisa.

Gray beäugte das mit Sprengstoff gespickte Buddhagesicht. »Ich glaube, wir sind jetzt entbehrlich«, sagte er.

Nach kurzem Schweigen murmelte Lisa eine Entschuldigung. »Ich hatte keine andere Wahl.«

Ihr plötzliches, unerwartetes Auftauchen hatte sie bereits erklärt. Eine Verzweiflungstat, geboren aus der Notwendigkeit, ein Heilmittel zu finden. Sie hatten es riskieren müssen – auch wenn es bedeutete, das Heilmittel der Gilde auszuliefern.

»Aber Monk…«, sagte Lisa mit erstickter Stimme. »Er hat sein Leben geopfert – und jetzt das.«

»Nein.« Gray legte Lisa den Arm um die Schulter. Er wollte sich mit den Tatsachen einfach nicht abfinden. Noch nicht. »So darfst du das nicht sehen. Monk hat euch hierhergebracht. Und solange wir am Leben sind, besteht Hoffnung.«

Nasser beugte sich über den Rand des Schachts. »Wir sind gleich so weit«, verkündete er ganz sachlich und ohne jede Schadenfreude. Jetzt, da er alle Trümpfe in der Hand hielt, gab er sich kühl und höflich. »Monsignore, Sie haben darauf hingewiesen, dass die wissenschaftliche und die historische Fährte hier zusammenfallen würden. Es scheint, als sollten Sie damit recht behalten. Die beiden Hälften von Sigma sind hier versammelt.« Er zeigte in die Tiefe – dann wandte er sich Susan zu, die zusammengesunken dasaß, den Kopf auf die Brust gesenkt. »Außerdem wurden die Anstrengungen der Gilde gebündelt. Hier die Überlebende der wissenschaftlichen Fährte … und dort der Ursprung des Judas-Stamms.«

Gray ließ Lisa los und trat vor. »Sie werden vielleicht noch auf unsere Hilfe angewiesen sein!«, rief er, obwohl er wusste, dass es zwecklos war.

»Ich bin sicher, wir kommen auch alleine klar. Die Gilde verfügt über ausreichende Ressourcen, um auch noch die letzten Puzzleteile zusammenzufügen. Ausgehend von ein paar Worten aus einem alten Text haben wir es bis hierher geschafft. Ihnen, Commander, haben wir es zu verdanken, dass der Text in unseren Besitz gelangt ist.«

Gray ballte die Hände zu Fäusten. Er hätte die Bibliothek des Drachenordens in Brand stecken sollen, als er Gelegenheit dazu hatte.

»Anschließend hat die Gilde – mittels Satellitenerkundung und mithilfe von Meeresbiologen – vor der Küste von Sumatra eines von Marcos gesunkenen Schiffen ausfindig gemacht.«

Gray stutzte. »Sie haben eins von Marcos Schiffen aufgespürt?«

»Und wir hatten Glück. Einer der Kielbalken, der von einer isolierenden Tonschicht ummantelt war, zeigte noch biologische Aktivität. Allerdings war ein In-vitro-Versuch nötig, ein reales Anwendungsszenario, damit wir uns ein Bild von den Einsatzmöglichkeiten machen konnten.«

Gray gefror das Blut in den Adern. Wenn Nasser die Wahrheit sagte, war die Krankheit auf der Weihnachtsinsel nicht zufällig ausgebrochen. »Sie … Sie haben die Weihnachtsinsel in voller Absicht kontaminiert.«

Er suchte in Seichans Augen nach einer Bestätigung.

Sie wich seinem Blick aus.

Nasser fuhr fort: »Wir brauchten nur die Meeresströmungen und Gezeitenmuster zu studieren, den Balken vor der Küste zu platzieren und die weitere Entwicklung abzuwarten. Wir waren gerade mit der Beobachtung und dem Probensammeln beschäftigt, als unsere Patientin in Erscheinung trat. Sie und ihre Begleiter. Die ersten menschlichen Versuchsobjekte. Die Meeresströmungen haben die Krankheit anschließend wie geplant an die Küste getragen. Ein streng lokalisiertes, kontrolliertes Szenario.«

»Und das Kreuzfahrtschiff hat der Gilde die Gelegenheit geboten, die Ernte einzufahren«, flüsterte Lisa.

Gray sackte in sich zusammen.

»Jetzt wissen Sie, weshalb ich versuchen musste, der Gilde Einhalt zu gebieten«, murmelte hinter seinem Rücken Seichan.

Gray blickte sie an.

Seichan war gescheitert – sie alle waren gescheitert.

11:11

Susan war benommen, wie in einem Wachtraum gefangen.

Flammen tanzten in ihrem Kopf.

Seit sie dem prallen Sonnenschein ausgesetzt gewesen war, hatte sie eine Grenze überschritten. Das spürte sie in ihrem Schädel. Sie war nicht mehr sie selbst – oder vielleicht mehr sie selbst als je zuvor.

Tief in ihrem Innern verborgene Erinnerungen waren freigesetzt worden. Längst vergessen Geglaubtes war auf einmal wieder zugänglich. Die Erinnerungen fügten sich zusammen, Tag um Tag, Stunde um Stunde, und verschmolzen zu einem zusammenhängenden Ganzen. Ihre Vergangenheit erwachte wieder zum Leben, nicht nur in Bruchstücken, sondern als eine lückenlose Abfolge von Bildern.

Und alles schrumpfte zu einem einzigen Moment zusammen: angefangen vom Druck auf ihren Schädel, als sie aus der Gebärmutter hinausgepresst worden war, bis zu ihrem Herzklopfen jetzt in diesem Moment. Sie spürte die Berührung der Luft auf ihrer nackten Haut, jeden winzigen Hauch, hineingeschrieben in ihr Gedächtnis, eine Ergänzung des Ganzen.

Dies alles schwebte wie in einer schimmernden Blase.

Und jenseits deren Oberfläche war noch mehr.

Doch sie war noch nicht bereit, es zu erkunden.

Sie wusste, dass es vorher noch etwas zu erledigen gab.

Weiter unten.

Sie schloss die brennenden Augen, und ihre Panik flaute allmählich ab.

Zwischen Vergangenheit und Gegenwart schwebend traten mit jedem Atemzug neue Momente hinzu, und neue Worte sanken langsam in den Teich, der ihr Leben war, als lauschte sie ihnen aus nächster Nähe.

... wir brauchten nur die Meeresströmungen und Gezeitenmuster zu studieren, den Balken vor der Küste zu platzieren und die weitere Entwicklung abzuwarten ... als unsere Patientin in Erscheinung trat. Sie und ihre Begleiter. Die ersten menschlichen Versuchsobjekte.

NEIN.

Das eine Wort hallte in ihr wider. In dem endlosen Moment zwischen einem Atemzug und dem nächsten gefangen, schwebte sie wieder schwerelos unter Wasser. Ein schwarzes, verwittertes Holzstück ragte aus dem Sandboden hervor. Damals hatte sie geglaubt, der Kielbalken sei durch ein Erdbeben oder einen Tsunami freigelegt worden.

Jetzt kannte sie die Wahrheit.

Der Balken war von Menschenhand dort platziert worden.

Mit der Absicht zu töten.

Sie erinnerte sich noch gut, wie aufgeregt sie ihrem Mann, der ein begeisterter Wracktaucher gewesen war, davon berichtet hatte. Die Erinnerung war so deutlich, als stünde er leibhaftig vor ihr.

Gregg.

Jetzt kannte sie die Wahrheit.

Sie wusste, weshalb er gestorben war.

Und die Wahrheit war wie ein Feuer.

11:12

Lisa lehnte sich an Gray an, der ihr den Arm um die Schulter gelegt hatte. Sie blickte zu den Gewehrläufen hoch. Nasser sagte etwas, doch sie verstand ihn nicht, denn sie war mit ihren Schuldgefühlen beschäftigt.

Plötzlich zuckte Gray zusammen.

Am Rand des Brunnes hob Susan langsam den Kopf. Ihr blondes Haar fiel zurück und gab ihr zorniges Gesicht frei. Die Wachposten achteten nur auf Nasser. Lisa sah, wie Susans Haut hinter Nassers Schulter immer heller zu leuchten begann.

Ein Feuer brannte in ihren Augen.

Nasser hatte offenbar etwas gespürt, denn er drehte sich um.

Lisa nahm Susans Bewegung nicht wahr.

Eben noch hatte sie zusammengesunken auf dem geborstenen Altar gesessen – dann auf einmal presste sie Nasser in einer intimen Umarmung, Wange an Wange, an ihren Körper.

Er schrie – ein gedehntes Heulen.

Rauch kräuselte zwischen ihnen empor.

Einer der Wachposten versetzte Susan von hinten einen Schlag mit dem Gewehrkolben.

Sie erschlaffte, ihr Kopf fiel kraftlos herab.

Noch immer schreiend stieß Nasser sie von sich.

Über den Rand der Grube.

»Susan!«, schrie Lisa.

In eines der Seile verheddert, die das Sprengteam angebracht hatte, stürzte sie in die Tiefe. Mit einer Hand suchte sie instinktiv nach Halt. Doch sie hatte keine Kraft. Viel zu schnell sauste sie am Seil nach unten. Die von ihrer Haut abgesonderte ätzende Säure flammte unter der direkten Sonneneinstrahlung im Lichtschacht auf und löste im Kunststoffseil eine chemische Reaktion aus. Es rauchte und schmolz unter Susans Hand. Sie drehte sich in der Luft, beinahe wie in freiem Fall.

Niemand wagte es, sie aufzufangen.

Gray wirbelte herum und riss die Plane vom steinernen Buddhagesicht. Das eine Ende warf er Kowalski zu. Der hatte sogleich verstanden, was von ihm erwartet wurde.

Das Seil riss, verbrannt von Susans Hand.
Haltlos stürzte sie in die Tiefe.
Schlaff und bewusstlos.
Gray und Kowalski fingen sie auf, doch aufgrund der Wucht des Aufpralls wurde ihnen die Plane aus den Händen gerissen und schlug auf dem Boden auf. Gray zog die Plane vom Lichtschacht weg, sodass nur noch Susans Beine von oben sichtbar waren. Dann kniete er neben ihr nieder.
Nasser rief etwas zu ihnen herunter. Er war auf allen vieren. Seine Wange qualmte noch, das Fleisch schwarz verkohlt. Seine bloßen Arme glichen verbrannten Steaks; sie nässten und bluteten. »Ich will das Miststück haben!«
Gray stolperte ein Stück vor. »Sie hat sich den Hals gebrochen! Sie ist tot!«
Widerstreitende Emotionen zeichneten sich in Nassers Gesicht ab. Die blinde Wut gewann schließlich die Oberhand. »Dann sollt ihr alle verbrennen!« Er wälzte sich zur Seite. »Sprengt alles in die Luft!«
Gray schwenkte die Hand. »Zurück an die Wand … geht in Deckung!«
Lisa stolperte aus dem Hellen ins Dunkle.
Oben wurden mehrere Schüsse abgefeuert. Die Querschläger sirrten umher.
Lisa starrte die Sprengstofflöcher an. Der elektronische Zünder befand sich oben, außer Reichweite.
Gray zog die Plane mit Susans schlaffem Körper hinter sich her. »Hinter die Stützsäulen! Vielleicht bieten sie ja ein wenig Schutz. Duckt euch, und bedeckt nach Möglichkeit Kopf und Gesicht!«
Sie verteilten sich.
Vier Säulen, sechs Personen.
Gray nahm Susan in seine Obhut.
Lisa hockte sich zusammen mit dem Monsignore hinter eine der Sandsteinsäulen. Er zog sie auf den Boden nieder und schützte sie mit seinem Körper.
Lisa legte die flache Hand auf die Säule. Ihr Durchmesser betrug einen Meter. Sie hatte keine Ahnung, wie stark die Druckwelle sein würde. Sie blickte zu Vigor auf.

»Vater, wird sie uns schützen?«

Vigor blickte wortlos auf sie nieder.

Lisa wäre es lieber gewesen, der Priester hätte sie angelogen.

18

Das Tor zur Hölle

7. Juli, 11:17
Angkor Thom, Kambodscha

Gray hatte Susan in die Plane gewickelt und hielt sie schützend in den Armen.

Sie regte sich stöhnend. Beim Aufprall hatte sie sich den Kopf gestoßen, aber nicht den Hals gebrochen. Vor lauter Schmerzen war Nasser gar nicht auf die Idee gekommen, dass Gray ihn anlügen könnte; wahrscheinlich hatte der Mistkerl sich nichts mehr gewünscht als Susans Tod.

Gray hatte den Körper der Frau als Unterpfand nutzen wollen.

Das war schlecht gelaufen.

Nasser brüllte außer sich vor Schmerzen in den Lichtschacht hinunter. Der geschwärzten Haut nach zu schließen hatte er großflächige Verbrennungen dritten Grades davongetragen. Jetzt wollte er es ihnen heimzahlen. Auge um Auge. Das Sprengteam war aber anscheinend noch nicht so weit. Die Männer eilten aufgeregt umher und gewährten Grays Gruppe noch einen Aufschub.

Gray nutzte die Gelegenheit und veränderte Susans Haltung, um sie besser vor der zu erwartenden Druckwelle abzuschirmen. Wenn sie tatsächlich das potenzielle Heilmittel war, durfte sie nicht sterben. Er zog ihr die Plane fester über den Kopf. Dabei teilte sie sich einen Moment, und er sah Susans leuchtende Haut. Hier im Schatten ließ die Leuchtkraft bereits wieder nach. Staunend hielt er inne. Als er die Plane wieder schließen wollte, fiel sein Blick auf die Wand.

Die Schriftzeichen leuchteten ungewöhnlich hell; sie fluoreszierten. Die Cyanobakterien in Susans Haut setzten offenbar ultraviolettes Licht frei, das eine bestimmte Komponente der Schriftzeichen zum Fluoreszieren anregte.

Gray musste an den ägyptischen Obelisken denken, der eine vereinfachte Miniaturausgabe dieser Kammer war. War Johannes Trithemius bei seinen Meditationen zu tieferen Einsichten gelangt? Hatte er in einer Vision diese Kammer geschaut?

Gray zog die Plane noch etwas weiter auseinander, sodass ein größerer Teil der Wand erhellt wurde. Die fluoreszierenden Buchstaben breiteten sich in der Dunkelheit in alle Richtungen aus, als hätte er eine Öllache entzündet.

Das kann doch nicht sein…

Er drehte Susan in seinen Armen um, ließ ein größeres Stück Plane herabfallen und achtete darauf, nicht mit ihrer Haut in Berührung zu kommen. Das Leuchten reichte noch immer nicht sonderlich weit. Er musste Susan näher an die Wand heranbringen. Er mühte sich ab mit ihrem Gewicht und der unförmigen Plane, während die Sekunden unerbittlich verstrichen.

Er brauchte Hilfe.

»Kowalski! Wo stecken Sie?«

Hinter einer Säule zur Rechten ertönte eine Stimme. »Ich bin in Deckung gegangen! Wie Sie gesagt haben!«

Gray wuchtete Susan hoch. »Sie müssen mir helfen!«

»Und was ist mit der Bombe?«

»Vergessen Sie die Bombe. Schaffen Sie Ihren Arsch her!«

Kowalski fluchte heftig, dann näherte er sich grummelnd. »Dass es immer um eine gottverdammte Bombe gehen muss…«

Plötzlich tauchte der große Mann hinter der Säule hervor. Offenbar hatte er sich dicht an der Wand vorbeigedrückt.

Gray deutete mit dem Kinn nach links. »Helfen Sie mir, Susan dorthin zu schleppen.«

Kowalski seufzte auf. Sie legten Susan auf die Plane, fassten diese wie eine Trage und hasteten an der Wand entlang. Die geschwungene Wand mit den Schriftzeichen leuchtete vor ihnen auf und versank hinter ihnen wieder in Dunkelheit.

Hinter der nächsten Säule war Seichan in Deckung gegangen. Sie kam ihnen entgegen, angelockt von dem Schauspiel und ihrer Eile. »Was haben Sie – o mein Gott!«

Gray senkte Susan auf den Boden ab, ohne sie zuzudecken. Das von ihr ausgehende Licht fiel auf die Wand und setzte die Schrift in Brand. Mit Ausnahme einer deutlich erkennbaren Stelle, die dunkel geblieben war.

»Vigor!«, rief Gray.

»Ich komme!«, antwortete der Monsignore. Offenbar hatte er von der anderen Seite der Kammer aus alles beobachtet. Gefolgt von Lisa rannte er zu Gray hinüber.

Dann standen sie staunend vor der Wand.

Doch nicht das, was leuchtete, war der Grund für ihr Erstaunen, sondern das, was dunkel geblieben war.

»Pater Agreer«, sagte Vigor. »Ich glaube, er hat die Wand abgewaschen und auf diese Weise ein Zeichen hinterlassen. Einen Hinweis.«

»Ein Hinweis worauf?«, fragte Seichan.

»Auf einen verborgenen Durchgang«, sagte Gray. »Es muss noch einen anderen Zugang zur Höhle geben.«

»Aber was hat das Zeichen zu bedeuten?«, fragte Vigor.

Gray schüttelte den Kopf, denn ihm war bewusst, dass die Zeit allmählich knapp wurde. Wenn es ihnen nicht gelang, den Zugang zu finden und Susan in Sicherheit zu bringen, war nicht nur ihr Leben in Gefahr. Lisa hatte gemeint, die Pandemie breite sich bereits aus.

»Sprechen Sie Ihr letztes Gebet!«, rief Nasser von oben herunter.

»Jesus Christus!«, platzte Kowalski heraus, doch besonders

fromm klang das nicht. Er schob Gray und Vigor beiseite, ging zur Wand und drückte fest auf die Mitte des Kreuzes.

Die Steintür drehte sich in den Angeln, dahinter kam ein Gang zum Vorschein.

Kowalski wandte sich um. »Es geht nicht immer nur um Raketenwissenschaft, Leute. Manchmal ist eine Tür einfach nur eine Tür.«

Nacheinander traten sie durch die Öffnung. Gray und Kowalski trugen Susan. Seichan und Lisa drückten hinter ihnen die Tür mit der Schulter zu.

Eine aus dem Sandsteinfundament gehauene Treppe führte in die Tiefe.

Es stand außer Zweifel, wo sie hinführte.

Als sie nach unten stiegen, hörten sie eine gedämpfte Detonation, einen vereinzelten Donnerschlag. Gray dankte Pater Agreer mit einem stillen Stoßgebet.

In der Vergangenheit hatte er Marco gerettet.

Jetzt verdankten sie alle ihm das Leben.

Trotz seiner momentanen Erleichterung verspürte Gray eine furchtbare Bedrückung. Sie mochten vorerst in Sicherheit sein, doch für seine Eltern galt das nicht. Wenn Nasser feststellte, dass seine Gefangenen entwischt waren, würde er andere dafür leiden lassen.

12:18

Auf dem Dach des Lagerhauses döste Harriet in den Armen ihres Mannes. Es war ein warmer Abend. Der Mond wanderte kaum merklich über den Himmel. Trotz ihrer Angst hatte die Erschöpfung die Oberhand gewonnen. In der ersten Stunde hatte sie noch auf das Hin und Her der Rufe und das Gebell der Hunde gelauscht. Dann war es ihr egal geworden. Die Zeit wurde Harriet so lang, dass sie einnickte. Als an der anderen Dachseite der erste Ruf ertönte, schreckte sie zusammen.

»Sie sind da«, sagte Jack; er klang beinahe erleichtert.

Er zeigte ins Gehäuse der Klimaanlage, hinter dem sie sich versteckt hatten. Der Platz reichte kaum für zwei Personen. Als Harriet hineingeklettert war, streckte sie die Hand nach draußen, um ihrem Mann hereinzuhelfen.

Jack aber hob das Türgitter von der Teerpappe hoch.

»Nein ...«, stöhnte sie.

Als er das Gitter andrückte, brachte er die Lippen dicht an die Lamellen. »Bitte, Harriet, lass mich machen. Ich werde sie in die Irre führen und dir einen Aufschub verschaffen. Lass mich wenigstens das tun.«

Ihre Blicke trafen sich zwischen den schmalen Lamellen hindurch.

Sie begriff. Jack glaubte schon lange, er sei nur noch ein halber Mann. So wollte er nicht sterben. Harriet aber hatte ihn nie als Schwächling betrachtet.

Trotzdem durfte sie ihm diese Genugtuung nicht vorenthalten.

Dies war ihr letztes Geschenk an Jack.

Mit tränenüberströmtem Gesicht streckte sie die Finger durch die Schlitze. Er berührte sie, dankte ihr, versicherte sie seiner Liebe.

Die Rufe kamen näher.

Die Zeit wurde knapp.

Jack wandte sich ab und kroch zu der erhöhten Dachumrandung, die Pistole in der Hand. Als er das Mäuerchen erreicht hatte, stützte er sich daran ab und humpelte nach links davon.

Harriet sah ihm nach, bis sie ihn aus den Augen verlor.

Sie schlug die Hände vors Gesicht.

Aus der Richtung, in der Jack verschwunden war, ertönte ein scharfer Ruf. Er war entdeckt worden. Weiter links knallte ein Pistolenschuss.

Jack.

Harriet zählte seine Schüsse, denn sie wusste, dass er nur noch drei Kugeln im Magazin hatte.

Weitere Schüsse knallten, Querschläger pfiffen. Jack hatte offenbar irgendwo Deckung gefunden. Von seiner Position aus knallte es erneut.

Noch eine Kugel übrig.

In der dröhnenden Stille nach dem kurzen Schusswechsel rief Jack: »Meine Frau werdet ihr nicht finden! Ich habe sie dort versteckt, wo ihr niemals hinkommt.«

Nur wenige Schritte von Harriets Versteck entfernt gab jemand Antwort.

Annishen.

»Wenn die Hunde sie nicht finden«, rief die Frau, »werden Ihre Schmerzensschreie sie aus der Deckung scheuchen.«

Hinter dem Gitter gelangten Annishens Beine in Sicht. Sie sprach halblaut in ein Funkgerät und befahl ihren Leuten, Jack in die Zange zu nehmen.

Auf einmal spannte sich Annishen an und wandte den Kopf.

An der anderen Dachseite stieg von unten ein schwarzer Helikopter mit eckiger Wespenform hoch. Eine Militärmaschine. Heftiges MG-Feuer schwenkte übers Dach. Laute Schreie ertönten. Stiefelgepolter war zu hören. Einem vorbeirennenden Mann wurden die Beine weggerissen, und er stürzte der Länge nach hin.

Auf den umliegenden Straßen gellten Polizeisirenen.

Jemand befahl über Megafon, die Waffen fallen zu lassen.

Annishen ging neben der Klimaanlage in die Hocke und bereitete sich darauf vor, zum nächsten Ausgang zu sprinten. Harriet drückte sich instinktiv in die Ecke; dabei stieß sie mit dem Ellbogen gegen die Verkleidung. Es schepperte dumpf.

Annishen zuckte zusammen – dann wandte sie den Kopf und spähte durchs Gitter. »Ah, Mrs. Pierce.« Außer sich vor Wut schob sie den Pistolenlauf durch die Lamellen. »Zeit, Lebewohl zu sagen …«

Der Schuss versetzte Harriet einen Schock.

Annishen prallte gegen das Gitter und brach zusammen.

Die Kugel hatte sie mitten ins Auge getroffen.

Hinter Annishen kam Jack angehumpelt. Er warf die rauchende Pistole weg.

Sein letzter Schuss.

Harriet drückte das Gitter auf. Sie krabbelte über Annishens Beine hinweg, richtete sich auf und warf sich schluchzend in Jacks Arme. Ohne einander loszulassen, sanken sie aufs Dach nieder.

»Lass mich nie wieder allein, Jack.«

Er drückte sie an sich. »Versprochen«, sagte er.

Vom Hubschrauber seilten sich Männer in Militäruniformen

ab. Während das Dach abgesucht wurde, stellten sie sich schützend vor Harriet und Jack. Die Polizeisirenen hatten das Gebäude erreicht. Aus dem Lagerhaus drangen Schüsse und Schreie herauf.

Ein Mann in Einsatzmontur trat auf sie zu und ließ sich auf ein Knie nieder.

Zu ihrer Verwunderung blickte Harriet in ein bekanntes Gesicht. »Direktor Crowe?«

»Wann werden Sie endlich anfangen, mich Painter zu nennen, Mrs. Pierce?«, erwiderte er.

»Wie haben Sie uns gefunden?«

»In der Nähe der Metzgerei ist einem Mann etwas aufgefallen«, erklärte er mit einem erschöpften Lächeln. »Etwas, das ihm komisch vorkam.«

Harriet bedankte sich bei Jack mit einem Händedruck für seinen Auftritt auf der Straße.

Painter fuhr fort: »Seit dem Morgen haben wir die Straßen überwacht. Vor einer Dreiviertelstunde ist ein Polizeibeamter einem netten Herrn mit einem Einkaufswagen begegnet. Der hat Sie auf dem Foto erkannt und war vorher so umsichtig – oder vielleicht könnte man auch sagen paranoid –, sich das Fahrzeugkennzeichen, die Wagenfarbe und die Modellbezeichnung zu notieren. Kurz darauf hatten wir den GPS-Sender des Vans angepeilt. Tut mir leid, dass wir nicht eher kommen konnten.«

Jack wischte sich ein Auge trocken und wandte das Gesicht ab, damit man seine Tränen nicht sah. »Ihr Timing hätte besser nicht sein können. Ich schulde Ihnen eine große Flasche von dem Single-Malt-Whisky, den Sie so mögen.«

Harriet umarmte ihren Mann. Jack mochte Mühe haben, sich die Namen anderer Leute zu merken, aber ihre Lieblingsdrinks vergaß er nicht.

Painter richtete sich auf. »Darauf komme ich bestimmt zurück. Jetzt aber muss ich erst mal einen wichtigen Anruf machen.« Er wandte sich ab und murmelte etwas vor sich hin, das Harriet gleichwohl verstand.

»Das heißt, falls es nicht schon zu spät ist.«

11:22

Lisa stolperte hinter dem Monsignore die dunkle Treppe hinunter. Sie musste sich ducken und mit einer Hand an der feuchten Wand abstützen. Es roch dumpfig, nach modrigem Waldlaub. Unangenehm war der Geruch nicht, brannte aber ein wenig in der Nase.

Von unten drang schwacher Lichtschein herauf.

Dorthin wollten sie.

Die Treppe mündete in eine große Höhle. Das Geräusch ihrer Schritte hallte von den Wänden wider. Die Höhle war etwa fünf Stockwerke hoch, von der gewölbten Decke hingen stumpfe Stalaktiten herab. Der Raum hatte einen ovalen Grundriss und maß an der längsten Stelle etwa siebzig Meter. Die Sinterdecke bildete am Eingang einen natürlichen Torbogen. Ein ähnlicher Torbogen war an der anderen Seite auszumachen.

»Hat Ähnlichkeit mit einem Schildkrötenpanzer«, murmelte Vigor, dessen Stimme von den Wänden dumpf zurückgeworfen wurde. »Besonders die Torbogen an den beiden Seiten. Wie Vorder- und Hinterseite eines Panzers.«

Kowalski, der mit Gray zusammen Susan in die Höhle trug, brummte: »Und auf welcher Seite befinden wir uns? Im Hals oder im Arsch?« Als er sich aufrichtete, stieß er einen leisen Pfiff aus.

Lisa konnte seine Reaktion nachempfinden.

Vor ihnen breitete sich ein spiegelglatter, kreisförmiger See aus, eingefasst von einem Felssims. Von oben fielen durch die Augen des steinernen Buddhas zwei senkrechte Sonnenstrahlen auf die Mitte der schwarzen Wasseroberfläche.

Dort, wo das Sonnenlicht auftraf, leuchtete das Wasser milchig, als hätte sich das Licht verflüssigt und eine Lache gebildet.

Der milchige See schimmerte und wogte sachte.

Er wirkte lebendig.

Dieser Eindruck war gar nicht so falsch.

»Das Sonnenlicht versorgt die Cyanobakterien im Wasser mit Energie«, sagte Lisa.

Von den Augen der Gottheit tropfte etwas mit leisem Zischen in den See. Wo die Tropfen auftrafen, verdunkelte sich das Wasser.

»Säure«, meinte Gray, womit er seinen Begleitern die von oben drohende Gefahr in Erinnerung rief. »Vom Sprengstoff. Das Zeug tropft durch die Augenöffnungen. Ich weiß nicht, wie lange es dauern wird, das Gewölbe zu neutralisieren, aber zumindest der Steinblock hält einstweilen noch. Nassers Leute werden jedoch Vorschlag- und Presslufthämmer anschleppen und schon bald durchbrechen.«

»Was sollen wir tun?«, fragte Seichan.

»Wir machen, dass wir von hier verschwinden«, erwiderte Kowalski spöttisch.

Gray wandte sich an Lisa. »Kannst du vorlaufen und den anderen Torbogen untersuchen? Vielleicht gibt es dort ja einen Ausgang. Wie Vigor sehr richtig bemerkte, hat ein Schildkrötenpanzer eine Öffnung für den Kopf und eine für den Schwanz. Das ist unsere einzige Hoffnung.«

Lisa sträubte sich. »Gray, ich glaube, ich sollte besser bei Susan bleiben. Ich als Ärztin ...«

Ein Stöhnen kam von der Plane. Susan hob kraftlos den Arm.

Lisa trat neben sie und achtete darauf, sie nicht zu berühren. »Sie ist unsere einzige Hoffnung auf ein Heilmittel.«

»Ich gehe vor«, sagte Seichan.

Als Lisa aufblickte, bemerkte sie in Grays Gesicht einen Anflug von Misstrauen.

Trotzdem nickte er. »Suchen Sie den Ausgang.«

Seichan ging wortlos voraus.

Die Gruppe folgte ihr am Seeufer entlang.

Gray schaute sich um. »Das scheint mir ein altes Wasserloch zu sein. Die gibt es auch in Florida und in Mexiko, wo man sie Cenotes nennt. Der Sandsteinblock hat das einstmals offene Wasserloch verschlossen.«

Lisa bückte sich nahe der Wand und hob etwas vom Boden auf. Es zerbröselte zwischen ihren Fingern. »Versteinerter Fledermauskot«, erklärte sie, womit sie Grays Einschätzung bestätigte. »Die Höhle muss früher von außen zugänglich gewesen sein.«

Lisa wischte sich die Finger ab und blickte Susan an. Sie sah sich in ihren Vermutungen bestätigt.

Vigor deutete mit weit ausholender Geste auf den See. »Die

alten Khmer sind wohl irgendwann auf das Wasserloch gestoßen, haben das Leuchten bemerkt und geglaubt, dies sei die Heimstatt eines Gottes. Anschließend haben sie versucht, es in den Tempel einzubinden.«

»Aber sie wussten nicht, was hier vorging«, fügte Lisa hinzu. »Sie drangen in einen verbotenen Bereich vor, störten ein empfindliches Ökosystem und setzten das Virus frei. Wenn die Menschen Druck ausüben, reagiert die Natur bisweilen mit Gegendruck.«

Sie gingen weiter am See entlang.

Vor ihnen ragte ein kleiner Felsvorsprung ins Wasser, in der Dunkelheit kaum zu erkennen. Allein das sich kräuselnde milchige Wasser ließ die Landzunge hervortreten.

Und da war noch etwas.

»Sind das Knochen?«, fragte Kowalski, der auf die Wasserfläche hinausblickte.

Sie blieben stehen.

Lisa trat an den Rand des Sees. Das milde Leuchten drang tief ins kristallklare Wasser ein. Das felsige Ufer senkte sich bis zu einer steilen Kante in zehn Metern Entfernung sanft ab.

Im flachen Wasser waren Knochenansammlungen zu erkennen: zarte Vogelköpfe, kleine Brustkästen von Affen, ein Schädel mit spiralig gewundenen Hörnern und nicht weit vom Ufer auch ein Elefantenschädel, der wie ein weißer Findling im Wasser lag, der eine Stoßzahn bis auf einen Stummel abgebrochen. Doch das war längst noch nicht alles: Es gab auch gebrochene Oberschenkelknochen, lange Schienbeine, große Brustkästen und zahlreiche Schädel, verstreut wie Eicheln.

Menschenschädel.

Der See war ein riesiger Friedhof.

In ehrfürchtigem Schweigen gingen sie weiter.

Während sie am Ufer entlangschritten, wurde das Leuchten im See immer intensiver, das Brennen in der Nase stärker. Lisa dachte an die Weihnachtsinsel und den tödlichen Gezeitentümpel an deren Luvseite.

Biotoxine.

Kowalski schnitt eine Grimasse.

Auf Susan wirkten die Stoffe wie Riechsalz. Ihre Lider hoben sich flatternd. Sie leuchteten in der Dunkelheit, genau wie das Seewasser. Susan wirkte benommen, erkannte Lisa aber.

Sie versuchte sich aufzusetzen.

Gray und Kowalski brauchten ohnehin eine kleine Erholungspause. Sie senkten die provisorische Trage auf den Boden ab, lockerten die Schultern und massierten sich die Hände.

Lisa kniete neben Susan nieder, legte ihr die Plane um die Schultern und half ihr beim Aufsetzen.

Als Kowalski näher trat, erschreckte sich Susan.

»Alles in Ordnung«, versicherte ihr Lisa. »Das sind alles Freunde.«

Um Susan zu beruhigen, stellte sie die Anwesenden vor. Susans Panik ließ allmählich nach. Sie machte den Eindruck, als sammelte sie sich – bis sie auf einmal über Lisas Schultern hinweg den leuchtenden See sah.

Susan schreckte zurück, stieß mit dem Rücken gegen die Wand und stemmte sich schwankend in die Hocke hoch.

»Ihr solltet nicht hier sein«, jammerte sie mit erhobener Stimme.

»Da haben Sie verdammt noch mal recht«, brummte Kowalski.

Ohne ihn zu beachten, musterte Susan den See. Sie senkte die Stimme. »Hier wird das Gleiche passieren wie auf der Weihnachtsinsel. Nur hundertfach schlimmer. Ihr werdet euch alle anstecken.«

Lisa hatte daran keinen Zweifel. Ihre Haut juckte bereits.

»Ihr müsst weggehen.« Susan richtete sich schwankend auf und stützte sich an der Wand ab. »Nur ich kann hierbleiben. Ich muss hierbleiben.«

Lisa sah die in ihren Augen funkelnde Angst, aber auch die tödliche Gewissheit.

»Wegen des Heilmittels?«, fragte Lisa.

Susan nickte. »Ich muss mich noch einmal exponieren, hier am Ursprung. Ich kann nicht erklären, woher ich das weiß, aber so ist es.« Sie fasste sich an die Schläfe. »Ich habe das Gefühl ... als lebte ich mit einem Fuß in der Vergangenheit und einem Fuß in der Gegenwart. Es fällt mir schwer hierzubleiben. Alles stürzt auf mich ein, jeder einmal gedachte Gedanke, jede einzelne Empfindung. Ich kann es nicht abstellen. Und ich spüre … ich spüre, dass es stärker wird.«

Ihre Augen leuchteten angstvoll auf.

Lisa musste an den Autismus denken, eine neurologische Störung der Verarbeitung sensorischer Reize. Einige wenige Autisten aber waren sogenannte *Idiots Savants*, hochspezialisierte Genies, deren außerordentliche Leistungen auf einer speziellen Gehirnstruktur beruhten. Lisa versuchte sich vorzustellen, welche pathophysiologischen Vorgänge in Susans Gehirn stattfanden, das mit fremdartigen Biotoxinen überschwemmt und von den Bakterien, welche die Toxine produzierten, mit Energie versorgt wurde. Die Menschen nutzten normalerweise nur einen kleinen Teil ihrer Gehirnkapazität. Lisa meinte, die EEG-Ausschläge von Susans aufgeladenem Gehirn mit seinen unablässig feuernden Neuronen vor sich zu sehen.

Susan taumelte an den Rand des Wassers. »Wir haben nur diese eine Chance.«

»Warum?«, fragte Gray und trat neben sie.

»Wenn der See die kritische Masse erreicht und sein ganzes Giftpotenzial freisetzt, ist er zunächst einmal erschöpft. Dann dauert es drei Jahre, bis es zum nächsten Ausbruch kommt.«

»Woher wissen Sie das?«, fragte Gray.

Susan blickte sich hilfeheischend nach Lisa um.

»Sie weiß es einfach«, erwiderte Lisa. »Sie hat eine spezielle Verbindung zu diesem Ort. Susan, ist das der Grund, weshalb du unbedingt hierherwolltest?«

Susan nickte. »Sobald der See mit dem Sonnenlicht in Kontakt kommt, baut sich Druck auf. Hätte ich diesen Moment verpasst …«

»Dann wäre die Menschheit der Krankheit drei Jahre lang wehrlos ausgeliefert. Ohne jede Aussicht auf ein Heilmittel. Die Pandemie würde die ganze Welt erfassen.« Lisa stellte sich vor, wie der Mikrokosmos an Bord des Kreuzfahrtschiffs sich auf den ganzen Globus ausweitete.

Als Seichan atemlos und verschwitzt zu ihnen zurückgeeilt kam, wurde Lisa von ihren grauenerregenden Vorstellungen abgelenkt. »Ich habe eine Tür entdeckt.«

»Dann geht«, drängte Susan. »Sofort.«

Seichan schüttelte den Kopf. »Ich habe die Tür nicht aufbekommen.«

Kowalski schnitt eine Grimasse. »Haben Sie's mal mit einem kräftigen Schubs probiert?«

Seichan verdrehte die Augen, nickte aber. »Ja, ich habe dagegengedrückt.«

Kowalski hob resigniert die Hände. »Dann muss ich wohl ebenfalls passen.«

»Aber über dem Torbogen ist ein Kreuz eingeritzt«, fuhr Seichan fort. »Und da ist auch noch eine Inschrift, allerdings war es zu dunkel, um sie zu lesen. Vielleicht finden wir dort ja einen Hinweis.«

Gray wandte sich an den Monsignore.

»Ich habe noch die Taschenlampe«, sagte Vigor. »Ich gehe mit ihr.«

»Beeilen Sie sich«, drängte Gray.

Das Atmen fiel ihnen bereits schwer. Das Leuchten hatte sich im See weiter ausgebreitet und näherte sich allmählich dem Ufer.

Susan zeigte aufs Wasser. »Ich muss weiter in den See rein.«

Sie gingen zur steinernen Halbinsel.

Gray schloss zu Lisa auf. »Du hast gerade eben von einem Übergriff auf ein Ökosystem gesprochen. Könntest du mir kurz erklären, was hier eigentlich vorgeht?« Er deutete auf den leuchtenden See und auf Susan.

»Ich weiß auch nicht alles, aber ich bin mir ziemlich sicher, dass ich die Hauptakteure kenne.«

Gray forderte sie mit einem Nicken auf fortzufahren.

Lisa zeigte aufs leuchtende Wasser. »Hier hat alles angefangen, mit dem ältesten Organismus, der an der Umweltkatastrophe beteiligt ist. Mit den Cyanobakterien, den Vorläufern der heutigen Pflanzen. Sie haben sämtliche Öko-Nischen besetzt: Gestein, Sand, Wasser, selbst andere Organismen.« Sie nickte zu Susan hin. »Aber ich greife vor. Fangen wir hier an.«

»In dieser Höhle.«

Lisa nickte. »Die Cyanobakterien sind in das Wasserloch vorgedrungen, aber sie waren auf Sonnenlicht angewiesen, und in der

Höhle ist es meistens dunkel. Das Loch dort oben war ursprünglich wahrscheinlich noch kleiner als jetzt. Um hier zu gedeihen, mussten sie auf eine andere Energieform, eine andere Nahrungsquelle zurückgreifen. Cyanobakterien sind ausgesprochen anpassungsfähig. Sie hatten bereits eine Nahrungsquelle im Dschungel aufgetan ... Sie mussten nur noch herankommen. Und die Natur ist äußerst erfinderisch, wenn es darum geht, die ausgefallensten Wechselbeziehungen herzustellen.«

Lisa wiederholte, was sie bereits Dr. Devesh Patanjali gesagt hatte; sie sprach über den Lanzettegel, dessen Lebenszyklus drei Wirte einschloss: Rinder, Schlangen und Ameisen.

»Irgendwann im Laufe seines Lebens übernimmt der Leberegel die Kontrolle über seinen Ameisenwirt. Er zwingt die Ameise, sich in einen Grashalm zu verbeißen und sich von einem Rind fressen zu lassen. So seltsam geht es in der Natur zu. Was hier geschah, ist nicht weniger erstaunlich.«

Während Lisa fortfuhr, stellte sie fest, dass es ihr guttat, ihre Theorien im Zusammenhang zu formulieren. Sie nahm sich einen Moment Zeit, Henri Barnhardts Ansichten zum Judas-Stamm darzulegen. Der Arzt hatte das Virus der Familie der Bunyaviren zugeordnet. Sie vergegenwärtigte sich Henris Diagramm, das eine lineare Wechselbeziehung veranschaulicht hatte, die vom Menschen über den Gliederfüßer wieder zum Menschen führte.

Mensch → *Insekt (Gliederfüßer)* → *Mensch*

»Aber wir haben uns geirrt«, sagte Lisa. »Das Virus hat eine Seite aus dem Drehbuch des Egels übernommen. Hier sind *drei* Wirte im Spiel.«

»Wenn die Cyanobakterien die ersten Wirte sind«, fragte Gray, »wer ist dann der zweite Wirt in dem Zyklus?«

Lisa blickte zu der Öffnung in der Decke hoch und trat mit der Fußspitze gegen einen Klumpen getrockneten Fledermauskot. »Die Cyanobakterien haben nach einer Möglichkeit gesucht, sich von hier aus zu verbreiten. Und da sie sich die Höhle bereits mit Fledermäusen teilten, haben sie sich deren Flügel zunutze gemacht.«

»Moment mal. Woher willst du wissen, dass sie sich der Fledermäuse bedient haben?«

»Wegen des Bunyavirus. Der hat eine Vorliebe für Gliederfüßer, zu denen Insekten und Krustentiere zählen. Bunyaviren finden sich aber auch in Mäusen und *Fledermäusen*.«

»Dann glaubst du also, bei dem Judas-Stamm handele es sich um ein mutiertes Fledermausvirus?«

»Ja. Mutiert durch den Einfluss der von den Cyanobakterien freigesetzten Neurotoxine.«

»Und warum das alles?«

»Um die Fledermäuse verrückt zu machen, damit sie sich in der ganzen Welt verteilen und ein Virus verbreiten, das mittels der Bakterien in die lokale Biosphäre eindringt. Im Grunde verwandelt sich jede einzelne Fledermaus in eine kleine biologische Bombe, die ihren lebensgefährlichen Kot überall dort zurücklässt, wo sie landet. Wenn Susan recht hat, entlässt dieser See *alle drei Jahre* Biobomben in die Welt und regeneriert sich in der Zwischenzeit.«

»Aber welchen Nutzen haben die Cyanobakterien davon, dass die Krankheit Vögel und Säugetiere *außerhalb* der Höhle tötet?«

»Der Nutzen rührt daher, dass ein dritter Wirt, ein weiterer Komplize, beteiligt ist. Nämlich die *Gliederfüßer*. Erinnere dich: Insekten sind die bevorzugten Wirte der Bunyaviren. Insekten und Krustentiere. Zufällig sind das auch die besten Aasfresser. Sie beseitigen alles, was abgestorben ist. Und genau dazu zwingt sie das Virus. Indem es bei ihnen eine unersättliche Fressgier auslöst...«

Lisa stockte, als sie an den Kannibalismus an Bord des Kreuzfahrtschiffes dachte. Um sich verständlich zu machen, bemühte sie sich um eine sachliche Betrachtungsweise. »Nachdem die Fressgier stimuliert wurde, die ein gründliches Aufräumen zur Folge hatte, programmierte das Virus das Gehirn des Wirts so um, dass er in diese Höhle zurückkehrte und die Beute in den Bakterienpool einspeiste. Er hatte gar keine andere Wahl, genau wie der Egel und die Ameise. Ein neurologisch induzierter Wandertrieb.«

»Wie bei Susan«, bemerkte Gray.

Der Vergleich störte Lisa. Sie vergegenwärtigte sich den Lebenszyklus, den sie soeben umrissen hatte. Das Schema war dreieckig, nicht linear: Cyanobakterien, Fledermäuse und Gliederfüßer. Sie alle waren durch den Judas-Stamm miteinander verknüpft.

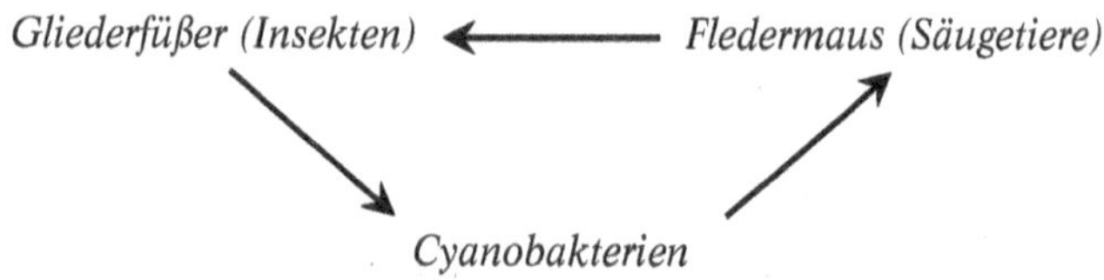

»Bei Susan liegt der Fall anders«, sagte Lisa. »Der Mensch sollte eigentlich gar nicht an diesem Lebenszyklus teilhaben. Da er jedoch wie die Fledermaus zu den Säugetieren gehört, war er ebenfalls für die Toxine und das Virus empfänglich. Als die Khmer die Höhle entdeckten, wurden wir versehentlich Teil dieses Lebenszyklus und nahmen die Stelle der Fledermäuse ein. Mit dem Unterschied, dass wir das Virus nicht im Flug, sondern auf zwei Beinen verbreiten, uns alle drei Jahre gegenseitig anstecken und Epidemien unterschiedlichen Ausmaßes auslösen.«

Gray blickte zu Susan hinüber. »Aber was ist mit ihr? Weshalb hat sie überlebt?«

»Wie ich schon sagte, ich weiß auch nicht alles.« Sie dachte an ihre früheren Unterhaltungen, die sich um die Überlebenden der Pest und den Virencode in der menschlichen DNA gedreht hatten. »Unser neurologisches System ist tausendfach komplexer als das einer Fledermaus oder einer Krabbe. Außerdem sind die Menschen genau wie die Cyanobakterien ausgesprochen anpassungsfähig. Wer kann schon sagen, welche Wunder diese Toxine in unserem hoch entwickelten neurologischen System vollbringen?«

Lisa seufzte. Sie hatten die Landzunge erreicht.

Als sie sich umdrehte, fiel ihr in der Höhe etwas auf. Aus den Augenöffnungen des Götterbilds quollen Rauchwölkchen, die im Sonnenschein aufleuchteten.

»Der Neutralisierungspuder«, meinte Gray, ohne stehen zu bleiben. »Nasser schließt die Dekontaminierung des oberen Gewölbes ab. Wir haben keine Zeit mehr zu verlieren.«

11:39

Am Ende der Treppe kniete sich Vigor neben die niedrige Steintür. Seichan leuchtete ihm mit der Taschenlampe. Ein natürlicher Torbogen rahmte eine behauene Sandsteinplatte ein; Natur und Baukunst ergänzten sich.

Über der Tür war in den Türsturz ein Bronzemedaillon mit einem eingeprägten Kreuz eingelassen. Vigor hatte es bereits untersucht und Pater Agreers Wirken zu spüren gemeint.

Jetzt fand er in Bodennähe die Bestätigung.

Vigor tastete die Steintür ab. In die massive Platte waren Schriftzeichen eingeritzt. Keine Engelzeichen. Italienisch. Dies war das Testament Pater Agreers.

Im Jahre 1296 des Gottessohns habe ich dieses letzte Gebet dem Stein anvertraut. Der Fluch befiel mich, als ich hierherkam, und verursachte mir schweres Leiden, doch wie Lazarus erwachte ich aus totenähnlichem Schlaf. Ich begreife nicht, welche Plage mich befallen hat, doch ich wurde gerettet und auf seltsame Weise gezeichnet, denn von meiner Haut ging ein fiebriges Leuchten aus. Daraufhin leistete ich den wenigen Überlebenden der großen Pest geistlichen Beistand. Nun aber steht mir neue Qual bevor. In des Wassers Tiefe lodert bereits das Höllenfeuer. Ich weiß, dass ich dem Tod nicht entrinnen kann. Mit großer Mühe habe ich die Eingeborenen zum Bau dieser Versiegelung bewegt und deren Fertigstellung beaufsichtigt. Nun verlasse ich diese Welt mit einem einzigen Gebet auf den Lippen. Mehr als für mein eigenes Seelenheil bete ich dafür, dass diese Tür für immer und ewig mit dem Kreuz des Herrn versiegelt sein möge. Auf dass sie dereinst von einem Menschen geöffnet werde, der starken Glaubens ist.

Vigor berührte das unter dem Text eingeritzte Namenszeichen.

Bruder Antonio Agreer.

Hinter ihm sagte Seichan: »Also hat er sich angesteckt, nachdem Marco fortgegangen war, doch er ist nicht gestorben, sondern hat überlebt. Wie die Frau dort unten.«

»Vielleicht haben die leuchtenden Eingeborenen, die Marco das Heilmittel anboten, erkannt, dass Pater Agreer überleben würde. Deshalb haben sie ihn ausgewählt. Aber beachten Sie die Datierung, 1296. Er hat drei Jahre hier gelebt. Das ist Susan zufolge die Zeitspanne zwischen zwei Ausbrüchen.« Vigor blickte sich über die Schulter um. »Sie hat recht.«

Seichan zeigte auf die Tür. »Unter dem Namen steht noch etwas.«

Vigor nickte. »Ein Bibelzitat, Matthäus, Kapitel achtundzwanzig. Es bezieht sich auf Jesu Auferstehung aus dem Grab.« Vigor las die Bibelstelle vor. »›Und siehe, es geschah ein großes Erdbeben, denn ein Engel des Herrn stieg vom Himmel herab, trat herzu und wälzte den Stein von der Tür hinweg und setzte sich darauf.‹«

»Das ist ausgesprochen hilfreich.«

In der Tat.

Vigor schaute zu dem Kruzifix hoch, das in das Bronzemedaillon über der Tür eingeprägt war. Er sandte ein Stoßgebet gen Himmel und bekreuzigte sich.

Auf einmal erbebte unter seinen Knien der Boden. Hinter ihm krachte ein großes Felsstück herunter, was sich anhörte, als sei die ganze Höhle eingestürzt.

Seichan wich zurück und schwenkte die Taschenlampe hin und her. »Warten Sie hier!«

Es wurde dunkel um ihn. Er schauderte. Obwohl er die Schriftzeichen nicht mehr sah, standen sie ihm noch deutlich vor Augen.

Und siehe, es geschah ein großes Erdbeben …

11:52

Als das Poltern einsetzte, beugte Gray sich schützend über Lisa. Kowalski sicherte nach der anderen Seite hin. Einer der Stalaktiten löste sich von der Höhlendecke und stürzte in den See. Tiefe Risse gingen von der Abbruchkante aus.

Susan duckte sich, als die Felsspitze in den leuchtenden See stürzte. Um die Einschlagstelle herum kräuselte sich das Wasser und schwappte hin und her. Dadurch wurden ätzende Dämpfe freigesetzt, die mit dem Judas-Stamm angereichert waren und das Atmen erschwerten.

Von oben ertönten kleinere Detonationen, was sich anhörte, als schlügen Kanonenkugeln in die Höhlendecke ein.

»Was ist da los?«, rief Lisa.

»Nassers Sprengladungen«, antwortete Gray, dem die Ohren klingelten.

Kurz zuvor hatte er das Fundament der Säulen des Bayon-Tempels untersucht. Dabei hatte er festgestellt, dass die Säulen von Rissen durchzogen waren, Folge des auf ihnen lastenden Gewichts, des hohen Alters und der periodischen Erdbewegungen. Gray vermutete, dass die Risse sich bei der Detonation der extra starken Bombe verbreitert hatten. Dann hatte die eingedrungene Säure den Kern der Pylone aufgelöst.

»Offenbar ist eine der Stützsäulen und ein Teil des Tempels eingestürzt«, sagte er und blickte nach oben.

Es fielen keine Steinblöcke mehr herab – aber wie lange würde die Ruhepause währen? Er wandte sich zu Susan um. Sie richtete sich gerade vorsichtig auf und sah zum Ufer, wollte offenbar wieder aufs Trockene. Dann aber ging sie doch weiter.

Die beiden Sonnenstrahlen leuchteten inzwischen noch heller, denn die Mittagssonne brannte auf die Tempelruine nieder.

»Wird das Dach lange genug standhalten?«, fragte Lisa mit Blick auf Susan.

»Es muss.«

Wenn noch eine weitere Stützsäule einstürzte, würde das Gewicht des Tempels diese Sandsteinblase plattdrücken wie einen Pfannkuchen. Er zog Lisa auf die Beine. Hier durften sie nicht bleiben. Selbst wenn die Säulen standhielten, stand der See kurz vor dem Ausbruch.

Die Wasserfläche leuchtete jetzt von einem Ufer zum anderen. Dort, wo die beiden Sonnenstrahlen auftrafen, hatte das Wasser zu brodeln begonnen. Immer mehr Gift, immer mehr Viren wurden in die Luft entlassen.

Sie mussten von hier verschwinden.

Susan hatte das Ende der Landzunge erreicht. Sie setzte sich nieder und schlang die Arme um die Knie. Sie wandte ihnen den Rücken zu, vielleicht weil sie fürchtete, die Nerven zu verlieren und in Panik zu ihnen zurückzurennen. Sie wirkte so allein, so verängstigt.

Gray wurde von einem quälenden Hustenanfall geschüttelt. Seine Atemwege brannten. Er schmeckte das ätzende Gift auf der Zunge. Sie durften nicht länger warten.

Lisa hatte das ebenfalls begriffen. Ihre Augen waren blutunterlaufen und tränten wegen der Toxine in der Luft. Außerdem hatte sie Angst um ihre Freundin.

Susan hatte keine Wahl. Und sie ebenfalls nicht.

Sie eilten zu dem fernen Torbogen. Der flackernde Schein einer Taschenlampe tanzte über die Wände; Seichan kam zu ihnen zurückgerannt. Allein. Wo steckte Vigor?

In der Höhe bildete sich mit lautem Knacken ein weiterer Riss.

Gray, der mit neuerlichem Steinschlag rechnete, zuckte innerlich zusammen.

Es kam noch viel schlimmer.

Der steinerne Pfropfen löste sich von der Decke. Gesteinsbrocken fielen herab. Sonnenlicht strömte in die Höhle. Eine große Felstafel mit einer Ecke des hochgewölbten Rands stürzte wie Blei ins Wasser. Susan wurde mit Wasser bespritzt. Weitere Gesteinsbrocken schlugen wie Granaten ein.

Aus dem Schacht ertönte lautes Triumphgeschrei.

Gray hörte Nasser rufen. »Sie müssen da unten sein!«

Nasser aber war im Moment eher ihr kleinstes Problem.

Das ungehindert einfallende Sonnenlicht versetzte den See, der sich dem kritischen Punkt näherte in Aufruhr. Das bereits brodelnde Wasser begann zu kochen. Es kam zu gewaltigen Eruptionen. Gas und Wasser schossen in die Luft.

Der See explodierte.

Sie würden es niemals bis zur Treppe schaffen.

Gray wich zurück und zog Kowalksi und Lisa ein paar Schritte weit mit sich. »Hinlegen!«, rief er Seichan zu. »Flach auf den Boden!«

Er beherzigte seinen eigenen Rat und forderte Lisa und Kowalski mit einer Handbewegung auf, sich ebenfalls hinzuwerfen.

Dann zog er die Plane zu sich heran, mit der sie Susan hergeschleppt hatten, deckte sie alle drei damit zu und bemühte sich, möglichst viel Luft darin einzuschließen.

»Drückt den Rand der Plane gegen den Steinboden!«, sagte er.

Das kochende Wasser zischte bedrohlich – dann ertönte ein tiefes, sonores Tosen, als wäre der ganze See ein Stück weit hochgeschleudert worden und dann wieder herabgefallen. Wasser umspülte seine Knöchel, floss wieder ab.

Die Luft unter der Plane verwandelte sich in flüssiges Feuer.

Keuchend und hustend drängten sie sich aneinander.

»Susan«, krächzte Lisa.

12:00

Susan schrie.

Dabei beanspruchte sie nicht nur die Lungen oder die vibrierenden Stimmbänder. Sie heulte aus dem Innersten ihres Wesens.

Vor dem Schmerz gab es kein Entrinnen. Ihr vom Sonnenschein geschärfter Verstand registrierte noch immer ihre Empfindungen. Da ihr die Gnade der Bewusstlosigkeit vorenthalten wurde, nahm sie alles mit höchster Intensität wahr: Ihre Atemwege und Augen brannten, die Haut löste sich in Fetzen ab. Sie verbrannte von innen heraus und sandte ihren Schrei gen Himmel.

Aber wer sollte sie hören?

Wie sie so ihr ganzes Sein aus sich hinausschrie, fand sie endlich Erleichterung.

Sie fiel auf die Landzunge zurück.

Dann wurde es dunkel um sie.

12:01

»Was ist mit Susan?«, keuchte Lisa.

Gray lugte unter der Plane hervor und blickte zur Landzunge hinüber. Der See kochte noch immer, aufgeheizt von der glühenden Sonne. Die Luft über dem Wasser schimmerte wie Öldunst.

Der Großteil der Gase aber stieg in Spiralen nach oben, zog

durch die Öffnung ab, wanderte durch den Lichtschacht im Mittelturm des Bayon-Tempels und verwandelte den Turm in einen Schornstein.

Gray wusste, weshalb sie überlebt hatten.

Wäre die Höhle noch immer versiegelt gewesen …

Ein anderes Mitglied ihrer Gruppe war weniger glimpflich davongekommen. Susan lag flach auf dem Rücken, so reglos wie eine Statue. Aus der Entfernung konnte Gray nicht erkennen, ob sie noch atmete, denn sie hob sich als dunkle Silhouette vom grellen Sonnenschein ab.

Dann auf einmal ging ihm ein Licht auf.

Die Landzunge reichte nicht ganz in den Sonnenschein hinein.

Susan befand sich im Schatten – und sie leuchtete nicht mehr. Sie war erloschen wie eine ausgepustete Kerze.

Was hatte das zu bedeuten?

Vom Tempel, der von den giftigen Ausdünstungen durchströmt wurde, drangen Schreie herab. Aufs Höhlendach krachten weitere Steinbrocken nieder. Das ätzende Gas hatte das prekäre Gleichgewicht des Steingebäudes zusätzlich gestört.

»Wir müssen machen, dass wir aus der Höhle verschwinden«, sagte Gray.

»Was ist mit Susan?«, fragte Lisa.

»Wir müssen darauf vertrauen, dass sie genug abbekommen hat. Ich hoffe, dass sich ihre Erwartungen erfüllt haben.« Gray stemmte sich hustend auf die Knie hoch. Sie alle benötigten jetzt dringend das Heilmittel. Er blickte Kowalski an. »Bringen Sie Lisa zur Treppe.«

Kowalski stemmte sich hoch. »Das brauchen Sie mir nicht zweimal sagen.«

Als Gray sich aufrichtete, fasste Lisa ihn beim Arm und hielt die Plane über ihren Köpfen fest.

»Was hast du jetzt vor?«

»Ich muss Susan holen.«

Lisa wandte den Kopf – und schlug die Hand vor den Mund. Ständig platzten Gasblasen aus dem brodelnden See. »Gray, das ist völlig aussichtslos.«

»Ich muss.«

»Aber sie rührt sich nicht mehr. Ich glaube, sie hat den Ausbruch nicht überlebt.«

Gray dachte an Marco Polo, der notgedrungen zum Kannibalen geworden war und Menschenblut und Menschenfleisch zu sich genommen hatte. »Ich glaube, es macht keinen Unterschied, ob sie lebt oder tot ist. Wir brauchen ihren Körper.«

Seine sachliche Bemerkung ließ Lisa schaudern, doch sie erhob keine Einwände.

»Ich brauche die Plane«, sagte Gray.

Kowalski nickte und fasste Lisa beim Arm. »Ich kümmere mich schon um die Kleine.«

Gray legte sich die Plane um und wandte sich ab. Er verhüllte den Kopf, sodass nur noch ein Schlitz offen blieb. Er hörte, wie Kowalski und Lisa am Ufer entlangrannten.

Ein weiterer Steinbrocken stürzte vom Tempel aufs Höhlendach.

Das war so gut wie ein Startschuss.

Mit gesenktem Kopf rannte er den Felssims entlang.

Dreißig Meter.

Mehr nicht.

Hin und zurück.

Nur wenige Schritte vom Wasserrand entfernt, drang er mit angehaltenem Atem in die aufsteigenden Giftdämpfe vor. Trotzdem hatte er das Gefühl, gegen eine Feuerwand zu laufen. Seine Augen fingen unverzüglich an zu brennen. Sein Sehfeld verengte sich auf die Fläche einer Nadelspitze. Die Tränen raubten ihm auch noch den letzten Rest Sicht. Da er kaum mehr etwas sah, kniff er die Augen zu, zog die Plane um den Kopf zusammen, rannte blindlings weiter und zählte die Schritte.

Bei dreißig riskierte er einen Blick. Er befand sich mitten in einem Inferno.

Durch den Schmerz hindurch aber erspähte er einen ausgestreckten Arm. Einen Schritt entfernt. Er beugte sich vor und ergriff den Arm. Zum Glück leuchtete und brannte Susan nicht mehr. Trotzdem konnte er sie nicht hochheben. Er ging rückwärts und schleifte sie hinter sich her. Dabei kam ihm die Plane in die Quere. Schließlich warf er sie ab und holte dabei Luft.

Unwillkürlich ging er in die Knie.

Die Brust zog sich ihm zusammen, der Hals schnürte sich zu.

Er hatte das Gefühl, er habe Flammen geschluckt.

Mühsam richtete er sich auf, zerrte blindlings an Susan und stolperte weiter.

Seine Haut brannte, als wäre er mit einer Nagelpeitsche gegeißelt worden.

Ich schaff's nicht.

Feuer.

Flammen.

Unerträgliches Brennen.

Er stolperte, knickte mit einem Bein ein.

Nein.

Dann richtete er sich wieder auf – jedoch nicht aus eigener Kraft.

»Ich halte Sie«, sagte eine Stimme an seinem Ohr.

Seichan.

Sie hatte ihm den Arm um die Schulter gelegt und zog ihn mit sich. Seine Stiefelkappen schleiften am Boden, während er sich bemühte, wieder Halt zu finden.

Hustend krächzte er Seichan etwas zu.

Sie hatte ihn verstanden.

»Kowalski holt sie.«

»Bin schon da, Boss«, sagte hinter ihm eine Stimme. »Das war vielleicht ein Lauf. Sie haben's bis drei Schritte vor die Ziellinie geschafft. Zum Touchdown hat's nicht gereicht, aber wozu haben Sie schließlich das Team?«

Während sie auf der Flucht vor den giftigen Gasen am Seeufer entlangeilten, klärte sich allmählich Grays Sicht. Schließlich konnte er sich wieder aus eigener Kraft auf den Beinen halten.

Seichan stützte ihn noch immer.

»Danke«, flüsterte er ihr ins Ohr.

An der Wange hatte er Blasen, und ein Auge war zugeschwollen.

»Lassen Sie uns einfach aus dieser Hölle verschwinden«, sagte Seichan, die eher gereizt als erleichtert klang.

»Amen, Schwester«, meinte Kowalski.

Gray blickte sich zum See um. In diesem Moment fiel ein Seil durch die Dachöffnung herab. Am Ende baumelte etwas wie ein Wurm am Haken. Es pendelte hin und her.

Eine dicke, schwere Tasche.

»Eine Bombe…«, flüsterte Gray.

»Was haben Sie gesagt?«, fragte Kowalski ungläubig.

»Eine Bombe«, wiederholte er mit lauterer Stimme.

Nasser war noch nicht mit ihnen fertig.

»Verfluchte Scheiße…« Kowalski, der sich Susan über die Schulter gelegt hatte, versuchte Gray und Seichan zu überholen. »Wieso will mich eigentlich ständig jemand in die Luft jagen?«

12:10

Laute Rufe drangen von der Höhle hoch.

Lisa wollte nachsehen. Sie wollte die anderen nicht im Stich lassen, doch auch Vigor brauchte ihre Hilfe.

»Quirlen Sie weiter!«, sagte Vigor, dem der Schweiß übers Gesicht strömte. Er warf einen Blick zur Treppe. »Hört sich so an, als sollten wir uns besser sputen.«

Sie waren damit beschäftigt, zwischen den zusammengelegten Handflächen eine große Bronzeschraube herauszudrehen. Auf dem tellergroßen Kopf war ein Kruzifix dargestellt, das sich drehte, während sie die Quirlbewegung ausführten. Der gefettete Bolzen ragte inzwischen fünf Zentimeter aus der Oberseite der Tür.

Wie lange würde das noch dauern?

Sie quirlten schneller.

Vigor zitierte währenddessen die Türinschrift.

»›Ein Engel des Herrn stieg vom Himmel herab, trat herzu und wälzte den Stein von der Tür hinweg.‹ Zunächst wollte ich die Tür aus eigener Kraft aufdrücken, aber das habe ich bald sein lassen. Dann kam mir die letzte Zeile in den Sinn. ›*Auf dass sie dereinst von einem Menschen geöffnet werde, der starken Glaubens ist.*‹ Das ist ganz offensichtlich ein Hinweis auf das Kruzifix. Da hätte ich auch eher draufkommen können.«

Stiefelgepolter näherte sich über die Treppe.

»Eine Bombe… die Tür… Beeilung!«, rief Kowalski.

»Ein Mann, der wenig Worte macht, unser Mr. Kowalski.«

Nach einer letzten Drehung löste sich die Bronzeschraube. Ihr Gewicht versetzte Vigor und Lisa in Erstaunen. Mit einem glockenartigen Geräusch fiel sie auf die Treppe.

Kowalski kam mit Susan die Stufen hochgestürmt. Sie schien bewusstlos. Als Kowalski sah, dass die Tür noch immer geschlossen war, verdüsterte sich seine Miene. »Was habt ihr eigentlich die ganze Zeit gemacht?«

»Auf Sie gewartet«, entgegnete Vigor und drückte gegen die Steinplatte.

Da die Schraube entfernt war, fiel die Tür nach außen und krachte auf den Boden. Sonnenlicht strömte herein und wurde von den Steinwänden reflektiert. Lisa war nahezu geblendet, als sie mit Vigor ins Freie stolperte und Kowalski und Susan den Weg frei machte.

Kowalski zog den Kopf ein und trat durch die Öffnung. »Ich dachte, Seichan hätte schon dagegengedrückt. Zum Teufel mit ihren mageren Ärmchen.«

Lisa streckte sich blinzelnd. Sie befanden sich am Grund eines tiefen steinernen Brunnens mit einem Durchmesser von etwa fünf Metern. Die senkrechte Wand ragte zwei Stockwerke hoch auf. Eine Leiter gab es nicht.

Kowalski legte Susan neben der Tür auf dem Boden ab. »Doc, ich glaube, sie atmet nicht mehr.«

Lisa besann sich ihrer ärztlichen Pflichten und kniete neben Susan nieder. Für heute hatte sie schon genug Tote gesehen. Sie tastete Susan den Puls ab, spürte aber keinen Herzschlag. Trotzdem wollte sie nicht aufgeben.

»Kann mir mal jemand helfen?«, rief sie.

Gray und Seichan humpelten aus der Öffnung hervor. Gray blickte Susan an. »Lisa … sie ist tot.«

»Nein. Damit will ich mich nicht abfinden.«

»Ich helfe Ihnen«, murmelte Seichan.

Lisa sah, dass ihre Bluse und Hose frische Blutflecken aufwiesen.

Seichan bemerkte ihren Blick. »Es geht schon.«

Gray wies sie an, sich möglichst leise zu verhalten – für den Fall, dass Nassers Männer in der Nähe waren. Mit Handzeichen forderte er sie auf, sich von der Tür fernzuhalten. Sein Gesicht und seine Arme waren voller Blasen, seine Augen blutunterlaufen.

An der anderen Seite der Tür begann Lisa mit der Herzdruckmassage, während Seichan die Mund-zu-Mund-Beatmung übernahm. Vigor schlug über Susan das Kreuz.

»Das ist hoffentlich nicht so was wie die Letzte Ölung«, flüsterte Lisa, während sie mit beiden Ellbogen rhythmisch drückte.

Vigor schüttelte den Kopf. »Ich habe sie nur gesegnet …«

Die Bombe explodierte mit einem ohrenbetäubenden Knall, der Boden bebte. Eine stinkende, glühend heiße und mit beißenden Dämpfen angereicherte Druckwelle schoss von unten herauf.

Lisa beugte sich schützend über Susan.

Das meiste zog durch den Brunnenschacht nach oben ab.

»Das ging ja noch«, meinte Kowalski.

Gray blickte in die Höhe. »Alle festhalten.«

Lisa, die unermüdlich Susans Brustkorb bearbeitete, hob ebenfalls den Blick.

Am linken Rand der Brunnenöffnung sah sie die obere Hälfte des Mittelturms des Bayon-Tempels. Steingesichter blickten auf sie nieder. Sie bebten.

»Der Turm stürzt ein!«, sagte Gray.

12:16

Mit sechs seiner Männer rannte Nasser über den Hof der zweiten Ebene. Jeder einzelne Schritt tat höllisch weh. Sein ganzer Körper brannte, als hielte ihn die Teufelsfrau noch immer umklammert. Doch es gab drängendere Sorgen.

Er duckte sich hinter eine Galeriemauer und blickte sich um.

Der Bayon-Tempel erbebte – dann fiel er wie in Zeitlupe in sich zusammen. Er implodierte und verlor unter lautem Grollen ein Viertel seiner Höhe. Das Todesröcheln von hundert Bodhisattvas. Eine Staubwolke stieg um den Trümmerhaufen herum in die Luft. Steinblöcke lösten sich und rollten polternd in die Tiefe.

Der Sprengstoffexperte hatte ihn gewarnt, die Ladung sei vielleicht zu groß. Nasser aber hatte unter allen Umständen verhindern wollen, dass Commander Pierce mit der Beute entwischte.

Als er sich umdrehte, bemerkte er neben dem Turm eine zweite Staubwolke. Wie ein Rauchzeichen stieg sie in die Höhe.

Nasser kniff die Augen zusammen.

Sollte es etwa einen weiteren Höhlenausgang geben?

12:17

Gray hustete; der Staub war so dicht, dass er im Brunnenschacht kaum mehr etwas sah. Der Turm hatte die Höhle zum Einsturz gebracht. Eine beißende Rauchwolke schraubte sich im Brunnenschacht in die Höhe.

Gray wischte sich die Augen und drehte sich zum Höhlenausgang um. Steinbrocken verstopften den schmalen Treppengang, dessen Decke eingestürzt war.

Gray lehnte sich mit der Schulter an die Schachtwand und blickte nach oben. Sie hatten Glück gehabt, dass der Brunnen nicht ebenfalls eingestürzt war und sie unter den Trümmern begraben hatte.

Lautes Husten war zu hören.

Die Sicht klärte sich so weit, dass er seine Leidensgenossen sehen konnte.

Lisa half Susan gerade dabei, sich aufzusetzen. Sie drückte sich die Faust an den Mund und hustete qualvoll.

Willkommen unter den Lebenden.

Vielleicht wendete sich jetzt ja ihr Schicksal.

Eine Stimme aus der Höhe belehrte ihn eines Besseren.

»Wen haben wir denn da?«, rief Nasser herunter. »Um einen umgangssprachlichen Ausdruck zu gebrauchen: Da haben wir ja einen dicken Fisch gefangen.«

Von allen Seiten zielten Gewehrläufe auf sie herab.

Gray drückte sich an der Brunnenwand entlang und stieß gegen Kowalski.

»Was nun, Boss?«

Ehe Gray etwas erwidern konnte, klingelte plötzlich ein Handy. Das Klingeln kam von oben, doch Gray kannte den Klingelton.

Nasser holte Vigors Handy aus der Tasche. Er hatte es dem Monsignore im Hotel abgenommen.

Nasser las den Namen des Anrufers vom Display ab. »Rachel Verona.« Er hielt das Handy über den Rand des Schachts und blickte nach unten. »Ihre Nichte, Monsignore. Möchten Sie sich vielleicht von ihr verabschieden?«

Das Handy klingelte ein drittes Mal, dann verstummte es.

»Wohl eher nicht«, meinte Nasser. »Schade.«

Gray schloss die Augen und hielt den Atem an.

Nasser fuhr fort: »Aber vielleicht möchten Sie, Commander Pierce, ja meine Partnerin Annishen anrufen. Da könnten Sie Ihre Eltern noch schreien hören, bevor Sie sterben.«

Gray gab keine Antwort. Er schob die Hand hinter Kowalskis Rücken und langte unter dessen Jacke. Der Anruf von Vigors Nichte war das mit Painter verabredete Zeichen gewesen. Grays Eltern waren in Sicherheit.

Oder aber tot.

Jedenfalls konnte Nasser ihnen jetzt nichts mehr anhaben.

Gray packte die Pistole, die in Kowalskis Kreuz hinter dem Gürtel steckte. Um ein Haar hätte der sie gezogen, als der Affe ihn erschreckt hatte. Zum Glück hatte Gray ihn daran hindern können.

»Oder aber ich lasse Sie über das Schicksal Ihrer Eltern im Unklaren«, fuhr Nasser fort. »Dann haben Sie etwas, was Sie mit ins Grab nehmen können.«

»Wie wär's, wenn Sie den Vortritt nehmen würden?« Gray trat einen Schritt vor, riss die Waffe hoch und feuerte zweimal.

Er traf Nasser an Schulter und Brust. Nasser wurde von der Wucht der Treffer seitwärts geschleudert. Mit rudernden Armen stürzte er in den Brunnenschacht. Blut spritzte auf die Steinwände.

Während er ununterbrochen weiterfeuerte, schwenkte Gray die Pistole im Kreis. Er traf drei weitere Männer, die anderen zogen sich zurück. Hinter ihm krachte, begleitet vom Knacken von Knochen, der brüllende Nasser auf den Boden.

Gray schwenkte die Waffe am Brunnenrand entlang. Die Metal Storm Pistole Kaliber 9 mm stammte aus australischer Fertigung, ein äußerst leistungsstarkes Modell, das in einem Sekundenbruchteil mehrere Kugeln verschoss. Treibgasbetrieben, ohne bewegliche Teile, vollgestopft mit Elektronik.

»Lisa, sieh mal nach, ob Vigors Handy noch funktioniert! Ruf Painter an!«

Während er sich langsam um die eigene Achse drehte, sah er aus dem Augenwinkel Nasser. Er lag auf dem Rücken, der eine Arm war eigentümlich verdreht, an der Schulter zerschmettert. Er hatte blutigen Schaum auf den Lippen. Seine Rippen waren gebrochen. Doch er lebte noch. Verwirrt und voller Abscheu folgte er Grays Bewegungen mit den Augen.

Ja, wundere dich nur, du Scheißkerl.

Schließlich tat Nasser seinen letzten Seufzer, dann brach sein Blick.

Seichan sprach aus, was Nasser in seinem letzten Moment beschäftigt hatte. »Woher haben Sie die Waffe?«

»Das hatte ich mit Painter schon auf Hormus abgesprochen. Ich wollte nicht, dass er eine Einsatztruppe mobilisiert. Stattdessen habe ich ihn um einen kleinen Gefallen gebeten. Noch vor unserer Ankunft in Angkor hat er eine einzelne Waffe in die Elefantenbar geschmuggelt und auf der Toilette mit Klebeband hinter dem Spülkasten befestigt. Ich wusste, dass Nasser mich im Auge behalten und mehrfach durchsuchen würde. Kowalski stand auf einem anderen Blatt.«

Gray zuckte mit den Schultern.

»Ja, jetzt erinnere ich mich«, sagte Seichan. »Bevor wir nach draußen gingen, hat Kowalski gemeint, er müsse mal ›schiffen‹.«

»Ich konnte mir denken, dass man uns vor Betreten der Bar durchsuchen würde. Folglich mussten wir die Waffe später übernehmen und sie anschließend so lange verstecken, bis sicher war, dass sich meine Eltern in Sicherheit befinden.«

»Der Blödmann hätte sich mal öfter den *Paten* angucken sollen«, brummte Kowalski.

»Ich habe Painter in der Leitung!«, rief hinter ihm Lisa.

Gray krampfte die Finger um die Pistole. »Was ist mit meinen Eltern? Sind sie …?«

»Sie befinden sich in Sicherheit. Und sie sind unverletzt.«

Gray seufzte erleichtert auf.

Gott sei Dank.

Er räusperte sich. »Sag Painter, er soll um die Tempelanlage eine Quarantänezone von mindestens zehn Meilen Durchmesser einrichten.«

Gray dachte an die giftige, mit Judas-Viren angereicherte Gaswolke. Die Höhle war nur etwa zwölf Minuten lang offen gewesen und dann von Nassers Bombe wieder verschüttet worden. Das war immerhin etwas. Aber wie viele Judas-Viren waren in der Zwischenzeit ins Freie gelangt?

Gray blickte zu Susan hinüber. Sie kauerte im Eingang. Kowalski bewachte sie. Hatten sie Erfolg gehabt? Gray musterte die im Brunnenschacht versammelten Personen. Jeder Einzelne hatte auf seine Weise dazu beigetragen, dass sie so weit gekommen waren. Oder war doch alles vergebens gewesen?

»Die Quarantänezone wird eingerichtet«, meldete Lisa.

Gray schwenkte den Pistolenlauf im Kreis und suchte den oberen Brunnenrand ab. Da draußen waren immer noch Gildenagenten. »Sag Painter, wir könnten hier ebenfalls Unterstützung gebrauchen.«

Lisa sprach kurz mit Painter, dann senkte sie das Handy. »Er meint, Hilfe sei bereits unterwegs. Wir sollen *nach oben* schauen.«

Gray blickte zum Himmel hoch. Eigentümlich steif wirkende Falken segelten mit ausgebreiteten Flügeln über den tiefblauen Nachmittagshimmel. Aus allen Richtungen schwärmten sie herbei. Allerdings waren die Falken mit Sturmgewehren bewaffnet.

Gray streckte Lisa eine Hand entgegen.

Sie drückte ihm das Handy hinein.

Gray hielt es sich ans Ohr. »Ich dachte, wir hätten uns darauf geeinigt, dass sie *keine* lokalen Einsatzkräfte mobilisieren.«

»Commander, zwanzigtausend Mann in der Luft würde ich nicht unbedingt als *lokale* Einsatztruppe bezeichnen. Außerdem bin ich Ihr Boss. Und nicht umgekehrt.«

Gray blickte weiter zum Himmel hoch.

Die Einsatzkräfte sanken in Angriffsformation auf die Tempelanlage nieder. Jeder Soldat hatte einen Gleiter mit starren Flügeln auf den Rücken geschnallt, die ihm das Aussehen eines Mini-

Kampfjets gaben und ihm erlaubten, schon in großer Höhe aus dem Flugzeug auszusteigen.

In Spiralen schwebten sie in die Tiefe.

Dann zogen sie gleichzeitig die Reißleine und warfen die Flügel ab. Die Gleitschirme entfalteten sich und bremsten ihren Fall. Wie eine Balletttruppe sausten sie von allen Seiten heran.

Das spektakuläre Schauspiel war nicht unbemerkt geblieben. Gray vernahm Stiefelgepolter. Die meisten Schritte entfernten sich. Gray stellte sich vor, wie die flüchtenden Gildensöldner ihre schwarzen Barette im Laufen in Papierkörbe warfen.

Doch nicht alle waren so feige.

Schüsse knallten. Erst vereinzelt, dann wurden es immer mehr. Das Feuergefecht währte eine volle Minute. Ein Gleiter schwebte über den Brunnenschacht hinweg, der Soldat feuerte im Fliegen. Dann tauchte ein zweiter auf, der sich mit angezogenen Beinen darauf vorbereitete, auf dem Tempel niederzugehen. Rund um den Brunnen landeten mit einem dumpfen Geräusch mehrere Soldaten, die wahrscheinlich von Grays Handy hergeleitet worden waren.

Plötzlich fiel ein Mann mit dem Oberkörper auf den Brunnenrand; wahrscheinlich hatte er zu viel Schwung gehabt.

Gray hätte ihn beinahe erschossen; im letzten Moment erkannte er die Uniform.

U.S. Air Force.

»Alle okay da unten?«, rief der Soldat mit australischem Akzent und schnallte den Gleitschirm ab.

Lisa schob sich an Vigor vorbei und sagte erstaunt: »Ryder?«

Der Mann grinste breit. »Dieser Painter ist ja ein wahrer Teufelskerl! Lasst mich mitmachen. Diesmal geht's nicht darum, zusammen mit Kannibalen über Blitzableiternetze zu klettern – aber worum dann?«

Jemand rief etwas.

Ryder hob den Arm, nickte und blickte wieder in den Brunnenschacht. »Aufpassen! Die Leitern kommen!« Er wälzte sich auf den Boden und verschwand hinter der Brunnenmauer.

Gray sicherte die Öffnung weiterhin mit gezogener Waffe.

Mehr konnte er nicht tun.

Doch, etwas gab es noch.
Er drückte sich das Handy wieder ans Ohr. »Direktor?«
»Ja?«
»Danke, dass Sie nicht auf mich gehört haben, Sir.«
»Das ist mein Job.«

19
Verrat

14. Juli, 10:34
Bangkok, Thailand

Eine Woche später stand Lisa in einem Privatkrankenhaus außerhalb von Bangkok am Fenster ihres Krankenzimmers. Hohe Mauern umschlossen die kleine, zweistöckige Klinik und die üppigen Gärten mit den Papayabäumen, dem blühenden Lotus, den in der Sonne glitzernden Springbrunnen und den stillen, in safrangelbe Gewänder gehüllten Buddhastatuen mit den brennenden Räucherstäbchen davor.

Auch Lisa hatte heute Morgen schon gebetet.

Allein.

Für Monk.

Das Fenster stand offen, die Fensterläden waren zum ersten Mal seit einer Woche nach außen geklappt. Die Quarantäne war beendet. In tiefen Zügen atmete sie den Duft des Jasmins und der Orangenblüten ein. Jenseits der Mauern ging das Dorfleben seinen geruhsamen Gang; sie hörte das gedämpfte Muhen der Ochsen, das Geschnatter zweier älterer Frauen, die am Tor vorbeikamen, die schweren Schritte eines Elefanten, der einen Baumstamm hinter sich her schleppte, und vor allem das ausgelassene Gelächter der Kinder.

Das Leben ging weiter.

Um ein Haar wäre mit alldem Schluss gewesen.

»Wusstest du«, vernahm sie hinter sich eine Stimme, »dass die Sonne durchs Nachthemd scheint, wenn du so vor dem Fenster stehst? Für die Fantasie bleibt da wenig Raum. Nicht dass mich das stören würde.«

Freudig drehte sie sich um.

In der Tür lehnte Painter, in der Hand einen in Papier eingewickelten Strauß gelber Rosen, ihre Lieblingsblumen. Er trug einen Anzug, aber keine Krawatte, und war frisch gewaschen und rasiert. In der Woche in den Tropen hatte er ein wenig Farbe bekommen, die seine blauen Augen und das dunkle Haar umso besser zur Geltung brachte.

»Ich habe eigentlich erst später mit dir gerechnet«, sagte sie und ging auf ihn zu.

Er trat ins Zimmer. Anders als gewöhnliche Krankenhauszimmer war dieses hier in Teak eingerichtet. Außerdem gab es darin Blumenvasen und sogar zwei Aquarien mit kleinen orangefarbenen und roten Goldfischen.

»Das Treffen mit dem kambodschanischen Premierminister wurde auf nächste Woche verschoben. Notwendig ist es ohnehin nicht mehr. Die Quarantäne wird in den nächsten Tagen aufgehoben werden.«

Lisa nickte. Mit landwirtschaftlichen Streuflugzeugen hatte man über den umliegenden Gebieten Desinfektionsmittel ausgebracht. Die Tempel von Angkor Thom waren damit getränkt worden. Im unter Quarantäne gestellten Flüchtlingslager waren einige Krankheitsfälle aufgetreten, doch die Behandlung hatte angeschlagen.

Das Heilmittel hatte gewirkt.

Susan war in einem anderen Trakt des Krankenhauses untergebracht. Sie wurde streng bewacht, doch selbst diese Vorsichtmaßnahme war eigentlich unnötig. Um des Heilmittels willen war sie durch die Hölle gegangen. Anschließend hatte man in ihrem Körper nicht mehr die geringsten Spuren des Virus festgestellt – weder die Cis- noch die Trans-Form. Der Krankheitserreger war verschwunden.

Das Heilmittel aber nicht.

Es war kein Antikörper und kein Enzym und nicht einmal in den weißen Blutkörperchen zu finden. Es war eine Bakterie. Dasselbe Cyanobakterium, das sie hatte leuchten lassen.

Beim zweiten Kontakt mit dem Gift hatte sich das Bakterium abermals von Grund auf verändert, und sein Entwicklungszyklus war vollkommen umgemodelt worden. Wie die Milchsäurebakterien, die im Joghurt zu finden sind, produzierte dieses Bakterium nach Einnahme oder Impfung gesundheitsfördernde Stoffe, welche die vom Judas-Stamm modifizierten toxischen Bakterien vernichteten und das Virus abbauten, ohne dass irgendwelche Spuren davon zurückgeblieben wären.

Die Nebenwirkungen des Heilmittels waren den Symptomen einer leichten Grippe vergleichbar. Hatte man die überstanden, war man vor einer Neuinfektion geschützt. Gesunde konnten mit den Bakterien gegen Ansteckung immunisiert werden, so wie man Kinder gegen Kinderlähmung impft. Vor allem aber war es nicht schwierig, die Bakterien zu vermehren. Proben waren an Laboratorien in aller Welt verschickt worden. Es wurden bereits große Mengen Impfstoff hergestellt, um die bereits in Ausbreitung begriffene Pandemie zu bekämpfen und die Menschheit vor zukünftiger Ansteckung zu schützen.

Die Gesundheitsorganisationen würden weiterhin wachsam bleiben.

»Was ist eigentlich mit der Weihnachtsinsel, auf der alles anfing?«, fragte Lisa, die sich auf die Bettkante gesetzt hatte.

Painter nahm einen verwelkten Blumenstrauß aus einer Vase und stellte die frischen Rosen hinein. »Sieht gut aus. Übrigens habe ich in den Papieren gelesen, die Jessie vor dem Sinken des Kreuzfahrtschiffs von Bord geschafft hat. Daraus geht hervor, dass die Gilde an der Luvseite der Insel eine Tankerladung Desinfektionsmittel ins Meer gekippt hat. Natürlich nicht aus altruistischen Motiven. Sie wollte damit die Algenblüte abtöten, damit nicht irgendwelche Konkurrenten die gleiche Entdeckung machen wie sie.«

»Glaubst du, das reicht aus, um eine neuerliche Algenblüte zu verhindern?«

Achselzuckend ließ Painter sich neben ihr aufs Bett sinken. Er fasste sie bei der Hand, nicht mit erotischen Hintergedanken, sondern ganz unwillkürlich – mit ein Grund, weshalb sie ihn so sehr liebte.

»Schwer zu sagen«, meinte er. »Der Taifun ist geradewegs über die Insel hinweggezogen. Die umliegenden Gewässer werden unter Leitung von Dr. Richard Graff von Meeresbiologen aus verschiedenen Ländern überwacht. Ich fand, nachdem er uns mit den Krabben geholfen hat, war es nur recht und billig, ihn mit dieser Aufgabe zu betrauen.«

Lisa drückte Painter die Hand. Jetzt, wo er Graff erwähnt hatte, musste sie wieder an Monk denken. Seufzend beobachtete sie die Goldfische im Aquarium neben dem Bett.

Painter machte seine Rechte los, legte ihr den Arm um die Schulter und zog sie an sich. Mit der Linken ergriff er wieder ihre Hand. Er wusste genau, was ihr durch den Sinn ging, legte alles Spielerische ab und senkte die Stimme zu einem beruhigenden Brummen.

»Ich nehme an, du hast gehört, dass wir sämtliche Überlebenden der *Mistress of the Seas* befragt haben.«

Sie schwieg und legte ihm den Arm um die Hüfte. Sie wusste, dass er schlimme Nachrichten zu verkünden hatte.

Die Insel stand noch immer unter Quarantäne. An den erforderlichen Maßnahmen waren Australien und die Vereinigten Staaten beteiligt. Australische Einsatzkräfte hatten das brennende Schiff vor dem Sinken noch rechtzeitig evakuiert. Das Werk der Gilde ruhte jetzt in dreihundert Meter Wassertiefe, eine neue Heimstatt der Raubkalmare. Ihretwegen war es äußerst gefährlich, im Wrack zu tauchen. Die Kalmare waren als neue Unterart der *Taningia* klassifiziert worden und hatten zum Gedenken an Susans Mann den Namen *Taningia tunis* erhalten.

Gestern hatte Lisa mit Henri und Jessie telefoniert, die sich im Flüchtlingslager auf Pusat aufhielten. Sie hatten überlebt, und es war ihnen gelungen, mithilfe der Kannibalen die meisten Patienten und WHO-Mitarbeiter zu retten. Jetzt wurden sie medizinisch behandelt, und bislang lief alles gut, abgesehen von den Kranken, die bereits im Stadium der Tobsucht angelangt waren. Offenbar würden sie dauerhafte Gehirnschäden zurückbehalten. Die meisten dieser Patienten waren ums Leben gekommen, als das Schiff sank. Kein einziges Gildenmitglied war lebend vom Schiff entkommen.

Mit einer Ausnahme.

Jessie hatte von seinen Erlebnissen bei der Evakuierung berichtet. Er war auf eine mit einem Vorhängeschloss gesicherte Tür gestoßen. Dahinter hatten Kinder geweint. Er hatte die Tür rechtzeitig aufgebrochen und die Kinder gerettet. Sie erzählten ihm, ein Engel sei gekommen und habe sie eingesperrt, damit ihnen nichts passierte. Dann hätte der Engel die tobenden Kranken von dem Raum weggelockt.

Die Kinder hatten den Engel genau beschrieben.

Langes schwarzes Haar, bekleidet mit einem Seidengewand, so schweigsam wie ein Grab.

Surina.

Sie war spurlos verschwunden.

Painter fuhr fort: »Wir haben mit sämtlichen Lagerinsassen gesprochen.«

»Über Monk«, flüsterte Lisa.

»Einer der WHO-Ärzte hatte sich draußen auf dem Schiffsdeck versteckt. Mit einem Fernglas hat er beobachtet, wie ihr mit dem *Meerespfeil* geflüchtet seid. Er hat gesehen, wie Monk ins Wasser gefallen ist. Dann stürzte das Netz herab und zog ihn in die Tiefe.« Painter seufzte schwer. »Er ist nicht wieder aufgetaucht.«

Lisa schloss die Augen. Etwas platzte in ihr. Ätzende Säure breitete sich in ihren Adern aus. Ihr wurde ganz schwach. Sie hatte immer noch Hoffnung gehabt… Deshalb war sie auch draußen vor dem Buddha niedergekniet.

Sie hatte für Monk gebetet.

»Er ist tot«, murmelte sie und sah der Wahrheit ins Gesicht.

Oh, Monk…

Lisa schmiegte sich enger an Painter an. Tränen tropften auf sein T-Shirt. Sie krallte die Finger hinein, um sich seiner körperlichen Nähe zu versichern. »Hast du es Kat schon gesagt?«, fragte sie leise und legte das Kinn an seine Brust.

Painter schwieg.

Lisa spürte sein Zittern.

Also wusste Kat Bescheid.

Sie nahm seine Hand von ihrer Schulter fort und küsste sie.

Mit rauer Stimme flüsterte er: »Lass mich nie allein.«

Lisa dachte an den Grund, der sie zur Teilnahme an der Mission bewogen hatte. Sie hatte fern von Painter ihre Beziehung neu bewerten und in die richtige Perspektive rücken wollen, bevor ihr beider Leben beruflich und privat miteinander verschmolz.

Jetzt war sie schlauer.

Sie hatte Kannibalen überlebt und die Angriffe von tobsüchtigen Wahnsinnigen.

Sie wusste, dass sie stark genug war, es allein zu schaffen.

Aber dennoch…

Sie hob den Kopf, küsste Painter auf die Lippen und flüsterte: »Ich gehöre zu dir.«

12:02

Gray schritt durch den Krankenhauspark. Jetzt trug er Stiefel und Jeans und darüber ein bunt gemustertes Hemd. Es tat gut, anstatt der Krankenhausnachthemden wieder seine eigenen Sachen zu tragen. Nicht minder angenehm war es, wieder draußen in der Sonne zu sein, wenngleich er weiterhin Mühe beim Atmen hatte und ihm die Helligkeit in den Augen wehtat. Der Heilungsprozess dauerte noch immer an, doch nach der langen Bettlägerigkeit war er rastlos geworden und fühlte sich zunehmend gereizt.

Er ging schneller und machte größere Schritte. Um böse Überraschungen von vornherein auszuschließen, war er bereits einmal um das Gebäude herumgegangen.

Er hatte den Ausflug drei Tage lang geplant, und jetzt hatte er den Zeitplan straffen müssen. Vor ihm tauchte der Ausgang auf.

Es war ihnen gestattet, das Krankenhausgelände zu verlassen, jedoch durften sie sich nicht weiter entfernen als bis zum nahen Dorf.

Als Gray um eine hohe Hecke bog, gelangte er zu einem kleinen Alkoven, in dem sich ein Altar mit einem rot gewandeten dicken Buddha befand. Auf dem Boden lagen ein paar Räucherstäbchen, doch der Rauch hatte einen anderen Ursprung.

Kowalski stützte sich mit einer Hand am Kopf des Buddhas ab. Er nahm die Zigarre aus dem Mund und stieß eine Rauchwolke aus.

»O Mann…«, brummte er zufrieden.

»Woher haben Sie – ach, schon gut.« Gray streckte die Hand aus. »Haben Sie mitgebracht, worum ich Sie gebeten habe?«

Kowalski drückte die Zigarre auf der Schulter des Buddhas aus.

Gray zuckte angesichts dieses Sakrilegs zusammen.

»Ja, aber wozu brauchen Sie das ganze Zeug?«, fragte Kowalski und zog hinter seinem Rücken ein in Papier eingeschlagenes Bündel hervor. »Ich hab den Krankenpfleger bestochen, als ich gerade mit dem Schwamm abgerubbelt wurde. Typisch, dass man mir einen Mann zugeteilt hat. War nicht besonders lustig. Aber der Bursche hat alles beschafft, was Sie haben wollten.«

Gray nahm das Paket entgegen und wollte sich abwenden.

Kowalski verschränkte die Arme vor der Brust und seufzte irritiert. Die Enttäuschung stand ihm ins Gesicht geschrieben.

Gray hielt inne. »Ist noch was?«

Kowalski öffnete den Mund – und klappte ihn wieder zu.

»Reden Sie schon«, sagte Gray.

Kowalski wedelte mit den Händen. »Also ... die ganze Zeit über hab ich kein Schießeisen mehr in der Hand gehabt. Kein Gewehr, keine Pistole, nicht mal 'ne Spielzeugknarre! Ich meine, ich hätte ebenso gut daheim Wachdienst schieben können. Stattdessen hat man mir als Lohn für den ganzen Ärger einen Haufen Spritzen in den Arsch gejagt.«

Gray machte große Augen. Das war die längste Ansprache, die Kowalski je gehalten hatte. Das Thema brannte ihm offenbar unter den Nägeln.

»Ich wollte damit bloß sagen ...«, platzte Kowalski leicht verärgert heraus.

Gray seufzte. »Kommen Sie mit.« Er wandte sich zum Tor. Er war dem Mann noch etwas schuldig.

Kowalski folgte ihm. »Wohin gehen wir?«

Gray geleitete ihn zum Ausgang. Der Wachmann nickte ihnen zu. Gray klemmte sich das Paket unter den Arm und zückte die Brieftasche. Er nahm einen Geldschein heraus und reichte ihn Kowalski, als sie durchs Tor traten.

»Was soll ich denn mit zehn Dollar anfangen?«, fragte Kowalski.

Gray zeigte auf eine Gruppe von Straßenarbeitern. Die vier Männer wurden von zwei Arbeitstieren unterstützt. Typisch Thailand.

»Schauen Sie – Elefanten«, meinte Gray.

Kowalski senkte den Blick auf den Geldschein in seiner Hand, dann sah er wieder die Elefanten an. Mit einem breiten Grinsen eilte er davon, wandte den Kopf, um Gray zu danken, und rannte weiter, als er keine Worte fand.

»O Mann, ich steh auf Elefantenritte…« Er winkte. »He, ihr da! Gunga Din!«

Gray machte kehrt und ging zum Krankenhaus zurück.

Der arme Elefant.

12:15

Vigor lag im Bett. Er hatte eine Lesebrille aufgesetzt. Auf dem Nachttisch stapelten sich Bücher und machten dem Goldfischglas den Platz streitig. Auf der anderen Bettseite waren ausgedruckte Artikel über die Engelschrift, Marco Polo, die Geschichte der Khmer und die Tempel von Angkor gestapelt.

Im Moment las er gerade zum vierten Mal den Fachartikel aus *Science* aus dem Jahr 1994, den Gray ausgegraben hatte. Der Artikel befasste sich mit der Beziehung der Sprache zum DNA-Code.

Faszinierend…

Eine Bewegung an der offenen Tür ließ ihn aufblicken. »Commander Pierce!«, rief er freudig aus.

Gray blieb in der Tür stehen, sah auf die Uhr und beugte sich ins Zimmer vor. »Ja, Monsignore.«

Vigor wunderte sich über die förmliche Ansprache. Gray wirkte gestresst. »Kommen Sie doch einen Moment herein.«

»Ich habe nicht viel Zeit«, meinte Gray. »Wie geht es Ihnen?«

»Gut.« Vigor winkte ab. »Ich habe gerade den Artikel gelesen. Ich habe gar nicht gewusst, dass nur drei Prozent unseres Genoms aktiv sind. *Siebenundneunzig* Prozent werden nicht genutzt. Untersucht man jedoch die Junk-DNA mit einem Kryptographieprogramm auf Sprachmuster, wird man fündig, obwohl man eigentlich annehmen sollte, dass die Gensequenzen eine Zufallsverteilung aufweisen. Erstaunlich.« Vigor nahm die Brille ab. »Gray, wie wäre es wohl, wenn wir diese Sprache verstehen könnten?«

Gray nickte. »Manche Dinge werden sich vielleicht immer unserem Begreifen entziehen.«

Vigor legte die Stirn in Falten. »Also, da bin ich anderer Ansicht. Gott hat uns unser großes Gehirn geschenkt, damit wir es benutzen. Es ist unsere Bestimmung, Fragen zu stellen, zu forschen und uns um ein besseres Verständnis des Universums zu bemühen, was die Innen- und die Außenwelt einschließt.«

Grays Blick wanderte wieder zu seiner Armbanduhr; er stand unter Zeitdruck, wollte aber nicht unhöflich sein.

Vigor beschloss, den jungen Mann nicht länger auf die Folter zu spannen. »Ich fasse mich kurz. Sie werden sich bestimmt noch erinnern, dass ich in dem Tonnengewölbe unter dem Bayon-Tempel gemeint habe, bei der Engelschrift – die möglicherweise die Schriftform der unbekannten genetischen Sprache darstellt – könnte es sich um eine Botschaft Gottes handeln, die in den ungenutzten siebenundneunzig Prozent unseres Genoms verborgen ist. Was wäre, wenn diese DNA gar kein evolutionärer Abfall ist? Vielleicht haben wir ja einen Blick auf unser innerstes Wesen erhascht.«

»Worauf wollen Sie hinaus?«

»Vielleicht hat uns Susans Transformation einen Hinweis auf die korrekte Übersetzung der Engelschrift gegeben.«

Angesichts der skeptischen Miene des Commanders hob Vigor beschwichtigend die Hand. »Heute Morgen habe ich mit Lisa gesprochen. Sie glaubt, beim Kontakt mit direkter Sonneneinstrahlung seien die normalerweise schlummernden Regionen von Susans Gehirn durch die von den Bakterien freigesetzte Energie aktiviert worden. Ich finde es interessant, dass nur ein kleiner Teil unseres genetischen Codes aktiv ist, während wir gleichzeitig nur einen kleinen Teil unseres Gehirns nutzen. Finden Sie das nicht ebenfalls eigenartig?«

Gray hob unverbindlich die Schultern. »Ja, schon.«

»Und wenn die Engelschrift nun das *ganze* Potenzial ausformuliert, das in uns schlummert und nur darauf wartet, aufgeweckt zu werden?«, fuhr Vigor fort. »Der Genesis zufolge hat Gott uns nach seinem Bilde geschaffen. Was wäre, wenn dieses Bild, versteckt in den schlummernden Regionen unseres Gehirns und verborgen in der Engelsprache unserer Junk-DNA, erst noch ausgeformt werden muss? Vielleicht stellt die im Dunkeln leuchtende Schrift an den Wänden der Kammer des Bayon-Tempels einen frühen Versuch dar, dieses Potenzial zu verstehen. Sie haben selbst darauf hingewiesen, dass sie unvollständig ist und dass Teile fehlen.«

»Das stimmt«, räumte Gray ein. »Sie werfen da interessante Fragen auf, denen man sicherlich nachgehen sollte, aber ich bin mir nicht sicher, ob wir die ganze Wahrheit jemals herausfinden werden. Bei Susan hat sich der Normalzustand wiederhergestellt, und Painter hat mir berichtet, ein Ausgrabungsteam habe das Gewölbe unter dem Tempel freigelegt. Einige Wände waren unbeschädigt, doch Nassers Säurebombe hat die Oberflächen verätzt. Von der Schrift ist nichts mehr übrig.«

Vigor sank ein wenig in sich zusammen. »Wie bedauerlich. Trotzdem gibt es etwas, was in der Höhle gefehlt hat, und ich frage mich, was das zu bedeuten hat.«

»Was meinen Sie?«

»Die Schildkröte«, antwortete Vigor. »Sie haben vermutet, in der Höhle sei ein tiefes Geheimnis verborgen, sozusagen die Entsprechung von Vishnus Inkarnation.«

»Vielleicht war damit der Judas-Stamm gemeint. Der leuchtende See. Sie haben selbst darauf hingewiesen, dass die Khmer die leuchtende Höhle als Heimstatt eines Gottes betrachtet haben könnten. Vielleicht als Vishnus Heimstatt.«

Vigor blickte dem Commander direkt in die Augen. »Oder aber Susan war ein Vorgeschmack auf jenes größere Geheimnis und hat uns einen flüchtigen Blick auf das in uns allen schlummernde Potenzial ermöglicht.«

Gray zuckte mit den Schultern; offenbar wollte er das Thema damit abschließen. Doch wie Vigor gehofft hatte, zeigte sich noch eine andere Regung in seinem Gesicht: Neugier. Er wollte, dass Gray die Dinge unvoreingenommen betrachtete.

Gleichwohl bekam er mit, dass Gray mit den Gedanken woanders weilte. Er verabschiedete ihn mit einer Handbewegung.

Als Gray durch die Tür trat, rief er ihm nach: »Grüßen Sie Seichan von mir.«

Gray geriet ins Stolpern und runzelte die Stirn. Dann war er weg.

Vigor setzte die Lesebrille wieder auf.

Ach, die Jugend …

12:20

Gray reichte dem Wachposten vor Seichans Tür einen Becher Kaffee. »Ist sie wach?«

Der Mann, ein junger Leutnant aus Peoria, hob die Schultern. »Keine Ahnung.«

Gray öffnete die Tür. Für den Leutnant war das ein öder Job. Da die Nähte aufgeplatzt und innere Blutungen aufgetreten waren, hatte Seichans Schussverletzung ein weiteres Mal operiert werden müssen. Seitdem stand die Patientin unter Beruhigungsmitteln.

Und das alles nur deshalb, weil sie Gray das Leben gerettet hatte.

Er erinnerte sich, wie Seichan ihn getragen und mit ihren Armen umfangen hatte. Da hatte er noch nicht geahnt, dass sie die Rettungsaktion beinahe mit dem Leben bezahlt hätte.

Er trat ins Krankenzimmer.

Seichan lag im Bett, ihre Arme waren mit Handschellen gefesselt. Sie trug ein Nachthemd und war mit einer weißen Decke zugedeckt.

Der Raum, in dem normalerweise Geisteskranke untergebracht waren, wirkte steril und kalt. Die einzigen Einrichtungsgegenstände waren das Bett und ein Nachttisch auf Rollen. Das hohe, schmale Fenster war mit einem Stahlfensterladen gesichert.

Seichan regte sich. Sie wandte den Kopf. Ihr Gesichtsausdruck verhärtete sich, und sie schlug die Augen nieder. Offenbar schämte sie sich, weil sie gefesselt war. Dann flammte ihr Ärger auf und ließ alle anderen Empfindungen verdampfen. Sie zerrte an einer Handfessel.

Gray setzte sich auf die Bettkante.

»Auch wenn meine Eltern überlebt haben«, kam er gleich zur Sache, »heißt das noch lange nicht, dass ich Ihnen verzeihe. Das werde ich Ihnen niemals verzeihen. Dennoch stehe ich in Ihrer Schuld. Ich werde nicht zulassen, dass Sie sterben. Jedenfalls nicht so.«

Gray zog den Handschellenschlüssel aus der Tasche. Dann ergriff er ihr Handgelenk und hob es an. Unter den Fingerspitzen spürte er ihren schnellen Pulsschlag.

»Morgen früh sollen Sie nach Guantanamo überführt werden«, sagte er.

»Ich weiß.«

Ihnen beiden war klar, dass das für sie das Todesurteil bedeutet hätte. Wenn man sie nicht gleich hinrichtete, würde die Gilde oder ein anderer Geheimdienst sie zum Schweigen bringen. Der israelische Mossad hatte immer noch Anweisung, sie zu töten.

Er steckte den Schlüssel ins Schloss und drehte ihn herum. Die Handschelle schnappte auf.

Seichan setzte sich misstrauisch auf.

Sie streckte die Hand nach dem Schlüssel aus, stellte ihn auf die Probe.

Er gab ihr den Schlüssel. Während sie die andere Handschelle aufschloss, legte Gray das Paket aufs Bett, das Kowalski ihm gegeben hatte.

»Hier sind drei Garnituren zum Anziehen drin: Ein Krankenschwesternkittel, Sachen, wie die Einheimischen sie tragen, und etwas zur Tarnung. Außerdem Geld in hiesiger Währung. Einen Ausweis konnte ich Ihnen nicht besorgen, dafür war die Zeit zu knapp.«

Die zweite Handschelle sprang auf. Seichan massierte sich die Handgelenke.

Vor der Tür ertönte ein dumpfer Knall.

»Ach, und den Wachposten habe ich betäubt.«

Seichan sah zur Tür, dann fasste sie wieder Gray in den Blick. Ihre Augen funkelten. Ehe er reagieren konnte, packte sie ihn beim Kragen und zog seinen Kopf zu sich herunter. Sie küsste ihn leidenschaftlich und teilte die Lippen. Ihr Mund schmeckte irgendwie medizinisch.

Gray zuckte unwillkürlich zurück. Er hatte nicht die Absicht gehabt, sie …

Ach, zum Teufel …

Er legte ihr die Hand ins Kreuz und drückte sie an sich. Ohne ihn loszulassen, kletterte sie auf seinen Schoß und setzte die Füße auf den Boden. Er drehte sich herum und ließ sich zurücksinken.

Dann klickte eine Handschelle.

Seichan kletterte von ihm herunter.

Sie hatte seine Rechte ans Bett gefesselt.

Als er den Blick wieder hob, sah er einen Ellbogen auf sich zukommen. Sein Kopf wurde zurückgeschleudert. Er schmeckte Blut.

Seichan drückte ihn aufs Bett nieder, setzte sich auf seine Brust. Sie holte aus. Er versuchte, den drohenden Schlag mit dem linken Arm abzuwehren. Sie legte den Kopf schief. »Das muss überzeugend aussehen, sonst landen Sie noch als Verräter in Guantanamo.«

Sie hatte recht.

Gray senkte den Arm.

Sie schlug so fest zu, dass seine Lippe aufplatzte. Ihm dröhnte der Kopf. Seichan schüttelte die schmerzende Hand – dann holte sie erneut aus.

»Und das ist dafür, dass Sie mir nicht vertraut haben«, sagte sie und schlug abermals zu.

Blut strömte aus seiner Nase. Für einen Moment verlor er das Bewusstsein.

Seichan neigte sich auf sein Ohr hinunter. »Erinnern Sie sich noch an das kleine Versprechen, das ich Ihnen ganz zu Anfang gegeben habe?«

»Worum ging es?« Er drehte den Kopf zur Seite und spuckte aus.

»Ich habe Ihnen versprochen, dass ich Ihnen den Namen des Maulwurfs verraten würde, wenn alles vorbei ist.«

»Aber es gab doch keinen Maulwurf.«

»Sind Sie ganz sicher?«

Sie sah ihm aus nächster Nähe in die Augen. Auf einmal war er sich nicht mehr so sicher.

Seichan richtete sich auf und ruckte mit dem Ellbogen, ein Streifschlag, der sein Auge traf.

»Herrgott noch mal!«

»Das wird eine schöne Schwellung geben.« Seichan fuhr sich mit dem Finger über die Lippen und musterte ihn wie ein Maler ein im Werden begriffenes Ölgemälde. Dann sagte sie: »Ich bin der Maulwurf, Gray.«

»Was …?«

»Ein Maulwurf, der in die Gilde eingeschleust wurde.«

Sie schlug ihn mit der Faust aufs andere Auge. Einen Moment lang verdunkelte sich seine Sicht.

»Ich bin eine von den Guten, Gray. Haben Sie das noch nicht gemerkt?«

Gray war ganz benommen von den Schlägen und von ihrer Enthüllung.

»Eine Doppelagentin?«, hustete er ungläubig. »Vor zwei Jahren haben Sie auf mich geschossen! Sie haben aus kürzester Entfernung auf meine Brust gezielt.«

Sie holte erneut aus. »Da wusste ich, dass Sie einen speziellen Körperschutz trugen. Haben Sie sich nie gefragt, weshalb ich mit der gleichen Schutzweste ausgerüstet war wie Sie? Das hätte Ihnen eigentlich zu denken geben sollen, Gray.«

Sie rammte ihm die Faust gegen die Stirn. Dann zwickte sie ihn in den Nasenrücken, als überlege sie, ob sie ihm die Nase brechen sollte.

»Und was war mit der Anthrax-Bombe in Fort Detrick?«

»Die war harmlos. Ein Blindgänger. Ich hatte vor, den Hersteller haftbar zu machen.«

»Aber… was war mit dem Museumskurator in Venedig?«, platzte er heraus. »Den haben Sie kaltblütig getötet.«

Sie kratzte ihm über die linke Wange. Ihre Fingernägel ließen tiefe, brennende Furchen zurück. »Hätte ich das nicht getan, wäre seine ganze Familie getötet worden. Seine Frau und seine Tochter.«

Gray blickte fassungslos zu ihr auf. Sie wusste auf alles eine Antwort.

Seichan lehnte sich zurück, legte die Hand ans Ohr und betrachtete seine Nase. »Und ich habe nicht die Absicht, jetzt Schluss zu machen – nicht nach fünfjähriger Arbeit, jetzt, wo ich dicht davor stehe, den Chef der Gilde ausfindig zu machen.«

Sie schlug zu, doch er fing ihren Arm rechtzeitig ab.

Sie beugte sich vor, drückte ihn mit ihrem Gewicht nieder.

»Seichan…«

Sie spannte die Muskeln an, in ihren Augen lag ein gequältes Funkeln. Ihre Blicke trafen sich. Sie suchte in seinen Augen, doch anscheinend wurde sie nicht fündig. Enttäuschung lag in ihrem

Blick. Und auch Bedauern… vielleicht Einsamkeit. Dann war es vorbei.

Sie schlug mit dem anderen Ellbogen zu, ein aufs Ohr gezielter Hieb. Er sah Sterne und ließ sie los. Seichan fiel zurück, kletterte von ihm hinunter.

»Das reicht«, murmelte sie und wandte sich ab.

Sie öffnete das Kleiderbündel, zog das Nachthemd aus, legte den Schwesternkittel an und verbarg ihr noch in Heilung begriffenes Gesicht unter einem Kopftuch. Die ganze Zeit über wandte sie ihm den Rücken zu.

»Vertrauen Sie mir, Gray. Und sei es nur ein bisschen. Das habe ich verdient.«

Ehe er etwas erwidern konnte, ging sie hinaus.

Vertrauen Sie mir…

Er wollte verdammt sein, wenn er das tat.

Mühsam richtete er sich auf. Sein Gesicht pochte, das eine Auge war schon ganz zugeschwollen.

Eine Viertelstunde verstrich. Der Vorsprung sollte eigentlich reichen.

Schließlich öffnete sich die Tür, und Painter betrat den Raum.

»Haben Sie alles mitbekommen?«, fragte Gray.

»Wir haben alles mitgeschnitten.«

»Ist es denkbar, dass sie die Wahrheit gesagt hat?«

Painter blickte sich stirnrunzelnd zur Tür um. »Sie ist eine begnadete Lügnerin.«

»Das muss sie wohl auch sein, sonst hätte sie bei der Gilde nicht so lange überlebt.«

Painter nahm ihm die Handschelle ab. »Wie auch immer, mit dem Tracer, den wir ihr bei der Operation in den Bauch implantiert haben, können wir ihre Bewegungen nachverfolgen.«

»Und wenn die Gilde dahinterkommt?«

»Der Tracer besteht aus einem für Röntgengeräte unsichtbaren Polymer. Den wird man nicht finden.«

Es sei denn, sie schneiden sie auf.

Gray erhob sich. »Das glauben Sie doch selbst nicht.«

»Das war die Vorbedingung für die offizielle Erlaubnis, sie entkommen zu lassen.«

Gray sah noch immer Seichans Augen vor sich.
Zweier Dinge war er sich gewiss.
Sie hatte nicht gelogen.
Und selbst jetzt war sie alles andere als frei.

Epilog

11. August, 08:32
Takoma Park, Maryland

»Den haben sie wieder prima hingekriegt«, sagte Gray.

Sein Vater polierte die Motorhaube des Thunderbird mit einem mit Wachs getränkten Tuch. Sie hatten das Cabrio mit einem Tieflader aus dem Polizeidepot geholt. Painter hatte veranlasst, dass der T-Bird in der besten Oldtimerwerkstatt von ganz D. C. restauriert wurde. Vergangene Woche hatte sein Vater ihn zurückbekommen, doch Gray sah ihn jetzt zum ersten Mal.

Sein Vater trat vom Wagen zurück und stemmte die Arme in die Hüfte. Er trug ein ölverschmiertes Unterhemd und Shorts, die sein neues Bein freiließen, auch dies ein Geschenk von Sigma, hergestellt von der DARPA und außergewöhnlich natürlich wirkend. Seinen Vater aber beschäftigten im Moment andere Dinge.

»Gray, siehst du die neuen Felgen? Die sind nicht so schön wie meine alten Kelsey-Sportfelgen.«

Gray stellte sich neben seinen Vater. Er konnte keinen Unterschied erkennen. »Du hast recht«, meinte er. »Die sind echt beschissen.«

»Hmm«, machte sein Vater unverbindlich. »Aber sie haben mich nichts gekostet. Dieser Painter war ziemlich großzügig.«

Gray ahnte, worauf das hinauslief. »Dad …«

»Ich habe mit deiner Mutter geredet«, fuhr Jack fort, den Blick auf die Räder gerichtet. »Wir finden, du solltest bei Sigma bleiben.«

Gray kratzte sich am Kopf. Der Kündigungsbrief steckte bereits in seiner Tasche. Bei seiner Rückkehr aus Kambodscha hatte sein Vater mit Taser-Verbrennungen an der Brust im Krankenhaus gelegen. Seine Mutter hatte wegen des angeknacksten Handgelenks den Arm in einer Schlinge getragen. Am auffälligsten aber war ihr blaues Auge gewesen.

Das alles war seine Schuld.

Im Krankenhaus wäre er fast ausgerastet.

Wie sollte er die Sicherheit seiner Eltern garantieren, wenn er weiterarbeitete? Die Gilde kannte ihn und wusste, wo seine Eltern zu finden waren. Die einzige Möglichkeit, sie zu schützen, bestand darin, die Kündigung einzureichen. Painter hatte ihm gut zugeredet und gemeint, die Gilde werde klein beigeben. Vergeltung und Rache sei nicht ihre Art. Bei zukünftigen Einsätzen werde man seine Eltern rechtzeitig schützen.

Manche Einsätze aber begannen damit, dass ein Motorrad in die Einfahrt schlitterte.

»Gray«, fuhr sein Vater eindringlich fort, »deine Arbeit ist wichtig. Du darfst nicht unseretwegen kündigen.«

»Dad …«

Jack gebot ihm mit erhobener Hand Einhalt. »Ich habe gesagt, was es dazu zu sagen gibt. Du triffst die Entscheidung. Ich muss jetzt mal überlegen, ob mir die Felgen gefallen oder nicht.«

Als Gray sich abwandte, fasste sein Vater ihn bei der Schulter und zog ihn in eine Umarmung. Er drückte ihn kurz an sich – dann schob er ihn wieder weg. »Schau mal nach, was deine Mutter zum Frühstück anbrennen lässt.«

Gray ging zur Hintertür. Seine Mutter kam ihm entgegen.

»Ach, Gray, eben hat Kat angerufen. Sie hat gemeint, du kämst heute Morgen bei ihr vorbei.«

»Bevor ich ins Büro fahre. Auf der Veranda liegen noch Sachen von Monk. Dad leiht mir den T-Bird, damit ich heute Nachmittag für Kat ein paar Besorgungen machen kann.«

»Ich weiß, die Totenfeier ist erst in zwei Tagen, aber ich hab schon den Kuchen. Könntest du den mitnehmen?«

»Kuchen?«, meinte Gray skeptisch.

»Keine Sorge, der ist vom Bäcker. Ach übrigens, für Penelope hab ich auch noch ein paar Spielsachen. Und in einem Laden hab ich einen hübschen Pullover mit Elefantenmuster entdeckt, und …«

Gray nickte nur, denn er wusste, dass seine Mutter irgendwann ganz von allein ein Ende finden würde.

»Wie hält sich Kat eigentlich so?«, schloss sie.

Gray schüttelte den Kopf. »Sie hat gute und schlechte Tage.«

Meistens schlechte.

Seine Mutter seufzte. »Ich hol mal den Kuchen. Als ich Kat das letzte Mal gesehen habe, war sie klapperdürr, das arme Ding.«

Kurz darauf hielt Gray einen Kuchenkarton in der Hand. Er ging durchs Haus zur Vordertür und trat auf die Veranda. In den gestapelten Kartons war der Inhalt von Monks Spind. Gray hatte auch noch ein paar Sachen aus seiner Wohnung eingepackt.

Außerdem musste er noch ein Paket zum Bestattungsinstitut bringen. Ryder Blunt, der Milliardär, hatte Monks Handprothese geschickt. Er hatte den Flügel seines Flugboots durchsägen müssen, um sie zu lösen. Kat hatte sie nicht sehen wollen. Gray konnte es ihr nicht verdenken. Allerdings hatte sie ihn gebeten, die Hand in den leeren Sarg zu legen, der auf dem Nationalfriedhof von Arlington bestattet werden sollte. Jeder sollte für den Sarg ein Erinnerungsstück beisteuern.

Gray hatte Monks Lieblingsfilm ausgesucht. Nach einem Abend mit Pizza und Popcorn hatte Monk das Video in Grays Wohnung liegen lassen. *The Sound of Music.* Monk hatte laut mitgesungen und Penelope im Takt auf dem Schoß hüpfen lassen. Monk war der gutmütigste Mensch gewesen, den er je gekannt hatte.

Er hätte einen großartigen Vater abgegeben.

Gray setzte sich in den Schaukelstuhl. Er zog den dreimal gefalteten und bereits etwas zerknitterten Kündigungsbrief aus der Tasche und glättete ihn zwischen Daumen und Zeigefinger. Er wünschte, er hätte mit Monk darüber reden können.

Plötzlich ertönte von den Kartons her eine Art Scharren.

Die Eichhörnchen in dieser Gegend waren ausgesprochen dreist.

Verdammt noch mal, der Kuchen …

Gray stand auf und ging nachsehen. Das Geräusch kam jedoch nicht vom Kuchen. Er schwenkte den Kopf, bis er den Ursprung des Geräuschs ausgemacht hatte.

Was zum Teufel …

Gray nahm den Deckel vom Karton.

Painter hatte nicht nur die Beinprothese seines Vaters und den ramponierten T-Bird reparieren lassen. Er hatte nicht gewollt, dass Monks Hand in verkohltem Zustand bestattet wurde. Deshalb hatte er die Prothese sorgfältig instand setzen lassen. Sie war in Styropor eingepackt.

Einer der Finger kratzte am Styropor.

Gray nahm die Handprothese heraus. Der Zeigefinger krümmte sich. Gray schauderte. Wenn Kat das gesehen hätte!

Offenbar ein Kurzschluss in der Elektronik.

Er legte die Hand auf den Schaukelstuhl. Der Finger tippte auf die Sitzfläche. Gray wandte sich angewidert ab. Er nahm das Handy aus der Tasche, um den Verantwortlichen bei Sigma zur Rede zu stellen.

Als er wählte, lauschte er unwillkürlich auf das Klopfen. Allmählich erkannte er ein Muster darin.

Ein Morsecode.

Ein bekannter Notruf.

SOS.

Gray fuhr herum und starrte entgeistert die Hand an.

Das konnte doch nicht wahr sein.

»Monk…?«

14:45
Cardamom-Gebirge, Kambodscha

Susan Tunis folgte der funkelnden Kaskade eines Wasserfalls und kletterte eine steile Schlucht inmitten der bewaldeten Berge hoch. Ein feiner Nebel lag in der Luft, in dem sich der Sonnenschein brach. Ein Gibbon, der mit einem Arm an einem Ast baumelte, schimpfte lautstark, das schwarze Gesicht umrahmt von grauem Pelz.

Zielstrebig bewegte sie sich durch den Regenwald. Das Cardamom-Gebirge bildete die Grenze zwischen Kambodscha und Thailand, eine unwegsame Gegend mit dichten Wäldern und unzugänglichen Bergen. Am vierten Tag im Gebirge, unter dem Moskitonetz in einer Hängematte ruhend, hatte sie einen der vom Aussterben bedrohten indochinesischen Tiger erblickt, die einen gedrungenen Körperbau und ein besonders enges Streifenmuster aufwiesen. Mit einem tiefen Grollen war das Tier im Wald verschwunden.

Ansonsten hatte sie nichts Größeres als den schnatternden Gibbon zu Gesicht bekommen.

Auch keine Menschen.

Wegen der abgeschiedenen Lage und des unwegsamen Terrains war das Gebirge einer der letzten Rückzugsorte der Roten Khmer. Von Landminen ging noch immer eine große Gefahr aus.

Susan glaubte allerdings, dass nicht einmal Guerillakämpfer sich in dieses Gebiet vorwagten. Als sie den Bergkamm erreicht hatte, folgte sie dem Bach über ein bewaldetes Plateau. Vor ihr glitten von umgestürzten Baumstämmen kleine Tiere ins Wasser.

Batagur baska.

Die asiatische Flussschildkröte. Eine der am stärksten vom Aussterben bedrohten Arten auf diesem Planeten.

Auch als Königsschildkröte bekannt und verehrt als Hüter der Götter.

Hier waren sie zu Hause.

Gleich hinter den Schlammnestern und Überwinterungshöhlen standen am Flussufer mehrere zylindrische, etwa einen Meter hohe Tongefäße, mit Flechten bewachsen und verziert mit kunstvollen Mustern. Bestattungsurnen. Darin waren die Gebeine von Königen und Königinnen beigesetzt. Solche Orte gab es viele in den Bergen, und sie galten als heilig.

An diesem Ort aber, dem ältesten von allen, gab es keine Besucher.

Susan bog vom Fluss ab und schritt über den Friedhof. Das Urnenfeld und der Dschungel endeten an einer zerklüfteten Felswand.

Sie wusste, wohin sie sich wenden musste, wusste es seit dem Moment, da Dr. Cummings sie wiederbelebt hatte. Sie hatte mehr gewonnen als nur das Heilmittel – das aber hatte sie niemandem erzählt.

Die Zeit war noch nicht reif dafür.

Susan hatte die Felswand erreicht. Sie näherte sich einer gezackten Spalte von etwa einem halben Meter Breite. Dann streifte sie den Rucksack ab und zwängte sich seitlich in die Spalte. Mit vorsichtigen Schritten drang sie weiter vor. Das einfallende Sonnenlicht wurde immer schwächer.

Bald darauf war sie von tiefer Dunkelheit umgeben.

Susan streckte die Hand aus. Ihre Fingerspitzen leuchteten auf, dann breitete sich das Leuchten bis zur Schulter aus. Sie benutzte den Arm wie eine Lampe.

Das war eines der Geheimnisse, die sie für sich behalten hatte.

Jedoch nicht das bedeutendste.

Sie wusste nicht, wie weit sie schon gegangen war, denn sie hatte jedes Zeitgefühl verloren. Draußen herrschte bestimmt schon tiefe Nacht.

Irgendwann tauchte vor ihr ein Licht auf.

Das sie willkommen hieß.

Ein Licht, ganz ähnlich ihrem eigenen Leuchten.

Sie schritt stetig aus, denn sie spürte, dass kein Grund zur Eile bestand.

Schließlich gelangte sie in eine große Höhle. Jetzt sah sie, woher das Licht kam. Bis in weite Ferne brannten kleine Feuer am schüsselartig gewölbten Höhlenboden. Aberhunderte Feuer. Sie trat in die Höhle hinein und schritt an den Feuern entlang.

Jedes Feuer war eine Gestalt, die mit ausgestreckten Armen und Beinen am Boden lag und von innen heraus leuchtete. Ihr Fleisch wirkte durchscheinend wie Kristall. Susan betrachtete eine der Gestalten. Allein das Nervensystem war noch deutlich erkennbar: Gehirn, Rückenmark und das verzweigte Netz der peripheren Nerven. Die Arme glichen ausgebreiteten Flügeln, gefiedert mit zarten Nervenleitern.

Engel in der Dunkelheit.

Schlummernd. Wartend.

Susan ging weiter. Sie gelangte zu einer Gestalt, die weniger ausgezehrt war als die anderen. Das Herz schlug noch, das Blut pulste in den Adern, und die Knochen waren noch andeutungsweise zu erkennen.

Susan legte sich auf den Boden. Sie streckte die Arme aus. Mit den Fingerspitzen berührte sie ihren Nachbarn.

Er bediente sich eines alten italienischen Dialekts, doch sie verstand ihn trotzdem.

Ist es vollbracht?

Susan seufzte. *Ja. Ich bin die Letzte. Der Ursprung der Krankheit wurde zerstört.*

Dann ruh dich aus, mein Kind.

Wie lange wird es dauern? Wann wird die Welt bereit sein?

Er gab ihr Antwort. Der Schlaf würde sehr lange währen.

Was soll ich tun?

Geh heim, mein Kind… geh jetzt heim.

Susan schloss die Augen und ließ alles, was schlafen musste, von sich abfallen. Alles andere schob sie in die Blase, welche die Ganzheit ihres Lebens umfasste, und trat hinein in das, was dahinter lag.

Die Sonne blendete sie. Blinzelnd senkte sie den Blick. Allmählich nahm die Umgebung Konturen an. Sie spürte das sanfte Schaukeln des Bootes unter den Füßen. Eine Möwe schrie, die Wellen klatschten gegen den Bootsrumpf, und der Wind strich über ihre Haut.

War das ein Traum, eine Erinnerung… oder etwas anderes?

Tief atmete sie die salzige Meeresluft ein. Ein wundervoller Tag.

Sie trat an die Reling und blickte auf die blaue Wasserfläche hinaus. In der Ferne waren grüne Inseln zu sehen. Ein paar Federwolken standen am Himmel. Jemand kam den Niedergang hoch.

Als sie sich umdrehte, zog er sich gerade an Deck, bekleidet mit Shorts und einem T-Shirt von Ocean Pacific. Als er sie sah, zeichnete sich Verwunderung in seiner Miene ab.

Dann lächelte er. »Ach, da bist du ja.«

Susan stürzte Gregg entgegen und schloss ihn in die Arme.

Unten im Salon bellte Oscar. Eine mürrische Stimme rief den alten Hund zur Ordnung.

Susan schmiegte sich an ihren Mann und lauschte auf seinen Herzschlag.

Er erwiderte ihre Umarmung. »Was hast du denn, Susan?«

Sie blickte in Greggs Gesicht auf, berührte seinen Dreitagesbart. Dann stellte sie sich auf die Zehenspitzen.

Er neigte den Kopf und küsste sie.

Da wusste sie, dass sie zu Hause angekommen war.

Nachbemerkung des Autors
Wahrheit oder Fiktion

Auch diesmal wieder danke ich meinen Lesern dafür, dass sie mich auf dieser Reise begleitet haben! Wie gewöhnlich möchte ich den Roman an dieser Stelle einer Manöverkritik unterziehen und die Fakten von der Fiktion trennen. Dabei hat sich folgende Einteilung ergeben:

Marco Polo: In der Vorbemerkung zum historischen Hintergrund geht es um das Schicksal von Polos Flotte bei der Rückreise nach Venedig. Was mit den Schiffen und deren Besatzung geschah, liegt nach wie vor im Dunkeln. Was Marco Polos mögliche Liebesaffäre mit Prinzessin Kokejin angeht, so erhalten diesbezügliche Gerüchte dadurch Nahrung, dass sich bei seinem Tod der Kopfschmuck der Prinzessin in seinem Besitz befand. Marcos Leichnam ist tatsächlich aus der Kirche San Lorenzo verschwunden, über seinen Verbleib ist nichts bekannt.

Engelschrift und anderen Sprachthemen: Die Engelschrift wurde von Johannes Trimethius und Heinrich Agrippa erfunden, welche behaupteten, das Studium der Schriftzeichen ermögliche es, mit den Engeln zu kommunizieren. Die Schrift wurde von den hebräischen Schriftzeichen abgeleitet. Die Anhänger der jüdischen Kabbala glauben, das Studium dieser Zeichen führe zu innerer Weisheit. Heute stellt sich uns folgende Frage: Ist in unserem genetischen Code eine Schrift verborgen? Einem Artikel in der Zeitschrift *Science* von 1994 zufolge lautet die Antwort: Ja. Der Informationsgehalt dieser Schrift ist jedoch noch unbekannt.

Seuchen: Das englische Dorf Eyam hatte zur Zeit der Schwarzen Pest tatsächlich eine ungewöhnlich hohe Überlebensrate zu verzeichnen. Der Grund war eine genetische Besonderheit, von der die Hälfte der Einwohnerschaft betroffen war. Erstaunlich, aber wahr. Den Unterschied zwischen der tödlichen Form des Anthrax-Bakteriums und dessen harmlosem, gartenbewohnendem Verwandten machen tatsächlich die beiden ringförmigen DNA-Stränge aus, die als Plasmide bezeichnet werden. Was die Frage nach der Herkunft der Plasmide aufwirft.

Fauna: Die Rote Landkrabbe der Weihnachtsinsel begibt sich alljährlich auf Wanderschaft. Millionen dieser großen Krabben eilen dann ins Meer. Mit ihren Zangen können sie Autoreifen durchschneiden. Die Beschreibung des eigenartigen Lebenszyklus des unangenehmen Leberegels ist zutreffend. Was die Raubkalmare angeht, so habe ich mich dabei von den *Taningia danae* inspirieren lassen, die fast zwei Meter lang werden, in Schwärmen jagen, sich mit Leuchtzeichen verständigen und Haken an den Saugnäpfen haben. Das sind schon wehrhafte Kalmare.

Kannibalen und Piraten: Das indonesische Piratenwesen ist eine boomende Wachstumsindustrie. Bewerbungen werden gern entgegengenommen. Was die Kannibalen angeht, so leben auf den indonesischen Inseln tatsächlich noch Menschenfresser, doch die Gewürze muss man selber mitbringen. Die unter dem Namen Prader-Willi-Syndrom bekannte Genkrankheit – die einen unersättlichen Appetit zur Folge hat – gibt es wirklich, hat mit Kannibalismus aber nicht das Geringste zu tun. Waren unsere Vorfahren ausnahmslos Kannibalen? Die Genforschung ist auf Gene zur Abwehr bestimmter Krankheiten gestoßen, die nur durch den Verzehr von Menschenfleisch erworben werden konnten.

Angkor: Sämtliche Beschreibungen der Tempel – angefangen vom Mythos des Meeresquirlens bis zu den zweihundert Bodhisattva-Gesichtern, sind zutreffend. Die Tempel wurden tatsächlich nach dem Sternbild Draco angelegt. Weitere Details zu diesem Thema finden sich in dem Buch *Heaven's Mirror* von Graham Hancock und Santha Faiia.

Bakterien: Sogenannte Milchseen aus periodisch blühenden leuchtenden Algen gibt es wirklich. Einigen verstörenden Artikeln in der *Los Angeles Times* zufolge werden die Weltmeere zunehmend durch urtümlichen Schleim, giftige Algen, Verbrennungen auslösende Algen und von der Algenblüte herrührende giftige Ausdünstungen bedroht. Die erstaunlichste Behauptung des Buches, wonach nur zehn Prozent unserer Körperzellen menschlichen Ursprungs sind und die übrigen neunzig Prozent Bakterien und Parasiten zugeschrieben werden müssen, ist zutreffend! Mit diesem Thema befasst sich auf gruselige und humorvolle Weise das Buch *Human Wildlife* von Dr. Robert Buckman. Vor dem Essen sollten Sie von der Lektüre allerdings Abstand nehmen.

Danksagung

Zu viele Menschen, zu wenig Platz.

Als Erstes möchte ich den Beschäftigten von HarperCollins, die mich in den vergangenen zehn Jahren beraten und intensiv mit mir zusammengearbeitet haben, meinen Dank aussprechen:

Michael Morrison und Lisa Gallagher danke ich für ihre Unterstützung und ihr Vertrauen in Vergangenheit, Gegenwart und Zukunft.

Den Artdirectors Richard Aquan und Thomas Egner danke ich für das auffallende Erscheinungsbild der Bücher. Ich hätte stolzer nicht sein können.

Den Marketingleitern Adrienne DiPietro und Tavia Kowalchuk danke ich für ihren unermüdlichen Einsatz, mit dem sie die Bücher unters Volk bringen … und dafür sorgen, dass sie auch bemerkt werden!

Pam Spengler-Jaffee und Buzzy Porter, dem besten PR-Team der Welt, danke ich dafür, dass sie mich nicht gezwungen haben, über Alaska aus dem Flugzeug zu springen.

Auch dem Damentrio – Lynn Grady, Liate Stehlik und Debbie Stier –, das mich bekannt gemacht und in die Buchläden gebracht hat, ein dickes Dankeschön.

Den nicht unterzukriegenden Verantwortlichen für den Verkauf und das Rechnungswesen – Carla Parker, Brian Grogan, Brian McSharry und Mark Gustafson – danke ich für die außergewöhnlichen Anstrengungen, die sie unternommen haben, um meine Romane in die Buchläden und Regale zu boxen.

Mike Spradlin danke ich für die Verkaufszahlen und Zombies-Reihenfolge zufällig.

Des Weiteren danke ich den hundertundeins Personen, die in dieser Aufzählung fehlen, denen ich aber ebenso zu Dank verpflichtet bin.

Nun möchte ich mich heimischeren Gefilden zuwenden und der Clique danken, die jedes Kapitel zerreißt und zu etwas Besserem neu zusammenfügt: Penny Hill, Steve und Judy Prey, Chris Crowe, Lee Garrett, Michael Gallowglas, Leonard Little, Kathy L'Ecluse, Debbie Nelson, Rita Rippetoe, Dave Murray, Dennis Grayson, Jane O'Riva und Caroline Williams. Besonders hervorheben möchte ich Steve Prey, der die Landkarte gezeichnet hat, und Penny Hill wegen der vielen Mittagessen. Und David Sylvian, der sich von mir bis zur Erschöpfung Teile des Buches hat vorlesen lassen – deine Ohren werden schon wieder aufhören zu klingeln.

Auch diesmal wieder danke ich den vier Menschen, die mir in allen Phasen der Produktion geholfen haben: meiner Lektorin Lyssa Keusch, ihrer beherzten Kollegin May Chen sowie meinen unbeugsamen Agenten Russ Galen und Danny Baror. Wir hatten eine tolle Zeit.

Zum Schluss möchte ich noch darauf hinweisen, dass alle Irrtümer und Fehler allein auf mein Konto gehen.